UNIVERSUM

AF878160

1

物 MONOGATARI 語

DIE ERDE,

PURPURROT IN VOLLER BLÜTE

Soac

europabuch

europabuch

© 2025 **Europa Buch** | Berlin
www.europabuch.com | info@europabuch.com

ISBN 9791257030360
Erstausgabe: März 2025

Gedruckt für Italien von Rotomail Italia
Finito di stampare presso Rotomail Italia S.p.A. - Vignate (MI)

物 MONOGATARI 語

DIE ERDE, PURPURROT IN VOLLER BLÜTE

Für dich, die du das Tuch spannst, wenn ich falle.

ERSTES BUCH

ERBE

»Ich rieche es im Laub der Erde. Ich höre es im Atem der Luft. Ich sehe es in den Kontrasten des Feuers. Ich schmecke es in den Tränen des Wassers. Ich fühle es in den Worten der Leere. Diese Welt befindet sich wieder im Wandel.«

Worte des Tennō A.C.
Aus den Überlieferungen der Writer

Mizu - 1

Es gibt viele Arten von Trinkern. Akira zählte zu der Sorte, die ihre Lippen so sanft an das Glas drückten, als wäre es der Mund ihrer Geliebten. Nur der Zauber, welcher seinen Schmerz linderte und es schaffte, seine Gedanken verstummen zu lassen, der war ein anderer.

»Bist du nicht der Meinung, dass du genug für heute hast, mein Freund?«, fragte Ryu ihn und blickte auf das leere Whiskeyglas auf dem Tresen, welches der junge Mann ihm entgegenschob. Der Barmann wusste nichts über die Dinge, die Akira betäubte, wusste nicht, was er bereute. Doch er sah, was er tat. Wie er zu verschwinden versuchte.

Akira blickte den Barkeeper mit der schwarzen Tolle auf dem Kopf, dem Spitzbart am Kinn und den Brusthaaren, welche aus den geöffneten Knöpfen seines Hemdes ragten, wortlos an und schob sein leeres Glas ein kleines Stückchen weiter zu ihm.

»Ich meine ja nur«, seufzte Ryu, als er nach der halbvollen Flasche griff. »Es ist schließlich noch mitten am Tag.«

Dies war ziemlich sicher auch der Grund dafür, weshalb bis auf Akira und drei älteren Männern, die miteinander Karten spielten, niemand sonst zu Gast war. Die drei teilten geschmackloses Bier der Marke Einsamkeit. Doch es war immer noch besser, als alleine zu trinken.

Ryus Bar war ein Etablissement, wie man es sich so weit draußen in der roten Zone vorstellte. Alte Tische und Stühle, teils aus Holz, teils aus Metall, die auf den verkratzen Dielen thronten. Dunkle Wände, geziert von kleinen Bildschirmen die tonlose Bewegtbilder seiner musikalischen Helden zeigten. Lila diffuses Neonröhrenlicht und kaum Fenster, damit seine Kunden nicht ahnten, ob die Sonne immer noch oder schon wieder am Himmel stand. Dann war da noch das Herzstück der Bar. Ein sauber polierter Tresen, an dessen Hockern Akira seinen Stammplatz gefunden hatte. Hinter ihm türmten sich Flaschen und Gläser im farbigen Glanz der Leuchtstofflampen, die der Besitzer bewegte wie Figuren auf einem Schachbrett. An einem Ende des Tresens befand sich ein kleiner Monitor, der auf stumm gestellt war. Auch der Alkohol war, wie man ihn so nah am Rande des von Menschen bewohnbaren Gebietes erwarten würde: mild an Aromen und brennend im Geschmack. Aber er erfüllte seinen Zweck. Und so wie die leeren Gläser Lupen auf das Leben seiner Gäste waren, so war Ryus Bar mehr als eine Kaschemme in der Dämmerzone. Sie war eine Zuflucht. Eine Zuflucht für die Armen, die sich kein Leben an einem besseren Ort leisten konnten und froh waren, in der Nähe auf den Himmelsbambusfeldern oder den dazugehörigen Fabriken Arbeit zu finden und von einer besseren Zukunft träumten.

Akira jedoch war anders. Er träumte nicht mehr, seit er Ryus Bar besuchte. Zu müde, um zu schlafen versuchte er einfach nur nicht zu ertrinken.

Auf dem kleinen Fernsehgerät begannen die Nachrichten und einer der Männer fragte: »Kannst du die Flimmerkiste laut stellen?«

»Gerne«, erwiderte Ryu mit seinem undefinierbaren Akzent, bei welchem er das R stark rollte und vor allem die Vokale betonte.

»Auch weiterhin steigt die Zahl der vermissten Personen in Pangaeas Hauptstadt Neo Metropolis im Herzen der grünen Zone«, berichtete der Nachrichtensprecher. »Da es immer noch keine Spur zu einem Täter oder den Vermissten gibt, trat heute Minister William Baskerville für ein Interview vor die Kamera, um die Bevölkerung zu beruhigen. Man kennt ihn auch für sein überaus ambitioniertes soziales Engagement im Bereich der Kinderhilfe. Er fungiert als Pate und Finanzier einiger Waisenhäuser. Außerdem hat er wohl sehr gute Chancen bei der nächsten Wahl ein noch höheres politisches Amt zu bekleiden.«

Akira blickte von seinem Glas auf, als er den Namen William Baskerville hörte. Manisch starrte er durch seine vom Alkohol glasigen Augen auf den Bildschirm und fokussierte den Politiker in seinem teuren Anzug. Die schwarzen Haare zu einem Pferdeschwanz gebunden und dann waren da noch diese stechend grünen Augen, in denen die Gier saß.

Ausschnitte der Pressekonferenz flackerten über den kleinen Bildschirm und der Sprecher fasste zusammen »Minister Baskerville erklärte heute Vormittag, man solle sich keine Sorgen machen und Ruhe bewahren. Seine Kollegen und er hätten Gelder für eine Sondereinheit bewilligt, welche den oder die Verantwortlichen bald finden wird.«

Akiras Hand klammerte sich fester um sein Glas.

»Da muss man fast froh sein, in diesem Drecksloch zu leben«, raunte einer der Männer, als er seine Karte auf die der anderen legte und mit einem Grinsen hinzufügte, »Trumpf sticht.«

»Die Analogien zu den Vorfällen der Vermissten auf den Himmelsbambusfeldern, die sich vor zwei Jahren ereignet hatten, wies Minister Baskerville ab. Er sagt dazu, dass sie den Schuldigen für jene Vorfälle gefunden haben, und das werden sie auch diesmal. Er habe volles Vertrauen in die Männer der Sondereinheit«, fuhr der Nachrichtensprecher fort.

Ein tiefer Abgrund namens Zorn begann sich in Akira zu öffnen, während er die Geschehnisse verfolgte.

Auf der Mattscheibe sah man nun einen jungen Journalisten, der die Hand zur Frage hob, begleitet vom Kommentar des Sprechers. »Auch die Rückfragen zur Verbrecherbande Greif in Zusammenhang mit den verschwundenen Personen wies Minister Baskerville ab. Der Mythos um den Greif und deren Anführer den Distelkönig, der aus der schwarzen Zone stammen soll, da seine Fingerabdrücke nicht registriert sind, wird derzeit in der Bevölkerung immer bekannter. Auch wenn es zum jetzigen Zeitpunkt keine Bestätigung für deren Existenz gibt.« Die Kamera fing nun wieder den Politiker ein und für einen winzigen Augenblick konnte Akira es sehen. Niemand sonst hatte es wahrgenommen. Zumindest nicht hier in der Bar. Aber es war da. Ein kurzes feuerrotes Glimmen in den Augen Williams. In diesem Moment wusste Akira, dass es begonnen hatte.

»Zu den wiederkehrenden Nachfragen hinsichtlich des Greifs und den damit in Verbindung stehenden Verbrechen, bei welchen man Fingerabdrücke fand, die nicht biometrisch erfassten Personen zugeordnet wurden, erklärte Minister Baskerville, dass die Menschen sich nach Klarheit in diesen Zeiten sehnen. Deswegen würden sie Straftaten, zu denen es kaum greifbare Anhaltspunkte gibt, einem urbanen Mythos zuschreiben. Schlicht und einfach, um Erklärungen dafür zu finden. In der heutigen Zeit sind alle Menschen im System erfasst. Aber auch dieses funktioniert nicht immer fehlerfrei. Man solle unbesorgt sein, denn Menschen, die nicht existieren, gibt es nicht. Und Phantome können keine Verbrechen begehen. Er und die Sondereinheit werden sich der Sache widmen.«

Damit war die Angelegenheit beendet und der Nachrichtensprecher setzte zum nächsten Thema an. »Was hat es mit dem über Nacht entstandenen Krater und der verschwundenen Spitze des Berges …«

Im selben Moment zersprang Akiras Glas in seiner Hand. Wut pulsierte in ihm, während sich der Whiskey gejagt von Glassplittern seinen Weg auf dem Tresen bahnte.

»Ich denke, du hast wirklich genug für heute, mein Freund«, sagte Ryu, noch immer mit verständnisvoller Stimme sprechend, als sei nichts passiert.

»Entschuldige, Ryu, ich wische das auf«, platze es aus Akira heraus, während er versuchte sich zu beruhigen.

Der Barmann hatte bereits begonnen, die Scherben in das Glas zu sammeln und lächelte Akira an wie ein großer Bruder, der einem zur Hilfe eilt. »Geh nach Hause und schlaf deinen Rausch aus.«

Akira spürte wie sein Zorn sich zurückzog, als wäre er ein aufgeschrecktes Tier, das vor so viel Herzlichkeit zu flüchten versucht.

»Danke, Ryu«, sagte Akira, während er vom Tresen aufstand und begann zur Tür zur wanken. Dort blieb er für einen Moment stehen und hoffte darauf, dass er bereits genügend getrunken hatte, um zumindest etwas

Schlaf zu finden. Schräg über seinen Oberkörper spannte sich ein Gurt. An diesem waren drei schmale Taschen in der Größe von Spielkarten befestigt, welche sich von der Brust über die Rippen verteilten. An der Hüfte hing eine kleine schwarz lackierte Kürbisflasche mit dunkelroten Verzierungen darauf. Sie sahen aus, wie Blut, das aus dem Himmel regnete.

Ryu mochte den hageren jungen Mann mit den langen aschblonden Haaren, die wirr ihren Weg über seine Schultern hinweg zu seiner Brust fanden. Ein Haarschnitt schon lange überfällig. Auf Mitte zwanzig schätzte er ihn. Er sorgte für regen Umsatz und schrieb nie an. Wenn es Ärger in der Bar gab, half er ihm für Ruhe zu sorgen. Niemand wusste, wie er sein Geld verdiente. Ryu wusste lediglich, wie er es nicht verdiente. Denn weder auf den Feldern noch in den Fabriken oder beim Wachdienst am Grenzzaun der schwarzen Zone hatten seine anderen Gäste ihn je gesehen. Manchmal hörte er Gerüchte von Betrunkenen, nachdem der Mann die Bar verließ, dass er zu den Aojiroi, den knochenbleichen Wächtern der Himmelsbambusfelder gehörte. Ob es stimmte, wusste Ryu nicht. Aber er wusste, wie sie Akira in dem kleinen Ort so weit draußen in der roten Zone nannten. Sein Blick hing an der edel verzierten Kürbisflasche, für deren Wert man sich problemlos eine gute Filtermaske hätte leisten können und fragte sich, was wohl in ihr war. Whiskey oder ein anderer Schnaps?

Chi no Ame – Der Blutregen. So nannten sie ihn, wenn er es nicht hörte.

Ungenau, aber sanft berührte Akira jede der drei Kartentaschen einmal, wie um zu überprüfen, dass sie sich noch an Ort und Stelle befanden. Dann zog er sich sein Tuch über Mund und Nase, um sich zumindest ein bisschen vor den Abgasen der Himmelsbambusindustrie zu schützen. Wortlos hob er die Hand zum Abschied, bevor er die Bar in Richtung Tageslicht verließ.

Ryu mochte ihn, aber er tat ihm auch leid. »Du stirbst nicht, nur weil du ein Mensch bist«, verabschiedete er ihn. »Denk mal drüber nach.«

水

Die Ortschaft Kaban am Ende der roten Zone war so unbedeutend, dass sie nach den Eroberungskriegen, welche vor Jahrzehnten stattfanden, nicht einmal umbenannt wurde. Noch heute trägt Kaban den gleichen Namen wie damals, als das Land noch zu Rossija gehörte. Rossija hatte damals begonnen, andere Länder anzugreifen. Vermutlich aus all den sinnlosen Gründen, weswegen die Menschen schon immer Krieg begonnen hatten. Die anderen unzähligen Länder schlossen sich zu dieser Zeit zusammen und beendeten Rossijas Aufbegehren. Sie nahmen ihnen ihr Land und besetzten es. In der heutigen Zeit, in der es nur noch vier Länder und kaum Lebensraum gab, war eben jenes Gebiet einer der letzten Rückzugsorte der Menschheit. Der Name dieses Refugiums lautete Pangaea. Benannt nach dem Urkontinent, der einst allen Landmassen Platz bot, bot auch Pangaea Menschen aller Kulturen, Orientierungen und Glaubensrichtungen ein Zuhause.

Der Grund für den schwindenden Lebensraum war das Resultat eines anderen Krieges und er lag nun direkt vor Akira. Er blickte durch die groben Maschen des Metallzauns in die karge Wüstenlandschaft der schwarzen Zone. Sie war wie ein wütendes Feuer, das den Lebensraum der Menschen, ihre Sprache und kulturellen Errungenschaften verschlang. Alles, was sie übrig ließ, waren die Überreste einer verlassenen Zivilisation. Allerdings nicht, wie man es sich vorstellen würde. Die Schönheit der Natur, die sich zurückholt, was die Menschen ihr genommen hatten, suchte man hier vergeblich. Die leerstehenden Ruinen alter Wohnhäuser erstreckten sich farblos über die Landschaft. Ohne jegliche Vegetation. So als lägen sie am tiefsten Grund eines Ozeans. Vereinzelt wandelten knorrige, vertrocknete Bäume wie Mumien durch die Häuserruinen. Dagegen wirkte Kaban mit seinen sandig schmeckenden Äpfeln und den Blättern der Bäume, welche schon im Frühsommer in kränkliche Versionen der Farben des Herbstes getaucht waren, wie das blühende Leben. Die schwarze Zone war wie die Finsternis selbst. Nachts hätte man die Hand vor Augen nicht gesehen und selbst am Tage wirkte es, als würde sie sämtliche Farben verschlucken, so als wäre es die materialisierte Form der unstillbaren Habgier der Menschen.

Akira atmete ein und konnte spüren, wie dünn die Luft hier an der äußersten Grenze der bewohnbaren Welt war. Wie modrig sie roch. Mit den Fingerspitzen fuhr er über die in den Zaunpfosten eingravierte gläserne Distel. Sie war das Symbol der schwarzen Zone. Für andere Menschen war dieser Zaun wie ein Schutzzauber, der eine Form angenommen hatte. Für ihn jedoch war er nichts weiter als die letzte Hürde, welche er zu feige war, zu nehmen. Es wären nur ein paar Schritte, die er jenseits des Zaunes machen müsste. Wahrscheinlich würde es ihm nicht einmal gelingen, den Wald aus Ruinen zu erreichen, bevor der Sauerstoff in der Luft komplett verschwand. Er würde das Bewusstsein verlieren, ersticken und zum ersten Mal seit Ewigkeiten in einen friedlichen Schlaf sinken. Niemand würde seinen

Leichnam bergen und so würde er wieder Teil des natürlichen Kreislaufs werden. Als Nährboden für die gläserne Distel, welche eine der wenigen bekannten Lebensformen war, die sich den widrigen Bedingungen der schwarzen Zone zu wi-dersetzten wusste. Doch auch heute war Akira zu feige, den Zaun zu überqueren. Auch heute war Akira zu feige, es selbst zu tun.

Langsam wurde er wieder nüchtern und wandte den Blick von der Todeszone ab. Schließlich trat er den Rückweg an. Mit jedem Schritt konnte er spüren, wie ihm das Atmen leichter fiel. Er näherte sich dem ersten Grenzzaun, welchen er wie jeden Tag trotz der verblassten aber noch immer eindeutig erkennbaren Verbotsschilder durchquert hatte. Kaban beschäftigte kaum Zaunwächter, sodass es selten zu Aufforderungen kam, sich an diese zu halten. Im Normalfall würde es eine solche Aufforderung auch nicht brauchen. Niemand außer vielleicht Jugendlichen, die eine Mutprobe abhalten oder Leute mit zu viel Todessehnsucht, würden den ersten Zaun freiwillig passieren. Und doch sprach plötzlich eine Stimme zu Akira.

»Du siehst aus, als könntest du einen Freund gebrauchen.«

Akira blickte auf und entdeckte eine junge Frau. Sie saß auf der Brüstung eines nicht allzu hohen Wachpostens, wie sie in regelmäßigen Abständen in den Zaun integriert waren und ließ die Füße baumeln. Die dunklen Haare hatte sie zu mehreren Dreadlocks gekämmt. Ihre Kleidung verriet, dass sie keine Wachfrau war. Dennoch war diese abgetragen und an vielen Stellen geflickt. Eine robuste dunkle Hose und eine dazu passende schwarze Jacke, welche wie ein Mantel ausfiel. Auf ihrem Oberarm thronte ein Aufnäher, der wie eine gläserne Distel aussah. Sie wirkte angezogen wie ein Mitglied einer Straßengang. Lediglich der Zustand ihrer Kleidung täuschte im ersten Moment darüber hinweg, als Akira dann jedoch ihren großen Rucksack entdeckte, welcher zusammen mit einem Wanderstock und einer Filtermaske am Fuße des Wachpostens auf sie wartete, war es ihm klar. Diese Frau hat hier genauso wenig zu suchen wie ich.

»Kann ich dir helfen?«, grummelte Akira neugierig. Sie hatte sein Interesse geweckt.

»Weißt du, ich wollte eigentlich nur ein bisschen plaudern«, sagte sie, während sie zwischen den Fingern ihrer linken Hand eine Blume rotieren ließ.

»Plaudern?«

Im gleichen Moment in dem Akira realisierte, um was es sich wirklich in den Händen seiner Begegnung handelte, fing diese seinen Blick auf.

Sie sprang in einem Satz, geschmeidig wie eine Katze, vom Turm und streckte Akira die gläserne Distel in ihrer Hand entgegen. »Ich finde dieses Unkraut wunderschön. Sie hat so etwas Geisterhaftes an sich. Passend für einen Ort, an dem es keinen Sauerstoff gibt und den die Menschen Morikuni, das Land des Todes nennen, findest du nicht auch?«

»Sie hat sich in den natürlichen Kreislauf eingefügt. Ich finde, dass das eigentlich etwas ziemlich Lebendiges an sich hat«, erwiderte Akira.

»Mein Name ist Shira. Er bedeutet das weite Land.«

»Ich heiße Akira …« Er stockte kurz. »… und, ich habe keine Ahnung, was mein Name bedeutet.«

»Es war schön mit dir zu plaudern, Akira.«

»Wenn dieser Planet von irgendetwas zu viel hat, dann sind es Menschen. Jemanden zum Plaudern findest du überall.«

»Nicht da, wo ich für gewöhnlich verkehre«, sagte Shira schmunzelnd, während sie sich die Distel ins Haar steckte. Dann griff sie nach ihren Sachen und ging. Ihr Weg führte sie entlang des ersten Grenzzaunes.

Der Alkohol dämpfte seine Sinne, dennoch hörte er jetzt auf, mit den Augen zu sehen und konzentrierte sich darauf, was ihm sein Geruchssinn verriet. Der unverkennbare modrige Geruch der schwarzen Zone stieg ihm in die Nase. Jedoch lag dieser nicht omnipräsent in der Luft, wie Petrichor, der Geruch des Regens an einem Sommertag. Er haftete ganz eindeutig an ihr. Sie roch wie die schwarze Zone.

Wo kommt sie bloß her?, fragte sich Akira, als er ihr nachsah.

In diesem Moment blickte sich Shira noch einmal nach ihm um und rief ihm zu: »Wenn du jemals einen Freund brauchst, frag einfach uns.«

Dann bemerkte er die Ausläufe, des Symbols auf dem Rücken ihres Mantels. Versteckt unter ihrem Rucksack. Die hervorlugende Form sah wie ein Flügel aus. Nur anstelle von Federn bestand er aus Blüten in den verschiedensten Kolorierungen. Ein kleiner Tupfer Farbe, in der Triste des Ödlandes zwischen den Grenzzäunen. Für einen kurzen Moment, wanderte ein Schmunzeln über Akiras Gesicht. Dann trat er durch das Loch im ersten Grenzzaun und ging zurück nach Kaban.

火

Seine Bleibe befand sich etwas außerhalb des kleinen Ortes, welcher wirkte wie ein aus einer Großstadt herausgeschnittenes Geschwür. Kaban war nicht größer als ein Dorf, sah aber nicht so aus. Es bestand aus vielen in den Himmel ragenden Gebäuden, die Platz für die ganzen Arbeiter der Himmelsbambusindustrie boten.

Zugang zu diesen erhielten sie durch Außentreppen, welche an den Häusern emporrankten wie Efeu. Zwischen den Häusern schlängelten sich Bündelweise Stromkabel, über den Köpfen ihrer Bewohner hinweg durch die Pseudostadt. Des Nachts wiesen die Neonlichter der Reklameschilder den Einwohnern ihren Weg durch das Netz der schmalen Gassen, welche bevölkert wurden von an Pollenlunge erkrankten Bettlern mit ihren schwarzen Lippen sowie müllfressenden Gomi-Quallen und deren Leibspeise.

Im Schein der sich langsam senkenden Sonne bahnte sich Akira seinen Weg durch eben jene Gassen. Er ging eine der breiteren Geschäftsstraßen entlang. Wie jeden Tag warf er dem hustenden Aljoscha eine Münze in seinen Becher. Der Bettler war durch seine Arbeit auf den Himmelsbambusfeldern an Pollenlunge erkrankt und nun körperlich nicht mehr in der Lage, dieser nachzugehen. Jahrelang hatte er die Pollen des Bambus eingeatmet. Diese haben sich in seiner Lunge festgesetzt, wie ein Samenkorn das Wurzeln schlägt und vergifteten ihn nun von innen. Es gäbe in einer so hochtechnologisierten Zeit Mittel und Wege dem vorzubeugen. Doch wie fast alle in Kaban zählte auch Aljoscha zu denjenigen, die sich eben diese Technik nicht leisten konnten. Mehr noch als der kranke Mann sich über die Spende freute, freute sich Akira jeden Tag darüber, ihn zu sehen, denn er wusste, dass Aljoscha nicht mehr lange gegen die Krankheit ankämpfen können würde. Dann würde auch dieser Mann aus seinem Leben verschwinden.

In Gedanken versunken ging Akira vorbei an den abzweigenden engen Seitengassen, als er plötzlich mit einem kleinen Mädchen zusammenstieß. Sie kam aus einer der Gassen und prallte gegen sein Bein. Dann plumpste sie zu Boden. Akira ging auf die Knie, um ihr aufzuhelfen, da klammerte sie sich schon an seinen Oberkörper. Das Mädchen war nicht älter als zwölf Jahre und sie roch wie das Meer. Der Geruch weckte ein vertrautes Gefühl in Akira. Ihre silbrig weißen Haare waren zu einem Zopf gebunden. Dieser war jedoch so locker, dass sich einige Strähnen bereits gelöst hatten. Ihre Arme waren in Verbände gewickelt. Akira konnte ihr Gesicht nicht sehen, doch er spürte, wie sie sich zitternd an ihn klammerte und Tränen begannen sein Shirt zu durchdringen.

»Entschuldige, hast du dir etwas getan?«, fragte Akira mit ruhiger Stimme.

Das Mädchen schluchzte, als ein Mann aus der Dunkelheit der Gasse hervortrat und sagte: »Na, na! Du darfst doch nicht einfach andere Leute belästigen. Komm mit, wir gehen nach Hause!«

Akiras Blick wanderte zu dem Mann, welcher in einem weißen Laborkittel, darunter einen Rollkragenpullover, vor ihm stand. »Das Mädchen fürchtet sich«, mischte er sich ein.

»Ich bitte um Entschuldigung für meine Tochter! Sie ist so verspielt und dabei verletzt sie sich oft. Deswegen habe ich sie ausgescholten, weil ich mir wünsche, dass sie besser auf sich achtgibt«, erklärte der Mann, während er sich mit einer Hand durch die strubbeligen Haare fuhr und schief lächelte. Akira bemerkte, dass auch die Hand des Mannes in Verbände gehüllt war, die unter dem Ärmel seines Laborkittels verschwanden. »Ich finde es nicht normal, wenn ein so kleines Mädchen, ohne einen Laut von sich zu geben, vor Angst zittert. Und dann noch diese Verbände …«

»Na, na! Ich muss dich bitten, anderen nicht deine Maßstäbe von Normalität aufzuzwingen«, unterbrach ihn der Mann. »Sie ist eben ungeschickt.«

»Geh nicht …«, wisperte das Mädchen und sah Hilfe suchend zu Akira auf.

Ihre Blicke trafen sich und da begann sich der Abgrund in Akira wieder zu öffnen. Der Zorn drohte ihn beim Anblick der stechend grünen Augen des Mädchens zu übermannen. Er nahm sie kaum wahr, sah nur das Grün hinter den wässrigen Vorhängen. »Was machen sie mit diesem Kind?«

»Puh …«, atmete der Mann aus. »Es ist eine unangenehme Geschichte. Komm doch kurz mit. Ich würde das ungern hier erklären, wo jeder mithören kann.« Während er sprach, drehte er sich Richtung Gasse um. »Ich habe in letzter Zeit wirklich meine Probleme mit ihr. Was ich auch sage, sie reagiert immer so trotzig. Ja …, Erziehung ist schon schwierig.«

Akira sah, wie er erst einen, dann zwei Schritte ins Dunkel der Seitengasse setzte und dabei die Verbände um seine Hand lockerte. Er roch die Aura der Gewalt, die in der Luft lag wie ein schweres Parfüm. Doch im selben Moment löste sich das Mädchen von ihm und folgte dem Mann. Sie nahm seine Hand.

»Na, na! Was sagt man da?«, fragte er mit seinem schiefen Lächeln.

»Entschuldigung … für die Umstände«, murmelte das Mädchen. Dann entfernten sie sich von den Lichtstrahlen der Reklameschilder und verschwanden in die Schatten der Gasse.

Sie hat Angst und dennoch geht sie mit ihm.

Auch wenn er gewollt hätte, er hätte das Mädchen genauso wenig wie sonst jemanden beschützen können. Das konnte er noch nie. Also ging er weiter nach Hause, bereit den Zorn zusammen mit dem nächsten Schluck Alkohol herunterzuspülen.

Als er an seinem Zuhause, einer alten Musikkneipe,

ankam, blickte er auf das Schild, welches in der Tür hing und schon seit Ewigkeiten nicht mehr gewendet worden war. *Geschlossen* prangte darauf wie ein Mahnmal.

空

Mit Zeige- und Mittelfinger berührte Akira die oberste der drei Karten. Jene, welche auf Höhe seines Herzens ruhte. Dann fokussierte er seine Atmung.

Als er seine Augen öffnete, saß er in dem samtigen roten Sessel in der Ecke eines Raumes, welcher aus der Zeit gefallen war. Eine Wand wurde okkupiert von einem Regal, in dem sich alte Schallplatten häuften, wie sie heute nur noch wenige Sammler besaßen. Neben ihm Stand ein golden verzierter Servierwagen mit drei Gläsern und Flaschen voll Alkohol darauf. Das vierte Glas, das die freie Fläche auf dem Wagen belegen sollte, hielt Akira in seinen Händen. Es war gefüllt. Sein Blick schweifte entlang der einzigen Tür und fixierte dann die gegenüberliegende Wand. Vor ihr stand ein massiver Schreibtisch aus Holz, mit allerlei Schreibutensilien darauf. Technische Geräte suchte man allerdings vergebens. Auf dessen Front war der Kopf eines Adlers kunstvoll in das Holz eingearbeitet. Doch Akiras Augen interessierten sich nicht für den Schreibtisch, sondern für die sechs Namen an der Wand dahinter. Blutrot und in der gleichen Farbe durchgestrichen. Diese Botschaften in der Farbe von Blut wirkten genauso deplatziert in dem Raum wie Akira selbst. Beide wirkten sie, wie zwei später hinzugefügte, frische Blüten in einem verdorrenden Blumenstrauß. Und dann war da noch das Herzstück des Zimmers. Ein alter Schallplattenspieler, auf dem eine schwarze Scheibe rotierte.

»I am a goner …«, ertönte eine von düsteren Klaviermelodien untermalte Stimme aus den Lautsprechern, welche abrupt von einem kurzen Kratzen der Nadel unterbrochen wurde und in Stille verhallte.

Akira drehte sich zum Plattenspieler und obwohl es unmöglich war, stand sie da. Er hatte viel getrunken, aber so viel? Sein Blick wanderte vom Muttermal an ihrem Kinn zu ihren silbrig weißen Haaren und verlor sich in ihren blauen Augen, welche aussahen, als wären sie direkt aus dem Meer heraus geboren. »Das ist unmöglich.«

»Und doch bin ich hier. Das Leben scheint nicht gerade freundlich zu dir gewesen zu sein, seit wir uns das letzte Mal gesehen haben«, sagte sie und schritt durch den Raum.

Sie war so schön wie in seiner Erinnerung. Er hingegen …

»Weißt du, ich habe mich immer gefragt, warum du ausgerechnet die Sünde der Trägheit verkörpern sollst. Jetzt weiß ich es Ace …«

»Stopp. Ich trage diesen Namen nicht länger«, unterbrach Akira die Frau.

Sie fuhr mit den Fingern über die blutigen Namen an der Wand. Ian war der Erste, gefolgt von Haruna, Deliah, Aiko und Sola. »Stimmt. Jetzt bist du nur noch Akira Curtis. Ein Schatten dessen, was du einmal warst und nicht einmal in der Lage, die Hand eines Mädchens zu ergreifen, das Hilfe benötigt«, sagte sie in einem Ton, der ihn provozieren sollte, während sie über den letzten Namen an der Wand strich. Hina.

Es war ihr eigener.

»Was willst du damit sagen? Und warum bist du ausgerechnet heute hier aufgetaucht?«

»Wie es scheint, hast du den Kern jener Arkane noch immer nicht ergründen können«, antwortete sie auf seine zweite Frage und beantwortete die erste mit einem Fingerzeig. Hina deutete auf die Stelle, an der die Tränen des Mädchens bereits getrocknet waren. Akira begriff nun und schämte sich »Das Mädchen … sie war es.«

»Ich bitte dich, tu, was ich nicht mehr tun kann. Beschütze meine Tochter. Beschütze sie vor ihm!« Tränen stiegen ihr in die Augen.

»Sie ist seine Tochter, wieso sollte er ihr etwas antun, …« Kurz zögerte er, dann sprach er ihn doch aus, ihren Namen: »… Hina?«

»Eines längst vergangenen Tages hat er auch mich geliebt. Und genauso wie du weißt, was er mir … was er uns angetan hat, weißt du auch, was er ihr antun wird.«

»Auch ich habe dich geliebt«, sagte Akira und wich ihrem Blick aus.

»Gerade deshalb bitte ich dich, sie zu beschützen. Du bist der Einzige, der sie vor dem, was ihr bevorsteht, zu bewahren vermag«, flehte sie ihn an.

Akira blickte nun wieder in die beiden Ozeane, die ihre Augen waren. »Dann war das heute keine Einbildung. Es beginnt also wirklich und einer der vier großen Geister hat ausgerechnet sie als Königskandidatin erwählt.«

»Seit jeher werden die Ränke unserer Welt im Hintergrund gelenkt. Die vier großen Geister der Arkane erwählen je einen Kandidaten für die Nachfolge als Tennō – dem himmlischen Herrscher. Dieser Krieg sollte eigentlich im Verborgenen stattfinden, aber viel zu oft werden Unbeteiligte mit hineingezogen. Unsere Welt braucht jemanden der den natürlichen Kreislauf wieder instand setzt. Deswegen hat die Nachfolge um die Krone von Neuem begonnen. Und ausgerechnet meine kleine Momo wurde erwählt«, erklärte sie und die Meere in ihrem Gesicht liefen über.

Akira schritt durch den Raum und öffnete die Tür. Dort erblickte er seinen eigenen endlosen Ozean. Es regnete in Strömen. Schließlich begann er mit sanfter Stimme zu singen:

»So langsam
Fällt der Regen
Ich beobachte es
Ewigkeiten schon
Ewigkeiten schon.«

Und da war sie. Die Antwort auf Hinas Bitte.

KA - 2

Im Raum war es still. Gespannt lauschte William dem Flüstern der Kerze, während er an der Fensterfront seines Büros stand. Dieses lag in einem der höchsten Gebäude von Neo Metropolis und so konnte er nicht nur über die Stadt blicken, sondern auch über die grüne Zone hinaus. Sein Blick haftete an den riesigen roten Flächen. Systematisch angelegt auf dem Boden der gelben Zone. Er musste sich konzentrieren, um den Übergang zwischen Feldern und Himmel zu erkennen. Denn dieser war in einen nahezu identischen Farbton getaucht. Der Anstrich des Firmaments, welcher einem romantischen Sonnenuntergang gleichkam, resultierte aus den Abgasen der Fabriken sowie Raffinerien, die den Himmelsbambus aufarbeiteten und so die Luft verschmutzten. Es war die gleiche herbstrote Färbung, wie die der Pflanze selbst.

Für William war es im Gegensatz, zu einem Großteil seiner Kollegen, immer noch ein Privileg, in der grünen Zone leben zu dürfen. Luft und Boden waren hier nur geringfügig belastet. Der Himmel hatte zwar auch hier die charakteristische Färbung des Bambus und keineswegs sauber, aber die Sauerstoffsättigung in der Luft war normal.

Umgangssprachlich nannten die Menschen sie deshalb auch die *Reinzone*. Von rein war sie jedoch weit entfernt. Und dennoch war sie der lebenswerteste Ort auf diesem Planeten.

Und ausgerechnet an diesem Ort, an dem man die Filtermasken am wenigsten braucht, leben die Menschen, die sich diese leisten konnten. Was für eine Farce.

Sein Blick haftete noch immer auf den Feldern. Der Himmelsbambus war für ihn ein Sinnbild für das natürliche Gleichgewicht. Die Blätter der Pflanze konnten sogar noch einige Wochen, nachdem sie vom Ast entfernt wurden, Photosynthese betreiben und so geringe Mengen Kohlenstoffdioxid in Sauerstoff umwandeln. Zusammen mit den Fasern der Rinde, die dazu in der Lage war, Schadstoffe zu binden, wurden daraus die Filter für die vielerorts so wichtigen Atemmasken und Luftreinigungsanlagen hergestellt. Diese bildeten die Grundlage für das Leben in der gelben und roten Zone. Leider enthielten die Wurzeln des Himmelsbambus viele Toxine und vergifteten die Böden, auf denen er wuchs, wodurch diese sich verfärbten. Doch das Gewächs hatte die Antwort auf diese Problematik selbst parat. Denn in der ovalen Frucht mit der blassroten Färbung reicherte die Pflanze nicht nur das Gegengift, sondern auch Mineralien und Nährstoffe an. Wenn diese zu Boden fiel, neutralisierte sie das Gift und reicherte gleichzeitig die ausgelaugten Böden mit frischen Nährstoffen an. Ein funktionierender Kreislauf.

Allerdings sah William in der Pflanze auch ein Paradebeispiel dafür, wie die gierigen Herzen der Menschen dieses natürliche Gleichgewicht zerstörten, anstatt sich in dieses zu integrieren. Um noch mehr Geld zu verdienen, regulierten die Regierungen, Hand in Hand mit den großen Firmen der Himmelsbambusindustrie, das Saatgut, wodurch sie die komplette Kontrolle hatten. Den Bauern entrissen sie die Früchte und stellten einen Dünger daraus her, der die Felder wieder nutzbar machte. Diesen mussten die Bauern ebenfalls für teures Geld erwerben. Wer es sich nicht leisten konnte, verlor sein Feld, da der Boden vom Gift der Wurzeln durchtränkt unbrauchbar geworden war. Um es dennoch lukrativ für den kleinen Mann zu gestalten, kauften sie die Ernte für deutlich mehr Geld als gewöhnliches Gemüse. So erhöhten sie den Druck und holzten immer mehr gesunde Natur ab, um noch mehr Fläche für Himmelsbambusfelder zu schaffen. Die Stämme des Bambus verbrannten sie. Denn die im Vergleich zu anderen Hölzern entstehenden Energiemengen waren deutlich ergiebiger. Der rote Rauch, welcher die Luft verpestete und die Menschen krank machte, war für sie nur ein geringes Übel. Schließlich standen die Fabriken ja nicht in der grünen Zone. So hatten die Mächtigen einen Teufelskreis erschaffen. Sie rechtfertigten den Anbau aufgrund der benötigten Luftfilter und Energieversorgung als notwendig, erzeugten und verschlimmerten diesen Zustand jedoch stetig.

Egal wie oft William seine Vorschläge, um an diesem Zustand etwas zu ändern, bei seinen Politikerkollegen vorgebracht hatte, sie wurden immer abgelehnt. Er musste lernen, dass er auch auf diesem Wege wohl nichts verändern würde. Denn die meisten von ihnen waren egoistisch und korrupt. Nur auf ihr eigenes Wohl versessen, ließen sie sich von Firmen wie *Toxanol*, welche in der Himmelsbambusindustrie das Sagen hatten, kaufen. William liebte diesen Planeten, aber er hasste die Affen, die ihn bevölkerten. Deshalb tat er, an jenem rabenschwarzen Tag in seiner Vergangenheit, was er tun musste.

Das Klopfen an der Tür riss ihn aus seinen Gedanken. Er nahm den schwarzen Mundschutz vom Tisch und setzte ihn auf. Seine Brust fühlte sich direkt ein Stückchen freier an. »Herein!«

»Minister Baskerville, Kardinal Walker ist soeben eingetroffen.«

»Bitten Sie ihn herein«, sagte William.

Und dann schließen sie sich irgendwelchen Geistlichen an, in der Hoffnung, dass etwas beten und beichten ihre Sünden vergessen macht. Deshalb haben dann auch noch die Priester mehr Macht im Staat als sie sollten.

Mit der Hand deutete William auf eine kleine Couch aus künstlichem Leder. »Guten Tag Kardinal Walker. Nehmen sie gern Platz. Kann ich ihnen etwas zu trinken anbieten? Ein Glas Cognac vielleicht?«

»Ein Wasser wäre sehr nett. Ich arbeite gerade.«

William füllte ein Glas mit Wasser und ein weiteres für sich mit Weinbrand, aus einer kantig geformten Karaffe. Anschließend stellte er die Gläser vor Aleister Walker auf den Tisch. Dann setzte er sich ihm gegenüber in einen Sessel, welcher den gleichen künstlichen Lederbezug hatte wie das ungemütliche Sofa.

»Ich danke ihnen.«

»Sehr gern«, erwiderte William.

Er stütze den Ellenbogen auf die Lehne und legte seinen Kopf in der Hand ab. Dann musterte er den Geistlichen. Aleister Walker wirkte, nachdem er seinen Ordensmantel an der Garderobe aufgehängt hatte, nur noch wenig wie ein Priester. Sein Erscheinungsbild entsprach mehr dem eines Angestellten in einem Wirtschaftsunternehmen. Ein hellgrauer Anzug mit dazu passender Hose und braunen Schuhen kleidete den Mann. Darunter trug er ein farblich abgestimmtes blaues Hemd. Eine modische Krawatte, senffarben mit wirren schwarzen Sprenkeln sowie sein, zu einer Seite gegeltes blondes Haar, rundeten das Ganze ab. Er sah nicht weniger modisch aus als William selbst mit seinem weißen Hemd, worüber er eine zugeknöpfte Anzugweste mit Nadelstreifen trug. Eine Strähne hatte sich aus seinem Zopf gelöst und rahmte einseitig sein Gesicht. »Sagen sie mir, was kann ich für ein Mitglied der avalonischen Glaubensgemeinschaft von solch hohem Rang tun?«

»Mir wurde zugetragen, dass sie bekannt sind mit einem gewissen Scott Sykes«, antwortete der Mitte dreißigjährige.

»Das stimmt. Allerdings ist das schon lange her. Was wollen sie von ihm?«

»Scott Sykes hat einen Kardinal unseres Ordens ermordet. Wir wollen ihn aufspüren und zur Rechenschaft ziehen. Ich hatte gehofft, sie hätten vielleicht Informationen über seinen Aufenthaltsort?«

»Mein Beileid.«

Es ist an der Zeit meinen Zug zu machen. Er drehte sich um und griff nach einer Akte auf seinem Schreibtisch. »Sie haben doch bestimmt schon von den sich häufenden Vermisstenfällen gehört, welche die Bevölkerung zunehmend beunruhigt?«

»Selbstverständlich. Viele Menschen kommen zu uns und bitten um Hilfe oder beten für Schutz«, sagte Aleister während er mit zwei Fingern seine Brille zurechtrückte.

William legte die Akte auf den Tisch, ließ aber die Hand auf ihr ruhen. »Wir sind uns relativ sicher, die Schuldigen aufgespürt zu haben. Eine Gruppe von fünf Personen. Scott Sykes ist einer von ihnen. Ich will jedoch ganz ehrlich zu Ihnen sein. Diese fünf sind keine normalen Menschen, wenn sie verstehen, was ich damit sagen will.«

Aleister Walker verstand. »Sie wissen also um die *Thelema*, den *Willen* der Aura, die uns alle umgibt, Mister Baskerville?«

Keine ungewöhnliche Frage, nur die wenigsten Personen wissen um das Geheimnis. Einige Genies haben sie unbewusst erschlossen, aber nur die wenigsten können sie nach eigenem Willen nutzen. Er hatte natürlich schon vorher gewusst, dass die Obrigkeiten der avalonischen Kirche allesamt die *Thelema* gemeistert haben. Es gab William jedoch die Bestätigung, dass er die Fäden in den Händen hielt. »Aura oder Chi. Manche nennen es auch Magie.« Als er das Wort Magie sagte, begann der Alkohol in seinem Glas sich zu bewegen. Wie von Geisterhand geleitet, fand er seinen Weg in Williams Mund. Er schluckte die brennende Flüssigkeit hinab und fuhr mit seiner Erläuterung fort: »Schafft man es diese körpereigenen Energien zu meistern, erschließen sich einem völlig neue Sphären.«

»Und dennoch liegt es an uns, die wir diese Kraft gemeistert haben, ihr Geheimnis zu bewahren«, sagte der Kardinal. Für Menschen ohne diese Gabe, mag die Szene wie Magie gewirkt haben. Aleister jedoch war sich darüber im Klaren, dass sein Gegenüber dem bewusstseinslosen Getränk mittels Aura seinen Willen aufgezwungen hat. »Wer hat es ihnen beigebracht?«

»Meine verstorbene Frau hat es mich gelehrt.«

»Mein aufrichtiges Beileid«, bekundete Aleister. Dann blickte er auf die Uhr an seinem Handgelenk. »Sie wollen mir damit sagen, diese fünf sind ebenfalls *Ghost Lights*?«

»So nennt man Personen, die die Thelema für sich erschlossen haben.«

»Handelt es sich bei ihnen um die Verbrecherbande namens Greif, von denen die Leute so eifrig sprechen?«

»Nein. Ob der Greif wirklich existiert, ist uns nach wie vor nicht bekannt. Jedoch bin ich der Meinung, dass wie bei vielen Mythen und Legenden auch hier ein Fünkchen

Wahrheit dahintersteckt. Vor allem wenn man unser beider Wissen in Betracht zieht.«

»Sie haben durchaus recht. Wenn man in der Lage ist, mit der *Thelema* umzugehen, wären Verbrechen wie der Greif sie begeht durchaus im Bereich des Möglichen.«

Damit wäre die Saat gesät.

»Bei diesen fünf mag es sich nicht um den Greif handeln, das macht sie jedoch nicht weniger gefährlich. Sehen sie Kardinal Walker …«, holte er aus, während er die Akte öffnete »… mir obliegt es, mich darum zu kümmern, dass das spurlose Verschwinden von Personen ein Ende nimmt. Ob das durch die Polizei oder durch Sie geschieht, ist mir egal. Wenn Sie mir ihr Wort geben, das sich Ihr Orden über Scott Sykes hinaus der Sache annimmt, bin ich gerne bereit, Ihnen noch zwei weitere nützliche Information zur Verfügung zu stellen.«

Entschlossenheit bahnte sich ihren Weg in den Gesichtszügen des Geistlichen. »Einverstanden.«

Mit dem Finger deutet William auf ein Bild in der Akte. »Das ist der Kopf der Truppe. Sein Name ist Akira Curtis und unseren Untersuchungen zufolge hält er sich im Moment in einem kleinen Ort am Rand der roten Zone auf. Finden Sie ihn, finden Sie Sykes. Außerdem haben wir bereits eine der fünf Personen gefasst. Gerne überstellen wir sie Ihnen als … nennen wir es Druckmittel.«

»Ich danke Ihnen Minister Baskerville«, sagte Aleister Walker, während er aufstand.

Er schüttelte dem Kardinal zum Abschied die Hand, auch wenn er es gerne vermieden hätte.

Direkt nachdem Aleister Walker die Tür hinter sich geschlossen hatte, ging William zum Waschbecken und wusch sich gründlich die Hände. Natürlich wusste er weit mehr, aber das musste sein Gegenüber ja nicht wissen. Schließlich war er niemand, der direkt zu Beginn des

Spiels alle Karten offenlegte. Wissen war seiner Ansicht nach eine ebenso scharfe Waffe wie ein Dolch. Ein Schmunzeln huschte über sein Gesicht beim Gedanken daran, dass er sogar bereits wusste, wer die vier Spieler waren, die um das Erbe spielen würden.

Woher er das wusste? Die Flamme der Kerze hatte es ihm zugeflüstert.

Chi - 3

Es war das erste Mal in ihrem Leben, das Mulai ein Leben genommen hatte. Der Kanohi-Stamm dem sie angehört, lebte zurückgezogen und ernährte sich ausschließlich von den Dingen, die die Natur für sie übrig hatte. In den Fischen sahen sie die Verkörperung der Götter des Flusses, aus dem sie tranken. Vögel waren die Gesandten des Windes und jedes Tier, welches über den gleichen Boden wie die Kanohi wandelte, war für sie ein größerer Teil des Ganzen. Alles Leben war ihnen heilig. Dennoch hatte Mulai keine Sekunde gezögert.

Selbst jetzt, einige Tage nach der Tat, sah die junge Frau den toten Körper noch vor sich, wenn sie die Augen schloss. Ihr Speer durch das Tattoo einer schwarzen Feder getrieben. Die Zahl in der Mitte der Feder nicht mehr lesbar. Unzählige Schnittwunden säumten den Körper des Mannes und er war gebettet auf seinem eigenen Blut. Selbst ein Kind hätte erkannt, dass dies kein gnadenvoller Tod war. Mulai wurde noch immer Übel bei dem Gedanken daran, denn die alte Kupfermünze, die sie dem Toten entwendet hatte, wog schwer in ihrer Tasche. Sie war die Materialisierung der Schuld, die Mulai Azandé auf sich gelastet hatte. Der Wegzoll für einen Pfad, von dem es kein Zurück mehr gab. Diesem Pfad folgte sie über einen alten Friedhof bei Nacht. Unzählige Reihen von steinernen Gräbern säumten diesen. Kaum eine der letzten Ruhestätten war mit Blumen geschmückt. Die meisten zierten Moos und Unkraut. Die wenigen Geistersegler, welche gespenstisch leuchtend ihre Bahnen über dem Totenacker zogen, untermalten die unheimliche Stimmung. Sie erinnerten die junge Kanohi an ausgeblichene Versionen von Karpfenfahnen, sogenannte *Koinobori,* wie sie in Nihon an vielen Restaurants im Wind hingen. Durch die Luft gleitend bewegten sich die durchsichtigen, fischähnlichen Kreaturen fort und waren Mulais Wegweiser. Untermalt wurden ihre schwerelosen Bewegungen von dem kränklichen Geheul eines Wolfes. Vermutlich brach dieser hierher auf, weil sein früheres Zuhause nicht mehr genug Nahrung bot. Mulai jedoch sah es als ein Zeichen ihrer Götter. Sie wachten über sie. Es war der Ort, von welchem ihr Opfer gesprochen hatte. Ihr Ziel war eine zerfallene Friedhofskirche am Übergang zwischen gelber und roter Zone. Denn nur in diesem Grenzbereich konnten die Geistersegler überleben.

Mulai war nervös. Dennoch beruhigte sie ihre Atmung und begann damit ihren Geist auszustrecken. Insgesamt nahm sie die Aura von vierzehn Personen, sich selbst ausgeschlossen wahr. Eine davon gehörte zu dem fröhlich pfeifenden Totengräber, an welchem sie vor einigen Minuten vorbeikam. Er war ein komischer Kauz. Unweit von ihm stand ein Sarg an einen Grabstein gelehnt und er führte einseitige Gespräche mit diesem. Dabei nutze er Formulierungen, als ob er mit seiner geliebten Frau sprechen würde. Mulai schenkte ihm keine weitere Beachtung. Für die Marotten eines irren Bestatters hatte sie keine Zeit. Was sie jedoch beunruhigte, waren die dreizehn übrigen Personen in der Kirchenruine.

Eigentlich hätten es nur zwölf sein dürfen.

Sie ging die letzten Meter zu der großen, morschen Holztür, die der Ruine einst als Eingang diente. Währenddessen ließ sie die Auren auf sich wirken. Einzeln nacheinander schenkte sie ihnen ihre Aufmerksamkeit. Allesamt hatten ihre Besitzer die *Thelema* erschlossen, denn die Dichte ihrer Aura war deutlich stärker als bei normalen Menschen. Als sie nach der letzten Person griff, lief es Mulai eiskalt den Rücken herunter. Angst fuhr ihr in die Knochen. Die Aura war die eines Raubtieres. Sie fühlte sich wie ein Hase im Angesicht eines Raubtiers, das die Zähne fletschte. Mulai begann zu zittern und vor ihrem inneren Auge stand sie vor einem Schlund voller messerscharfer Dolche, größer als sie selbst. Ihre Hand schnellte zu der Fasanenfeder, die in ihr Haar geflochten war. Sanft glitt sie am Schaft entlang und verschaffte ihrem Geist Ruhe. Anschließend öffnete sie das Tor zum Horst des Greifs.

Die wahrscheinlich einst prachtvoll bemalten Wände der Kirche verloren ihren Putz und lagen teilweise in Trümmern. Viele der hölzernen Sitzreihen waren morsch und zusammengebrochen. Trotz des Windes, der durch die kaputten Fenster pfiff, hing ein schimmeliger Geruch in der Luft. Instinktiv richtete Mulai ihre gesamte Aufmerksamkeit auf die Suche nach dem Wesen, zu dem die raubtierhafte Aura gehörte. Es dauerte keine volle Sekunde, da hatte sie ihn entdeckt. Vornübergebeugt, die Hände ineinandergelegt, saß der Mann auf dem Altar der Kirche. Der weißgraue Pelz eines Schneeleoparden schmückte seinen Mantel und seine untere Gesichtshälfte war in weiße Verbände gewickelt. In seinem Haar trug er eine schwarze Feder. Angst und Zorn tanzten in Mulai einen gefährlichen Tanz zu dem Rhythmus ihres Herzschlages, bei dem Gedanken daran, dass sie etwas mit ihm gemeinsam hatte. Außerdem besaß die Iris seiner Augen unterschiedliche Färbungen. Das eine war grau und kalt. In diesem saß der Hunger eines Raubtieres. Warmes Herbstbraun färbte das andere und irgendwo, tief unter dem Gemisch aus Wut und Furcht regte sich ein vertrautes Gefühl in ihr. Mit diesen heterochromen Augen kontrollierte er den gesamten Raum.

Er muss der Kopf des Greifs sein.

Erst jetzt bemerkte sie die beiden wie Punks gekleideten Frauen an der Treppe des Altars. Die eine hatte blaue Haare, die andere pinke. Man erkannte auf den ersten Blick, dass die beiden Zwillinge sein mussten. Aus dem Augenwinkel heraus registrierte sie zwei weitere Personen, die auf den Trümmern neben dem Eingang saßen. Ein Mann und eine Frau. Mulai war nur eine einzige Sekunde abgelenkt gewesen, doch schlagartig wurde ihr bewusst, wenn irgendjemand hier sie hätte töten wollen, wäre sie längst tot. Dann spürte sie einen stechenden Blick von links oben. Auf der ersten Empore konnte sie ein weißes Grinsen, welches die Dunkelheit durchschnitt, erkennen. Eilig fokussierte sie sich wieder auf ihren sechsten Sinn. Im Schatten der Empore, nahe einer Säule erfasste sie einen Hünen in einem seltsamen Anzug. Auf der Brüstung des gegenüberliegenden Balkons saß ein Mann. Viel von ihm konnte Mulai nicht erkennen, aber große Teile seines Gesichtes bestanden aus violettem Narbengewebe. Die verbrannten Hautlappen waren grob mittels chirurgischer Klammern an den gesunden befestigt. Er schien sich nicht für sie zu interessieren, sein Blick haftete an den beiden Männern, die im Durchgang standen.

»Ich will ja nicht unhöflich sein, aber ich führe hier gerade so etwas wie ein Bewerbungsgespräch. Vielleicht kommst du später noch mal wieder?«, sagte einer der beiden zu ihr, während er sie mit der Hand herauswinkte. Mulai schritt zielsicher durch den Mittelgang. Ihre Hand fischte nach der Münze in ihrer Tasche, während sie im Vorbeigehen, eine blasse, in einen schwarzen Kimono gehüllte Frau auf einer der Bankreihen entdeckte.

»Wie war mein Name noch gleich?«, sprach diese mit sich selbst. Neben ihr lag eine weitere Person in eine alte Flickendecke gewickelt und schnarchte.

Nummer elf und Nummer zwölf. Fehlt noch einer.

Sie schnippte das Kupfer zu dem Mann mit den schwarzen Koteletten und dem Kinnbart, der sie gebeten hatte, zu gehen.

Zielsicher fing dieser die Münze mit einer seiner tätowierten Hände. »Guckt mal, jetzt habe ich auch eine eurer Münzen. Kann ich jetzt bei eurem Verein mitmachen?« Dabei grinste er schelmisch.

»Die Münze gehört mir«, fauchte Mulai ihn an. »Sie beweist, dass ich dem Greif eine Feder ausgerissen habe. Entsprechend eurer Regeln habe ich mir damit das Recht erkämpft, seinen Platz einzunehmen. Oder etwa nicht?«

Plötzlich wurde die angespannte Stille von den schiefen Klängen der alten Orgel zerrissen. Das letzte noch fehlende Mitglied, sein Gesicht versteckt unter einer Sturmhaube aus Wolle, stand vor dieser. Die Arme weit aufgerissen sprach er mit trauriger Stimme: »Zwei Federn sind tot. Dembé. Nanachi. Mögen eure Federn so leicht sein wie die Feder der Maat.« Dann legte er die Hände vor seinem Gesicht zusammen und ließ die Finger aufgeregt aufeinander eintrommeln. Mit verstellter Stimme fuhr er fort: »Oh … aber drei Leute, die behaupten, sie hätten die beiden getötet, sind einer zu viel.« In der veränderten Stimme schwang eine manische Euphorie mit.

»Sei still Echo! Ich will schlafen«, erschallte es dumpf unter der Flickendecke. Echo legte einen Finger auf seine Lippen. »Pscht. Du weckst sonst Yoru«, sagte er wie zu sich selbst. »Mir doch egal! Los, wir spielen einen Walzer und lassen die drei sich gegenseitig umbringen!« Die Stimme sprang hin und her, als ob er zwei Persönlichkeiten hätte, die um die Führung kämpften.

»Ich habe Nanachi umgebracht. Von der Münze wusste ich nichts, aber ich habe ihr Tattoo als Beweis herausgeschnitten«, brachte sich der dritte Mann ein. Aus einem blutigen Tuch wickelte er einen fetzten verdorbenes Fleisch aus und warf ihn auf den Boden. Auf der ledrigen Fläche war eine schwarze Feder zu sehen. Innerhalb des Tattoos wurde ein Stück ausgespart, welches die Zahl Sieben formte.

»Alles klar. Dann zeige ich euch wohl auch mal, was ich in meinen Taschen habe.«

Der schwarzhaarige Mann mit den Koteletten zog eine Tarotkarte aus der Tasche seines Mantels und hielt sie sich vor das Grinsen in seinem Gesicht.

»Für die unter euch, die keinen Platz in der ersten Reihe ergattern konnten, hierbei handelt es sich um *die 3 der Schwerter* alias *der Kummer*. Ich mag bislang keinen von euch getötet haben, aber was nicht ist, kann ja noch werden.«

Dann floss seine Aura in die Karte und diese verwandelte sich in ein kurzes Samuraischwert. Ein sogenanntes *Wakizashi*.

»Vielversprechend. Er hütet eine kleine Arkane«, sagte die Frau mit den pinken Haaren. Ihrer Stimme wohnte eine gewisse Verspieltheit inne. »Was wohl ihre Fähigkeit ist?«

»Wie viele Trümpfe gab es noch mal? Ich habe es wohl schon wieder vergessen«, fragte das blasse Mädchen, welches noch immer auf der Sitzbank saß und gedankenvergessend an die Decke starrte.

»Angeblich 78. 22 große und 56 kleine Arkanen«, meldete sich die andere Zwillingsschwester zu Wort.

Mulai konnte die Mordlust, die den Raum erfüllte, fast physisch greifen. Ihr Blick suchte immer wieder den Anführer des Greifs. Dieser saß noch immer auf dem ehemaligen Altar und beobachtete völlig unbeeindruckt die Szene, die sich vor ihm abspielte.

»Sag mir deinen Namen. Ich möchte wissen, wen ich ins Jenseits befördere«, ergriff der übrige Anwärter das Wort.

Der Tätowierte fasste sich nachdenklich ans Kinn. »Mhm … ihr könnt mich Mortecai nennen.«

»Mortecai, du sollst wissen, wer dich ins Grab bringt. Und ihr könnt ihn euch auch direkt merken. Mein Name ist …«

»Den Namen eines Toten muss sich hier wirklich keiner merken«, unterbrach Mortecai ihn grinsend, während sich die Klinge seines Wakizashis blitzartig verlängerte und auf den Mann zu schoss.

Im letzten Moment brachte sein Gegner die Scheide seines ungezogenen Schwertes zwischen sich und die Klinge. Dennoch riss ihn die Wucht des Angriffs von den Füßen und fegte ihn gegen eine Säule.

Zeitgleich ertönte eine atonale Melodie durch die Orgelpfeifen und man hörte Echo manisch lachen.

Das Wakizashi schrumpfte wieder. Nun widmete sich Mortecai Mulai zu und zog mit der anderen Hand sein Katana aus der Schwertscheide.

Mulai war darauf vorbereitet. Bereits als ihr Gegenüber seinen Trumpf freisetzte, hatte sie ihren Speer aus der Halterung ihres Rückens gelöst und ihre Aura in ihn fließen lassen. Ohne diese Maßnahme wäre er gegen die

Waffen Mortecais nicht mehr wert als ein Zahnstocher. Mit dem Katana in der Linken holte er aus und sprang auf sie zu. Während er in der Luft hing, parierte sie einhändig mit ihrem Speer. Wissend um das Kurzschwert in seiner Rechten glitt ihre Hand zu ihrer eigenen Arkane. Es war nicht ihr Plan, ihre Karten schon jetzt offen auf den Tisch zu legen. Dann aber realisierte sie, dass das auch nicht nötig war. *Der Kummer* war nicht auf sie gerichtet. Sie war nicht mehr als ein Ablenkungsmanöver. Geschickt hatte Mortecai sich so positioniert, dass sein durch den Sprung flatternder Mantel die Sicht auf die Klinge in seiner Rechten verbarg. Wie schon zuvor dehnte sie sich abermals innerhalb eines Wimpernschlags aus, durchstieß den Mantel und schlug dann neben dem Kopf des Greifs ein. Als ob er wusste, was passieren würde, hatte dieser im letzten Moment sein Haupt minimal zur Seite geneigt. Keinen Millimeter mehr als nötig. Ein kurzes Schmunzeln saß in seinen Augen.

Mulai drängte Mortecai mit dem Speer zurück und noch bevor dieser auf dem Boden aufkam, traten die Zwillinge in Aktion. Als er landete, hatte er bereits ein Messer am Hals und eine Pistole an der Schläfe. Nur wurden beide Mordwerkzeuge nicht von den Frauen gehalten, sondern von lumpigen Puppen mit Knopfaugen, welche die beiden von sich streckten.

»Alles in Ordnung, Dante?«, fragte die Pinkhaarige der beiden.

»Genau, geht es dir gut?«, stimmte ihre Schwester mit ein.

»Hör auf mir alles nachzuplappern, Chelsea!«

»Mache ich doch gar nicht!«

Ohne auf die Antwort ihrer ursprünglichen Frage zu warten, begannen die beiden sich zu streiten.

»Kein Grund, sich zu streiten Mädels«, mischte Mortecai sich ein. »Ich dachte, warum nur eine Feder ausrupfen, wenn man auch gleich den Kopf abtrennen kann und dann selbst der Boss wäre.«

Mulai strengte es an, das komplette Geschehen in der Kirche im Auge zu behalten. Jeder der Anwesenden war kampfbereit, egal ob er bereits Teil des Tumults war oder nicht. Der namenlose Anwärter hatte seine Benommenheit mittlerweile abgeschüttelt und stürmte mit gezogener Klinge auf Mortecai zu. Doch dieser sollte rechtbehalten. Sich den Namen jenes Mannes zu merken hätte sich nicht gelohnt. Mulai spürte ein intensives Aufflackern von Aura hinter sich. Sie wandte ihren Kopf zu dem blassen Mädchen auf der Bank. Die Aura war verschwunden und mit ihr die schwarze Farbe ihrer Kleidung. Ganz in Weiß saß sie da und starrte weiterhin gedankenverloren an die Decke.

»Shirohime.«

Erst als das Echo des Wortes in der Kirche nachhallte, bemerkte Mulai, dass die in eine Decke gewickelte Person, welche ebenfalls auf der Bankreihe lag, verschwunden war. Sie richtete ihre Aufmerksamkeit wieder auf ihre Gegner. Blut spritze durch die Kirche und färbte den einst heiligen Boden in ein dunkles Rot. Mulai übermannte die Übelkeit, als sie sah, wie der kopflose Leichnam umkippte. Wie in Trance stand sie da, bis schiefe Orgeltöne sie befreiten. Es klang, als ob jemand mehrmals mit der Faust auf die Tasten des Instruments eingeschlagen hätte. Erst mit voller Kraft, dann immer zaghafter werdend. Als sie ihren Blick darauf richtete, sah sie, wie der abgetrennte Kopf über die Klaviatur rollte und die weißen Tasten rot färbte.

»Chester Echo, ich habe dir gesagt, ich will schlafen«, sagte der großgewachsene Mann namens Yoru, welcher noch immer in seine Decke gewickelt war. In seiner Hand ruhte eine tiefschwarze Sense, die dabei war, sich aufzulösen. In zähflüssigen Tropfen suchte sich das Schwarz einen Weg durch den Raum, zurück zu dem blassen Mädchen. Fleck um Fleck saugte sich ihr Kimono mit der tintenartigen Substanz voll und färbte sich wieder schwarz.

»Ich hab dir gesagt, dass Yoru sauer wird!«, sagte Echo ängstlich zu sich selbst. Wobei nicht klar war, ob seine Furcht nur gespielt war.

Und gerade als sein anderer innerer Gesprächspartner antworten wollte, ließ Yoru ihn verstummen.

»Gute Nacht, Echo.« Anschließend zog er seine Decke wie eine Kapuze über den Kopf und legte sich vor der Orgel auf den harten Kirchenboden. Sofort erfüllte sein leises Schnarchen den Raum.

Mulai gelang es, die Galle in ihrer Kehle herunterzuschlucken und den Kampf gegen ihren Brechreiz zu gewinnen.

Zwei ihrer Kameraden wurden ermordet und es ist den meisten von ihnen völlig gleichgültig. Selbst dieser grausame Tod, der sich direkt vor ihren Augen abspielte, bekümmert sie nicht. Meine Götter werden es mir verzeihen.

Schließlich trat Echo vor die Stufen des Altars und flüsterte: »Jetzt, wo wir geklärt hätten, wer die neuen Federn sind …« Seine Stimme wechselte wieder. Diesmal zu einer neuen, ernsteren Version und wurde laut. »… sag uns Dante, warum hast du uns zum ersten Mal seit einem Jahr wieder alle versammelt?«

Fu - 4

Wie jeder Anhänger des avalonischen Glaubens hoffte auch Chifuyu die Niederkehr des Engels *Michael* eines Tages selbst mitzuerleben. Seine Eltern waren Priester des Ordens und die Erzählung darum, wie der Himmelsbote in der Gestalt eines Kranichs zur Erde herabstieg, war seine liebste Gute-Nacht-Geschichte gewesen.

Am Boden angelangt landet der Vogel auf einem sakralen Stein, welcher in den Gärten zwischen den Turmkirchen lag und verwandelt sich dort in ein Schwert. Die Person, welche würdig war, das Schwert aus dem Felsen zu ziehen, erhielt himmlische Kräfte und sollte fortan ein König sein. Außerdem trug diese als Stellvertreter Gottes auf Erden von nun an den Namen des ersten Mannes, der sich des Schwertes würdig erwies und somit den avalonischen Orden begründete, als Titel. Artus würde die Person von diesem Tag an heißen und der Welt Frieden bringen.

Die Geschichte erzählte sein Vater ihm mit ausholenden Handbewegungen und facettenreicher Mimik. Das einige den Engel auch *Fū*, die Verkörperung des großen Geistes, des Windes und der Luft nannten, war allerdings ein Detail, das sein frommer Vater ihm verschwieg und mit dem nur seine Mutter die Geschichte ausschmückte.

Für die meisten Gläubigen des avalonischen Ordens war der Tag, an dem der Bote Gottes aus den Wolken herabstieg, vermutlich der schönste Tag ihres Lebens. In Chifuyus Fall war es jedoch einer seiner schlimmsten. Denn es war der Tag, an dem er den Leichnam seines Meisters, Kardinal Sirius Gallegar, zurückbrachte. Der hohe Geistliche und er hatten die Mission, eine seit Jahrzehnten verschollene Reliquie zurückzuholen. Stattdessen verloren sie die Reliquie seines Mentors und dieser dazu noch sein Leben.

Die Gotteshäuser des Ordens waren runde Türme mit flachen Dächern. Man fand sie überall in Pangea und vereinzelt auch in den anderen Ländern, auch wenn sie manchmal nicht mehr als eine aus vergrautem Marmor erbaute Kapelle waren. Das bauliche Zentrum des avalonischen Glaubens bildeten die beiden höchsten Türme, die ein Birkenhain miteinander verband. Sie standen in ihrer strahlend weißen Pracht direkt nebeneinander. Die Jahrzehnte hatten jedoch an ihnen genagt. Die Marmorierung des weißen Steins war aus der Nähe verwittert und je nach Jahreszeit, lag ein rötlich schimmernder Film auf ihnen.

Einer von ihnen wurde der Schweigeturm genannt. Dieser war ein Ort der Ruhe und Einkehr. Hier verweilte man zum stillen Gebet oder zur rituellen Reinigung. Außerdem war es die Stätte, an dem man den Mitgliedern die letzte Ehre erwies.

Sirius Gallegar war einer der acht Kreuzritter und somit Kardinal des avalonischen Ordens. Dies war das höchste Amt, welches man nach dem Titel *Artus* in der Gemeinschaft bekleiden konnte. Dementsprechend voll war es zwischen den Kreuzen aus Stein auf der Spitze des

Schweigeturmes, als seine Totenmesse gehalten wurde. Neun Tage lang hatte er die letzten Salbungen erhalten. Ein Tag für jeden Sitz an der runden Tafel von Artus. Am Zehnten übergaben sie ihn dem Himmel. Als sein Adjutant kniete Chifuyu in der vordersten Reihe, direkt neben Arthur Vessalius, dem aktuellen Oberhaupt des Ordens. Tränen quollen aus Chifuyus einem einer Augenklappe nicht unähnlichem Verband hervor, als er seinen Meister an dem steinernen Kreuz hängen sah. Das salzige Nass schmerzte in seiner Wunde, dennoch gab er keinen Laut von sich. In kompletter Stille verabschiedeten sich seine Glaubensbrüder und -schwestern von dem Toten. Die Hände zum Gebet gefaltet. Dafür legten sie die Fingerspitzen aufeinander und formten mit beiden Händen einen runden Kreis. Eine volle Stunde verharrten sie so und beteten für Kardinal Gallegar. Chifuyu besann sich auf die unzähligen Momente mit ihm, in denen sie zusammen lachten, aßen, reisten und er ihm die Grundlagen der *Thelema* oder den Umgang mit dem Schwert lehrte. Er erinnerte sich daran, wie sie zusammenlebten und daran, wie er starb, um ihn zu beschützen. Jedes Mal, wenn ein Windzug über den Turm streifte, stellte er sich vor es wäre Sirius, welcher die Szene mit einem Lächeln auf den Lippen beobachtete. Nach etwa der Hälfte des stillen Gebets blickte er sich um. Er war froh über die ganzen Menschen, die gekommen waren. Froh darüber, dass sein Meister nicht allzu bald in Vergessenheit geriet. Dabei bemerkte er auch Kardinal Walker, welcher verspätet eintraf.

Gegen Ende schloss Chifuyu die Augen und gab seinem Meister zum Abschied ein Versprechen.

Nie wieder werde ich es zulassen, dass jemand vor meinen Augen stirbt.

»Avalon«, erschallte es im Chor aus unzähligen Mündern.

Dann stiegen sie den Turm hinab und überließen den Körper von Kardinal Sirius Gallegar den Geiern, die seine Seele in den Himmel tragen würden.

風

Im Anschluss begab sich Chifuyu zusammen mit Arthur Vessalius auf den Schwertfriedhof, welcher ein Stück abseits der Türme lag. Gemeinsam spazierten sie über die steinernen Pfade und Treppen, die in den moosbewachsenen Boden geschlagen worden waren. Über ihnen raschelten die Blätter in den Baumkronen und um sie herum steckten hunderte zerschlissene Klingen in der Erde. Schmiedekunst aus allen Kulturen und Epochen ragten aus dem Boden hervor und dienten als Grabsteine.

Der Kreuzritter mit dem ergrauten Haar war der Meinung, dass es Chifuyu obliege, die letzte irdische Gedenkstätte seines Meisters zu errichten. Er hielt das schartige Katana seines Lehrers in den schwieligen Händen. Trotz seiner Verletzungen trainierte er jeden Tag und das härter als je zuvor. Mit dem Gesicht von Sirius Mörder vor Augen und seinem Versprechen im Herzen. Gemeinsam suchten sie eine geeignete Stelle für die letzte Ruhestätte ihres Freundes und Meisters.

Der fast fünfzigjährige Arthur Vessalius trug sein Haar offen, nur oben hatte er es zu einem kleinen Haarknoten an seinem Hinterkopf zusammengebunden. Sein Kinnbart war ebenso grau wie sein Kopfhaar, aber sehr gepflegt. Seine Ausstrahlung hatte etwas väterliches. Bislang war er sehr schweigsam, gab Chifuyu die Ruhe, die er brauchte. Nun jedoch brach er sein Schweigen.

»In weiteren neun Tagen, wenn die offizielle Trauerzeit vorüber ist, werden wir die Zeremonie abhalten und denjenigen unter uns suchen, welcher vom großen Geist im Schwert als würdig erachtet wird, es aus dem Stein zu ziehen. Dieses Privileg obliegt als Erstes uns Kreuzrittern. Doch wenn sich unter uns nicht der nächste Artus befindet, dann erhalten als nächstes unsere Adjutanten die Chance. Deswegen möchte ich dich fragen Chifuyu, möchtest du trotz deiner Trauer und deiner Verletzungen schon vor Ablauf der neun Tage eine erneute Adjutantenprüfung abhalten?«

Chifuyu wusste, wie es um seine Chancen stand, erneut von einem Kreuzritter als Adjutant erwählt zu werden. Vor allem mit seinen Verletzungen. Dennoch antwortete er mit fester Stimme: »Auf jeden Fall.«

»Dann soll es so sein.«

Schließlich fanden die beiden einen geeigneten Platz am Rande des Schwertfriedhofes. Im Schatten einer Felswand stand eine alte Weide. Chifuyu konnte Sirius vor seinem inneren Auge sehen, wie er unter ihr saß und konzentriert an einem Stück Holz schnitzte. Er zog die Klinge seines Mentors aus der Scheide und blickte in den Himmel. Die Sterne glitzerten wie Nadelstiche im Baldachin des Firmaments. Dann rammte er das kalte Eisen in die Erde. »Sag mir Sirius ist es wahr, was sie sagen? Sind die Farben wirklich warm und gedimmt?« Die Tränen stiegen ihm wieder in die Augen.

Arthur legte ihm eine Hand auf seine Schulter. »Dieser Platz hätte ihm gefallen. Er liebte schattige Plätzchen.«

Chifuyu wischte sich die Tränen aus dem freien Auge und nickte.

Einige Minuten standen sie schweigend vor dem Grabmal, bis schließlich ein weiterer Mann zu ihnen stieß. Er war sehr alt und Chifuyu identifizierte ihn als den *Writer*. Dies war nicht sein Name, sondern seine Aufgabe. Trotz seines fortgeschrittenen Alters war er jedoch nicht gebrechlich und so kam er schnellen Schrittes auf die beiden zu. Ohne außer Atem zu sein, kam er vor den beiden zum Stehen. Sachlich und ohne jegliche Emotion sagte er: »Jemand hat das heilige Schwert aus dem Stein gezogen.«

Mizu - 5

Es begann mit lieben Bitten. Dann versuchte er es mit Geschenken, wie Spielsachen und Süßigkeiten. Schließlich ging er zu Gewalt über und versuchte sich zu nehmen, was er wollte. Nur konnte Momo ihrem Vater nichts geben, was sie nicht besaß. Wann sie ihren Vater das letzte Mal gesehen hatte, wusste sie nicht. Sie erinnerte sich jedoch gut daran wie er Dr. Licht an jenem Tag eine Karte gab und sagte »Wenn sie uns den großen Geist nicht freiwillig geben möchte, dann nimm das Aeon und hole ihn aus ihr heraus.«

Seitdem wurde sie jeden Tag von Dr. Licht zerlegt und wieder zusammengesetzt. Sie begriff nicht, wie es möglich war, dass ihr Körper sich auf diese Weise in seine Einzelteile aufspaltete. Den Schmerz, der sich anfühlte wie tausende zuckende Stromschläge, die auf ihre Nerven einprasselten, verstand Momo jedoch gut. Zu Beginn setzte er sie wieder komplett zusammen und so endete das Leiden mit der Prozedur. Da ihn das kein Stück näher an sein Ziel brachte, begann Dr. Licht damit, sie nicht wieder ganz zusammenzusetzen. Und so blieben jedes Mal neue klaffende Wunden zurück, welche das Mädchen quälten und nur langsam heilten.

Heute schmerzten Momos Gliedmaßen nicht nur von ihren Wunden. Sie war die ganze Nacht durchgerannt, um zu entkommen. Ihre Muskeln waren steif und erschöpft von der Anstrengung. Zuviel Angst hatte sie, ihre Gefängniswärter könnten sie einholen. Wer wusste schon, ob sich noch einmal so eine Gelegenheit bieten würde. Der Wissenschaftler Dr. Licht war schon einen Tag früher, aufgrund eines wichtigeren Experiments abgereist und so war sie allein mit ihren *Leibwächtern.* Sich vor den Dreien aus einer Unterkunft zu schleichen, war für Momo ein Leichtes. Ihnen jedoch zu entkommen, dass stand auf einem anderen Blatt Papier.

Doch jetzt brauchte das kleine Mädchen eine Pause. Sie hatte es bis an den ersten Grenzzaun zur schwarzen Zone geschafft. Dort ruhte sie jetzt unter den Wipfeln einer alten Ulme. Die Blätter hatten bereits begonnen sich zu verfärben, obwohl der Sommer noch ganz am Anfang stand.

Bislang lebte Momo immer in der grünen Zone. Oft wurde ihr damit gedroht, dass der äußere Rand der roten Zone ihr neues Zuhause werden würde, wenn sie den Geist in sich nicht freigäbe. Aber trotz all der Horrorgeschichten über die anderen Zonen, die sie in den letzten Monaten gehört hatte, wirkte dieser Platz unter dieser Ulme, nahe der schwarzen Zone, so viel schöner und friedlicher als jedes ihrer Zimmer in der grünen Zone.

Bis an den zweiten Grenzzaun, hatten sie Momo gestern geschleppt, um ihr die Todeszone zu zeigen. Eine karge Wüste, in der es keinen Sauerstoff gab und jeder Mensch, jedes Gewächs, einfach alles Leben verendete. Dass dies nur ein weiterer Einschüchterungsversuch war, hatte Momo sofort durchschaut. Und wäre der Wissenschaftler es selbst gewesen, der jeden Tag auseinandergenommen worden wäre, hätte er auch gewusst, dass die schwarze Zone nichts ist, womit man diesem Mädchen Angst machen konnte.

Im Schatten des Baumes beobachtete sie die Dämmerung. Viele ihrer frischeren Wunden waren aufgegangen. Blut färbte ihre Verbände und sie sehnte sich nach der Wärme einer Umarmung. Unweigerlich musste sie an den Mann denken, mit dem sie zusammengestoßen war. Schon ewig hatte sie niemand so in den Arm genommen wie er.

Er hatte so traurige Augen, aber trotzdem war er so schön warm und seine Hände so freundlich. So wie die von Mama. Ich habe das Richtige getan. Der Doktor hätte ihn umgebracht, wäre ich nicht freiwillig zu ihm zurückgegangen.

Ihr kamen die Tränen bei dem Gedanken an ihre Mutter und ihrer langsam verblassenden Erinnerung an sie. Sie konnte sich kaum noch an ihr Gesicht erinnern. Fünf Jahre war es nun bereits her, dass ihr Vater ihr mitteilte, dass ihre Mutter gestorben sei. Nur ein einzelner kurzer Satz: »Momo, deine Mutter ist tot.« Seitdem hatte er nie wieder über sie gesprochen. Momo verdrängte den Gedanken an sie, indem sie sich vorstellte, wie sie sich in den olivgrünen Parker des Mannes kuschelte, mit dem sie zusammengestoßen war.

Plötzlich störten Schritte und Gemurmel die Stille. Sie erkannte die Stimmen sofort. Es waren ihre Verfolger. Momo stand auf und rannte los. Ohne zu zögern, schlüpfte sie durch den ersten Grenzzaun. Sie lief immer weiter und musste mit Erschrecken feststellen, dass der zweite Grenzzaun ihr den Weg versperrte. Ohne lange zu überlegen, drehte sie ab, weiter entlang des Zaunes.

Ein Loch im Zaun tat sich links von ihr auf, gerade groß genug für eine zierliche Person. Ihr Blick ging an der gläsernen Distel, die am Rand des Loches in den Zaun geflochten wurde, vorbei. Unweit hinter der Abgrenzung befand sich die Ruine eines Hauses. Gerade als sie wieder weiterrennen wollte, entdeckte sie jedoch Blumen im ehemaligen Garten des Gebäudes. Weiße sternförmige Blüten, wie sie sie die letzten Tage mehrmals in der roten Zone gesehen hatte. Bislang hatte Momo sie nicht weiter wahrgenommen, doch vor dieser düsteren Kulisse waren sie wunderschön.

Hinter dem Gitter kann kein Leben gedeihen, weil es dort keinen Sauerstoff gibt. Wenn dort jedoch Blumen wachsen …, schoss es Momo durch den Kopf. *Niemals würden die drei auf die Idee kommen, dass ich in die schwarze Zone gerannt bin.*

Dann stürmte sie durch das Loch im Zaun. Schon nach wenigen Metern fiel ihr, trotz ihrer Atemmaske das Atmen schwerer.

Ich muss nur dieses Haus erreichen, dann kann ich ihnen entkommen.

Als sie das Feld aus weißen Sternen erreichte, war ihre Lunge fast leer und ihre Lider schwer wie Blei.

Vielleicht sollte ich hier auf den schönen Blumen eine Pause einlegen. Nur ein ganz kurzes Nick…

In dem Moment, indem Momo drohte das Bewusstsein zu verlieren, packte sie, wie aus dem Nichts, eine Hand. Ab dann ging alles blitzschnell. Sie wurde von den Blumen weggerissen und an etwas gepresst. Die Umgebung wirkte verschwommen, als ob sie aus dem Fenster eines Schnellzugs blicken würde. Kurz entfernte sich der Boden unter ihr, als würde sie durch die Luft springen. Sauerstoff flutete ihre Lungen und sie sog ihn gierig ein. Eine Person hielt sie in den Armen und presste sie gegen ihre Brust. Für einen kurzen Moment kroch die Angst unter ihrer Haut entlang. Lieber wäre sie auf den Blumen in den ewigen Schlaf gefallen, als zurück in ihr Gefängnis zu müssen. Dann erkannte sie den olivgrünen Stoff, an dem sie sich festklammerte.

Sie blickte erleichtert auf und identifizierte die Person als den Mann, mit dem sie gestern zusammengestoßen war. Diesmal jedoch war er nicht warm. Sein Körper war glühend heiß und sein Herz schlug in unglaublichem Tempo gegen seinen Brustkorb. Ihr war immer noch schummrig, aber sie begriff, was passiert war. Der Mann im olivgrünen Parker war in die Todeszone gestürmt, um sie zu retten.

Akira atmete ruhig und kontrolliert, um seinen Puls zu senken. Das Mädchen war immer noch an der Grenze zur Bewusstlosigkeit, er hingegen fühlte sich so lebendig wie seit Ewigkeiten nicht mehr. Er sah sie an und lächelte. »Alles wird gut. Dieses Mal beschütze ich dich.«

Momo verstand sofort, dass ihr Retter genau wusste, warum sie bei ihrem letzten Zusammentreffen, trotz ihrer Angst Dr. Lichts Hand ergriffen hatte. »Danke«, murmelte sie und fragte sich, warum er ihr so ein friedliches und vertrautes Gefühl gab.

Akira setzte das Mädchen an einem Grenzstein mit der gläsernen Distel darauf ab und lehnte sie gegen diesen. Anschließend legte er ihr seinen Parker um. Sie bemerkte, dass seine Haare diesmal nicht offen und wirr in seinem Gesicht hingen. Er hatte sie zu einem Knoten zusammengebunden. Auf der Innenseite seines Unterarms, nah am Ellenbogen entdeckte sie eine Tätowierung. Die Malerei auf seiner Haut sah aus wie ein seltsam proportionierter sechszackiger Stern. In der Mitte, dort, wo die Linien zusammenliefen, saß ein schwarzer Affe. Seine komplette Ausstrahlung hatte sich gewandelt. Lediglich seine Augen strahlten immer noch dieselbe Traurigkeit aus.

»Danke für's Aufpassen, aber jetzt übernehmen wir

wieder die Aufsicht für die Kleine«, ertönte eine Männerstimme. Momo lief es eiskalt den Rücken hinunter.

»Beruhig dich. Ich kümmere mich um die drei«, teilte Akira ihr mit sanfter Stimme mit. Dann drehte er sich um und ging zwei Schritte auf die Männer zu. Zwischen ihnen lagen immer noch mehrere Meter. Er atmete tief ein und wieder aus.

Sie wusste nicht warum, aber sie konnte es ganz genau sehen. Schon seit einiger Zeit nahm sie diese wabernde Energie um Menschen wahr. Bei den meisten war sie wie eine formlose Masse, welche am Kopf abzudampfen schien. Bei manchen Wenigen, wie Dr. Licht verhielt sie sich anders. Dort war sie wie eine flüssige Rüstung und verdampfte nicht. Ihre Aufpasser wechselten zwischen diesen Zuständen, das hatte sie schon mehrmals beobachtet und sie waren immer erschöpft, wenn sie die *Rüstung* ablegten. Doch so wie bei ihm hatte Momo es noch nie gesehen. Eine Woge dieser Energie raste auf die drei zu, in dem Moment als der Mann den Atem ausstieß.

Zwei von ihnen sanken im Moment des Aufpralls bewusstlos zu Boden. Schaumblasen bildeten sich vor ihrem Mund. Lediglich der Dritte hatte es zwar geschafft seinen Körper rechtzeitig zu umhüllen, jedoch wurde auch er von der gewaltigen Intensität, die Akiras Aura besaß, zu Boden gezwungen. Mit allem, was er hatte, kämpfte er gegen die Bewusstlosigkeit an.

Akira ging vor ihm in die Hocke und zog seinen Kopf, an den Haaren nach oben. Er blickte ihm direkt ins Gesicht und sagte »Richte deinem Boss aus, dass seine Tochter in Sicherheit ist. Akira Curtis passt ab heute auf sie auf.« Dann stand er auf und ging zu Momo. Er nahm sie auf den Arm, wie etwas sehr Kostbares. Die Anstrengung der letzten Nacht und ihr Ausflug nach *Morikuni* forderten ihren Tribut. Langsam dämmerte sie ein.

Boss …, dachte Akira. *Nein, sein Name hatte lange genug Macht über mich …*

Bevor die beiden sich entfernten, wandte Akira sich noch ein letztes Mal um. Wellen der Entschlossenheit brandeten in seinen blauen Augen, bereit sich zurückzuholen, was sie einst an Land zurückgelassen hatten. »Wenn ich es mir recht überlege, richte William lieber folgendes aus: *Acedia*, Sünde der Trägheit, Anführer der sieben Todsünden wird kommen und sich seinen Kopf holen.«

Fu - 6

Auf einmal war sie da. Diese Stimme in Mirais Kopf, die wie das Pfeifen des Windes klang.

»Was begehrst du? Macht und Autorität? Ruhm und Reichtum? Rache? Oder etwas, das all dies bei Weitem übertrifft? Wonach auch immer du dich sehnst, hier wirst du es finden.«

Jeder begehrt irgendetwas. Das verhielt sich bei Mirai nicht anders und so folgte der siebzehnjährige Junge dem Wispern des Windes. Schließlich fand er sich vor einem großen, von den Gezeiten rund geschliffenen, Stein wieder. Um diesen war ein dickes Seil gebunden, an welchem mehrere Papierkraniche befestigt waren. Der Felsbrocken lag inmitten eines Birkenhains zwischen zwei weißen Türmen. Schnell bemerkte Mirai jedoch, dass nicht der Stein der Ursprung der Stimme war, es war das Schwert, welches in diesem steckte. Er nutze die robuste Kordel als Tritt, um den Felsbrocken zu erklimmen. Oben angekommen, betrachtete er die Klinge genauer. Das Stichblatt bestand aus zwei Flügeln in der Form von Mondsicheln, welche entgegengesetzt angebracht waren. Die beiden Schneiden des Ritterschwerts schimmerten je nach Position, von der aus man sie ansah, in einem gespenstischen Grün oder in glänzendem Weiß.

»*Hier* findest du es«, ertönte wieder die Stimme in seinem Kopf.

Schließlich griff er nach dem Schwert. Um ihn herum wurde es schwarz. Das Atmen fiel im schwer. Dann drang von oben Licht durch den Vorhang aus Dunkelheit.

»Ist dort unten jemand?«

Es war ihre Stimme. Genau wie damals kam sie, um ihn aus der Dunkelheit zu befreien. Sie streckte ihm ihre Hand entgegen und er konnte die schemenhafte Silhouette ihres Gesichtes sehen. Mirai begann zu begreifen, dass diese Bilder nicht real waren. Dies waren seine Erinnerungen. Seine Frühesten noch dazu. Denn er konnte sich nicht daran erinnern, wie er in den Keller des eingestürzten Hauses gekommen war oder was für ein Leben er zuvor geführt hatte. Seit er denken konnte, war es finster um ihn herum, bis sie in sein Leben kam. Wie eine Sonne vertrieb sie die sternenlose Nacht und schenkte ihm Wärme. Ab diesem Moment waren die beiden immer zusammen. Ohne zu zögern, ergriff er erneut ihre Hand.

Die Szene in seinem Inneren wechselte. Sofort verstand er, um welchen Moment es sich diesmal handelte. Oft hatten die beiden sich in alten Kellern versteckt und dort Unterschlupf gesucht. Sie rannte die Treppen hoch und Mirai folgte ihr. Es gelang ihm, sie einzuholen und ihr Handgelenk zu packen. »Bitte geh nicht!«

»Ich bin es leid, hier unten zu leben. Erinnere dich daran, was ich dir erzählt habe. Ich möchte die Welt von ganz oben sehen, wie ein Vogel möchte ich durch den Himmel gleiten. Einmal nur möchte ich all das aus einer anderen Perspektive sehen.«

»Aber solange wir uns gegenseitig haben, geht es uns doch gut? Brauchen wir wirklich noch mehr?«

»Es tut mir leid, Mirai.« Dann schubste sie ihn die Treppen herunter. »Vergiss mich einfach.«

Wir beide waren immer zusammen, bis zu diesem Moment. Wo bist du nur, Joan?

»Joan?«, erklang die Stimme des Windes erneut in seinem Kopf.

Nun stand er auf der Spitze eines Turmes. Den Boden konnte er nicht sehen, nur ein dichtes Wolkenmeer. Dies war keine Szene aus seiner Erinnerung, denn an einem so hohen Ort war er noch nie gewesen. Schließlich formte sich der Wind vor ihm zu einem Kranich. Um ein Vielfaches größer als er selbst. Sein Federkleid war alabasterweiß, aber genau wie das Schwert schimmerte es im richtigen Licht grünlich.

Wie um zu begreifen, worum es sich bei *Joan* handelt, schickte er Bilder in Mirais Kopf. Funkelnde Juwelen, eine Krone, attraktive Frauen und Männer und so vieles mehr.

Mirai unterbrach ihn und visualisierte zur Antwort Joan in seinen Gedanken. Er sah ihre Sommersprossen vor sich, ihr dünnes aschblondes Haar. Sie war eher eine graue Maus, als dass sie einem Schönheitsideal entsprach. Ihr Auftreten war keineswegs majestätisch, sondern eher das eines Wildfangs. Joan war nicht so schillernd wie Edelsteine. Zumindest nicht für die meisten. Für Mirai jedoch strahlte sie heller als alles andere.

»Ich danke dir für all die verlockenden Angebote, die du mir zugeflüstert hast, aber wenn ich nur in ihrer Nähe sein kann, dann brauche ich all das nicht.«

»Lass mich sehen, was du bereit bist, dafür zu geben«, stürmte der Wind in sein Ohr. Noch bevor der Satz zu Ende war, schwang sich der Kranich vor ihm in die Lüfte und stürzte auf ihn herab. Mirai hätte ausweichen können, er tat es aber nicht. Instinktiv verstand er, dass dies die einzige Lösung war. Der Vogel verschluckte ihn mit Haut und Haar.

Fū, der große Geist des Windes und der Luft, wusste, dass selbst wenn man die Lösung kannte, nur die wenigsten dazu in der Lage waren, diese umzusetzen. Den Mut und die Entschlossenheit für das, was man begehrt zu sterben, ist nichts, was man einfach besitzt. Doch das, was dieser Junge in sich trug, hatte nichts mit Tapferkeit zu tun. Die Angst, die eine Person zu verlieren, die er suchte, überstieg sogar die Angst vor seinem eigenen Tod. In all den Jahren traf *Fū* auf viele Menschen. Sie alle waren Sklaven von irgendetwas, nachdem sie sich sehnten. Die meisten lechzten nach Geld oder Macht. Joan danach Höhen zu erklimmen. Doch dieser Junge wollte tatsächlich nichts weiter als bei ihr zu sein. Er war die richtige Wahl.

Mirai öffnete die Augen und stand wieder auf dem runden Fels. In der Hand hielt er das Schwert. Nur für einen flüchtigen Augenblick, dann löste es sich auf, wie feiner Nebel. Er konnte spüren, wie der Geist der Arkane ein Teil von ihm wurde. In seinen Fingern lag nicht länger die Klinge, sondern eine Tarotkarte. Sie zeigte das *Ass der Schwerter*. Der Junge hatte keinen Schimmer woher, aber er wusste um das Erbe, welches er antreten würde, und er war bereit dazu, wenn er nur Joan dadurch wiedersehen könnte.

»Schnell Writer, hol Arthur.«

Erst jetzt realisierte er den weglaufenden älteren Mann und die schöne Frau, die ihn ansah. Ihre Haut war blass, weshalb das Rot ihrer Lippen noch deutlicher hervorstach. Sie trug einen Ordensmantel, wie Mirai sie schon manchmal gesehen hatte. Jedoch noch nie mit so vielen silbern glänzenden Ansteckern und Verzierungen. Darunter trug sie ein schwarzes Kleid, welches zu ihrem ebenholzschwarzen Haar passte. Dieses trug sie zu einem Knoten gebunden. Zwei Strähnen rahmten ihr zartes Gesicht.

Hinter ihr duckte sich eine weitere Frau weg, bemerkte Mirai. Sie war jünger. Ihr ebenfalls dunkles Haar war zu einem Zopf gebunden und der Kragen ihres Mantels verdeckte ihre untere Gesichtshälfte.

Mirai war erschöpft. Deshalb setzte er sich auf den Fels. Seine Wahrnehmung hatte sich verändert, seit sich das Schwert aufgelöst hatte. Dies laugte ihn jedoch aus und so kämpfte er gegen die Müdigkeit. Er wollte mit der Frau sprechen, doch seine Lider schlossen sich wie der Vorhang auf einer Bühne. Da hörte er wieder ein Flüstern in seinem Ohr. Es war noch undeutlich, als ob es durch eine dünne Membran zu ihm sprechen würde. Diesmal war es allerdings nicht der Wind, der durch den Birkenhain wisperte, da war sich Mirai sicher. Auch den Frauen konnte die Stimme nicht gehören, denn sie war deutlich maskuliner und klang wie ein Reibeisen.

»Hören sie das auch? Hier spricht doch jemand?«, fragte er schläfrig.

»Ich höre nichts, tut mir leid«, antwortete die Frau mit den vollen roten Lippen.

Die jüngere Frau sah ihn ungläubig an. Unsicher, ob sie sich verhört hatte.

Zu müde, um sich umzublicken, tat er es als Einbildung ab und fiel in einen erschöpften Schlaf.

Der Mond schien auf den Jungen herab. Wie in das Licht eines Scheinwerfers gehüllt, lag er auf dem Stein und schlummerte, als die verborgene Stimme die Membran durchbrach: »Willkommen im Krieg der Erben. Ich bin gespannt, was uns noch alles erwarten wird, alabasterfarbener König.«

風

Mirai erwachte mit trockener Kehle, als der Mond noch über den weißen Türmen stand. Sein Körper fühlte sich kraftlos an und sein Rücken war verspannt. Er war es nicht gewohnt, in einem weichen Bett zu ruhen.

»Schön, dass du wieder unter uns weilst«, begrüßte ihn ein freundlich wirkender Mann, der auf einem Stuhl am Fußende des Bettes saß. Einen Teil seines grauen Haares trug er zu einem Knoten gebunden, der Rest fiel offen über seine Schultern. Der Kinnbart, der die gleiche Farbe besaß wie sein Haar, wirkte gepflegt. Er trug einen Ordensmantel locker über den Schultern, der mit diversen silbernen Abzeichen gespickt war. Darunter ein grobes weißes Hemd. »Mein Name ist Arthur Vessalius. Du bist gerade in einem Gotteshaus des avalonischen Ordens, dessen aktuelles Oberhaupt ich bin.«

»Ich bin Mirai. Mirai Masheny«, stellte er sich mit heiserer Stimme vor, während er sich in dem spärlich eingerichteten Zimmer aus weißem Stein umsah.

Der Raum war nur mit dem Nötigsten ausgestattet. Neben dem Bett gab es lediglich noch einen Holztisch, auf dem ein Korb mit einigen Äpfeln stand, einen weiteren Stuhl sowie eine kleine Kommode, über der ein Spiegel angebracht war. An der Wand hingen zehn gekreuzte Klingen aus poliertem Stahl, die einen Kreis bildeten. Das Glaubensymbol des avalonischen Ordens. Ein kleines, kunstvolles Fenster aus Bleiglas bot einen Blick auf den Schwertfriedhof hinter dem Turmgebäude. Das Fenster und der polierte Stahl waren das einzig Prunkvolle innerhalb des Raumes. Zumindest für die Bewohner der grünen Zone. Für Mirai gab es einen weit größeren Schatz in diesem Zimmer.

»Hast du Durst?«, fragte der Kardinal. Ohne auf seine Antwort zu warten, reichte er ihm ein Glas Wasser.

Der Junge mit dem weißen Haar nahm es entgegen und trank gierig davon. »Danke.«

»Kannst du dich daran erinnern, was passiert ist, bevor du ohnmächtig wurdest?«

»Ich habe das Schwert aus dem Stein gezogen und dann ist mir ein wunderschöner Kranich erschienen. Er gab mir die Karte oder viel mehr verwandelte er sich in eine«, versuchte Mirai den Nebel in seinem Kopf in Worte zu fassen, während er das *Ass der Schwerter* aus seinem Ärmel nahm.

»Er hat dich als seinen Erben anerkannt. Damit bist du von nun an der alabasterfarbene König.«

Auch wenn er nicht wusste woher, war sich Mirai seiner neuen Stellung, nun, wo Arthur es ihm sagte, völlig im Klaren. Hatte er Zugriff auf einen Teil des Wissens des großen Geistes des Windes? Wenn ja, dann lag es versteckt hinter dem dicken Nebel, der, seitdem er das Schwert aus dem Stein gezogen hatte, in seinem Kopf herrschte. Er musste nur in dem sichtschluckenden Weiß danach tasten, um es zu finden.

»Ich kann mir gut vorstellen, dass das alles etwas überfordernd für dich ist.« Lächelnd griff Arthur nach einem der Äpfel und begann diesen mit einem Messer, welches er aus seinem Ordensmantel zog, zu schälen. »Lass mich dir versuchen, alles zu erklären. Kennst du den avalonischen Orden?«

»Ihr seid eine religiöse Gemeinschaft, oder? Mehr weiß ich leider nicht. Ich komme aus dem Schandfleck. Dort gibt es niemanden mehr, der noch an die Güte eines Gottes glaubt.«

»Du hast es bisher sicher nicht leicht im Leben gehabt.« Arthur schnitt Stücke aus dem Apfel und legte diese auf einen Teller, den er anschließend dem Jungen reichte. Die Schale der Frucht hatte er einfach zu Boden fallen lassen.

»Es war nicht immer einfach, aber ich hatte eine gute Freundin, solange sie bei mir war, war meine Welt in Ordnung. Wir hatten uns, das genügte mir«, erklärte Mirai.

Beim Anblick der Frucht lief ihm das Wasser im Mund zusammen. Lautstark meldete sich sein Magen mit einem Knurren zu Wort. Dennoch hing sein Blick an den Schalestücken.

»Bescheidenheit ist eine Tugend. Du könntest ein großer Mann werden, Mirai. Aber zuerst solltest du zugreifen«, sagte der Kardinal schmunzelnd und schnitt weitere Stücke von der Frucht. Instinktiv griff Mirai an den Stücken vorbei nach der glänzenden Schale auf dem Boden. Er legte sie sich auf die Zunge und genoss das säuerliche Prickeln. Wann hatte er das letzte Mal etwas so Leckeres gegessen? Er konnte sich nicht daran erinnern.

»Wieso isst du denn die Schale? Nimm dir doch ein Stück der Frucht.«

»Dort, wo ich herkomme, wären wir an vielen Tagen froh gewesen, wenn wir so etwas Leckeres wie diese Schale zu essen gehabt hätten. Ich möchte nicht, dass sie im Müll landet«, erklärte Mirai, bevor er sie genussvoll herunterschluckte.

»Es tut mir leid. Du hast natürlich recht«, erwiderte Arthur und bemerkte dabei seine eigene Privilegiertheit. Er war tagtäglich ein Anker für jene, die Hilfe suchten und im avalonischen Orden ihren Glauben gefunden hatten. Dennoch gewöhnte sich auch der frommste Mann irgendwann an den Luxus der grünen Zone.

Auch er griff jetzt nach einem Stück Schale und aß es. »Du hast recht. Die Konsistenz ist anders, aber ansonsten schmeckt es genauso gut wie der Rest. Nun probiere aber auch ein Stück der Frucht.«

Mirai lächelte und tat wie ihm geheißen. Seine Geschmacksnerven verneigten sich vor der säuerlichen Süße in seinem Mund. Eilig griff er nach einem zweiten Stück.

»Das Wesen, welches dir in der Gestalt eines Kranichs erschienen ist, war der Engel *Michael*. Auf dem Moment, als er sich zum ersten Mal einem der unseren offenbarte, beruht unser Glauben. Ein Mann, damals noch ein Junge, jünger als du, war der Erste, dem er seine Gunst schenkte und ihn so zum Gesandten unseres Gottes machte. Sein Name war Artus«, begann der Geistliche von den Ursprüngen des Ordens zu erzählen, während Mirai es sich mit vollem Mund schmecken ließ. »Er reichte denen die Hand, die seine Hilfe am meisten benötigten, und schenkte ihnen Hoffnung, während er ein im Krieg versinkendes Land vereinte. So brachte er zusammen mit den Mächten der *Thelema* und seinen Rittern der Runde Frieden. Doch jene unsichtbaren Mächte waren tückisch.«

In Arthurs Stimme lag etwas Bitteres. »Seither gibt es den avalonischen Orden und obwohl wir in der Zeit nach Artus Tod nur eine sehr kleine Gemeinschaft waren, war es seitdem und ist es auch weiterhin unsere Aufgabe, die *Thelema* zu wahren und die Menschen vor ihr zu beschützen.«

»Also ist diese *Thelema* von der sie sprechen, eigentlich das Böse?«, fragte Mirai mit vollem Mund und wünschte sich, dass Joan von diesem Apfel probieren könnte.

»Nur in den falschen Händen. Sie erlaubt es einem, die unsichtbaren Kräfte, die in uns wohnen, zu ergründen und zu kontrollieren. Durch sie konnte Artus, das Land überhaupt erst vereinen. Für die Menschen muss es ausgesehen haben, als könne er Wunder vollbringen.«

Kurz wollte Mirai fragen, ob es sich bei diesen Kräften um etwas Magisches handelte, doch dann ertastete er die richtige Stelle in seinem Kopf. Denn auch diese Antwort lag verborgen im Nebel.

»Jenen böswilligen Gegenspieler wie den Teufel, den gibt es in unserem Glauben nicht. Denn Mordred, der Mann, der Artus das Leben nahm, war nicht sein Feind. Er kam aus seiner Mitte. Mit anderen Worten, das Böse ist keine gehörnte Teufelsfratze, die uns süße Worte zuflüstert, sondern immer in uns«, fuhr Arthur Vessalius fort. Dann schnitt er ein letztes Stück vom Stiel des Apfels und steckte es sich in den Mund. Anschließend erhob er sich, nahm den Spiegel von der Wand und streckte ihn Mirai entgegen. »Denn die meisten unserer Feinde sehen aus, wie wir selbst.«

Der Junge sah sein weißes, vom Schlaf zerzaustes Haar und die Augen in der Farbe des wolkenlosen Himmels, die in seinem Gesicht saßen. Die Bäckchen waren mit köstlichem Apfel gefüllt und selbst den Schmutz der langen Reise, welcher krustig an seiner Haut klebte, hatte man ihm abgewaschen. Und trotz dessen, dass er mehr besaß als an den meisten anderen Tagen in seinem Leben, fehlte ihm die Person, mit der er es teilen wollte.

»Ich mag es, wenn sie noch etwas sauer schmecken«, sprach Arthur mit vollem Mund, während er herunterkaute. Dann senkte er den Spiegel.

»Ja. Er ist ziemlich lecker. Wenn wir im Schandfleck mal an einen Apfel kamen, schmeckte er meistens sandig«, erwiderte Mirai, während er die Entscheidung traf, Joan unbedingt einen dieser Äpfel mitzubringen.

»Dann sollten wir wohl ausnahmsweise der Völlerei nachgeben und ich schneide noch einen weiteren für uns auf«, verkündete Arthur mit einer väterlichen Wärme im Gesicht, während er nach einem zweiten Apfel griff.

»Hat der Orden denn noch immer nur so wenige Mitglieder?«

»Nein, in solch unstabilen Zeiten sind die Menschen voller Sorge und sehnen sich nach etwas, dass ihnen Halt gibt. Manche klammern sich an den Schutz der grünen Zone, andere an den Alkohol, wieder andere an die trügerische Sicherheit, die der Himmelsbambus verspricht und dann gibt es jene, die ihren Halt in ihrem Glauben finden.«

»Aber wie ist es möglich, vor ihnen die *Thelema* geheim zu halten, wenn sie alle Teil des Ordens sind?«

»Für die Allgemeinheit bieten wir Messen und Ähnliches an, wodurch sie ihren Glauben ausleben und Teil des avalonischen Ordens sein können. Wir bieten ihnen eine Gemeinschaft, die füreinander da ist. Doch das Wissen und Wahren der unsichtbaren Mächte übernehmen nur wir Kreuzritter, also die Kardinäle und unsere Adjutanten. Nur wenige unserer Prediger wissen darum.«

»Weshalb erzählst du dann ausgerechnet mir davon?«

»Nicht jeder hätte das Schwert aus dem Stein ziehen können. Nur der einen Person, die der Engel Michael als Reinkarnation von Artus anerkennt, gelingt dies. Mit anderen Worten bist du ab heute ein Kreuzritter und trägst den Titel des *Artus*. Doch keine Sorge, du musst den Orden nicht direkt leiten. Ich mag meine Arbeit.« Der Kardinal lachte herzlich.

Dann wurden seine Gesichtszüge jedoch ernster, als wären sie aus Stein herausgeschlagen worden. »Wir können dich natürlich zu nichts zwingen. Doch du hast das Schwert aus dem Stein gezogen und damit gibt es kein Zurück mehr. Auch die anderen Engel haben ihre Erben erwählt. Der Heilige Krieg kommt, das ist nicht mehr zu verhindern, auch wenn ich gehofft hatte, selbst nicht noch einen weiteren zu erleben. Es ist aber deine Entscheidung, ob du ihn an unserer Seite bestreiten möchtest oder nicht.«

Mirai wollte in keinen Krieg ziehen. Er hatte auch nicht die Ambition der Welt Frieden zu bringen. Er war kein Held und wollte auch keiner sein. Doch der große Geist in ihm ließ ihn wissen, dass jedes Wort von Arthur Vessalius der Wahrheit entsprach. Doch das Flüstern des Windes hatte ihm versprochen, dass dieser Pfad ihn zu Joan führen würde. Und er war bereit, ihm zu folgen. Damit war Mirais Entscheidung gefallen.

»Ich verstehe das alles noch nicht hundertprozentig, aber ich werde die Verantwortung für meine Taten tragen«, verkündete der Junge.

Während sie sich den zweiten Apfel teilten, erzählte Arthur weiter von den Gepflogenheiten des Ordens. Bevor er sich verabschiedete, erklärte er, dass er bei der nächsten Versammlung der runden Tafel, dem Treffen der Kreuzritter und ihrer Adjutanten, Mirai den anderen vorstellen würde. Diese fand allerdings erst in einigen Tagen statt, da einige der höheren Geistlichen direkt nach der Totenmesse des ehemaligen Kardinals Sirius Gallegar zu Aufträgen aufgebrochen waren. Bis dahin sollte er sich im Orden einleben, an den Andachten und Messen teilnehmen sowie den Umgang mit der *Thelema* trainieren. Arthur selbst würde ihn darin unterweisen.

空

Die Turmglocke, welche die Morgenandacht ankündigte, weckte Mirai. Eilig irrte er durch die Gänge des Turms auf der Suche nach der Kapelle, in der sie stattfand. Innen hatten die Steine nichts von ihrer Reinheit verloren. Schneeweiß erstrahlten die aufgetürmten Marmorblöcke, fern vom giftigen Dunst des Bambus oder dem sauren Regen, der an ihren Gleichgesinnten, die die Außenmauer bildeten, nagte.

An einer Gabelung hätte er rechts abbiegen müssen, so hatte der Kardinal es ihm erklärt, doch ein Luftzug blies nach links. Er folgte der Brise, als ob es der einzig sinnvolle Weg gewesen wäre, bis er an einer verwinkelten Ecke in eine Person hineinlief. Die beiden prallten gegeneinander und fielen auf den Boden, der wie poliertes Grabgebein glänzte. Es traf ihn wie ein Blitz. Er grinste von einer Wange zur anderen und sein Herz machte einen Sprung. »Joan, du bist es!«

Das Mädchen wirkte überrumpelt. Zügig erhob sie sich. »Ich kenne dich nicht. Du musst mich verwechseln«, warf sie ihm die Worte im Weggehen entgegen.

Mirai sah ihr nach und verstand die Welt nicht.

Sie war es ohne jeden Zweifel. Warum behauptet sie, dass sie mich nicht kennt?

Für einen kurzen Moment verschwand das Lächeln aus seinem Gesicht. Doch dann kehrte es wieder. Die Stimme hatte nicht gelogen. Das, was er begehrte, befand sich tatsächlich *hier*.

CHi - 7

Dante Creek saß noch immer auf dem steinernen Altar der Friedhofskirche. Aus einem Riss in einer Stufe unter ihm kroch ein Insekt hervor. Der Totengräber mit dem orangeschwarzen Chitinpanzer krabbelte zwischen Dantes Beinen entlang und machte sich, angelockt vom Duft des Blutes auf den Weg zu seiner nächsten Mahlzeit.

»Ich habe sämtliche Federn heute hier zusammenkommen lassen, um euch von unserer nächsten großen Beute zu erzählen«, sprach Dante zu seinen Leuten.

»Was mag es wohl sein, was wir stehlen werden?«, dachte Echo laut. »Vielleicht wertvolle Gemälde von berühmten Malern? Oder stehlen wir etwa die blutigen Juwelen der Felder, die Früchte des Himmelsbambus? Nein. Halt. Warte. Ich weiß es. Wir stehlen wieder eine Arkane, richtig?«, sprudelte es aus dem maskierten Mann heraus, wobei bei jeder neuen Idee bezüglich des möglichen Diebesgutes die Stimme einer anderen Persönlichkeit die Oberhand ergriff.

Der Kopf des Greifs warf ihm einen strengen Blick zu, und obwohl Echo mit dem Rücken zu ihm stand, verstummte er sofort. »Zuerst möchte ich euch etwas zeigen«, sagte er, während er seine Aura aufflackern ließ.

Die Federn blickten sich um, musterten ihren Anführer, so gut es die Dunkelheit zu ließ. Mulai war die Erste, die es bemerkte. Aus dem Altar löste sich ein Wesen. Zuerst erblickte sie die Augen, welche wie grüne Smaragde aussahen. Die Tatzen hatten die Farbe frischer Erde und das Fell des Geschöpfes bestand aus Blättern der verschiedensten Bäume, alle getaucht in die Orange-, Rot- und Brauntöne des Herbstes. Zähne aus glatt poliertem Marmor bewaffneten die spitze Schnauze. Schließlich lösten sich die neun buschigen, ebenfalls von Blättern überzogenen Schwänze der Bestie aus dem sakralen Stein. Die Enden liefen spitz zu und an jedem hing eine andere Gabe des Erdreichs. Mulai konnte einen Zweig mit Haselnüssen an einem der Enden erkennen, an einem anderen hingen Holunderblüten. Als sie dieses fuchsähnliche Wesen in all seiner Schönheit vor sich sah, konnte Mulai wieder einmal verstehen, warum die Kanohi an die Götter der Natur glaubten und diese verehrten. Die neunschwänzige Kreatur war jedoch deutlich größer als ein gewöhnlicher Fuchs. Ihr Vater hatte ihr einst Gute-Nacht-Geschichten über mystische Kreaturen wie diese erzählt.

Er hätte dieses Wesen wohl am ehesten einen Kitsune genannt.

Das Tier schritt anmutig um den Altar und schmiegte sich schließlich an Dante. Wie es da lag, sah es aus, als wäre es die Lehne seines Thrones. »Das ist *Chi*, der große Geist der Wälder und der Erde.«

»Süßer Schoßhund. Hätte gar nicht damit gerechnet, dass der Distelkönig im Team Hund mitspielt«, warf Mortecai dazwischen.

»Pass auf, wie du mit Dante sprichst!«, knurrte Vicky, die pinkhaarige der beiden Schwestern, ihn an.

»Genau, achte auf deinen Ton!«, mischte sich auch

Chelsea, die andere der beiden Zwillingsschwestern, ein.

»Wie oft soll ich dir noch sagen, dass du mir nicht alles nachplappern sollst?«

»Beruhigt euch. Ich dachte eben, er wäre mehr ein Katzenmensch. Kein Grund, sich zu streiten«, versuchte Mortecai zu schlichten, während Echo über die Vorstellung von Dante als Tierfreund kicherte.

»Was ist ein Distelkönig?«, wollte das blasse, in schwarz gekleidete Mädchen wissen, während sie mit nebelverhangenen Augen zu den morschen Dachbalken emporblickte.

»Ich brauche dringend eine neue Partnerin. Wie oft willst du das jetzt noch fragen, Kurohime?« Die Stimme, welche ihr antwortete, kam von oben. Sie gehörte zu dem entstellten Mann mit den Brandwunden. »Es sind die Menschen, denen er etwas gestohlen hat, welche Dante den *Distelkönig* nennen. Es geht das Gerücht um, dass man seine Fingerabdrücke nicht zuordnen kann, weil er aus der schwarzen Zone kommt und deswegen nicht registriert …«

Ein markerschütternder Knall unterbrach ihn. Es war der hünenhafte Mann in dem seltsamen Anzug. Mit seiner Faust hatte er gegen die Säule geschlagen, neben der er stand. Schlagartig kehrte Stille in der Kirche ein. Er hatte eine tiefe Kluft in den Stein geschlagen und dieser bröckelte nun zu Boden. Das Aufprallen der Splitter auf den Boden war für einen kurzen Moment das Einzige, was zu hören war.

Mulai war bewusst, dass in diesem Schlag die Kraft der *Thelema* lag. Dennoch dämmerte es ihr, dass dieser Kerl übermenschlich stark sein musste. Während sie darüber nachdachte, konnte sie den Käfer sehen, der sich am Aas des Leichnams labte. Aus den Schatten einer der Kirchenbänke löste sich ein kleines Reptil. Blitzschnell stürzte sich der Jäger auf seine Beute. Die Echse verschlang das Insekt in einem Bissen und verschwand wieder in die Schatten. Es war ein Akt der natürlichen Nahrungskette. Dennoch schnürte all die Gewalt in dieser Kirche Mulai langsam die Brust ab.

Es war Dante, der wieder das Wort ergriff und sie aus ihren Gedanken riss.

»Danke, S16. *Chi* hat mir verraten, dass es noch drei weitere Geister wie ihn gibt. Wer von einem von ihnen erwählt wurde, wird zum Königskandidat, wer sie jedoch alle in seinen Besitz bringt, der wird der nächste *Tennō*. Herrscher über die uns bekannte Welt. Wer hätte gedacht, dass weder Politiker noch irgendwelche Wirtschaftsgrößen das Zepter in den Händen halten, sondern jemand ganz anderes im Verborgenen die Fäden zieht.«

»Und was für ein Herrscher wärst du?«, fragte Mortecai.

»Die viel interessante Frage ist doch: Bin ich der Stärkste, weil ich Tennō wäre oder wäre ich Tennō, weil ich der Stärkste bin?«, erwiderte Dante die Frage mit einer Gegenfrage, ohne eine Miene zu verziehen.

Der Neuzugang unter den Federn blieb still. Dennoch wirkte er auf Mulai, als ob er sich in Gedanken etwas niederschrieb.

»Also sind die anderen Geister der Arkane unsere neue Beute?«, fragte Echo.

»Auch«, antwortete Dante. »Aber da wir aktuell nicht wissen, wer die anderen Königskandidaten sind und ich nicht davon ausgehe, dass diese damit herumprahlen werden, habe ich es erst einmal auf etwas anderes abgesehen. Etwas, das jeder König braucht.«

»Eine Krone?«, fragte Echo voller Euphorie.

»Fast. Wir werden die Throninsignien Nihons stehlen.«

»Ich habe doch gesagt, dass eine Krone zu einfach wäre«, meckerte Echo nun mit sich selbst. Seine Stimme war wieder eine andere als zuvor.

»Was waren noch mal die Throninsignien von Nihon?«, fragte Kurohime. Ihre Stimme klang träge.

»Endlich mal eine neue Frage«, sagte ihr Partner mit den Brandnarben, der sich selbst Krabat nannte, erleichtert. »Das Schwert *Kusanagi no Tsurigi*, die aus Krummjuwelen bestehende Halskette *Yasakani no Magatama*, sowie der Spiegel *Yata no Kagami*. So alt wie die Insignien sind und so sehr, wie Nihon diese vor der Öffentlichkeit fernhält, könnte ich mir vorstellen, dass sogar eine Arkane unter ihnen ist.«

Wieder konnte Mulai ein kurzes Lächeln in Dantes Gesicht erkennen. Diesmal nicht nur in seinen Augen. Auch unter den Verbänden über seinem Mund zeichnete es sich ab.

»Du bist echt gebildet, Krabat«, tönte es aus dem Grinsen in der Finsternis auf dem Balkon gegenüber zu dem Narbengesicht. »Ihr Aufenthaltsort ist zwar geheim, jedoch sollte dieser deutlich leichter in Erfahrung zu bringen sein, als jene der verbleibenden Geister.«

»Ganz recht«, erwiderte der Kopf. »Wir treffen uns in etwa einem Monat am Hafen von Neo Metropolis. Von dort aus setzen wir über nach Nihon. Versucht bis dahin etwas über den Aufenthaltsort in Erfahrung zu bringen. S16 und Yoru ihr begleitet mich diesmal. Vicky und Chelsea, ihr teilt die beiden Neuen unter euch auf. Die anderen Duos bleiben bestehen.«

Dann stand Dante vom Altar auf. Im selben Moment zerfiel *Chi* zu frischer Erde. Zum Abschied sagte er: »Fressen …«

»… oder gefressen werden«, erwiderten die übrigen Federn wie aus einem Mund. Nur Mulai und Mortecai blieben stumm, da ihnen der Abschiedsgruß des Greifs nicht geläufig war.

Der hochgewachsene Mann, welchen Dante S16 nannte, ging zu Yoru. Mitsamt seiner Decke befestigte er ihn an einem Gurt seines Anzuges. Dann trug er ihn wie einen Rucksack auf seinem Rücken schlafend aus der Kirche, während Dante ihm folgte.

Kaum hatte der Kopf des Greifs das Gebäude verlassen, änderte sich auch das Gefüge in ihr. Mehr Totengräber schwärmten zu der Leiche und auch die Echse jagte nicht länger mit solcher Vorsicht. Sie konnte sich nun in Ruhe satt fressen.

Nun schwärmten auch die übrigen Federn nach und nach aus den Löchern des alten Gemäuers.

»Ich finde sie ziemlich heiß, also werde ich mit ihr reisen«, sagte Vicky, während sie Mulai anlächelte, um ihren Flirtversuch zu unterstreichen.

»Nichts da! Ich wollte mit ihr ein Team bilden«, intervenierte ihre Schwester.

»Ach komm schon. Du willst nur mit ihr gehen, weil ich es wollte, du stehst doch noch nicht mal auf Mädels.«

»Wenn ich auch etwas dazu sagen dürfte?«, versuchte Mulai sich einzubringen.

»Jetzt nicht, wir diskutieren hier gerade«, ertönte es wie aus einem Mund.

Mortecai hatte es sich in der Zwischenzeit auf einer der Bänke gemütlich gemacht und gähnte, während er die letzten beiden verbliebenen Federn an der großen Eingangstür beobachtete.

Hier treibst du dich also mittlerweile herum, dachte er und presste die Zähne zusammen.

Die Frau warf eine Münze in die Luft, fing sie und überprüfte das Ergebnis ihres Wurfes. Dann ließ sie ihren Partner wortlos stehen und ging zu den Zwillingen. Diese stritten noch immer. Wieder schnippte sie die Münze in die Luft, fischte sie aus dieser und sah sich das Ergebnis an. Ein weiteres Mal wiederholte sie diesen Prozess. Erst jetzt ergriff sie das Wort. »Ich gehe mit ihm. Chelsea geht mit der Neuen und du, Vicky, wirst mit Malik gehen.« Als sie den letzten Namen nannte, deutete sie zur Tür hinter sich.

»Wie kann man immer so pragmatisch sein, San?«, sagte ihr ehemaliger Partner zu ihr.

Mortecai blickte die junge Frau namens San mit dem schönen Teint und den hellen Haaren an. Ihren Zopf hatte sie so geflochten, dass dieser seitlich an ihrem Gesicht hinunterhing und eines ihrer Augen verdeckte. Er begann zu verstehen, was sie mit den Münzwürfen bezweckte.

Mit dem ersten Wurf hat sie entschieden, ob sie sich einmischt. Mit den beiden anderen hatte sie ausgeworfen, wer mit wem ein Team bildet.

»Verdammt, San. Du und deine blöde Münze!«, lamentierte Vicky wissend darum, dass der Münzwurf unanfechtbar war.

»Die Münze ist Gesetz. Die Münze ist Gesetz«, ärgerte Chelsea ihre Schwester mit einem leichten Singsang in der Stimme.

»Halt den Rand, Chelsea. Dann will ich aber *Sie*.«

»Na gut«, willigte diese ein und reichte Vicky eine Tarotkarte.

»Malik, wir gehen«, sagte Vicky und verließ anschließend mit Sans ehemaligem Partner die Kirche.

»Wir gehen auch«, freute sich Chelsea über ihren Triumph ihrer Schwester gegenüber und zog Mulai am Ärmel in Richtung des Ausgangs, durch welchen Dante gegangen war.

»Sag mal, warum haben alle den Münzwurf akzeptiert?«, fragte Mulai ihre neue Begleiterin.

»Der Greif hat fünf Regeln. Regel Nummer drei ist, Kämpfe zwischen den Federn sind verboten, deshalb werden Meinungskonflikte mittels eines Münzwurfes entschieden. Die anderen Regeln erkläre ich dir später. Komm jetzt, vielleicht holen wir Dante ein und können ein Stück mit ihm reisen.«

Ein letztes Mal blickte Mulai zurück in die Kirche. Genau in diesem Moment stürzte sich eine Eule aus dem Gebälk zu Boden und packte ihre Beute. Der Eidechse in ihren Krallen, ragte noch das Bein eines Käfers aus dem Maul. Das Bild weckte in Mulais Gedanken die Erinnerung an das Leben, welches sie genommen hatte, um ihre eigenen Bedürfnisse erfüllen zu können. Eilig tat sie es dem Raubvogel gleich, der durch ein Loch in der Decke ins Freie flog und trat in die frische Luft, um ihrer Übelkeit entgegenzuwirken.

地

Dante und seine beiden Begleiter hatten bereits einen großen Teil des Totenackers hinter sich gelassen. Auf einem der letzten Gräber saß eine Eule und verschlang ihre Beute. Eine Eidechse. Das Gefieder verfärbt vom Blut ihres Opfers.

»Du siehst appetitlich aus«, sagte Dante.

Der Vogel blickte auf, erkannte, dass er nicht länger der Jäger, sondern der Gejagte war und ließ sein halb verspeistes Mahl zurück, um zu fliehen. Mit seinen Flügeln schwang die Eule sich in die Höhe. Dante war jedoch nicht das einzige Raubtier auf diesem Friedhof. Ein abgemagerter Wolf mit kränklichem Fell sprang aus den Schatten der Gräber, in denen er sich auf die Lauer gelegt hatte, und holte die Eule aus der Luft. Mittels ihrer Krallen konnte sie ihrem Angreifer zwar einen Kratzer am Hals zufügen, doch der Todeskampf war aussichtslos. Mit einem Knacken zerbrachen die hohlen Knochen des Vogels und Blut strömte aus dem Maul des Wolfes zu Boden. Dann fokussierte sein Blick Dante. Er öffnete den Kiefer um zu Knurren und der Vogel landete in seinem eigenen Blut. Der Wolf war die Spitze der Nahrungskette in diesem Biom und er hatte nicht vor, seinen Thron zu räumen. Ein jeder mit gesundem Menschenverstand wäre angesichts des hungrigen Raubtieres mit den blutigen Lefzen geflohen. Dante jedoch war es egal, wer oder was sich ihm in den Weg stellte. Für ihn gab es nur ein Gesetz, dem er sich unterwarf, und zwar das des Stärkeren. Wenn er etwas wollte, dann nahm er es sich. Und bis heute gab es niemanden, der stark genug war, um dies zu verhindern.

Dante fuhr mit der Hand in eine Tasche, welche auf der Innenseite am unteren Ende des Felles angenäht war und griff nach der Tarotkarte in ihr. Die Augen des Wolfes folgten der Hand. Dann atmete Dante ein. Als er die Luft wieder ausstieß, flackerte die Aura in seiner Hand auf. Die unsichtbaren Kräfte, die von ihm ausgingen, peitschten wie die Tentakel eines Oktopusses um sich und griffen nach dem Tier. Griffen nach dem Kratzer an seinem Hals. Das Knurren wandelte sich zu einem von Angst erfüllten Fiepen. Langsam trat er nach hinten, entfernte sich von seiner Beute. Eine Geste, die dazu dienen sollte, seinem Gegenüber zu signalisieren, dass er sie ihm überlässt und bereit war, kampflos das Feld zu räumen. Erst einen Schritt, dann zwei. Beim Dritten weitete sich, der bis dato marginale Kratzer am Hals des Wolfes und riss ihn in mehrere Stücke. Wie ein grob zerbrechendes Tongefäß verteilte sich der Körper des Wolfs auf den letzten Ruhestätten am Rande des Friedhofs. Der Kopf des einst anmutigen Geschöpfes lag wie eine Grabbeigabe auf einer der Steinplatten und starrte Mulai aus leeren Augen heraus an.

»Warum hast du das getan?«, fragte Mulai entsetzt, die mittlerweile zusammen mit Chelsea ebenfalls den Rand des Friedhofs erreicht hatte. »Er hatte seine Niederlage doch bereits akzeptiert?«

»Insekten zertritt man nun Mal unter seinen Füßen«, antwortete Dante. Die Hände noch immer in den Taschen. Dann setzte er seinen Weg fort. S16 folgte ihm, während Yoru noch immer auf seinem Rücken schlief, als ob nichts passiert wäre.

Die Kanohi lebten zwar von dem, was die Natur für sie übrig hatte, aber auch sie waren keine Heiligen. Manchmal mussten auch sie ein Lebewesen töten, um durch einen harten Winter zu kommen oder um sich selbst zu verteidigen. Sie töteten selten, aber nie grundlos. »Du willst einfach gehen? Ohne sein Fell an dich zu nehmen, damit es dich wärmt? Ohne seine Knochen zu Werkzeugen zu verarbeiten oder sein Fleisch zu essen, welches dich nähren würde? Dann war sein Tod wirklich sinnlos.«

Kurz hielt Dante inne. Dann blickte er Mulai über seine Schulter hinweg an. »Die Schwachen können sich nicht aussuchen, wie sie sterben.«

Es war diese eine Sache, die sein Vater ihn gelehrt hatte. Nicht mehr und nicht weniger. Dann verließ er den Friedhof.

Mulai kniete sich vor das Grab und schloss sanft die Augen des Tieres. Sie ignorierte Chelseas Gemecker und sendete ein Gebet an ihre Götter in der Hoffnung, sie würden den Wolf willkommen heißen. Ob sie es akzeptieren wollte oder nicht, in der Natur würde es immer solche geben, die fressen und solche, die gefressen werden.

Die Frage war nur, auf welcher Seite würde sie stehen, wenn sie *diesen* Raubtieren gegenüberstand.

KA - 8

In dem dunklen Zimmer war es still. Die Vorhänge waren zugezogen und das Licht gelöscht. Lediglich das monotone Geräusch von zu Boden tropfendem Blut war zu hören. Es quoll langsam aus den aufgekratzten Stellen, welche sich über dem Stigma unter seiner Haut in Form des unikursalen Hexagramms befanden. In der Mitte der sechszackigen geometrischen Form ruhte ein Wolf. Ein Relikt seiner Vergangenheit. In dickflüssige Bahnen floss der Lebenssaft seinen Unterarm hinunter und sammelte sich an seinen Fingerspitzen. Von dort aus tropfte das Blut auf den Teppich. William selbst war es, der sich die Wunde zugefügt hatte.

Nun ist meine Momo weg. Hätte ich doch nur selbst auf sie aufgepasst.

Viel zu lange war es her, dass er sie das letzte Mal gesehen, geschweige denn in seinen Armen gehalten hatte. Doch weder Gleichgültigkeit noch Desinteresse waren die Gründe dafür, dass er sie so lange nicht mehr besucht hatte, nachdem er sie in die Obhut von Dr. Licht gab. Er hatte es einfach nicht länger ertragen können, seine Tochter Leiden zu sehen. Ihm war natürlich bewusst, dass er der Grund für ihren Schmerz war. In ihm nistete die Wut auf sich selbst für das, was er Momo wieder und wieder angetan hatte. Aber William hatte vor langer Zeit eine Entscheidung getroffen. Und der Pfad, für den er sich entschieden hatte, kostete bereits zu große Opfer, als das er jetzt noch hätte umkehren können. Unweigerlich musste er an den Tag denken, an dem er den ersten Fuß auf diesen Weg gesetzt hatte. Jenen Tag, an dem Akira und er scheiterten und der alles veränderte.

Hier in der Dunkelheit konnte er sie sehen. Die letzte Tennō. Es fühlte sich an, als ob sie tatsächlich hier wäre und ihn aus den beiden Ozeanen in ihrem Gesicht ansah. Tief in sich hörte William ihre Stimme und lieh ihr seine Stimmbänder für die Worte, die sie einst zu ihm sprach: »Menschen sind wie Krebszellen. Diese Zellen stillen ihren Appetit, indem sie die umliegenden Zellen fressen. Sie vertilgen die gesunden Zellen und vermehren sich immer mehr. So ruinieren sie schließlich ihre Umgebung und zerstören letztlich sich selbst. Aber …« An dieser Stelle brach William ab.

Sie hatte die Wahrheit erkannt und als Tennō hätte sie die Macht besessen, etwas dagegen zu tun. Dürren, Sinnfluten, sogar Vulkanausbrüche, egal was, die Naturgewalten gehorchten ihr. Doch woran es ihr mangelte, war Entschlossenheit.

Wenn es Menschen gab, die in der Lage waren, eine neue Zeit einzuläuten, dann waren es schon immer jene, die dazu bereit waren, etwas aufs Spiel zu setzten. Menschen, die nicht bereit sind, Opfer zu bringen, werden rein gar nichts bewegen. Dessen war sich William sicher. Seine Tochter war jedoch ebenfalls ein Opfer dieser Entschlossenheit. Dennoch braucht jeder Mensch einen Ort, an dem er zur Ruhe findet. Und wenn man eine Last wie die von William schultert, umso mehr. Für ihn war dieser Platz die Gegenwart von Hina. Doch in dieser Hinsicht war auch er nur eine Krebszelle. Nun ist es die Dunkelheit, denn hier fühlt es sich für ihn so an, als ob sie noch immer bei ihm wäre.

»*Ka*«, sprach er das Wort wie eine Zauberformel.

Der Raum erhellte sich. Auf der herunterhängenden Deckenlampe materialisierte sich ein Vogel mit flammendem Gefieder und einem Schnabel in der Farbe glühender Kohle. In seinen Augen loderte ein blaues Feuer. Wie eine kleine Sonne saß der Phönix unter der Zimmerdecke und mit ihm kamen die Kontraste in den Raum. Licht und Schatten. Wärme und Kälte.

»Danke, dass du mich auf diesem Weg begleitest«, sagte William zu dem großen Geist des Feuers. Dann fasste er in die Brusttasche seiner Nadelstreifenweste. Aus dieser zog er eine Tarotkarte. Kurz blickte er auf *die 7 der Stäbe, die Tapferkeit*. Er ließ seine Aura in die Karte fließen und diese verwandelte sich in ein stabförmiges Amulett. An den Seiten spannten sich Flügel auf, die aussahen wie lodernde Flammen. Am oberen Ende saß der Kopf eines Phönix. Er leitete die unsichtbaren Kräfte durch das Amulett und konzentrierte diese an der Wunde auf seinem Unterarm. Blaues Feuer, wie jenes, das in den Augen des arkanen Geistes saß, brannte auf der Verletzung auf. William verspürte keine Schmerzen, während die Flammen seine Wunde verbrannten und auf diese Weise heilten.

Nachdem diese erloschen waren, blickte er auf das Mal. »Du wirst also kommen, um meinen Kopf zu holen? Ich bin gespannt, ob das nur eine leere Drohung war oder ob du inzwischen tatsächlich eine Antwort auf meine Frage nach dem Sinn gefunden hast. Wir werden sehen, ob am Ende du der Teufel sein wirst, der meine Sünden auflistet und mich für diese zur Rechenschaft zieht, A-kira.«

Es klopfte an der Tür. William entfaltete sorgsam sein hochgekrempeltes weißes Hemd, zog es über seinen Arm und schloss den Knopf. Dann ging er zum Schreibtisch, nahm seinen einfachen Mundschutz und setzte ihn auf. Für ihn war es egal, ob es Bekannte oder Fremde waren, in ihm lösten sie alle ein schmutziges Gefühl aus.

Noch etwas, dass dieser Weg für mich bereithält.

Letztlich ging er zu den Vorhängen und zog sie auf. In dem Moment, als das Tageslicht den Raum flutete, zerfiel *Ka* zu Asche. Bevor diese jedoch den Boden berührte, sammelte sie sich und setzte sich zu einer Karte in Williams Hand zusammen. Dann löste er das Amulett auf, welches ganz automatisch seinen Weg zurück in seine Brusttasche fand. Im Anschluss schob er auch das *Ass* in seiner Hand in diese. Schließlich sagte er: »Herein.«

»Guten Tag, Majestät«, begrüßte Dr. Licht ihn, während er eintrat und hinter sich die Tür schloss. Unter dem Arm hatte er einige Akten eingeklemmt. »Ich wollte Ihnen Bericht erstatten.«

William setzte sich auf seinen Schreibtischstuhl aus schwarz lackiertem Holz. »Nur zu.«

»Zuerst die guten oder die schlechten Nachrichten?«

»Mein lieber Victor, denkst du allen Ernstes, dass ich nach dem Verlust von Momo in der Stimmung für weitere schlechte Neuigkeiten bin?«, fragte er ihn mit ernster Miene.

»Na, na. Streng genommen sind es keine schlechten Nachrichten. Eher Nichtssagende. Kurzum, der Reiter des Todes hat nach wie vor noch keine Spur zu besagter *Person* gefunden, die Sie suchen.« Bevor William dazu Stellung nehmen konnte, führte er eilig seinen Bericht fort. »Allerdings hat der Reiter des Krieges Fortschritte mit Ihrem Auftrag erzielt. Wenn es gut läuft, befindet sich die große Arkane *Trumpf Nummer III – Die Kaiserin* bald in unserem Besitz. Außerdem haben einige der Waisenkinder hier im Haus den Ritus gut überstanden und beweisen Talent im Umgang mit den unsichtbaren Kräften. In einigen Wochen könnten wir mit Projekt *Jupiter* in die heiße Phase gehen.« Während der Wissenschaftler den letzten Punkt erläuterte, legte er die Akten, welche er mitgebracht hatte, auf den Tisch. Sie waren geschlossen und mittels Heftklammern waren Bilder der Kinder auf ihnen angebracht. Sortiert in zwei Stapel lagen sie nun vor William. »Links von Ihnen der Stapel mit den geeigneten Kindern, rechts finden Sie diejenigen, die ich eher ausschließen würde.«

Schon zu der Zeit, als Williams Vater der Pate des Waisenhauses war, war dieses Anwesen weit mehr als eine gewöhnliche Zuflucht für elternlose Kinder. Lange hatte er seinen Vater verabscheut für das, was er hier tat. Nun, da er begriffen hatte, dass es Dinge gab, welche für ein übergeordnetes Ziel unabdingbar waren, konnte er ihn verstehen.

»Danke für deinen Bericht, Victor. Ich werde die Akten durcharbeiten. Projekt *Jupiter* soll in einem Monat in die finale Phase gehen. Beziehe in die Auswahl bitte auch die Trainingsresultate mit ein, die die Kinder bis dahin noch erzielen. Außerdem möchte ich, dass du die Reiter zusammenrufst. Das Treffen soll wenige Tage darauf in Neo Metropolis stattfinden.«

»Sehr wohl, Majestät. Was die finale Phase betrifft, wollt Ihr, dass ich das Auswahlverfahren von damals wieder ins Leben rufe?«

»Auf keinen Fall. Hast du etwa vergessen, was vor Jahren passiert ist, als mein Vater auf diese Weise vorging?«

»Na, na. Wie könnte ich das tragische Ende von Projekt *Mars* vergessen. Auch ich verlor etwas an jenem Tag.«

»Jeder, der geeignet ist, soll getestet werden«, entschied William.

»Jawohl, Majestät«, stimmte Dr. Licht ihm zu. »Ach so, da wäre noch eine letzte Kleinigkeit. Die drei Leibwächter Ihrer Tochter …« Er legte eine kurze Pause ein, als würde er überlegen, wie er seiner Bitte am besten Gehör verschaffen konnte. »… Ihr wisst ja, ordentliche Versuchskaninchen zu finden ist schwierig dieser Tage. Die mediale Präsenz und dann noch das Embargo, das Ihr mir auferlegt habt …« Wieder unterbrach er seine Bitte. Mit der verbundenen Hand fuhr er durch seine Haare und brachte sie in Unordnung.

»Du kannst sie haben. Ich habe keine Verwendung mehr für sie«, beendete William Victors Gestammel.

»Vielen Dank, Majestät. Ich habe ein paar neue Medikamente und Substanzen entwickelt, welche ich zu gerne einmal austesten würde.«

火

Gedankenversunken durchstreifte William Baskerville die Gänge des Waisenhauses, als ein Kind seine Hand ergriff. Außer für seine eigene Tochter hatte er für Kinder nicht viel übrig. Sie waren nur kleinere, meist noch schmutzigere Versionen der Affen, die diesen Planeten zugrunde richteten. Natürlich bestand die Option, dass sie zu Personen mit anderen Werten heranwachsen würden als ihre Eltern. Doch wenn die Geschichte William eines gelehrt hatte, dann, dass die Menschen nichts aus dieser lernten.

»Hallo du, ich suche Zoja. Wir spielen Verstecken. Hast du sie gesehen?«, fragte der kleine Junge, welcher ungefähr fünf Jahre alt sein musste.

Wortlos riss William seine Hand zurück und starrte sie angeekelt an. »Widerlicher Bengel!«, knurrte er ihn an und gab seiner Wut auf sich selbst ein Ventil. Weinend ergriff der Junge die Flucht, während William ein Tuch aus seiner Hosentasche zog, um sich die Hand zu säubern.

»Hey, Maskenfresse! Wie redest du denn mit dem kleinen Phil, er hat dich doch nur etwas gefragt? Vielleicht sollte ich dir ein paar Manieren einprügeln«, ertönte eine Stimme hinter William.

Er dreht sich um und erblickte einen heranwachsenden Jungen. Seine strubbeligen Haare hatten die silbriggraue Farbe von Wolfsfell und in seinen Augen lag etwas Stürmisches. Er war klein für sein Alter, von fünfzehn Jahren. Eine Hand hatte er zur Faust geballt und drückte sie immer wieder in die geöffnete Handfläche. William identifizierte ihn als den Jungen, welcher ganz oben auf dem Aktenstapel mit den nicht geeigneten Kandidaten lag.

»Du löst die Dinge gerne mit Gewalt? Das lässt sich einrichten.« Gezielt lenkte William seinen Atem in seine Beine und verstärkte die Muskulatur dieser mittels seiner Aura. Er hatte bereits die Strecke zwischen ihnen überwunden, ehe die Augen des Jungen erfassen konnten, was gerade passiert war. Mit einer Hand packte er ihn am Kragen, hob ihn vom Boden an und drückte ihn gegen die Wand.

Keine Sekunde zeigte sich der Junge von dieser übermenschlichen Leistung beeindruckt. Er wehrte sich mit aller Kraft gegen den Griff des Erwachsenen.

Mit den Fäusten schlug er auf Williams Arm ein, während er sein Bestes gab, ihn mit seinen Füßen zu treten.

Dies gelang ihm jedoch kaum.

Egal wie überlegen sein Gegenüber ist, er stürmt blindlings los, um für einen Freund einzustehen. In dieser Hinsicht erinnert er mich an Akira.

In diesem Moment wurde es ihm bewusst. Jetzt, wo Momo, die azurblaue Königin, bei Akira war, war dessen Teilnahme an dem Krieg um die Nachfolge unabdingbar. Und das, was Akira und ihn verband, war mehr als ein zwischenmenschliches Band. Ihre Schicksale waren durch einen Bindungsschwur der *Thelema* miteinander verwoben. Diesen zu brechen, wäre zu gefährlich.

Es ist an der Zeit, unseren Pakt von damals aus der Welt zu schaffen. Dieser Junge ohne Talent für die unsichtbaren Mächte ist perfekt dafür.

William presste seine Hand auf die Brust des Jungens, der immer noch nicht aufgab und weiterhin versuchte, sich aus seinem Griff zu lösen. Er ließ die Aura zirkulieren, konnte spüren, wie das Mal auf seinem Unterarm zu verblassen begann. Wie es sich unter seiner Hand auf der Brust des Jungen neu formierte.

»Was soll das? Lass mich los du …«, fauchte der Junge, bevor sich seine Lider der Schwerkraft ergaben und er in Ohnmacht fiel.

Erleichterung breitete sich in Williams Brust aus. Nun hatte er endlich den seidenen Faden durchtrennt, welcher ihn an seine Vergangenheit gefesselt hatte.

Der karmesinrote König wusste, dass es keinen Platz für Sentimentalitäten geben würde, wenn er Momo und Akira das nächste Mal zu Gesicht bekäme. Er würde den Umstand nutzen, dass Akira nicht wusste, dass ihr Bindungsschwur keinen Bestand mehr hatte. Kurz und schmerzlos würde er vorgehen, das war er ihm schuldig. Daher erlaubte er sich einen letzten nostalgischen Gedanken, bevor er seinen Weg unbeirrt fortsetzte.

Ich vermisse dich, Momo. Aber wenigstens musst du auf diese Weise nicht mehr durch meine Hände leiden. Zumindest für eine Weile. Dafür danke ich dir, Akira. Bei dir weiß ich, dass sie in guten Händen ist. Wer könnte schließlich besser auf sie aufpassen als mein einziger Freund.

Mizu - 9

Beständig prasselte der Regen in dieser Nacht auf das Dach der ehemaligen Bar und spielte eine monotone Melodie. Darunter lag Momo in einem tiefen Schlaf. Und wie so oft in den regnerischen Nächten der letzten Wochen suchten sie auch in dieser seltsame Träume heim. Sie kannte diese bereits, denn es waren meist dieselben. So als ob sie ihr etwas mitteilen wollten. Und in dieser Nacht begann Momo endlich zu verstehen, was es war.

Wie jedes Mal fand die Träumende sich zuerst auf einer kleinen Insel wieder. Das Wasser um sie herum stand still. Es war wie ein Spiegel, in dem sich sowohl die Farbe des klaren Himmels als auch einige wenige Wolken, die ihre Bahnen zogen, spiegelten. Wenn sie in die Ferne sah, konnte sie die Sonne sehen, welche ihre warmen Strahlen nach ihr ausstreckte. Für Momo war es der friedlichste Ort, den sie je gesehen hatte. Zumindest bis sie sich umdrehte. Hinter ihr stand eine Gestalt vor den Überresten einer einzelnen Mauer. Der Körper sah aus, als würde er aus waberndem, schwarzem Nebel bestehen. Auf dem Gesicht saß eine zornesrote Hannyamaske. Dank der Dolchzähne und den beiden schwarzen Hörnern, die aus der Stirn ragten, wirkte das Wesen wie ein

Dämon. In den ersten Nächten machten ihr diese Wesen, die ihre Träume heimsuchten Angst. Nachdem Momo aber realisiert hatte, dass diese sie gar nicht wahrnahmen, faszinierten sie sie.

Das Mädchen näherte sich der Wand, auf der einst Wörter geschrieben standen. Der Regen, der im Moment undenkbar schien, musste sie bereits vor geraumer Zeit abgewaschen haben.

Ihr Blick folgte den verlaufenen Linien. Sie trafen sich und ergaben ein neues Bild. Wie ein lang gezogener sechszackiger Stern. Bislang konnte sie mit dem rot gefärbten Symbol nichts anfangen, doch heute Nacht war das anders. Sie hatte es mittlerweile auch in der Wirklichkeit gesehen. Der Mann, der sie gerettet hatte, trug ein ganz ähnliches Symbol auf der Haut. Ein Detail unterschied sich jedoch. Das Zeichen ihres Retters hatte einen Affen an der Stelle, wo die Linien aufeinandertrafen. Dieses hier trug ein Wesen in seiner Mitte, das aussah wie eine Schlange mit dem Kopf eines Hahns. Es war verwaschen, aber Momo konnte deutlich den Kamm des Vogels erkennen, den Schnabel, aus welchem die gespaltene Zunge einer Schlange hervorlugte. Sie wandte sich noch einmal der Schattengestalt zu. Zu ihrer Verwunderung passierte etwas, das so noch nie passiert war. Die Maske, welche das einzig greifbare an dem Wesen war, verflüchtigte sich zu weißem Dunst. Das Mädchen konnte kaum mehr von dem Gesicht sehen als zuvor. Dennoch erkannte sie Narben auf der linken Gesichtshälfte. Insgesamt waren es drei Stück. Die Erste zog sich senkrecht unterhalb des Auges über die Lippen. Die anderen beiden kreuzten diese. Eine verlief über den Rücken seiner Nase, die Letzte bahnte sich knapp über der Oberlippe ihren Weg quer durch die Gesichtshälfte. Momo zuckte zurück. Dabei berührte sie das Symbol an der Mauer und die Szene verflüchtigte sich, um sich anschließend neu zusammenzusetzen.

Diesmal befand sie sich in einem Wirtshaus. Die Lokalität war wie leer gefegt. Lediglich an einem Tisch saß ein ähnliches Nebelwesen wie das aus der Szenerie zuvor. Doch nun war der wabernde Schatten deutlich größer und dicker. Die weiße Maske in seinem Gesicht hatte die Form eines Keilerkopfes. Merkwürdig fand Momo nur, dass diese den Mund öffnen und schließen konnte. Denn durch die Öffnung stopfte das Wesen eilig die auf dem Tisch dargebotenen Speisen. Die Träumende setzte sich ihm gegenüber und beobachtete ihn. Sie wollte wissen, ob sich auch in diesem Traum etwas verändern würde. Doch es änderte sich nichts. Die Gestalt aß nach und nach die Teller leer. Hin und wieder blickte sie sich ängstlich um. Zum Schluss war nur noch ein kandierter Apfel übrig. Das Obst war jedoch außerhalb der Reichweite des Geschöpfes mit dem überdurchschnittlich gesunden Appetit. Egal wie sehr es sich streckte, es kam nicht heran. Momo fragte sich, warum es nicht einfach aufstand und den Tisch umrundete. Sie sah unter diesem nach und musste feststellen, dass ihr Gegenüber keine Beine hatte.

Das Nebelwesen gab schließlich auf. Niedergeschlagen saß es auf seinem Stuhl. Momo schob die Nachspeise in die Tischmitte. Dabei berührte sie das sternförmige Symbol, welches diesmal einen Eber im Herzen trug und sich unter den Speisen versteckte. Ihr Traum änderte sich erneut.

Nun fand Momo sich am Fuße eines Wasserfalles wieder. Unter diesem saß eine Kreatur und meditierte. Ihr Körper war zwar genauso nebulös wie die der anderen, dennoch wirkte er muskulös und definiert. Die Fluten prasselten auf ihn ein. Sie wagte sich näher heran. Zu ihrer Verwunderung konnte sie auf dem Wasser laufen und sie nahm sich einen Moment Zeit, das seltsame Gefühl des wässrigen Widerstandes unter ihren Füßen zu genießen. Schon auf dem Weg konnte sie die Maske des Wesens erkennen. Diese hatte im Gegensatz zu den anderen keine Augen, keine Nase, keine Öffnung für den Mund. Es war nicht mehr als eine weiße Scheibe, bei der an der Stelle, wo normalerweise die Augen saßen, ein verdrehtes Grinsen aufgemalt war. In seinem Schoß lagen seltsame weiße Splitter, welche eine ähnliche Beschaffenheit besaßen wie die Masken der geisterhaften Geschöpfe. Momo fing einen der Wassertropfen auf, welche von dem meditierenden Wesen abprallte. Doch dieser war nicht flüssig. Das, was die Träumende in Händen hielt, war hart. Es war ein Diamant in der Form einer Träne. Auf dem Edelstein war der seltsame Stern eingeritzt, der ihr auch bei den anderen Traumwesen begegnet war, und in dessen Mitte schwang sich ein Adler in die Höhe. Auch in diesem Traum schien nichts anders zu verlaufen als in bisherigen Nächten. Also entschied sie sich weiterzuziehen und berührte das Symbol auf dem Edelstein. Denn sie wusste, was nun folgte. Nun würde Momo von ihrem Vater träumen.

Wie immer begann dieser Teil ihres Traumes in absoluter Dunkelheit. Gleich jedoch würden Hunderte von Kerzen entflammen und in deren Mitte würde ihr Vater sitzen. Keine maskierte Schattengestalt, sondern ihr Papa, welcher sie anlächeln würde. Warum er ihr nicht wie die anderen Wesen erschien, wusste Momo nicht. Dann vertrieb etwas die Finsternis. Doch diesmal war es nicht das wärmende Licht einer Kerze, sondern ein Blitz, der die Dunkelheit zerriss. Es folgten weitere und zeigten der Träumenden die Silhouette eines neuen, für sie bislang unbekannten Nebelwesens. Es war nicht viel größer als sie und die Maske bedeckte nur die untere Gesichtshälfte. So wie es auch die Filtermasken taten, die vor den Abgasen der Himmelsbambusindustrie schützten. Nur, dass diese normalerweise nicht wie das Maul eines Wolfes aussahen. Mehrere Blitze zuckten vom Himmel und bildeten den sechszackigen Stern. In der Mitte lauerte ein angedeuteter Wolf. Dann wurde es schwarz und Momo träumte weiter.

水

Wie kann sich dieser Ort nur so real anfühlen?, fragte sich Akira mit dem Duft der alten Schallplatten in der Nase. Sie rochen nach Kunststoff und altem Papier und so manche umspielte ein rauchiges Aroma.

Eine von ihnen rotierte auf dem Schallplattenspieler, neben dem roten Samtsessel. Ihr Puls bei 33 RPM. Und Akiras Herz tat es ihr gleich. Es trommelte ebenfalls einen schnelleren Rhythmus, als er ihren Namen in der Farbe von Blut an der Wand berührte.

Er lehnte an dem massiven Holzschreibtisch und ließ seine Finger – angefangen beim H – langsam über jeden einzelnen Buchstaben fahren. Er dachte an ihre Augen, Blau wie der Ozean und mit einem Blick darin, der ebenso ungestüm sein konnte wie dieser. An ihre Lippen, die in seiner Vorstellung so weich sein mussten, wie die Träume der Wolken. Und dann dachte er an ihr Ende. Als er sanft die Konturen des letzten Buchstabens – A – nachfuhr, sagte er: »Momo ist in Sicherheit. Ich wünsche dir, dass du nun endlich deinen Frieden finden kannst.« Er wusste nicht, ob es Einbildung war, doch an sein Ohr drang ein zartes Flüstern. Ein einziges kleines Wort, weit wie das endlose Meer. »*Danke.*«

Anschließend löste sich der Raum um ihn herum auf. Er zerplatze wie eine Seifenblase. Der Duft der alten Schallplatten wurde verdrängt vom scharfen Geruch des Whiskeys, der vor ihm auf dem Tresen seiner Bar stand. Und die Stille, welche in dieser herrschte, verschluckte die Musik des Schallapparats. Im lila Neonlicht stand er allein vor dem Glas voll Alkohol. Dahinter thronten etliche halb volle bis fast leere Flaschen und er fragte sich, wann er das letzte Mal den Boden eines Glases bewusst gesehen hatte. Er prostete der Fuchsmaske zu, die an einem Ende des Tresens an die Wand gelehnt war und hoffte, dass sein Freund ihm eines Tages verzeihen könnte. Dann nahm er einen Schluck und betrat die Bühne, an deren Ende ein altes Klavier stand.

空

Die gespenstische Gestalt, die Momo diesmal willkommen hieß, hatte eine eindeutig weibliche Figur, und obwohl ihr Körper keine feste Form zu haben schien, lag sie in Ketten. Durch ihre Maske, welche aussah wie der schuppige Kopf einer Schlange, summte sie eine liebliche Melodie. In diesem Traum schien alles so zu sein, wie sie es aus den anderen Nächten kannte. Momo entschied sich dennoch dafür noch ein bisschen zu bleiben. Sie setzte sich neben die Gefangene und summte mit ihr gemeinsam die eingängige Melodie. Das Wesen erinnerte sie an sich selber. Als sie eine Gefangene war, hatte sie auch am liebsten gesungen, um die Angst zu vertreiben. Letztlich wusste Momo aber, dass sie weitermusste. Also berührte sie den Stern, der in die Handschellen graviert war und in dessen Inneren sich eine Schlange krümmte.

Nun träumte Momo von einer Kirchenruine. Vor dem zerklüfteten Steinaltar stand das Wesen und blickte durch eine Fuchsmaske, ähnlich denen, wie man sie sie in Nihon fertigte, in das Gebälk der Kirche. Sie folgte seinem Blick und entdeckte mehrere pechschwarze Vögel. Insgesamt zählte sie zwölf. Der größte von ihnen verlor eine Feder und als Momos Blick ihr folgte, traf dieser auf ein kaputtes Buntglasfenster. Die Risse im Glas formten den sechszackigen Stern und auf dem Glas selbst konnte sie einen Fuchs erkennen. Die Szene zerfiel um sie herum und setzte sich zu einem neuen Traum zusammen.

Dieser war von einer ähnlichen friedvollen Atmosphäre wie ihr erster. Momo stand auf einer Lichtung. Vereinzelt sonnten sich Blumen, darunter auch einige weiße Exemplare, wie sie sie in der schwarzen Zone gesehen hatte. Auf einer kleinen Erhöhung stand ein großer Bodhi-Baum, der dem aus Nebel gewobenen Wesen Schatten bot. In die Rinde des Baumes geritzt, fand sie das Symbol. Diesmal faulenzte ein Affe im Mittelpunkt des Sternes. Das Geschöpf sah aus, als würde es schlafen. Bislang tat es das auch immer, diesmal öffnete es allerdings die Augen. Momo konnte durch die Löcher in der Maske, die aussah wie ein Totenschädel, dem der Unterkiefer fehlte, die Farbe Blau erkennen. Den Augen mangelte es an Melancholie, aber ansonsten war sie sich sicher, dass es die Augen ihres Retters waren. Es war an der Zeit herauszufinden, wer er war und was ihre Träume ihr mitteilen wollten. Doch um beides in Erfahrung zu bringen, musste sie aufwachen.

火

Als Momo die Augen öffnete, fühlten sich ihre Kehle trocken und ihr ganzer Körper steif an. Sie richtete sich auf und rutschte zur Bettkante. Dabei bemerkte sie, dass ihre Verbände gewechselt worden waren. Dann hörte sie eine Melodie. Die Tonfolge kam ihr vertraut vor, auch wenn sie nicht einordnen konnte, woher. Sie zog frische Unterwäsche und ein Shirt an, welches für sie bereitgelegt worden war. Es war schwarz mit einem weißen Wellenmuster darauf und wölbte sich in der Mitte, als ob es eine Gebirgskette bilden würde. Darunter prangte die Worte: *Unknown Pleasures*. Das T-Shirt war dem Mädchen deutlich zu groß und wirkte wie ein locker sitzendes Kleid an ihr. Dann folgte sie der Musik. Sie führte sie aus dem Zimmer heraus zu einer eisernen Wendeltreppe. Von oben konnte sie den in Neonlicht getauchten Raum überblicken. Es gab einen Tresen und einige Tische. In einer Ecke stand eine alte Jukebox. Und dann gab es dort noch eine kleine Bühne. Auf ihr stand ein altes Klavier mit einem Holzkorpus. An diesem saß der Mann, der sie gerettet hatte, und drückte gedankenversunken in die Tasten.

Leise versuchte sie die Treppe hinabzusteigen, denn sie wollte ihn nicht erschrecken. Als sie am Rand der Bühne ankam, konnte sie endlich lesen, was auf der Rückseite seines Oberteils stand. Es waren mehre Termine und dahinter die Namen von Städten. Von den meisten hatte Momo noch nie gehört. Darüber brach ein Prisma einen Lichtstrahl zu einem Regenbogen.

Er beendete sein Spiel. Seine Hand griff nach einem Glas, welches auf dem Instrument stand und mit einer braunen Flüssigkeit gefüllt war. Doch dann hielt er inne. Bevor er schließlich von dem Glas abließ und sich zu ihr umdrehte.

»Du bist endlich aufgewacht?«, fragte er mit einem leichten Lächeln auf den Lippen.

Sie antwortete zögernd. »Ja … habe ich denn lange geschlafen?« Doch dann brachen all die Fragen, die in ihrem Kopf herum spukten, aus ihr heraus. »Wo sind wir, warum hast du mir geholfen und wie heißt du eigentlich? Ach ja, und was waren das für schöne Blumen, die in der schwarzen Zone wachsen konnten? Kannst du mir Klavier spielen beibringen und …«. Momo hatte noch mehr Fragen, wurde jedoch vom Knurren ihres Magens unterbrochen.

»Eins nach dem anderen. Du hast fast zwei Tage durchgeschlafen. Kein Wunder, dass du hungrig bist. Such dir einen Platz aus, ich hole dir etwas zu essen. Dann unterhalten wir uns«, erwiderte Akira und ging durch eine Tür hinter dem Tresen. Dort musste die Küche sein, denn er kam mit einem großen Glas Wasser und einem Teller in der Hand zurück. Auf diesem befanden sich kleine Klöße. Als Folge der Ausbreitung der schwarzen Zone und dem Umstand, dass sich mit dem Anbau von Himmelsbambus deutlich höhere Gewinne erzielen ließen, hatte sich auch die Esskultur verändert. Die kleinen gefüllten Küchlein aus Reisteig waren eines der Hauptnahrungsmittel der Menschheit. In die Teigmasse wurden künstlich hergestellte Nahrungsergänzungsmittel wie Vitamine eingearbeitet, die Füllung sorgte für Geschmacksvariationen.

Neben den sogenannten Mochi stand eine Schüssel mit dampfender Misosuppe. Die Algen, die in ihr schwammen, waren sehr nahrhaft und konnten im Meer angebaut werden, wodurch keine Landmasse für ihren Anbau benötigt wurde. Beide Gerichte hatten geschmacklich jedoch nur noch wenig von ihrem einstigen Glanz.

»Leider ist es schwierig, hier draußen etwas anderes zu bekommen. Ich hoffe, es schmeckt dir trotzdem.«

»Dankeschön«, antwortete Momo und begann zu schlingen.

»Ich heiße Akira. Akira Curtis«, sagte er und setzte sich auf den Stuhl ihr gegenüber. »Das hier ist meine Bar, der *Velvet Room*.«

Momo war begeistert von der Atmosphäre. Sie bestaunte die Bilder vergangener Nächte mit ihren großen Augen. Doch die Erinnerungen flimmerten nicht auf hochauflösenden Bildschirmen. Die Momente waren für die Ewigkeit in Papier eingebrannt. An so einem Ort war sie noch nie gewesen.

»Was wolltest du noch wissen?«, dachte Akira laut nach.

»Die Pfumen!«, warf Momo unverständlich mit vollem Mund ein.

»Man nennt diese weißen Blumen Immertreu. Sie sind sehr schön, aber auch gefährlich. Denn sie trotzen sogar den Widrigkeiten der schwarzen Zone und verwischen so die Grenze zu dieser. Zumindest wenn man sich nicht auskennt. Und zu der Frage, warum ich dich gerettet habe. Das habe ich, weil deine Mutter mich darum gebeten hat.«

»Du kennst meine Mama?«, platze es aus Momo heraus und sie verschluckte sich fast. »Aber wie konnte sie dich um Hilfe bitten, sie ist doch schon so lange tot?«

»Ich weiß es nicht. Ich glaube, sie hat mich in meinen Träumen besucht.«

»In letzter Zeit habe ich auch häufig seltsame Träume. Sie fühlen sich so real an. Würdest du mir von ihr erzählen? Wie war Mama so?«

Akira starrte in Richtung Decke. Für einen Augenblick verschwand die Melancholie in seinen Augen.

»Sie war wie ein Regen nach einer langen Dürre.«

In den Worten lag so viel Liebe, dass sie Momos Herz berührten. Sie konnte Akira vertrauen. »Weißt du, wie sie gestorben ist?«

Ihr Gegenüber schwieg und die Traurigkeit kehrte zurück in seinen Blick. »Du wolltest doch, dass ich dir zeige, wie man Klavier spielt. Komm mit.«

Momo nahm noch einen großen Schluck aus dem Glas, dann gingen sie zusammen zu dem Instrument. Gemeinsam setzten sie sich auf den Hocker. Akira nahm sanft ihre Hand und legte sie auf die Klaviatur. Dann zeigte er ihr eine Tastenfolge. Nun begann er mit der linken Hand Quinten in den Basstönen zu spielen.

Momo wartete ein paar Durchläufe ab, dann hatte sie das Gefühl, den Ablauf verstanden zu haben und spielte die Töne. Auch wenn sie beim ersten Versuch noch nicht perfekt platziert waren, dauerte es genau zwei Akkorde und ihre Welt stand in Flammen. Beim zweiten Durchlauf waren sie bereits etwas genauer. Aber als sie sie endlich richtig gesetzt hatte, bemerkte Momo, dass sie auch diese Klangfolge kannte, und zwar aus ihren Träumen. Sie drückte die weißen Tasten und musste unkontrolliert lächeln. Ohne genauer darüber nachzudenken, begann sie die Melodie aus ihren Träumen zu singen. Momo bemerkte, wie Akira einen Ton ausließ. Dann sah er sie an und begann zu lächeln. Anschließend ließ er auch seine rechte Hand über die Tasten sausen.

Nachdem der letzte Ton verhallt war, sah Momo ihn an und sagte: »Wenn ich groß bin, dann möchte ich Sängerin werden.«

»Ein schöner Traum. Deiner Mutter würde das bestimmt gefallen. Wenn du magst, dann zeige ich dir, wie man Klavier spielt. Dann kannst du dich selbst begleiten.«

»Wirklich? Das wäre schön!« Sie grinste und ihre Wangen waren gerötet.

»Würdest du mir im Gegenzug verraten, woher du dieses Lied kennst?«

Daraufhin erzählte Momo ihm von ihren Träumen, wie sie sich veränderten und dass sie glaubte, dass er ein Teil dieser war.

»Die Leute, von denen du träumst, sind meine Freunde«, erwiderte Akira.

Ich kann mit Sicherheit sagen, dass nicht alle Visionen in der Gegenwart stattfinden, zog Akira seine Schlüsse. *Deshalb hat sie es zum Glück nicht gemerkt. Wichtiger ist jedoch, befindet sich Makoto bereits in Gefangenschaft oder wird dies erst noch passieren und Scott, wo bist du nur hineingeraten? Wir können diese Träume auf jeden Fall zu unserem Vorteil nutzen. Immerhin scheint es so, als ob William seine Sünde weitergegeben hat. Das bedeutet, unser Bindungsschwur hat keine Gültigkeit mehr.*

»Warum träume ich von euch?«, fragte sie.

»Lass mich dir etwas zeigen«, sagte Akira und ging in die Küche. Kurze Zeit später kam er mit einem großen Wasserkanister zurück. Er stellte diesen an den Rand der Bühne und entfernte den Deckel. »Es gibt eine Energie, die alles Leben wie eine Wasserströmung umfließt.«

Momo konnte sehen, wie die wabernde Masse, die sie seit einiger Zeit um Lebewesen herum wahrnahm, ausströmte. Ihr Blick folgte ihr zur Öffnung im Kanister und Akira begriff, dass das Mädchen in der Lage war, die unsichtbaren Kräfte zu sehen. »Sie hat unterschiedlichste Namen, manche nennen sie Tao, andere Chakra, für mich ist es einfach nur Aura.«

In diesem Moment begann das Wasser aus dem Kanister zu strömen. Akira bewegte seine Hände und im gleichen Rhythmus formten sich Fische aus der Flüssigkeit. Die Geschöpfe, welche eher aussahen wie Kinderzeichnungen als echte Fische, umströmten ihn. Für Momo sah es aus, als würden sie die Strömungen seiner Energie nutzen und sich von diesen treiben lassen.

»Wow!«, entfuhr es Momo mit großen, staunenden Augen. »Ist das etwa Magie? Bist du ein Zauberer?«

»Nein. Mit Magie hat das eigentlich nichts zu tun. Ich bin lediglich einer von wenigen Menschen, die die *Thelema* gemeistert haben und dadurch mit den körpereigenen, nicht ausgeschöpften Energien umzugehen wissen. Dennoch ist es wahrscheinlich das, was Magie in dieser Welt am nächsten kommt.«

Anschließend schickte er die Flüssigkeit zurück in den Kanister.

»Kann ich das auch?«

»Mit vielen Jahren Training.«

Trotzig streckte Momo die Hände aus und imitierte Akiras Handbewegungen. Innerhalb des Gefäßes begannen vereinzelt Luftblasen aufzusteigen. Es wurden immer mehr und schließlich stieg die Flüssigkeit erneut empor. Wieder formten sich wässrige Fische daraus. Diesmal sahen diese jedoch nicht aus wie zwei aneinandergesetzte geometrische Formen, sondern wie richtige Koikarpfen mit Barteln und Flossen. Sie tanzten um sie herum und auch Momo begann vor Freude auf und abzuspringen.

Unglaublich, dachte Akira. *Sie ist also wirklich eine Erbin.*

Akira erkannte, dass Momo die Fische auf eine völlig andere Art erschuf als er. Er zwang der willenlosen Flüssigkeit seinen eigenen Willen auf. Dafür nutzte er seine Aura nach der Manipulationsart. Dies war eine komplexe Technik des äußeren unikursalen Hexagramms. Momo hingegen formte das Wasser einfach nach ihrer Vorstellung, als ob es ein Teil von ihr wäre. Es sträubte sich nicht dagegen, sondern strebte danach, ihrem Willen zu folgen. Sie hatte keineswegs jahrelanges Training durch Talent übersprungen, so funktionierte die *Thelema* in der Regel nicht. Und auch mit jeder anderen Substanz hätte sie wahrscheinlich keinen Erfolg gehabt. Doch sie und der große Geist des Wassers waren eins.

In diesem Moment kullerte eine Träne die Wange des Mädchens herunter. Als sie an ihrem Kinn ankam und sich von ihrem Gesicht löste, fiel sie jedoch nicht zu Boden. Sie verwandelte sich in einen weiteren Koi. Schöner als alle anderen, die durch den Raum schwammen. Seine Schuppen leuchteten in Orange und Schwarz auf einem geisterhaft weißen Grund. Die Farben, die aussahen als wären sie mit wässriger Farbe getuscht, tauschten fließend ihre Plätze. Er glitt durch seine durchsichtigen Kameraden hindurch und diese wandelten ihre Form in die von Seerosen. Dabei schimmerten seine Flossen wie Schleier aus Perlmutt.

»Du wirkst etwas kleiner als beim letzten Mal, *Mizu*«, kommentierte Akira die Szene.

Der arkane Geist schlug mit der Flosse gegen eine Seerose und diese zerplatze in Akiras Gesicht.

Momo grinste voll kindlicher Freude. Dann schwamm *Mizu* auf sie zu und legte seine Stirn an die ihre. Seine Gedanken strömten in sie ein und für einen kurzen Auenblick sah sie ihre Mutter. Die Wassergewächse umkreisten die beiden, als ob sie in der Mitte eines Strudels stehen würden. Dieser fand wie von selbst seinen Weg zurück in den Kanister. Dann verflüssigte sich der Koi und wurde zu einer Tarotkarte. In den Händen des Mädchens lag nun das *Ass der Kelche.*

»*Mizu* hat mir alles erzählt. Er fragt, ob du in diesem Krieg auf mich aufpassen würdest?«

»Nette Art um Hilfe zu bitten«, antwortete Akira und wischte sich das Gesicht mit seinem Shirt trocken. Momo sah ihn aus den grünen Augen ihres Vaters heraus an. Er sträubte sich dagegen, konnte aber nichts gegen den aufbrandenden Zorn in seinem Inneren tun. Er ging zum Tresen und griff nach einer Flasche Whiskey. Während er sie entkorkte, fiel sein Blick auf die Fuchsmaske, die zwischen den leeren Gläsern stand. Sein Zorn schwelte ab beim Gedanken an jenen Tag, an dem er begann, im Alkohol zu versinken. Dann betrachtete er das Schild an der Eingangstür. Von innen konnte man das Wort - *Geöffnet* - lesen. Er sah Scott vor sich, wie er es umgedreht hatte, bevor er gegangen war. Seitdem hatte er ihn nicht mehr gesehen. Entschlossen steckte Akira den Korken zurück in die Flasche und sah Momo an. »Ich habe es deiner Mutter versprochen und jetzt verspreche ich es auch dir. Aber nicht nur ich, auch die anderen Leute aus deinen Träumen werden dich beschützen. Denn ich bin zwar Akira Curtis, aber ich bin auch Acedia, Sünde der Trägheit, Anführer der sieben Todsünden.«

»Danke schön «, sagte Momo und lächelte ihn erleichtert an. »Aber wie finden wir deine Freunde?«

»Mit der Hilfe deiner Träume.«

Während er sprach, ging er zur Tür. Er trat heraus aus der Bar und drehte das Schild um. Von nun an war der *Velvet Room* wieder geöffnet.

»Wobei einige von ihnen ihren Weg von selbst hierher finden sollten.«

Zum Schluss richtete Akira die Kamera, welche an der Überdachung des Eingangs hing, auf das Schild aus und schaltete diese ein. So nah am Rand der roten Zone gab es kaum private Funksammler. Daher war selbst dieser einseitige Kommunikationsweg eine Seltenheit. Doch das genügte.

Es ist an der Zeit, die alte Band wieder zusammenzutrommeln.

»Übrigens glaube ich, dass das vorher doch Magie war. Du hast das mit den Fischen gesehen, oder?«, fragte Momo mit einem schelmischen Grinsen im Gesicht.

»Ja, das habe ich gesehen«, antwortete er ihr, während er ihren Kopf tätschelte.

»Gut. Ich wollte nur noch mal nachfragen.«

Den restlichen Tag verbrachten die beiden am Klavier und damit die neuen Fragen in Momos Kopf zu klären, welche durch *Mizus* Auftauchen entstanden waren.

Als es draußen dunkel geworden war, brachte Akira Momo ins Bett und deckte sie zu. Dabei summte er jene Melodie, welche sie bereits geweckt hatte und in ihr ein wohlig vertrautes Gefühl auslöste.

Mizu ist es, was Vater wollte. Wäre er wieder normal, wenn ich ihn ihm überlassen würde? Vielleicht würde er mir zum Dank sogar erzählen, was mit Mama passiert ist?, geisterten ihr dabei die Fragen durch den Kopf.

»Gute Nacht, Akira.«

»Gute Nacht, Tautropfen.«

地

Als Momo am nächsten Morgen erwachte, hatte sie einen Entschluss gefasst. Sie würde herausfinden, wie ihre Mama gestorben war. Allerdings nicht, indem sie *Mizu*, das Letzte, was ihr von ihrer Mutter blieb, ihrem Vater überließ. Sie würde es auf eigene Faust herausfinden. Denn in dieser Nacht träumte sie nicht von Gestalten, deren Körper aus dunklem Nebel gesponnen waren. Sie träumte von der Zeit, in der sie noch ein kleines Kind war und ihre Mutter sie zu Bett brachte.

»Wache über ihren Schlaf, *Mizu*«, hörte sie ihre Stimme, von welcher sie glaubte, sie schon längst vergessen zu haben. Doch da war noch eine Person. Es war ihre eigene Stimme, die fragte: »Singst du mir ein Schlaflied?« Vor wenigen Tagen hätte Momo keine Ahnung gehabt, wer der Mann gewesen war. Doch nun wusste sie es. Und als er zu singen begann, verstand sie auch, woher sie jene Melodie, jenes Gefühl kannte.

»So langsam
Fällt der Regen
Ich beobachte es
Ewigkeiten schon
Ewigkeiten schon.«

»Gute Nacht, Tautropfen«, verabschiedete er sie in den Schlaf.

Fu - 10

Mirai und Arthur standen sich in dem runden Trainingssaal gegenüber. An den Wänden aus poliertem weißem Marmor hingen verschiedene Hiebwaffen. Diverse Schwerter, darunter auch Übungsschwerter aus Holz, Äxte, Speere und Schilde. Diese waren um einen großen Spiegel sorgfältig angeordnet. Während der theoretischen Erläuterungen des obersten Kreuzritters über die *Thelema*, schweiften Mirais Gedanken immer wieder ab. Er musste an Joan denken, als der Vorsteher des avalonischen Ordens darüber sprach, was es mit den unsichtbaren Energien auf sich hat. Und als dieser weiter darüber philosophierte, dass nur wenige Menschen die unsichtbaren Mächte bewusst nutzen konnten, geschweige denn diese wahrnahmen, ging er der Frage nach, warum Joan ihn ignorierte.

»Es gibt jedoch Sonderfälle. Einige wenige sind in ihrem Spezialgebiet in der Lage, die Kräfte der *Thelema* unterbewusst zu nutzten. Die Gesellschaft bezeichnet solche Personen als Genies. Außerdem hast du bestimmt schon mal davon gehört, dass Leute, die an Migräneattacken leiden, behaupten, sie könnten eine Art Aura um Menschen herum erkennen. Hierbei …« Arthur stockte.

»Du bist nicht bei der Sache.«

»Entschuldigen sie bitte.«

»Vielleicht kürze ich den theoretischen Teil etwas ein, und wir kommen gleich zum praktischen.« Er schmunzelte Mirai an. »Aura fließt immer. Über die Poren in unserer Haut tritt sie aus, umströmt unseren Körper und fließt über den Kopf ab. Diese Poren, welche auch *Aiwaz-Knoten* genannt werden, sind im Normalfall fast geschlossen. Um sie nutzen zu können, muss man diese Knoten öffnen. Diesen Prozess nennt man *Ritus*. Entweder durchläuft man diesen auf dem langwierigen natürlichen Weg durch Meditation oder auf die deutlich schnellere, aber auch gewaltsamere Weise.«

Mirai konnte spüren, wie sich etwas um Arthur veränderte, als dieser auf ihn zu trat und seine Hand ausstreckte.

»Diese Methode ist jedoch gefährlich. Denn der eigene Körper muss auf die fremde Aura, die ihn angreift, reagieren. Wie bei einer Krankheit, bei der das Immunsystem eine Abwehrreaktion hervorruft, öffnet er die Aiwaz-Knoten, um die fremde Aura mit der eigenen zurückzuweisen. Diese Art des *Ritus* spart zwar Zeit, allerdings kann man dabei durchaus sterben.«

Nun war Mirai fokussiert. Sein Blick hing an der Hand des Kreuzritters, welche ihn fast berührte. Er fragte sich, was dieses Risiko für einen Sinn hat, wo er Joan doch schon gefunden hatte.

Dann jedoch zog Arthur die Hand zurück. Er legte die Fingerspitzen beider Hände aufeinander und formte einen Kreis. Auf jene Weise, wie die Mitglieder des avalonischen Ordens ihre Hände zum Gebet falteten. »Entschuldige, aber immerhin bist du jetzt bei der Sache.« Der ältere Mann lachte väterlich. »Ich kann sehen, dass du den Ritus bereits durchlaufen hast. Vermutlich ist es passiert, als *Michael* der Engel des Windes dich erwählt hat.« Dann zog er die Hände auseinander, auf eine Weise, als wäre zwischen seinen Fingern ein Spinnennetz aufgespannt. »Atme tief ein. Versuche, die unsichtbare Macht in dir zu greifen, sie wie Atem in verschiede Regionen deines Körpers zu lenken. Konzentriere sie in deinen Augen und sag mir, was du siehst.«

Mirai konnte nichts zwischen den Händen seines Lehrmeisters erkennen. Vor wenigen Tagen noch wäre er sich sicher gewesen, dass er ihn auf den Arm nehmen wollte. Doch das Flüstern im Wind war keine Illusion. Und das Meistern dieser Fähigkeiten würde Joan vielleicht dazu bringen, mit ihm zu reden. Doch selbst wenn nicht, dann würde er sie zumindest damit beschützen können.

Er sog die Luft ein und es fühlte sich an, als ob sich diese mit seiner Aura vermischen würde. Instinktiv fand sie durch das kontrollierte Atmen ihren Weg. Da war etwas. Erst sah es aus wie das Flirren der Hitze über dem heißen Asphalt. Dann wurde das, was sich zwischen den Fingern aufspannte, klarer. »Ich sehe einen sechszackigen Stern. Und in dessen Mitte ist eine Art fünfblättriges Kleeblatt.«

»Dieses Symbol nennt man *unikursales Hexagramm.* Es ist die Grundlage der *Thelema*«, antwortete Arthur, der ähnlich überrascht über diese Leistung war wie Mirai selbst. Er hatte nicht erwartet, dass der Junge so schnell derartige Erfolge erzielen würde. Selbst er, dem immer wieder gesagt wurde, dass er ungeheures Talent habe, hatte über eine Woche gebraucht, nur um etwas Verschwommenes in der Luft wahrzunehmen.

Es liegt bestimmt an seinem Bündnis mit dem Engel. Vielleicht hat er zusammen mit Michael auch die Erinnerungen seiner Vorgänger aufgenommen und kann unter-

bewusst von diesen schöpfen, mutmaßte Arthur. *Welche ungeahnten Höhen könnte ich wohl durch einen Pakt mit dem Engel erreichen?*

»Das, was du als Kleeblatt bezeichnet hast, nennt man *inneres Hexagramm.* Diese fünf Grundsäulen gilt es zu meistern, um die *Thelema* für sich zu erschließen. Die erste Lektion, dass sogenannte *EL*, hast du gerade eben erlernt. Hierbei lenkt man die Aura in die Augen und ist dadurch in der Lage, die unsichtbaren Mächte zu sehen. Erinnerst du dich an die Geschichte über Migräne, von der ich dir zuvor erzählt habe?«

»Nutzen solche Menschen das *EL* unbewusst?«

»Ganz genau. Ihr Kopf kann das allerdings oft nicht verarbeiten, da der eigene Körper nicht an den Umgang mit Aura gewöhnt ist, dadurch entstehen ihre Kopfschmerzen. Kommen wir zur zweiten Lektion. Folge mir.«

Die beiden traten vor den Spiegel. Mirai sah in diesen hinein und konnte wahrnehmen, wie die für ihn nicht mehr länger unsichtbare Masse um Arthur zirkulierte. Bei ihm jedoch strömte sie in Richtung seines Kopfes, wo sie sich verflüchtigte.

»Unsere Auren unterscheiden sich«, erkannte Mirai.

»Der Unterschied liegt darin, dass ich das Abdampfen der Aura verhindere. Indem ich sie um meinen Körper kreisen lasse, reichere ich sie an, wodurch eine Art fluider Schild entsteht«, erläuterte der grauhaarige Mann mit einem gewissen Stolz in der Stimme, der eindeutig aus der Leistung seines Schützlings resultierte. Dabei nahm er Schwert und Schild von der Wand. Beides streckte er Mirai entgegen. »Diesen Prozess nennt man *OD.*«

»Was soll ich damit?«, fragte Mirai, als er das prunklose Ritterschwert und den zerbeulten Schild aus Eisen entgegennahm.

»Mich angreifen.«

»Warum nehmen Sie kein Schwert in die Hand?«

»Keine Sorge. Ich brauche kein Schwert. Schlag einfach zu.«

Zaghaft holte Mirai aus. Dann ließ er das Schwert sinken. »Ich möchte Sie wirklich nicht verletzten.«

»Das *OD* ist mein Schild.« Er machte eine Geste, die Mirai signalisierte, dass er sich nur trauen soll.

Der Erbe des Windes holte aus und schlug zu. Er schloss dabei die Augen. Die Klinge traf auf einen Widerstand. Und als er sie wieder öffnete, schien das Schwert in der Luft zu stehen. Genau an der Stelle, an der die Aura von Arthur endete. So sehr er auch presste, es weigerte sich voranzuschreiten.

»Und mein Schwert«, vollendete der Kreuzritter seinen Satz und holte mit der Faust aus.

Reflexartig riss Mirai den Schild nach oben. Er konnte sehen, wie der flüssige Schild seines Gegenübers nun nicht mehr seinen gesamten Körper umhüllte. Die Aura verdichtete sich um seine Faust. Sie wirkte nicht länger wie etwas Fluides, sondern wie ein Bündel aus unzähligen Fäden. Stark und dennoch elastisch, genau wie Muskelfasern. Dann donnerte diese durch den schweren Metallschild und ließ ein Loch in diesem zurück.

»Kann ich das auch?«, fragte Mirai mit einem für ihn untypischen Hauch von Euphorie in der Stimme. Er war sich sicher, dass er Joan damit beeindrucken könnte. Hiermit wäre er ihr eine viel größere Hilfe in ihrem gemeinsamen Alltag. In einem Alltag, an dem Joan kein Interesse mehr hatte. Mit traurigem Blick fragte er: »Was ist die dritte Grundsäule?« In der Hoffnung, auf etwas zu stoßen, was es ihm ermöglichen würde Joan, an den höchsten Ort der Welt zu bringen.

»Sie trägt den Namen *OB*«, antwortete Arthur, während er zur Wand schritt und die Waffen musterte.

Mirai versuchte unterdessen das *OD* umzusetzen. Es brauchte seine ganze Konzentration, um das Abdampfen zu stoppen. Schweiß lief über sein Gesicht.

Der Kreuzritter hatte sich mittlerweile entschieden. Er griff nach einem Dolch, zog ihn aus dessen Scheide und griff Mirai an. Dieser parierte mit dem Schwert, verlor jedoch den Fokus und sein *OD* löste sich auf.

»Es ist eine Sache, es umsetzen zu können, aber eine völlig andere, es zu nutzen. Nun zum *OB*.«

Erschöpft rang der Junge nach Atem. Seine Augen verfolgten den Fluss der Aura seines Lehrers, während er sich fragte, was er mit dem Dolch wollte. Für seine Klinge war diese Waffe kein Gegner. Doch als er sah, wie sich die wabernden Mächte ausdehnten und nach dem Dolch griffen, wurde ihm bewusst, dass es darauf ankam, wer sie führte. Mirai hob sein Schwert, denn die kurze Stichwaffe war nun komplett von Aura umschlungen, als ob sie Teil von Arthurs Körper wäre und nur als Verlängerung seines Armes diente. Der Dolch glitt durch die Klinge, als wäre es nicht mehr als ein gespanntes Haar.

»*OB* ist die Fähigkeit, seine Aura in Dinge fließen zu lassen und diese zu verstärken.« Arthur warf den Dolch wie ein Wurfmesser in Richtung der grabgebeinfarbenen Steinmauer hinter Mirai. Kaum hatte er sich aus seiner Hand gelöst, verflüchtigte sich auch die Aura um ihn herum. Von der Eisen zerteilenden Waffe war im Moment des Aufpralls nichts mehr übrig. Sie prallte ab und fiel zu Boden. »Dies funktioniert jedoch nur, solange man mit ihr verbunden ist. Deshalb ziehen wir, die die *Thelema* erschlossen haben, Nahkampfwaffen den Schusswaffen vor.«

Wie aus dem Nichts spürte Mirai wie er nach hinten gerissen und an etwas gedrückt wurde. Jemand hielt seinen Körper fest und drückte ihm den Dolch an den Hals, welchen der Kreuzritter zuvor geworfen hatte. Er rührte sich keinen Millimeter, denn er wusste, dann würde die Klinge in seinen Hals schneiden. Er versuchte das *OD* aufzubauen, um sich zu verteidigen, aber in dieser Stresssituation war er nicht in der Lage dazu. Seine Augen suchten Arthur und baten um Hilfe.

»Auf welche Art von Musik stehst du?«, fragte der Mann, der ihn bedrohte.

»Genug, Blake.«, ging Arthur mit fester Stimme dazwischen.

Mirai spürte, wie sich der Griff lockerte und befreite sich. Er rannte zu Arthur und musterte seinen Angreifer. Dieser war äußerst muskulös und er schien es auch gerne zur Schau zu stellen, denn er trug eine offene Trainingsjacke ohne etwas darunter. Dazu kleidete er sich mit der dazu passenden schwarzen Hose und Schlappen. Auf den ersten Blick schätze Mirai den Mann, der sein braunes Haar zu einem lockeren Dutt zusammengebunden hatte, auf Mitte zwanzig.

Wie ist es möglich, dass dieser Koloss unbemerkt den Dolch aufgenommen hatte und sich mir nähern konnte? Selbst jetzt noch, wo er mir gegenübersteht und ich ihn mit meinen eigenen Augen sehe, habe ich das Gefühl, als wäre er nicht da. Fast so, als wäre er ein Geist, fragte sich Mirai.

»Das ist Blake Bastille. Er ist mein Adjutant. Ich habe ihn gebeten, uns für die nächste Lektion zur Hand zu gehen. Das, was du gerade gesehen hast, nennt man *LA*. Hierbei verschließt man bewusst die Aiwaz-Knoten, wodurch man in der Lage ist, seine Aura zu löschen. Meister des inneren Hexagrammes können Aura spüren.

Auf diese Weise kannst du im Verborgenen bleiben. Außerdem sollte es eine Warnung an dich sein. Für uns bist du ab jetzt Artus, für die anderen Erben bist du ein Problem. Sei wachsam, denn es gibt ab jetzt Menschen, die dir nach dem Leben trachten«, erklärte der Geistliche. Mit einem väterlichen Lächeln im Gesicht fuhr er fort: »Aber mach dir keine Sorgen, der gesamte Orden wird dich beschützen.«

»Ich habe dir eine Frage gestellt! Es wäre unhöflich, mir nicht zu antworten«, mischte sich Blake ein.

Mirai verspürte Angst. Er hat all das nur akzeptiert, um bei ihr sein zu können. Das Erbe, von dem alle sprachen, war ihm egal. Dennoch trachteten nun Leute nach seinem Leben. Allerdings war er auch ein bisschen erleichtert, denn er glaubte Arthur, dass der Orden auf ihn aufpassen würde. Und da auch Blake hier war, um ihm zu helfen, wollte er seine Frage auch beantworten. Das war jedoch leichter gesagt als getan. »Mhm …«, überlegte Mirai. »An die Zeit, bevor ich Joan traf, erinnere ich mich leider nicht. Danach waren wir meistens damit beschäftigt, etwas Essbares gegen den Hunger aufzutreiben oder den nächsten Unterschlupf zu finden, in dem wir eine Weile sicher waren. Deswegen kenne ich mich nicht wirklich mit Musik aus, aber einmal hat sie für mich gesungen. Das fand ich schön.«

Eine einsame Träne kullerte über Blakes linke Wange.

»Habe ich etwas Falsches gesagt?«

»Mach dir keine Sorgen«, sagte Arthur, während er ihm eine Hand auf die Schulter legte. »Er ist emotional immer etwas aufgekratzt.«

»Das ist so traurig«, schluchzte Blake. »Heute Abend kommst du zu mir. Ich werde dir eine neue Welt eröffnen!«

»Gerne«, erwiderte Mirai, der außer Joan noch nie einen Freund hatte.

Blake wischte sich die Träne mit dem Ärmel weg. Im Gehen hob er zum Abschied die Hand. »Dann ist es entschieden.«

Mirai blickte zu Arthur. »Er hat mir gar nicht gesagt, wo sein Quartier ist.«

»Ich werde es dir zeigen. Blake ist zwar speziell, aber eigentlich ein herzensguter Kerl. Es freut mich, dass meine beiden Schüler sich verstehen. Wobei du theoretisch im Rang über mir stehst.«

Mit einem Schmunzeln im Gesicht, sagte Mirai: »Schon gut, es fühlt sich nicht so an. Kommen wir zur letzten Grundsäule.«

»Die letzte Technik ist das *Magick*«, fuhr Arthur fort, während er eine Tarotkarte aus seinem Ordensmantel holte. Gezielt ließ er die Aura in diese strömen und sie verwandelte sich in ein prunkvolles Ritterschwert. »Hierbei handelt es sich um die Freigabe der Aura. So kann man Trümpfe aktivieren, wie ich es dir gerade gezeigt habe. Außerdem kann man mit ihr auf die sechs Arten des äußeren Hexagramms zugreifen. Aber das sprengt vorerst den Rahmen. Die fünf Grundlagen sind das A und O. Übe sie, versuche sie zu reproduzieren und schließlich zu verinnerlichen. Anschließend kombiniere sie miteinander. Diese Techniken müssen dir in Fleisch und Blut übergehen, wenn du die *Thelema* meistern möchtest. Es muss dir genauso leichtfallen wie Atmen.«

»Danke für ihre Zeit. Ich verspreche, dass ich mir Mühe geben werde.« Mirai verbeugte sich. Dann fuhr er fort. »Aber ich hätte noch eine Frage.«

»Nur zu.«

»Gibt es eine Technik, mit der ich schweben oder fliegen könnte?«

»Der Engel des Windes hat dich auserkoren. Theoretisch solltest du dazu in der Lage sein, Luftströme zu kontrollieren. Aber auch hier solltest du mit etwas Kleinem beginnen.« Der Geistliche blickte sich im Raum um. Schließlich öffnete er ein Fenster und griff nach einer Feder, die ein Vogel auf dem Sims zurückgelassen hatte. »Wie wäre es, wenn du es erst einmal hiermit versuchst?«

風

Mirai befand sich, der Wegbeschreibung, die er von Arthur bekommen hatte folgend, auf dem Weg zu Blake. Dabei kam er an einer großen in den polierten Marmor eingelassenen Holztür vorbei. Die massive Tür mit den filigranen Schnitzereien stand offen. Sein Blick blieb nur kurz an den kunstvollen Darstellungen der Heiligen hängen, welche um eine runde Tafel herum platziert waren. Diese war jedoch durch die geöffnete Tür halbiert und ihre Mitglieder entzweit. Er kannte ihre Gesichter bereits, denn überall in den Gängen des Turms fand er in weißen Stein gemeißelte Abbildungen von ihnen. Deutlich interessanter fand er jedoch, was sich in dem Saal befand. Mehrere Gebetsbänke waren auf eine Front aus Buntglasfenstern gerichtet. Eine von ihnen stand direkt davor und verdeckte den unteren Teil der glanzvollen Kulisse, durch welche die Abendsonne in den grabgebeinfarbenen Raum trat und diesen in warme Orangetöne tauchte.

Mirai betrat den Raum und bestaunte die Glasmalerei, welche von mindestens ebenso kunstvoll geschlagenen Steinsäulen gerahmt wurde. Sie war unterteilt in vier Segmente. Jedes von ihnen zeigte einen mosaikartig, aus mehreren kleineren Scheiben, zusammengesetzten Engel. Nach oben hin liefen die Fenster spitz zu und darüber waren Wörter in den weißen Stein gemeißelt worden. Zuerst stach Mirai einer der beiden mittleren Engel ins Auge. Er flog durch einen hellblauen Scherbenhimmel, welcher immer wieder von milchig weißem Glas durchsetzt war, als wären es Wolken. Die Scheiben, aus denen der Himmelsbote gebaut war, waren alabasterweiß und in seinen Händen hielt er ein Schwert. In dem Stein über ihm stand sein Name. *Michael.* Neben diesem stand *Gabriel.* Er wurde aus schwarzen Scherben, die aussahen wie vom Licht durchdrungener Onyx zusammengesetzt und trug einen runden Schild gen Himmel. Das Glas, das ihn umgab, war in verschiedenen Erdtönen gefärbt. Ganz links befand sich ein azurblauer Engel, der einen Kelch vor seine Brust hielt. Er flog durch ein gläsernes Meer aus Blautönen. Die einzelnen Teile waren so zusammengesetzt worden, dass es aussah, als türmten sie sich zu Wellen auf. Sein Name war *Uriel,* wie der Stein über ihm verriet. Der letzte geflügelte Mann flog durch oranges und rotes Glas, welches im Licht der untergehenden Sonne aussah wie glühendes Feuer. Er selbst war aus einem dunklerem Karmesinrot konstruiert worden und deutete mit dem Stab in seiner Hand auf die Buchstaben über ihm. Er nannte sich *Raphael.* Fasziniert stand Mirai vor der Glasmalerei der großen Geister. Die Sonne wärmte seinen Körper und er stellte sich vor, wie die Ordensmitglieder hier beteten und Erleuchtung fanden. Liebend gern hätte er nach Joan gesucht, um ihr seine Entdeckung zu zeigen. Zum ersten Mal konnte er verstehen, warum sie mehr von dieser Welt sehen wollte. »Aber, warum können wir diese Dinge nicht gemeinsam tun?«, sprach er laut zu sich selbst.

»Gute Frage«, gähnte eine Stimme hinter Mirai.

Er entdeckte einen Mann, nicht viel älter als zwanzig. Sein blondes Haar, welches knapp über seinen Schultern endete, hatte er mit Kopfhörern, sogenannten Schallwandlern, die nicht auf, sondern hinter seinen Ohren saßen, befestigt. Er trug einen kunstvollen Kimono. Das Muster auf diesem bestand aus den verschiedensten Blüten, die wie Federn geformt waren und über blaugrauen Grund flogen. Eine Filtermaske hing locker um seinen Hals, als wäre sie eine Kette.

Ist er einer derjenigen, vor denen mich Arthur gewarnt hatte? Hat er es auf mich abgesehen?, schoss es Mirai durch den Kopf. *Er ist auf jeden Fall kein Angehöriger des Ordens. Nie würden diese sich hier so benehmen, aber trotzdem wirkt er so friedlich, wie er da liegt und gähnt.*

Dennoch begann Mirai damit, sein *OD* zu formen.

Der seltsame Blondschopf richtete sich auf und streckte sich. Dann stützte er seinen linken Ellenbogen auf der Lehne der vorderen Bank ab, legte seinen Kopf leicht schief in seine Hand und lächelte. »*Moumantai.* Entspann dich, wir haben doch noch nicht einmal miteinander geredet.«

»Du bist nicht hier, um mich zu töten?«

»Warum sollte ich dich töten wollen?«, verhallte seine Frage zu einem Lachen.

»Weil ich …« Da dämmerte es Mirai, dass er besser nicht vor Fremden damit hausieren sollte, dass er einer der Erben war.

»Weil du der alabasterfarbene König bist?«

»Woher weißt du das?«, fragte Mirai sichtlich schockiert.

»Ergibt es wirklich Sinn, sich über Dinge den Kopf zu zerbrechen, die man eh nicht mehr ändern kann?«, gähnte der Mann wieder. »Worüber hast du dir den Kopf zerbrochen, bevor ich dich gestört habe? War es etwas, dass wir noch beeinflussen können?«

Mirai wusste nicht warum, aber er hatte das Gefühl, dass sein Gegenüber tatsächlich keinerlei böswillige Absicht ihm gegenüber hegte. Er wollte tatsächlich einfach nur reden. »Weißt du, es gibt da ein Mädchen. Wir lebten zusammen, doch dann ist sie gegangen, um ihre Träume zu verwirklichen. Ich verstehe das nicht, denn wir hatten zwar nicht viel, aber wir hatten uns. Reicht das nicht? Und selbst wenn nicht, warum können wir das, wonach sie sich sehnt, nicht gemeinsam tun? Ich habe diese Kräfte akzeptiert, um sie wiederzusehen. Doch jetzt, wo ich sie wiedergefunden habe, ignoriert sie mich.« Während Mirai erzählte, entdeckte er ein Tattoo auf dem oberen Glied des Zeigefingers des Mannes, der einfach nur dasaß und ihm aufmerksam zuhörte. Es hatte die Form einer sich im Wasser spiegelnde Mondsichel.

»Ich glaube, wir Menschen missverstehen uns deshalb so oft, weil wir verlernt haben, miteinander zu reden«, antwortete der ungewöhnliche Besucher, während er sich erhob und auf die Front aus Bleiglas zuging. Dann versuchte er die Gebetsbank, welche direkt vor dem Fenster stand, zur Seite zu schieben. »Den Grund für ihr Handeln wirst du nur finden, wenn du bereit bist, sie zu verstehen. Hilfst du mir mal kurz?«

Mirai packte auf der anderen Seite der Bank mit an.

»Was, wenn dabei herauskommt, dass sie mich hasst?«

»Es gibt Dinge, auf die wir keinen Einfluss haben, warum sich schon vorher wegen ihnen verrückt machen? Ich persönlich versuche einfach zu umarmen, was auf mich zukommt.«

»Ich danke dir«, erwiderte Mirai. »Ich sollte mir erst einmal das Gesamtbild ansehen. Und selbst wenn sie mich hassen sollte, ändert das nichts an meinen Gefühlen für sie.«

Sie stellten die Bank zu Boden und traten einige Schritte zurück. Der Blondschopf inspizierte das freigelegte Glas und sagte: »Das versteckte sich also dahinter.«

Auf dem freigelegten Teil des Fensters war ein weiterer Engel zu sehen. Er unterschied sich jedoch von den anderen. Weder strebte er zum Himmel noch war er aus kunstvoll gefärbten Scheiben zusammengesetzt. Es sah aus, als würde der farblose Engel fallen. Mirai ging auf ihn zu und fuhr mit den Fingern über die Buchstaben im polierten Marmor, darunter. *Lucifer.* »Ich bin übrigens Mirai.«

»Sag mal, Mirai. Was für ein König möchtest du sein?«, fragte der Mann und seine lockere Art verschwand aus seiner Stimme.

»Ich weiß es nicht. Darüber habe ich bislang nicht nachgedacht. Was wärst du denn für ein König?«

»Weißt du, ich will einfach nur im Gras liegen und den Wind spüren. Stundenlang die Sterne beobachten oder gedankenverloren dem Fluss beim Fließen zu sehen. Mit anderen Worten, ich bin eher der Typ, der einfach nur friedlich und entspannt sein Leben genießen möchte, das passt nicht zu einem König.« Die Sorglosigkeit war in seine Stimme zurückgekehrt. »Finde heraus, was für ein König du sein möchtest, bis wir uns das nächste Mal treffen, in Ordnung?«, fragte er mit einem Lächeln auf den Lippen.

»Das werde ich«, erwiderte Mirai. »Aber sag mal, wer bist du eigentlich?«

Doch sein Gegenüber antwortete nicht. Der Blondschopf war wie versteinert. Mirai wollte ihn schütteln. Aber als er nach ihm griff, war da nichts Festes, woran seine Hände sich hätten festhalten können. Und, während sein Gesprächspartner sich auflöste wie ein Spiegelbild in einem in Unruhe versetzten Teich, drang seine Stimme ein letztes Mal an Mirais Ohr: »Ich bin nur ein Narr, der gerne die Seele baumeln lässt.«

Zweites Buch

Ballast

»Menschen sind wie Krebszellen. Diese Zellen stillen ihren Appetit, indem sie die umliegenden Zellen fressen. Sie vertilgen die gesunden Zellen und vermehren sich immer mehr. So ruinieren sie schließlich ihre Umgebung und zerstören sich selbst. Aber es sind nicht alle Menschen so. Letztlich ist es ihre unendliche Individualität, welche die Suche nach einer Lösung erschwert.«

Worte der Tennō H.R.
Aus den Überlieferungen der Writer

CHi - 11

Mulai und Chelsea waren seit einigen Tagen gemeinsam unterwegs. Die meiste Zeit reisten sie zu Fuß, abseits von Menschenmengen. Einmal entschieden sie sich, eine kurze Strecke mit einer der Magnetschwebebahnen, die Pangea miteinander vernetzten, zurückzulegen, da sie einen Fluss überqueren mussten und ihre Begleiterin keine Lust hatte, nass zu werden. Chelsea stieg einfach ein, doch Mulai löste heimlich Fahrkarten für die beiden. Die meiste Zeit sprach die junge Frau mit den bläulich gefärbten Haaren über ihre Schwester Vicky. Wobei es eigentlich immer darum ging, wie unterschiedlich die beiden doch waren. Anschließend nötigte sie Mulai dazu, Stellung zu beziehen und wenn diese sich für etwas aussprach, das Vicky lieber mochte, dann gab Chelsea sich bockig und ignorierte sie für eine Weile.

So war es auch dieses Mal. Die beiden machten eine Pause auf einer Anhöhe, unter der sich ein Himmelsbambusfeld erstreckte. Der rötliche Glanz der Erde, aus der die etwa zwei Meter großen Pflanzen in Reih und Glied sprossen, war im Schein der sich senkenden Sonne durchaus ein zauberhafter Anblick. Chelsea schwärmte von der Aussicht und fügte hinzu, dass ihre ältere Zwillingsschwester dieser Kulisse nichts abgewinnen könnte. Mulai pflichtete Vicky bei, denn auch sie war nicht in der Lage dazu, auszublenden, dass der rote Schimmer von den Giften stammte, die dem Boden das Leben aussaugten. Ihre Gesprächspartnerin bedachte sie mit einem abfälligen Laut und wandte sich wie gewohnt von ihr ab.

Die junge Kanohi sah Chelsea an. Sie fragte sich, wie sie es bei der schwülen Frühsommerhitze in ihrer Kleidung aushielt. Schwere Stiefel und ein schwarzes Top, über dem sie ein dickes kariertes Hemd trug, das zur Farbe ihrer Haare passte. Dazu kleideten sie unzählige Armreife mit silbernen Anhängern und Nieten. Auch die Löcher in ihrer schweren Jeans sorgten wohl kaum für Kühlung. Mulai trug dagegen lediglich einen luftigen ärmellosen Kimono und eine dazu passende Hose. Und dennoch klebte ihre Kleidung durch den aufgrund der stickigen Hitze unvermeidlichen Schweiß an ihrer Haut. Am eindrucksvollsten war jedoch Chelseas kunstvoll gefertigte Filtermaske. Sie war silbern und bestand aus mehreren Blüten, die zusammengeschmiedet wurden. In ihrer Mitte saß der Kopf einer Gottheit und am Kiefer entlang hingen mehrere wenige Zentimeter lange, feingliedrige Ketten herab. Unterhalb ihres linken Ohres befand sich sogar eine Anzeige, die angab, wann die Filter gewechselt werden mussten. Mulai war sich sicher, dass sie die Maske irgendeiner reichen Frau geklaut hatte. Ihre eigene Maske hatte sie zwei Monatslöhne gekostet und war nicht mehr als eine in einem matten Schwarz lackierte Halbmaske, bei der die dünnen Luftfiltermatten aus Himmelsbambus direkt vor dem Mund eingesetzt werden konnten.

Mit den zwei Haarnadeln ihrer Mutter steckte sich Mulai die Haare nach oben. Kurz genoss sie das Gefühl von Kühle in ihrem Nacken. Dann fuhr sie mit den Fingern ihrer linken Hand am Schaft der Feder entlang, welche in ihr Haar geflochten war, und blickte über das Feld. Ihr Vater hatte sie bei einem Spaziergang zwischen frischem Herbstlaub entdeckt und ihr geschenkt. Wenn sie sie berührte, konnte sie tief in sich selbst die Stimme ihres Vaters hören: »Sieh nur, mit was uns die Natur heute beschenkt hat.«

Die Kanohi lebten im Einklang mit der Natur, doch ein Blick auf das, was vor Mulai lag, verriet ihr, dass es der Rest der Welt nicht tat. Sie sah die Arbeiter, welche gerade dabei waren, das Feld zu verlassen und nach Hause zu gehen. Viele von ihnen husteten rasselnd. Vermutlich litten sie an Pollenlunge, da sie sich einen adäquaten Schutz gegen die Belastung, der sie sich permanent aussetzten, nicht leisten konnten. Damit sie ihre Familie ernähren konnten, zog es sie dennoch Tag für Tag auf die Felder, um den Himmelsbambus zu ernten, zu pflegen oder gar zu bestäuben. Denn die Insektenpopulation war bereits so weit zurückgegangen, dass die Menschen selbst aktiv werden mussten, um den Bambus in dem von ihnen gewünschten Tempo anbauen zu können. Dann waren da noch die Aojiroi, die bleichen Aufseher der Felder. Sie waren in dicke knochenweiße Kutten gehüllt. Ihre Gesichter verdeckt von Atemmasken, die ihr gesamtes Gesicht hinter verspiegeltem Glas verbargen. Unterhalb der Scheibe war ein Fortsatz angebracht. In diesem befanden sich die Filtermatten aus Bambus. Ihre Gesichter hatten etwas Insektenhaftes an sich, wie Mulai fand. Sorgfältig kontrollierten sie jeden Arbeiter, damit niemand Saatgut oder Ähnliches entwendete. Dabei verständigten sie sich untereinander mit einer Zeichensprache, die nur sie verstanden. Dies war die Aufgabe der Aojiroi, der Überwachungseinheit, die der Regierung von Zhōngguō unterstand. Zhōngguō besaß das Monopol auf das Himmelsbambussaatgut. Pangea lieferte die Anbaufläche. Alaskas Böden, die Buntmetalle wie Lithium und Kupfer, die unerlässlich waren für den Bau der Luftreinigungsgeräte. Letztere wiederum konnte nur Nihon mit ihrer fortschrittlichen Technologie anfertigen. Aus diesem Garn war wackelige Frieden, der vier letzten verbleibenden Länder der Erde, die nicht von der schwarzen Zone verschluckt wurden, gewoben.

Dieses Bild, das sich vor ihr ausbreitete, war die Kehrseite ihrer Heimat. Mulai schloss die Augen und visualisierte Kiruna, die kleine Insel oberhalb von Alaska, die einst von den *Kanohi* bevölkert wurde. Doch gerade als sie damit begann, sich den Geschmack des klaren Bachwassers, den schweren Duft der herabfallenden Ginkgoblätter und das Gezwitscher der Vögel vorzustellen, riss Chelsea sie aus ihren Gedanken.

»Die Leute schuften auf den Feldern und werden dadurch krank. Und wofür? Damit die Arschgeigen in der grünen Zone noch sauberere Luft atmen können. Und dann sind sie noch glücklich, weil sie ihre Familie damit ernähren können. Das widert mich an. Da ist es doch besser, sich einfach zu nehmen, was man will«, brach sie ihr Schweigen. Dabei fragte Chelsea sich, ob ihr Leben und das ihrer Schwester wohl anders verlaufen wäre, wenn ihre Eltern bereit gewesen wären, mit dieser Einstellung auf den Feldern oder in den Fabriken zu arbeiten.

Mulai konnte Schmerz aus ihrer Stimme heraushören. Dennoch erwiderte sie nichts.

Ich beginne damit, sie als Mensch zu sehen und nicht als das, was sie wirklich ist. Es muss heute Nacht passieren.

»Sag mal, hast du eine Idee, wo wir Informationen zum Aufbewahrungsort der Throninsignien von Nihon herbekommen?«, fragte Chelsea.

»Ich habe mal gehört, dass ihr Kaiser an die Lehren des avalonischen Ordens glaubt.« Während Mulai die Spur des Greifs verfolgt hatte, lebte sie eine Weile in Nihon. Sie arbeitete für einen alten Mann, welcher ein kleines Restaurant besaß. Er hatte sich oft darüber aufgeregt, wie das Staatsoberhaupt an solch eine Religion glauben konnte und nicht an ihre eigenen alten Götter. Mulais Blick blieb an einem der Bambussilos hängen. Das Logo des größten Atemmasken- und Filterproduzenten der Welt prangte darauf in von der Sonne ausgebleichten Farben. »*Toxanol*«, sagte sie und deutete darauf. »Sind der Firmenchef und der Kaiser nicht gute Freunde? Ich bilde mir ein, einmal etwas in den Nachrichten darüber gehört zu haben.«

»Im avalonischen Orden oder beim zweitmächtigsten Mann Nihons einbrechen. Klingt nach Spaß. Apropos Spaß, siehst du, was ich sehe?« Chelsea deutete auf eine Stelle im Himmelsbambusfeld. »Haben die doch glatt eine Frucht vergessen zu ernten. Die hole ich mir und mache sie zu Geld.«

»Tu, was du nicht lassen kannst«, antwortete Mulai und dankte ihren Göttern für diese Gelegenheit.

Die beiden warteten, bis der Mond vom Himmel schien. Chelsea wollte in der Nacht zuschlagen. Zum einen war die Überwachung durch die Aojiroi geringer als bei Tag, zum anderen würde man sie im Schutz der Dunkelheit schwerer ausfindig machen können. Die Federn sprangen den Abhang hinab und eilten durch das Bambusmeer. Chelsea preschte voraus und erreichte als Erste die blassrote Frucht. Der Schmerz flutete ihren Körper in dem Moment, indem sie ihre Hand nach ihr ausstreckte. Ihre Ohren fiepten und ihre Augen fokussierten die sich immer weiter entfernende Beute, während sie zu Boden ging. Blut trat aus der klaffenden Wunde auf ihrem Rücken und düngte das Feld. Der Schnitt zog sich quer über diesen und zerteilte das Federtattoo mit der ausgesparten Neun, das ihren unteren Rücken zierte. Neben ihr lag ihre Puppe und sah ihr in die Augen. Sie musste sich beim Aufprall von ihrem Gürtel gelöst haben. Als ihre Schwester eine Puppe auf den Müllbergen fand, die sie ihre Heimat nannten, wollte sie unbedingt auch eine haben. Sogar den gleichen Namen hatte sie ihr gegeben. Auch wenn Vicky, die ihre ab diesem Moment nie wieder Chuncky nannte. Mulai Azandé drängte sich zwischen sie und die Strohpuppe. In der Hand hielt sie ihren Speer. Die Spitze besudelt mit dem Blut der Feder. »Verzeih, dass ich es nicht über mich brachte, dir dabei in die Augen zu sehen.« Dann trat sie über sie hinweg und ging. Sie hatte vor, später wiederzukommen und ihre Überreste zu beseitigen, nachdem sie schmerzvoll ihr Leben ausgehaucht hatte. Gnade hatte Mulai nicht übrig für das Gefieder des Greifs. Schwer atmend und mit ihrer verbleibenden Kraft steckte Chelsea ihre Hand in ihren linken Stiefel. Mit einem ihrer schwarz lackierten Nägel berührte sie den Trumpf und sendete ihre Aura in diesen, um die *6 der Scheiben* den *Erfolg* freizusetzten. In ihrer Hand hielt sie nun einen Ring, welchen sie an einer Querstrebe festhielt. Von diesem aus fanden Fäden ihren Weg zu einer Marionette. Diese sah aus wie eine junge Frau. Die schwarzen Haare zu einer kunstvollen Frisur hochgesteckt. Ihre Extremitäten bestanden aus mehreren Segmenten, die ineinandergriffen und aus ihrem ärmellosen Kimono herausragten. Dieser besaß ein Muster aus königsblauen und ziegelroten Scheiben. Chelsea steuerte sie mittels ihrer Aura, die sie in den Ring fließen ließ. Die Marionette, welche nicht größer war als ein Neugeborenes, bewegte ihre Gliedmaßen auf eine ruckartige, puppenhafte Weise. Die arkane Maschine erklomm den Rücken der verletzten

Frau und begann mit ihren Fingern, welche aus diversen medizinischen Werkzeugen bestanden, die Wunde zu versorgen. Sie vernähte Muskeln und Sehnen, selbst Nerven fügte sie wieder zusammen. Das Einzige, was zurückblieb, als die junge Frau sich aus ihrem eigenen Blut erhob, war eine seltsame Naht auf ihrem Rücken und das Loch in ihrer Kleidung.

Mulai hatte das Pulsieren der Aura gespürt und war zurückgekehrt. In den Händen hielt sie ihren mittels *OB* verstärkten Speer.

»Was sollte das, Schlampe?«

Mit ausdruckslosem Blick und monotoner Stimme erwiderte Mulai: »Erinnerst du dich an deine Opfer?«

»Eher selten. Also ist das hier ein Racheakt? Für wen?«

»Für die Kanohi. Einen kleinen Stamm, der auf einer Insel oberhalb Alaskas im Einklang mit der Natur lebte und an dem der Greif vor drei Jahren einen Genozid verübt hat.«

»Keine Ahnung. Noch nie von denen gehört, obwohl ich damals bestimmt dabei war«, sagte Chelsea, während sie mit ihrer freien Hand nach Chuncky griff und die Puppe mit ihrer Aura flutete.

»Miststück!«, schimpfte Mulai mit wutentbrannter Stimme.

»Denkst du allen Ernstes, dass jeder, der mir einmal Leid zugefügt hat, sich noch an mich erinnert?«

»Ich werde mich für den Rest meines Lebens an dich erinnern.« Dann beschrieb Mulai einen Bogen mit ihrem Speer, durchtrennte dabei mehrere der schmalen Bambusstämme und schlug nach ihr. Normalerweise würde sie nie einfach eine Pflanze verletzten, doch diesem von Menschen geschaffenen Gewächs fehlte es an der Präsenz ihrer Götter.

Auf einen Hieb, dem Chelsea ausweichen konnte, kamen zwei, die sie trafen. Doch mittels ihres Trumpfes war es ein Leichtes für sie, die oberflächlichen Schnitte zu heilen. Sie presste jedes Mal die Zähne aufeinander, denn niemand von ihnen hatte Interesse daran, die Aojiroi anzulocken. Dann erkannte sie eine Lücke in Mulais Angriffsmuster und griff mit Chuncky an. Weit bevor das Messer in der Hand der Puppe ihre Gegnerin erreichte, realisierte Chelsea, dass die Lücke eine Falle war. Der Speer sauste von oben herab und trennte ihr den Arm ab. Mit aller Kraft unterdrückte sie den Schrei in ihrer Kehle. Wieder verwebte die Marionette das Fleisch miteinander. Dann griff sie nach Chuncky. Ihr Arm schien vollständig zu funktionieren. Bitterer Geschmack breitete sich auf ihrer Zunge aus, als ihr bewusst wurde, dass sie keine Chance hatte.

Ich muss hier weg und die anderen warnen. Wir haben eine Verräterin in unserer Mitte.

Sie löste die Arkane in ihrer Hand auf und fokussierte ihr *OD* auf ihre Rückseite. Dann floh sie durch das dichte Himmelsbambusfeld. Immer wieder drehte sie sich um und prüfte, ob Mulai noch hinter ihr war. Plötzlich war diese jedoch verschwunden.

Einige Sekunden später spürte sie ein intensives Aufbranden von Aura. Die rötlichen Blätter peitschten ihr ins Gesicht und sie verabscheute den Gedanken, nach all den Jahren wieder die Gejagte zu sein.

Hätte ich sie bloß nicht Vicky gegeben. Mit ihrer Hilfe würde ich gewinnen.

Sie durchbrach eine Wand aus Bambus und kam auf einen Weg, der durch das Feld führte. Bei ihrem Kontrollblick konnte sie dünne Rauchfahnen über dem Feld erkennen. Ohne nachzudenken, wechselte sie die Richtung und verschwand wieder im Dickicht. Dann schlug direkt vor ihr ein Speer ein. Es war jedoch nicht die Waffe, die Mulai normalerweise bei sich trug. Die Spitze besaß links und rechts vom Schaft Widerhaken. Feiner Rauch quoll aus dem Ende des Stabes hervor und stieg ihr in die Nase. Chelsea wollte nach ihm greifen, doch ihre Hand bewegte sich nicht zum Speer, sondern in die entgegengesetzte Richtung. Auch griff sie nicht zu, sondern ließ locker. Für einen Moment dachte sie, etwas wäre beim Heilungsprozess schief gegangen, doch als sie die andere Hand zur Faust ballen wollte, spreizte sie ihre Finger.

Verdammt. Dieser Rauch scheint eine Art Gift zu beinhalten, welches meine motorischen Funktionen umkehrt. Wenn ich meinen Kopf nach links neige, blicke ich stattdessen nach rechts.

Chelsea wusste, dass auch wenn sie die Technik des Trumpfes verstand, sie dennoch nicht dazu in der Lage wäre, im Rahmen eines Kampfes präzise umzudenken. Dann vernahm sie das Geräusch von Metall, das auf die Stämme der Pflanzen einschlug. Vor ihr krachte der gefällte Bambus zu Boden und Mulai trat im Schein des Mondlichts auf sie zu. Als sie vor ihr stand, konnte Chelsea sie sehen. Die Pupillen hatten sich geweitet und färbten ihre kompletten Augen in ein tiefes Schwarz. Sie waren willkürlich durchsetzt von kleinen weißen Punkten, sodass ihre Augen aussahen wie eine von Sternen durchzogene Galaxie im endlosen All.

»Diese Augen …«, schluckte Chelsea »Jetzt weiß ich es wieder. Ihr habt versteckt gelebt und wenn euch etwas in Aufregung versetzte, färbten sich eure Augen schwarz wie Tinte, die sich langsam in einer Flüssigkeit ausbreitet. Diese schwarzen Perlen, wie sie genannt werden, brachten uns bei makabren Sammlern einen hohen Preis. Ich weiß auch noch, wie nervig ich diesen Beutezug fand, immerhin musste man sie erst mal in diesen Zustand versetzten, bevor wir sie töten konnten, sonst wären ihre Augäpfel wertlos gewesen. Ach ja, …«, seufzte sie. »… Dante mochte diese Augen sehr.«

Durch Mulais Adern brandete die blanke Wut aufgrund dessen, wie sehr das Massaker an ihrer Familie Chelsea kalt ließ. In ihrem Geist erschienen die Szenen von damals. Ihre zerstörten Zelte. Die verbrannte Erde und geschändete Natur. Und natürlich die leeren, mit geronnenem Blut verkrusteten Augenhöhlen ihres Stammes. Geblendet durch ihre Erinnerungen schlug sie Chelsea in die Magengrube. Blut bahnte sich seinen Weg unter der Filtermaske hervor. »Erzähl mir alles, was du weißt. Welche Fähigkeiten und Trümpfe besitzen die anderen?«

»Bring mich um.«

Diesmal landete ihr Schlag in Chelseas Gesicht. Die Maske fiel zu Boden. »Weißt du, wo sich die anderen gerade aufhalten?«

»Bring mich um.«

»Wie sich das anfühlt. Wie es klingt. Wie das Blut riecht. Einfach abscheulich. Das alles setzt mir zu. Warum? Warum fühlt ihr nichts dabei? Warum empfindet ihr nichts, wenn ihr solch grässliche Taten begeht?« Mulai sprach völlig ruhig und gelassen. Doch schließlich verlor sie die Fassung und brüllte: »Antworte!«

Chelsea hatte es zwar nicht geschafft zu entkommen und die anderen vor dem Judas in ihrer Mitte zu warnen, aber sie hielt die Regeln ihrer Familie in Ehren.

Der Wohlstand der Gruppe hatte absolute Priorität, das Überleben dieser war wichtiger als das des Einzelnen. Sogar als das des Kopfes selbst.

»Bring mich um.«

»Das ist deine letzte Chance, auf meine Fragen zu antworten. Also los, welche Fähigkeiten haben die anderen?«

»Verrecke!«, entgegnete Chelsea erschöpft, während sie Mulai ein Gemisch aus Blut und Speichel ins Gesicht spuckte.

Ich bin froh, dass ich sie dir überlassen habe. Sie wird dich vor ihr beschützen, Vi…

Dann raste der Speer auf ihr Herz zu.

An einem der Werkzeugschuppen lehnte eine Schaufel. Mulai hatte sie sich geborgt und inmitten des Himmelsbambusfeldes ein Grab ausgehoben. Bevor sie Chelseas leblosen Körper hineinlegte, nahm sie ihren Trumpf an sich. Nun stand sie in der Dunkelheit und schüttete das Loch zu. Das Gefühl der Übelkeit war weit weniger schlimm als nach ihrem ersten Mord. Bei jeder Schaufel voll rötlicher Erde dachte sie an das Federtattoo mit der ausgesparten Acht auf ihrem eigenen Rücken, das Chelsea ihr vor einigen Tagen gestochen hatte und fragte sich: *Bin ich wirklich besser als sie?*

Mizu - 12

Wer war der blutüberströmte Junge, der ihm gegenüberstand ? Akira fand, dass er aussah, als hätte man immer wieder mit einem grobborstigen Pinsel dunkelrote Farbe auf den Jungen gespritzt. Instinktiv ging Akira in die Hocke, um mit ihm auf Augenhöhe zu sein. Der Knabe, welcher kaum älter war als Momo, tat es ihm gleich. Er fragte ihn: »Geht es dir gut?«

Die Lippen des Jungen formten die gleichen Worte, doch eine Antwort gab er Akira nicht. Dann begriff er. Mit dem Handrücken wischte er sich das Blut aus dem Gesicht. Es stand ihm niemand gegenüber. Akira selbst war der Junge und betrachtete lediglich sein Spiegelbild. Während er sich fragte, was hier los war, blickte er sich um und entdeckte einen verletzten Mann. Sein Gesicht war fast bis zur Unkenntlichkeit geprügelt worden und sein Körper übersät mit Platzwunden und Blutergüssen.

Habe ich wieder die Kontrolle verloren?

Dann entdeckte Akira das Taschenmesser in der linken Brust des Mannes und er begann zu verstehen. Seit mehreren Tagen war Momo nun bei ihm. Er brachte ihr das Klavier spielen sowie den Umgang mit der *Thelema* bei. Und fast genauso lange wie das weißhaarige Mädchen wieder Teil seines Lebens war, hatte er keinen Alkohol mehr getrunken. Die durstigen Geister seiner Vergangenheit suchten ihn im Schlaf heim. Sein Blick glitt vom Messer hinauf in das geschwollene Gesicht des Mannes, der sein Vater war. Akiras Hände zitterten. Ob sie damals auch zitterten oder ob sie es diesmal aufgrund des Mangels an Alkohol in seinem Körper taten, wusste er nicht. Er erinnerte sich noch genau, wie sein Vater das Zimmer betreten hatte und das Licht anschaltete. Seine Mutter hasste das Licht dieser Glühbirne. Sie sagte immer, ihre Haut würde kränklich aussehen in ihrem Schein. Anschließend setzte sein Vater sich zu ihm auf die Bettkante und begann mit eben jener Anekdote sowie den gleichen traurigen, tiefblauen Augen, die auch Akira heute im Gesicht trug, das Gespräch darüber, dass seine Mutter fortgegangen war, weil er sie betrogen hatte. Nicht ein einziges Mal sah sein Vater ihn währenddessen an. Aus leeren Augen blickte er die weiße Wand an.

»Wo ist sie hingegangen?«

»Fort von hier.«

»Wann kommt sie wieder?«

»Sie kommt nicht zurück.«

Akira hatte auch ohne seine Rückfragen bereits verstanden, dass seine Mutter nicht länger Teil seines Lebens war. Doch er wusste nicht, wie er damit umgehen sollte, also stellte er noch eine ganze Weile weiter inhaltslose Fragen. Dann sprang er von seinem Bett auf und lief zu einem Bild an der Wand, das er selbst gemalt hatte. Es zeigte ein Tier, welches von einem unikursalen Hexagramm umschlossen war. Er deutete auf die Zeichnung und fragte: »Was ist mit meinem kleinen Bruder?«

»Mama hat ihn mitgenommen.«

Akira starrte das ungewöhnliche Symbol an, welches er schon unzählige Male gezeichnet hatte. Und obwohl er schon lange verinnerlicht hatte, wie es aussah, bat er seinen Bruder trotzdem jedes einzelne Mal aufs Neue für ihn Modell zu stehen. Weder seine Mutter noch sein Vater konnten oder wollten ihm sagen, warum sein Bruder es auf der Haut trug und genau das war es, was ihn so sehr daran faszinierte. Wie oft hatte er den sechszackigen Stern nicht auf Papier, sondern auf seine eigene Haut gemalt, in der Hoffnung, er würde nicht verblassen, so wie seine Verwandten am Himmelszelt im Angesicht des Lichtermülls. Und wie oft hatte sein Vater daraufhin zu ihm gesagt, er solle vorsichtig mit dem sein, was er sich wünscht.

»Warum hat sie mich nicht mitgenommen?«

»Weil ich es ihr verboten habe.«

Sein Vater sah ihn immer noch nicht an und Akira erinnerte sich daran, wie seine Mutter ihm einmal erzählte, was für ein schlechter Lügner Papa sei. »Nie sieht er mich an, wenn er etwas vor mir zu verbergen hat.«

»Warum?«, brüllte Akira. Wut durchseuchte seine Adern im Takt seines, stetig schneller pochenden, Herzens. Es war das erste Mal, dass sich der tiefschwarze Abgrund in seinem Geist öffnete. Dunkle Hände griffen nach ihm. Zogen ihn in die Tiefe. Und das Letzte, woran er sich erinnern konnte, bevor er in der schwarzen, dickflüssigen Brühe versank, war: »Weil ich nicht alleine sein wollte.«

Akira wachte schweißgebadet auf. Seine Atemzüge waren kurz und stoßweise. An das, was nach dem Gespräch mit seinem Vater geschah, konnte er sich bis heute nicht erinnern. Das Nächste, woran er Erinnerungen besaß, waren die Bilder seines Traumes. Er, der vor seinem toten Vater stand. Von oben bis unten in dessen Blut gehüllt. Und natürlich das Kribbeln auf seiner Haut, an der Stelle, an welcher nun ebenfalls ein sechszackiger Stern strahlte. Er erhob sich aus seinem nassgeschwitzten Laken und eilte in den Schankraum. Hinter der Bar griff er nach der ersten Flasche Hochprozentigem, die er finden konnte. Er setzte an und nahm einen großen Schluck aus dieser. Und noch einen. Und dann noch einen. Immer wieder mit dem Gedanken daran, dass sein Vater Ian nur noch ein Name in der Farbe von Blut war.

Der Alkohol wirkte schnell auf den leeren Magen Akiras. Er wollte gerade mit der Flasche in der Hand zu einem Tisch gehen, da stolperte er aufgrund seiner vom Sprit wackeligen Beine und räumte einen Teil der Bar ab. Flaschen und Gläser gingen zu Boden. Es krachte und klirrte. Akira rappelte sich auf und lehnte sich mit dem Rücken an den Tresen. Genauso wie sich der Schnaps aus den zerbrochenen Flaschen seinen Weg durch die Scherben bahnte, bahnten sich auch Akiras Tränen einen Weg durch sein Gesicht.

Wie soll ich die Dämonen dieses Mädchens bekämpfen, wenn ich es nicht einmal mit meinen eigenen aufnehmen kann. Ob die anderen kommen werden? Makoto sitzt vermeintlich irgendwo in Gefangenschaft und ich habe keinen Schimmer wo. Und ob Isaac kommen wird, nachdem, was ich ihm angetan habe oder Scott, nachdem wir auf diese Weise auseinandergegangen sind …

Schließlich wurde Akira aus seinen Gedanken gerissen. Vor ihm stand Momo. Sie war von dem Lärm geweckt worden, den er veranstaltet hatte. Er wusste nicht, was er sagen sollte, denn er schämte sich dafür, dass sie ihn in diesem Zustand sah.

»Geht es dir nicht gut? Bist du traurig?«, fragte sie ihn, doch er erwiderte nichts und Momo verstand. Sie begann damit, den See aus billigem Alkohol und Scherben, die wie spitze Felsen aus diesem herausragten, zu überwinden. Als wollte *Mizu* ihr den Weg weisen, entstanden kleine Bläschen an den Stellen, an denen Momo nicht Gefahr lief, sich zu schneiden. Zärtlich tätschelte sie seinen Kopf, wie er es so oft, die letzten Tage bei ihr getan hatte, während sie ihm mit dem Ärmel ihres Schlafanzuges die Tränen aus dem Gesicht wischte. Dann nahm sie seine Hand. Sorgsam wies sie ihnen den Weg zurück durch das Missgeschick und hin zu dem Instrument, das sie beide so liebten.

Sie setzten sich und begannen zu spielen. Eine Weile musizierten sie wortlos. Nur der sanfte Klang des Klaviers erfüllte den Raum. Dann begann Momo zu singen und Akira spürte etwas in seiner Brust, dass er schon viel zu lange vergessen hatte. Das Gefühl, dass er nicht alleine war, dass alles gut werden würde. Denn solange Momo ihm die Hand reichte, um gegen seine eigenen Dämonen anzutreten, würde er auch gegen die ihren bestehen können.

Fu - 13

Die Feder wog schwer wie ein Stein. Zumindest fühlte es sich für Mirai so an, wenn er versuchte, die Windströme zu lenken und sie zum Schweben zu bringen. Immer wieder ging er zu ihr und hob sie an, um sich selbst davon zu überzeugen, dass sie so leicht war, wie sie sein sollte. Seit seiner Lehrstunde über die *Thelema* war eine knappe Woche vergangen. Was den Umgang mit den unsichtbaren Mächten anging, machte er laut Kardinal Vessalius erstaunliche Fortschritte. Das *El* war ihm bereits in Fleisch und Blut übergegangen. Die Aura, welche das Leben umgab, war Teil seiner Welt geworden. Auch das Umhüllen des eigenen Körpers gelang ihm mittlerweile ohne völlig außer Atem zu geraten. Sogar während seines Trainings mit dem Schwert hatte er es geschafft, das *OD* aufrecht zu erhalten, was laut Blake für diese kurze Zeit eine beeindruckende Leistung war. Er habe noch nie jemanden kennengelernt, der so schnell Fortschritte im Umgang mit den unsichtbaren Mächten machte. Selbst das *OB,* das Umhüllen von Gegenständen, gelang Mirai bereits. Lediglich die Kombination aus beidem überforderte ihn noch. Ähnlich wie das Verschließen seiner Aiwaz-Knoten.

Dafür gelang es ihm jedoch bereits, das *Magick* zu nutzen, wenn auch nur auf simpelstem Niveau. Er war noch weit davon entfernt, auf die äußere Arkane zugreifen zu können, aber er schaffte es bereits, den Trumpf zu aktivieren, in welchem der große Geist des Windes schlummerte. Nur nütze ihm das bisher nichts, denn die Feder krallte sich weiterhin am Boden fest.

Es klopfte an seiner Tür und Mirai wusste, es war an der Zeit, sein Training zu beenden.

»Ich komme sofort«, antwortete er auf das Klopfen, während er sich mit einem Handtuch den Schweiß von der Stirn tupfte. Dann griff er nach dem schweren schwarzen Ordensmantel, welcher für ihn angefertigt worden war. Die Schultern sowie einige andere Stellen des knielangen Kleidungsstücks waren mit kunstvoll geschmiedetem Silber beschlagen. Auf seiner linken Brust befand sich das Symbol des avalonischen Ordens, zehn kreisförmig angeordnete Klingen, die sich kreuzten. Außerdem zierte es die schweren Edelmetallknöpfe, mit denen der Mantel verschlossen wurde. Daneben war ein Abzeichen angebracht, das die Form eines Schwertes hatte, welches in einem Stein steckte. Durch das Stichblatt erweckte es den Anschein eines scharf geschliffenen Kreuzes. Es war das Wappen, welches ihn als *Artus* auswies. Die anderen Kreuzritter, die er alle vereinzelt bereits im Laufe der letzten Woche kennengelernt hatte, trugen ebenfalls Wappen auf ihrer Brust. Sie zeigten nicht nur ihren Rang an, sondern auch die Reliquie, welchen heiligen Ritter der ursprünglichen Tafelrunde sie hüteten.

Nun würde Mirai sie alle zum ersten Mal gemeinsam treffen. Und da die Adjutanten der Kreuzritter ebenfalls anwesend sein werden, würde er die Gelegenheit haben, Joan wiederzusehen.

風

Gemeinsam mit Arthur und Blake betrat er den großen Tafelsaal. Wie alles innerhalb der beiden Türme, erstrahlte auch dieser Raum im Weiß des polierten Marmors. Das Prunkstück jenes Saales war eine riesige kreisrunde Tafel. Dieser verdankte er seinen Namen. Auf dem Grund des Loches innerhalb der Tischmitte, welches mindestens so groß war wie Mirais Kammer, war das Symbol des avalonischen Ordens als Mosaik eingelassen. Auf den Stühlen, von denen jeder Einzelne den Anschein eines Thrones erweckte, saßen die restlichen sechs Kreuzritter und Kreuzritterinnen. Links hinter ihnen standen ihre Adjutanten, sofern sie gerade welche ausbildeten. Insgesamt waren vier der Steinsitze leer, weshalb Mirai die kunstvollen Meißelungen der Wappen der heiligen Ritter sehen konnte, die die Rückenlehnen zierten. So erkannte er auch, dass einer der freien Stühle Arthur gehörte und der andere ihm selbst. Mirai fiel auf, dass auch dieser Raum eher aus der Zeit gefallen wirkte und genau wie der Rest des Kirchenturmes über die Luftfilteranlagen hinaus kaum Technologie aufwies. Das fand er zwar merkwürdig für einen Ort innerhalb der grünen Zone, doch irgendwie machte es für ihn auch die Schönheit dieses Ortes aus. Die Bleiglasfenster, durch die der überwiegend weiß gehaltene Raum mit farbenfrohem Licht geflutet wurde, waren mindestens genauso kunstvoll, wie die in jenem Zimmer, das Mirai unlängst durch Zufall entdeckt hatte.

Die Bekanntschaft, die Mirai im Gebetssaal gemacht hatte, verschwieg er den anderen. Nicht, dass es einen besonderen Grund dafür gegeben hätte, aber er hatte das Gefühl, dass dieses Gespräch etwas zwischen dem redegewandten Fremden und ihm war.

Als die drei in den Tafelsaal eintraten, unterbrachen die bereits anwesenden Geistlichen ihre Gespräche und erhoben sich. Mirai und Arthur nahmen ebenfalls ihre Plätze ein. Die letzten beiden Stühle blieben leer. Einer gehörte dem kürzlich ermordeten Sirius Gallegar. Der andere, so hatte es Blake ihm erzählt, war schon seit einer kleinen Ewigkeit ohne Besitzer, da die Reliquie des Heiligen Cynyr, *die 8 der Schwerter,* als verschollen galt. Dann sprach Arthur, welcher als oberster Kreuzritter den Vorsitz über die Runde hatte, ein Gebet. Zeitnah würde Mirai selbst den Posten innehaben, doch nachdem er Joan entdeckt hatte, interessierte er sich nur noch bedingt für das religiöse Prozedere. Sie stand hinter Kardinal Noah Kamelot. Er hatte den hageren Blondschopf mit der kleinen kreisförmigen Mütze auf dem Kopf und der Brille auf der Nase bereits kennengelernt. Über seinem Ordensmantel trug er ein Schultervelum. Das weiße Tuch hatte die gleichen verschlungenen Böenmuster wie seine Kopfbedeckung. An seine linke Brust drückte er ein kleines Buch in einem dunkelgrünen, speckigen Einband. Avalonia, die Heilige Schrift des Ordens. Mirai hatte den ruhigen Priester, bei ihrem Kennenlernen, als sehr nett und hilfsbereit empfunden. Das Auffälligste an ihm war jedoch sein Glaube, wie Mirai fand. Noah Kamelot wirkte frommer als alle Mitglieder des Ordens, die er bisher getroffen hatte. Gerade waren die Augen des Priesters geschlossen und die Hände zum Gebet gefaltet. Deswegen erlaubte Mirai es sich Joan zuzuwinken. Zaghaft hob er die Hand. Als sie ihn sah, richtete sie ihren Blick zu

Boden, atmete sichtlich genervt aus und betete weiter. Ihr Atemzug war nicht intensiver als der Flügelschlag eines Schmetterlings. Doch der dadurch entstehende sanfte Windhauch türmte sich auf zu einem Sturm, der Mirais Herz wie eine lose Feder mit sich riss.

Alle gemeinsam schlossen sie das Gebet im Chor: »Avalon.«

»Hallo, Brüder und Schwestern. Wir haben viel zu besprechen, deswegen lasst uns direkt anfangen«, eröffnete Arthur die Versammlung. »Wir beginnen mit dem weiteren Vorgehen im Fall des Mörders und Diebes Scott Sykes. Was ergab die Befragung der uns überstellten Gefangenen, Aleister?«

Der Mann, der sich zu Wort meldete, hatte seinen Ordensmantel ausgezogen und sorgfältig gefaltet über die Lehne seines steinernen Stuhles gelegt. Darunter trug er einen schicken Anzug. Aleister Walker stand auf, richtete sich die Brille zurecht und antwortete der Runde.

»Die Gefangene ist weiterhin unkooperativ. Ich entdeckte im Laufe des Prozedere ein seltsames Tattoo auf ihrer Haut, in der Form des unikursalen Hexagramms. Sowohl Arthur als auch Moa Campell …« Er nickte einer älteren Frau zu, die auf einem der Stühle saß. Sie trug einen Habit, das Gewand einer Nonne unter ihrem Mantel. Sie wirkte wie eine schartig gewordene Klinge in einem Meer sauber geschmiedeten Stahls. Die ledrige Haut ihres Gesichtes war von kleineren Narben durchzogen. »… welche beide bereits am letzten Thronfolgekrieg teilgenommen hatten, bestätigten, dass dieses Symbol das Mal der Gruppierung ist, die die letzten Tennō unterstützte und ihre Königsgarde bildete. Es handelt sich hierbei um die sieben Todsünden.«

»Warum sprach Minister Baskerville dann nur von fünf Personen?«, fragte die schöne Frau mit den tiefroten

Lippen. Ciel Barma war ihr Name, wie Mirai mittlerweile über die Frau erfahren hatte. Sie war es, die er gesehen hatte, nachdem er aus der Vision des großen Geistes des Windes erwacht war.

»Eine Tennō stirbt nicht einfach so. Bei dem Vorfall ihres Todes könnten auch Teile ihrer Leibgarde umgekommen sein. Die Gefangene ist auf jeden Fall zu jung, um bereits damals schon Teil der Sünden gewesen zu sein. Vermutlich mangelt es ihnen an arbeitswilligem Personal«, sagte Aleister und blickte dabei auf die Uhr an seinem Handgelenk, wie um zu zeigen, dass auch er gerne zeitnah in den Dienstschluss gehen würde. »Die einzige meiner Fragen, die sie beantwortete, war meine Nachfrage bezüglich der verschwundenen Personen. Sie beteuerte, dass niemand von ihnen so etwas tun würde.«

»Gott, habe Erbarmen mit den Seelen dieser armen Menschen«, ergriff Noah Kamelot das Wort. »Können wir ihren Worten Vertrauen schenken, so wie wir Gott unser Vertrauen schenken?«

»Das kann ich nicht beurteilen. Dennoch erschließt sich mir nicht der Sinn, warum eine ehemalige Königsgarde oder deren Nachfolger Menschen entführen sollten«, erwiderte Aleister Walker.

Nun ergriff Arthur wieder das Wort. »Bis ihre Unschuld zweifelsfrei bewiesen ist, behalten wir sie in Haft. Seit jeher nimmt sich unser Orden den arkanen Ereignissen an, die die Menschen in Unruhe versetzen. Ich glaube kaum, dass man in unserer Zeit, die vor Technologie, Überwachung und Biometrie nur so strotzt, so viele Verbrechen begehen kann, ohne gefasst zu werden, wenn man sich nicht die Kräfte der *Thelema* zunutze macht. Wir werden der Sache weiter nachgehen. Eine Gruppe wird sich aufmachen an den Rand der roten Zone und Akira Curtis einen Besuch abstatten. Wir werden ihm ein

Ultimatum setzten, um uns Scott Sykes sowie die gestohlene Reliquie zu überbringen. Außerdem geben wir ihnen die Möglichkeit, für die Taten von Sykes Buße zu leisten. Darüber hinaus wird eine weitere Gruppe nach Neo-Metropolis aufbrechen, um der Spur der verschwundenen Personen nachzugehen. Wir haben diesbezüglich einen Hinweis aus der Bevölkerung erhalten. Gibt es Freiwillige?«

»Ich werde nach Kaban gehen und mich um Akira Curtis kümmern«, sagte Aleister Walker, bevor jemand ihm zuvorkommen konnte.

»Ausgerechnet Kardinal Walker, der seinem Glauben nachgeht, als wäre es ein Beruf mit 40-Stunden-Woche, meldet sich freiwillig, um Überstunden zu machen? Nicht gerade deine Art«, warf Ciel Barma ein.

»Ich habe meine Gründe.«

»Aleister mein Freund, diese Mission kann durchaus gefährlich werden. Du solltest nicht alleine gehen, du hast schließlich keinen Adjutanten«, gab Arthur zu bedenken.

Das hat auch seinen Grund, dachte Aleister. *Adjutanten machen in der Regel zusätzliche Arbeit.*

»Wie wäre es, wenn du meinen Adjutanten mitnehmen würdest?«, warf der kleine alte Mann ein, der rechts von Arthur saß. Bislang hatte er kein Wort gesagt, aber Mirai hatte bemerkt, dass er alles ganz genau, aus seinen mit Kajal umrandeten Augen heraus, beobachtete. Diese saßen in einem faltigen Gesicht und wirkten, als hätten sie bereits ein ganzes Jahrhundert gesehen. Seine Hände hatte er bislang im Ärmel des gegenüberliegenden Mantelarmes verstaut, nun holte er eine davon heraus und zeigte auf den jungen Mann hinter sich.

»Von mir aus, Writer, nehme ich deinen Schüler eben mit.«

Dieser nickte. Yamamoto war der Name des jungen Mannes mit Stirnband um den Kopf und der Statur eines Storches. Mirai fand, dass er Augen hatte, die aussahen, als könnten sie in einen hineinsehen, so wie der Mond in die Nacht sieht.

»Wie stellst du dir das mit der Buße vor, Arthur?«, hakte Aleister nach.

»In den Akten, die wir von Minister Baskerville erhalten haben, geht es unter anderem um Verbrechen, bei denen Fingerabdrücke gefunden wurden, zu denen es keine registrierten Personen gibt.«

»Er erwähnte etwas von einer Bande namens Greif, die laut dem Aberglauben der Bevölkerung diese Verbrechen begangen haben sollen. Ich hatte das Gefühl, er glaubt an ihre Existenz.«

»Nun, ich glaube das mittlerweile auch«, übernahm Arthur wieder das Wort. »Darüber hinaus glaube ich sogar, dass der Greif Teil dieses Krieges sein könnte. Gläubige berichteten von einer Bergspitze im Sredinny-Höhenrücken, die über Nacht verschwunden sei, stattdessen befindet sich dort nun ein Krater sowie merkwürdige Felsformationen.« Er reichte die Aufnahme einer Überwachungsdrohne herum. Darauf war die ausgehöhlte Spitze eines Bergstückes zu sehen. Es sah aus, als wäre sie wie weicher Ton mit einem Daumen eingedrückt worden. Im Krater konnte man die Kanten und Maserungen der ehemaligen Felswände erkennen. In seiner Mitte erhoben sich vier seltsame Megalithgebilde, die nahtlos in den Stein übergingen. Wie filigrane Tänzerinnen in goldenen Gewändern posierten sie in der skurrilen Szenerie im Licht der hinter den Kraterwänden verschwindenden Sonne.

»Für so etwas benötigt man, meiner Meinung nach, die Kräfte eines großen Geistes. Und bei eben jener

Anormalität fand man Residuen der *Thelema* und Fingerabdrücke. Diese konnten ebenfalls nicht zugeordnet werden, stimmen aber mit denen besagter Verbrechen überein. Mit anderen Worten, der Mann oder die Frau, welche im Volksmund *Distelkönig* genannt wird, könnte ein Erbe sein. Akira Curtis und die sieben Todsünden, sofern sie unschuldig sind, sollen sich dem Greif annehmen und ihn für uns aus dem Spiel nehmen. Mirai … ich meine Artus lernt gerade erst den Umgang mit den unsichtbaren Mächten. Wir sollten ihn so lange von dem Krieg fernhalten wie möglich. Nimm außerdem noch zwei unserer vier heiligen Hofkarten mit, falls es zum Konflikt kommt. Mögen die arkanen Geister der Vergangenheit euch schützen«, beendete Arthur das Thema um Scott Sykes.

Als die Aufnahme Mirai erreichte fragte er sich, ob dies auch die Erklärung für die anderen unerklärlichen Megalithgebilde auf der Welt war. Haben andere Erben oder gar ein Tennō Orte wie Stonehenge, die Heimat des avalonischen Glaubens errichtet?

Arthur, der Mirais Gedanken nicht hören konnte, sprach nahtlos weiter. »Unsere bisherigen Untersuchungen haben ergeben, dass einige der vermissten Personen Gläubige unseres Ordens waren. Außerdem litten sie an Pollenlunge. Bei den Messen müssen sie erzählt haben, dass sie neuartige Medikamente gegen die Krankheit zu sich genommen hatten. Sie haben sich diese Medizin jedoch nicht auf offiziellem Wege beschafft, denn keine Apotheke scheint diese zu führen, geschweige denn sie zu kennen. Wahrscheinlich stammt sie von der Straße. Noah und Joan würdet ihr nach Neo-Metropolis reisen und herausfinden, woher diese ominösen Medikamente stammen?«

»Möge Gott uns auf den richtigen Weg führen«, bejahte Noah das Anliegen des Kreuzritters.

Für einen kurzen Augenblick überlegte Mirai, ob er sich ebenfalls für diesen Auftrag melden sollte, doch noch eine Abweisung von Joan, noch dazu vor all den anderen, verkraftete er im Moment nicht.

»Ich danke euch. Leider war das noch nicht alles«, fuhr der Vorsteher der Runde fort. »Innerhalb eines Ausläufers der gelben Zone an der Südküste Pangeas wurden seltsame Vorkommnisse in Neo-Bristol gemeldet. Die Menschen haben die Stadt verlassen, ihre Berichte über das Passierte unterscheiden sich massiv. Was sie jedoch alle eint, ist Angst. Ich vermute, ein wächterloser Trumpf ist zu einem arkanen Hof mutiert.«

Gähnen durchdrang den Raum. Dann sagte der Junge, der aussah, als wäre er gerade erst volljährig geworden: »Ich werde mich darum kümmern und den Trumpf bergen.« Obwohl er sich freiwillig meldete, wirkte er dennoch schüchtern. Dabei hatte er keinen Grund dazu. Schließlich war er trotz seines jungen Alters bereits ein Kreuzritter und laut Blake noch dazu einer der stärksten unter ihnen. Mirai hatte den schlaksigen Jungen kennengelernt, als Blake ihm seine Lieblingsmusik zeigte. Yuta Asakura war sein Name und er trug Augenringe im Gesicht, die so tief waren wie die Nacht dunkel. Er war zwar ebenso schüchtern wie müde, aber sehr freundlich. Sofort hatte er Mirai angeboten, ihm bei seinem Training zu helfen, wenn er fragen hätte. Mirai beobachtete, wie Yuta während der Sitzung immer wieder zu Ciel Barmas Adjutantin blickte.

Ada Levesque trug ihr dunkles Haar zu einem Zopf zusammengebunden und der Kragen ihres Mantels verdeckte ihre untere Gesichtshälfte. Sie war die junge Frau, die ebenfalls beiwohnte, als er das Schwert aus dem Stein gezogen hatte. Blake beschrieb sie als wortkarg und schräg. Jetzt, wo Mirai sie zum ersten Mal in vollem

Licht sah, wirkte sie auf ihn wie ein gejagtes Tier. Ihre Augen durchleuchteten den Raum auf der Suche nach etwas, das nicht da war und sie dennoch verfolgte. Immer wenn sich durch Zufall ihr Blick mit dem von Yuta traf, liefen seine Wangen rötlich an. Sein neu gewonnener Freund Blake mochte Musik. Aber er mochte auch Tratsch. Daher wusste Mirai, dass der junge Kreuzritter sich ein bisschen in Ada verguckt hatte.

»Bist du dir sicher, dass du gehen möchtest, Yuta? Wir wissen alle um deine Erlebnisse mit arkanen Höfen?«

Plötzlich zerriss eine neue Stimme den Raum. Sie war hoch und kicherte verrückt. Aber was wirklich beunruhigend an ihr war, sie entsprang einem Mund, der sich auf Yutas Wange bildete. »Der Kleine packt das schon! Ghihihi.«

»Wenn mich deine Meinung interessiert, lass ich es dich wissen Nobunaga«, sprach Yuta wie zu sich selbst. »Ich komme zurecht, Kardinal Vessalius.«

Mirai war sich sicher, dass der Schlund mit den spitzen Eckzähnen bislang nicht dort gewesen war. Er wollte wissen, was es damit auf sich hat, aber jetzt war nicht der richtige Zeitpunkt, um der Sache auf den Grund zu gehen. Zumal, der Mund ebenso schnell wieder verschwunden war, wie er aufgetaucht war. Sein Blick schwenkte zu Blake und als er sah, dass dieser kein bisschen überrascht davon war, fragte er sich, wie Blake es wichtiger finden konnte, ihm zu erzählen, auf wen Yuta steht, als das, was gerade passiert war.

»Ich werde ihn begleiten«, meldete sich der Writer zu Wort.

»Wenn das so ist, kommen wir zum letzten Punkt unserer Sitzung«, sagte Arthur erfreut über die Zuverlässigkeit seiner Gefährten. »Wie ihr alle wisst, hatte unser verstorbener Freund Sirius Gallegar einen Adjutanten.

Dieser möchte sich erneut eurer Prüfung unterziehen. Chifuyu Dun, tritt ein.«

Die große eisenbeschlagene Tür auf der anderen Seite des Tafelsaals öffnete sich unter Ächzen. Der Junge mit den blond gebleichten Haaren, den Mirai in den letzten Tagen täglich trainieren sah, betrat den Raum. An seiner Hüfte war ein Katana befestigt, wie es früher die Samurai in Nihon führten. Außerdem trug er noch immer eine Augenklappe über dem linken Auge. Seine Verbände darunter waren jedoch verschwunden. Chifuyu ging zuerst zu dem Sitz, auf welchem früher sein ehemaliger Meister Platz genommen hatte. Mit den Fingern fuhr er über das filigran eingemeißelte und kunstvoll bemalte Wappen. Es zeigte ein Kurzschwert, welches in eine gelbe Rose stach und von den herabfallenden Blütenblättern umspielt wurde. Anschließend trat er vor Mirai und verneigte sich. Dann entfernte er die Silberbrosche in Form des Wappens von seinem Ordensgewand und legte sie vor sich auf den Tisch. Der einzige Schmuck, den er nun noch trug, war ein einzelner, runder silberner Ohrring in seinem rechten Ohrläppchen.

Anschließend betrat Chifuyu den Kreis innerhalb der Tafel. Während er in die Mitte trat, schweifte sein Blick an den Kreuzrittern vorbei. Währenddessen wog er seine Chancen ab.

Moa ist zu alt. Sie nimmt schon lange keine Adjutanten mehr an. Das Gleiche gilt für den Writer. Er zeigte bislang bei keiner Prüfung in meinem Beisein je Interesse an einem weiteren Schüler. Yuta ist das genaue Gegenteil. Er ist jung und oft unsicher. Er fällt ebenfalls weg. Für den Freund meines Meisters, Aleister Walker, ist das hier nur ein Job. Er ist kein Freund von Überstunden, das weiß hier jeder. Und Adjutanten bedeuten Überstunden. Bleiben noch Ciel, Noah und Arthur. Wenn ich Scott

Sykes seiner gerechten Strafe zuführen und verhindern möchte, dass so etwas wieder passiert, dann muss ich einen der dreien beeindrucken.

»Chifuyu Dun, bist du bereit, den hier anwesenden Kreuzrittern, deine Fähigkeiten zu präsentieren und gesetz dem Fall, dass dich einer von ihnen als Adjutant anerkennt, deine Pflichten als Teil des Ordens in den Wirren des kommenden Konflikts zu erfüllen?«, fragte Arthur.

Entschlossen legte Chifuyu die Hand auf den Griff seiner Klinge. »Ich bin bereit.«

»In Ordnung. Blake, wenn ich dich bitten darf? Sei so freundlich und stelle dich als Gegner in dieser Prüfung zur Verfügung.«

»Liebend gern. Dann kann ich das Ganze hier etwas beschleunigen. Sie übertragen heute schließlich noch ein Konzert meiner Lieblingsband im Schallapparat. Das will ich nicht verpassen!«, sagte Blake, während er seinen Ordensmantel abstreifte und oberkörperfrei in die Mitte der Tafel sprang.

Ausgerechnet Blake, dachte Chifuyu. *Er ist so stark wie einige der Kreuzritter.*

»Sag Chifuyu Dun, auf welche Art von Musik stehst du?«

»Keine Ahnung, was die Frage soll, aber ich mag Musik, die mich berührt«, antwortete er irritiert.

»Ich habe es schon immer geahnt …«, sagte sein Gegner.

Chifuyu spürte, wie die Aura um ihn zirkulierte. Blake zog sein Schwert, flutete es mit seinem *OB*, als wäre es ein leeres Gefäß. Er steckte es vor sich in eine schmale Spalte, zwischen zwei Steinen, in den Boden. Erst in dem Moment, als er aktiviert wurde, entdeckte Chifuyu den Trumpf im Hosenbund seines Gegners. Zwei Scheiben manifestierten sich in Blakes Handinnenflächen. Eine weiß und eine schwarz. Yin und Yang.

»… du bist ein Langweiler!«

Blake klatsche einmal in die Hände und Chifuyu wusste nicht, was geschah. Er war plötzlich direkt vor ihm. An der Stelle, wo vor nicht mal einer Sekunde noch das Schwert des Adjutanten steckte. Gerade noch rechtzeitig schaffte er es, sein *OD* aufzubauen und es auf seinen Kopf zu konzentrieren. Dann spürte er einen Schlag im Gesicht, so hart, dass er glaubte, seine Zähne wackeln zu spüren. Chifuyu musste Abstand zwischen sich und seinen Gegner bringen. Er sprang nach hinten, doch etwas drückte in seinen Rücken und bremste ihn. Es war Blakes Klinge, die an der Stelle steckte, an der dieser zuvor gestanden hatte. Seine Hand glitt zum Griff seines Schwertes. Atem strömte in seine Lungen. Aura in seinen geschliffenen Stahl. Doch gerade als der Prüfling angreifen wollte, klatschte Blake in die Hände und verschwand vor seinen Augen. Anstelle von ihm war da nur wieder sein Schwert. Ein dünner Faden aus Aura führte von diesem an Chifuyu vorbei. Blake machte sich seine eingeschränkte Sicht durch sein defektes Auge zunutze. Ein Tritt prasselte aus dem toten Winkel gegen seine Hüfte und er flog durch den Saal. Einer der Stühle beendete abrupt seinen Flug. Blut rann ihm aus der Nase. Als er aufblickte, konnte er sehen, dass der Marmorstuhl dem Writer gehörte. Dieser war einfach aufgestanden und zur Seite getreten. Chifuyu blickte ihm in die Kajal umrandeten Augen. Dann hörte er wieder ein Klatschen und anstelle des alten Mannes stand Blake mit einem Grinsen im Gesicht vor ihm und sagte: »Ich mag Musik mit guten Rhythmen, zu denen man tanzen kann. Lass mich dir zeigen, wie man tanzt.« Dann klatschte er im Rhythmus eines Flamencos in die Hände. Chifuyu und er tauschten wahllos die Plätze. Ihm wurde schwindelig. Mal wechselten sie die Position miteinander, mal mit einem der Mitglieder des Ordens. Dazwischen deckte Blake ihn mit Schlägen ein. Wenige Sekunden später befand sich keiner mehr an dem Ort, an dem er vorher war. Die beiden Kämpfenden waren jedoch wieder an ihrer Ausgangsposition angelangt. Sie standen in der Mitte der Tafel auf dem mosaikartig zusammengesetzten Symbol des Ordens.

Jetzt habe ich seine Fähigkeit verstanden. Wenn er in die Hände klatscht, kann er die Positionen von Personen oder Objekten vertauschen. Vorausgesetzt, sie sind von Aura durchdrungen. Außerdem wechselt er nicht willkürlich, er guckt immer zu der Person, mit der er tauschen möchte. Ich hab dich, Blake Bastille.

Chifuyu drehte sein Schwert, sodass er mit der ungeschliffenen Seite zuschlagen konnte. Er wollte sich beweisen, niemanden töten. In seinem Kopf hörte er die Stimme seines verstorbenen Lehrmeisters: »Präzisiere deine Atmung. Sie macht dich nicht allmächtig, aber stärker.« Tief sog er die Luft ein. Verschmolz sie mit seiner Aura. Ließ seinen Atem in seine Hand gleiten, in sein Schwert, als wäre es ein Teil seines Körpers. Nach der Emissionsart des äußeren Hexagramms strömte die Aura rund um das Katana in die Schwertscheide. Für diese *Iaidō* Technik, bei der man bereits während des Ziehens der Waffe schneidet, war diese Art perfekt. Sie beschleunigte den Vorgang und machte den Schwertstreich so noch wirkungsvoller. Der Nachteil an ihr war, dass es kaum möglich war, den Angriff abzubremsen. Chifuyu fixierte den Blick seines Gegenübers. Er startete seinen Angriff, beobachtete, mit wem Blake als nächstes die Plätze tauschen würde. Für einen winzigen Moment sah dieser zu Joan. In dem Augenblick, als das Geräusch des

Klatschens in seinen Gehörgang eindrang, drehte Chifuyu in Joans Richtung ab und zog sein Schwert.

»Reingelegt! Niemand hat behauptet, dass ich zwangsläufig meine Fähigkeit aktiviere, wenn sich die beiden Scheiben in meinen Händen berühren.«

Chifuyu hatte das bereits begriffen, auch ohne dass Blake es ihm erklärte. Mit der stumpfen Seite voraus ging sein Schwert auf Joan nieder. Wie angewurzelt stand sie da. Dann vernahm man ein weiteres Klatschen im Raum. Aber da war noch etwas. Für einen kurzen Moment jaulte der Wind wie ein Rudel hungriger Wölfe.

Neben Chifuyu tauchte Blake auf, der ihn an seinem Kragen packte und zurückriss. »Du hast es geschafft!«, brüllte er dabei.

Doch er meinte damit nicht Chifuyu. Vor ihm tauchte plötzlich Mirai auf. Der Junge flog. Getragen vom Wind drängte er sich zwischen das Katana und Joan. Blake hatte ihn weit genug zurückgezogen, um einen Treffer an der Adjutantin zu verhindern, doch Mirai war deutlich näher.

Die stumpfe Seite der Klinge traf ihn am Kopf.

Joan fing ihn auf, bevor Mirai zu Boden ging. Das Blut rauschte in seinen Ohren und eine kribbelnde Kälte durchflutete seine Adern. Endlich war er wieder bei ihr. Undeutlich hörte er jemanden reden. So als ob die Person Wasser im Mund hätte. »Ich akzeptiere ihn als meinen Adjutanten.«

Anschließend umarmte Mirai die Bewusstlosigkeit wie eine alte Freundin.

KA - 14

Ein schwerer, fast greifbarer Geruch von Lösungsmitteln erfüllte den Raum. Überall klackerte, klirrte oder pfiff es. Auf den Metalltischen standen kleine Gestelle unter denen Bunsenbrenner bläuliche Flammenkegel ausspuckten. Auf ihnen wiederum standen Glaskolben, die über durchsichtige Schläuche miteinander verbunden waren. Die blubbernden Flüssigkeiten hatten die unterschiedlichsten Färbungen. Eine uringelbe Lösung verdampfte in einem der Behältnisse, fand ihren Weg durch das Verbindungsrohr zu einem Kühlaggregat und tropfte in eine Tinktur, die metallisch grün schimmerte. Die gelblichen Tropfen sanken durch das Konzentrat, wobei sie nach und nach ihre Farbe veränderten und wie Quecksilberregen zum Boden des Glaskolbens glitten. Verschiedenste Laborgerätschaften waren in dem Raum verteilt und warteten auf ihren Einsatz.

Die andere Seite des Raums, die nicht mit köchelnden Flüssigkeiten in Glaskolben vollgestellt war, füllten transparente Behälter, unterschiedlichster Größen und Formen in einem Regal. Sie waren befüllt mit Formalin, das zur Konservierung ihres Inhalts diente. Dieser bestand aus diversen Organen, die ihren Besitzern sauber entnommen wurden sowie unterschiedlichsten kleineren Tier- und Pflanzenarten. Darunter auch einige, die durch den schwindenden Lebensraum und die Umweltverschmutzung bereits ausgestorben waren. Victor Lichts Labor war durchaus ein seltsames Sammelsurium.

Der Wissenschaftler stand vor seinem Probenschrank und musterte die Inhalte der Gefäße. »Diese Welt ist schon eine einzigartige Fundgrube.« Dann griff er nach einem der Behältnisse, in dem sich ein konserviertes Totenkopfäffchen befand. Es gehörte zu einer der Rassen, die bereits seit Jahrzehnten nicht mehr den Planeten bevölkerten. »Findest du nicht auch, Goku?«

Der Affe erwiderte nichts. Das hielt Victor jedoch nicht davon ab, ihm weiter von seinen Forschungen zu berichten.

»Ich habe den Durchbruch erzielt, mein Freund.« Er stellte den Behälter mit dem Affen darin auf einem Stapel Akten ab, welche sich auf seinem Schreibtisch befanden. Auf der obersten Akte prangte in dicken schwarzen Buchstaben: *Subjekt-16; Yoann Lemoine*. »Na, na, hab etwas Geduld. Mein Arm schmerzt. Ich nehme nur noch schnell einige meiner selbst entwickelten Medikamente und dann zeige ich es dir.« Während er mit dem Glasbehälter sprach, öffnete er eine Schublade an seinem Schreibtisch. Er holte zuerst eine Pillendose hervor, auf der *E. Hunger* stand. »Nein, das sind die Prototyp-Tabletten für die dritte Reiterin, die der karmesinrote König ernannt hat.« Sein Blick ging zu Goku. Mit einem schiefen Lächeln sagte er: »Ihr Körper weist Residuen eines arkanen Hofes auf. Ebenfalls äußerst spannend!« Er legte die Dose zurück und griff nach einer anderen. »Ah, da sind sie, mein Freund.« Eilig nahm er ihren Inhalt ein. Dann massierte er seinen in Verbände gewickelten Arm, bis die schnellwirkende Medizin ihren Auftrag erfüllte.

Immer wieder rieselte feiner schwarzer Staub wie Asche durch die Bandagen. Aus toten Augen heraus sah Goku an Victor vorbei. Dieser drehte sich um und folgte seinem Blick zu einem Holorahmen, der eine kurze Bewegtfotografie seiner toten Eltern zeigte. Arm in Arm und in weißen Laborkitteln waren sie zu sehen. »Perfektion«, sagte Victor zu Goku. »Für uns Wissenschaftler bedeutet sie den Tod. Dinge können großartiger sein als alles, was vor ihnen existierte. Doch sie dürfen niemals perfekt sein. Denn Perfektion bietet keinerlei Platz für Kreation. Ausgerechnet wir Wissenschaftler sind es, die immerzu unter dieser Widersprüchlichkeit leiden müssen, aber gleichzeitig auch Befriedigung in ihr finden. Und eines kannst du mir glauben, mein Freund. *Mars,* die finale Schöpfung meiner Eltern, war perfekt. Wie sonst hätte er eine Tennō töten sollen.« Anschließend griff er nach dem Formalinbehälter und ging mit diesem zu einer Tür, in der auf Augenhöhe eine quadratische Glasscheibe eingesetzt war. Dahinter befanden sich große metallene Tanks, die aussahen wie Kapseln, in die sogar Menschen hineinpassen würden. Vor diesen standen kleine Monitore, auf denen sich stetig Linien ihren Weg durch ein Diagramm bahnten. Grüne Lämpchen leuchteten in herzförmigen Aussparungen. Sorgfältig waren die Container links und rechts in gleicher Anzahl aufgereiht. Alle waren durch dicke Schläuche miteinander verbunden und führten zu einem weiteren Tank, welcher am Ende des Labors aufrecht stehend die Spitze bildete.

Zusammen mit Goku betrat Victor den Raum. Er trat an die Schaltkonsole vor dem aufrecht stehenden Tank. Einige Knopfdrücke später fuhr der Metallzylinder, der das Behältnis umgab, herunter. Hinter der Glasscheibe befand sich eine durchsichtige, zähe Flüssigkeit. Die Luftblasen, die von unten hineinströmten, arbeiteten sich nur langsam durch die Nährlösung nach oben. »Das ist es, Subjekt-42.«

Innerhalb des Tanks befand sich eine Person, deren Körper bis zur Unkenntlichkeit verunstaltet wurde. Überall zogen sich dicke Narbengeschwülste über seinen Leib. Sein Kopf trug keine Haare mehr, nur eine Ansammlung von schlecht verheilten Wunden als Frisur. Einzig und allein die Stelle, auf der sein Kopf saß, gab Aufschluss darüber, dass es sich dabei um diesen handelte. Zwischen den Narben in seinem Gesicht erkannte man weder Nase, Augen noch Ohren. Auf seinem Unterarm, knapp unterhalb des Handgelenkes befand sich ein frisches Tattoo. S-42. Überall aus seinem Körper gingen kleine Schläuche ab, wie Tentakel griffen sie in die Zuläufe und tasteten nach etwas. »Was ihn so besonders macht? Gute Frage, mein Freund. Der Mensch besitzt drei in etwa fingerkuppengroße Knoten in seinem Brustkorb. Diese liegen rechts vom Herzen. Die Medizin hält sie für rudimentäre, funktionslose Überbleibsel einer frühen Stufe unserer Evolution. Doch sie haben eine Funktion. *Nut, Hadit* und *Re-Hoor-Khuit* erzeugen den Löwenanteil der unsichtbaren Lebenskraft, die wir Aura nennen.« Dabei deutete er mit seiner freien Hand auf seiner Brust herum. »Der menschliche Körper hält leider nur einer gewissen Menge dieser Kräfte stand. Meist nur geringfügig mehr, als er selbst produziert. Will man ihm also Aura von anderen Lebewesen hinzufügen, müsste man Körper und Organe robuster machen, sodass sie nicht unter der Last kollabieren. Kennst du dich mit den Fähigkeiten des äußeren unikursalen Hexagramms aus?«, fragte er das für die Ewigkeit konservierte Totenkopfäffchen auf seinem Arm. »Natürlich nicht. Ich werde es dir erklären.«

Victor ging zu einer der weißen Tafeln, die am Eingang des Labors standen. Er stellte den Affen ab, so

dass dieser die Tafel gut sehen konnte. Dann wischte er sie mit dem Ärmel seines Kittels grobflächig sauber. Anschließend zeichnete er ein fünfblättriges Kleeblatt. »Das innere Hexagramm. Die sogenannten fünf Grundsäulen der *Thelema.*« Dann zeichnete er einen leicht verzogenen sechszackigen Stern um den Klee herum. »Und hier das Äußere. Stell dir vor, die Aura zirkuliert in Wellen um unsere Körper. Je nach Art der Nutzung verändern diese ihre Form. Zum Beispiel könnten sie sinusförmig werden, wenn man die Vitalitätsart nutzt. Mit ihr kann man den eigenen Körper verstärken sowie die natürlichen Funktionen steigern. Sie ist es auch, mit der ich die Körper verstärken will, sodass er der zusätzlichen Aura standhalten kann. Oder die Wellen werden zackig, wenn man sie nach der Emissionsart vom eigenen Leib trennt und aussendet. Und so weiter. Ich bin mir sicher, du verstehst das Prinzip. Kommen wir also zur dritten Art, der Transmutation. Hierbei geht es um das Ändern der Eigenschaften der Aura. So kann beispielsweise unsere Majestät, der karmesinrote König, dank dem Segen von *Ka* seiner Aura die charakteristischen Eigenschaften von Feuer verleihen. Viertens ist die Manipulationsart. Mit ihr kann man Einfluss auf Dinge ohne eigenen Willen nehmen. Ja, sogar in den Kreislauf der Aura anderer Personen eingreifen. Fünftens, die Manifestationsart. Durch ihre Hilfe kann man einen Bindungsschwur erzeugen. Man materialisiert etwas unter gewissen Bedingungen.« Während er die verschiedenen Arten aufzählte, schrieb er ihre Namen an jeweils ein Ende der geometrischen Figur. »Das Problem an einem Bindungsschwur ist allerdings, dass in der Regel beide Parteien damit einverstanden sein müssen. Deswegen sind mir die ersten sechzehn Ver-suchskandidaten auch weggestorben. Du erinnerst dich bestimmt noch an meinen Durchbruch bei Subjekt-17, nicht wahr?«

Der Affe starrte ihn wortlos aus toten Augen heraus an.

»Endlich hatte ich es geschafft. Die Versuchspersonen überlebten den erzwungenen Bindungsschwur. Ich verschloss ihnen den Zugang zu den unterschiedlichen Arten der *Thelema*, mit Ausnahme der Vitalitätsart, wodurch diese deutlich an Effektivität zunahm, leider bei den Subjekten siebzehn bis einundvierzig noch nicht genug«, sagte der Wissenschaftler, während er den Kopf schüttelte.

Dann drehte er den Formalinbehälter um, sodass Goku wieder auf den großen Tank sehen konnte. »Was macht Subjekt-42 also so besonders, mein Freund? Ich verrate es dir. Es ist die sechste und letzte Art, die das unikursale Hexagramm zu bieten hat. Die sogenannte Krönungsart. Nur sehr wenige Menschen besitzen sie überhaupt. Man kann auch nicht sagen, was genau sie ist, denn wie bei einem Trumpf ist sie eine Spezialfähigkeit, die sich bei jedem anders äußert. Man nennt sie Kronfähigkeit. Warum ist es wichtig, dass Subjekt-42 auch Wellen der Krönungsart besitzt? Ganz einfach, ein Bindungsschwur wird stärker, je strenger die Restriktionen sind, welche man an ihn koppelt.« Dann riss Victor die Arme nach oben und lachte. »Der Schlüssel, um endlich mit Projekt *Pluto* starten zu können, war es nicht nur vier, sondern alle fünf verbleibenden Arten zu versiegeln. So entstand ein Körper, der in der Lage ist, Unmengen an fremder Aura in sich aufzunehmen. Unser König …«

Er wurde von einem Piepsen unterbrochen. Das Lämpchen an einem der Zulauftänke leuchtete rot auf. »Na, na, S-27. Du wirst mir doch wohl nicht wegsterben.

Wo es gerade doch so schwierig ist, an Ersatz zu kommen.«

Fu - 15

Mirai war das schier Unmögliche gelungen. Er fand einen der raren Auswege aus dem Kreislauf des Hasses.

Vergessen.

Doch der Schwertstreich gegen seinen Kopf rüttelte die alten Erinnerungen, die sich vor langer Zeit in dicken, undurchdringlichen Nebel aufgelöst hatten, wieder wach.

Früher hatte er mit seinen Eltern zusammen in einem Bereich der roten Zone gelebt, der als Schandfleck bekannt war. Einst war es ein Landstrich, der von Feldern übersät war. Große Mengen an Weizen, Raps und Reis wurden hier angebaut. Jene Tage kannte Mirai nur aus Erzählungen. Dann jedoch begann man den Himmelsbambus anzubauen. Es war einer der ersten Orte in Pangea, an dem die Felder mit dem schnell wachsenden Gewächs beackert wurden. Seine Eltern gehörten zu den Letzten die damit aufhörten, Weizen zu säen. Denn dieser brachte kaum noch Erträge auf den vergifteten Böden, die sich wie Hautkrebs auf der Landkarte ausbreiteten. Es machte seine Mutter traurig, denn sie war eine begnadete Bäckerin.

Doch das Einzige, an das sich Mirai aus der Zeit, bevor sie schließlich auch den Bambus mit den rötlichen

Blättern anpflanzten, erinnern konnte, war der Duft ihres selbstgebackenen Brotes.

Sie bauten den Himmelsbambus so lange an, bis der Boden auch ihm keine Nährstoffe mehr bot. Denn selbst der teure Dünger, auf den die Aojiroi und somit die Industrie Zhōngguós das Monopol besaß, zeigte irgendwann keine Wirkung mehr. Nun war der Schandfleck nur noch ein von den Göttern verlassenes Stück Land. Wohin man auch blickte, sah man nichts als schwarzen Morast, verrottete Felder und aschige, unfruchtbare Erde, auf die kein Mensch mit klarem Verstand einen Fuß setzen würde. Dennoch war der Schandfleck nicht annähernd so lebensfeindlich wie die schwarze Zone, und so lebten hier Menschen in den Ruinen ihrer einstigen Häuser und kämpften, vom Gift des Bambus ihrer Existenzgrundlage beraubt, ums Überleben.

So wie auch Mirais kleine Familie.

Sein erster Schmerz kam zweifach. Eines Nachts drangen Banditen auf der Suche nach etwas Essbaren in ihr Haus ein. Mirais Vater versuchte seine Mutter und ihn zu der kleinen Luke unterhalb ihres Esstisches zu bringen. Dorthin, wo sie den mickrigen Rest ihrer eingelagerten Vorräte versteckten. Währenddessen hörte Mirai, wie die Eindringlinge sich über eine der raren Konserven hermachten und davon erzählten, dass dies ihre erste Mahlzeit seit Tagen war. Er hoffte, die Räuber würden es in der Dunkelheit der regnerischen Nacht, welche nur hin und wieder von Blitz und Donner erhellt wurde, nicht finden. In Gedanken betete er, sie wären dort in Sicherheit.

»Ich habe Angst, Papa«, sagte Mirai.

»Keine Sorge, mach bloß keine Geräusche, mein Junge«, erwiderte dieser.

Doch es war Mirai, der einen Stuhl umstieß und die beiden Banditen auf sie aufmerksam machte. Eilig packte sein Vater ihn und warf ihn in die versteckte Kammer. Er hörte, wie seine Eltern mit den Räubern kämpften. Dumpfe Schreie, die klangen als würde die Kehle, der sie entstammten, nie wieder Luft holen, drangen zu ihm hinunter. Mirai kam es vor, als habe er eine halbe Ewigkeit gewartet, nachdem es still geworden war. Eigentlich waren es nur wenige Minuten.

Seine Eltern waren tot. Die Banditen verschwunden.

Er hatte Angst, dass sie wiederkommen würden. Deshalb weinte er still, die langsam kalt werdenden Körper seiner Eltern im Arm. Er hatte geweint, bis keine Träne in ihm mehr übrig war. Und doch war da die ganze Zeit auch noch ein anderes Gefühl in seiner Brust. Eines, das er bislang nicht kannte.

Erst als der Gestank unerträglich wurde, hatte er hinter dem Haus Gräber in der aschigen Erde für die beiden ausgehoben. Die letzten Reste, der Vorräte, die sie aufgespart hatten, waren zu diesem Zeitpunkt bereits so gut wie aufgebraucht. Dennoch hatte Mirai das Unvermeidliche weiter hinausgezögert. Als er schließlich aufbrach, lag seine letzte Mahlzeit – die aus wenigen Krümeln trockener Cracker bestand – drei Tage zurück. Zum Abschied hatte er vor den Erdhügeln gestanden, die ihre Gräber waren und gesagt: »Mama … Papa … ich gehe dann …«

Sein Ziel war es, den Schandfleck zu verlassen, doch der von den Abgasen saure, dickflüssige Regen in der schimmernden Farbe von Öl, der dieses Gebiet heimsuchte, erschwerte sein Unterfangen. Er hatte sich zwar ein Tuch um Mund und Nase gebunden, dennoch brannte seine Lunge beim Atmen, seine Lippen waren spröde und rissig und die Flüssigkeit, die durch seine Kleidung sickerte, juckte auf seiner Haut. Seine Energie war genauso wie seine Vorräte fast aufgebraucht. Schließlich brach er zusammen. Lag in dem matschigen, toten Ackerboden und sein Bewusstsein begann zu schwinden. Es war Pochi der ihm das Leben rettete. Der kränklich aussehende Hund, dem bereits büschelweise das Fell fehlte, zog ihn aus dem Regen heraus unter einen Felsvorsprung. Mit seiner pelzigen Zunge leckte er ihn wach. Der Magen des Vierbeiners knurrte noch lauter als der von Mirai. Deshalb zog er seinen letzten Kanten Brot aus dem Gepäck, inhalierte den Duft der Vergangenheit und teilte ihn mit dem Hund. Fortan zogen die beiden gemeinsam von Tür zu Tür. Bettelten um Essen.

Doch die wenigen Leute, die noch im Schandfleck lebten, hatten kaum genug für sich selbst. Und so war die Antwort immer dieselbe: »Es tut mir leid … Wir können dir leider nichts geben … Wir alle haben es schwer … Wir können gerade noch uns selbst ernähren … Frag bitte jemand anderes …«

Aber irgendwann war niemand anderes mehr da, den Mirai hätte fragen können. Deswegen entschieden sie sich in eines der eingefallenen Häuser zu gehen, in der Hoffnung, noch einige Reste zu finden. Sie fanden eine Treppe, die in einen Keller führte. Allein beim Gedanken an irgendetwas Essbares lief Mirai das Wasser im Mund zusammen, als er einen in die Jahre gekommenen Vorratsschrank in der Ecke des Kellers entdeckte. Dieser wurde jedoch von einem dicken Holzbalken blockiert. Also mobilisierte der hungrige Junge seine letzten Kräfte. Er stemmte sein gesamtes Körpergewicht und all seine Hoffnung gegen den Balken. Und tatsächlich bewegte er sich. Erst nur wenig. Er schien festzuklemmen. Doch mit einem Mal löste er sich und krachte zu Boden. Auf den ersten Knall folgte ein Zweiter und ein Dritter. Und schließlich stürzte das Gebäude in sich zusammen. Pochi bellte alarmierend, als er von einem herabstürzenden

Brocken der Decke getroffen wurde. Anstatt in Deckung zu gehen, stürmte Mirai zu ihm, wissend, dass es zu spät war. Tränen, für die er keine Flüssigkeit übrig hatte, rannen schwer über sein Gesicht. Aber das war ihm egal. Dann traf auch ihn der herabstürzende Schutt. Druck und Schmerz pochten in seinem Kopf, während er das Bewusstsein verlor. Das Nächste, woran er sich erinnerte, war ihre Stimme. »Ist dort unten jemand?«

Ein Lichtstrahl, der die Dunkelheit erhellte. Ihr Name war Joan. Sie befreite ihn aus dem Keller, führte ihn zu ihrem Lager und pflegte ihn. Sie gab ihm fast klares Wasser zu trinken und Brot zu essen. Dicht führte er es an seine Nase und atmete den Geruch ein. Zuhause.

Fortan lebten sie zusammen. Mirais Erinnerungen an sein altes Leben waren nicht mehr als ein weißer Schleier. Während einer von ihnen an der Tür bettelte, drang der andere in das Haus ein und stahl zu essen. Sie hatten nicht viel, aber genug, um zu überleben. Und wenn es nach Mirai ging, hatten sie mehr als nur genug. Sie hatten sich. Bis zu dem Tag, als Joan ihn zurückließ.

Während er aufwachte, nahm er einen letzten Satz aus seinem Traum mit in die Wirklichkeit.

»Joan, geh bitte nicht weg!«

Als er bemerkte, dass er wieder bei Bewusstsein war, saß Mirai aufrecht im Bett. Vor ihm, auf einem Stuhl, hatte sich Joan niedergelassen und starrte ihn an. Für ein paar Sekunden sahen sich die beiden schweigend an. Lediglich das Piepsen der medizinischen Überwachungsgeräte, die Mirais Vitalwerte aufzeichneten, störte die Stille.

»Hallo, Joan.«

»Hallo, Mirai. Ich wollte mich nur kurz bei dir bedanken, dafür, dass du mich beschützt hast«, sagte sie, doch ihr Gesichtsausdruck erzählte etwas anderes.

Sie wirkt enttäuscht. Ist es, weil ich verletzt wurde?

»Hallo, ihr beiden«, sagte Ciel Barma. Die Kreuzritterin mit den vollen roten Lippen stand in der Tür. In den Armen hielt sie eine Nachtkerze. Die einzige Blume, die auch im Dämmerlicht der mit nur wenigen Fenstern bestückten Turmkirche fortwährend blühte. Hinter ihr stand ihre Adjutantin Ada Levesque. »Stören wir?«

»Nein, schon gut«, antwortete Joan. »Ich wollte sowieso gerade gehen. Kardinal Kamelot wartet auf mich.« Dann stand sie auf und verschwand in Richtung Tür.

»Warte. Nenn mir wenigstens den Grund, warum wir nicht zusammen sein können, so wie früher«, forderte Mirai.

Joan blieb in der Tür stehen. Ciel hatte unterdessen den Raum betreten und stellte die Blume auf dem kleinen Nachttisch ab.

Bevor sie ging, sagte Joan, ohne sich umzudrehen: »Wenn wir zusammen wären, wären wir uns gegenseitig eine Schwäche.«

»Nein. Nur er dir«, sprach eine undeutliche, reibende Stimme wie durch eine Membran. Mirai kannte sie. Er hatte die Stimme bereits einmal gehört. An dem Tag, als er das Schwert aus dem Stein gezogen hatte. »Glaub mir, ich kenne selbstsüchtige Frauen wie dich nur zu gut.«

Ada begann am ganzen Leib zu zittern. Sie durchkämmte den aus knochweißem Stein errichteten Raum mit ihren Augen. Sie sah nicht länger aus wie das Mädchen mit den schweren Lidern, das wirkte, als würde es schlafwandeln.

»Habt ihr auch diese Stimme gehört?«, fragte Mirai die beiden Frauen.

»Ich habe nichts gehört«, antwortete Ciel.

Ada hingegen war in heller Aufregung darüber, dass auch Mirai die Stimme zu hören schien. Sie legte eine

Hand an ihr Ohr und formte die Gebärde für Hören. Dann fragte sie wirr: »Grün? Rot? Grün?«

»Bitte was?«

»Sie möchte wissen, ob du die Stimme tatsächlich auch gehört hast?«, übersetzte die Kreuzritterin.

»Ja«, sagte Mirai und wiederholte, was die Stimme gesagt hatte.

Dann umschlang Ada ihn mit ihren Armen. Erleichterung machte sich auf dem Gesicht des Mädchens breit. Das Gefühl davon, jemanden gefunden zu haben, der das eigene Leid verstand. Mirais Kopf pochte jedoch noch immer von dem Schwerthieb und der Druck der zitternden Umarmung machte es nicht besser. Trotzdem legte er auch seine Arme um sie.

»Wie wäre es, wenn du Artus eine Kopfschmerztablette und etwas Wasser holen würdest?«, wies Ciel sie an, nachdem sie sich etwas beruhigt hatte.

»Grün«, antwortete Ada und verließ den Raum.

Ciel setzte sich auf den Stuhl, auf dem Joan zuvor gesessen hatte. Im Vergleich zu ihr besaß sie eine königliche Anmut. »Weißt du, Ada hört diese Stimme schon sehr lange. Ich weiß nicht, was es für dich bedeutet, dass du diese Stimme ebenfalls wahrnimmst, aber ihr bedeutet es eine Menge, nicht länger allein zu sein.«

»Warum spricht sie so komisch? Hat das auch damit zu tun?«

»Ada besitzt einen sehr gefährlichen arkanen Trumpf, der ihrer Sprache Macht verleiht. Diese Stimme treibt sie jedoch langsam in den Wahnsinn. Flüstert ihr zu, sie sei verflucht. Raubt ihr den Schlaf. Einmal hat sie jemanden unabsichtlich mit dieser Kraft verletzt. Seitdem spricht sie nur noch in Farben, denn diesen Wörtern liegt kein Gewicht inne.«

»Ich werde mir Mühe geben, ihr ein guter Freund zu sein«, versprach Mirai und lächelte dabei. Sein Herz dachte dabei aber an ein anderes Mädchen.

»Nimm die Medizin, die Ada dir bringt und ruh dich aus. Ich gebe Arthur Bescheid, dass es dir gut geht.« Dann stand die schöne Frau auf, roch noch einmal an der gelben Blume, die sie mitgebracht hatte und ging zur Tür.

Im Schatten des Geräuschs ihrer Schritte quälte sich die Stimme noch einmal durch die zähe Membran, die ihren Klang aufsaugte. Das, was Mirai von ihr erreichte, war nicht mehr als ein warnendes Wispern. »Wähle deine Freunde mit Bedacht alabasterfarbener König. Nicht jeder hier ist, was er vorgibt zu sein …«

Dann saß er allein in der Stille seines Herzschlages, verkündet durch die medizinischen Geräte. Doch er war nicht wirklich allein. Durch die erwachten Erinnerungen an seine Eltern keimte ein neuartiges Gefühl in dem Loch in seiner Brust, das Joan hinterlassen hatte.

Hass.

Und obwohl er wusste, dass die Banditen im Grunde, genau wie Joan und er, nur versucht hatten zu überleben, zog der Sog jenes Kreislaufes wieder an ihm. Die unausgesprochene Frage war, würde Mirai Masheny schwimmen oder untergehen?

Mizu - 16

Fast in Zeitlupe löste Momo die Finger von den Tasten. Wie bei einer langen Abschiedsumarmung, aus der man sich nicht lösen möchte. Sie wandte sich vom Klavier ab und sah Akira, welcher auf einem alten Sofa, vor dem ein Tisch stand, eingeschlafen war. Leise schlich sie zu ihm. Sie bemerkte sofort, wie er seine Zähne knirschend aufeinanderpresste. Hinter seinen Lidern rannten seine Augen vor etwas davon. Behutsam hob sie einen seiner Arme leicht an und legte sich zu ihm. Nachdem sie sich an seine Brust gekuschelt hatte, ließ sie seinen Arm sinken, sodass er sie umschlang. Mit einem Lächeln auf den Lippen genoss sie die Wärme seines Körpers und lauschte dem unruhigen Herzschlag, der von ihm ausging. Dann schloss auch sie die Augen.

Durch das Schwarz der herabgesenkten Lider zogen sich schäumende Wellen. Dann tauchte Mizu zwischen diesen auf und tanzte durch den Seeschaum. Momo konnte spüren, wie das Wasser, aus denen jede einzelne Zelle Akiras Körpers zu großen Teilen bestand, mit ihrem Geist resonierte. Genauso wie Mizu glitt sie durch die Wellen und folgte ihm. Folgte ihm in Akiras Träume. Sie hoffte, dass er von ihrer Mutter träumen würde. Ob sie auf diese Weise etwas über ihren Tod herausfinden könnte?

Zuerst vernahm sie jedoch zwischen dem Rauschen der Wellen nur eine Stimme, die sie nicht kannte.

»Was ist, wenn jemand, den du heute rettest, morgen selbst zum Mörder wird?«

Dann war da eine weitere Stimme. Sie gehörte einer Frau und Momo kam sie seltsam vertraut vor. »Die Mächte der *Thelema*, sind dem Krieg um die Thronfolge vorbehalten. In einer normalen Schlacht haben sie nichts zu suchen. Ich möchte, dass ihr diesen Konflikt überwacht. Solange niemand die unsichtbaren Mächte missbraucht, werdet ihr nicht eingreifen.«

»Jawohl, ehrwürdige Tennō«, hörte sie Akira sowie drei weitere Männer antworten.

Dann verschwand die Finsternis, als habe die Ebbe das Meer zu sich gerufen. Sie brauchte einen Moment, bis sie begriff, dass sie durch Akiras Augen sah. Gemeinsam mit den drei anderen stand er auf einer Anhöhe und blickte ins Tal. Unten hatten sich die Menschen in zwei Lager aufgeteilt. Auf der einen Seite bewaffnete Zivilisten. An ihren vom Bambus rot verfärbten Händen konnte selbst Momo erkennen, dass es sich um Feldarbeiter handeln musste. Auf der anderen Seite bewaffnetes Militär in der Uniform Zhōngguōs.

»Die überteuerten Saatgutpreise und der daraus resultierende Hunger lässt sie zu den Waffen greifen, um gegen Zhōngguō zu rebellieren«, sagte einer der Männer, den Momo nun als jüngere Version ihres Vaters erkannte.

»Das hier wird kein Konflikt, sondern ein Massaker. Sie haben gegen die ausgebildeten Soldaten keine Chance«, sagte der junge Mann mit schwarzem Kinnbart, der Akira am nächsten stand.

Seine Arme waren von oben bis unten mit schwarzer Farbe verziert. Bis zum Hals hinauf zog sich die Körperbemalung.

»Was siehst du, Isaac?«, fragte Akira. Und Momo überkam ein trauriges Gefühl, als sie dem blonden Hünen in die Augen blickte.

Wieso wird meine Brust so schwer, wenn ich ihn ansehe? Ich kenne diesen Mann nicht. Sind das Akiras Gefühle?

»Niemand von ihnen beherrscht die *Thelema*.«

Die Leute wurden lauter. Schrien sich an. Es war nur noch eine Frage von Minuten, bis das erste Blut den Boden in die Farbe des Himmelsbambus tauchen würde.

In Akiras Gedanken echote die Stimme ihres Vaters: »Das hätte keinen Sinn. Der Drahtzieher ist längst über alle Berge. Das hätte keinen Sinn.«

»Sinn? Ist der wirklich wichtig?«, erwiderte Akira still in seinem Kopf. Genauso wie er es damals tat.

»Ja, der ist sehr wichtig, wenn man töten will. Und Rache hat keinen Sinn.«

Sowohl ihr Vater als auch Akira kamen Momo in diesem Gespräch so anders vor. Fast als hätten sie die Rollen vertauscht. Momo fragte sich, was nur vorgefallen war, dass sich die beiden so verändert hatten?

Dann löste sich Akira aus seinen Gedanken. »William, traust du dir zu, zu vermitteln, wenn ich dir etwas Zeit verschaffe?«

»Selbstverständlich«, antwortete dieser.

»Wir haben klare Anweisungen erhalten, dass …«, wandte Isaac ein.

»Ich werde nicht dabei zusehen, wie unschuldige Menschen abgeschlachtet werden«, unterbrach Akira ihn.

»Keine Sorge«, wandte sich William an Isaac. »Noch seid ihr beiden keine Sünden, sondern nur potenzielle

Nachfolger. Akira und ich werden die Verantwortung übernehmen.«

Dann nickte er Akira zu. Der Blick in seinen Augen sagte: *Tu, was du für richtig hältst, denn ich weiß es nicht mehr.*

Akira sprang in die Tiefe und landete zwischen den beiden Gruppierungen. Vor ihm stand ein junger Soldat, kaum älter als er selbst. *Malik Bancho*, stand auf dem camouflagefarbenen Aufnäher auf seiner Brust und Akira hätte es nicht verwundert, wenn er heute zum ersten Mal auf lebendige Ziele hätte schießen müssen. »Keine Sorge, dir passiert nichts.« Er lächelte ihm väterlich zu, obwohl er in etwa in seinem Alter sein musste.

Momo spürte, wie sich die Aura um sie herum verdichtete. Akira sammelte sie um sich, konzentrierte sie. Dann sendete er sie abrupt mittels Emissionsart kuppelartig aus. Genau wie damals, als er sie vor ihren Häschern beschützt hatte. Reihenweise gingen Bauern und Soldaten gleichermaßen bewusstlos zu Boden. Am Ende stand nur noch er selbst. Neben ihm tauchte der tätowierte Mann auf. »Hätte ich sie sich gegenseitig umbringen lassen sollen?«, fragte Akira seinen Freund.

»Ich weiß, dass du seit jenem Auftrag anders über das Töten denkst, aber du hast gerade eine wütende Meute und eine militärische Einheit ungewollt dem Ritus unterzogen …«

»Worauf willst du hinaus, Scott?«

»Keine Ahnung …«, stöhnte dieser und griff sich an den Kopf. »Aber aus Macht wächst zu oft Gier. Ich frage mich nur, was ist, wenn jemand, den du heute rettest, morgen selbst zum Mörder wird?«

In Akiras Geist begann es zu regnen. Schwarz und dickflüssig verschluckte er die Szene wie die Flut den von der Sonne getrockneten Sand. Im wogenden Schwarz blitzte eine verwundete Frau auf. Wehmut flutete Momos Körper. Das Gefühl der zarten Traurigkeit über Vergangenes nagte an Akira. Aus toten Augen sagte sie zu ihm: »Bitte beschütze meinen Sohn.«

Delilah, hörte Momo ihren Namen in seinen Gedanken. Und mit diesem klärte sich auch die Szene.

Ein giftiges Gemisch aus Angst, Trauer, Verzweiflung und Wut flutete den Geist des kleinen Mädchens und drohte sie zu ertränken. Sie blickte sich durch seine Augen um. Da waren Scott und Isaac. Beide deutlich älter als zuvor. Außerdem waren da noch eine bildschöne Frau und ein dicklicher Mann. Sie alle redeten auf sie ein. Nein, sie redeten auf Akira ein. Im Angesicht der Gefühlsflut verschwamm allmählich die Grenze. Momo konnte nicht verstehen, was sie sagten. Nur ein hohes Fiepen malträtierte ihre Ohren. Etwas Warmes, Klebriges floss an ihren Armen hinab. Dann erst sah sie nach unten. Sie hielt einen Jungen fest, der nicht älter war als sie heute. *Aiko … Aiko …,* schrie Akiras Stimme in ihrem Kopf. Blutrote Blumen blühten auf der Brust des Jungen. Und während sie auf ihn hinabsah, begriff sie, dass sein Herz bereits aufgehört hatte zu schlagen. All die Gefühle, die Akira für ihn empfand, griffen nach ihr. Er war nicht nur ein Junge, den er in seine Obhut nahm, nicht nur ein Schüler, den er unterrichtete, er empfand für ihn, wie er für seinen eigenen Sohn empfunden hätte.

Akiras Kopf schnellte nach oben und Momos Blick folgte wie bei einer Marionette, die an Fäden hing. Dann sah sie den Mörder des Jungen. Sie erkannte den Mann wieder, der das Chaos nutzte und die Flucht ergriff. Es war der junge Soldat, dem Akira an jenem Tag wahrscheinlich das Leben gerettet hatte. In der Hand ein Scharfschützengewehr. Blutroter Nebel in den Nuancen der Himmelsbambusabgase verschlang ihre Sicht. Sie …

Er … Momo … Akira war nicht mehr er selbst. Er sah nur noch rot, während sein Geist vom schwarzen Abgrund verschlungen wurde. Und die Flut stieg immer noch, als die beiden aufwachten.

Gegenseitig konnten sie spüren, wie der andere zitterte. Hechelnd atmeten sie ein und aus. Salzige Tränen rannen über ihre Gesichter. Dann umschlang er Momo. Sie hatte das Gefühl, im Mittelpunkt der Erde eingeschlossen zu sein. So fest drückte er sie. Und sie drückte ihn zurück. Mit purer Willenskraft versuchten sie den Schmerz des jeweils anderen zu vertreiben. Den Geist ihres Gegenübers mit Wärme und Licht zu fluten. Schließlich beruhigten sie sich.

Akira lockerte seinen Griff und sah auf ihr zerwühltes, weißes Haar hinab. Es roch wie der endlose Ozean. Wie der einzige Ort auf diesem Planeten, an dem noch wirklich frei geatmet werden konnte, war man nur weit genug von der Küste entfernt. Und in diesem Moment verlangte es ihn nicht nach dem Gift, das seine Nerven beruhigte und seinen Schmerz betäubte. Alles war gut, so wie es war.

Die beiden setzten sich auf und schenkten dem jeweils anderen ein Lächeln. Momo verstand den Schmerz, den Akira in sich trug, nun besser, denn sie hatte ihn erlebt. Sie wollte für ihn da sein, so wie er für sie da war. Doch ihr blieb keine Zeit, weiter über die Geschehnisse nachzudenken.

In der Mitte der Bühne öffnete sich plötzlich ein Riss in der Luft. Wie eine Wunde klaffte er immer weiter auf. Das Surren eines Luftzuges erfüllte den Raum. Instinktiv klammerte sie sich an Akiras Arm. Was hinter dem Spalt lag, konnte sie nicht sehen. Denn die Sicht darauf war von einem großgewachsenen, dicklichen Mann versperrt. Eine Kapuze verdeckte die Sicht auf seine Haare und eine keilerförmige Atemmaske, die beim Inhalieren der Luft zischende Geräusche verursachte, verdeckte sein Gesicht. Die Maske sah genau aus wie in ihren Träumen. In der einen Hand trug er ein seltsam gebogenes Schwert in der Form eines Sichelmondes. Ein *Chepesch*. In der anderen einen großen geflochtenen Korb, gefüllt mit Obst und Gemüse. Speisen aus der grünen Zone. Er nahm die Maske ab und sah sich ängstlich im *Velvet Room* um, nachdem sich der Riss unter einem schmatzenden Geräusch geschlossen hatte.

»Nicht zu fassen, du lachst?«, fragte er Akira erschrocken, während er Maske, Korb und Klinge fallen ließ. Letztere verwandelte sich zurück in eine Tarotkarte.

»Hallo, Taro. Schön, dass du gekommen bist.«

»Komm her!«, sagte Taro inbrünstig und schloss Akira in seine bärenhafte Umarmung ein. Nachdem er ihn aus seinem Griff entlassen hatte, ging er in dic Knie, sodass er mit Momo auf Augenhöhe war. »Und du musst der Grund dafür sein, dass Akira sein Lächeln zurückgewonnen hat. Dafür danke ich dir.« Liebevoll tätschelte er ihren Kopf. »Wie heißt du denn?«

»Ich bin Momo«, antwortete sie dem Mann, der in ihren Augen aussah wie ein menschgewordener Teddybär.

»Das ist Taro Vernon«, stellte Akira den Mann vor, wobei er das letzte *N* verschluckte. »Auch bckannt als Gula, Sünde der Völlerei. Er wird von heute an dein Leibwächter sein.«

»Kurze Zwischenfrage Anführer …«, mischte sich Taro ein. Seine Knie schlotterten wie Espenlaub. »Warum braucht dieses Mädchen einen Leibwächter und wieso ausgerechnet ich?«

»Darf ich vorstellen, Momo Rainsworth, die azurblaue Königin, Erbin des großen Geistes des Wassers.«

»A … a … auf gar keinen Fall!«, schrie der Mann mit

unnatürlich hoher Stimme, während er sich hinter einem großen Instrumentenkoffer auf der Bühne wegduckte. »Du bist von Sinnen, dabei werde ich sterben.«

»Beruhig dich, es wird noch einen weiteren Leibwächter geben.«

Wie ein scheues Tier lugte Taro langsam hinter dem Koffer hervor. »Und dieser ist dafür da, um mich zu beschützen richtig?«

»Ich find ihn lustig«, kicherte Momo.

»Taro, erinnere dich an die Regeln der sieben Todsünden.«

»Keine Sorge, ich habe nicht vergessen, dass die erste Regel besagt, dass der Anführer der sieben Todsünden die Befehlsgewalt hat. A … a … aber als Leibwächter einer Erbin werde ich mit Sicherheit ins Gras beißen«, jammerte Taro, den Kopf mittlerweile wieder versteckt.

»Ich spreche nicht von der ersten, sondern von der dritten Regel. Euch gegen euren Willen herumzukommandieren war noch nie meine Art. Außerdem wird niemand von euch sterben, solange ich lebe«, beruhigte ihn Akira.

Mit entschlossenem Gesicht, aber wackeligen Beinen trat Taro hervor. Er ging zu dem Korb voll Speisen, der gefüllt war mit verschiedensten Früchten und Gemüse. Sogar ein Leib Käse befand sich darin. Für Bewohner der roten Zone waren diese Gaben wie das Fleisch der Götter selbst. »Auf diesen Schock muss ich erst mal etwas essen. Hilfst du mir bei der Zubereitung?«, fragte er Momo.

水

Die beiden kochten einen herzhaften Gemüseauflauf. Sowohl Momo als auch Akira griffen kräftig zu, denn niemand von beiden konnte sich daran erinnern, wann er zum letzten Mal etwas gegessen hatte, das nicht nur ein Agglomerat aus notwendigen Nährstoffen war. Doch Taro hatte einen noch gesünderen Appetit. Er aß doppelt so viel wie die anderen beiden zusammen. Momo hatte den Neuankömmling mit seiner schrulligen Art direkt lieb gewonnen. Als Taro gerade damit beschäftigt war, die Auflaufform auszulecken, fragte Akira ihn: »Hast du etwas von den anderen gehört? Weißt du zufällig, wo Makoto ist?«

»Nur Scott habe ich vor Kurzem gesehen, er hat mir …« Taro stockte. Sein Blick ging zum Fenster. »D … d … da draußen ist jemand«, zitterten die Worte aus seinem Mund. »Ich spüre die Aura von d … d … drei Personen.«

Eilig sprang Akira auf und ging zum Tresen. Er legte sich den Gurt mit den drei Trümpfen und der kleinen verzierten Kürbisflasche um die Brust. Zügig befestigte er seine Echokapsel, die er *Hibiki* nannte, sowie seine kabellosen Schallwandler daran. Dabei atmete er tief durch die Nase ein. Er war blind auf dem sechsten Sinn, mit dem man Aura wahrnehmen konnte. Deswegen hatte er andere Methoden entwickelt in der Welt der *Thelema* zurechtzukommen. Sorgfältig differenzierte er die Gerüche. Da waren zwei Personen, die schwer nach Weihrauch und Myrrhe rochen. Eine von ihnen roch zusätzlich nach einem Aftershave. Die dritte Person duftete nur schwach nach den kirchlichen Harzen. Das Aroma alter Bücher und Tinte umhüllte sie wie ein Umhang. Erneut sog er die Luft ein. Da waren noch mehr Gerüche. Der Gestank von brackigem Salzwasser und Schweiß klebten an einer weiteren Person sowie der zarte Duft von Räucherwerk an einer Fünften. Es roch nach Sandel- und Adlerholz, wie man es in Nihon oft entzündete, um ihren Göttern zu gedenken.

»Also ich spüre die Anwesenheit von fünf Leuten vor der Tür. Sie stehen einfach nur da. Aber drei von ihnen haben dieselbe Aura. Was bedeutet das?«, warf Momo ein.

Nicht nur am Klavier, auch im Umgang mit der *Thelema* hatte sie Fortschritte gemacht. Er kam nicht umhin, sie mit einem stolzen Blick zu versehen, während er den Trumpf berührte, der neben der kleinen Kürbisflasche hing. Nichts Sichtbares materialisierte sich als der in Rot gehüllte alte Mann, welcher ein Grablicht in seiner Hand hielt, das aussah wie ein Kristall, in den man eine Sonne gesperrt hatte, verschwand. Doch die große Arkane *Nummer IX – der Eremit,* erfüllte Akira mit seinem Segen. Dann schnallte er sich eine deutlich größere, aber nicht minder kunstvoll verzierte Kürbisflasche mittels des daran befestigten Gurtes auf den Rücken. Dunkelrot lackiert waren die feinen Kerben in der schwarzen Flasche, die so groß war wie Akiras Oberkörper und formten Regen, der aus den Wolken tropfte. Die beiden Halterungen kreuzten sich auf seiner Brust. Noch einmal atmete er ein. Da war noch etwas in der Luft. Er musste den allgegenwärtigen Geruch der Abgase aus den Bambusfabriken beiseiteschieben, aber ein Stück weiter entfernt lag ein ihm vertrauter Duft in der Atmosphäre. »Du bist gut geworden«, sagte er zu Momo. »Ich rieche jedoch sechs Personen da draußen.«

»Ich sehe nur fünf«, sagte Taro, der zitternd durch eine Lücke im Vorhang lugte.

Akira öffnete eine Flasche Wein und verteilte ihren lilaroten nach Trauben duftenden Inhalt auf zwei Krüge. Dann stellte er einige Gläser zurecht. Sanft berührte er eine der anderen beiden Trümpfe, die an seinem Gurt befestigt waren, ohne diesen zu aktivieren. Er hatte begonnen, dem Alkohol als Schmerzmittel abzuschwören, doch sein Freund Alexander hatte ihm beigebracht, wie man jemanden begrüßt, der vorerst friedlich vor den eigenen Toren stand.

»Wer sind sie und was wollen sie? Sind sie hier, um mich zu holen?«, wollte Momo wissen.

Akiras Hand glitt durch ihr Haar, während er zu Taro blickte. Er sah etwas in ihm, dass dieser selbst noch nicht sehen konnte. »Mach dir keine Sorgen, Momo. Taro wird auf dich aufpassen. Und eines kann ich dir versprechen, zwischen Himmel und Hölle kenne ich niemand Mutigeren als ihn.« Dann packte er mit einer Hand die beiden Karaffen am Henkel. Mit der anderen griff er nach den Weingläsern. Die dünnen Schäfte zwischen den Fingern aufgeteilt. »Sollte jemand anderes als ich die Bar betreten, wirst du sofort ein Tor öffnen und mit ihr fliehen. Hast du verstanden, Taro?«

»J … j … ja«, zitterten die Worte wieder aus seinem Mund. »Aber willst du wirklich alleine gegen fünf Leute antreten?«

Noch einmal sog er die Luft durch die Nase ein. »Wie gesagt, es sind sechs. Und ich bin nicht alleine.« Dann setzte er seine Filtermaske auf und ging durch die Tür.

Vorsichtig griff Momo nach Taros Hand. Dieser erschreckte sich, als sie sie berührte. »Sag mal, was ist die dritte Regel der Sünden?«

»D … d … die Dritte? Sie besagt, wenn eine Todsünde bereit ist, für etwas sein Leben aufs Spiel zu setzten, tun es ihr alle anderen Sünden gleich.«

Und da verstand Momo. Es war nicht Akiras Schutz, der Taro Frieden schenkte, sondern seine Entschlossenheit.

Fu - 17

Es war 09:55 Uhr am Morgen, als Aleister Walker auf seine silberne Armbanduhr blickte und entschied, dass sein Arbeitstag pünktlich um 10 Uhr mit der Abfahrt der Magnetschwebebahn beginnen würde. Sechs Stunden benötigte der Schnellzug von Paranà – einer Großstadt Pangeas, die an der Grenze zwischen gelber und roter Zone lag - bis nach Kaban. Die Grenzstadt gehörte beiden Zonen an und um sie herum brach der Himmelsbambus hektarweit aus der roten Erde. Nirgendwo sonst in Pangea gab es Anbauflächen in diesem Ausmaß. Für Aleister war sein Posten als Kreuzritter nur ein Job. Er bereitete ihm nicht sonderlich viel Freude, doch wenn er die unzähligen, dürftig geschützten Feldarbeiter sah, die wie Ameisen durch die Pflanzenkolonie stapften, war er froh, ihn zu haben. Und er hatte ausreichend Zeit, dieses Gefühl zu konservieren, denn es kam ihm wie eine Ewigkeit vor, bis das Bambusheer ein Ende fand.

Wenn wir zurück sind, sollte ich an Sirius Grab gehen und ihm danken.

Leider hatte die karge Natur der roten Zone, die immer wieder zwischen den Bambusfeldern für einige Minuten zu sehen war, auch nicht viel mehr Abwechslung zu bieten. Wiederholt blickte er während der Fahrt auf seine Uhr. Nach knapp sechs Stunden hatte die Magnetschwebebahn ihn und seine Begleiter an den Rand der schwarzen Zone gebracht. Sie hatten bereits im Zug gespeist, sodass sie sich direkt auf die Suche nach ihrer Zielperson begeben konnten. Fast eine ganze Stunde hatten sie herumgefragt, bis ihnen ein Barkeeper mit schwarzer Tolle und einem komischen Akzent einen Hinweis geben konnte. Natürlich erst, nachdem sie etwas bestellt hatten. Nun befanden sich Yamamoto, der Adjutant des Writers, Chifuyu Dun, sein eigener neuer Adjutant und er selbst auf dem Weg zu einer Lokalität namens *Velvet Room.* Hier, so hoffte Aleister, würde er Informationen über den Mörder seines Freundes erhalten.

Besagte Bar befand sich einige Minuten außerhalb von Kaban. Als die drei die Stadt verließen, blickte Aleister erneut auf seine Uhr.

17:18 Uhr. Ich sollte mich ranhalten, wenn ich pünktlich Feierabend machen möchte.

»Chifuyu, komm her«, rief der Kreuzritter seinen neuen Adjutanten zu sich.

»Ja, Kardinal Walker?«, fragte dieser, nachdem er eiligen Schrittes aufgeholt hatte.

»Da es womöglich zu einem Kampf kommen könnte, möchte ich, dass du eine Sache zur Kenntnis nimmst. Ich bin nicht wie dein ehemaliger Lehrmeister. Sirius mag sich schützend vor dich geworfen haben, doch von mir brauchst du solch ein Opfer nicht zu erwarten. Spiele also bitte nicht den Helden. Sollte ich dir die Anweisung geben zu fliehen, dann tust du das auch«, erklärte Aleister mit einem Blick auf die Augenklappe seines neuen Adjutanten.

Dieser antwortete auf die Belehrung seines neuen Meisters mit einem Grinsen.

»Was gibt es da zu Feixen?«, fragte der Kreuzritter irritiert.

»Nichts. Ich vertraue einfach Ihrem Urteil.«

»Wir kennen uns doch kaum?«

»Das stimmt«, erwiderte Chifuyu, dankbar um die Chance, welche Aleister ihm Bot. »Aber Sirius kannte Sie. Er sagte einmal zu mir: ›Immer, wenn ich in einer bestimmten Situation nicht weiterweiß, dann frage ich mich, was mein Freund Aleister wohl tun würde.‹ Sirius hat niemandem mehr vertraut als Ihnen, Kardinal Walker. Das reicht mir als Grund.«

»Du kannst Aleister zu mir sagen«, antwortete der Kreuzritter geschmeichelt von dem Vertrauen, welches sein langjähriger Freund in ihn hatte.

Yamamoto trottete währenddessen, die Arme hinter dem Kopf verschränkt und ein Liedchen auf den Lippen pfeifend, hinter den beiden her. Obwohl er abwesend wirkte, beobachtete er das Geschehen um sich herum jedoch genau. »Ich will euch nur ungern unterbrechen. Aber ich denke, wir sind angekommen.«

Zwischen einigen robusteren Laubbaumarten und diversen Nadelbäumen stand ein altes Sandsteingebäude. Von außen war es tapeziert mit ausgeblichenen Plakaten vergangener Konzerte und den verschmierten Überresten alter Graffitis. Über allem thronte in weißen Buchstaben auf schwarzem Grund der Name der Bar. Durch einige pinke Leuchtstoffröhren wirkte die Schrift wie verwaschen. Eben jenes Neonlicht war es auch, dass diesen aus der Zeit gefallenen Ort im Hier und Jetzt verankerte. Zur Tür führte eine steinerne Treppe mit einem breiten Geländer. In dieser hing ein Schild, auf dem *Geöffnet* stand.

»Folgt mir«, befahl Aleister, während er in einigem Abstand hinter den Bäumen in Deckung ging. Die beiden Adjutanten taten wie ihnen geheißen. Wieder blickte er auf sein Handgelenk. Noch sechsunddreißig Minuten. Er wollte nicht mehr Zeit als nötig verschwenden. Außerdem war niemand von ihnen die dünne Luft am Rande der schwarzen Zone sowie das stundenlange Tragen einer Filtermaske gewohnt. Die geringe Sauerstoffsättigung machte sie müde. Entschlossen griff er in seine Manteltasche und zog die beiden Trümpfe hervor, welche Arthur Vessalius ihm zur Verfügung gestellt hatte.

Chifuyu beäugte die beiden Arkanen. *Prinz und Prinzessin der Schwerter* prangten drauf. Er hatte noch nie eine der Hofkarten in Aktion gesehen.

»Prinz, Prinzessin, Königin und Ritter«, sagte Aleister zu den beiden. »Sie sind besonders. Wenn man sie beschwört, erhält man keine Waffe, wie bei der kleinen Arkane oder besondere Fähigkeiten, mit denen die große Arkane einen segnet. In ihnen schlummern die Geister der größten Helden vergangener Thronkriege.« Dann teilte er seine konzentrierte Aura zu gleichen Teilen auf und entsandte diese in die Trümpfe.

Während Chifuyu gebannt darauf wartete, welche sagenumwobenen Krieger gleich vor ihm erscheinen würden, hatte Yamamoto sich mit dem Rücken an einen Baum gepresst und beobachtete das Gebäude. Als Schüler des Writers wusste er, wie die Hofkarten funktionieren. Das Geschlecht der Writer, war schließlich das Gedächtnis dieser Welt. Außerdem konnte er sich kaum vorstellen, dass der Einsatz dieser enormen Auramengen unbemerkt bleiben würde.

Gewoben aus Aura und der Macht der Arkane standen die Helden vergangener Kriege vor ihnen. Wahrhaftig, als wären sie aus Fleisch und Blut. Und doch wirkte es, als würde gebrochenes Licht eine physische Form annehmen. Einer der beiden Heldengeister hatte die Gestalt eines drahtigen, aber dennoch muskulösen alten Mannes.

Er hatte das hellgraue Haar mittels eines dunkelroten Bandes zu einem Zopf gebunden. Einige Strähnen fielen über sein von Falten heimgesuchtes Gesicht. Sein Hakama hatte denselben Farbton wie sein Haarband. Darüber trug er einen Haori sowie einen dünnen Schal mit einem Schwalbenmuster. Die Vögel segelten über den orangeroten Stoff, der die Farbe der aufgehenden Sonne Nihons besaß. Anstelle von Schuhen trug er Strohsandalen. Nicht die klügste Wahl bei den vergifteten Böden der roten Zone. Andererseits war es auch egal, denn schließlich war er bereits tot. Seine Hand ruhte auf dem Katana an seiner Hüfte, während er Chifuyu anlächelte, wie ein freundlicher Greis seinen Enkel. »Guten Tag, zusammen.«

In der anderen Arkane war eine Wikingerin versiegelt gewesen. Die Frau überragte den Samurai nicht nur in ihrer Größe, sondern auch mit ihren Muskeln. Sie trug Kleidung und Stiefel aus braunem Leder sowie eine mit Runen verzierte Tunika. Um die Schultern hing das Fell eines Bären. Die langen braunen Haare hatte sie kunstvoll zu mehreren Zöpfen geflochten. In beiden Händen hielt sie Eisenäxte, die sie unter manischem Grinsen aufeinanderschlug. Sie stank nach Brackwasser und Schweiß. »Rahahaha! Welches Meer werde ich heute erobern?«, lachte sie gellend.

»Ruhig Blut«, versuchte Aleister die Wikingerin zu beruhigen, während er sich fragte, ob es wirklich eine gute Idee war, sie zu beschwören.

Dann erwiderte er den Gruß des Samurai, stellte sich vor und erklärte den Heldengeistern, warum er sie beschworen hatte.

Abschließend ermahnte er die gesamte Gruppe noch einmal, wobei die Mahnung vorrangig der Kriegerin galt. »Denkt bitte daran, ich möchte zuerst mit ihm reden. Nur im Notfall greifen wir auf Gewalt zurück, in Ordnung?«

Chifuyu und Yamamoto nickten. Die Wikingerin, welche nur wenig begeistert davon war, erst mal die Füße stillhalten zu müssen, spuckte aus.

»*Hai*«, stimmte der Samurai zu. »Darf ich ihnen eine Frage stellen?«

»Natürlich.«

»Ist dieser Akira Curtis ein mächtiger Krieger?«

»Ich gehe davon aus. Immerhin ist er der aktuelle Anführer der sieben Todsünden«, antwortete Aleister und kam nicht umhin zu bemerken, wie sich die Körpersprache beider Heldengeister veränderte. Die Vorfreude in ihren Gesichtern sprach Bände. Selbst die Wikingerin wirkte nicht länger wie ein ungestümer Hengst, den man gegen seinen Willen vor eine Kutsche gespannt hatte. Sie wirkte fokussiert. Ihre Reaktionen sprachen Bände.

Gemeinsam traten sie hinter den Bäumen hervor. Etwas mehr als fünfzig Meter lagen noch zwischen ihnen und dem *Velvet Room*. Die anderen Mitglieder des avalonischen Ordens waren für Aleister nichts weiter als Kollegen, aber Sirius war sein Freund. Er würde seinen Mörder nicht ungestraft davonkommen lassen. Noch einmal blickte der Kardinal auf seine Armbanduhr. 17:36 Uhr.

Ich habe heute um 10 Uhr angefangen zu arbeiten, also werde ich um 18 Uhr Feierabend machen, koste es, was es wolle.

Doch gerade als er sich auf den Weg zur Tür des *Velvet Rooms* machen wollte, öffnete sich diese. Heraus trat ein Mann. Die Haare zu einem Knoten gebunden. Auf dem Rücken trug er eine bemalte Kürbisflasche. Es bedurfte keines zweiten Blickes, um zu erkennen, dass es sich um feinste Handwerkskunst handelte. In der einen Hand trug er Weingläser, in der anderen zwei gefüllte

Krüge. Einen der beiden stellte er auf dem breiten Treppengeländer am Fuße der Treppe ab. Dann setzte er sich auf die letzte Stufe und platzierte die Gläser sowie den anderen Krug neben sich. Mit einem Lächeln im Gesicht fragte er: »Hallo zusammen. Was kann ich für einen Kreuzritter des avalonischen Ordens tun?«

Dieser Typ ist gefährlich …, dachte Chifuyu. *Er hat uns nur eines flüchtigen Blickes gewürdigt und dennoch bereits die Lage analysiert.*

»Guten Tag«, erwiderte Aleister Walker den Gruß, während er seine Brille ein Stück zurückschob. »Wir sind hier, um mit einem gewissen Akira Curtis zu sprechen.«

»Das wäre dann wohl ich«, sagte dieser und wies mit dem abgespreizten Daumen auf sich selbst.

»Akira Curtis, wir sind hier, um Anklage gegen einen deiner Leute zu erheben. Scott Sykes hat einen Kreuzritter des avalonischen Ordens ermordet. Außerdem hat er ihm vermutlich eine der heiligen Reliquien unseres Ordens entwendet.«

Das Lächeln in Akiras Gesicht verschwand. Er schluckte schwer.

»Doch wir geben euch die Möglichkeit, Buße zu tun. Gebt uns die Reliquie des Heiligen Yvain zurück und händigt uns darüber hinaus die lang verschollene Reliquie des Heiligen Cynyr aus, welche sich unseren Informationen nach im Besitz der Todsünden befinden soll. Des Weiteren fordern wir, dass ihr euch einer Organisation namens Greif annehmt. Der Thronfolgekrieg hat begonnen und angeblich ist der Kopf der Bande einer der Erben. Das käme euch zugute, da der Verdacht im Raum steht, dass ihr Menschen entführt. Die andere Gruppe, die unter Verdacht steht, ist der Greif selbst. So könntet ihr euren Namen reinwaschen. Vorausgesetzt, ihr seid unschuldig. Und zuletzt verlangen wir, dass Scott Sykes an uns ausgehändigt wird. Er muss für seine Sünden büßen«, schloss Aleister die Forderungen des Ordens.

»Was, wenn ich ablehne?«, wollte Akira wissen, welcher, als das Wort Erbe fiel sein Lächeln wiedergefunden hatte.

»Dann wird Makoto Lyxzén, welche wir momentan aufgrund des Verdachtes der Menschenentführung, die euch vorgeworfen wird, inhaftiert haben, für die Verbrechen einstehen müssen.«

Akira griff nach der mit Wein gefüllten Karaffe, die neben ihm auf der Treppe stand und hob sie nach oben. »Dieser Wein soll euer Blut sein. Kommt und trinkt mit mir, dann besprechen wir alles in Ruhe.«

Der Samurai löste sich als Erster aus der Gruppe und ging in Richtung des Gastgebers. »Zu freundlich. Gerne nehme ich euer Angebot an.«

Doch gerade als er sich im Schneidersitz niederlassen wollte, flog eine Axt an seinem Kopf vorbei.

»Rahahaha!« Das gellende Lachen der Wikingerin übertönte den Krach, des von der Waffe in tausend Teile zerschmetterten Weinkrugs. Die rote Flüssigkeit ergoss sich über die Treppen, die zum *Velvet Room* führten.

»Was sollte das?«, schalt Aleister die Frau. Diese lachte jedoch einfach weiter.

Akira stand auf und ging einige Schritte vor die Treppe. Währenddessen löste er einen der Schallwandler von einem der Gurte und steckte ihn sich ins Ohr. Dann löste er den anderen Gurt, mit dem die Kürbisflasche auf seinem Rücken befestigt war. Staub wirbelte auf, als diese zu Boden fiel. Gemächlich schwankte sie von links nach rechts und wieder zurück. Doch das Stück Handwerkskunst fiel nicht um, es tarierte sich selbst aus. »*Hibiki*, bring mich in Stimmung«, flüsterte er so leise, dass lediglich der Samurai, der sich unweit von ihm niedergelassen hatte, seine Stimme vernahm. Dann sagte er zu den Ordensmitgliedern: »Gut, wenn ihr es lieber vergießen wollt.«

Plötzlich war er verschwunden. Ein Schrei aus dem Mund der Wikingerin ertönte und verendete in ihrem Lachen. »Rahahahaha!«

Ihr mittels eines sauberen Schnitts abgetrennter Arm landete direkt vor Chifuyus Füßen, ehe er von Rissen durchzogen wurde und wie Porzellan zerbrach. Auch an der Stelle, an der er abgetrennt wurde, bildeten sich kleine Risse und jeder konnte spüren, wie die zur Beschwörung genutzte Aura unkontrolliert wie Blut aus der Wunde austrat.

Wo ist er hin? Und wie hat er das gemacht? Er hatte doch nicht Mal eine Waffe?, schoss es Chifuyu durch den Kopf, während er im Augenwinkel etwas Blutrotes auf sich zukommen sah.

Im letzten Moment tauchte der Samurai zwischen ihm und der Klinge auf. Er war ein Meister seiner Kunst. Mühelos parierte er den Angriff mit seiner Schwertscheide. Dann verschwand Akira Curtis aus der Mitte der Gruppe und tauchte neben seiner Kürbisflasche wieder auf. Dazwischen staubte es an mehreren Stellen auf. Sein Körper hatte einen rötlichen Glanz und in der Hand hielt er ein Katana ohne Stichblatt. Die rote Klinge schimmerte tödlich im Licht der sich senkenden Sonne. Als wäre sie nicht aus Eisen, sondern aus geschliffenen Rubinen gefertigt.

»Achtung! Die Klinge ist aus einer roten Flüssigkeit entstanden, die aus der kleinen Kürbisflasche an seiner Hüfte herauskam«, warnte Yamamoto die anderen. Er war der Einzige, der mit seinen Augen erfassen konnte, was gerade geschehen war.

»Danke für den Hinweis, Writer Junior. Seid wachsam«, sagte der Kreuzritter und griff nach seinen Trumpf der Reliquie des heiligen Bors.

»Ich werde mich ihm stellen«, sagte der Samurai und legte seine Hand auf das Schwert an seiner Hüfte, während er auf Akira zuging.

»Wer sagt, dass du den ganzen Spaß für dich alleine beanspruchen darfst?«, keifte die nach einem Kampf gierende Wikingerin.

Dann zog der Samurai sein Schwert und sie verstummte. Seine Bewegung war von solcher Anmut und Präzision, das sogar wogende Wellen zu einem stillen Gewässer verebbt wären. »Mein Name ist Kojiro Sasaki«, stellte er sich seinem Gegner vor.

Er ist unglaublich. Das ist also Kojiro Sasaki, der Mann, dessen Schwertkunst man einst die Stärkste unter der Sonne nannte, dachte Chifuyu beeindruckt. *Wenn ich so stark wäre wie er, könnte ich tatsächlich jemanden beschützten.*

Bei dem, was nun folgte, würde er keine Sekunde weggucken. Wie ein Schwamm wollte der Adjutant die Techniken des Samurais aufsaugen und aus ihnen lernen.

»Akira Curtis. Freut mich«, erwiderte dieser und hob ebenfalls sein Schwert.

Dann standen sie sich mehrere Minuten einfach nur gegenüber. Beide in Kampfhaltung und doch wagte keiner den ersten Schritt. Was den Außenstehenden nicht klar war, sie hatten bereits mit ihrem Kampf begonnen. Allein aus der Körpersprache seines Gegners, wie sich seine Muskeln bewegten, wie er sein Schwert hielt, konnte Sasaki einiges ablesen. Ein Szenario nach dem anderen spielte er in seinem Kopf durch. In den Geist seines Gegenübers konnte er nicht blicken, doch er war sich sicher, dass er es ihm gleichtat.

Ich sollte mir nicht zu viel Zeit lassen. Immer, wenn er blinzelt, kommt es zu Aura Impulsen. Bereitet dieser Akira Curtis etwas vor?

Der Samurai schnellte nach vorne. Mit beiden Händen umklammerte er den Griff seiner Klinge. Dann schnellte sie in einer fließenden Bewegung von oben herab. Wäre sein Gegenüber auch nur den Bruchteil einer Sekunde langsamer gewesen, hätte er ihn zweigeteilt. Doch dieser lenkte den Hieb unter dem Klang ächzenden Metalls geschickt mit seiner eigenen Klinge zur Seite ab. Wieder brachten sie Abstand zwischen sich und nutzten die aus dem Schlagabtausch gewonnen Informationen, um neue Strategien zu eruieren. Gerade als Sasaki sich entschied, erneut anzugreifen, hob Aleister den Blick von seiner Uhr. Auch ihm dauerte das Ganze entschieden zu lange. Er stürmte los und verwandelte *die 10 der Schwerter – den Untergang*, welcher sich bereits in seiner Hand befand zu einem massiven Breitschwert. Doch wie eine Waffe, die einen ernsthaft verletzten könnte, wirkte es nicht. Die Schneiden waren schartig und verrostet. An mehreren Stellen war es schwarz angelaufen. Wäre es ein normales Schwert gewesen, hätte es ohne jeden Zweifel seine besten Tage bereits hinter sich gehabt. Doch bei der Klinge handelte es sich noch immer um einen arkanen Trumpf.

»Du hattest genug Zeit!«, brüllte die Wikingerin und tat es Aleister gleich. Gemeinsam flankierten sie Akira. Von links und rechts kamen sie und mischten sich in den Zweikampf ein. Aus der Mitte setzte Sasaki selbst zum Angriff an.

Zuerst blockte Akira den Angriff von Aleister, doch als seine Klinge auf das geschundene Breitschwert traf, verflüssigte sich diese. Der Kardinal holte gerade mit der Faust aus, als sich die Flüssigkeit hinter der Klinge wieder zusammensetzte. Die Klinge sauste auf Aleister zu. Er konnte gerade noch zurückweichen. Akira hingegen hatte sich bereits umgedreht, um sich den Heldengeistern zu widmen. Doch es war Sasaki der den Angriff der Wikingerin abgewehrt und sie zurückgedrängt hatte. Rücken an Rücken standen die beiden Schwertkämpfer, die vor wenigen Sekunden noch Feinde waren.

»Was soll das? Ich wollte ein faires Duell mit ihm. Drei gegen einen … Habt ihr denn keinen Tropfen Ehre im Blut?«

»Ihr Samurai mit eurer Ehre, das hier ist eine Schlacht! Rahahahaha!«

»Kojiro Sasaki du stellst dich gegen uns? Ich befehle dir, ihn mit uns gemeinsam anzugreifen!«, sagte Aleister mit fester Stimme und nutzte die Macht, die er über diejenigen besaß, die er selbst in diese Welt beschworen hatte. »Das gilt auch für dich!« Sein Blick glitt zu der Wikingerin.

»Als ob du mir mit dem bisschen Aura irgendetwas befehlen könntest«, blaffte sie zurück.

»Priester, hast du dich jemals bei etwas selbst verloren und kamst erst wieder zu dir, als die Sonne aufging? Hast du jemals Tränen der Dankbarkeit für diejenigen vergossen, die dich stärker gemacht haben? Hast du jemals Liebe für einen Gegner empfunden in einem Kampf auf Leben und Tod? Das ist es, was meinen *Ganryū*, meinen Weg des Schwertes auszeichnet.« Dann verschwand der Wille aus den Augen des Samurai. Sein Blick trübte sich. Wie eine Puppe starrte er leer vor sich hin. Schließlich folgte Sasaki dem ihm aufgezwungenen Befehl und schwang sein Katana nach dem Anführer der Todsünden.

Dieser wich mühelos aus oder parierte die Schwertstreiche. Nichts von der anmutigen Technik des alten Mannes war mehr übrig. Nur vorhersehbare Angriffsmuster. Als eine Axt nach Akira schlug, schwang er sich in die Luft und landete auf dieser. Dann wirbelte er herum und trat ihrer Besitzerin ins Gesicht. Risse bildeten sich auf ihrer pochenden Wange. Egal wie oft Aleister die Klinge mit seinem Schwert auflöste, Akira setzte sie immer wieder zusammen. Es dauerte nicht lange, da hatte Akira sich eine Lücke kreiert und versetzte dem Kreuzritter einen Schlag mit der flachen Hand auf den Brustkorb. Dieser spürte, wie die Luft aus seinen Lungen entwich und er die Kontrolle über die *Thelema* verlor. Wie ein Tänzer, der zu einer stummen Melodie tanzte, die niemand außer ihm wahrnahm, wirbelte er zwischen dem Kreuzritter und den Heldengeistern herum. Blockte, wich aus und schlug selbst zu.

Nun mischten sich auch Yamamoto und Chifuyu ein. Erster hatte die Situation lange genug beobachtet und dachte, eine Lücke gefunden zu haben. Er brachte sich in Position und griff nach seinem Tintenstahl, der katanaähnlichen Waffe der Writer. Er setzte zu einem kraftvollen Schwertstreich an. »Schwertschrift, dritte Form …«

»Bergwind«, nahm Akira ihm die Worte aus dem Mund und brachte ihn so aus dem Konzept. Dann warf er seine Klinge in Richtung des Samurais, um diesen auf Abstand zu halten, bevor er Yamamoto mit Schlägen der flachen Hand eindeckte und zur Seite stieß. Chifuyu hatte sich mittlerweile hinter ihm in Stellung gebracht. Die Hand am Griff seiner Klinge. Mittels seiner Aura verstärkten *Iaidō* Schwerttechnik zog er das Katana aus der Scheide. Blitzschnell hieb er nach der Sünde. Akira drehte sich um den Schwertstreich herum und stand nun vor dem deckungslosen Chifuyu. Er bewegte zwei Finger und seine Klinge kam wie von Geisterhand zu ihm zurück. Dann schnitt er dem Adjutanten quer über den

Brustkorb, rotierte um ihn herum und versetzte der Wikingerin einen Tritt.

Rote Blumen erblühten auf Chifuyus Brust. Bei der Menge an Blut, die er in dieser kurzen Zeit bereits verloren hatte, war der Schnitt ohne jeden Zweifel tödlich.

Ich kann hier noch nicht sterben. Nicht, solange der Mörder meines Meisters noch frei herumläuft.

Dann realisierte er, dass die Wunde nicht schmerzte. Nein, noch nicht einmal ein Schnitt war unter dem Blut, das seine Kleidung tränkte, zu erkennen. Plötzlich löste sich die rote Farbe, in schweren Tropfen, aus seinem Mantel und schwebte um ihn herum. Dann formte sie sich wieder zu jener tödlich schimmernden Klinge in Akiras Händen. Von hinten sprang dieser auf Chifuyu zu und ließ sein Schwert auf seinen Hals nieder. Akira landete vor ihm. Das Katana in seiner Hand war verschwunden und an dem Hals des Adjutanten lief Blut hinab. Doch da war wieder kein Schnitt. Wieder hatte die tödliche Wunde, die ihm den Kopf von den Schultern hätte trennen können, keinen Schaden hinterlassen. Akira trat gegen Chifuyus gefalteten Stahl. Von der Wucht wurde er nach hinten geschleudert, während das Blut an seinem Hals zu der Sünde der Trägheit strebte, wie eine Motte in das Licht.

Aleister war inzwischen fast auf Höhe der Kürbisflasche angelangt. Als Akira das bemerke, nahm er ihn ins Visier und drängte ihn zurück.

Nun stand die Gruppe wieder an der Stelle, an der Aleister seine Anklage gehalten hatte. Auch ihr Gegner hatte wieder vor dem Eingang des *Velvet Rooms* Platz genommen und atmete durch.

»Was soll das? Kommst hier her, behauptest, wir hätten euch Leid zugefügt, verlangst nach Buße und greifst dann selbst zur Waffe? Dazu bringst du ein Kind mit aufs

Schlachtfeld und lässt deine schärfste Klinge stumpf werden. Seit du ihm deinen Willen aufgezwungen hast, sind Sasakis Angriffe viel zu vorhersehbar. Schade, ich hätte mir gerne ein faires Duell mit dir geliefert.« Er lächelte dem Samurai zu. Dann atmete er tief ein und aus, während sich eine tiefrote, dickflüssige Träne unter seinem Auge bildete und über sein Gesicht ran.

»Was ist der Typ? Ein Kriegsgott?«, warf Yamamoto in die Runde.

»Seine Schläge fühlen sich an, als ob jemand mit einem eisernen Hammer auf einen einschlägt«, beklagte sich die Wikingerin.

»Ja. Außerdem ist er glühend heiß«, stellte Aleister fest.

»Es ist Blut … Er kontrolliert Blut«, platze es aus Chifuyu heraus. Nachdem er, in der Theorie, zweimal gestorben war, verstand er es endlich. »Auch wenn ich keine Ahnung habe, wie er etwas Flüssiges härter als gefalteten Stahl werden lässt oder woher seine übermenschliche Geschwindigkeit kommt.«

»Nicht schlecht, Chifuyu«, lobte ihn Aleister, schwer schnaufend. Die geringe Sauerstoffsättigung, so nah am Rande der schwarzen Zone, war niemand von ihnen gewohnt. Sie schränkte ihren Umgang mit der *Thelema* ein. Umso erstaunlicher war es, wie einfach es ihrem Gegenüber fiel, diese an solch einem Ort zu benutzten. »Das erklärt aber noch nicht die Intensität seiner Aura und wie er mit ihr umgeht. Ein hochrangiger Meister der *Thelema* kann seine Aura zwar so präzise steuern, dass man kaum vorhersagen kann, von wo der Angriff kommt, aber bei diesem Typen schwanken die unsichtbaren Energien unaufhörlich überall in seinem Körper. Und trotzdem werden sie nicht weniger.« Doch tat dieser Kampf wirklich Not? Wieso hatte Aleister den Heldengeist nicht einfach zurückgerufen und versucht das Ganze friedlich zu klären?

Die Antwort war einfach: Sirius.

Der Grund, warum er sich überhaupt all die zusätzlichen Mühen der letzten Wochen auflastete. Es ging immer noch um die Leute, die seinen Freund ermordet hatten. Der Kreuzritter war erschöpft. Doch ein Blick zu seinem Gegenüber genügte. Auch ihm lief der Schweiß hinunter. Ein Kampf mit fünf Gegnern ging selbst an ihm nicht spurlos vorbei. »Bleibt wachsam! Achtet auf eure Verletzungen. Wenn Chifuyus Vermutung stimmt, dann könnte er sich auch unser Blut zunutze machen.«

»Bringen wir es zu Ende?«, fragte Akira und erhob sich von der Treppe.

»Einverstanden«, antwortete Aleister, nachdem er einen weiteren Blick auf seine Uhr riskiert hatte. »Und beeilen wir uns.«

Mit Zeige- und Mittelfinger berührte Akira eine der Tarotkarten an seinem verbliebenen Gurt. Er bündelte eine gewaltige Menge Aura. So, dass sogar der Staub um ihn herum aufstob. Die Haare, die sich während des Kampfes aus dem Knoten gelöst hatten, tanzten lose um seinen Kopf. Mit einem gewaltigen Impuls ließ er die Kraft in den Trumpf fließen.

Der *Prinz der Scheiben* erhörte seinen Ruf. Beschworen mit der Macht der Akrane, erschien ein dritter Heldengeist auf dem Schlachtfeld, direkt neben Akira. Der Gigant von einem Mann, der selbst die riesige Wikingerin in Sachen Körpergröße überragte, brachte einen warmen, sandigen Wüstenwind mit sich. Er trug eine Bronzerüstung mit Manschetten und Beinschienen, gesäumt von hellbraunen Pelzfransen, die zur Polsterung dienten. Derselbe Pelz fand sich ebenfalls am Kragen seines roten, üppig verzierten Mantels, welcher in seiner Pracht auch die Bühne eines Theaters hätte verhüllen können. Unter seiner Kleidung befanden sich Muskeln, die es vermochten, einen Bären mit bloßen Händen zu töten. Brennend rotes Kopf- und Barthaar umgaben seine streng gemeißelten Züge. In seinen Augen glühte ein Ausdruck, als könne er die Seele eines Menschen innerhalb eines Augenblicks erobern. Dieses Glühen hatte nur eine ganz bestimmte Sorte von Wesen. Könige.

Sein Blick lag auf Akira. Er sah ihn mit einer Ungläubigkeit an, als wäre dieser gerade von den Toten auferstanden. »Jihahahaha! Du bist wieder zurück, alter Freund!«, brüllte er vor Freude und klopfte diesem auf den Rücken.

»Hallo, Alexander. Ich habe dein gellendes Lachen vermisst.«

»Jihahahaha! Dann wollen wir mal«, prustete dieser wieder los und reckte die Arme nach oben, um seine Muskeln zu lockern. Dabei riss er den auf dem Treppengeländer verbliebenen Krug voll Wein um.

»So sehen wir uns also wieder!«, brüllte die Wikingerin im selben Moment und schleuderte ihre verbliebene Axt in Richtung Alexander.

Dieser schloss seine Augen. Mit dem Schwert, welches er samt Scheide in der Hand hielt, beschrieb er in einer einzigen fließenden Bewegung einen Kreis. Sanft fädelte er es durch den Griff des Kruges, fing sämtlichen übergeschwappten Alkohol auf und führte es mit der Spitze voran an seinem Nacken vorbei zum Mund. Dann trank er in großen Schlucken den Wein aus der Karaffe, welche nun am Heft seines Schwertes direkt neben seinem Kopf hing.

Währenddessen fing er mit der anderen Hand die Axt. »Ahhh. Ein leckerer Tropfen«, sagte er erfrischt, ehe er sich der Wikingerin zuwandte. »Ragna Lothbrok, wie schön, dass wir auch in diesem Thronfolgekrieg die Gelegenheit bekommen, unsere Kräfte zu messen.«

»Du kennst sie?«

»Wir kreuzten bereits diverse Male die Klingen.«

»Dann übernimm du sie«, schlug Akira vor.

»Was ist mit den anderen? Der Mann mit dem schwarzen Schwert und der Samurai sehen ebenfalls gefährlich aus?«, hielt Alexander weiter Rat.

»Die schäbig aussehende Klinge kann die *Thelema* auflösen. Nicht unbedingt der angenehmste Gegner, wenn man aus Aura besteht. Was den Samurai betrifft, den hat er bereits selbst entschärft. Wenn du mir die Wikingerin vom Hals hältst, sollte mein Plan aufgehen.«

»Jihahahaha! Dann mal los«, schloss Alexander und ging auf Ragna zu. Während er ihr die Axt zuwarf, stellte er fest: »Der Kleine hat dich ja ganz schön zugerichtet.«

»Rahahaha! Halts Maul, Alexander der Winzige!«, lachte sie gellend und fing die Axt mit ihrer verbliebenen Hand.

»Alexander der Große. Herrscher von Makedonía und König der Eroberer, wenn ich bitten darf«, erwiderte dieser voller Stolz.

»Spaß beiseite. Ein echtes Monster hat sich diesmal deiner Gunst bemächtigt. Mit diesen Auramengen könnte er sogar mir seinen Willen aufzwängen, so wie es der Kreuzritter mit dem Samurai getan hat.«

»Da hast du wohl recht. Beschwört mich mit einer Masse an Aura, die die des Kreuzritters übersteigt und anschließend erdrückt sie einen noch immer.« Dabei streckte Alexander ihr sein Schwert entgegen, an welchem noch immer, der mittlerweile nur noch halbvolle Krug hing.

Ragna steckte ihre Axt weg, nahm den Wein entgegen und setzte sich, bevor sie einen gierigen Schluck trank.

»Ganz anders als die Pisse, die wir zu meiner Zeit gebraut haben.«

Alexander nahm neben ihr Platz. Erleichtert blickte er zu Akira, welcher gerade mit den übrigen vier Gegnern beschäftigt war.

»Was hast du?«, fragte Ragna und gab ihm den lilaroten Rebensaft zurück.

»Irgendetwas hat ihm seine Lebensgeister zurückgegeben. Das freut mich von ganzem Herzen.« Der König der Eroberer schmunzelte und nippte am Wein. »Denn was immer man auch tut, man sollte es in vollen Zügen genießen! Jihahahaha! Das ist doch schließlich der Sinn unserer Existenz!«, brüllte er über den Schauplatz. »Jihahahaha.«

»Rahahaha. Gut gebrüllt!« Kurz kehrte Ruhe zwischen den beiden ein. Wortlos reichten sie den Wein hin und her. »Stell dir vor, du hast ein Gehör, mit dem du sogar das Fallen einer Feder hören kannst, wie einen Hammer, der auf einen Amboss niederschlägt. Und obwohl man so gut hört, muss es sich anfühlen, als sei man taub.«

»Worauf willst du hinaus?«, erkundigte sich Alexander.

»Mit diesen Auramassen, muss der Junge quasi blind auf dem sechsten Sinn sein.«

»Ich würde nicht sagen, dass er blind ist. Seine Wahrnehmung wird davon lediglich getrübt. Seine eigene Aura überschattet die aller anderen.«

»Wie ist es dann möglich, dass er so präzise mit den unsichtbaren Mächten umgehen kann?«, fragte Ragna, die Wangen vom Alkohol gerötet.

»Tja, da du auf der Seite der Gegner stehst, kann ich dir das leider nicht verraten. Jihahahaha.« Dann benetzte Alexander seine Lippen mit dem letzten Schluck, stellte die Karaffe neben sich und erhob sich. »Sollen wir dann auch beginnen?«

»Sieh mich an«, sagte die von Rissen durchzogene Wikingerin, während sie aufstand. »Ein fairer Kampf wird das nicht mehr.«

»Dank der Kräfte des Kleinen kann ich endlich mit voller Kraft gegen dich Kämpfen und dann bist du in so einem miserablen Zustand?«

»Willst du damit behaupten, ich hätte bislang nur jedes Mal gewonnen, weil du mit zu wenig Aura in diese Welt gerufen wurdest?«, fragte Ragna empört und spuckte aus.

»Nun steht meiner Trumpfkarte nichts mehr im Weg.« Alexander fixierte sie mit seinem Blick.

Aura trat aus den unzähligen Rissen wie Blut aus einer Wunde. Sie würde nicht mehr lange durchhalten. Doch eine echte Wikingerin starb im Kampf. Sie griff nach ihrer Axt. »Einst nahm mich das Meer zur Seite. Die Botschaft, die es für mich bereithielt, war simpel. Ein Leben für jede Welle, die bricht.«

»Bei all deiner Bärenhaftigkeit, vergesse ich immer wieder deinen Hang zu Poesie«, erwiderte Alexander und zog sein *Falcata* aus der Scheide.

»Valhalla!«, brüllte Ragna und stürmte mit der Axt in der Hand los.

Mit einem gezielten Schwertstreich seiner gekrümmten Klinge teilte er erst die Axt in zwei und stach sie anschließend in Ragnas Herz. Diese zerfiel in weiße Lichtpartikel, die rochen wie die salzige Gischt des Meeres. »Wir sehen uns auf dem Gipfel unserer Kräfte wieder, alte Freundin. Dann entscheiden wir, wer wirklich der Stärkere ist.«

Während die Heldengeister zusammen tranken, hatten die übrigen Anhänger des avalonischen Ordens alle

Hände voll mit Akira zu tun. Ohne Ragna war er ihnen noch deutlicher überlegen. Geschickt wich er ihren Angriffen aus und hielt sie mit gezielten Schlägen immer wieder auf Abstand. Er tanzte weiter zu dem stummen Takt, den niemand, außer ihm, flüstern hören konnte.

Aleister sah sich erneut mit Akiras Katana konfrontiert. Er wusste mittlerweile, dass es keinen Sinn hatte, die Klinge mit der Fähigkeit seines Trumpfes aufzulösen. Dennoch verschaffte es ihm die Zeit, die er benötigte, der neu formierten Klinge auszuweichen. Doch diesmal war es anders. Im Augenwinkel konnte er erkennen, wie das Blut, das aus der Platzwunde an seiner Schläfe stammte und in dünnen Bahnen sein Gesicht hinabfloss, sich von diesem löste. Tropfen für Tropfen seines Lebenssaftes lief zum Feind über und schloss sich seiner Klinge an. Aleister war froh um die scharfe Beobachtungsgabe seines neuen Adjutanten, denn dank dieser konnte er erahnen, was passieren würde und dem verlängerten Schwert ausweichen. Lediglich seine Krawatte zerschnitt Akira Curtis sauber in zwei Teile.

Was für eine diabolische Technik. Er lässt einen sich bewusst an seine Angriffsmuster gewöhnen und bricht diese dann, wenn sein Gegenüber unachtsam wird, analysierte Aleister das strategische Geschick Akiras.

Dann ließ Akira seine Waffe sinken. »Es tut mir leid, dass ihr einen Freund verloren habt. Ihr habt mein aufrichtiges Beileid. Doch sowohl die obere Riege des avalonischen Ordens als auch wir Todsünden sind Instanzen, die diese Welt aus den Schatten heraus vor den Mächten der *Thelema* bewahren. Euch ist genauso bewusst wie mir, dass die Gesetze der Gesellschaft für uns nur bis zu einem bestimmten Grad gelten. Scott ist niemand, der ohne Anlass einen Mord begehen würde. Er weiß diese Grauzone nicht auszunutzen. Deshalb bitte ich euch ein letztes Mal, lasst Makoto frei und hört auf, damit den Namen meines Freundes in den Schmutz zu ziehen!«

»Ich war dabei, als er Sirius getötet hat! Er ist ein Mörder!«, brüllte Chifuyu, während er erneut versuchte, Akira zu treffen.

Dieser wich jedoch mit Leichtigkeit aus. Mit einem gezielten Tritt hielt er, wie beiläufig die Marionette in der Gestalt Kojiro Sasakis auf Abstand, welcher ihn von hinten attackierte. Dann tauchte er ab, beschrieb mit seinem Bein einen Kreis und holte Chifuyu von den Füßen. Mittlerweile stand Akira wieder bei der großen Kürbisflasche. Er entfernte den Korken, der nun an einer Kordel am Gefäß herabhing.

»Wie ihr wollt. Dann öffnen wir eben die Büchse der Pandora«, sagte Akira. Mit dem Zeigefinger der linken Hand malte er winzige Kreise in die Luft. Eine rote Flüssigkeit stieg empor und zirkulierte ungebändigt über der Flasche. Wie ein blutiger Planet schwebte der Orb in der Luft. Mit einer Fingerbewegung brachen weitere stichblattlose Katana daraus hervor und stellten sich Aleister, Chifuyu und dem Samurai. Wie ein Dirigent sein Orchester, steuerte Akira die Klingen. Seine Finger dienten ihm dabei als Taktstock.

Chifuyu hatte alle Hände voll damit zu tun, sich zu verteidigen. Auch Aleister war schwer beschäftigt, die zahllosen, sich immer neuformierenden Klingen abzuwehren. Sasaki wich ihnen leichtfüßig aus, hatte aber ebenfalls keine Valenzen übrig, sich weiterhin Akira zu widmen. Also stand Yamamoto ihm nun alleine gegenüber. Der Zögling des Writers ging in Kampfposition, als Akira mit seinem rotglühenden Körper in übermenschlichem Tempo auf ihn zu stürmte.

Yamamoto sog die Luft ein. »Schwertschrift, dritte Form: Bergwind.« In einem horizontalen Bogen schnitt sein Tintenstahl durch die Luft und zog schwarze Entladungen hinter sich her. Die Todsünde sprang direkt vor der Schwertspitze in die Höhe und landete auf der Klinge. Für Yamamoto fühlte es sich wie in Zeitlupe an, als Akira in der Hocke auf seiner Waffe landete und ihn für einen kurzen Moment in die Augen sah, bevor er sein Schwert als Sprungbrett nutzte, um noch mehr an Höhe zu gewinnen. Die Kraft, die Akira dabei ausübte, brachte den jungen Writer aus dem Gleichgewicht. Trotzdem versuchte er eine der Defensivhaltungen der Schwertschrift einzunehmen.

Doch als er den Blick nach oben richtete und Akiras Haltung bemerkte, wurde er vollends aus dem Konzept gebracht.

Diese Haltung, das ist die Grundstellung der sechsten Form Sprühregen. Woher kennt er diese Techniken?

Akira überschlug sich, um Schwung zu generieren. Wie ein Sägeblatt rotierte er auf Yamamoto nieder. Dieser hob seine Klinge, um den Angriff abzublocken. Doch in dem Moment, als der Stahl sich hätte küssen sollen, verspürte er keinen Druck. Akiras Katana verflüssigte sich und glitt direkt durch seine Deckung hindurch. Mit der flachen Hand traf er Yamamoto auf die Brust. Die Luft wurde gegen seinen Willen aus seinen Lungen herausgepresst. Dann drehte die Todsünde der Trägheit die Handfläche herum und im gleichen Moment durchzog ein Pochen den Körper des jungen Writers. Er konnte keine Aura mehr konzentrieren. Nicht einmal bewegen konnte er sich mehr. Wie zu einer Säule erstarrt, stand er da.

Unglaublich … Reverse Flusskontrolle? Er hat die Manipulationsart zu diesem Grad gemeistert, dass er sogar auf die Aura seines Gegners Einfluss nehmen kann?

Zitternd kämpfte sein Körper gegen die fremden Auramassen an, die gegen seinen natürlichen Fluss strömten.

»Entschuldige bitte«, sagte Akira, bevor er Yamamoto mit einem Handkantenschlag in den Nacken in einen Zustand der Bewusstlosigkeit versetzte und dieser zu Boden ging. Mit einer ausladenden Handbewegung verflüssigten sich die Blutklingen und zogen sich zurück in die Kürbisflasche. »Wie es aussieht, habe ich nun auch eine Geisel.«

Dankbar um die kurze Verschnaufpause formierten sich die Anhänger des Ordens neu. Auch Alexander hatte sich Ragna mittlerweile entledigt und war bereit am Kampfgeschehen teilzunehmen. Und zu allem Überfluss näherte sich nun eine weitere Person dem Geschehen.

»Verdammt, ein Zivilist?«, murmelte Aleister, der nun auch den blinden Hünen registrierte, der von hinten auf sie zukam.

»Keine Sorge, ich kümmere mich um ihn«, sagte Chifuyu und eilte zu dem Mann mit den kurzgeschorenen blonden Haaren und der schwarzen Augenbinde mit weißem Paisley Muster. »Hallo, Sie sollten lieber umkehren. Da vorne ist es momentan gefährlich. Aber Sie brauchen keine Angst zu haben, ich werde nicht zulassen, dass Ihnen etwas zustößt.«

Das hat uns gerade noch gefehlt, dachte der Kreuzritter, während sein Blick zwischen Alexander und Akira hin und her glitt. *Halt … Warum grinst er?*

»Vorsicht Chifuyu! Er gehört zu ihnen!«, versuchte Aleister seinen Schützling zu warnen, doch es war bereits zu spät.

»Das ist nett von dir. Doch es kränkt meinen Stolz, wenn jemand, der kleiner ist als ich, auf mich herabsieht!«

Seine Stimme klang durch die Filtermaske deutlich tiefer, als sie eigentlich war. Dann löste er eine Hand von seinem Blindenstock, packte Chifuyu am Arm und schleuderte ihn zu Boden. Anschließend tastete er sich mit seinem Stock weiter voran. Als er auf der Höhe von Aleister angekommen war, hielt er inne. Sein Blick fiel auf den Kreuzritter. Dann ging er weiter.

Der Mann verhält sich nicht gerade, als könnte er nichts sehen? Außerdem, was sind das für furchtbare Narben, die unter der Augenbinde hervorlugen?, fragte sich Aleister.

Knapp vor dem Anführer der Todsünden kam der blinde Mann zum Stehen. Akira schluckte kurz, als ob er selber nicht wüsste, was auf ihn zukommen würde.

»Superbia, Sünde des Hochmuts meldet sich zurück«, begrüßte dieser seinen alten Freund mit einem Lächeln.

»Isaac Fallon …«, erwiderte Akira mit erleichtertem Gesichtsausdruck. »Schön, dass du wieder hier bist.«

Dann nahmen sie sich in den Arm und genossen für einen kleinen Augenblick ihr Wiedersehen. Nachdem Akira sich aus der Umarmung gelöst hatte, drehte er sich zum *Velvet Room* um und rief: »Ich habe doch gesagt, dass es sechs Personen sind.« Anschließend wandte er sich wieder Aleister zu. »Die sieben Todsünden töten nicht grundlos. Der Kampf ist hiermit beendet. Ich werde zu euren Kirchtürmen in der grünen Zone kommen und dann tauschen wir die Geiseln aus, denn als nichts anderes benutzt ihr Makoto im Moment.«

Wortlos stand Aleister da und sah zu, wie Akira die große Kürbisflasche schulterte und Alexander Yamamoto am Kragen packte und hinter sich herzog, während er zu den beiden sagte: »Jihahaha! Wir sollten unser Wiedersehen gebührend feiern. Der Wein hat mich durstig gemacht!«

Bevor Akira hinter seinen beiden Verbündeten die Treppe betrat, hielt er noch einmal inne und drehte sich zu dem Kreuzritter. »Ach, und noch etwas, das mit ihrer Krawatte tut mir leid, Kardinal.« Dann verschwanden die drei in der Bar.

Aleister Walker blickte zu Boden. Unter seinem Schuh lugte die abgetrennte Hälfte seiner senffarbenen Krawatte hervor. Sein Körper schmerzte und ächzte vor Erschöpfung. »Es reicht, wir ziehen uns zurück.«

Chifuyu der sich mühsam auf die Beine hob, war damit jedoch nicht einverstanden. »Wir können Yamamoto doch nicht einfach zurücklassen! Diese Leute haben Sirius ermordet!«

»Du hast eine extrem gute Auffassungsgabe, doch manchmal blendet dich der Verlust von Sirius. Mir fallen spontan drei Gründe ein, warum du dir keine Sorgen um den jungen Writer Junior machen musst. Ist dir nicht aufgefallen, dass Curtis immer denjenigen von uns attackiert hat, der am ehesten hinter die Kürbisflasche hätte gelangen können? Sie diente ihm als Linie, die niemand von uns überschreiten durfte.«

»Du meinst in der Bar ist etwas, dass er um jeden Preis beschützen wollte?«

»Ganz recht. Und so jemand tötet keine Geisel, wenn er Gefahr läuft, dass wir seiner Kameradin dasselbe antun könnten.«

Chifuyu nickte akzeptierend, auch wenn es nichts daran änderte, dass er weder seinen Kameraden zurücklassen wollte noch bereit war diese Niederlage zu akzeptieren.

Aleister hielt sich die vor Schmerzen pochenden Rippen. Er hoffte, dass sie nicht gebrochen waren, auch wenn es sich nach dem Gegenteil anfühlte. »Zweitens, wenn er Yamamoto oder dich hätte umbringen wollen, dann hätte er gerade unzählige Möglichkeiten dazu gehabt. Ihr seid beide nur noch am Leben, weil er euch nicht töten wollte. Warum sollte er ihn also gefangen nehmen, um es später zu tun?«

»Das ist so nicht vollends korrekt«, mischte sich Sasaki ein, dessen freier Wille und scharfer Blick zurückgekehrt waren, nachdem Aleister den Kampf für beendet erklärt hatte. »Er hätte auch die Möglichkeit gehabt, Sie zu töten. Lediglich uns Heldengeister hat er nicht mit Samthandschuhen angefasst. Wahrscheinlich weil wir schon tot sind.«

Aleister reflektierte kurz, dann antwortete er: »Von mir aus, ich wäre vielleicht auch einmal gestorben.«

»Meiner Auffassung nach eher dreimal«, erwiderte der Samurai.

»Bei Ragna sehe ich es ja noch ein, aber du hast nicht einen einzigen Riss an deinem Körper, willst du damit implizieren …«

»Korrekt«, unterbrach ihn Sasaki. Doch auch ihm ging langsam die ihm zur Verfügung gestellte Aura zu Neige. Er löste sich auf. Wie eine Schwalbe segelte er zusammen mit den Blättern, die in dieser Region bereits die Farben des Herbstes angenommen hatten, auf dem Wind davon.

Tief beeindruckt, blickte Chifuyu ihm nach. Ohne sich abzuwenden, fragte er: »Und drittens?«

»Ich meine mich daran zu erinnern, dass du vor etwa einer halben Stunde behauptet hättest, du würdest meinem Urteil vertrauen?«, erwiderte Aleister und ließ sich für einen kurzen Moment auf den Überresten eines toten Baumes nieder.

»Das tue ich. Also, was ist der dritte Grund, weshalb wir darauf vertrauen, dass der Anführer der Todsünden Yamamoto unversehrt zu uns bringt?«

»Drittens, ich hasse Überstunden«, sagte der Kreuzritter und lockerte die Überreste seiner Krawatte um seinen Hals. Anschließend blickte er auf sein Handgelenk. Die Zeiger lagen sich in direkter Linie gegenüber. 18 Uhr.

Feierabend.

CHi - 18

Neo Metropolis war das pulsierende, mechanisch schlagende Herz Pangeas. Die Hauptstadt war unterteilt in mehrere Bezirke. Diese waren benannt nach den Großstädten, die den Vorfahren der Bewohner des Landes einst ein Zuhause boten. Da waren die Viertel Roma und London, in denen die meisten Menschen lebten. Porto war der Name des Hafenviertels. In Melbourne, dem Industriegebiet der Stadt, stieg Qualm aus den Schornsteinen. Weiß und dick oder gräulich Schwarz und beißend, aber niemals quoll Rot hervor. Diese Art von Rauch gab es in der grünen Zone nicht. Bruxelles war das Viertel, indem die Reichen und Politiker lebten. Jene Gegend, wo die Mächtigen ihr Unwesen trieben. Doch jede Stadt, mochte sie noch so schön sein, hatte auch ihre Schattenseite. Al-Qāhirah bot dem Abschaum ein Zuhause, wie die Leute in Bruxelles sagen würden.

Menschen eilten hierhin und dorthin. Bettler und an Pollenlungen Erkrankte säumten die Straßen. In der Hoffnung die verhältnismäßig saubere Luft der grünen Zone würde sie etwas länger am Leben halten, saßen sie neben dem Müll, den die Gomi-Quallen fraßen und den Aasratten, die darauf warteten, sie zu fressen. Aus einer

Gasse wehte ein Schrei heran. Verfolgt wurde er von den seltsam dumpfen Geräuschen einer Schlägerei. Irgendwo weinte ein hungriges Kind, ohne das sich jemand darum scherte.

Zwischen den mehrstöckigen Gebäuden der dreckigen Straßendirne mit den aufgeschlagenen Knien, die man Al-Qāhirah rief, saß ein Mann auf einer Außentreppe. So wie er es früher tat, als er noch ein Junge war. Die Schindeln waren feucht vom Regen. Das Kopfsteinpflaster glänzte im Licht der flackernden Neonröhren. Es sah beinahe so aus, als schimmerten Sterne in den dreckigen Gassen.

Er streckte seinen Geist aus. In der Ferne hörte er die Gedanken der Singvögel in seinem Kopf, die in den Himmelsgärten von Bruxelles lebten und ihnen nicht entkommen konnten, da ihnen die Flügel gestutzt worden waren. Doch diese armen Kreaturen suchte er nicht. Er tastete weiter, tastete nach den Bewohnern, die in der Schamregion der Stadt herumwuselten wie Filzläuse. Still saß der Mann da, als glasige Augen und gespenstisches Glimmen in der Dunkelheit um ihn herum auftauchten. Den Kopf gesenkt, hörte er zu. Und die von Flöhen geplagten Kreaturen mit den schorfigen Mäulern voller gelber Zähne taten es den gallertartigen Wesen, die sich mit ihren gespenstisch glühenden Tentakeln fortbewegten, gleich. Sie machten ihm ihre Aufwartung. Wie Bittsteller traten sie vor den selbst ernannten Lumpenkönig. Sie kannten ihn, auch wenn sie nicht wussten, woher oder warum. Er hatte sie gerufen und sie folgten. Und er kannte sie alle. Kannte ihre Namen. Sowohl die der Alten als auch die der Jungen. Der Reihe nach kamen sie zu ihm. Er berührte sie, ganz sanft, so wie ihre Väter es nie getan hatten, und sie flüsterten ihm in der Sprache der Gosse ihre Geheimnisse in seinen Geist. Ein Kloakenkind nach dem anderen kroch zu ihm und bot ihm seine Erinnerungen dar.

Der Wirt der Bar Laika betreibt illegales Glücksspiel in einem der Hinterzimmer.

Zwei Geistliche, die zu gut riechen für diese Straßen, hatten eine obskure Leiche gefunden, die zwischen den Müllbergen entsorgt wurde.

Es war nicht das, was der Mann suchte, aber er blickte dennoch genauer durch die Augen des Gossenbewohners. Beide trugen sie die Uniform des avalonischen Ordens. Das deutlich jüngere Mädchen war eher unscheinbar. Der blonde Mann trug eine kreisrunde Mütze auf dem Kopf und hatte eine silberne Brosche, die ihn als Kreuzritter auswies. Er sendete ein Gebet gen Himmel, um der Person die letzte Ehre zu erweisen.

Seltsam, als ob man ihm die Aura ausgesaugt hätte, hörte er das Mädchen in seinen Gedanken sagen. Er blickte auf die Leiche und konnte die Überbleibsel einer Tätowierung sehen. Doch außer einem *S* und einem Strich war nichts mehr von ihr übrig.

Ein hohes Tier von Toxanol sei in der Stadt, erzählen jene, die den schwarzen Schleim aushusten.

In den Abwasserrohren der Kanalisation liegen zwei verunstaltete Leichen. Die Münder mittels einer Klinge zu einem Grinsen über beide Wangen erweitert.

Die Lider des Mannes flatterten. Jedes Bild sah er sich an, während er nach etwas suchte. Schließlich sprach er über den Lärm ihres Gewimmels hinweg in ihren Geist. Er interessiere sich nur für Personen mit Federtätowierungen, drang sein Gedanke wie ein Messer in ihre Köpfe.

Du selbst trägst sie, berichtete eines der Kloakenkinder, während die anderen nervös scharrten.

Dort unten steht eine Frau, die eine Münze wirft und

auf jemanden wartet. Zwei Personen mit ähnlichen Tätowierungen treiben sich in der Nähe des Toxanolgebäudes herum. Ein Mann mit seltsamen Narben und eine Frau mit pinkem Haar.

Eine weitere Person mit einem ähnlichen Mal und einer Feder im Haar kam gestern in die Stadt.

Der tätowierte Mann mit dem schwarzen Kinnbart lächelte. Er beendete seine Kronfähigkeit, die er schon als kleiner Junge entwickelt hatte, zu einer Zeit, in der sich sonst niemand mit ihm unterhielt.

So entließ er seine Freunde zurück in die Gassen, aus denen sein Lehrmeister ihn einst herausgeholt hatte. Sie würden die Kunde verbreiten, dass der hohe Herr zurückgekehrt sei. Von woher auch immer er kam. Der Lumpenkönig war wieder da. Und für den Moment nannte er sich Mortecai.

地

Vicky saß in einer der schmalen Backsteingassen Melbournes, die sich zwischen den Fabriken und Hochhäusern ihren Weg durch das Industrieviertel bahnten. Die einzige, nur schwach leuchtende Neonlaterne, tanzte flackernd zum Rhythmus des trommelnden Regens.

Am Ende der Gasse erschien eine Person. Und zusammen mit dem ersten Schritt, den diese in die schmale Gebäudekluft setzte, erlosch das Licht der Laterne. Es war, als hätte jemand einen schwarzen Vorhang um sie gezogen. Vicky sah nur noch das Glimmen eines Augenpaares, das zu einer Aasratte gehörte, von der sie schon die ganze Zeit das Gefühl hatte, beobachtet zu werden.

Außerdem hörte sie die schweren Schritte, die immer näher kamen. Es klang, als würden sie bestimmte Schläge der Hymne des Regens betonen. Dann verstummten die Schritte unmittelbar vor ihr.

»Unser Plan, die Informationen über den Aufenthaltsort der Throninsignien aus dem Chef von Toxanol herauszupressen, könnte klappen. Der Zugang zur Zweigstelle Pangeas über das Luftreinigungssystem existiert noch immer«, sprach eine männliche Stimme in die Dunkelheit.

Der Kontext verriet Vicky, dass sie zu Malik gehörte. Trotz des mangelnden Lichtes konnte sie nun seine Umrisse erkennen. Sie sah, wie er zielsicher in eine der Taschen seiner zerschlissenen Militärweste griff und ein zigarettenähnliches Stäbchen hervorholte. Doch anstatt daran zu ziehen, blies er hinein. Wie ein Ballon füllte sich die hauchdünne Membran, welche über das von seinem Mund entfernte Ende des Stabes gespannt war, und begann sanft zu leuchten. Einer Seifenblase gleich schwebte die kleine Kugel durch die Luft und spendete den beiden Licht. Als sie langsam zu Boden sank, fing Malik sie mit der länglichen Vorrichtung auf, aus der sie gekommen war, um zu verhindern, dass die Chōchin-Blase platzte. Sorgsam stellte er das Resultat modernster Technik aus Nihon, wie eine Kerze auf einen aus dem Gemäuer hervorragenden Backstein.

»Woher weißt du eigentlich so viel über das Gebäude?«

»Bevor ich zum Greif gestoßen bin, habe ich ein oder zwei Aufträge für den Chef von Toxanol ausgeführt. In der Zweigstelle habe ich damals meinen Sold abgeholt für den Mord an einem Jungen. Seine Mutter hatte wohl etwas erfunden, dass nicht dienlich für sein Kapital war. Nachdem er die Mutter beseitigen ließ, wollte er wohl auf Nummer sicher gehen.« Während er sprach, streckte sich Malik und seine heruntergerutschten Ärmel gaben den

Blick auf unzählige kreisrunde Narben frei. Vicky wusste, dass die Skarifizierungen, die den Eindruck einer Krokodilhaut erweckten, von ihm selbst stammten. Eine Trophäe für jeden Mord.

»Du bist dir wirklich für gar nichts zu fein, oder?«

»Jeder von uns muss sehen, wie er über die Runden kommt, oder?«

Kurz schwieg die pinkhaarige Frau. Doch gerade als sie fragen wollte, wie der Plan genau aussah, hörte sie das Geräusch von vibrierendem Metall. Sie sahen beide nach oben und auf einer der Außentreppen stand eine junge Frau, die eine Feder im Haar trug. »Das ist ja die attraktive Neue!«, flirtete Vicky. »Sag, wo hast du meine nutzlose Schwester gelassen?«

Mulai schwang sich über das Geländer des ersten Stockes und landete vor den beiden in der Gasse. Den Sprung dämpfte sie mittels ihrer Aura. Oft hatte sie in den letzten Tagen über diesen Moment nachgedacht.

»Chelsea ist tot.«

»Was?«

Würde sie Vicky ins Gesicht blicken, ihr die Wahrheit sagen und sie ihrer Schwester hinterherschicken? Oder würde sie sie einfach belügen? Unzählige Male hatte Mulai dieses Gespräch in Gedanken geführt. Hunderte von Antworten hatte sie sich im Kopf zu Recht gelegt. Doch als der Moment gekommen war, sagte sie etwas, das ihr bis dato nicht in den Sinn gekommen war. »Es tut mir leid.« Sie ließ ihren Kopf hängen, als wäre er der Kelch einer welkenden Blume. Selbst bei Monstern wie ihnen brachte sie es einfach nicht übers Herz, ihr dabei in die Augen zu sehen. Sie fragte sich, ob es nur eine leere Floskel war oder ob es der Wahrheit entsprach. Mulai wusste, wie es sich anfühlte, Familie zu verlieren, doch hatten diese Ungeheuer wirklich ihr Mitleid verdient?

»Chelsea Wolfe, möge deine Feder so leicht sein wie die Feder der Maat«, sprach Malik die Abschiedsworte des Greifs, den Blick in den verrauchten Himmel gerichtet.

»Wie ist es passiert?«, zitterten die Worte über Vickys Lippen.

»Ich weiß es nicht. Wir waren in der Nähe eines Himmelsbambusfeldes. Sie wollte nachts eine Frucht stehlen. Kurz spürte ich, wie zwei verschiedene Auren intensiv aufflackerten. Als ich bei ihr ankam, war sie bereits tot. Ich vermute, es war jemand von den Aojiroi.«

Ohne die Situation wirklich greifen zu können, spielten sich unzählige vergangene Momente wie ein Film vor Vickys Augen ab. Chelsea, die immer nur so sein wollte wie ihre wenige Minuten ältere Zwillingsschwester. Die gleichen blauen Haare hatte sie sich gefärbt. Und wie neidisch Chelsea auf ihre Puppe war, die sie in den Müllbergen gefunden hatte, in denen sie aufgewachsen waren. Chuncky hatte Vicky sie genannt. Als Dante sie aufnahm und ihrer Schwester eine Puppe schenkte, nannte diese sie ebenfalls Chuncky. Was hatte sie sich darüber geärgert, dass ihre dumme Schwester ihr immer alles nach gemacht hatte. Nie wieder hatte Vicky ihre Puppe beim Namen gerufen. Die Haare hatte sie sich Pink gefärbt. Irgendwann begann sie damit, Dinge, die ihre Schwester mochte, aus Prinzip zu verabscheuen. Chelsea schmeckte der süße Kuchen, sie trank lieber das bittere Bier. Ihre Schwester liebte den Puls des Tages, sie genoss die Stille der Nacht. Wie sehr sie versucht hatte, die Liebe im Gegenstück zu finden.

Ob sie noch am Leben wäre, wenn ich sie ihr überlassen hätte, anstelle sie aus Trotz für mich zu beanspruchen?

»Hey, Vicky«, sagte Malik. »Ich ziehe den Plan alleine durch. Trauere in Ruhe um deine Schwester. Doch wenn der Chef von Toxanol Neo Metropolis wieder verlässt, ist unsere Chance dahin.«

Vicky nickte wortlos. Den leeren Blick auf Mulai gerichtet.

»Ich komme mit dir. Den Plan kannst du mir unterwegs erklären«, sagte Mulai. Die Chance, mit einer weiteren Feder alleine zu sein, konnte sie sich nicht entgehen lassen. Doch tief in ihrem Herzen, wusste sie, dass sie einfach nur nicht mit Vicky alleine sein wollte.

»Von mir aus.«

Vicky blickte den beiden hinterher, wie sie die enge Gasse verließen. Das Bild ihrer verstorbenen kleinen Schwester begann vor ihren Augen zu verschwimmen. Ihr Leben lang hatte sie sich gewünscht, ein Unikat zu sein. Doch nun, als sie endlich ein Einzelstück war, fühlte es sich nicht so an, wie sie es erwartet hatte. Obwohl ihre Eltern sie wie Müll entsorgt hatten, war Vicky nie alleine gewesen. Erst jetzt, als das Bild ihrer Schwester vor ihren Augen verschwand und zusammen mit ihren Tränen ihre Wangen hinablief, wusste sie zum ersten Mal in ihrem Leben, wie es sich wirklich anfühlte, alleine zu sein.

KA - 19

William Baskerville empfand es als die richtige Entscheidung, den Beginn des Projekts *Jupiter* vorzuverlegen. Das Feuer flüsterte ihm zu, dass die anderen Erben sich langsam in Bewegung setzten. Natürlich wusste er, dass Geduld eine Tugend war, doch auch, dass man den Moment des richtigen Spielzuges nicht verpassen durfte. Gebannt starrte er in die flackernde Kerze, die auf seinem Schreibtisch stand.

Was hat uns nur so verändert, Akira?

Der Lärm der spielenden Kinder vor seinem Fenster holte ihn zurück in die Realität. Er saß in seinem Büro innerhalb des Waisenhauses und blätterte die Akten der Kandidaten durch. Die Unterlagen zu den vielversprechendsten unter ihnen, mit denen sie beginnen würden, sobald Dr. Victor Licht aus Neo Metropolis zurückgekehrt war, hatte er bereits durchgesehen. Nun blickte ihn die Fotografie eines Jungen aus sturmgrauen Augen heraus an. Es handelte sich um jenen Jugendlichen, dem William unlängst sein Sündenmal aufgezwungen hatte. Benji Griffey. Vor wenigen Wochen lag der weißhaarige Junge noch auf dem Stapel der ungeeigneten Kandidaten, doch wie es schien, erzielte er seitdem Erfolge.

Aus irgendeinem Grund, der William zuerst nicht bewusst war, hielt er inne. Er hing an den Augen des Jungen und ein nicht greifbares Gefühl breitete sich in seinem Kopf aus. So, als würde ein stummer Schrei um seine Aufmerksamkeit betteln. Wie zwei Pyriten in einem Meer aus Nichts formten sich ihre sturmgrauen Augen, gleich denen des Jungen in seiner Erinnerung. Delilah.

Richtig. Sie war die Saat, aus der unsere Veränderung keimte, schwelgte William in Erinnerungen. Auch wenn er es nie zugeben würde, wärmte die Vergangenheit sein Herz. Weshalb sonst sollte er so oft in die Flammen sehen, während er über längst vergangene Zeiten nachdachte?

火

Es war ein Tag wie jeder andere in Neo Metropolis, als William zum ersten Mal den Namen Delilah hörte. Die rotgrauen Wolken, herangeweht aus den minderwertigen Zonen, verdeckten den Himmel. In der linken Hand trug er zwei Tüten. In beiden befanden sich Geschenke für ihren Sensei, der heute sein Wiegenfest feierte. Er folgte Akiras Aura in eine schmale Seitengasse.

Doch gerade als er die Außentreppe des Gebäudes erklimmen wollte, um seinen Freund, der sich zweifelsohne auf dem Dach befand, einzusammeln, hörte er ein Stimmengewirr. Normalerweise hätte ihn das Wechselspiel aus Kinderlachen und Gefauche nicht weiter interessiert. Jedoch mischte sich immer wieder ein Jaulen und Jammern unter den Tumult. Also ließ er von der Außentreppe ab und folgte den Geräuschen um die nächste Gassenecke.

Mehrere Jungen, denen noch kein einziges Haar im

Gesicht wuchs, warfen leere Dosen und Steine auf etwas, das sich hinter einer großen Abfalltonne versteckte. Einer von ihnen stand weiter vorne und stach immer wieder mit einer Metallstange nach dem Ursprung des Wimmerns.

»Was soll das? Verschwindet!«, brüllte William ihnen entgegen.

Der Junge ließ die Eisenstange fallen, streckte ihm die Zunge entgegen und gab seinen Mitläufern den Befehl zu verschwinden. Dann rannten sie davon. Mitten hinein in den Trubel, der nächsten großen Straße des Viertels Roma.

Langsamen Schrittes näherte sich William dem Wesen, das sich zusammengerollt hinter dem Müllcontainer versteckte. Es war ein kleiner Kater. Noch nie hatte er einen von ihnen frei in der Stadt leben sehen. Das Zeitalter der Streuner war längst vorüber. Ein Haustier wie eine Katze konnte sich nur die Oberschicht der grünen Zone leisten und in den Gassen der Stadt waren die Bedingungen, wenn man nicht gerade eine müllfressende Gomi-Qualle oder eine Aasratte war, einfach zu rau. Dem mitleiderregenden Tier fehlten ein Ohr sowie ein Auge. Nur büschelweise wuchs ihm noch das Fell. Die Haut darunter hatte einen leicht rötlichen Schimmer.

»Jetzt ist alles gut.« William streckte dem Kater beruhigend die Hand entgegen, sodass dieser an ihm schnuppern konnte.

Jener erwiderte die annähernde Geste mit einem Fauchen, welches jedoch durch ein rasselndes Husten unterbrochen wurde. Das Tier spuckte schwarzen Auswurf auf den Asphalt.

William ging in die Hocke und kramte in einer der beiden Tüten. Misstrauisch beäugte ihn der Kater. Dann zog er ein Verpackungspapier hervor und wickelte den sich darin befindenden Inhalt aus. Der salzige Geruch von

Meer erfüllte die stickige Luft der Stadt für einen eilig schwindenden Moment. Darunter lag eine leichte Note von geräuchertem Holz.

»Es ist wirklich schwierig, dieser Tage an einen geräucherten Fisch zu kommen. Ich habe ihn bereits vor Wochen vorbestellt, denn eigentlich sollte er ein Geschenk sein, aber ich denke, Sensei Sola hat Verständnis dafür«, erklärte er dem Kater lächelnd, als könnte dieser ihn wirklich verstehen, während er die Verpackung samt Fisch vor ihm ausbreitete.

Gierigen Blickes sah der Streuner zwischen Mann und Mahl hin und her. Erst als William einen Schritt zurückwich, stürzte er sich auf den Fisch. Nachdem er ihn verschlungen hatte, schmiegte er sich an seinen Retter und leckte das Fett von seinen Händen.

»Schön, dass du heute mein Gast warst«, verabschiedete sich William, während er den kleinen Kater unterhalb des Kinns kraulte. »Pass gut auf dich auf, mein kleiner Freund. Schließlich ist auch dein Leben von unschätzbarem Wert.«

Er entsorgte die Verpackung sowie die leere Tüte in der Abfalltonne neben ihnen und ging zurück zur Außentreppe. Noch ein letztes Mal drehte er sich um und winkte dem Streuner, der ihm zum Abschied ein dankendes Lächeln schenkte. Dann erklomm er leichtfüßig das Dach.

Oben angekommen, wartete Akira bereits auf ihn. Er saß in einem zerschlissenen schwarzen Bandshirt, auf dem ein gelber Smiley zu sehen war, am Rand des Daches und ließ einen Fuß hinabbaumeln. Die Augen des Kreisgesichtes auf seiner Kleidung bestanden aus Kreuzen und dessen Zunge hing aus dem schief gezeichneten Mund.

»Da bist du ja endlich«, begrüßte Akira ihn fröhlich. »Hast du sie bekommen?«

»Habe ich«, antwortete William und warf ihm die verbleibende Tüte entgegen.

Mühelos fing Akira das Geschenk für ihren Meister auf. Eilig zog er einen dünnen, bedruckten und quadratisch geformten Karton hervor, indem sich eine Schallplatte befand. Die Ränder waren bereits abgegriffen und sie roch nach staubigem Antiquitätenladen. Ein Grinsen zog sich quer über Akiras Gesicht, als er sie zurück in die Tüte schob.

»Sensei Sola wird sich freuen. Danke, dass du dich darum gekümmert hast, William. Aber sag mal, wolltest du nicht noch den Räucherfisch besorgen, den unser Meister so gerne isst?«

»Sagen wir einfach, ich habe ihn jemandem überlassen, der ihn dringender brauchte als der Sensei«, antwortete William, während er sich neben Akira auf die Kante setzte. »Was hast du beobachtet?«

Akira lächelte und bohrte nicht weiter nach. Er kannte seinen Freund gut genug, um sich vorstellen zu können, was mit dem kulinarischen Präsent geschehen war. Dann deutete er auf zwei ältere Herren, die auf einem Balkon des gegenüberliegenden Gebäudes etwas unterhalb von ihnen saßen. Die Haare vom Alter licht geworden und jeglichem Farbpigment beraubt, saß der eine in einem Rollstuhl, während der andere in einem Schaukelstuhl Platz genommen hatte. Sein Gehstock lehnte an der Wand hinter ihm. Über ihnen leuchtete der Name der Seniorenresidenz aus Neonröhren in die Stadt, während sie sich lachend unterhielten.

»Denkst du, dass wir auch eines Tages an einem Ort wie diesem sitzen werden und unbeschwert lachen können?«

»Warum nicht? Unseren Blick auf eine Welt gerichtet, die wir gemeinsam mit der Tennō verändert haben«, quollen die fast noch jugendlichen Ideale aus William heraus.

Akira schmunzelte den Greisen entgegen, während ein warmer Wind ihm die Haare aus dem Gesicht wehte, die sich aus seinem Knoten gelöst hatten. »Und dann pflegen sie uns tot.«

Für einen Moment saßen sie in Stille nebeneinander. Genossen die Anwesenheit des jeweils anderen, an die keinerlei Bedingung geknüpft war. Doch dann wechselte das Bild vor Akiras Augen. Er sah nicht länger die zukünftigen Versionen von William und sich selbst in den beiden älteren Herren auf dem Balkon gegenüber. Nun waren dort William und Hina, die zusammen alt wurden. Die Frau, nach der sein Herz sich sehnte, die sich jedoch für seinen Freund entschieden hatte.

»Manchmal wäre ich gerne so wie du, William«, sagte Akira ruhig wie zu sich selbst, während er sich fragte, wo sein Platz in dieser Vorstellung war.

William war überrascht von der Aussage seines Freundes. »Es gibt da wirklich eine Sache, die du niemals nachempfinden können wirst, solange du nicht ich bist«, antwortete er nach einer kurzen Pause wohl überlegt.

Ja … zum Beispiel wie es wäre, neben Hina zu liegen, während die ersten Sonnenstrahlen zum Fenster hereinbrechen, dachte Akira.

»Nämlich, dich als Freund zu haben«, riss William ihn aus seinen Gedanken.

Dann lachten sie beide drauf los, bevor Akira aufstand und sagte: »Komm, wir müssen langsam los, sonst hat Momo den ganzen Kuchen aufgegessen.«

Also brachen die beiden Sünden auf. Was William damals jedoch noch nicht wusste, war, dass sie an diesem Tag keine Zeit haben würden, um Kuchen zu essen.

Nachdem Isaac, der in jenen Tagen noch keine Sünde,

aber ebenfalls ein Schüler ihres Sensei Solas war, sie eingesammelt und zurück in die Nähe der Kommune der Tennō gebracht hatte, gingen sie zu ihrem Meister. Jener lang vergessene Ort war der Thronsaal, der himmlischen Herrscherin und ihr damaliges Zuhause. Es war, als lebten sie in den Ruinen einer vergessenen Zivilisation, die irgendwo unterhalb des Meeresspiegels verborgen lagen.

Sie klopften an die Tür des Arbeitszimmers ihres Lehrmeisters, welches von innen betrachtet – vorausgesetzt man sah von dem massiven Holzschreibtisch, in dessen Front kunstvoll der Kopf eines Adlers geschnitzt war, dem Sündensymbol Juan Aquilin Solas ab – eher nach einem Musikzimmer aussah. Ein aus der Zeit gefallener, samtig roter Sessel stand neben einem Schallapparat für Platten, auf dem ein rundes Stück Vinyl emsig seine Runden drehte. Es roch nach Zigarrenrauch, welcher sich bereits in den unzähligen Schallplatten festgesetzt hatte, die eine ganze Wand für sich beanspruchten. Zumindest hatten die beiden das Zimmer ihres Meisters so in Erinnerung.

Nachdem keine Rückmeldung auf das Klopfen ertönte, zuckte Akira mit den Schultern und öffnete die Tür. Der Raum wirkte wie verwüstet. Die Schallplatten waren aus dem Regal geflogen und bildeten einen bunten Haufen, so wie das farbige Laub der Bäume im Herbst.

»Was ist hier passiert?«, fragte Akira in den Raum hinein.

»Sieh nur«, sagte William, der eine Hand unterhalb des Berges aus Kunst entdeckte.

Eilig zogen die beiden ihren Lehrmeister darunter hervor.

»Sensei, Sensei? Alles in Ordnung bei Ihnen?«

Der ältere Mann öffnete die Augen. Er trug einen mit vielfältigen indigenen Mustern gewobenen Poncho. Darüber lag eine Kette, an der verschiedene knochen- und klauenartige Ornamente angebracht waren. Altersfalten kamen unter der schmalen schwarzen Augenbinde hervor. Über dieser lagen einige lockere Strähnen seines grauen Haares, welches er relativ kurz trug. Ein gestutzter Vollbart in der gleichen Farbe rundete seine Erscheinung ab. Mit der beringten Hand deutete er auf seine beiden Schüler und fragte: »Wer seid ihr?«

Sofort verschwand der sorgenvolle Ausdruck aus den Augen der beiden.

»Der ganze Aufwand nur, um uns wieder mit der senilen Greis-Nummer reinlegen zu wollen?«, enttarnte ihn Akira.

»Zumindest an meinem Geburtstag hättet ihr ja mitspielen können«, beschwerte sich Sola, während er sich mit den von Altersflecken überzogenen Händen den Staub aus dem Poncho klopfte. Anschließend setzte er sich hinter seinen Schreibtisch und entflammte eine Zigarre.

»Da müssen Sie sich schon mehr Mühe geben.«

»Ich dachte, ich kriege euch diesmal, wenn ich vortäusche, mir sei etwas auf den Kopf gefallen«, keckerte der alte Mann und paffte ringförmig den Rauch aus seiner Lunge. »Na ja, wie dem auch sei. Kommen wir zu wichtigeren Dingen. Wie sieht es mit Geschenken aus?«

»Wir wünschen Ihnen alles Gute!«, sagten seine beiden Schüler wie aus einem Mund. Dann reichten sie ihm die Tüte.

»Vielen Dank ihr beiden. Sogar ein Geschenk, das wäre doch nicht nötig gewesen«, bedankte er sich, während er die Schallplatte eilig aus der Tüte zog.

»Ihr habt erstaunlich gute Ohren. Ich habe doch höchstens einmal in einem Nebensatz erwähnt, dass ich mir dieses Liedgut wünsche.«

»Einmal in einem Nebensatz sowie ungefähr 100-mal in diversen Hauptsätzen«, sagte Akira zu seinem Meister, der sich heute wieder besonders albern benahm.

»Und in der Rechnung sind noch nicht mal die Erwähnungen enthalten, in denen Sie uns gesagt haben, in welchem Antiquitätenladen wir sie finden würden«, unterstütze William ihn mit einem freudigen Lächeln.

»Wenn ihr so gute Zuhörer seid, dann frage ich mich, wo der Räucherfisch ist, den ich mir gewünscht habe.«

»Ähm …«, drucksten die beiden herum.

»Schon in Ordnung. Ihr werdet eure Gründe haben …«, sagte er liebevoll zu seinen Schülern, ehe seine Stimme wieder an aufgesetzter Ernsthaftigkeit gewann. »… weshalb ihr einem alten Mann den Wunsch seines letzten Abendmahles verwehrt.«

Sanft nahm der damalige Anführer der sieben Todsünden die Schallplatte aus ihrer Hülle. Er atmete ein und wieder aus. Aktivierte seine Kronfähigkeit des äußeren unikursalen Hexagramms, die ihn bemächtigte, in die Vergangenheit lebloser Objekte zu blicken. Juan Aquilin Sola, die damalige Sünde des Hochmuts, mochte die knisternde Musik, die die Schallplatten sangen, doch noch mehr liebte er die Geschichten ihrer Besitzer, die sie erzählten. Die Rillen der Platten schienen sich zu bewegen. Jedoch konnte niemand außer ihm es sehen. Kleine Wellen liefen über das Schwarz. Ein stilles, tintenfleckiges Erdbeben. Und wo noch vor einem Augenblick nur lautlose Musik gespeichert war, schimmerte nun ein Gemälde der Vergangenheit.

Es war, als blickte Sola aus dem Grammofon heraus auf einen Mann. In den kunstvoll geschmiedeten Silberknopf seines Umhangs, der über seiner Kleidung lag, waren die Initialen *A.C.* eingraviert. Er war umgeben von sagenumwobenen Wesen. Kitsune, Kranich, Phönix und ein weiteres Wesen, lang wie eine Schlange und mit geisterhaft schimmernden Schuppen, das in eine neue Form gebracht wurde.

Versiegelt in einer Tarotkarte, schwebte es auf den kleinen gläsernen Tisch vor ihm hinab. Doch neben dem *Ass der Kelche* lag bereits eine andere Tarotkarte. Sie zeigte einen Harlekin mit goldener Maske in einem grünen Gewand.

Uhuhu, da haben mir die beiden aber ein ganz besonderes Geschenk gemacht, dachte Sensei Sola, während er seine Zeitreise beendete.

»Ich danke euch beiden«, sagte er und schloss sie nacheinander in den Arm.

Dann zog er erneut an seiner Zigarre. »Leider können wir heute nicht gemeinsam feiern. Avaritia und Acedia, die ehrwürdige Tennō hat einen Auftrag für euch. Wir übrigen Sünden werden derweil über die himmlische Herrscherin wachen.«

Die beiden Sünden waren ganz Ohr.

»Sie hatte eine Vision von einer Frau mit sturmgrauen Augen. Unseren Recherchen zufolge lautet ihr Name Delilah Bloech und sie hat eine Formel entwickelt, mit deren Hilfe man synthetisch ein Antitoxin gegen das Gift des Himmelsbambus herstellen kann. Ihr könnt euch sicherlich vorstellen, was das für diese Welt bedeuten würde?«

»Das Ende des Monopols auf die Himmelsbambusfrüchte. Der Boden würde nicht länger in totes Land verwandelt werden. Es gibt sicher einige da draußen, die ihr Vermögen in Gefahr sehen und hinter ihr her sind«, erläuterte William.

»Gleichzeitig bedeutet es das Gegenteil«, gab Akira zu bedenken. »Müsste es nicht einen Haufen Leute geben, die die Formel in ihre Finger bekommen wollen, um selbst daran zu verdienen?«

»Ihr seht, dass ihr viele Feinde in den kommenden Tagen haben werdet. Es wurde bereits ein Kopfgeld auf sie ausgesetzt, deshalb möchte ich euch bitten, unverzüglich aufzubrechen. Ihre letzte Spur verläuft sich in Tokyo, Nihon. Findet sie und bringt sie unbeschadet hierher.«

»Verstanden«, erwiderten die beiden Sünden wie aus einem Mund.

Beide wandten sie sich ab und William hatte das Zimmer schon fast verlassen, da packte Sola Akira am Arm und reichte ihm seinen Trumpf.

»Nimm ihn mit. Du kannst ihn im Moment besser gebrauchen als ich.«

»Danke Sensei.«

»Und denk daran, halte die Hand geöffnet, nur so kannst du sie anderen reichen. In der geballten Faust fließt nichts, in ihr liegt nichts als Gewalt.«

Eilig klaubten die beiden das Nötigste zusammen und machten sich auf den Weg. Am Ausgang jenes längst vergessenen Ortes, den man die Kommune der Tennō nannte, wartete Isaac auf sie. In der Hand ein Chepesch. *Die 8 der Schwerter – die Einmischung*, ermöglichte es zwar aus der Kommune der himmlischen Herrscherin herauszureisen, jedoch nicht wieder hinein.

»Ich bringe euch an einen Fixpunkt innerhalb von Tokyo. Von dort aus könnt ihr eure Suche starten«, sagte Isaac. »Wir haben am Luftschiffhafen einen Wolkenwandler organisiert, der euch übers offene Meer zurück in die Nähe der Kommune bringen wird.« Akira und William bedankten sich.

Im gleichen Moment kam eine Frau die Treppen aus der vom tosenden Meer umgebenden Felsnadel heraus. Trotz der beachtlichen Höhe des Felsenturms, lag der Großteil der Kommune der Tennō, einem Eisberg gleich, unterhalb des Meeresspiegels verborgen. Die Ruine eines steinernen Pavillons überdachte den Treppenaufgang und schützte ihn so vor Regen. Mit federndem Gang und ihren sanften Kurven trat sie aus der Ruine eines steinernen Pavillons hervor, der den Treppenaufgang überdachte und so vor Regen schütze. Sie kam direkt auf sie zu. Akira musste aufpassen, dass ihm nicht der Mund aufklappte, denn in seinen Augen war sie zweifelsohne die schönste Frau, die er je gesehen hatte, und William ging es da nicht anders. Ihre Augen glitzerten wie das Meer an einem sonnigen Tag und ihr silbriges Haar hatte sie locker hochgesteckt. An ihrer Hand hielt die Schönheit ein kleines Mädchen. Es hatte die gleichen silbrigen Haare wie ihre Mutter, nur trug sie sie offen. Doch ihre Augen waren vom intelligenten Grün ihres Vaters.

»Hina. Momo. Ihr seid gekommen, um uns zu verabschieden?«, fragte William fröhlich.

»Wie könnten wir nicht?« Hina lächelte ihn an und schloss ihn in ihre Arme. Dann küssten sie sich.

Akira, dessen Herz beim Anblick seiner unerwiderten Liebe verkrampfte, ging in die Knie und wandte sich der winzigen Momo zu.

»Versprichst du mir, dass du gut auf meinen Papa aufpassen wirst?«, fragte sie ihn, während sie ihm eine ihrer tapsigen Hände auf die Wange legte.

»Ich verspreche es dir, Tautropfen.«. Er tätschelte ihre Haare und erhob sich. »Bis bald Hina«, fügte er, ohne sie anzusehen mit puterroten Wangen hinzu.

»Pass gut auf Mama auf, ja?«, sagte William zu Momo, während er sie zum Abschied unter Gekicher in die Luft hob.

»Es kann losgehen, Will … karmesinroter König.« Akiras Stimme wandelte sich zu der eines seiner Untergebenen und riss ihn aus seiner Erinnerung. »Dr. Licht ist soeben eingetroffen. Wenn sie so weit sind, kann Projekt

Jupiter für die ersten Kandidaten beginnen.«

Mizu - 20

Die Tür des *Velvet Rooms* öffnete sich. In der Bar stand Taro, welcher zitternd seine gebogene Klinge in Händen hielt und mit dieser auf den Eingang zeigte.

»Ich habe dir doch gesagt, dass Akira unter ihnen ist und du dir keine Sorgen zu machen brauchst«, tadelte die kleine Momo ihren teddyhaften Leibwächter.

»P … p … Puh. Du hattest also recht«, erwiderte Taro, während er seinen Trumpf auflöste und sich die Schweißperlen von der Stirn wischte.

»Hast du dich wirklich hinter einem kleinen Mädchen versteckt? Wo ist dein Stolz?«, begrüßte Isaac seinen Kameraden, welcher gerade dabei war, mit unauffälligen Schritten aus seiner Deckung hervorzukommen.

»Ich dachte, du hast an jenem Tag dein Augenlicht …«, unterbrach Taro seine Frage. »Wie dem auch sei. Schön dich wiederzusehen, alter Freund! Da fühle ich mich direkt viel sicherer, wenn du auch hier bist. Ich wette, du hast Hunger mitgebracht?«, sagte er und flüchtete sich, nachdem er Isaac in seine Arme geschlossen hatte und ohne dessen Antwort abzuwarten, in die Küche. Mit der Hoffnung im Bauch, das Akira seine Bemerkung überhört hatte.

Dieser war mit Momo beschäftigt. Das Mädchen lieferte sich ein Duell mit der Luft. »Ich habe dich durch die Fenster beobachtet. Du sahst so cool aus, wie du durch die Luft gewirbelt bist. Es sah aus, als würdest du tanzen«, sagte Momo mit funkelnden Augen, während sie immer wieder in die Leere vor sich trat und schlug. Dabei untermalte sie ihre Aktionen mit Geräuschen wie *Zuuusch* und *Kawumm*.

Grinsend tätschelte Akira auf seinem Weg hinter die Bar Momos Kopf. »Mir wäre lieber gewesen, ich hätte nicht *tanzen* müssen. Übrigens darf ich vorstellen: Isaac Fallon oder auch Superbia, Sünde des Hochmuts und dein zweiter Leibwächter. Dann wäre da noch …«, versuchte Akira fortzufahren, wurde jedoch von seinem Heldengeist unterbrochen.

Alexander hatte in der Zwischenzeit den noch immer bewusstlosen Sprössling des Writers auf einen Stuhl gesetzt, so dass Kopf und Oberkörper auf der Tischplatte lagen. Ein einziger Blick, während sein Freund lächelnd ihre Haare streichelte, genügte ihm, um zu erkennen, dass sie der Grund war, weshalb die Lebensgeister in ihm wieder erstarkten. Dann schritt er auf Momo zu, kniete vor ihr und griff nach ihrer Hand. Sanft drückte er einen Kuss auf ihren Handrücken. »Mein Name ist Alexander der Große. Herrscher von Makedonía sowie König der Eroberer. Und wer bist du junges Fräulein?«

»Ich bin Momo«, erwiderte diese zuerst verdutzt, dann mit einem Lächeln. »Momo Rainsworth.«

»Rainsworth?«, wiederholte Alexander und begann zu grübeln. »Der Name sagt mir etwas. Genau. Hina Rainsworth, so hieß die ehemalige …«

»Du kennst meine Mama?«, unterbrach sie den Heldengeist, ohne ihn aussprechen zu lassen.

»Natürlich! Sie war eine atemberaubende Schönheit

und eine charismatische Frau. Das hast du wohl von ihr. Leider wurde ihr ein tragisches Schicksal zu Teil. So etwas …«

»Außerdem ist Momo die azurblaue Königin«, übertönte Akira ihn.

Alexander begriff, was sein Freund damit bezweckte, dennoch blickte er empört zu ihm, da er es in seiner Rolle als König nicht gewohnt war, gleich mehrmals unterbrochen zu werden. Doch als er sah, dass Akira hinter dem Tresen angekommen war und Bier in Gläser füllte, war er bereits darüber hinweg. »Sieh dir nur den Größenunterschied zwischen uns beiden an«, sprach der Hüne zu dem Mädchen, während er sich erhob. »Doch verglichen mit der Welt, sind wir beide nicht mehr als winzige Punkte. Solltest du auf deinem Weg, diese zu erobern, jemals Hilfe benötigen, werde ich dir mit Rat und Tat zur Seite stehen. Das ist das Mindeste, nachdem, was du für ihn getan hast.« Sein Blick haftete an Akira. »Allerdings werden wir nun zuerst einmal ordentlich feiern! Jihahahaha!«

Auch er weiß, was mit meiner Mama passiert ist. Heute Abend vor dem Schlafen werde ich Akira bitten, mir davon zu erzählen, dachte Momo und überhörte Alexanders eigentliche Botschaft.

Hinter dem Tresen kam Akira hervor. Er stellte Alexander und Isaac zwei große Biere an den Tisch. Letzterer hatte seinen alten Geigenkoffer hinter der Bühne hervorgeholt und begann damit das Streichinstrument zu stimmen. Einen Tisch weiter saß Momo, der Akira einen verdünnten Saft servierte. Außerdem stellte er ein weiteres Bier für Taro an den Tisch. Dieser kam just in diesem Moment, begleitet von den ersten Tönen des Geigenspiels aus der Küche. In jeder Hand trug er einen Teller voll dampfender Kartoffelspalten, welche er bereits zusammen mit dem Abendessen vorbereitet hatte und nun nur noch einmal erwärmen musste. Den deutlich kleineren Teller stellte er auf den Tisch von Alexander und Isaac. Mit dem anderen, voller beladenen, setzte er sich zu Momo und begann bereits, während er sich niederließ, die ersten Spalten zu verköstigen. Akira hatte sich auf dem Tresen niedergelassen und genoss es, Isaacs Geigenspiel zu lauschen. Dann goss er sich ein Glas erkalteten Matchas - welcher vom Abendessen übrig geblieben war - ein, um mit den anderen auf ihr Wiedersehen anzustoßen. Diese taten es ihm gleich. Natürlich hätte er auch gerne mit ihnen ein Bier getrunken, doch es war noch zu früh, seinem alten Gefährten – dem Alkohol – wieder Einlass in seinen Geist zu gewähren. Auch wenn es aus einem freudigeren Grund heraus geschehen wäre.

So verstrichen einige Minuten, in denen sich alle die Zeit nahmen, einen flüchtigen Moment zu genießen.

»Was haltet ihr davon, dass Scott einen Kreuzritter ermordet haben soll?«, beendete Isaac sein Geigenspiel und setze den Bogen ab.

Langsam zog Taro die Kartoffelspalte, die er sich bereits zur Hälfte in den Mund gesteckt hatte, wieder heraus. Betroffen sah er in seinen eigenen Schoß. »Scott hat ihn tatsächlich getötet.«

Nun senkten auch die anderen Sünden ihren Blick.

Taro stopfte sich nun doch die gewürzte Kartoffel zwischen die Zähne. »Aber er hat ihn nicht einfach so getötet. Der Kreuzritter war hinter meinem Trumpf her. Er nannte ihn eine Insignie seines Ordens. Als ich mich weigerte, griff er mich an. Scott ging dazwischen und hat mich beschützt. V … v … vielleicht sollten wir deswegen auch die Geisel lieber fesseln oder sowas?«, sprach er etwas unverständlich durch den mit Essen gefüllten Mund.

»Auch ich habe seit jenem Tag hin und wieder seine Präsenz gespürt. Wahrscheinlich griff er zu dieser extremen Maßnahme, um dem avalonischen Orden gegenüber, ein Zeichen zu setzen. Er konnte schließlich nicht immer in deiner Nähe sein«, schlussfolgerte Isaac.

Es war also keine Einbildung. Er wacht über uns, dachte Akira, der seit dem so oft den vertrauten Duft seines Freundes in der Nase gehabt hatte. Nun hatte er Gewissheit, dass es sich dabei nicht um eine aus dem Alkoholrausch geborene Wunschvorstellung handelte. Still prostete er seinem Freund zu, wo auch immer dieser gerade stecken mochte und dankte ihm dafür, Taro an seiner Stelle beschützt zu haben.

»Hat er dem gefallenen Geistlichen den Schwerttrumpf entwendet?«, fragte Akira.

»Nicht, dass ich wüsste. Theoretisch könnten sie also darauf warten, dass er wieder Form annimmt und ihn wieder an sich bringen. Aber zu hundert Prozent sicher bin ich mir nicht. Ich war schwer damit beschäftigt, mich zu verstecken«, antwortete Taro.

»Gut, dann bleibt es bei dem Adjutanten als Verhandlungsgrundlage. Letztlich hatte der Besuch des avalonischen Ordens tatsächlich etwas Gutes. Wir wissen jetzt, wo sich Makoto aufhält. Außerdem bin ich mir relativ sicher, dass ich dank ihnen nun alle Erben des Thronkrieges kenne«, sagte Akira.

»Und natürlich, dass ich endlich wieder in den Genuss der Köstlichkeiten dieser Zeit komme! Jihahaha!«, verkündete Alexander und prostete den anderen zu.

»Woher weißt du, wer die anderen Erben sind?«, wollte Momo wissen.

»Der Kreuzritter hat uns auf den Kopf der Diebesbande Greif angesetzt, weil er vermutlich einer der Erben ist. Warum sollte der Orden Interesse daran haben, wenn sie nicht selbst einen Kandidaten für die Thronfolge in ihren Reihen hätten?«

»Klingt logisch«, merkte Isaac an. »Und wer ist der vierte Erbe?«

Beim Gedanken an ihn verkrampften sich Akiras Muskeln. Seine Hände waren zu zitternden Fäusten geballt. Er versuchte seine Atmung zu kontrollieren, um sich zu beruhigen. Er musste gegen den Zorn ankämpfen, welcher, wie ein alter Freund, der nur Leid mit sich brachte und den er anschließend versucht hatte, mittels Alkohol zu verdrängen, aus der dunkelsten Ecke seines Herzens anklopfte.

»Es ist mein Vater. William Baskerville«, erlöste Momo ihn.

»Da haben wir ja ganz schön was vor uns«, stellte Isaac fest.

»E … e … euch …«, verbesserte ihn Taro.

»Jihahaha! Wir werden einen Weg zum Sieg finden. Und anschließend kehren wir mit Siegeshymen auf den Lippen hierher zurück!«

In diesem Moment kündigte das Knarzen der Tür einen weiteren Besucher an. Die Blicke aller glitten zum offen stehenden Eingang. Alexander war aufgesprungen und hatte seine Hand bereits auf seinen Schwertgriff gelegt. Auch die Sünden waren kampfbereit. Akira war instinktiv vor Momo gesprungen und schirmte sie mit seinem Körper ab. Doch da war niemand. Weder mit den Augen noch mit Aura war jemand wahrzunehmen. Einzig und allein die Tür, welche nun wieder ins Schloss fiel, war zu sehen.

»War es nur der Wind?«, fragte Isaac.

»Scheint so«, erwiderte Akira, der unbesorgt wieder seinen Platz auf dem Tresen einnahm. Die Luftreinigungsanlagen waren schließlich dafür ausgelegt, solch kurze Einströmungen der miesen Luft der roten Zone schnellstmöglich auszugleichen. »Wahrscheinlich hat die Tür Schaden genommen, weil ein gewisser König sie eintreten musste, anstatt sie normal zu öffnen.«

»Nur ein Dieb schleicht sich irgendwo hinein. Solch ein Verhalten ziemt sich nicht für den König der Eroberer.«

»Schon gut«, beendete Akira das Thema und wandte sich wieder an Isaac. »Dank Momo wissen wir allerdings, dass William seine Todsünde verloren hat.«

»Das bedeutet, irgendwo da draußen gibt es eine neue Sünde der Habgier.«

»Und mit Momos Hilfe werden wir Avaritia vielleicht schneller finden als gedacht. Ist dir in deinen Träumen irgendetwas an dem Wesen mit der Wolfsmaske aufgefallen, welches den Platz deines Vaters einnahm? Jede Kleinigkeit könnte uns helfen«, wandte sich Akira nun an Momo.

Das Mädchen legte die Kartoffelspalte zurück auf den Teller und überlegte. Bei dem meditierenden Mann ohne Augen handelte es sich eindeutig um den sanften Riesen namens Isaac. Und auch der Vielfraß aus ihrem Traum war ohne jeden Zweifel Taro. Momo schloss die Augenlider und versuchte hinter ihnen die Szene erneut zu visualisieren. Da waren Blitze, die die Nacht zerrissen und anschließend von der Dunkelheit eben dieser aufgesaugt wurden. Unzählige, als wollten die Götter selbst nicht verpassen, was das kleine Wesen mit der Wolfsmaske als Nächstes Tat.

Das ist es!, erkannte sie.

Aber da war noch mehr. Das Schauspiel, welches die Naturgewalten selbst für das Wesen, welches im Antlitz dieser aussah, als bestünde es aus gemaltem Licht, aufführten, veranlasste Momo immer nur dazu, nach oben zu blicken. Erst jetzt bemerkte sie, worauf die Gestalt stand.

»Avaritia …«, begann Momo und nahm sich Zeit, den Namen richtig auszusprechen. Langsam formte sie Silbe für Silbe. »… ich glaube er oder sie ist ein Kind oder zumindest ein etwas kleinerer Jugendlicher. Außerdem war da ein Symbol. Es sah aus wie eine kleine Hand, welche eine größere hielt und von einem Kreis umgeben war.«

»Könnte das …?«, warf Isaac ein.

»Ganz recht. Und wenn wir mit unserer Vermutung richtig liegen, werde ich auf meiner Reise zum avalonischen Orden wohl einen Zwischenstopp einlegen müssen. Schließlich liegt es auf dem Weg«, sagte Akira.

»D … d … deinem Weg? Wir müssen also nicht mitkommen? Das würde ich befürworten.«

»Richtig. Schließlich sind Momos perfekte Leibwächter bereits hier. Isaac erkennt durch seine Aurakuppel, die er mittels Emissionsart aufbaut, frühzeitig alles, was sich euch nähert und du kannst mittels deines Trumpfes für eine Evakuierung an einen entfernten Ort sorgen. Ich möchte sie nicht unnötig in Gefahr bringen und mit der Kombination aus euch beiden ist das auch nicht nötig«, lobte er seine Freunde.

Schließlich gibt es noch so vieles, was ich ihr zeigen möchte, schmunzelte Akira in sich hinein.

»Was ist denn eure Vermutung? Und warum kann ich nicht mit dir gehen?«, fragte Momo. Doch bevor dieser antworten konnte, musste sie sich erst einmal um dringendere Probleme kümmern. »Hey, das ist meine Kartoffel, Taro! Du hattest sowieso viel mehr als ich«, schalt sie die Sünde der Völlerei, die ihrem Namen alle Ehre machte und nach der letzten Spalte griff.

»Kannst du das beweisen? Hast du mitgezählt?«

»Das Mädchen hatte sieben und du neunzehn«, mischte sich Yamamoto ein, welcher mittlerweile wieder bei Bewusstsein war. »Ich habe mitgezählt, zumindest, seit ich zu mir gekommen bin.«

»I … i … ich habe gleich gesagt, dass wir ihn fesseln sollten«, sagte Taro und ließ vor Schreck die Kartoffel fallen.

»Entschuldige. Ist eine Macke von mir, dass ich alles ganz genau mitzähle.«

Momo nahm indes die letzte Kartoffel, teilte sie in der Mitte und streckte eine Hälfte Taro entgegen. »Hier bitte.«

»Danke«, sagte dieser und genoss den letzten Bissen.

In der Zwischenzeit war Akira aufgestanden, hatte einen Verbandskoffer hervorgeholt sowie ein weiteres Glas voll Bier und eine Flasche klaren Alkohols. Er stellte alles vor dem Jungen mit der feingliedrigen Statur eines Storchens auf den Tisch. »Hier, um deine Wunden zu versorgen. Ich hoffe, ich war nicht zu grob zu dir.«

»E … e … er ist unser Feind«, warf Taro wenig begeistert von der Situation ein, was ihn nicht daran hinderte, sich die Gewürze der Kartoffeln von den Fingern zu schlecken.

»Ach was, ein wenig Freundlichkeit schadet im Krieg nicht«, tat Akira den Einwand ab. Dann setzte er sich zu dem Sprössling des Writers.

Indes entschied sich Isaac, der den Befehl seines Anführers akzeptierte, sich mit der kleinen Momo anzufreunden. Schließlich würde er von nun an viel Zeit mit ihr verbringen. Er stand auf, griff nach seiner Geige samt Bogen und ging zu ihr. Dann deutete er auf das Klavier. »Spielst du?«

»Akira hat mir ein bisschen etwas beigebracht.«

»Dann lass uns gemeinsam spielen. Gib einfach etwas vor. Ich improvisiere dazu. Komm Taro, schnapp dir deinen Kontrabass und unterstütze uns.«

Momo schnappte sich die Hand des blinden Mannes und führte ihn auf die Bühne. Dort setzte sie sich an das Klavier und begann damit, in die schwarzen und weißen Tasten zu drücken. Lieblich wurden ihre Töne von dem sanften Streichen der Geige umspielt. Kurz danach stießen Taros brummende Bässe dazu und gaben den wunderbaren Harmonien Substanz.

Alexander hatte es in der Zwischenzeit hinter die Bar verschlagen, wo er sein leeres Glas auffüllte sowie den einen oder anderen Tropfen Hochprozentiges für sich entdeckte, während er dem Zusammenspiel des sonderbaren Trios lauschte, das den Raum mit einer einzigartigen Form von Wärme erfüllte. Leben.

Akira und Yamamoto nutzen die Gelegenheit, sich in Ruhe zu unterhalten.

»Hast du keine Angst, dass ich abhaue?«, fragte Yamamoto, der unter Ächzen nach dem Bierglas griff.

»Nicht wirklich. Ich bringe dich sowieso zurück und außerdem, warum solltest du fliehen, als Writer ist es doch egal, aus welcher Perspektive du den Krieg beobachtest, oder?«

»Mich beschleicht das Gefühl, du hast mich nicht zufällig als deine Geisel ausgewählt.« Yamamoto, der keineswegs unzufrieden mit seiner neuen Situation zu sein schien, lächelte Akira an.

»Mit den anderen beiden wäre es nicht so entspannt verlaufen, nehme ich an«, seufzte Akira.

»Ich heiße Yamamoto und bin der Nachfolger des Writers.«

»Freut mich. Ich bin Akira«, sagte dieser und streckte ihm die Hand entgegen. Er wusste genau, mit wem er es zu tun hatte. An der Haltung seiner Schwerttechnik hatte er es erkannt, dass er dem Geschlecht der Writer angehörte. Jenen Chronisten, die seit jeher die verborgene Geschichte der Welt aufzeichneten. Ohne wirklich einer Seite anzugehören, oszillierten sie zwischen den Parteien, um das Geschehen möglichst aus der ersten Reihe zu erleben. Sie waren die Schatten der Thronkriege. »Dein wievieltes *Ich* trägt diesen Namen?«

»Mein Sechstes«, antwortete Yamamoto, während er den Verbandskoffer nach einem Tuch, Pflastern sowie einer Salbe für seine Hämatome durchsuchte. »Wer oder was bist du wirklich? Oder woher weißt du all diese Dinge? Auch die Technik, die du da draußen angewandt hattest. Sie war mangelhaft ausgeführt, das habe ich mit meinen Augen sofort erkannt, aber zweifelsohne entstammt sie der Schwertschrift, der Schwertkunst der Writer.«

»Ich bin nur jemand, der verzweifelt versucht, die Menschen, die er liebt, zu beschützen. Die Technik kannte ich, weil ich sie bereits diverse Male gesehen habe, und zwar bei deinem Vorgänger«, erklärte er, während er Yamamoto dabei half, seine Wunden zu reinigen.

»Du kennst also den alten Panda? Sieht ihm gar nicht ähnlich mit solchem Wissen um sich zu werfen.« Er biss die Zähne aufeinander. Der Alkohol brannte in seinen Wunden.

»Nein, den aktuellen Writer kenne ich nicht«, antwortete Akira, während er die Flasche Schnaps verschloss und zurück in auf den Tisch stellte. »Aber ich kannte seinen ersten Schüler.«

»Das kann nicht sein, es gibt immer nur einen einzigen Writer, der das Gedächtnis der Welt beherbergt.«

»Ich weiß nicht warum, er es dir nicht erzählt hat, aber aus irgendeinem Grund hat er ihn wohl als Schüler verstoßen.«

Dann schloss er den Verbandskoffer wieder und schob ihn zur Seite.

Yamamoto nahm einen Schluck aus seinem Bier. »Das kann nur bedeuten, dass dieser gegen den Kodex verstoßen hat.« Kurz herrschte Stille zwischen den beiden, bis der Schüler des Writers diese brach. »Der alte Panda hat also wirklich einen anderen Schüler vor mir gehabt. Wie war der Name seines *Ichs*, welches du kanntest?«

»Mortecai.«

»Das Beste an einem Streit ist doch immer noch die Versöhnung danach, nicht wahr?«, tönte eine neue Stimme durch den Bar.

Schlagartig verendete das Geigenspiel. Taro unterstrich die Ankunft des Neulings, indem er vor Schreck sein Kontrabassspiel in schiefen Tönen verhallen ließ. Nur Momo drückte unbeirrt weiter auf ihre Tasten, bis sie bemerkte, dass die anderen beiden ihr Spiel eingestellt hatten. Alexander senkte langsam sein Glas, während die beiden, die gerade noch in ihr Gespräch vertieft waren, den Besucher, der aus dem Nichts aufgetaucht war, einfach nur anblickten. Akira wusste nicht, warum, aber irgendwie erschien ihm der blonde Schönling sympathisch. Vermutlich lag es an den Schallwandlern, welche hinter seinen Ohren saßen und dazu dienten, sein schulterlanges Haar zurückzuhalten. Er war in einen kunstvollen Kimono gewandet, auf dessen Muster Wellen aus Kirschblüten wogten. Seine Filtermaske hatte er lässig um den Hals hängend, als wäre sie ein Accessoire. So saß er im Schneidersitz dem Trio applaudierend auf einem der Stühle am Ende der Bar.

»Schade, dabei war die Musik gerade so schön. Ihr habt Talent«, lobte er die drei.

»Wer bist du und was können wir für dich tun? Bist du als Gast hier?«, fragte Akira freundlich, aber misstrauisch.

»*Moumantai.* Gegen ein Getränk hätte ich nichts einzuwenden. Doch eigentlich bin ich hier, weil mich eine gute Freundin schickt. Sie erzählte mir, dass du einen Freund gebrauchen könntest. Aber wie ich sehe, bist du bereits von ihnen umgeben. Das freut mich für dich.«

Wie konnte er meiner Wahrnehmung entgehen? Er ist wie aus dem nichts in meiner Aurakuppel aufgetaucht, grämte sich Isaac.

»Was möchtest du trinken?«, fragte ihn Akira.

»Vielleicht einen Whiskey?«

Akira ging zum Tresen.

»Was hältst du von ihm?«, flüsterte Alexander, während er ihm ein etwas zu voll gefülltes Glas reichte.

»Ich weiß nicht wieso, aber er strahlt keine böswilligen Absichten aus. Ganz im Gegenteil sogar. Ich möchte seinen Worten lauschen. Auf seine eigene Art erinnert er mich an dich«, antwortete dieser leise, so dass nur die beiden es verstehen konnten. Anschließend ging er zu seinem Gast und reichte ihm den Whiskey. »Je nachdem, wo du herkommst, könnte der Fusel der roten Zone ein relativ geschmacksarmes Erlebnis für dich werden. Prost.«

»*Kampai*«, erwiderte dieser und verbeugte sich leicht, bevor er einen Schluck zu sich nahm. Dann blickte er zu Momo. »Aber wer hätte gedacht, dass ich stattdessen eine Erbin hier antreffe. Wie ist dein Name?«

»Ich bin Momo«, antwortete diese zaghaft, während ihr Blick immer wieder Akiras suchte.

»In der Sprache meiner Vorfahren bedeutet dein Name Pfirsich. Früher gab es diese Frucht in rauen Mengen. Heute ist sie eine Delikatesse aufgrund der Torheit der Menschen. So oder so, ein wirklich schöner Name.« Seine Lippen verzogen sich zu einem Lächeln. »Sag Momo, was für eine Königin möchtest du sein?«

Was sollte sie antworten? Sie hatte noch nie darüber nachgedacht, denn bislang bestand ihre Rolle in diesem Krieg, der kaum begonnen hatte, immer nur darin zu überleben. An einen Ausgang, bei dem sie Tennō werden würde, hatte sie noch keine Sekunde einen Gedanken verschwendet. »Ich weiß es nicht. Was für Eigenschaften benötigt man denn als Königin?«

»Wie gut, dass wir einen richtigen König unter uns haben. Wärt ihr so freundlich, uns eure Sichtweise zu schildern?«, wandte sich der blonde Junge an Alexander den Großen.

Die Gesichtszüge des Heldengeistes veränderten sich. Er steckte den Korken zurück in die Flasche, die er gerade geöffnet hatte. Dann blickte er in die Runde, als würde er eine Rede vor seinem einstigen Volk halten. Ohne sein markantes Lachen und mit einer Ernsthaftigkeit in der Stimme begann er zu sprechen: »Ein König … Der König muss gieriger sein als alle anderen. Er muss lauter lachen, mehr wüten und das Leben bis zum Äußersten genießen. Es ist seine Pflicht, das Extrem aller Dinge zu verkörpern, des Guten wie auch des Bösen. Deshalb verehrt und beneidet ihn sein Volk. Ein König ohne diese Ideale ist meiner Meinung nach nicht mehr als eine Gallionsfigur.«

»Konntest du eine Erkenntnis daraus gewinnen, kleine Momo?«, fragte der flamboyant gekleidete Besucher das Mädchen.

Nachdenklich fasste sich die Momo ins Gesicht. Die Finger über dem Mund und den Daumen entlang der Nase abgespreizt. »Vielleicht, dass ich auch ein lautstarkes Lachen benötige? Wie wäre es mit: Yohohoho«, lachte das Mädchen aus vollem Bauch drauf los.

Keiner konnte sich ein Schmunzeln verkneifen. Selbst Taro konnte sein Unbehagen für einen Moment vergessen. Yamamoto kicherte, auch wenn ihm sein Brustkorb dabei schmerzte, und Alexander teilte ihr Lachen aus voller Kehle.

»Nicht die schlechteste Erkenntnis«, prustete der blonde Junge drauf los. Dann fiel sein Blick auf das Halbmondtattoo auf seinem Zeigefinger. »Jiji-san hat immer gesagt: Lachen ist die mächtigste Kraft der Welt.«

»Ein weiser Mann«, stellte Akira fest. Dann wandte er sich Momo zu. »Alles ist eins. Eins ist alles. Das war die Philosophie deiner Mutter.«

In der ganzen Zeit, die Momo nun bei ihm war, hatte er nie wirklich von selbst über ihre Mutter gesprochen, und immer, wenn sie versuchte, ihm etwas zu entlocken, wechselte er das Thema. Umso mehr genoss er nun ihre ungeteilte Aufmerksamkeit.

»Das Universum ist das Alles, und jeder von uns ist das Eine«, fuhr Akira fort. »Hina glaubte, dass von diesem Naturgesetz unsere gesamte Existenz abhängt. Wenn ich sterbe, dreht sich die Welt weiter. Mein Körper wird zersetzt und zu Nährboden für Pflanzen. Diese werden von Pflanzenfressern wie zum Beispiel einem Hasen konsumiert. Dieser wird wiederum von einem größeren Raubtier oder einem Menschen erlegt und verspeist. Und wenn diese dann sterben, beginnt der Kreislauf von vorne. Das Universum mag vielleicht unendlich sein, doch all die kleinen Dinge wie Tiere, Pflanzen oder wir selbst halten es am Laufen. Das ist … das war die eine Sache, die alles zusammenhielt.«

Begeistert folgte Momo seinen Ausführungen und versuchte sie zu begreifen. Doch sie kam nicht umhin zu bemerken, wie seine tiefblauen Augen die immer wiederkehrende Melancholie in seinem Blick an die Oberfläche spülte.

»Doch dann kamen die Menschen und erhoben sich

über diesen natürlichen Zyklus. In ihrer endlosen Gier und Bequemlichkeit begraben sie das Land und ersticken den Himmel.« Akira schluckte schwer. »Seit ich deine Mutter kannte, war sie auf der Suche nach einer Lösung, wie wir wieder Teil dieses natürlichen Kreislaufes werden können. Wie alles wieder eins werden konnte und eins wieder alles. Doch sie hatte vor ihrem Tod keine Antwort darauf gefunden. Vielleicht findest du sie und vielleicht findest du auf dem Weg dahin heraus, was für eine Königin du sein möchtest.« Aus seinen traurigen Augen heraus lächelte er sie an.

»Mama war toll«, sagte Momo stolz.

»Eine beeindruckende Persönlichkeit«, fügte der blonde Junge hinzu.

»Gewiss war sie eine gutherzige und edle Gestalt«, sagte Alexander und blickte zur Decke. »Doch wer kann solch einen dornigen Weg wirklich bewundern?«

»Meine Entscheidung ist gefallen«, sagte Momo und stemmte die Hände in die Hüften. »Ich werde nach einer Lösung für das Problem meiner Mutter suchen und dabei werde ich genauso wie Alexander aus vollem Herzen lachen. Das ist meine Antwort.«

Akira schmunzelte und kam nicht umhin zu bemerken, dass er einen gewissen Stolz in der Brust verspürte. Er griff nach einem Glas Whiskey, welches Alexander gerade eingeschenkt hatte und stellte es seinem Gast auf den Tisch, dann setzte er sich zu ihm, blickte ihm in die Augen und sagte: »Was für ein König wärst du denn?«

»Sehe ich für dich aus wie ein König?«, antwortete dieser mit einer Gegenfrage.

»Nein, eher wie ein gewöhnlicher Junge.«

»Doch wenn ich ein König wäre, dann würde ich eine Welt erschaffen, in der alle entspannt Faulenzen könnten.«

In einer Welt, in der alle geschäftig waren, wirkte er total gelassen. Irgendetwas hatte dieser junge Mann an sich, dass auch Alexander besaß. Und eben dieses Etwas löste in Akira das Gefühl aus, ihm folgen zu wollen.

Dann erhob sich der ungewöhnliche Gast von seinem Stuhl. Er leerte sein Glas in einem Zug, versteckte die Hände in den gegenüberliegenden Ärmeln seines Kimonos und verabschiedete sich.

»Leider muss ich euch schon wieder verlassen. Irgendwo wartet eine schöne Frau oder ein hübscher Mann auf mich. Die- oder derjenige weiß es nur noch nicht.«

Erneut öffnete sich die Tür des *Velvet Rooms* wie von Geisterhand.

Noch immer stand der Blondschopf vor ihnen, doch seine Stimme schien sich zu entfernen. »Vielen Dank für die Erfrischungen. Ich freue mich schon auf unser nächstes Treffen, Momo.«

Dann verschwamm sein Körper wie wässrige Tusche auf Papier. Seine Konturen lösten sich in einem sich entfernenden Lachen auf. Und während sie alle zur ins Schloss fallenden Tür sahen, sagte Momo: »Jetzt haben wir ganz vergessen, ihn nach seinem Namen zu fragen.«

Chi - 21

Gewaltig türmte sich die pangeanische Zweigstelle Toxanols vor den beiden Federn auf. Ein großes Fabrikgebäude, bestehend aus mehreren Millionen ausgeblichenen Backsteinen. In der Mitte ragte ein Turm hervor, der dicken Rauch in den Nachthimmel spie. Er diente allerdings nicht nur als Schornstein. Entlang der Außenwand und einer weiteren Zwischenwand bahnten sich die Abgase der Fabrik ihren Weg.

Im Inneren dagegen transportierten Fahrstühle Rohstoffe, Produkte und Personen auf ihren vorgegebenen Bahnen. Dicke Leuchtstoffröhren, die außen an dem Turm angebracht waren, tauchten das Gebäude in einen rot-weißen Schimmer. Die glühende Sonne Nihons, auf der sich die Konturen des Himmelsbambus abzeichneten, war das Logo Toxanols. Oberhalb der Leuchtreklame wuchsen acht Stege, welche untereinander mit schmalen Brücken verbunden waren, aus dem Bauwerk. Von unten wirkte es, als hätte eine überdimensional große Spinne ein eisernes Netz direkt in den Himmel gewebt. Insgesamt drei Luftschiffe ruhten an den Anlegestellen. Alle trugen das Firmenzeichen Toxanols auf ihren Gasballons. Wenn das bereits das Ausmaß der Zweigstelle war, wollte Mulai nicht wissen, wie die Hauptanlagen Toxanols in Nihon aussahen.

»Siehst du das Himmelsschiff mit dem runden Gasballon?«, fragte Malik.

Alle drei Wolkenwandler hatten den eisernen Korpus einer Galeone. An den Seiten und dem Heck, war jeweils ein großer Propeller angebracht. Doch bei einem von ihnen war dieser prunkvoll mit Holz verkleidet worden. Und auch der Gasballon, welcher mittels dicker Taue befestigt war, hatte nicht die typisch zigarrenförmige Form wie die der anderen beiden Schiffe, sondern war kreisrund. Das Himmelsschiff strotzte nur so vor überflüssiger Pracht und Prunk. Im Kontrast zu den anderen beiden Transportschiffen wirkte es, als wolle sein Besitzer, dass der Himmel selbst sich vor ihm verneigt.

»Schwer zu übersehen«, erwiderte Mulai.

»Dies ist der private Wolkenwandler von Oswald Grim, dem Chef der Toxanol Unternehmensgruppe. Entweder wir finden ihn dort in seinen Gemächern oder in seinem Büro, welches sich in der Etage unterhalb des Turms befindet.«

»Was ist, wenn wir auf dem Weg dahin auf Zivilisten treffen?«

»Die Sonne ist vor einer guten Stunde untergegangen. In dem Gebäude sollte sich kaum noch Personal aufhalten. Höchstens etwas Sicherheitspersonal. Mein Plan sieht vor, dass wir durch die Lüftungsanlage eindringen, innerhalb welcher wir uns auch hauptsächlich bewegen werden. Bei Gelegenheit schalten wir einen der Wachhabenden aus. Mit der ID-Karte sollten wir die Aufzüge nutzen können.« Bei dem Wort ausschalten, schielte Malik auf eines der Kampfmesser, welches sich in einer der diversen Taschen befand, die an seiner Kleidung angebracht waren.

Nein, der Plan ist, dass du mich in das Gebäude bringst und ich dich anschließend für deine Taten büßen lasse.

Beide aktivierten ihr *LA* und versiegelten so ihre Aura. Nur um auf Nummer sicher zu gehen, dass niemand sie auf diesem Wege aufspüren würde. Dann schlichen sie in eine Seitengasse, die an der linken Seite des Gebäudes vorbeiführte und bestiegen eine Feuertreppe. Im zweiten Stock balancierten sie vorsichtig über einen schmalen Sims, der sie um eine Ecke führte. Direkt hinter dieser befand sich ein Gitter im Gemäuer. Ein stickiger, warmer Wind blies ihnen entgegen. Sie setzten sich ihre Atemmasken auf, bevor Malik mittels einem seiner schartigen Messer das Metall aufhebelte. Anschließend bahnten sie sich ihren Weg durch den Lüftungsschacht. Zuerst kamen sie noch gebückt voran, doch schon bald wurde es enger. Nachdem sie auf einen dicken Rotor stießen, der ihnen den Weg versperrte, bogen sie nach links ab und von da an musste selbst die deutlich kleinere Mulai kriechen. So bahnten sie sich ihren Weg durch das Gebäude. Immer wieder hielt Malik an und blickte durch Gitter, Schlitze oder Löcher, die alte Schrauben hinterlassen hatten, um sich zu orientieren. Mulai war froh darüber, dass sie leise sein mussten. So konnte ihr Begleiter nicht auf die Idee kommen, sich mit ihr unterhalten zu wollen.

»Wir sind da. Ich sehe denn Aufzug«, brach Malik schließlich ihr Schweigen. »Und wir haben Glück. Direkt vor diesem steht ein Sicherheitsmann. Ich überwältige ihn.«

Mulai, die das Gefühl für Zeit in dem engen und stickigen Luftschacht komplett verloren hatte, war froh, endlich aus diesem zu entkommen. Die Luft darin war keineswegs vergleichbar mit der in der roten Zone, wahrscheinlich war sie sogar sauberer als die in der gelben, aber dennoch wollte sie ihre Filtermaske nicht missen. »In Ordnung«, antwortete sie, während sie mit einer Hand die Feder in ihrem Haar berührte und die andere in Position brachte, um eilig nach ihrem Speer greifen zu können. Sie erinnerte sich daran, wie ihr Vater und sie an einem Teich in ihrer Heimat Kiruna saßen. Er erklärte ihr, wann ein Jäger am verwundbarsten war. In den Bäumen konnte man die Vögel zwitschern hören, die den Frühling begrüßten. Ein Weihläufer flitzte, getragen von der Oberflächenspannung des klaren Wassers, über dieses hinweg und hinterließ kleine Kreise, die immer größere Bahnen zogen.

Ihr Vater liebte die kleinen Insekten – die an eine Mischung aus Wasserläufer und Glühwürmchen erinnerten – aus einem bestimmten Grund. Und dieser war nicht, wie sie nach Sonnenuntergang den Teich durch ihr grünes Leuchten in einen magischen Ort verwandelten. Er mochte sie, weil sie nur in Gewässern mit sauberem Wasser überleben konnten. Sie waren ein Indiz dafür, dass die Natur auf ihrem kleinen Eiland noch intakt war. Dann stieg ein Raubfisch aus dem Teich auf und verschlang den Weihläufer in einem Zug. Doch noch bevor er wieder im Nass verschwinden konnte, kam ein Falke und schnappte sich den Fisch. Langsam fuhr sie mit den Fingern am Schaft der Feder entlang und hörte die Stimme ihres Vaters in ihrem Kopf.

»Ein Jäger ist am verwundbarsten, wenn er selbst nach seiner Beute greift.«

Malik löste das Luftgitter aus dem Schacht. Nicht ein einziger Ton war zu hören. Diese Tat hatte nichts Bedrohliches an sich, und dennoch machte sie Mulai wieder einmal klar, wie gefährlich ihr Feind war. Dann schwang er sich durch die Öffnung. Noch bevor er auf dem Boden angelangt war, schnellte Mulais Hand zu ihrem Speer.

Malik landete direkt hinter dem Wachmann. In dem Moment, als er den Boden berührte, sprang sie ihm mit gezogener Waffe nach. Der ehemalige Soldat landete leise wie eine Feder, und noch bevor der Nachtwächter ihn überhaupt bemerkt hatte, setzte er ihn mit einem gezielten Handkantenschlag in den Nacken außer Gefecht. Normalerweise hätte er ihm, ohne zu zögern die Kehle durchtrennt, doch wenn eine andere Wache das Blut finden würde, würde sie Alarm schlagen und den Plan unnötig erschweren. Nahezu gleichzeitig mit dem Wachmann landete Mulai auf dem Boden. Sie umhüllte ihren Speer mit Aura und stieß nach Malik, welcher ihr den Rücken zugewandt hatte. Und schließlich war der Raum nun doch erfüllt von dem metallischen Geruch von Blut.

地

Verdammt! Habe ich mich verlaufen?, fragte sich Mortecai, während er sich durch die engen Luftschächte des Toxanolgebäudes bewegte.

Doch dann hörte er Stimmen. Leise, die Aiwaz-Knoten verschlossen, folgte er ihnen bis zu einem Lüftungsgitter. Durch die Schlitze konnte er ihre Besitzer erkennen. Eine der Stimmen gehörte zu einem reifen Mann, der hinter einem großen antiken Schreibtisch saß. Das Holz von Maserungen durchzogen, lackiert und säuberlich poliert. Berichte stapelten sich darauf. Ernteprognosen, Preisfluktuationen und Diagramme zu den Luftwerten der Zonen verteilten sich auf Papierstapeln und elektrischen Bildschirmen. Mit einem Tuch säuberte er seine Brille. Die Beine hatte er dabei überschlagen. So saß der Mann in dem edlen Anzug, den zurechtgemachten grauen Haaren sowie dem gepflegten Schnurr- und

Kinnbart auf seinem Stuhl. Abgerundet wurde seine Erscheinung von seinem mutmaßlichen Leibwächter, welcher knapp einen Meter hinter ihm stand. Narben zogen sich willkürlich durch sein blasses Gesicht. Anzug, Hemd, Krawatte, Lederhandschuhe. Ganz in Schwarz stand er hinter seinem Herrchen und beobachtete wie eine Krähe das Geschehen.

Der Typ ist nicht zu unterschätzen, dachte Mortecai. *Aber ich scheine richtig zu sein. Dieses Büro wirkt genauso protzig wie sein Wolkenwandler. Oswald Grim, du scheinst eine Menge kompensieren zu müssen.*

»Vater, hast du mal darüber nachgedacht, was du für diesen Planeten tun könntest, wenn du deinen Intellekt für etwas Positives nutzen würdest?«, fragte die Person auf der anderen Seite des Tisches.

Mortecais Blick fiel auf den androgyn wirkenden jungen Mann mit dem langen pfirsichfarbenen Haar. Oder war er doch eine Frau? Nicht einmal am Klang der Stimme konnte er es festmachen.

»Bist du schon wieder nur hier, um mir belehrende Vorträge zu halten?«, antwortete Oswald Grim mit einer Gegenfrage.

»Du pflegst Abkommen mit Alaska. Die Politiker Pangeas und Zhōngguōs fördern dich mit den Steuergeldern der Bürger und verdienen am Ende selbst daran. Nihons technologischer Beitrag zu diesem wackeligen Frieden stammt von dir. Wir wissen beide, das Toxanol diese Welt zum Besseren verändern könnte. Stattdessen richtest du sie zugrunde!«

Gezielt setzte Oswald Grim seine Brille auf. »Du bist genauso blind wie alle anderen Menschen auch. Männer wie ich gaben ihnen lediglich Werkzeuge und Spielereien, die ihnen ihren Alltag erleichterten oder mit denen sie ihre Gier befriedigen konnten.«

»Und dabei belügst du sie!«

»Denkst du das wirklich? Sie haben doch alle Augen im Kopf. Sie können sehen, welchen Schaden sie bereits angerichtet haben. Das Artensterben, der vergiftete rote Boden, die verpesteten Flüsse, die aussehen wie das Erbrochene eines an Pollenlunge Erkrankten. Und natürlich das Herz des Ganzen, die schwarze Zone. Das Reich ohne Sauerstoff. Und doch rühren sie keinen Finger. Weil die Welt, die Männer wie ich für sie geschaffen haben, so bequem ist. Habe ich nicht recht, mein Sohn?«

Mortecai konnte sehen, wie die Augen der Person glasig wurden. Anstelle zu antworten, schluckte sie schwer.

»Wir haben sie nie zu irgendetwas gezwungen. Lediglich das Messer haben wir ihnen gegeben. Die Kehle schlitzen sie sich selbst auf. Und weshalb sollte ich nicht daran verdienen? Dieser Planet wird sterben. Na und? Wir doch auch! Warum soll es uns an etwas fehlen, bis es so weit ist?«

»Wir sind nicht alle blind! Ein paar von uns sehen, dass sich etwas ändern muss und stehen dafür ein!«

»Natürlich gibt es auch ein paar wenige, die gut zu diesem Planeten sind. Aber letztlich wünschen sie sich doch auch nur mehr Zeit für sich selbst«, beendete Oswald Grim die Diskussion. »Wenn dies der einzige Grund ist, warum du zu mir gekommen bist, Vincent, dann bitte ich dich, jetzt zu gehen. Ich habe noch andere Dinge zu erledigen. Toxanol führt sich nicht von selbst. Das wirst du noch früh genug erkennen, mein Sohn.«

»Wie oft soll ich es dir noch sagen? Mein Name ist nicht mehr Vincent und ich bin auch nicht dein Sohn. Ich bin eine Frau! Und mein Name ist Tia«, erwiderte diese entschlossen.

»Und wie oft soll ich dir das noch sagen? Du bist ein Mann und ein Mann kann keine Tochter sein.«

Was für ein Widerling, dachte Mortecai, während er der jungen Frau dabei zusah, wie sie unter Tränen den Raum verließ. Erst jetzt stach ihm ihre eigenwillige Kleidung ins Auge. Stiefel, eine robuste schwarze Hose und ein dazu passender Mantel. Im Gegensatz zu dem protzigen Gewand ihres Vaters war es gewöhnliche Kleidung. Auf ihrem Arm war ein Aufnäher angebracht, der aussah wie das Symbol der grünen Zone. Eine weiße Lilie. *Shirayuri* – die Blume der Reinheit. Als sie sich umdrehte, flatterten ihre langen, pfirsichfarbenen Haare durch die Luft und gaben die Sicht auf ihren Rücken frei. Darauf befand sich ein kopfloser Engel, der die Arme ausbreitete, als wolle er einen umarmen. Die Flügel trugen jedoch keine Federn, sondern vielfältig kolorierte Blüten unterschiedlichster Blumen. An der Stelle, an welcher der Kopf sitzen sollte, stand ein Schriftzeichen, wie sie sie früher in Nihon nutzten. 花 – *Hana*, die Blüte. Auch wenn ihre Kleidung dafür zu gepflegt aussah, wirkte sie wie ein Mitglied einer Straßengang.

Dann zog ein Klingeln Mortecais Aufmerksamkeit auf sich. Oswald Grim drückte auf den Knopf einer Fernbedienung. Anschließend verwandelte sich das Gemälde seiner selbst, das sich in einem in Goldfarbe lackiertem und mit eingeschnitzten Ornamenten verzierten Rahmen an der Wand hinter dem Schreibtisch befand. Es bildete nun nicht länger den Firmenchef von Toxanol ab, sondern zeigte die Bewegtbildübertragung eines Aojiroi. Es war kein Gemälde, sondern ein Bildschirm, begriff Mortecai in dem Moment, als die beiden verbliebenen Männer sich zu diesem wandten.

»Guten Abend Herr Lato. Ich nehme an, die Obduktionsergebnisse sind da? Oder gibt es einen anderen Grund dafür, dass der Anführer der bleichen Männer mich beehrt?«, begrüßte Oswald Grim den Anrufer.

»Guten Abend, Herr Grim«, erwiderte der Mann. Er war in einen der charakteristischen weiten, weißen Umhänge der Aojiroi gewickelt. Sein Gesicht verdeckt von der insektenhaften Atemmaske mit dem Filterfortsatz, durch die er schwer atmend sprach.

Dass der Mann überhaupt sprach, verwunderte Mortecai. Er hatte die knochenbleichen Männer bislang nur aus der Ferne gesehen, wenn sie um und über die Felder schlichen, während sie diese überwachten. Aber selbst der ungebildetste kleine Junge aus den Straßen Al-Qāhirahs wusste, dass die Aojiroi nie ihre Stimme erhoben. Lediglich das surrende Geräusch, als wollten sich Zikaden verständigen, welches ihre Filtermasken beim Atmen erzeugte, verließ ihre Kehlen. Dazu kam ihre eigene Variante einer Gebärdensprache, mit welcher sie sich verständigten. All das webte den Stoff, der die Träume kleiner Kinder in Albträume verwandelte. Doch nun sprach einer von ihnen. Nicht das Mortecai erwartet hatte, dass sie es nicht könnten, denn eigentlich hatte er gar nichts erwartet. Dennoch spürte er, wie der kleine Junge, der noch immer in seinem Herzen saß, heute Nacht ruhiger schlafen würde.

»Korrekt. Die Leiche des jungen Mädchens, welche die Einheiten A-666 und A-718 gefunden hatten, wies diverse Stich- und Schnittverletzungen auf. Einige von ihnen wurden auf seltsame Weise genäht …«. Dann stockte er und blickte zu Oswald Grims Leibwächter.

»Keine Sorge. Er ist eingeweiht in die Geheimnisse der *Thelema.* Ohne solche Fähigkeiten qualifiziert man sich nicht für einen Posten, der mein Leben beschützen soll«, feixte der Firmenchef.

»In Ordnung. Meine Obduktion ergab: Sowohl an den fragwürdigen Nähten als auch am tödlichen Stich durchs Herz befinden sich Residuen der unsichtbaren Mächte.

Wir haben Fingerabdrücke von der Leiche genommen, allerdings ergaben diese keinen Treffer in den biometrischen Datenbanken«, fuhr der Aojiroi namens Lato fort.

»Eine junge Frau, die die unsichtbaren Mächte zu nutzen weiß und in keiner Datenbank gelistet ist?«

»Ich habe noch mehr Informationen. Die Tote ist zwar nirgendwo registriert, aber die Fingerabdrücke ergaben Übereinstimmungen mit denen, die bei einigen wenigen unerklärlichen Verbrechen gesichert wurden. Und zwar bei Jenen, die man der Gruppe Greif zuschreibt.«

»Es ist so gut wie unmöglich durch das Registrierungssystem zu fallen. So langsam glaube ich, dass an den Gerüchten um jenen Ort etwas dran sein könnte.« Kurz dachte Oswald Grim still vor sich hin, dann fragte er: »Gibt es Anhaltspunkte, wer ihr das angetan hat?«

»Nein. Meiner Meinung nach ist das auch nicht weiter relevant. Alles was zählt ist, dass diese Ketzerin ihre gerechte Strafe erhalten hat. Vermutlich wollte sie eine Frucht des Himmelsbambus stehlen. Bauerntölpeln wie ihr ist es untersagt, den Samen der Götter zu berühren.« Der Anführer der Aojiroi wurde ungehaltener.

»Bei all ihrer Kaltherzigkeit vergesse ich manchmal, dass sie als Mitglied der Himmelsbambussekte eine religiöse Ader haben.«

Dann klingelte es erneut.

»Ich scheine heute wieder sehr gefragt zu sein«, sagte Oswald Grim zu seinem Leibwächter, welcher verstanden hatte, dass es keiner Antwort bedarf. »Morgen haben sie ihr Geld auf dem Konto. Ich danke und wünsche ihnen eine geruhsame Nacht, Herr Lato.«

Selbst die Aojiroi schmiert er, dachte Mortecai.

Der in knochenbleiches Weiß gehüllte Mann verneigte sich leicht zum Abschied, dann änderte sich das Bild, dass von dem goldenen Rahmen gefangen gehalten wurde. Nun war darauf ein einfacher Sicherheitsmann zu sehen. Mortecai begriff sofort, dass es sich um einen gebäudeinternen Anruf handeln musste, denn er erkannte die Anlagen im Hintergrund.

»Herr Grim, Unbefugte haben sich Zutritt zum Gebäude verschafft«, hechelte dieser eilig.

»Nehmt sie schleunigst in Gewahrsam. Für was bezahle ich euch denn?«

Nun bewies auch der Leibwächter Grims, dass er keine Statue war. Langsam entfernte er sich von seiner Position hinter seinem Arbeitgeber, von der aus er den Raum mit seinen krähenhaften Augen überwachte. Mit jedem Schritt überprüfte er eine andere Stelle des Raumes. Schließlich hatte das Narbengesicht sein Ziel erreicht. Wie ein Raubvogel, der seine Beute ins Auge gefasst hatte, fixierte er das Gitter zum Lüftungsschacht. Darin war jedoch niemand zu sehen. Die siebte Feder war längst verschwunden.

空

Mulai landete auf dem Boden und stach mit ihrem Speer nach Malik, der ihr – noch immer mit dem Wachmann beschäftigt – den Rücken zugewandt hatte. So schien es zumindest. Doch im letzten Moment wich er dem Speerstoß mit einer Drehung um die eigene Achse aus. Dann nutze er den Schwung der Bewegung und trieb eines seiner schartigen Bajonettmesser, welches er bereits in den Händen hielt und mit seinem Oberkörper verdeckt hatte, in ihr Fleisch. Der Gestank von Blut stieg Mulai in die Nase und mit diesem waren die Bilder ihrer eigenen Gräueltaten durch ein unsichtbares Band verbunden. Instinktiv sprang sie zurück, um Abstand zu gewinnen. Dadurch drang die Klinge nicht allzu tief ein und die Wunde an ihrer Schulter würde sie nicht weiter einschränken. Die toten, kalten Augen ihrer Opfer, die sie wie hungrige Geister heimsuchten, allerdings schon. Mulai sprang so eilig zurück, dass sie keine Gelegenheit hatte, ihre Umgebung zu prüfen. Sie krachte durch eine nicht verschlossene Tür in eines der Entwicklungslabore. Der Aufprall klärte ihren Geist, doch verschaffte er auch Malik Zeit für seinen nächsten Schritt. Die junge Kanohi festigte den Griff um ihren Speer und erhob sich, da stand der ehemalige Soldat bereits im Türrahmen. Aus seiner Militärweste hatte er einen Trumpf gezogen. *Die 5 der Scheiben, die Quälerei.*

»Dachtest du allen Ernstes, ich hätte nicht bemerkt, wie oft du im Lüftungsschacht nach deinem Speer gegriffen hast?«, spottete Malik. Dann löste sich die Arkane in seiner Hand auf und materialisierte sich in ihrer wahren Form. Wie ein Armreif umklammerte *die Quälerei* den Unterarm ihres Besitzers. Auf der Oberseite befand sich eine mit verschiedenen Symbolen bemalte Scheibe. Diese waren durch ein umgedrehtes Pentagramm miteinander verbunden. Sie hatte die Form einer rituellen Opferschale.

Mulai war gerade wieder auf den Beinen und wollte einen zweiten Angriff starten, da ließ Malik einen Tropfen ihres Blutes von der Bajonettklinge auf die Scheibe tropfen. Schlagartig spürte Mulai wie ihre Muskeln blockierten. Schonungslos wie ein fallengelassener Stein krachte sie zu Boden. So sehr sie es wollte, ihre Beine gehorchten ihrem Willen nicht. Auch ihren Speer konnte sie nicht länger mit ihrer Faust umklammern. Nicht einmal ihre Zunge tat ihren Dienst.

»Du hattest deine Chance, mir mit Worten zu antworten«, sagte Malik, während er auf sie zuging. Dann setzte er sich vor ihr in die Hocke. Mit seiner Zunge leckte er ihr Blut von seinem Messer, bevor er es in ihren Unterarm rammte.

Weder die Gnade eines Schmerzensschreis noch das Verkrampfen der Muskulatur war ihr vergönnt. Nur der Schmerz raste mit all seiner rohen Gewalt durch ihren Körper, der sich nicht länger wie ihrer anfühlte. Es war, als meißelte jemand ein Gedicht mit Blut auf Rauch.

Malik zog die Klinge aus ihrem Arm und während er ihrem Lebenssaft beim Fließen zusah, sagte er: »Du könntest nach oben sehen, wenn du Ja sagen möchtest und nach unten für Nein? Wie wäre das?«

Sie hatte keinerlei Interesse daran, seine Spielchen mitzuspielen, dennoch rollte sie die Augen nach oben.

»Na siehst du! Geht doch!« Dann schnitt er ihr in den anderen Arm.

AAAAAARRRGH, schrie Mulai in ihrem Kopf. *Aber Moment, ich kann meine Augen tatsächlich bewegen. Das bedeutet, mein Körper ist nicht vollständig gelähmt. Ich muss herausfinden, was ich sonst noch nu … ARRRRGH!*

Eine weitere Wunde öffnete sich auf ihrem Arm, parallel neben der Ersten.

»Ich wette, du hast Chelsea selbst auf dem Gewissen?«, fragte Malik, während sein Kampfmesser an ihrer Kleidung reinigte. »Keine Sorge, ich habe kein Interesse daran, sie zu rächen. Ich kannte sie, um ehrlich zu sein, nicht einmal wirklich. Du kannst es mir also ruhig verraten.«

Mulai ignorierte seinen Monolog und versuchte herauszufinden, welche Regionen ihres Körpers nicht von Maliks Fähigkeit blockiert wurden. Leider erfolglos.

»Von mir aus, dann verrätst du es mir eben nicht«, fuhr Malik fort. Dabei grinste er, als wäre er von etwas besessen. Dann schob er sein Kampfmesser zurück in die Scheide. Seine Hand wanderte hinter seinen Kopf zu dem abgewetzten Griff eines Katanas. Langsam zog er es hervor. Genoss den kratzenden Klang des schartigen Metalls. »Du musst wissen, ich bin genau wie du kein Gründungsmitglied. Ich habe mich dem Greif nur aus einem Grund angeschlossen: Um meiner Leidenschaft nachzugehen.« Dann schnitt das Stück nihoner Stahl quer über ihren Rücken. Mit ihrem Blut tuschte es einen Kreis in die Luft, bevor dieser auseinanderstob und es sich über den Mikroskopen, Prototypen von Filtermasken und technischen Geräten verteilte.

»Phüü … huh … phüü … huh«, versuchte Mulai den Schmerz weg zu atmen.

Moment … ich kann atmen. Natürlich, sonst wäre ich schon längst erstickt. Und wenn ich atmen kann, dann bedeutet das …

Mulai sog die Luft ein. Dann formte sie einen dünnen Faden aus Aura und ließ diesen zu ihrem Trumpf gleiten. Eigentlich wollte sie ihr Ass im Ärmel noch nicht so früh einsetzten, doch solange sie ihn hier töten würde, spielte es keine Rolle. Wie eine Schlange kroch der Aurafaden über ihren Körper. Fast hatte er die große Arkane *Nummer X – Das Glück* erreicht. Dann stach Malik erneut zu. Diesmal wieder in ihren Arm und wieder an einer Stelle, die sie nicht tödlich verwunden, aber schmerzhaft sein würde. Der hauchdünne Faden riss und mit ihm Mulais Hoffnung. Es war unmöglich, unter diesen Umständen vernünftig mit den unsichtbaren Mächten umzugehen.

»Ich liebe einfach das Adrenalin, das bei einem Kampf durch meine Adern pumpt«, sagte Malik verzückt. Er genoss die Ektase, in der sein Körper sich gerade befand. »Das Endorphin, das mein Körper ausschüttet, wenn ich spüre, wie meine Klinge durch Fleisch schneidet und der metallische Geruch von Blut, der meine Nase kitzelt. Ich würde das hier wirklich gerne noch länger genießen, jedoch hab weder ich noch du Zeit dafür. Schließlich befinden wir uns auf feindlichem Boden.«

Wegen Menschen wie Malik sollte die *Thelema* ein gut gehütetes Geheimnis bleiben. Auch wenn er sie nur weiter quälen würde, an der Rückenwunde würde sie in absehbarer Zeit verbluten. Doch das hier konnte nicht wirklich schon das Ende ihrer Rache sein. Im Augenwinkel konnte sie die Feder sehen, die sie von ihrem Vater geschenkt bekommen hatte. Solange ihr Herz noch Fangzähne besaß, solange der Greif nicht Gefieder und Kopf verloren hat, so lange, würde sie ihr Fleisch noch zusammenhalten. Sie hatte sich geschworen, sie würde nicht eher sterben.

Malik öffnete seine Weste und riss sein camouflagefarbenes Shirt ein Stück ein. Darunter kamen die Krokodilsskarifizierungen sowie eine schwarze Feder mit einer ausgehöhlten zehn in der Mitte zum Vorschein. »Hier wirst auch du deine letzte Ruhestätte finden.«

Innerhalb eines Sekundenbruchteils spürte Mulai, wie die Kontrolle über ihre Muskeln zurückkam. Sie hatte keine Zeit gehabt, sich zu fragen, was die Ursache dafür war, da bahnte sich diese bereits ihren Weg durch Maliks Brustkorb. Die Spitze eines Kurzspeeres ragte aus diesem. Dann kroch das Metall zurück in die Brusthöhle und riss die zehnte Feder zu Boden. Sein Trumpf löste sich auf. Das passierte, wenn man den Hüter einer Arkane tötete, während diese aktiviert war. Irgendwann würde *die Quälerei* sich wieder materialisieren, und entweder sie findet dann, in absehbarer Zeit, einen neuen Besitzer oder sie wird außer Kontrolle geraten. Mitten im Herzen von Neo Metropolis, im Zweiggebäude Toxanols würde ein arkaner Hof entstehen. Doch das sollte nicht Mulais Problem sein. Sie konnte zwar ihre Muskeln wieder benutzen, doch die unzähligen Wunden schmerzten bei jedem Versuch. Ihr Blick suchte den Besitzer der Waffe, die Malik das Leben kostete. Er stand im Türrahmen an genau der Stelle, an der Malik zuvor seinen Trumpf aktiviert hatte, und dennoch hatte sie ihn fast übersehen. Dabei war er ein erwachsener Mann mit mittellangem, schwarzem Haar. Er war mindestens Mitte vierzig. An seiner Lippe klaffte eine kleine Narbe, die bereits verheilt war. In einer seiner Hände ruhte der Kurzspeer, von dessen Spitze Blut tropfte und an dessen Ende er eine Kette angebracht hatte. Diese war um seine andere Hand gewickelt. Dann kam er näher und Mulai lief ein eiskalter Schauer den Rücken herunter. Er stand direkt vor ihr und doch fühlte es sich an, als wäre er nicht da. Als wäre er ein Geist. Es war nicht wie bei einer Person, die ihre Aiwaz-Knoten mittels *LA* verschlossen hatte. Dieser Mann hatte keinerlei körperliche Präsenz, keine Mordlust, die von ihm ausging. Noch nicht Mal ein Geruch haftete an ihm. Und doch stand dieses fleischgewordene Phantom vor ihr.

Mit zwei gezielten Schnitten hinterließ er seine Visitenkarte und verpasste Malik ein Grinsen über beide Wangen bis hin zu den Ohren. »Auf deinen Kopf hat der Geizkragen ein anständiges Sümmchen ausgesetzt. Und dann bringst du dich auch noch selbst zum Abgabeort. Das ist wirklich leicht verdientes Geld.« Erst jetzt bemerkte er Mulai.

Als sie seine hungrigen Augen sah, lief es ihr eiskalt den Rücken herunter.

Sie hatte dieses Gefühl bereits einmal verspürt. An jenem Tag, als sie vor den Toren der zerfallenen Friedhofskirche stand. Jenes Gefühl, von einem Raubtier ins Auge gefasst worden zu sein, welches seine Beute begutachtet.

Dann stand der Mann auf. Er ließ die Kette fallen und fasste sich ans Kinn. Nachdenklich sah er nach oben. Schließlich sagte er: »Auf dich ist kein Kopfgeld ausgesetzt. Ich habe keine Lust, umsonst zu arbeiten.« Mit einem Finger zeigte er zur Decke. »Also verschwinde lieber, bevor der alte Geizkragen mitbekommt, dass du hier eingedrungen bist und es sich anders überlegt.« Mit einem vergnügten Pfeifen auf den Lippen ging der Mann durch die Labortüre.

»Danke«, keuchte Mulai schwer.

Kurz hielt der Mann inne. Ehe er in die entgegengesetzte Richtung des Aufzuges verschwand, blickte er Mulai über seine Schulter hinweg an. »Erliege bloß keiner Illusion. Du lebst lediglich noch deshalb, weil dein Tod für mich im Moment keinen Wert hat. Sollten wir uns wiedersehen, kann sich das bereits geändert haben. Und merke dir Mädchen: Die Schwachen können sich nicht aussuchen, wie sie sterben.«

水

Wer hätte das geahnt, dachte Mortecai, während er Mulai aus dem Luftschacht heraus beobachtete.

Die beiden Federn hatten die *Thelema* so offenherzig genutzt, dass es für ihn ein Leichtes war, dem Puls ihrer Auren zu folgen. Wie sie aus ihren Wunden blutend vor dem Leichnam ihres Opfers stand, wirkte sie wie ein Todesengel. Der rote Lebenssaft ran ihren Speer hinab und sammelte sich an der Spitze, von wo aus er zu Boden tropfte und einen monotonen Takt vorgab.

Mord in den eigenen Reihen. Unter den Federn gibt es einen Verräter!

Mit zittrigem Schritt ging die junge Frau durch die Tür. Verunsichert blickte sie nach links, bevor sie den bewusstlosen Wachmann durchsuchte. Sie nahm seine ID-Karte an sich und schleppte sich in den Aufzug. Durch den Schnitt auf der Rückseite ihres ärmellosen Kimonos konnte Mortecai die letzte Feder des gefallenen Engels sehen. Tiefschwarz und mit einer ausgesparten acht in der Mitte.

Die meisten Mitglieder des Greifs, tragen ihre Federtätowierungen, wie ein König seine Krone, doch sie trägt sie auf dem Rücken, so als wollte sie sie auf keinen Fall sehen.

Nachdem sie im Aufzug verschwunden war, verließ Mortecai sein Versteck. Im grün blinkenden Licht der Reinheitsanzeige des Luftfiltersystems stand er vor Maliks totem Körper. Mit glasigen Augen, dachte er an einen Freund und fragte sich, wie es ihm wohl gerade geht?

»Wie geht euer Sprüchlein noch gleich? Möge deine Feder so leicht sein, wie die Feder der Maat?« Dann spuckte er auf die leblosen Überreste der zehnten Feder. »Als ob! Ich hoffe, Ammit wird dein Herz verschlingen!«

火

Mulais Körper bebte vor Schmerzen. Sie hatte es gerade noch geschafft die Taste des Aufzugs zu drücken und die benötigte ID-Karte aufzulegen, bevor diese ihr aus der zitternden Hand gefallen war. Als der Fahrstuhl sich in Bewegung setzte, um den Turm des Toxanolgebäudes zu erklimmen, sackte Mulai in sich zusammen. Der Weg zum normalen Ausgang wäre sicher der Kürzere gewesen, aber diesen hatte der Kopfgeldjäger eingeschlagen und sie selbst hatte zu viel Angst, um in seine

Richtung zu gehen. Sie war nicht länger die Jägerin, nun war sie selbst die Gejagte. Der Luftschacht , war zu eng, um ihre Wunden zu versorgen, und dies zuvor im Labor zu erledigen, erschien ihr auch nicht richtig. Sie verweilte hier schon viel zu lange. Selbst in ihrem Zustand kam es ihr sicherer vor, sich vom Luftschiffkai abzuseilen.

Während sie nach oben fuhr, aktivierte sie den Trumpf, welchen sie Chelsea abgenommen hatte. Sie konnte keinesfalls alle ihre Verletzungen heilen, das würde sie zum einen verdächtig machen und zum anderen hatte sie bei ihrem letzten Opfer gesehen, dass die Marionette sie zwar heilte, jedoch kreuzförmige Narben hinterließ. Dies würde sie sofort bei Vicky verraten. Dennoch würde sie an der Wunde auf ihrem Rücken verbluten, also entschied sie sich, zumindest diese zu verschließen. Es dauerte ungefähr acht Stockwerke, bis Mulai ihre Atmung ausreichend beruhigt hatte sowie elf weitere, bis sie einigermaßen verstand, die kleine, aus unzähligen Einzelsegmenten bestehende Frau zu lenken. Nach und nach schloss sich die Kluft auf ihrem Rücken. Es war jedoch kein Vergleich dazu, wie Chelsea die kleine Arkane genutzt hatte. Mulai musste sich eingestehen, dass sie weit davon entfernt war, diesen Trumpf effektiv in einem Kampf benutzen zu können. Sie deaktivierte ihn, um ihre Aura für etwas Sinnvolleres aufzusparen. Zumindest, was ihre Schmerzen betraf, war das Verschließen dieser einen Wunde nur ein Tropfen auf den heißen Stein. Trotzdem fühlte sie sich besser. Anschließend riss sie kleine Stoffbahnen von ihren Hosenbeinen und verband damit die anderen Schnitte. Außerdem konzentrierte sie ihre Atmung, vermischte sie mit ihrer Aura und lenkte sie zu den Verletzungen, um die Blutungen zu stillen.

Als der Aufzug den Luftschiffkai, der sich oben am Turm befand, erreichte, hatte es Mulai geschafft einen

Großteil ihrer Wunden stillzulegen. Aber ihr war schmerzlich bewusst, dass die kleinste Erschütterung sie wieder aufreißen würde. Direkt vor ihr befand sich Oswald Grims prachtvoller Wolkenwandler. Die beiden Frachter ankerten an zwei nebeneinanderliegenden Stegen auf der Kehrseite des Turmes. Da in dem Luftschiff des Toxanol Chefs kein Licht brannte, entschied Mulai sich dafür, sich den Weg um den Turm zu ersparen.

Doch als sie über die Holzplanke auf die Galeone hinkte, kam ihr ein Gedanke: *Was, wenn er gerade unter meinen Füßen schläft? Dann wäre es ein Leichtes, die Informationen aus ihm herauszubekommen. Wenn ich herausfinden würde, wo die Insignien sich aufhalten, würde das meine Glaubwürdigkeit erhöhen, falls jemand auf die Idee kommt, dass es einen Verräter gibt.*

Also entschied Mulai sich dafür, durch die Luke in den Bauch des Wolkenwandlers herabzusteigen und nach Grims Gemächern zu suchen. Denn selbst in diesem Zustand wäre ein normaler Mensch, der sich der unsichtbaren Mächte nicht bewusst war, kein Gegner für sie. Nachdem sie über die Treppe das Schiff betreten hatte, holte sie eine der Chōchin-Blasen hervor, welche sie von Malik bekommen hatte, bevor sie Toxanol infiltrierten. Behutsam wie eine Seifenblase blies sie die Lichtquelle auf. Doch kaum erhellte sie den Raum, bemerkte Mulai, dass sie vor einer riesigen Raubkatze stand. Aus stechenden Augen blickte sie sie an. Schwarze Streifen zogen sich länglich über ihr orangenes Fell. Auf Höhe von Mulais Gesicht standen Zähne wie kleine Dolche in Reih und Glied. Gelblich schimmerten sie im Schein der Lichtblase, bis diese platzte. Vor Schreck hatte die junge Kanohi zu schnell hineingepustet, weswegen die dünne Membran riss. Die Meisten wären weggerannt, doch Mulai gehörte einem Naturvolk an. Sie war in dem kleinen

Fleckchen rauer Wildnis groß geworden, das diesem Planeten noch blieb. Langsamen Schrittes ging sie rückwärts und vermied dabei zu schnelle Bewegungen.

Als sie an der Türschwelle angelangt war, realisierte sie die Stille im Raum. Nur ihre eigene Atmung war zu hören. Müsste die Bestie nicht auch atmen? Sie sog die Luft durch die Nase ein. Doch das Zimmer roch nicht nach einem wilden Tier, sondern nach kaltem Zigarrenrauch. Fast in Zeitlupe griff sie nach einer weiteren Chōchin-Blase. Schon beim ersten Lichtstrahl, den diese warf, bemerkte Mulai, dass die Raubkatze unverändert und mit gleicher Mimik an ihrem Platz stand. Sie fing die Lichtblase auf, so wie Malik es in der Gasse getan hatte und ging zu ihr.

Auf einer gravierten Tafel, welche zu den Füßen des Geschöpfes angebracht war, stand: *Amur-Tiger, Lumpur, eines der letzten Exemplare seiner Art.*

Es gab keinen Grund, sich vor einem ausgestopften Tier zu fürchten. Mulai schluckte, dann leuchtete sie sich ihren Weg durch den Raum, der Oswald Grim vermutlich als Herrenzimmer diente. Die Einrichtung bestand aus dunkelbraunem Mahagoniholz. Je nachdem, wie ihr Licht auf die Möbel fiel, schimmerten diese hin und wieder rötlich. Teure, mit Alkohol befüllte Flaschen warteten hinter gläsernen Vitrinen darauf, geleert zu werden. Zwei kleinere Ledersofas sowie einige Chesterfieldsessel boten Sitzgelegenheiten. Das Leder war gemustert wie die Reptilienhaut einer Schlange. Zwischen ihnen stand ein kleiner Tisch auf einem schneeweißen Fellteppich. Als sie über den Kopf seines ehemaligen Trägers stolperte, wäre die Lichtblase beinahe geplatzt. Nachdem sie dies verhindert hatte, leuchtete sie eine der Schiffswände aus. An ihr hingen Geweihe, exotisch gemusterte Felle und weitere Jagdtrophäen. Bei dem Anblick kam ihr die

Galle hoch und hinterließ einen bitteren Geschmack auf ihrer Zunge. Melancholie überkam sie bei dem Gedanken daran, was dieser Widerling den Kindern ihrer Götter angetan hatte.

Was für ein Mensch tut so etwas? Ich sollte ihm das Gleiche antun! Nein … was ist nur los mit mir …

Wenn sie ihn in seinem Bett vorfinden würde, könnte sie nicht dafür garantieren, dass sie ihm mehr Gnade als den Federn zukommen lassen würde. Hatte das Morden sie bereits so sehr abgestumpft? War es bereits Teil ihrer Persönlichkeit geworden? Wenn ihr Vater sie so sehen würde …

Sie musste hier raus. Nur nach links brauchte sie zu gehen. Doch es war, als wollten die Kinder ihrer Götter ihr noch etwas zeigen und so wandte sie sich rechtsherum. Noch während sie sich drehte, bemerkte sie, wie irgendetwas den Schein ihrer Lichtblase reflektierte. Wie kleine Sterne hingen die Reflektionen in der Finsternis. Mulai ging darauf zu. Dort zwischen zwei aus Elfenbein geschlagenen Statuen, standen sie. Ihr ganzer Körper war mit Schnitt- und Stichwunden übersät. Mulai wurde heute gequält und gefoltert. Doch all ihre körperliche Pein verblasste gegen den Schmerz, der sich wie flüssiges Feuer durch ihre Seele brannte, beim Anblick der Augen ihres Stammes. Schwerelos schwebte das Augenpaar in einer durchsichtigen Lake. Schwarz wie der Nachthimmel und durchzogen von unendlich vielen winzigen Sternen. Mit einer Hand berührte die letzte der Kanohi das gläserne Gefängnis der kleinen Galaxien. Eine einsame Träne kullerte über ihr Gesicht, während der Blick der schwarzen Perlen auf ihr lastete wie der Schwermut einer sterbenden Blume.

Fu - 22

Fünfunddreißig Menschen wuselten auf dem Bahnsteig herum. Darunter elf Frauen, drei Kinder und einundzwanzig Männer, zählte Yamamoto, während er in der Eingangstür der Magnetschwebebahn, die ihn zurück zur Turmkirche des avalonischen Ordens bringen sollte, stand. Er war einer der wenigen auf dem Bahnsteig, der eine Filtermaske besaß. Die ärmlichen Bewohner der roten Zone trugen überwiegend verschlissene Tücher vor dem Mund.

Gerade als er das Abteil betreten und sich zu Akira setzen wollte, entdeckte er einen kleinen Jungen auf dem Gleis. Das Kind hatte sich einen alten Lumpen um die untere Gesichtshälfte gebunden, aber seine Augen strahlten beim Anblick der Magnetschwebebahn, als würde er zum ersten Mal die Sonne aufgehen sehen.

»Wenn ich groß bin, dann möchte ich als Lokführer arbeiten. Dann kann ich uns jederzeit in die grüne Zone fahren. Dorthin, wo dir das Atmen leichter fällt«, erzählte er voller Stolz seinem Vater, der ihn an der Hand hielt.

»Mein Vater hat auf den Bambusfeldern gearbeitet, genauso wie auch ich auf den Feldern Arbeit gefunden habe. Und eines Tages wirst auch du auf den Feldern dein tägliches Brot verdienen, mein Sohn. Hier sind wir geboren und hier werden wir sterben«, hustete dieser ihm verbittert entgegen.

Yamamoto konnte sehen, wie der schwarze Schleim aus den Lungen des Mannes den Stoff vor seinem Mund verfärbte. Er erinnerte ihn an seinen Meister. Der Writer besaß ebenfalls das Talent, die Sehnsüchte seines Herzens beim kleinsten Aufflackern zu ersticken. Oft fragte er sich, warum der alte Panda so streng mit ihm war. Dank Akira hatte er nun eine Ahnung.

Sein Meister war bereits sehr alt und hatte vermutlich schon einmal einen potenziellen Nachfolger verloren, weil dieser den Kodex der Writer gebrochen hatte. Yamamoto nahm an, dass er deshalb so bestimmt mit ihm umging. Er musste an den Tag der Beerdigung von Sirius Gallegar denken. Beiläufig und ohne darüber nachzudenken hatte er erwähnt, dass es schwer für Chifuyu sein muss.

Sofort hatte der Alte ihn getadelt. »Deine Augen müssen wie Glas sein, Yamamoto. Sie sollten ohne Wertung lediglich das widerspiegeln, was sie sehen.«

»Kommt jetzt wieder der Vortrag darüber, was es bedeutet, ein Writer zu sein?«, hatte er seinen Meister daraufhin gefragt. »Was ist falsch daran, Verbündete zu haben, denen man vertrauen kann?«

»Es ist unsere Aufgabe als Writer, jederzeit unvoreingenommen und völlig neutral zu bleiben. Denn bei der Aufzeichnung der Geschichte könnte selbst die kleinste Voreingenommenheit die Informationen verfälschen. Deswegen besagt der Kodex, dass jegliche Bindungen, Zuneigungen oder gar Freundschaften verboten sind. Wir stehen nur zufällig auf der Seite des Ordens und es ist an der Zeit, dass auch du dies endlich begreifst.«

Meine ersten fünf Ichs kannten dieses Gefühl nicht.

Was ist diesmal anders?, fragte sich der angehende Writer und setzte sich gegenüber von Akira ans Fenster.

Yamamoto las einen Ausschnitt der Nachrichten, die gerade auf einem Bildschirm an der Decke des Mittelganges angezeigt wurden. Linksseitig war eine Fotografie abgebildet, auf der geöffnete Steingräber zu sehen waren. Daneben stand plakativ in großen Lettern: ›Grabschänder treibt sein Unwesen.‹ Danach folgte eine Erklärung in kleinerer Schrift. ›Am Rande der gelben Zone wurden auf mehreren Friedhöfen Gräber mutwillig geöffnet und die darin ruhenden Gebeine der Verstorbenen entwendet.‹

»Aki, für was hat dieser Mortecai sein Dasein als Writer aufgegeben?«

»Er wurde Teil der letzten Generation der sieben Todsünden«, antwortete Akira, wobei er nicht durchscheinen ließ, wie er zu seinem neuen Spitznamen stand.

»Mortecai wollte also lieber eine Todsünde sein als ein Writer?«

»Ich glaube, er wollte einfach nur bei denen sein, die ihm am Herzen lagen.«

Yamamoto war verwirrt. Er war stolz darauf, ein Writer zu werden und das Gedächtnis der Welt zu beherbergen. All das war ihm immer wichtiger gewesen als die Menschen, die er auf seinem Weg getroffen hatte. Denn als angehender Archivar der Weltgeschichte kannte er die Abgründe der Menschheit. Die unzähligen Kriege, die sie führten und ihre egoistischen Beweggründe waren der Ursprung seiner Abneigung ihnen gegenüber. Und dennoch hatte sich etwas verändert. War er mittlerweile so vertraut mit seiner Rolle als Priester des avalonischen Ordens, dass er nicht mehr zwischen seinem Schauspiel und seinen wahren Emotionen unterscheiden konnte?

»Ich kenne mich nicht allzu gut mit eurem Kodex aus,

aber wenn du irgendwann das Bedürfnis verspürst, mit einem Außenstehenden zu sprechen, dann leih ich dir gerne ein Ohr«, riss Akira ihn aus seinen Gedanken, als der Zug sich in Bewegung setzte.

»Danke, Aki.«

Die Nachrichten auf dem Bildschirm hatten in der Zwischenzeit gewechselt. Nun zeigten sie eine Aufnahme der Stadt Neo Metropolis aus der Ferne. ›Verunstaltete Leiche in der Hauptstadt Pangeas gefunden. Nach DNA-Analysen und dem Abgleich mit der biometrischen Datenbank konnte festgestellt werden, dass es sich bei dem Leichnam um eine der als vermisst gemeldeten Personen handelt. Die von Minister Baskerville ins Leben gerufene Sondereinheit untersucht aktuell den Fall.‹

Damit ist es wohl relativ sicher, dass die Todsünden nichts mit den verschwundenen Personen zu schaffen haben. Zumindest nicht Akira und die anderen, die mit in der Bar waren. Wie hätten sie gleichzeitig eine Leiche am anderen Ende Pangeas entsorgen sollen? Wie dem auch sei, Kardinal Kamelot und Joan scheinen etwas auf der Spur zu sein.

Anschließend blickte Yamamoto aus dem Fenster und begann damit alle möglichen Dinge, die an ihnen vorbei rauschten, zu zählen. Von Fabriken über Felder bis hin zu den Wachposten am Grenzzaun der schwarzen Zone. Der Farbton vor den Zugfenstern wandelte sich von einem Abendpurpur, welches die Himmelsbambushaine in ein malerisches Kunstwerk verwandelte, zu einem Nachtschwarz, das aussah, als würde es die schwarze Zone nähren und ihr ermöglichen, ihre kalten, schattenhaften Hände nach dem Lebensraum der Menschen auszustrecken.

»Weißt du, wie die Todeszone entstanden ist?«, fragte Yamamoto Akira, bereit, es ihm zu erklären.

»Durch den Einsatz atomarer Waffen in irgendeinem Krieg, wenn ich mich nicht täusche? Durch die hohen Temperaturen und die Strahlung entstand ein neues Mineral namens *Trinitit*. Es verstrahlte nicht nur die Umgebung, sondern es war dazu in der Lage, den atmosphärischen Sauerstoff zu binden. Die Strahlung soll mittlerweile unter einen gefährlichen Schwellwert gefallen sein, doch die Sauerstoffkonzentration ist noch immer im hypoxischen Bereich«, gab Akira wieder, was sein Meister ihm einst erklärt hatte.

»Mit anderen Worten durch uns Menschen«, sagte Yamamoto, ohne seinen Gegenüber anzusehen. Gedankenverloren hing sein Blick an dem Nachrichtenbildschirm.

Dieser zeigte mittlerweile eine von verlassenen Tempelruinen gespickte, karge Berglandschaft Nihons. ›Gespensterfrau sucht wieder Osore-zan heim.‹, lautete die Überschrift. ›Nachdem das Ökosystem des Berges vor einigen Jahren zugrunde ging, nahmen sich mehrere Forscherteams der Ursachensuche an. Diese berichteten immer wieder von einer Geistererscheinung in Gestalt einer Frau, die nach ihrem Kind rief. Beim Versuch, sich dem übernatürlichen Phänomen zu nähern, – so die Forscher damals – fühlten sie sich, als ob ihnen das Leben ausgesaugt werden würde.‹ Dann wechselte der Text. ›Seit geraumer Zeit hatte das Phänomen ein Ende gefunden, nun soll die Hexe von Osore-zan, wie sie auch genannt wird, wieder gesichtet worden sein. Was wirklich am jenem Berg, der einst als Übergang zwischen dem Reich der Lebenden und der Toten galt und gerade zum Jahreswechsel eine beliebte Pilgerstädte darstellte, vonstattengeht, ist nach wie vor unklar.‹

»Und, wie es scheint, haben wir nichts aus unseren Fehlern der Vergangenheit gelernt, denn wir sind wieder auf dem besten Wege, unseren Lebensraum durch Umweltverschmutzung zu zerstören«, fuhr Yamamoto ihr Gespräch fort.

»Durch das *Trinitit*, gibt es in den Randgebieten der schwarzen Zone nur sehr dünne Luft. Um nicht noch mehr Lebensraum einzubüßen, wurden die Filtermasken und Luftanreicherungsanlagen, deren Grundlage der Himmelsbambus ist, entwickelt. Dessen Wurzeln vergiften jedoch die Böden und der Rauch, welcher bei der Verbrennung der Stämme zur Energiegewinnung entsteht, verschmutzt die Luft. Deswegen wird diese noch schlechter und der Bedarf an Filtermasken steigt. Ein Teufelskreis, an dem sich die wenigen, die ihn kreiert haben, bereichern und von dem alle anderen abhängig sind«, erklärte Akira die Missstände, um die Yamamoto längst Bescheid wusste. Dann lächelte er. »Ich hoffe auf einen Tennō der die Menschen dazu inspiriert, achtsamer zu werden. Denn für einen Umsturz, muss jeder Einzelne von uns damit anfangen umzudenken.« Die letzten Worte verschluckte er in einem Gähnen.

»Sollte es dazu kommen, werde ich seine oder ihre Taten niederschreiben«, erwiderte Yamamoto mit einem Lächeln, während er seinen Satz in Gedanken zu Ende formulierte. *Und sollte es nicht dazu kommen, dann werde ich auch das niederschreiben.*

»Gute Nacht, Yamamoto.«

»Gute Nacht, Aki«, verabschiedete er seine Reisebegleitung ins Land der Träume.

Noch ein letztes Mal sah er zu dem Bildschirm an der Abteildecke auf. Alte Fotografien bereits ausgestorbener Tierarten waren darauf abgebildet. Der Nachrichtentext mit der Schlagzeile ›Wilddiebe aus Zhōngguō brutal ermordet.‹, berichtete über eine Gruppe Wilderer, die beim Versuch, Geistersegler über die Grenze zu schmuggeln, ermordet wurden. Merkwürdig an dem Vorfall war jedoch, dass die Verletzungen, an denen die Gruppe erlag, ausschließlich von unterschiedlichen Tieren stammte, die bereits seit der Entstehung der schwarzen Zone als ausgestorben galten. ›Das Lumineszenzorgan der Irrlicht-Fische gilt in Zhōngguō als teuer gehandelte Delikatesse.‹, endete der Auszug.

»Tod, Krieg, Hunger und Krankheit, egal wo man hinsieht. Was ist im Moment nur mit dieser Welt los?«, hörte der Adjutant des avalonischen Ordens einen Mann sagen, der mit ihnen den Waggon teilte.

Akira hatte die Augen geschlossen und versuchte, etwas zu schlafen.

Also blickte Yamamoto erneut aus dem Fenster. Die Nacht hatte mittlerweile ihre Arme um *Pangea* gelegt. Durch den rötlichen Rauch der Himmelsbambusfabriken konnte man die Sterne kaum erkennen. Hier und da drang ein schwaches Glimmen durch die Qualmwolken am Firmament. Müde und erschöpft von der Regeneration seiner Blessuren schloss auch er die Augen und begann sie in Gedanken zu zählen: *Dreiunddreißig, Vierunddreißig … Fünfunddrei …*

KA - 23

Seit Benji denken konnte, lebte er in dem Waisenhaus unter dem Symbol einer kleinen Hand, die nach einer größeren griff. In all den Jahren sah er viele Kinder kommen und gehen. Manche kannte er kaum, andere waren Freunde geworden. Vor allem in den letzten Tagen häuften sich die Abreisen. Heute waren Zoja und er an der Reihe. Beide sollten sie im Laufe des Tages eine letzte Gesundheitsuntersuchung durchlaufen und dann konnte ihr neues Leben beginnen. Das würde jedoch auch bedeuten, dass Zoja und er voneinander getrennt werden würden. Beim Gedanken daran schmerzte ihm die Brust. Und er war mit Sicherheit nicht der einzige Bewohner des Waisenhauses, dem es so erging.

Seit Zoja als einzige Überlebende der Entführungsvorfälle auf den Himmelsbambusfeldern, die sich vor zwei Jahren zugetragen hatten, zu ihnen kam, war sie für die Kinder und Jugendlichen wie die Sonne. Ein Himmelskörper, der ihnen Wärme spendete und um den sie alle ihre Kreise zogen. Er wollte nicht von ihr getrennt werden, denn in ihrer Gegenwart hatte Benji das Gefühl, ein anderer, ein besserer Mensch zu sein. Wenn Zoja wie die Sonne war, dann war er wie der Mond.

Und der Mond konnte nur strahlen, wenn sie scheint. Nun saß er alleine in einer Umkleide im Gesundheitsflügel des Waisenhauses und wartete auf seine Untersuchung. Er trug eine kurze dunkelviolette Sporthose mit weißen Streifen an der Seite sowie ein ärmelloses weißes Shirt. Seine silbrig-grauen Haare hingen locker in sein Gesicht. Zwischen den Fingern der einen Hand ließ er den Anhänger in Form des Symbols des Waisenhauses wandern. Mit der anderen klopfte er einen rhythmischen Takt auf die Bank, auf der er saß. Währenddessen fragte er sich, ob er die Chance bekommen würde, sich von Zoja, die vor ihm hinein gegangen war, zu verabschieden. Schließlich gab es noch so viele Dinge, die er ihr sagen wollte. Er dachte an die schiefen Fransen ihres Ponys. Wie sie in ihrer eisblauen Farbe über ihren Augen hingen, die in denselben Farbton getaucht waren.

Ich werde mich auf jeden Fall von ihr verabschieden.

Doch es gab noch eine weitere Sache, die Benji erledigt wissen wollte, bevor er das Waisenhaus verlassen konnte. Er wollte der Maskenfresse, die Phil angegangen war und ihm selbst dieses seltsame Mal verpasst hatte, eine ordentliche Tracht Prügel verpassen. Beim Gedanken an ihn fühlte er ein Brennen auf der Brust. An genau der Stelle, an welcher der verzogene sechszackige Stern saß, in dessen Mitte ein Wolf jaulte. Seit jenem Tag fühlte es sich so an, als hätte jemand den Fels, der auf seiner Brust lastete, entfernt. Das Atmen fiel ihm nun leichter. Von da an trainierte Benji enthusiastisch mit den anderen zusammen. Zuvor hörte er oft, er habe keinerlei Talent für die seltsamen Atemübungen sowie das Selbstverteidigungstraining, das sie immer wieder durchführten. Doch dem war nicht so. Benji hatte schlicht und ergreifend einfach nur keinerlei Interesse, nach der Pfeife der Erwachsenen zu tanzen. Also spielte er ihnen etwas vor. Tat so, als ob er nicht dazu in der Lage wäre, aber abends, wenn die Nacht über das Waisenhaus hereingebrochen war, bündelte er jene Mächte im Schein der Kerze besser als jeder andere Jugendliche. Und nun, da der Fels von seiner Brust verschwunden war und er ein Ziel hatte, war sein Gespür für die unsichtbaren Kräfte scharf wie ein Messer. Er erzielte noch schneller noch größere Fortschritte, da er tagsüber nicht länger faulenzte, sondern ebenfalls übte. Das entging auch den Betreuern nicht, weswegen er nun in der Umkleide saß und sich eigentlich auf ein neues Leben freuen sollte.

Warum haben wir größere Chancen, adoptiert zu werden, wenn wir diese Übungen beherrschen? Disziplinierter bin ich dadurch jedenfalls nicht geworden, fragte sich Benji, während sich die Tür öffnete.

»Du bist an der Reihe«, sagte ein Mann mit Brille, der in einen weißen Kittel gehüllt war.

Wortlos folgte Benji ihm durch die Tür in den Untersuchungsraum. Wände und Böden waren im selben sterilen Weißton wie auch die Tische, auf denen verschiedenste Instrumente lagen. Die meisten anderen Dinge innerhalb des Raumes waren aus Metall und rochen nach Desinfektionsmittel. Allerdings gab es noch zwei weitere, prägnante Gerüche, die den Raum unterschwellig erfüllten. Zum einen roch es verbrannt, zum anderen nach dem Ozondunst, der in Gewitternächten in der Luft lag.

»Stell dich bitte hier hin«, sagte einer der beiden Ärzte, die sich im Raum befanden und deutete dabei auf zwei auf den Boden aufgemalte schwarze Fußabdrücke.

Auf dem Weg zu seiner Position blickte Benji durch eine Glasscheibe zu einem Nebenraum. Hinter dieser befanden sich die Maskenfresse, die wieder einen Mundschutz trug, sowie die Mumie im weißen Kittel, die immer wieder ihr Training begutachtet hatte. Er stellte sich auf die Markierung und entdeckte zu seinen Füßen ein einzelnes eisblaues Haar, während einer der Ärzte Elektroden an seiner Brust befestigte. Das Gerät neben ihm zeigte seinen Puls in zickzackförmigen Wellen. Dabei piepte es in regelmäßigen Abständen.

Dann öffnete sich eine Tür am anderen Ende des Raumes. Sie lag gegenüber dem Eingang, durch welchen Benji das Zimmer betreten hatte. Ein dritter Arzt kam herein und mit ihm wurde der Geruch von verbranntem Fleisch intensiver. Sein Blick ging an dem Kittelträger vorbei und da sah er sie. Die Welt um ihn herum begann zu verschwimmen. Sein Herz raste, angetrieben von Gefühlen, die er sein Verstand noch nicht einzuordnen wusste. Doch sein Körper entschied instinktiv, was zu tun war. Benji stürmte auf die Tür zu, riss dabei das EKG-Messgerät zu Boden. Die Elektroden lösten sich von seiner Brust. Dann packte ihn der Arzt, der aus der Tür kam und stoppte ihn.

»Zoja! Zoja!«, brüllte Benji, während er ihren Körper bewegungslos auf einer Barre liegen sah. Die Haut stark verbrannt. Ihr eisblaues Haar an den Spitzen angesengt. Ihre Brust hob und senkte sich nicht mehr. Tränen schossen ihm in die Augen. Wie ein Berserker trat er um sich. »Was habt ihr mit ihr gemacht, ihr elenden Lackaffen?«

Die anderen beiden Ärzte kamen ihrem Kollegen zur Hilfe. Nur gemeinsam schafften sie es den schreienden Jungen, der sie alle verfluchte, an einer Liege festzuschnallen und brachten die Elektroden erneut an. Einer von ihnen deutete mit erhobenem Daumen Richtung Fenster.

»Projekt *Jupiter*. Versuchsperson Nummer sieben. Initialisiere Trumpf«, ertönte die Stimme von Dr. Licht durch einen Lautsprecher an der Zimmerdecke, während er auf einen Knopf drückte. Ein kleines Loch öffnete sich in der Decke. Heraus kam ein Metallarm, der eine Tarotkarte hielt. Langsam fuhr sie auf Benji zu, dessen Aura durch seinen aufgewühlten Seelenzustand wie von selbst um ihn herum zirkulierte. Die große Arkane *Nummer 4 – der Kaiser* kam auf ihn zu. Berührte ihn und löste sich auf. Segnete ihn mit seiner unbändigen Macht.

Benjis gesamter Körper wurde heiß und kribbelte auf schmerzhafte Weiße. Es war, als würde ungezügelte Energie durch seine Adern peitschen und Elektrizität durch seine Venen fließen. Er wandte und krümmte sich vor Schmerzen auf der Barre, an der er fixiert war. Er hörte seinen eigenen Herzschlag in seinen Ohren dröhnen. Es klang, als ob der Donnergott *Raijin* sein Herz als eine seiner Trommeln missbrauchte.

Nummer sieben hat er gesagt. Das bedeutet, die sechs vor mir wurden nicht adoptiert, sie sind an den Schmerzen dieser Versuche gestorben. Von Blitzen verbrannt, so wie Zoja. Das wird die Maskenfresse büßen!

Seine Aura wandelte sich zu blau-weißen Blitzen, die über seinen Körper zuckten. Die EKG-Linie tanzte auf dem Drahtseil, das zwischen Leben und Tod gespannt war.

Verdammt. Ich muss das hier überleben. Wer passt denn jetzt, da Zoja weg ist, sonst auf die anderen auf. Außerdem wird er noch mehr Kinder dieser Tortur unterziehen, wenn ich genau wie die anderen hier draufgehe.

Benji schrie sich die Seele aus dem Leib. Der elektrisierende Ozon Geruch stieg ihm in die Nase. Immer wieder setzte sein Herz einen Schlag aus. *Raijin*, kam aus dem Takt.

Und wenn es nur ein Einzelner ist, denn ich dadurch beschützen kann … Nein! Einer genügt nicht! Dafür bin ich zu gierig! Ich will sie alle beschützen!

Nun würde sich zeigen, ob Benjis Gier aus Glas oder aus Eisen bestand.

Die Kurve wurde zu einer Nulllinie. Fiepen regierte den Raum.

»Versuchsperson sieben, ebenfalls gescheitert«, dröhnte es durch die Lautsprecher.

Doch dann zuckte Benjis Körper erneut. Seine Haare standen ihm zu Berge, als ob er in eine Steckdose gefasst hatte. Sein Herz schlug stärker als je zuvor. Wieso auch nicht, nun, da es zu einer der Trommeln des Donnergottes geworden war. Er schmolz das Eisen der Befestigungsschlaufen mit seiner Aura, die er zu Blitz und Donner gewandelt hatte. Er wusste nicht, wieso, aber es fühlte sich an, als ob die *Thelema* sich vor ihm verneigte. Ihm alle ihre Geheimnisse freiwillig offenbarte. Benji fühlte sich leichter als je zuvor. So als ob er eine Wolke wäre, die frei am Himmel umherschwebte. Im Moment fühlte er sich jedoch nicht, wie jene Wolken die schützenden Schatten spendeten, sondern wie ihre dunklen Stiefbrüder, die Donner auf die Erde regnen lassen konnten.

»Na warte, jetzt gibt es Fratzengeballer!«, spuckte Benji den beiden Männern hinter der Glasscheibe mit einem manischen Grinsen auf den Lippen entgegen. Er atmete ein und wieder aus. Instinktiv sammelte sich die Aura um seine linke Hand. Dann holte er aus und schlug in die Luft. Wie ein Schuss, der sich aus einem Revolver löste, schoss die faustgroße, in Elektrizität umgewandelte Aura los. Der Blitz fraß sich durch die Scheibe und zerstörte die Wand dahinter direkt mit. Wie im Rausch ging Benji durch die geschaffene Öffnung und trat durch den Rauchvorhang auf die neue Bühne.

»Strahlungs- und Wandlungsart auf diesem Niveau miteinander zu kombinieren, nicht schlecht«, sagte William, der von dem Angriff zwar hinaus in den menschenleeren Hinterhof des Waisenhauses geschleudert wurde, sonst aber keine nennenswerten Blessuren aufwies. Lediglich sein Nadelstreifenanzug hatte schon bessere Zeiten erlebt. »*Sindive*, anders kann ich mir das nicht erklären. Wie es scheint, habe ich anstelle eines untalentierten Affen unbeabsichtigterweise eine weitere wahre Sünde der Habgier erschaffen.«

»Keine Ahnung, was du da laberst, Maskenfresse. Ist auch nicht weiter wichtig, denn nun zahlst du für deine Sünden!«

Schreie ertönten innerhalb des durch den Lärm in Unruhe versetzten Waisenhauses.

»Ich übernehme den Jungen. Kümmern sie sich um die Bewohner«, befahl William Dr. Licht zu gehen.

»Wie Sie wünschen, Eure Hoheit«. Der Wissenschaftler machte sich unverzüglich auf den Weg.

»So und nun zu dir. Wie es scheint, muss ich dir räudigem Kötter erst einmal einprügeln, wer dein Herrchen ist«, blaffte William, der nun ebenfalls die Mächte der *Thelema* entfesselte. Er hüllte sie um seine Faust und die Aura wandelte sich zu Feuer, das hungrig nach etwas flackerte, dass es verschlingen konnte.

Langsam legte sich der Rauchvorhang und bevor der karmesinrote König seinem letzten Reiter beibrachte, wo sein Platz war, verlor er sich noch einmal in den Erinnerungen, die die sturmgrauen Augen in dessen Gesicht mit sich brachten.

火

Nihons Sonnengöttin *Amaterasu* war bereits schlafen gegangen. Akira und William hatten Tokyo erreicht und folgten den Spuren, die sie an Delilahs letztem bestätigtem Aufenthaltsort gefunden hatten. Die Sünde der Trägheit nutze seine Nase dabei wie ein Spürhund. Er war sich sicher, dass der schwer süßliche Geruch des Himmelsbambus, der in jenem Land kaum die Luft verpestete, zu ihr gehören musste. Denn in ihn mischten sich Nuancen verschiedener Chemikalien. Passend für eine Wissenschaftlerin, die ein Antitoxin zu jener giftigen Pflanze herzustellen versuchte. In Pangea, wo der Bambusgestank allgegenwärtig war, wäre dieses Unterfangen unmöglich gewesen, doch in einem Land, in dem es keinen Bambusanbau gab, war es für Akira ein Leichtes, eben jenen Duft aus dem Geruchspotpourri herauszufiltern. Er nahm ihre Spur auf und führte die beiden heraus aus dem Dickicht, der in blassen Neonfarben erstrahlenden Hochhäuser. Die Städte Pangeas leuchteten aus der Ferne hell, doch die Metropolen des Inselstaates mussten aus der Distanz aussehen, wie kleine Sonnen. Nur, dass ihr kaltes Licht, entstanden aus Milliarden kleiner Lämpchen, keinerlei Wärme schenkte. Sie bestanden überwiegend aus Werbetafeln, die jeden Zentimeter freie Hauswand schmückten oder Reklameschildern, die in die Straßen hineinragten. Viele der Gebäude hatten Masten oder Antennen auf dem Dach, als wären es die Fühler von Insekten. Von ihnen ausgehend spannten sich Kabel und Leitungen wie ein Spinnennetz über die Stadt.

Nihon mochte als das Land der aufgehenden Sonne gelten, doch wer einmal eine der Metropolen der Insel besucht hatte, wusste, dass sie in ihnen gar nicht erst unterging.

Ihr Weg führte sie an eine von Hochhäusern umzäunte Kreuzung. Mehrere weiß gestreifte Übergänge ermöglichten es gerade, quer oder diagonal die riesige Straße zwischen der Gebäudekluft zu überwinden. Wenn das grüne Licht aufleuchtete, setzten sich Hunderte von Menschen gleichzeitig in Bewegung. Darunter auch Akira und William. Ein anderer, ebenfalls vertrauter Geruch stieg der Trägheit in die Nase. Der Duft seines Lieblingsgerichtes, *Shoyu-Ramen*, wehte von einem der Gebäude hinab. Die mit Sojasoße versetzte, klare Brühe mit Nudeleinlage war in Tokyo sehr beliebt, also blieb er in der Mitte eines der gestreiften Übergänge stehen und ließ seinen Blick dem Aroma folgen. Er drehte sich und überprüfte die Gebäude mit all ihren leuchtenden Werbetafeln. Eines der Häuser sah gänzlich anders aus. Es war kein einfacher Koloss aus Beton und Glas mit Stahlträgern als Skelett. Die oberen Stockwerke sahen aus wie ein riesiges, weiß geschminktes Gesicht. Die Augen rot umrandet und dort, wo bei einem Menschen Haare wuchsen, sprossen Schläuche und Rohre heraus. Das Geländer des Dachbalkons saß wie eine Krone auf der Fratze, die ihre Zunge der Kreuzung entgegenstreckte. Sie war der Ursprung des lieblichen Geruchs, dem Akira folgte, in der Hoffnung, es wäre genug Zeit, sich eine Portion zu genehmigen. Doch der Duft stammte von einer vermutlich bereits halb leer gegessenen Schüssel, die ein Mann in Händen hielt, welcher auf der schwach rosa leuchtenden Zunge saß.

»Akira, komm jetzt«, beendete William die kulinarischen Sehnsüchte seines Freundes.

Doch hätte er ihn etwas länger schwelgen gelassen, wäre diesem vielleicht aufgefallen, dass von dem Mann, der das Mahl genoss, keinerlei Geruch ausging. Und bislang roch für Akira jeder nach irgendetwas.

Je weiter die beiden Sünden sich aus dem Zentrum entfernten, desto weniger Stockwerke wiesen die Gebäude auf. Es wurde menschenleerer und auch die Architektur veränderte sich. Die Häuser wirkten weniger modern, sondern deutlich traditioneller. Deshalb schmückte sie jedoch nicht weniger Licht. Hin und wieder wurden sie von alten Tempeln und Schreinen überragt, unter deren Dachvorsprüngen, die aus jeder Etage herausragten, unzählige rote Lichtquellen erstrahlten und die Nacht in diffuses Licht tauchten.

Denn innerhalb der altertümlichen Tempelanlagen boten sonst lediglich die Lampions, die an den roten *Torii*-Bögen angebracht waren Helligkeit. Nur hier in den religiösen Anlagen gab es innerhalb Tokyos so etwas wie eine Dämmerung.

Sie wandelten auf einer Straße aus jenen geisterhaften Bögen entlang. Das schwache Licht, das durch die dünne Papiermembran drang und das Klimpern der Windglocken, welche ebenfalls an den Toren befestigt waren, verwandelten den Ort in etwas Mystisches. Bergkiefern, Azaleen und Zierkirschen wechselten sich ab mit Felslaternen sowie steinernen Fabelwesen, die ihren Weg säumten. Untermalt wurde das Ganze vom Gesang weniger Priester, die noch nicht in die Arme der Mondgottheit *Tsukuyomi* gesunken waren und im inneren des Haupttempels ihre Sutren rezitierten.

»Sie muss ganz in der Nähe des Haupttempels sein«, sagte Akira. »Ich rieche jedoch noch zwei weitere Gerüche, die nicht zu der Anlage passen. Es handelt sich nicht um irgendwelche Tempeldiener oder Priester. Einer von ihnen ist nah bei ihr, der andere hält Abstand.«

»Übernimm du denjenigen, der Abstand hält. Er verbirgt seine Präsenz mittels *LA*. Mit deiner Nase sollte das jedoch kein Problem darstellen«, entschied William. »Und denk daran, es ist unsere Aufgabe, die *Thelema* zu hüten. Die einfachen Menschen, die hier nur ihrer Arbeit nachgehen, sollten nichts von den unsichtbaren Mächten erfahren.«

»Schon klar, schon klar«, winkte Akira ab. »Aber es

ist so anstrengend, immer auf die Schwachen Rücksicht zu nehmen.«

»Unsere Gesellschaft muss für eben jene Menschen da sein. Den Schwachen helfen und die Starken unter Kontrolle halten. Mit anderen Worten: *Ghost Lights* wie wir sind dafür da, diejenigen zu beschützen, die nichts von der *Thelema* wissen. Das ist unsere Aufgabe als Gefolge der Tennō.«

»Leider kann ich heute nicht bis zum Ende der Predigt bleiben«, verabschiedete sich Akira und verschwand auf einen der kaum beleuchteten Dämmerpfade abseits des Hauptweges.

William folgte der Aura, die nun etwas stärker aufzuflackern begann. Seitlich des Haupttempels entdeckte er hinter einer *Komainustatue*, einem sogenannten Wächterlöwen, eine Frau, die sich versteckte. Sie wirkte, als wolle sie mit der Wand verschmelzen oder in den Schatten versinken.

Unweit von der Statue lauerte ein Mann, der in eine weiße Robe gekleidet war. Auf dieser blühte der Himmelsbambus in all seinen Rottönen. An der Stelle, unter der das Herz des Mannes schlug, trug der Bambus eine Frucht.

»Komm endlich heraus, Ketzerin.«

»Frauen nachstellen ist aber nicht die feine Art«, sagte William, während er auf die Treppe, rechts von dem Wächterlöwen trat. Dann zwinkerte er der Frau zu.

»Misch dich nicht ein oder ich muss dein Verhalten ebenfalls als Ketzertum einordnen und dich mit dem Gift des Bambus reinigen.«

»Leider kann ich dich nicht hören. Komm doch näher, wenn du etwas zu sagen hast«, erwiderte William mit einer Hand hinter dem Ohr, wie um den Schall einzufangen. Er hatte durchaus verstanden, dass es sich bei der

Warnung um eine höflich formulierte Morddrohung handelte.

Einen Wimpernschlag später hatte sich die damalige Sünde der Gier seines Gegners entledigt, welcher nun an einer Fackelhalterung der Schreinwand hing.

»Keine Angst, du bist für den Moment nicht mehr in Gefahr. Mein Name ist William Baskerville und du bist Delilah, nicht wahr?«, versuchte er die Frau hervorzulocken.

»Wähne dich bloß nicht in Sicherheit. Tonsoo einer der stärksten der Himmelsbambussekte, wird gleich hier sein und sich eurer Reinigung annehmen«, mischte sich der bereits besiegte Anhänger der Sekte ein.

»Was will euer Fanatikerverein von ihr?«, fragte William. Er hoffte einige neue Informationen zu erhaschen.

»Die Gaben des Samens der Götter künstlich herzustellen. Das ist nichts weiter als Blasphemie!«

Ihr Gespräch wurde durch ein Vibrationsgeräusch unterbrochen. Es stammte von dem Funksammler in Williams Hosentasche. Er holte das Gerät mit dem schmalen Bildschirm hervor und grinste. Dann zeigte er es seinem Gegenüber. Darauf war eine Momentaufnahme zu sehen. Akira stand vor einem bewusstlosen Mann. Die Nase des Mannes war gebrochen und Blut lief aus ihr seinen Hals hinab. Akira bildete mit Zeige- und Mittelfinger ein *V*, während er gleichgültig in die Linse blickte.

»Ist das hier dieser Tonsoo? Das ist er, oder?«, provozierte William den Fanatiker.

»Das kann nicht sein …«, stotterte der Mann, während ihn der Mut verließ. Er murmelte weiter über die Reinigung, Ketzerei und Floskeln der Sekte wie: »Der Bambus muss blühen«, doch William ignorierte ihn und wandte sich Delilah zu, welche sich langsam hinter dem Wächterlöwen hervortraute.

»Bist du wirklich auf meiner Seite?«, fragte Delilah.

Ihre Stimme klang melodisch. Aus ihrem dunkelbraunen Haarknoten hatten sich einige Strähnen gelöst und fielen nun über ihre kreisrunde Drahtbrille. Ihre Fingernägel schimmerten rötlich, sodass William im ersten Augenblick dachte, sie wären lackiert, doch eigentlich handelte es sich dabei um Ablagerungen des Himmelsbambus, die sich darunter festgesetzt hatten. Die dunkelgraue Wolle ihres ärmellosen Pulloverkleides war an einigen Stellen aufgerieben. Sie zählte zu der Sorte Wesen, wäre man an einer Straßenecke an ihr vorbeigegangen, wäre sie einem mit Sicherheit kurz aufgefallen, doch ebenso schnell hätte man sie auch wieder vergessen. Wenn man sich allerdings die Zeit nahm, um genauer hinzusehen, dann fiel einem auf, dass die Frau nur oberflächlich einer Sommerbrise glich, denn in ihren Augen lag ein sturmgrauer Taifun.

»Das sind wir.«

»Wir?«

In dem Moment tauchte Akira unterhalb eines *Torii*-Bogens auf und kam auf die beiden zu. »Gut, du hast sie gefunden. Ich bin Akira Curtis. Schön, dich kennenzulernen.«

»Wir«, bestätigte William und deute zwischen sich und Akira hin und her.

»Hallo, ich bin Delilah Bloech. Freut mich …«, stolperten die letzten Worte aus ihrem Mund, noch unsicher darüber, ob sie wirklich der Wahrheit entsprachen.

Akira ging zu dem Sektenanhänger, der weiterhin wie ein Prediger unablässig vor sich hin brabbelte. Mit einem gezielten Schlag schickte er ihn für diese Nacht der Sonnengöttin *Amaterasu* hinterher.

»Was soll das Akira? Du tötest ihn noch«, ermahnte ihn sein Freund.

»Euch hat sein Gestammel wohl nicht genervt? Und selbst wenn, dann würde er uns morgen nicht wieder an den Fersen hängen. Ihm wäre es mit Sicherheit egal, wenn sie dort hängen würde.«

»Aber, warum wollt ihr mich beschützen?«, intervenierte Delilah.

Die Sünden blickten einander an. Sie wussten, dass das Wissen um die unsichtbaren Mächte und die Herrschaft der Tennō ein wohlgehütetes Geheimnis waren, doch die Erfindung dieser Frau würde die Welt zum besseren verändern. Sie könnte den natürlichen Kreislauf wiederherstellen. Gleichgewicht in ein vom Himmelsbambus abhängiges System bringen.

Also setzte sich William auf die Treppen der Stufe. Er klopfte mit der flachen Hand auf den Steintritt neben sich, um der Wissenschaftlerin zu signalisieren, dass sie sich setzen sollte. Dann erklärte er ihr die Wahrheit, denn schließlich mussten sie irgendwie ihr Vertrauen gewinnen.

Delilah wirkte nur wenig schockiert.

»Du trägst das wirklich mit Fassung«, bemerkte Akira, der am Fuße der Treppe stand und dadurch mit den beiden auf Augenhöhe war.

»Glaubt mir, ich habe in den letzten Tagen weitaus traumatisierendere Wahrheiten erfahren. Was wäre, wenn ich euch sage, dass die Himmelsbambusfelder genug Früchte tragen, um sämtlichen Acker gesund zu halten.«

»Dann würde ich dich Fragen, was die Regierungen davon haben könnte, dass die Felder absterben?«, hinterfragte William die Aussage. »Warum verkaufen sie ihren Dünger dann so teuer, dass es sich nicht jeder leisten kann? Das hat doch nur Nachteile.«

»Die Schlüsselfigur ist Oswald Grim.«

»Der Chef von Toxanol?«, fragte Akira. »Was hat der damit zu tun?«

»Er pflegt korrupte Abkommen mit Politikern aus jeder Regierung der verbleibenden Staaten. So wirtschaften sie sich auf Kosten unserer Gesundheit in die eigene Tasche. Wenn die Erde unfruchtbar zu werden droht, schicken sie die Aojiroi, und die jagen die Bauern von ihrem Land. Das hat Methode. Die Regierungen erheben so hohe Steuern, dass der kleine Mann sich auf absehbare Zeit keinen Dünger mehr leisten kann. Dann nehmen sie ihm unter dem Deckmantel des Umweltschutzes sein Land weg. Schließlich bedeutet es ja nicht, dass nur weil er den Mutterboden nicht gesund halten kann, es die Regierung nicht auch kann. Auf diese Weise nehmen sie den Bürgern ihre Existenz. Um ihre Familie weiterhin ernähren zu können, arbeiten die Bauern schließlich für den Mindestlohn auf den Bambushöfen, die ihnen einst gehörten. Und das Schlimmste ist, mit dieser Abwärtsspirale verdienen sie nicht nur, sondern festigen ihre Macht noch weiter.«

»Der graue Mann und sein grün bedruckter Schein. Wenn wir für ihn doch nur eine ähnlich schöne Schöpfung wären.« Akira glaubte ihr, ohne es zu hinterfragen.

»Woher weißt du das?«, bohrte William nach.

»Von Oswald Grim selbst. Er hat damit vor mir geprahlt, als ich ihm mein synthetisch hergestelltes Antitoxin vorgestellt habe. Wie er da saß, in seinem vor Prunk überquellenden Wolkenwandler. Genüsslich hat er die Lumineszenzblase eines Geisterseglers verspeist. Wie passend, wo er doch von den ganzen Überresten von bedrohten und bereits ausgestorbenen Tieren umgeben war, als wären es Trophäen. Das Fett lief ihm übers Kinn, während er darüber philosophierte, dass man die Delikatesse speisen sollte, solange es sie noch gibt. Dann lachte er sich über meine Entdeckung kaputt und erzählte mir die Wahrheit. Aber das wäre in Ordnung so, schließlich wäre die ganze Welt dem Knospenrauch verfallen. Die Stämme versorgen uns mit Energie, die Blätter dienen uns als Filtermaterialien und die Früchte, aus denen der Dünger hergestellt wird, sind der Goldsegen unserer Zeit«, erzählte Delilah angeekelt.

»Was hast du geantwortet?«, wollte Akira wissen.

»Ich sagte, dass alles seinen Preis habe und auch er das bald bemerken würde. Jetzt mag sein Wolkenwandlerschiff noch schön sein, doch in ein paar Jahren wird der schwarze Regen es verwittert haben. Und seine Filtermaske mag ihn schützen, doch die Leute, auf denen sich sein Reichtum stützt, werden auf kurz oder lang mit Pollenlunge in der Gosse landen und gegen seine Firmensitze brechen.«

»Du gefällst mir«, stellte Akira fest. »Auf mich kannst du zählen.«

»Wusstet ihr, dass der Himmel früher einmal blau war? Leuchtend blau, so wie deine Augen Akira. Und heute …«, seufzte Delilah.

»Rot wie ihr geliebter Bambus«, beendete William ihren Gedanken. Zum ersten Mal dachte er über die Welt nach und verspürte dabei ein undefiniertes Ziehen in seiner Brust. »Rot … wie Blut.«

»Ich will euch vertrauen.« Die Wissenschaftlerin blickte die beiden aus hoffnungsvoll glasigen Augen heraus an.

Die zwei Sünden lächelten sie an.

Und für einen kurzen Moment waren die drei sich ihrer Sache sicher, sie würden diesen Planeten zu einem besseren Ort machen. Letztlich sollte sich herausstellen, dass sie wieder einmal nur an Türen zogen, an denen Drücken geschrieben stand.

»Er will seinen Reichtum schützen. Ich wette, Grim hat die Himmelsbambussekte darüber in Kenntnis gesetzt. Effektiv. Und er braucht sich noch nicht einmal selbst die Hände schmutzig zu machen«, analysierte William die Lage. Er wusste, Unaufmerksamkeiten konnten sie sich von nun an nicht mehr erlauben, bis sie in die Kommune der Tennō zurückgekehrt waren.

»Auf dich ist ein Kopfgeld ausgesetzt, und zwar keine allzu geringe Summe«, sagte Akira.

Delilah schluckte.

»Wenn wir uns beeilen, könnten wir noch vor Tagesanbruch am Luftschiffhafen sein«, schlug William vor und erhob sich von der Treppe.

Die beiden Sünden setzten sich in Bewegung, nur Delilah blieb wie angewurzelt auf der Treppe sitzen. Nervös spielte sie mit ihren Fingern.

»Wir müssen einen Umweg einlegen. Ich muss zu Hause die Formel für das Antitoxin holen«, stammelte Delilah auf eine Art und Weise, als müsste sie für jedes Wort von neuem überlegen.

Die beiden Sünden willigten ein und so reisten die drei in eine der nördlichen Präfekturen des Landes. Zwei ganze Tage sollte dieser Umweg sie kosten, während denen es immer wieder zu Konfrontationen mit Kopfgeldjägern oder Anhängern der Himmelsbambussekte kam. Keiner von ihnen war jedoch ein ernst zu nehmender Gegner für eine der beiden Sünden gewesen.

Die Gruppe stand vor einem kleinen grünen Haus.

»Ist das dein Haus?«

»Ja«, antwortete Delilah. Ohne den beiden noch Beachtung zu schenken, rannte sie los.

Eilig folgten die beiden ihr. Niemand sonst war in dem Haus und sie fanden die junge Wissenschaftlerin an einem Fenster im ersten Stock. Von dort aus blickte sie hinab in die Nachbarwohnung. Ein Junge spielte mit einer älteren Oma Shōgi. Gezielt versetzte er einen der hölzernen Spielsteine auf dem Brett.

»Es tut mir leid ihr beiden«, hauchte sie gegen die Scheibe. Ihr Körper bebte leicht und die beiden Sünden wussten nicht, ob die Entschuldigung an sie gerichtet war.

»Was hast du, Delilah?«, fragte William mit sanfter Stimme.

»Ich habe euch angelogen. Die Formel war die ganze Zeit in meinem Kopf.«

»Warum haben wir dann extra den Umweg auf uns genommen?«, fragte William harsch. Er war blass und sichtlich erschöpft. Die letzten Tage hatte er nicht geschlafen. Außerdem hielt er seine Kronfähigkeit durchgängig aktiv, um einen feindlichen Angriff frühzeitig zu bemerken. Seine Nerven lagen blank.

»Schon gut, William«, beruhigte Akira ihn, während er neben Delilah ans Fenster trat. Er musste an Momo denken. »Du wolltest deinen Sohn sehen, nicht wahr?«

»Ja.« Sie lächelte, während sie eine einzelne Freudenträne weg blinzelte. »Der Tod ist mir auf den Versen und für mich ist jener Ort, an den ihr mich bringt, zwar ein Ausweg, aber auch eine ungewisse Zukunft. Ich musste Aiko davor einfach noch einmal sehen. Verzeih, William.«

Dieser nickte und setzte sich auf einen Stuhl, um kurz zu verschnaufen.

»Dann geh zu ihm«, sagte Akira, während er zögerlich eine Hand auf ihre Schulter legte.

Entschieden schüttelte sie den Kopf. Sie war alleine darüber schon glücklich, ihn sehen zu können. »Das geht nicht. Würde ich ihn jetzt in meine Arme schließen, dann könnte ich ihn wahrscheinlich nie wieder loslassen.«

Die beiden Sünden gaben ihr einen vergänglichen Augenblick mit ihrem Sohn.

»Versprecht ihr mir, dass ihr über ihn wachen werdet, sollte mir etwas zustoßen?«

»Dir wird nichts geschehen«, erwiderte William.

Akira hingegen antwortete ihr, ohne zu zögern: »Du hast mein Wort.«

»Danke.«

Anschließend reisten die drei zurück nach Tokyo. An einem abgelegenen Pier des Hafens wartete in einer Lagerhalle ein Wolkenwandler auf sie, der sie zu ihrem Ziel bringen würde. Wenn sie erst mit ihm in der Luft wären, dann hatten sie es geschafft.

Meereswellen wogten gegen den Hafen und seine Werften. Die Schiffe, die auf dem Wasser ruhten, wurden hin- und hergschubst. William war erschöpft und nicht weniger wackelig auf den Beinen. Er stolperte.

»William, du bist seit Tagen wach und *Dangersense* hast du ebenfalls ununterbrochen aktiv, denkst du nicht, dass dir eine Pause guttäte?«, fragte Akira besorgt, während er den Sturz seines Freundes abfing.

»Außerdem ist das Kopfgeld, das auf mich ausgesetzt wurde, bereits vor einer Stunde abgelaufen«, bestärkte Delilah die Sünde der Trägheit zusätzlich.

»Schon in Ordnung.« William stemmte sich wieder auf. »Ich halte meine Kronfähigkeit aktiv. Die letzten Meter schaffe ich auch noch.«

»Wie du meinst«, beendete Akira die Diskussion und ging voran. Dann hörte er jedoch ein Röcheln und Gurgeln hinter sich. Gefolgt von einem Schrei Delilahs.

Akira wandte sich um, griff instinktiv nach der Hand der jungen Wissenschaftlerin und zog sie hinter sich. Vor ihm kniete William auf dem Boden. Spuckte Blut auf den dreckigen Asphalt. In seiner Kehle steckte ein Messer.

Wieso hat mein Dangersense nicht Alarm geschlagen? Das ist vollkommen unmöglich!, flossen die Gedanken zusammen mit dem Schmerz durch Williams Geist.

Obwohl er grinsend direkt vor ihm stand, war es, als ob er nicht da wäre. Die Aura mittels *LA* hinter den Poren versiegelt. Kein Geräusch. Kein Funken Mordlust. Nicht einmal ein Geruch haftete an ihm. Der Mann, der ihm das Messer in den Hals gerammt hatte, war aufgetaucht, so still wie plötzlicher Kindstod.

William erinnerte sich daran, wie Akira seinen Namen brüllte. Ihn so aus seinem Schockzustand befreite.

Und genau wie damals, riss auch diesmal die Stimme seines alten Freundes ihn zurück in die Wirklichkeit. Vor ihm stand nicht länger jener Todesengel, sondern lediglich ein Bengel mit den sturmgrauen Augen, der es irgendwie geschafft hatte, den *Kaiser* unter seine Kontrolle zu bringen. Doch als William den Blick nach oben richtete, konnte er ihn sehen. Dort oben auf dem Dach des Waisenhausgebäudes, indem dank Benji nun ein Loch klaffte, stand er. Neben ihm ein junger Anhänger des avalonischen Ordens.

Ein Schmunzeln, das alles, aber auch nichts hätte bedeuten können, schlich sich über die Lippen des karmesinroten Königs. Es wurde jedoch schnell von dem Zorn, der in den Augen seines alten Freundes lauerte, erdrosselt.

»Ich dachte du wärst gegen sinnloses Töten, William?«

Mizu - 24

Der Zorn, der beim Anblick der stechend grünen Augen in Akira aufbrandete, erdrosselte das Lächeln auf den Lippen seines einstigen Freundes. Die Dunkelheit, genährt aus seiner Wut, bauschte sich auf. Kalt und hungrig.

»Bist du hier, um mir Momo zurückzubringen?«, fragte William und blickte zu ihm auf das Dach des Waisenhauses hinauf.

»Mach dich nicht lächerlich«, schürte Akira das unsichtbare Feuer, das zwischen ihnen loderte.

»Hey Knotenbirne, stell dich hinten an«, mischte sich der Junge, dem die grauweißen Haare zu Berge standen, als hätte er in eine Steckdose gefasst, ein und nutze die Unaufmerksamkeit des karmesinroten Königs. Er stürmte auf ihn zu. Um seine Faust züngelten blau-weiße Blitze bereit zuzubeißen. Mit einer Wand aus Feuer zwang er den Jungen zurück. Dann sprang er selbst durch die Flammen, die nicht nach ihm schnappten, sondern sich vor ihm verneigten. Er packte Benji mitten im Gesicht und trat ihm mittels *OD* umhülltem Knie in die Magengrube. Anschließend schleuderte er ihn gegen die Hauswand. Ohne Akira eines Blickes zu würdigen, ging er in die Richtung des Jungen und sagte: »Wie, du siehst, habe ich zuvor noch eine andere Angelegenheit zu regeln. Du hättest einen Termin machen sollen.«

»Halt dich bereit, Yamamoto«, sagte Akira zu ihm, bevor er hinabsprang.

William bäumte sich einige Meter entfernt von dem Jungen mit dem grauweißen Haar auf. Er sah auf ihn herab, wie die reichen Bewohner Bruxelles auf den Abschaum, der Al-Qāhirah bevölkerte. »Diese Affen, die unseren Planeten dahinraffen, interessieren sich einzig und allein für sich selbst. Lass uns klüger sein als sie. Schließe dich mir an. Gemeinsam errichten wir eine neue Welt.«

Zwischen den beiden tauchte Akira auf. Er war beladen mit einer großen, schwarz lackierten Kürbisflasche auf dem Rücken sowie einer weiteren kleineren, die an einem anderen Gurt direkt neben seiner Hüfte hing. Einer der drei Trümpfe, deren Taschen ebenfalls an dem Gurt auf ihren Einsatz warteten, war nicht an seinem Platz. Seine Macht durchströmte bereits seine Adern. Mit einem Bein ging er vor dem keuchenden Jungen auf die Knie und legte eine Hand auf dessen Schulter. Er sah ihm tief in die sturmgrauen Augen. »Unsinn. Wo kommen wir denn hin, wenn ein jeder nur an sich selbst denken würde. Ja, er hat recht, die meisten von ihnen sind nur auf ihr eigenes Wohl und ein entspanntes Leben bedacht, doch es wird immer Menschen geben, die für andere einstehen.«

Die Worte des Anführers der sieben Todsünden trafen den Jungen, der noch immer von kleinen Lichtbögen umspielt wurde, tiefer, als es irgendeine Klinge jemals vermocht hätte. »Wer bist du?«

»Acedia, Sünde der Trägheit. Anführer der sieben Todsünden«, antwortete er und offenbarte ihm das unikursale Hexagramm, in dessen Mitte ein Affe ruhte.

»Oder einfach nur Akira Curtis, wenn du magst.«

»Misch dich nicht in Angelegenheiten ein, die dich nichts angehen, Akira«, intervenierte William.

»Für dich, William, heiße ich Acedia«, sagte Akira, während er aufstand und sich William zuwandte.

»Pah, wie wäre es, wenn du erst einmal selbst den nötigen Respekt aufbringst, bevor du Forderungen stellst. Versuche es doch mal mit Eure Hoheit oder ehrwürdiger karmesinroter König.«

»Respekt muss man sich verdienen, William«, erwiderte Akira und sprach dabei seinen Namen aus, als wäre er etwas, dass er unter seiner Schuhsohle gefunden hatte.

»Ich will, dass er für seine Taten büßt«, sagte Benji und zog den Ausschnitt seines ärmellosen Shirts so weit hinunter, dass auch sein Sündenmal hervorlugte.

»Lass mich dir dabei helfen«, bot Akira an, während er über die Schulter zu dem Jungen blickte. Auf den Lippen ein Lächeln.

»Danke«, antwortete er und trat neben ihm. »Ich bin übrigens Benji. Benji Griffey.«

»Freut mich.«

»Überlege dir deine nächsten Schritte gut, Bengel. Denn einer Sache solltest du dir bewusst sein, ich habe dich erschaffen. Und genauso kann ich dir diese Kraft auch wieder nehmen«, drohte William.

Entschlossenen Blickes blieb Benji an Akiras Seite. Gemeinsam standen sie dem vom großen Geist des Feuers gesegneten Erben gegenüber. Doch keiner von ihnen sah ihn als König. Für einen von ihnen war er bloß ein Mörder, der ihm eine geliebte Person genommen hatte. Für den anderen nur jemand, den er einst einen Freund nannte.

Und genauso wie du weißt, was er mir … was er uns angetan hat, weißt du auch, was er ihr antun wird, erinnerte Akira sich an die Worte jener Frau, die noch immer sein Herz schneller schlagen ließ.

Nein, für ihn war er mehr als nur ein ehemaliger Freund. Einen kleinen Moment lang hatte er seinen Zorn in den aufrichtigen Augen Benjis verloren. Doch da war er wieder. Er konnte ihn spüren, so als wäre er ein lebendiges Wesen, das Jagd auf jedes andere Gefühl in seinem Inneren machte und dabei geräuschlos lachte. Jeder Versuch, sich ihm entgegenzustellen, war nicht mehr als ein Windhauch, der über die Berge strich. Und dennoch kämpfte er gegen ihn an. Er durfte an diesem Ort nicht wieder in seiner Sünde ertrinken. Dennoch holten die stechend grünen Augen Williams, in denen die Schläue nistete, alles wieder hoch und drängten ihn an jenen dunklen Ort in seinem Inneren, den die Sonne noch nie besucht hatte.

»Alles in Ordnung, Knotenbirne?«, erkundigte sich Benji und griff, ohne es zu wissen, nach einem unsichtbaren Band.

Akira blickte ihn an. Erst jetzt bemerkte er, dass der Blick des Jungen den gleichen aufrichtigen Ausdruck besaß wie der von Aiko. Hinzu kam das stürmische Grau Delilahs. Und obwohl es kaum der richtige Zeitpunkt war, um in die Vergangenheit zu blicken, verlor sich Akira in den monochromen Abstufungen der beiden Stürme in Benjis Gesicht. Doch würde er Balance in ihnen finden?

水

William kniete im Hafen von Tokyo auf dem vom Meerwasser nassen Asphalt. Sein Blut verfärbte diesen unter einem gurgelnden Geräusch rot. Der Mann war hinter ihnen erschienen, als wäre er aus dem Nichts aufgetaucht, als wäre er aus dem Schatten seines Opfers herausgewachsen. Nicht der Hauch eines Geruches an ihm. Kein süßlicher Schweiß. Kein Duft der letzten Mahlzeit, welcher noch schwach an seinen Händen haftete. Keine Spur der Ausdünstungen, die die Großstadt an ihm hinterlassen hätte. Nichts. Seine dunkelblaue Baumwollhose, die an den Knöcheln Bünde besaß und das dazugehörige Hemd im selben Farbton erinnerten an die Kleidung, wie sie Praktizierende der traditionellen Kampfkünste in Zhōngguō trugen.

»Verdammt! William!«, brüllte Akira und schirmte Delilah hinter sich ab.

Aura flackerte auf. Selbst in diesem Zustand war die damalige Sünde der Gier in der Lage, die unsichtbaren Mächte zu bündeln. An einer Kette um seinen Hals erschien ein stabförmiges Amulett. An den Seiten spannten sich die Flügel auf wie lodernde Flammen. Vom oberen Ende blickte der Kopf eines Phönix herab. William riss das Messer aus seinem Hals. Doch dort, wo das Blut nun in Strömen hätte fließen müssen, züngelten hellblaue Flammen hervor. Er erhob sich, während seine Wunde verheilte. Das restliche Blut, das sich noch in seinem Rachenraum befand, spuckte er aus. Dann fixierte er das Phantom vor ihm und sagte: »Lauf Akira! Bring sie zum Treffpunkt, dann ist sie in Sicherheit. Ich halte ihn solange auf.«

»Aber …«

»Nichts, aber! Ihr Leben ist wichtiger als meins.«

Die Sünde der Trägheit packte Delilah an der Hand und stürmte los. Sein Freund war erschöpft und ohne jeden Zweifel wäre er selbst in einer deutlich besseren Verfassung gewesen, um gegen den Attentäter zu kämpfen, dennoch vertraute er William. Er war sich sicher, dass dieser einen Plan hatte. Und das Sterben kein Teil dessen war.

»Dir ist bewusst, dass das Kopfgeld auf die Frau bereits abgelaufen ist?«, fragte William, um Zeit zu schinden.

»Was glaubst du, wer das Kopfgeld ausgesetzt hat, du Schlaumeier?«, erwiderte der Mann gelassen, während er für einen kurzen Moment seine Aura aufflackern ließ. Aus seinem Ärmel rutschte ein goldener Kurzspeer. Je nachdem wie das Neonlicht auf ihn fiel, zogen rötliche Schleier über ihn. Er nahm die Kette, die an seiner Hüfte hing und befestigte sie an der Öse, die sich am Ende des Speeres befand. »So welche wie ihr, geben sich keine Blöße, bis sie das Gefühl haben, dass die Aufgabe erledigt ist. Mir war klar, dass die ganzen Schwächlinge keine Chance gegen euch beide haben würden, aber um euch etwas Mürbe zu machen, haben sie völlig ausgereicht. Und siehe da, kaum war das Kopfgeld abgelaufen, habt ihr euch in Sicherheit gewähnt.«

Wer oder was ist der Typ? Zumindest das Klirren der Kette hätten wir hören müssen, aber auch von ihr geht keinerlei Geräusch hervor. Ist das eine große Arkane? Nein, dann könnte er seine Aura nicht mittels LA verbergen …

»Tja, du hättest mich besser mit deinem ersten Angriff töten sollen«, blaffte William und aktivierte nun ebenfalls einen Trumpf, der besser als Waffe geeignet war als der Phönixstab. Die *9 der Stäbe – die Stärke* glitt in seine Hand und verwandelte sich. Sofort stürmte er mit dem dreigeteilten Stab, der durch Ringe und wenige Kettenglieder zwischen den Gelenken miteinander verbunden war, los. Sein Gegner wich aus, doch der Trumpf schlug ein massives Loch in die Steinwand.

»Rohe unbändige Gewalt? Gefällt mir«, sagte der Attentäter, während er durch die Luft glitt und auf der hölzernen Galionsfigur landete, die eines der wenigen Segelschiffe schmückte, die zwischen den großen metallenen Frachtern Platz gefunden hatten.

»Warte ab, bis ich dich damit getroffen habe«, erwiderte William, der wusste, dass ein einzelner Treffer genügen würde, da sein Gegner seinen Körper nicht mit Aura schützte. Immer wieder flackerte diese nur für den Bruchteil einer Sekunde auf. Dann versiegelte er seine Aiwaz-Knoten wieder.

Von den Hörnern des *Onis* aus, welcher das bereits in die Jahre gekommene Schiff eines armen Algensammlers schmückte, gab der Attentäter seiner Kette Länge. Dabei rotierte er sie und der Speer schnitt durch die Luft wie das Sägeblatt einer Kreissäge. Anschließend schleuderte er sie auf William. Kerzengerade, als wäre der Speer ein Pfeil, der aus einer Bogensehne hervorschnellte, schlug er in der Schulter der Sünde ein.

Arrrgh!, stöhnte William in Gedanken, während er nach dem Speer griff. *Wie ist das möglich? In dem Angriff lag keinerlei Aura. Er hätte nicht durch meinen flüssigen Schild aus OD hindurchgleiten dürfen.*

Gerade als er ihn herausziehen wollte, zog der Attentäter an der Kette, riss William zu sich und versenkte ihn mit einem Fausthieb ins Gesicht im Meer.

Das kalte Wasser der Bucht von Tokyo klärte seinen Geist. Es spülte die Erschöpfung der letzten Tage für einen täuschenden Moment davon. Dennoch war um ihn herum eine trübe Dunkelheit und über ihm wartete ein materiegewordener Schatten auf seinen Tod. Er griff nach der Ankerkette und zog sich an ihr über Wasser. Sein Blick fiel auf den mit dolchartigen Zähnen besetzten Kopf des *Onis*, welcher das Algensammlerschiff zierte.

Der Lack hatte die lilablaue Farbe von Blut, das unter der Haut geronnen war. In seinem Gesicht eine speckige Knubbelnase. Dazu glutrote Augen. Ein müdes Lächeln über eine Erkenntnis, die ihn ruhig früher hätte ereilen dürfen, schlich sich über Williams Lippen. Ob er wollte oder nicht, er würde sich dem Dämon entgegenstellen, der ihren Weg gekreuzt hatte, so wie es das Meer jeden Tag tat, wenn dieses Schiff den Hafen verließ.

Doch niemand war an Deck zu sehen.

»Klang, Geruch, Präsenz«, keuchte William zwischen jedem Wort, die salzigen Reste des Meerwassers aus seiner Lunge.

»Du hast sie allesamt mittels eines Bindungsschwurs mit dir selbst ausgelöscht, nicht wahr? Nun musst du nur noch deine Aura löschen und schon fühlt es sich für uns so an, als wärst du unsichtbar. Sag Phantom, was war der Preis für deinen Schwur?«

»Du bist wirklich clever«, drang die Stimme des Assassinen an Williams Ohr. Zeitgleich mit einem stechenden Schmerz in der Rückseite seines Oberschenkels.

In diesem steckte der Speer. Wieder war er einfach durch seinen flüssigen Schild geglitten, obwohl die Waffe selbst nicht mit Aura verstärkt war. Der Speer löste sich aus seinem Fleisch und William folgte der Kette. Irgendwo in der Takelage fand er seinen Gegner. Von da an begann ein Katz- und Mausspiel. William jagte ihn durch die Taue des Schiffes, als wären sie beide seit Jahrzehnten Seeleute. Dabei zerstörte er es nach und nach mit seinem Trumpf, der nichts außer roher Kraft kannte. Währenddessen heilte er immer wieder die Schnittwunden, die sein Gegner ihm zufügte mittels der blauen Flammen. Erst viel zu spät realisierte William, dass er nicht mehr war als eine Holzpuppe, die an Schnüren hing. Doch handelte es sich in seinem Fall nicht um

Schnüre, sondern um eine lange Eisenkette mit einem Speer daran.

William sprang quer von einer Seite der Takelage zur anderen, immer noch auf der Jagd nach dem Attentäter. Wann hatten sie die Rollen getauscht, fragte er sich, während sein Gegner an der Kette zog. Das Eisen traf ihn schmerzhaft am Kehlkopf, sodass er keinen Ton aus der Kehle brachte, als die Glieder sich um seinen Hals schlangen. Er hing am einst stolzen Mast knapp über dem Deck. Während die Luft seine Lungen verließ, wie eine Mannschaft ihr sinkendes Schiff. Sein Gesicht lief rot an und William begann zu einer lautlosen Melodie mit zuckenden Beinen zu tanzen.

Einige Meter vor ihm landete der Speer im Deck des Schiffes und fixierte die Sünde an seinem Galgen. Dann tauchte der Kopfgeldjäger vor ihm auf und zog ein weiteres Messer.

Die Sünde der Gier spürte, wie sein Kopf an den Haaren nach hinten gerissen wurde. Die kurzen Sekunden des Entsetzens zwischen dem Augenblick, in dem er die kalte Klinge spürte, die sein Lächeln von einem Ohr zum anderen weitete und dem Moment, in dem er in der Schwärze verschwand. Selbst wenn William hätte Schreien wollen, er konnte es nicht. Blut sprudelte über die Ketten und tränkte seine Kleidung. Er war am Ende seiner Kräfte.

»Leider ist auf deinen Kopf kein Geld ausgesetzt. Na ja, zumindest die Fische werden sich über dich freuen.« Der Mann zog den Speer aus dem Deck. Sein Opfer krachte auf Selbiges. Er befreite William aus der Kette und schliff ihn über die Planken. Eine Spur aus Blut zeugte von ihrem Weg. Dann warf er ihn über die Reling und sagte: »So langsam werde ich warm.«

Indes rannte Akira auf den Hangar am Ende des Steges zu. Seine Hand umklammerte noch immer die der jungen Wissenschaftlerin, die völlig außer Atem versuchte, mit ihm mitzuhalten.

»Da vorne ist er! Gleich haben wir es geschafft«, sagte Akira und deutete mit der freien Hand auf das Tor einer großen Halle.

Vor der kleinen Eingangstür neben dem Tor standen zwei Frauen und bliesen fahlen Rauch in die Luft.

»Macht sofort den Wolkenwandler startklar. Isaac Fallon sollte alles mit euch geregelt haben. Wir dürfen keine Zeit verlieren«, keuchte Akira ihnen entgegen.

Die beiden Schmugglerinnen verstanden sofort und eilten in die Halle. Brüllten Befehle. Akira konnte durch die offene Tür sehen, wie die Mannschaft sich in Bewegung setzte, wie ein Haufen Ameisen, in deren Haufen er getreten war.

»Alles wird gut«, versprach er Delilah, während das große Tor sich unter einem metallischen Kreischen öffnete.

Dann zog er den Trumpf seines Meisters hervor und ließ seine Aura in ihn hineinsprudeln. Er vertraute William, das stand nicht zur Debatte. Dennoch wollte er für den Notfall vorbereitet sein. Sofort spürte er, wie die Macht des *Eremiten* durch seine Adern floss.

Einige Minuten, zähflüssig wie Jahrhunderte, zogen ins Land. Dann setzte sich der Wolkenwandler mit dem Namen *Moby Dick* in Bewegung. Langsam glitt der gewaltige, weiß lackierte Bug, der aussah wie der Kopf eines Pottwals aus dem Hangar hervor.

»Herr Sünde, hübsche Frau, wir wären zum Abflug bereit«, rief eine Frau mit Kapitänsmütze, vom Deck des Luftschiffes hinab, während der Ballon der *Moby Dick* sich langsam mit heißer Luft aufblähte. Lange, schwarze

Locken quollen unter ihrem Hut hervor und in ihrer Hand hielt sie eine Flasche klaren Alkohol.

Verdammt William, wo bleibst du? Wir können nicht länger warten. Nein … Ich kann ihn nicht in diesem Zustand zurücklassen. Delilah muss fliehen, ich helfe ihm.

»Delilah, du musst mir vertrauen, steige auf das …«

Erst jetzt, bemerkte Akira den Blick in den Augen der Kapitänin, die man Wolkenspinne nannte. Lage um Lage entkleidete sie Delilah mit ihren Augen.

Mist. Isaac, warum müssen wir immer mit irgendwelchen illegalen Piloten zusammenarbeiten?

Doch Akira kannte die Antwort. Neben dem Handelsverkehr gab es nur streng regulierte Linienflüge. Lediglich einige wenige Reiche besaßen private Wolkenwandler, die frei durch den Himmel glitten. Also blieb ihnen nichts anderes übrig, als auf Schmuggler zurückzugreifen.

Aber Akira musste feststellen, dass die, die kamen, um sie zu holen, keine Helden waren, noch nicht einmal Verbrecher, sondern seine eigenen Dämonen.

Doch zuvor erschien er. Schritt für Schritt kam er auf aus der Richtung, aus der auch sie gekommen waren, auf sie zu. In der Hand ließ er eine Kette rotieren, als wäre sie ein überproportioniertes Sägeblatt.

»Wo ist William?«

»Dein kleiner Freund? Futter für die letzten Raubtiere, die noch in der Bucht leben.«

Akiras Aura verdichtete sich. Er konnte hören, wie Delilah, die noch immer unweit von ihm stand, das Atmen schwerfiel. Eine schwarze, zornige Welle brandete in seinem Geist auf. Die Sünde der Trägheit kämpfte dagegen an. Jetzt die Kontrolle zu verlieren, konnte er sich nicht leisten.

Also versuchte er Williams Geruch herauszufiltern.

Doch mehr als einen Nachhall bekam er nicht zu fassen.

»Vorschlag, überlasse mir die Frau und ich verschone dein Leben. Dein Kopf bringt mir kein Geld. Wir müssen das also nicht tun.«

»Akira? Akira?«, flehte Delilah ihn an.

Doch kein Wort drang an Akiras Ohr. Vollkommen überfordert damit, der Woge, die über ihm einzubrechen drohte, zu entkommen.

»Akira? Ak …«, übertönte ein lauter Knall Delilahs letzte Worte. Ihr Körper sackte zu Boden. Das Leben verschwand aus ihren Augen. Blut strömte aus ihrem Kopf im gleichen Tempo, in dem der Rauch aus der Handfeuerwaffe des Attentäters hervorquoll.

Langsam drehte er seinen Kopf zu ihr. Ein Blick genügte. Er wusste, sie war tot. Er wusste, er hatte versagt. Und dann brach die schwarze Welle seiner Sünde über ihm zusammen. Die ganze Welt drehte sich, kreiselte, mahlte. Es fühlte sich an, als wäre keine Luft mehr in seinen Lungen. Nur Blut in seinem Mund. Fruchtblasentiefe Dunkelheit überall. Der pochende Puls eines viel zu weit entfernten Herzens. Dann verlor er sich in seiner Sünde, wie ein Säugling in einem lichtlosen Leib.

Das Nächste, woran Akira sich erinnerte, war der eisenbehaftete Geruch von Blut. Schwere dickflüssige Tropfen fielen in unregelmäßigen Abständen auf sein Gesicht. Sie brannten in seinen Wunden wie flüssiges Feuer. Dann versuchte er die Augen zu öffnen. Doch nur sein linkes kam langsam seinem Befehl nach. Das rechte war dick und geschwollen. Auf ihm kniete der Attentäter in der zitternden Hand ein Messer. Er sah aus, wie Akira sich fühlte. Seine Kleidung zerfetzt und sein Körper mit Wunden übersät. An seiner Lippe klaffte eine tiefe Öffnung, von der das Blut auf ihn hinabtropfte.

»Bist du immer noch am Leben? Puh ... Ihr seid wirklich kleine Monster ... Tu mir den Gefallen und halte einfach still, okay?«

Rauch und Feuer, Zerstörung und Tod drangen in seine Nase. Doch ganz schwach roch er einen vertrauten Geruch. Akira griff nach dem Trumpf, der noch immer durch seinen Körper zirkulierte, während das Messer über ihm schwebte. Er griff nach seinem eigenen Blut und holte es zurück in seinen Laib. Die Wärme floss wieder seine Beine empor, drang zurück in die zerfetzten Adern und gerissenen Arterien. Sie verscheuchte den Winter, der ihn zu überwältigen drohte.

Das Messer küsste sanft die Stelle, an der Ober- und Unterlippe eins wurden. Doch bevor es sein Werk verrichten konnte, wurde der vertraute Geruch intensiver. Mit Flammen verzierte Kettenstäbe sausten über seinen Kopf hinweg und schlugen dem Attentäter das Messer aus der Hand.

Dieser ging auf Abstand. In drei Sätzen sprang er nach hinten, direkt neben Delilahs Leiche. »Ihr wollt mich doch verarschen, oder?«

William stand neben Akira. Das blutige Lächeln in seinem Gesicht mittels reinigender Flammen geheilt.

Ich habe kaum noch Aura übrig, doch Akira hat ihm schwer zugesetzt. Vielleicht habe ich eine Chance gegen ihn und seinen Speer, der alles Arkane ignoriert und durch es hindurchgleitet. Oder sind unsere Chancen größer, wenn ich meine letzte Kraft nutze, um Akira zu heilen?

»Ich habe mein Ziel erreicht, für alles Weitere werde ich nicht bezahlt«, keuchte der Attentäter und warf zwei Rauchbomben in die Luft. Während die Sünden die Sicht verloren, verabschiedete er sich: »Trotz eurer irrsinnigen Gene habt ihr gegen einen einfachen Affen wie mich verloren, der für die Welt keinen größeren Wert hatte als gewöhnlicher Müll. Das sollte euch eine Lehre sein!«

»Ich muss den Rauch vertreiben«, sagte William und begann damit sein Würgeholz zu schwingen. Dann spürte er jedoch eine Hand an seinem Bein.

»Hör auf … Delilahs Geruch entfernt sich. Er ist weg.«

William setzte sich neben Akira. Dann streckte er die Hand aus und bläuliche Flammen griffen auf seinen Freund über, vitalisierten dessen Zellen und schlossen seine Wunden.

»Es tut mir leid. Ich habe es verbockt. Weil ich mich selbst nicht im Griff habe, wird diese Welt noch länger verzweifeln«, entschuldigte sich Akira, während er sich aufrichtete. Erst jetzt bemerkte er, dass die *Moby Dick* in Trümmern lag. Die Crew verschwunden oder bewusstlos irgendwo zwischen den Überresten des Wolkenwandlers.

»Wir haben es beide verbockt.«

»Ich bin froh, dass du am Leben bist«, sagte Akira erschöpft, während er sich aufraffte.

»Wo willst du hin?«

»Ihnen hinterher.«

»Wieso? Du bist völlig am Ende.«

»Das ist egal. Aber ich kann ihre Leiche nicht in der Obhut dieser Widerlinge lassen. Das hat sie nicht verdient.«

William schluckte schwer. Dann versuchte auch er auf die Beine zu kommen, sank jedoch wieder in sich zusammen. Akira stützte ihn.

»Ich glaube ich weiß, wo er sie hinbringt«, sagte William, noch immer völlig außer Atem. »Der Attentäter hat mir ein Lächeln ins Gesicht geschnitten. Ich habe schon einmal von ihm gehört. Wenn ich recht habe mit meiner Vermutung, dann ist er Cheshire, der *Ghost Light* Killer.«

»Was sagt uns das über ihren Aufenthaltsort?«

»Die Himmelsbambussekte kann sich den Typen nicht leisten. Ich schätze Oswald Grim selbst hat ihn angeheuert. Ich denke, wir finden Delilah im Hauptgebäude von Toxanol.«

Und das taten sie auch. Sie lag auf dem Schreibtisch eines leeren Büros, von dem aus man in die Fabrikhallen hinabblicken konnte. Unten herrschte emsiges Treiben, als ob all die Geschehnisse der letzten Stunden nicht passiert wären. Als ob hier oben keine tote Frau lag, deren Gesicht zu einem schaurigen Grinsen verunstaltet wurde.

William hob sanft den erkalteten Körper Delilahs, während Akira zu der Scheibe ging und hinabblickte.

»Sollen wir diese Typen hier töten? Ich glaube, im Moment wäre mir das wirklich egal …«, fragte er mit ausdruckslosem Gesicht.

»Nein. Das hätte keinen Sinn. Hier sind nur Mitläufer des Systems und einfache Arbeiter, die auch nur ihre Familie ernähren wollen. Der Drahtzieher ist längst über alle Berge«, antwortete William und ging in Richtung Tür.

»Sinn? Ist der wirklich… wichtig?«

»Ja, der ist sehr wichtig, wenn man töten will. Und Rache hat keinen Sinn.«

Die Geschehnisse um Delilah Bloech, waren der Ursprung ihrer beider Veränderung. William schlief danach tagelang. Damals dachte Akira, es läge an der Erschöpfung, doch mittlerweile wusste er, dass es daran lag, dass sein Freund die Welt nicht länger verstand. Und er selbst war heute noch auf der Suche nach einer Antwort auf die Frage, die William ihm an jenem Tag stellte, bevor sie Toxanol verlassen hatten: »Welchen Sinn hätte es, wenn du sie tötest? Könntest du danach Momo noch guten Gewissens ein Schlaflied singen?«

Richtig, Momo …, dachte Akira. *Ich habe mir geschworen, mich zu ändern …*

Unweigerlich musste er an den Ausdruck in ihrem Gesicht denken, wenn er für sie sang. Jenes Lachen erhellte die Dunkelheit in Akira, die noch nie einen einzigen Sonnenstrahl gesehen hatte. Sein Geist beruhigte sich trotz der stechend grünen Augen, die auf ihm lagen. Die Zeit, sich in Erinnerungen zu verlieren, war vorüber.

»Alles in Ordnung«, sagte Akira und lächelte Benji entgegen. Ein Lächeln, um den Jungen zu beruhigen und um sein eigenes Herz über die Angst hinwegzutäuschen. Denn jene, die in der Lage waren zu lachen, waren in dieser Welt am stärksten. Dies hatte er im Gespräch mit dem inspirierenden jungen Mann verstanden, der am Tag vor ihrer Abreise den *Velvet Room* besucht hatte. Und vielleicht war es auch genau das, was Sensei Sola ihnen mit all seiner Albernheit versuchte klarzumachen.

»Schade, der Überraschungseffekt sollte mittlerweile dahin sein«, sagte William, während die Tarotkarte in seiner Hand zu einem dreigliedrigen, über Ketten miteinander verbundenen Stab wurde. »Unser naiver Bindungsschwur von damals hat keine Macht mehr über uns. Ich war so freundlich, uns dieser Geißel zu entledigen. Ich sehe in dir immer noch einen Freund, so wie der Seemann es im Wind tut. Doch wenn dieser zu einem Sturm wird, bittet er den Ertrinkenden schließlich auch nicht um Vergebung. Nimm es mir also nicht Übel, ja?«

Flammen stoben aus Williams Hand hervor. Gierten nach etwas, dass ihren unstillbaren Hunger lindern konnte. Akira packte Benji und sprang hinter das herausgebrochene Mauerwerk. Als er ihn berührte, fuhr ein elektrischer Schlag durch seinen Körper.

»Wie ist unser Plan?«

Momos Träume waren also wahr. Er ist keine Sünde

mehr, ich bin also nicht länger an unseren Schwur gebunden, überlegte Akira. *Es wäre mir also möglich, ihn zu töten … mich zu rächen …*

»Ich beschäftige ihn. Sieh uns genau zu, finde die Lücke«, antwortete Akira schließlich, während er den Korken der kleinen Kürbisflasche an seiner Hüfte löste. Dann setzte er einen kleinen Schallwandler in sein linkes Ohr. »*Hibiki*, bring mich in Stimmung.«

Mit einer geschickten Drehung kam Akira hinter der zerstörten Hauswand hervor. Sein Körper glühte. Auf seiner Haut lag ein leicht rötlicher Schimmer. Bereits in der Drehung quoll die rote Flüssigkeit aus der Flasche. Geformt durch seinen Willen. Gehärtet durch den darin enthaltenen Eisenanteil. Ein stichblattloses Katana geschmiedet aus Blut.

Der Anführer der sieben Todsünden und der karmesinrote König lieferten sich einen Schlagabtausch auf Augenhöhe. Beide waren sie hart und scharf und sehnig und schnell. Zwei Rapiere in einer Welt aus Holzschwertern. Minutenlang. Wieder und wieder. Für Yamamoto, der den Tanz der beiden noch immer beobachtete, klang es, als sangen ihre Waffen ein Lied. Und ihre Stimmen bestanden aus Feuer und Blut. Keine Sekunde hatte Akira auf diesem Niveau gegen ihn und die anderen Anhänger des avalonischen Ordens gekämpft. Um dies zu erkennen, benötigte er nicht einmal sein Beobachtungstalent, das ihn zu einem Writer erhob. Der Kräfteunterschied war so gewaltig, dass selbst ein gewöhnlicher Schläger aus den Gassen Al-Qāhirahs es begriffen hätte. Und irgendwie beschlich ihn das Gefühl, dass sie dennoch nicht am Gipfel ihres Könnens angelangt waren.

»Sag schon, Akira. Geht es meiner Momo gut?«, fragte William und hielt ihn dabei mit einer Wand aus Feuer auf Distanz.

Dieser machte einen Satz nach hinten, federte sich empor und ließ sein Schwert hinuntersausen wie Donner vom Himmel. »Ist sie glücklich? Hat sie einen Wunsch?«. Er parierte den Angriff mit dem einen Ende seines Nunchakus und versetzte Akira mit dem anderen einen Stoß. Die rohe Gewalt der Waffe riss eine Platzwunde in das Fleisch der Sünde. Als wäre Williams Hand der Schlund eines Drachen, spuckte er ihm eine Salve loderndes Feuer hinterher.

»Ob sie einen Wunsch hat?«, grollte Akiras Stimme durch die Flammen. »Vielleicht die Wärme ihrer Mutter zu spüren, die ihr genommen wurde. Oder einen weniger egomanischen Vater, der nicht die Welt, deren Türen sich gerade erst für sie öffneten, niederbrennen will.«

Dann tauchte Akira hinter ihm auf. Er wusste, dass Williams Kronfähigkeit ihm verraten würde, von wo aus er angriff, doch er war vorbereitet. William fuhr herum und stoppte die Blutklinge vor seinem Gesicht mit den Kettengliedern zwischen den Stäben. Doch dann sammelte sich das Blut aus der Platzwunde, die er Akira zuvor mit dem Stoß zugefügt hatte an der Schwertspitze, verlängerte diese und schnitt eine Furche über die rechte Augenbrauche Williams. Blut ran in sein Auge. Verfärbte das Weiß darin in denselben hellen Rotton, der auch in Akiras Augen glitzerte. Lediglich die Ursache war eine andere.

William stieß ihn von sich. Dann riss er sich den Mundschutz vom Gesicht und brüllte ihm entgegen: »Doch nur um aus der Asche eine Neue zu errichten!«

Hina … sie wollte den natürlichen Kreislauf wiederherstellen. Das wollen wir beide auch oder etwa nicht, William?

Akira blickte sich um. Auf dem Boden züngelten *Kas* feuerrote Federn. Rauchschwaden stiegen in die Luft und verdeckten den Himmel, als wollten sie ihn vor den Augen der Welt verbergen. Die Wände des Waisenhauses waren rußschwarz. Die Schreie der Kinder, welche auf der anderen Seite des Gebäudes evakuiert wurden, mischten sich unter das Knistern und Knacken der Flammen. Für jemanden, der im Zeitalter des Himmelsbambus den Glauben in die Götter noch nicht verloren hatte, musste es ausgesehen haben, als hätte sich die Pforte der Hölle geöffnet und eine erste glutheiße Hand in die irdische Welt gestreckt.

Doch du bist ein Feuer, das den Zyklus verschlingt und ihn aus der Asche heraus neugestalten will. Ich hingegen bin wie das Wasser, das als ein Teil des Kreislaufes mit diesem fließt.

»Lass uns herausfinden, ob ich zuerst verdampfe oder dich zu löschen vermag!«, rief Akira durch den Rauch und setzte erneut zum Angriff an. Wieder beschleunigte er den Blutfluss in seinem Körper. Äderchen platzten und verdunkelten den Rotton, der das Weiß seiner Augen korrumpierte, noch weiter. Seine Aura pulsierte, während er blinzelte. Einmal. Zweimal. Dreimal. Dann löste sich der Korken aus der Kürbisflasche auf seinem Rücken. In seiner anderen Hand formte sich eine weitere Blutklinge. Und nicht nur in seinen Händen hielt er sie nun. Fünf weitere Schwerter schwebten jetzt über ihm und warteten auf seine Befehle.

»Du machst Ernst? Dein Körper nähert sich wohl seiner Grenze? Doch vergiss nicht, dass ich deine Schwachstelle kenne!«, brüllte William ihm entgegen, während auch er auf in zupreschte. Mit der einen Hand formte er einen Bogen aus Feuer über sich, mit dem er die Blutklingen verbrennen wollte. Mit seiner Waffe in der anderen zielte er auf Akiras linkes Ohr. »Du bist blind auf deinem sechsten Sinn! Die *Thelema* dennoch auf diesem Niveau zu kontrollieren, gelingt dir nur dank deiner Unmenge an Aura und der Musik in deinem Ohr.«

William hatte recht, Akira nutze seine Aura nicht wie andere Menschen. Er kontrollierte sie, als wäre sie ein Instrument und *Hibiki* gab ihm den Takt vor, zu dem er Tasten drückte, Saiten zupfte und seine Klingen tanzen ließ. Würde diese Melodie verstummen …

»Dennoch musst du sie zuerst treffen«, sagte Akira und grinste. Er ließ das Katana in seiner rechten Hand fallen und schnipste mit den Fingern. Eines der schwebenden Blutschwerter schnellte herab, fädelte sich durch die Kettenösen, die die dreiteilige Stabwaffe Williams verbanden und fixierten diese am Boden. Dann spreizte Akira die Finger auseinander und die übrigen Klingen verschwanden im Rauch. Dort lauerten sie auf ihre Chance zu schneiden.

»Ich hab dich.«

»Hast du meine Krontechnik vergessen? Ich weiß, woher sämtliche deiner Angriffe kommen«, spottete William und wich dank *Dangersense* den ersten drei Waffen geschickt aus.

Die vierte zielte auf die Hand, die noch immer das am Boden fixierte Nunchaku festhielt. Doch im Moment des Aufpralls verflüssigte sie sich, umhüllte sein Handgelenk, die Finger und den Schafft seines Trumpfes. Noch bevor er reagieren konnte, wurde das Blut eisenhart und fesselte ihn an seine Waffe.

»Aber, was nützt dir dieses Wissen, wenn du dich nicht verteidigen kannst?«

Mit einem Schnipsen löste sich die fünfte Klinge aus dem Rauch, wie ein Raubtier, das nur darauf wartete, dass seine Beute eine Unachtsamkeit zuließ.

Doch William fing die Klinge mit bloßer Hand direkt vor seinem Auge. Sie schnitt sich in seine Haut. Blut rann sein Hand-gelenk hinab. Ehe es entflammte und das Katana ver-schlang.

»War, dass schon alles?«, fragte William, der die Antwort dank seiner Kronfähigkeit bereits kannte.

Der Duft von Ozon mischte sich unter den des Feuers. Beide Gerüche harmonierten in ihrer Vielfalt eigentlich gut miteinander. Ohne jeden Zweifel gaben sie ein hübsches Paar zusammen ab, das einander Hand in Hand umspielte. Doch so verhielt es sich eben mit dominanten Gerüchen, jeder wollte den Thron der Kopfnote für sich beanspruchen.

Wie *Raijin* auf seine Trommeln, schlug Benji in das Gesicht des karmesinroten Königs, der noch immer dabei war, die Blutklingen zu verbrennen. Blitze entluden sich, durchzuckten Williams Körper und paralysierten seine Nerven.

»Das ist für Zoja, Phil und die anderen!«, spuckte Benji ihm entgegen.

Niemand außer Akira schien es zu bemerken. Williams Körper war durch die Blitze, die seinen Nervenimpulsen entgegenwirkten, für einen schwindenden Moment gelähmt. Keineswegs vollends hilflos, aber dennoch eine kleine Blöße, die Akira genügen würde. Doch zu welchem Preis? William mochte sie von ihrem gemeinsamen Bindungsschwur befreit haben, doch auf Akira lastete noch ein weiterer.Auch ihm setzte der Konflikt zu. Blutige Tränen bahnten sich ihren Weg über Akiras Gesicht. Das Limit, welches er seinem Körper zumuten konnte, war bereits überschritten. Die Arkane war ein Damoklesschwert. Sie seg-net einen mit Macht. Doch je größer diese war, desto teurer war auch ihr Preis.

Die aus Blut geformte Klinge hob sich. Hungerte nach Williams Lebenssaft. War der Preis es wert ihn zu bezahlen?

Rache … Vergeltung … Genugtuung …, hörte Akira eine Stimme in seinem Kopf, die ihm Grund um Grund für seine Tat lieferte. Sie war Honig und Blut. Seine Chance war endlich gekommen.

Doch dann wandelte sich die Stimme: »*Und Rache hat keinen Sinn.*«

Sein Katana senkte sich. Der Moment war an ihnen vorübergezogen, so lautlos wie der Untergang der Sonne.

Auch Benjis Gier schwand und mit ihr verließen ihn auch seine Kräfte. Das aufstehende Haar sank herab und das Auragewitter, welches seinen Körper umgab, legte sich. Die Ruhe nach dem Sturm griff nach seinem Geist und er sackte zusammen.

Akira fing ihn auf und nahm in auf den Arm. Die Blutklingen, die William nicht verbrannt hatte, zogen sich in dicken, flüssigen Bögen zurück in die lackierten Kürbisflaschen. Er schenkte dem Jungen ein Lächeln. Dann blickte er auf, sah in die stechend grünen Augen und der Ausdruck auf seinen Lippen verschwand. Seine Worte klangen wie eine Drohung. »Wenn wir uns das nächste Mal wiedersehen, werde ich eine Antwort auf deine Frage gefunden haben, William.«

空

Danach hatten sich Akira, Yamamoto und Benji zurückgezogen. Warum William sie einfach ziehen ließ und ihnen darüber hinaus auch noch Benji, die neue Sünde der Gier überlassen hatte, konnte Akira nur erahnen. Doch er kannte ihn gut genug, um sich zumindest einer Sache sicher sein zu können, und zwar, dass er es nicht ohne einen Hintergedanken tat.

Auf dem Flachdach eines in die Jahre gekommen Güterbahnhofs, schlugen die drei ihr Lager auf. Akira hielt es für besser, die nahe gelegenen Städte zu meiden sowie auf gängige Verkehrsmittel zu verzichten, da er es für möglich hielt, dass William ihnen seine Häscher hinterherschicken oder ihnen sogar die Vorkommnisse, die sich im Waisenhaus abgespielt hatten, anhängen würde. Morgen vor Sonnenaufgang würden sie für ihre Weiterreise auf einen der Güterzüge aufspringen, doch für den Moment blickten sie in den vom Bambus rot verfärbten Himmel und sahen der Sonne dabei zu, wie sie in weiter Ferne über der schwarzen Zone unterging.

Sorgsam verknotete Akira den letzten Wundverband an seinem Arm. Auch das Weiß kehrte langsam in seine blutunterlaufenen Augen zurück. Er saß auf der Stufe einer kleinen Eisentreppe. Dabei fragte er sich, was Momo und die anderen Sünden wohl gerade taten. Ob es Makoto gut ging?

Währenddessen holte Yamamoto, der sich ihm gegenüber auf einem alten rostigen Zahnrad niedergelassen hatte, einige Mochi aus ihrem Reisegepäck hervor und breitete diese zwischen ihnen aus.

»Aki, wieso hast du dich für die Flucht entschieden? Lag es an …«, fragte der Schüler des Writer, der durchaus bemerkt hatte, dass die Sünde der Trägheit zu Beginn des Kampfes nicht er selbst war.

»Früher waren wir auf Augenhöhe. Doch nun besitzt er zusätzlich noch die Kräfte des großen Geistes des Feuers. Hätte er sie für mehr als ein paar Taschenspielertricks benutzt, hätte ich ziemlich sicher verloren«, unterbrach Akira ihn, ohne weiter darauf einzugehen, dass er erneut fast die Kontrolle verloren hätte oder dass sich dank Benji durchaus für einen kurzen Wimpernschlag lang die Chance auf einen Sieg offenbart hatte, die er noch nicht zu nutzen bereit war. »Außerdem waren wir nicht dort, um den karmesinroten König zu stürzen, sondern um Avaritia, die neue Sünde der Gier einzusammeln.«

»Aber wieso hat er uns einfach gehen lassen?«, hakte Yamamoto weiter nach.

»Bei einem Kampf auf Leben und Tod, wäre auch er nicht unbeschadet davongekommen. Vielleicht war ihm dieses Risiko zu hoch. Der Krieg hat schließlich noch nicht einmal richtig begonnen«, antwortete Akira, sicher, dass dies nur ein Teil der Wahrheit war.

Währenddessen saß Benji über ihnen auf dem Geländer eines in die Jahre gekommenen rostigen Silos. Er hoffte, dass es den anderen Kindern gut ging und er ihnen etwas Zeit verschafft hatte. In seiner Hand hielt er die große Arkane *Nummer 4 – den Kaiser*. Sein Blick folgte der Sonne, die dabei war, von der schwarzen Zone verschluckt zu werden. Er dachte an Zoja. Wie gerne er sich doch bei ihr verabschiedet hätte. Würde die Sonne morgen wirklich wieder aufgehen, nun, wo sie fort war? Für den Rest der Welt vielleicht, für ihn vermutlich nicht. Seine Welt besaß nur noch einen blassen Mond, der auf der Suche nach seinem Gegenstück einsam seine Bahnen zog.

»Hast du Hunger? Möchtest du etwas essen?«, rief Akira ihm zu.

Yamamoto stand mit vollem Mund hinter ihm und winkte ihm mit einem zwischen zwei Stäbchen eingeklemmten Reisteigbällchen zu.

»Gern. Danke«, murmelte Benji, sprang zu den beiden hinunter und federte den Sturz mit seiner Aura ab.

»Du hast Talent, dennoch wäre es momentan besser, wenn du deine Poren verschlossen hältst«, sagte Akira und bot Benji seinen Platz an, während er zu seinem Gepäck ging.

Der Waisenjunge griff nach einem der Klößchen, setzte sich und schob es sich in seinen Mund.

»Hier, für dich«, sagte Akira und zog eine Filtermaske sowie ein weißes Bandshirt, das dem Jungen eine Nummer zu groß war, aus seinem Rucksack. Darauf war der Oberkörper eines Skeletts abgebildet. Sein Kopf umrahmt mit einem Kranz, geflochten aus roten Rosen.

Der kauende Junge blickte an sich herunter, auf die vielen kleinen Brandlöcher, die Williams Funken auf seinem ärmellosen Oberteil hinterlassen hatten. Er schluckte und bedankte sich. Dann fragte er: »Wer seid ihr und warum seid ihr so nett zu mir?«

Yamamoto begann von der *Thelema* und dem Thronkrieg um die Nachfolge der Tennō zu erzählen. Es war in Ordnung, denn ab dem Moment, in dem William seine Sünde auf Benji übertragen hatte, war dieser ein Teil davon. Anschließend erklärte Akira ihm, was es mit dem Mal des unikursalen Hexagramms auf seiner Brust auf sich hatte, wer die sieben Todsünden und wer das Mädchen namens Momo war, von dem William immer wieder gesprochen hatte sowie von ihrem aktuellen Ziel, der Befreiung, der Sünde des Neides.

»Außerdem erinnerst du mich an jemanden«, schloss Akira seine Ausführungen.

»Avaritia … Sünde der Habgier …«, murmelte Benji.

»Wenn ich dich anerkenne, und natürlich nur, wenn du es möchtest.«

»Welche Sünde verkörperst du?«, fragte er Yamamoto.

»Ich bin die Sünde der Völlerei, denn meine Augen können nie genug von der Geschichte sehen«, antwortete dieser schlagfertig.

»Schwachsinn«, intervenierte Akira schmunzelnd. »Er ist bloß meine Geisel.«

Mit einem aufgesetzten Schmollmund griff Yamamoto nach einem weiteren Mochi.

Für einen kurzen Moment musste auch Benji lächeln, dann kam ihm jedoch Zoja wieder in den Sinn.

»Wenn ich das richtig verstanden habe, stehst du auf der Seite der azurblauen Königin, dieser Momo, nicht wahr?«

»Richtig.«

»Das bedeutet die Maskenfresse ist auch dein Feind. Ich bin dabei, aber ich habe eine Bedingung.«

Akira hing an seinen Lippen und wartete.

»Trainiere mich, Akira. Bring mir bei, wie ich so kämpfen kann wie du.«

Es war das erste Mal, dass er ihn bei seinem richtigen Namen nannte.

»Warum möchtest du stark werden?«

»Er … Die Maskenfresse … wegen ihm mussten die anderen Kinder leiden. Außerdem hat er … mir den wichtigsten Menschen genommen«, suchte der einsame Junge nach den richtigen Worten.

»Du bist also auf Rache aus?«, fragte Akira.

»Nein. Ich bin kein Idiot. Auch wenn ich es wollte, könnte ich im Moment nichts gegen ihn ausrichten. Aber wenn ich so stark wäre wie du, dann könnte ich die anderen Kinder, die wir zurücklassen mussten vor ihm beschützen«, antwortete Benji entschlossen.

Ohne es zu bemerken, schlich sich ein Lächeln über Akiras Lippen. Der Junge hatte mehr von Aiko als nur seinen wölfischen Blick.

Er stimmte seinem Anliegen zu und setzte sich neben ihn auf die Treppe.

»Wie war der Name der Person, die du verloren hast?«

»Zoja«, sagte er ihren Namen, als wäre er ein wertvoller Schatz.

»Erzähl uns von ihr, dass hält die Erinnerung wach.«

CHi - 25

Zwei Frauen taumelten durch die von der Nacht in Dunkelheit gehüllten Straßen der Stadt Neo Metropolis. Innerlich leer, als hätte der anhaltende Regen alles, was sie einst erfüllte, fortgespült und mit ausdruckslosen Augen, als wäre die Welt um sie herum nicht länger von Bedeutung, beschritt jede von ihnen ihren eigenen ziellosen Pfad. Eigentlich könnten die beiden unterschiedlicher nicht sein. Eine von ihnen wuchs an dem letzten Ort auf, an dem die ursprüngliche Schönheit der Erde noch immer erhalten war. Die andere auf den Abfallbergen dessen, was den Planeten zugrunde gerichtet hatte. Ein Leben im Einklang mit der Natur hatte die eine von ihnen gewählt. Freudig über jede Gabe, die ihre Götter für sie entbehren konnten. Während die andere ein Leben als Verbrecherin führte. Sie nahm sich, was sie wollte, und irgendwelche Götter waren ihr egal, genauso wie sie ihnen egal war. In den Haaren trug eine der beiden ein Geschenk ihres Vaters. Die Feder eines Vogels, genauso schön wie jene, die er selbst trug. Eine wertvolle familiäre Bande. Die pinken Haare der anderen Frau dienten hingegen dazu, sich von der ihren zu distanzieren. Dennoch waren beides Erinnerungen daran, was die jungen Frauen verloren hatten.

Und selbst die wirksamste Medizin der Welt konnte diesen Schmerz nicht lindern. Beide mussten sie auf Nimmerwiedersehen sagen. Derselbe tiefe Gram. Die gleiche Leere in der Brust. Was bedeutete da schon, wo sie herkamen, die Farbe ihrer Haut, der soziale Stand oder die Namen der Götter und Göttinnen, an die sie glaubten? Der Schmerz, einen geliebten Menschen zu verlieren, der sich auch durch Racheakte nicht lindern ließ, machte einen jeden gleich. Und so war es auch die gleiche Sehnsucht danach, dass jenes bleischwere, erdrückende Gefühl verschwand. Doch ebenso gut hätten sie die Sonne bitten können, nie wieder auf- und unterzugehen.

Nachdem Mulai sich von Oswald Grims Wolkenwandler abgeseilt hatte, ging sie zurück zu dem Ort, an dem sie und Malik ihr für die Infiltrierung überflüssiges Gepäck verstaut hatten. Sie packte das Behältnis, in welchem sich die Augen eines ihrer Stammesmitglieder befanden, in ihren Rucksack.

Wie kann sich etwas so Leichtes nur so schwer anfühlen?

Anschließend holte sie einen braunen Umhang hervor und hüllte sich in diesen um ihre Wunden, aber vor allem um die Narbe, welche die Arkane auf ihrem Rücken hinterlassen hatte, zu verdecken. Der Regen hatte bereits einen Teil des getrockneten Blutes von ihrer Haut gewaschen. Eigentlich hätte er in ihren Wunden brennen müssen, doch der Schmerz in ihrem Inneren verdrängte den ihres Körpers, als wäre er nur ein Statist in einem Theaterstück, der Platz für den Protagonisten machen musste. Ziellos zog Mulai durch die Straßen. Keine Sekunde hatte sie darüber nachgedacht, zurück zu Vicky zu gehen. Und so zogen die Fabriken und Lagerhallen an ihr vorbei, bis sie sich zu Häusern wandelten. Immer weiter lief sie, bis auch jene Häuser immer kleiner und heruntergekommener wurden. Sie hatte Melbourne und Roma hinter sich gelassen. Mittlerweile setzte sie in Al-Qāhirah gedankenlos einen Fuß vor der anderen. Die Stimmen der Bettler und an Pollenlunge Erkrankten nahm sie nicht einmal wahr.

Sie bog um eine Straßenecke in eine fast menschenleere Gasse. Lediglich eine Person kam ihr in der Häuserschlucht entgegen. Beide hatten sie den Kopf gesenkt, unempfänglich für die Reize ihrer Umgebung. Erst als Mulai die Schulter der Frau im Vorbeigehen berührte, begriff sie, mit wem sie kollidiert war. Und der Frau mit dem pinken Haar ging es nicht anders.

»Du bist es?«, sagte Vicky. »Ich musste den Kopf frei kriegen, deswegen habe ich nicht auf euch … warte Mal … Wo ist Malik?«, frage sie und packte Mulai an den Schultern.

Schlagartig holte Mulai der Schmerz ein. Sie stieß die Luft aus, taumelte zur Wand und glitt an ihr herab.

Vickys Blick folgte ihr und sie konnte erkennen, wie eine vom Regen verdünnte rote Flüssigkeit ihren Arm hinablief. »Bist du verletzt? Was ist passiert?«

»Malik ist tot«, erklärte Mulai, während unweit von ihr eine Gomi-Qualle aus einem Müllhaufen hervorkroch.

»Wie konnte das passieren?«

»Ein Mann tauchte aus dem Nichts auf. Er war wie ein Phantom, obwohl er direkt vor mir stand, fühlte es sich an, als wäre er nicht da.« Mulais ganzer Körper zitterte beim Gedanken an ihn. »Nachdem er Malik getötet hatte, verstümmelte er seinen Mund zu einem Lächeln bis zu den Ohren.«

»Cheshire?«

»Was?«, fragte Mulai irritiert.

»Cheshire. Er ist ein Kopfgeldjäger und seine Visitenkarte ist das blutige Lächeln, welches er auf seinem Opfer hinterlässt.« Kurz herrschte Stille zwischen den beiden. »Aber Moment, warum sollte er Malik töten und dich verschonen?«

»Mein Kopf ist wohl nichts wert.«

»Bullshit! Warum sollte er dich dann so zurichten?«, motzte Vicky und riss Mulais Mantel am Arm nach oben. Mehrere Stiche und Schnitte kamen darunter zum Vorschein.

»Keine Ahnung!«, erwiderte Mulai und entriss der Feder den Mantel. Sie konnte spüren, wie Vicky ihre Aura konzentrierte, also begann auch sie selbst kontrollierter zu atmen.

»Schon komisch, dass alle von uns, die mit dir alleine sind, sterben? Hast du Malik umgebracht? Hast du Chel …« Die Worte erstickten ihr im Hals. »Na warte!«, keifte sie, während sich ihre Trauer in Wut verwandelte. Sie hatte keine Lust, ihre Vermutungen zu verifizieren. Denn was sie in diesem Moment brauchte, war ein Ventil für ihren Schmerz.

Vier Federn waren bereits tot, doch die Rache machte ihren Schmerz kein bisschen erträglicher. Und dennoch ging es Mulai dabei nicht anders.

Aus ihrem Springerstiefel zog Vicky einen Trumpf. Mulai konnte den *Prinzen der Kelche* darauf erkennen. Doch noch bevor ihre Gegnerin Aura in der Arkane bündeln konnte, wurden sie von einer Stimme unterbrochen.

»Ich muss schon sagen, einen tollen Ort habt ihr beiden euch für euren Plausch ausgesucht! Hier liegt so viel von der schwarzen Kotze der an Pollenlunge Dahinsiechenden, dass man eigentlich schweben müsste«, begrüßte Mortecai sie. In der Hand einen Regenschirm, welchen er über sich und seine Partnerin hielt. Diese stand dicht bei ihm und warf eine Münze in die Luft.

»Aber egal, ihr müsst euch ja wohlfühlen.«

Beide Frauen hielten inne. Wie sie sich in der Gasse gegenüberstanden, mit all ihren Erfahrungen und Idealen, hätten sie nicht unterschiedlicher sein können, und dennoch waren sie gleich. Ihre Blicke richteten sich auf Mortecai, welcher seinen Mund zu einem spöttischen Lächeln verzog.

»Wenn du wissen willst, was wirklich bei Toxanol passiert ist, dann erzähle ich es dir gerne, Vicky.«

KA - 26

Knistern und Knacken. Rauschen. Eifrig suchte der Schallapparat nach Kanälen, während William vor dem kleinen Waschbecken in seinem Büro innerhalb des Waisenhauses stand. Unsanft wusch er sich das Gesicht und schrubbte immer wieder über die Stelle, an der der Junge mit den sturmgrauen Augen ihn berührt hatte. Die Schreie der Kinder waren verstummt. Sie lagen in ihren Betten und schliefen. Auch die Spuren des Kampfes waren beseitigt. Selbst seine Wunden wurden bereits von den blauen Flammen seiner Arkane verschlungen. Doch egal wie sehr er auch schrubbte, egal wie oft er sich wusch, dass ihn anwidernde Gefühl, welches durch die unreine Berührung des minderwertigen Affen auf seiner Wange juckte, verschwand einfach nicht.

Er drehte den Wasserhahn ab und trocknete sein Gesicht mit einem weißen Handtuch, das neben dem Waschbecken hing. Dann blickte er in den Spiegel und bemerkte einen leichten, rötlichen Ausschlag unter dem feuchten Glanz an der Stelle, an der der Junge ihn berührt hatte.

»… wies der aktuelle Finanzminister darauf hin, dass wir in einer Leistungsgesellschaft leben«, fand der

Schallapparat endlich einen Kanal, auf dem Nachrichten übertragen wurden.

»Unsinn. Wenn wir wirklich in einer Leistungsgesellschaft leben würden, dann gäbe es reiche Bauern und Fabrikarbeiter und keine wohlhabenden Politiker«, kommentierte William die Aussage.

»Weiter geht es mit einer tragischen Nachricht vom Rande der gelben Zone. Dort ist es heute in einem Waisenhaus zu einer Gasexplosion gekommen. Sieben Kinder verloren dabei ihr Leben. Darüber hinaus gab es keine weiteren Verletzten unter den Bewohnern und Angestellten. Minister Baskerville, welcher als Geldgeber und Schirmherr des Waisenhauses fungiert, hat sich noch nicht persönlich zu den Geschehnissen geäußert. Seine Berater teilten uns jedoch mit, dass er tief betroffen ist und bereits vor Ort sei, um Unterstützung zu leisten«, fuhr die Nachrichtensprecherin fort.

»Immerhin unser Vertuschungsplan hat funktioniert«, sagte William und schaltete die Apparatur ab. Anschließend ging er zu einer kleinen Glasvitrine und holte eine Flasche Weinbrand hervor. Sorgsam schenkte er sich ein. Dann trank er das Glas in einem Zug leer, bevor er es erneut füllte. Die braune Flüssigkeit brannte in seiner Kehle, während er mit dem Kognakschwenker in der Hand zu seinem Schreibtisch ging und sich setzte.

Im gleichen Moment klopfte es an der Tür.

»Komm rein, Victor«, antwortete William auf das Klopfgeräusch, wissend darüber, wer vor der Tür stand, denn er hatte ihn schließlich zu sich gerufen. Außerdem veranlasste er, dass ihn heute niemand mehr behelligen sollte. Seine Laune war schließlich denkbar schlecht, nachdem er nicht nur seinen letzten Reiter, sondern auch noch eine große Arkane an Akira verloren hatte. Anstatt sorgfältig und rational zu denken, wie er es sonst auch immer tat, ließ er sich an jenem Tag, als er das Sündenmal auf den Bengel übertrug, von seinen Emotionen verleiten. Ein törichter Fehler, der ihm nicht noch einmal passieren würde.

»Guten Abend, Eure Majestät«, begrüßte ihn der Wissenschaftler und trat ein. Er trug einen sauberen weißen Kittel und seine Haare waren wie immer unordentlich, als hätte er sie sich die ganze Nacht gerauft. »Ich habe gute Neuigkeiten, doch zuerst, was kann ich für Sie tun?«

»Hallo, Victor. Ich möchte, dass du unverzüglich die Reiter versammelst. Auch wir beide werden morgen früh nach Neo Metropolis zurückkehren.«

»Sehr wohl, Eure Majestät. Darf ich fragen, weshalb das Treffen vorverlegt werden soll?« Victor zupfte nervös an den Verbänden, die seine Hand umhüllten.

»Du darfst. Hast du den jungen Anhänger des avalonischen Ordens bemerkt, der mit Akira herkam?«

Dr. Licht nickte.

»Wir mögen das Resultat von Projekt *Jupiter* verloren haben, doch mein Plan, dass Akira und der avalonische Orden sich gegenseitig beschäftigen, scheint aufgegangen zu sein. Auf diesem Spielbrett halte ich noch immer die Fäden in der Hand. Er würde Momo nie mit in die Höhle des Löwen nehmen. Außerdem gibt es nur zwei Personen, denen er genug vertraut, um sie mit ihrem Schutz zu beauftragen. Isaac Fallon und Scott Sykes.«

»Na, na, wie gerissen, Eure Majestät. Weder die Sünde des Hochmuts noch die Sünde der Wollust sind, den Akten nach, ernst zu nehmende Gegner für die Reiter. Ihr wollt die Abwesenheit Akiras Curtis nutzen, um Eure Momo zurückzuholen, nicht wahr?«, zog der Wissenschaftler seine Schlüsse.

»Korrekt, mein lieber Victor«, antwortete er und kratzte den Ausschlag in seinem Gesicht.

»Doch wieso habt Ihr euch Akira Curtis nicht direkt entledigt?«

»Ich hätte ihn töten können, doch auch ich wäre nicht ohne folgenschwere Konsequenzen aus dem Konflikt hervorgegangen. Für die anderen Erben wäre ich in diesem Zustand leichte Beute. Um dieses Risiko einzugehen, befinden wir uns in einem zu frühen Stadium des Thronfolgekrieges.«

»Könnten Sie die Wunden nicht mit der *7 der Stäbe* einfach heilen?«

»Wunden ja. Doch keine abgetrennten Gliedmaßen oder Ähnliches. Außerdem müssen wir durchaus in Betracht ziehen, dass mittlerweile auch der Orden um Momos Position als Erbin weiß. Sie wissen nun um Akiras Fähigkeiten und ihnen wird es ähnlich gehen wie mir. Solange er also am Leben ist, ist Momo in Sicherheit und uns sollte in nächster Zeit niemand zuvorkommen.«

»Sie vertrauen ihm«, stellte der eigenwillige Wissenschaftler fest.

»Mehr als jedem anderen«, sagte William und trank daraufhin sein Glas voll Weinbrand leer. »Du sprachst von guten Neuigkeiten?«

»Na, na, wie könnte ich das vergessen. Ich habe bereits eine Alternativperson für den Posten ihres letzten Reiters gefunden«, verkündete Dr. Licht, sich in voller Vorfreude auf neue Experimente die Hände reibend. »Die große Arkane *Nummer 3 – die Kaiserin,* befindet sich, wie ich unlängst berichtet hatte, in unserem Besitz und sie ist ohne jeden Zweifel ebenso mächtig wie ihr Gatte.«

»Bislang redest du nur von einem Trumpf, keiner Person, die stark genug wäre, nach seiner Kraft zu greifen. Also Victor, wen hast du im Sinn?« Der Juckreiz verschwand plötzlich aus Williams Gesicht.

»Versuchsperson Nummer sechs aus Projekt *Jupiter*. Das Mädchen hat überlebt.«

CHi - 27

Mulais Hand glitt zu einem ihrer Trümpfe. Ihre Gegner mochten in der Überzahl sein. Noch dazu waren sie Greifen, doch auch ein Greif ist nur ein Vogel. Und Wölfe fressen Vögel. Sie waren noch immer ihre Beute. Mit Rache hatte sie versucht, die Leere in ihrem Herzen zu füllen. Doch ein Blick in die leblosen Augen ihres Stammes hatte gereicht, um ihr zu verdeutlichen, dass der pochende Schmerz seinen unveränderten Rhythmus einfach weiter klopfte. Dennoch kam die letzte der Kanohi nicht umhin zu bemerken, während sie in die Gesichter ihrer Beute blickte, dass sich eine Sache geändert hatte. Mit jedem Mord, den sie begangen hatte, füllte sich ihr blutleeres Herz. Eine zähe, kalte, tiefschwarze Flüssigkeit aus dem Abyssal ihrer Seele begann langsam damit, die Leere zu füllen.

Ich muss dem Greif sämtliche Federn ausreißen, und wenn ich damit fertig bin, dann schlage ich ihm den Kopf ab. Dann habe ich euch alle gerächt. Mulai richtete den Blick gen Himmel. Der anhaltende Regen prasselte auf ihr Gesicht und lief wie Tränen von diesem herab. Wenn das getan ist, werde ich endlich Frieden finden …

»Wenn du dabei warst, warum hast du den beiden

dann nicht geholfen?«, wollte Vicky von Mortecai wissen.

»Bin ich ihr Babysitter?«

Das freche Mundwerk der siebten Feder befeuerte Vickys Wut noch weiter.

»Möchtest du nun wissen, was passiert ist oder nicht?«, fragte Mortecai noch einmal.

Vicky wusste, dass handgreifliche Konflikte zwischen den Federn verboten waren. Also schluckte sie ihren Ärger für den Moment hinunter. »Erzähl schon.«

San hatte in der Zwischenzeit eine Münze geworfen. Mortecai vermutete, dass es darum ging, ob sie sich einmischen sollte. Da sie es nicht tat, konnte er erahnen, wie der Münzwurf ausgegangen war. Mit einem Lächeln überließ er ihr den Schirm. Dann ging er zu der Gomi-Qualle, die auf dem Müllberg saß und genüsslich die Abfälle verschlang. Er wusste, was er im Toxanolgebäude gesehen hatte. Mulai. Mit ihrem blutgetränkten Speer in der Hand stand sie vor dem toten Körper Maliks. Mortecai hatte seinen Geist ausgestreckt. Doch auch mit seinem sechsten Sinn konnte er keine weitere Präsenz finden, die zu der Tat in der Lage gewesen wäre. Da waren nur die beiden. Den Rest konnte er sich zusammenreimen. Mit einer Hand streichelte er die Gomi-Qualle. Verband sich mit ihrem Geist.

»Du bist echt widerlich! Was hat das mit den Geschehnissen zu tun?«, fragte Vicky angeekelt.

Mortecai wollte wissen, was die beiden bislang beredet hatten. Wie hatte Mulai versucht, sich herauszureden? Und das Kloakenkind verriet es ihm. Bereitwillig flüsterte das müllfressende Geschöpf seine Geheimnisse in Mortecais Geist. »Da war ein Mann. Und obwohl ich ihn mit eigenen Augen gesehen hatte, war es, als wäre er einfach nicht da. Als wäre er ein hüllenloses Phantom. Es kam zum Scharmützel. Dabei verletzte er Mulai und tötete Malik. Dann verpasste er Malik seine Signatur und ging mit den Worten: Er bringt mir eine Stange Geld, du bist leider wertlos«, gab er das Gespräch der beiden Federn mit seinen eigenen Worten wieder.

Mulai atmete tief durch. Sie hätte, ohne zu zögern gegen die drei Federn gekämpft, dennoch war sie froh darüber, dies nicht in ihrem aktuellen Zustand bewältigen zu müssen.

Misstrauisch beäugte Vicky Mortecai. »Ihr kamt beide am gleichen Tag zu uns. Was, wenn ihr unter einer Decke steckt? Was sagst du dazu, San?«

Unter dem Schirm schnipste eine Münze in die Luft. Gekonnt fing die Frau mit dem geflochtenen Zopf, welcher seitlich an ihrem Gesicht hinabhing, die Münze auf und überprüfte das Ergebnis.

Kopf.

»Ich glaube den beiden. Damit steht es drei gegen eine. Die zweite Regel des Greifs lautet …«

»… alle Federn haben die gleiche Entscheidungsgewalt. Lass gut sein, San. Ich weiß, was das bedeutet«, unterbrach Vicky sie und ließ für den Moment von ihrem Verdacht ab. Doch die Saat des Misstrauens gegenüber Mulai war bereits gesät. Und ebenso wie der Himmelsbambus, wächst auch alles andere, solange man es nur ausreichend bewässert.

»Gut. Dann lasst uns irgendwo ins Trockene gehen«, sagte Mortecai, während er zu Mulai ging. Er streckte ihr die Hand entgegen und zog sie auf die Beine. »Soll ich mir deine Verletzungen ansehen?«, fragte er sie. Noch bevor sie antwortete, bückte er sich leicht und tat so, als ob er ihre Wunden begutachten würde. Eigentlich brachte er jedoch nur seinen Mund in eine gute Position, um in ihr Ohr zu flüstern.

»Ich weiß, dass du dem Greif die Federn ausreißt, aber keine Sorge, von mir erfahren sie nichts«, flüsterte Mortecai. Ein Lächeln umspielte seine Lippen. Doch es handelte sich nicht um sein spöttisches, selbstsicheres Grinsen, welches er zu gerne aufsetzte, bevor er zu Reden begann. Es war viel mehr ein liebevolles Schmunzeln mit geröteten Wangen, dass er San zuwarf, während er weiter flüsterte: »Außer du tust ihr etwas an, dann bringe ich dich um.«

地

»Sag mal Dante, was erhoffst du dir eigentlich von den Throninsignien Nihons?«, gähnte Yoru dem orange glühenden Ball entgegen, der gerade das Firmament erklomm.

Er lehnte in seine Decke eingekuschelt am Rücken des Hünen, den sie S16 nannten. Dieser wiederum saß an der Kante einer Führungsschiene, auf der sich die Magnetschwebebahn normalerweise fortbewegte. Wie ein Kind ließ der Gigant in dem raumfahrerähnlichen weißen Anzug, welcher aus zahlreichen Schichten verschiedener Textilien und Kunststoffe bestand, die Füße baumeln. An ihnen trug er ein paar vom Zahn der Zeit zerfressene Sneaker. Auf dem Kopf saß ein Helm mit einer verspiegelten Scheibe. Sie verbarg sein Gesicht und spiegelte stattdessen die Sonne, die die Nacht vertrieb. Yoru mochte den Anzug seines Partners, welcher knapp über den Knöcheln endete, denn er war wie ein weiches Polster, an das er sich beim Schlafen anlehnen konnte. Gemütlicher als jede Matratze, die man hätte in der grünen Zone auftreiben können.

Neben ihnen Stand Dante. Den Blick ins Tal gerichtet, in dem sich die Stadt Neo Bristol befand. »Du bist aber früh wach heute?«

»Gääähn … Keine Sorge. Ich hau mich gleich wieder aufs Ohr«, gähnte Yoru, während er sich streckte.

»In Nihon, erzählt man sich eine Legende über die Schätze des Kaiserhauses. Sie gehörten den Kindern der Schöpfergottheiten. Das Schwert *Kusanagi no Tsurugi* soll der Sturmgott *Susanoo* im Leib einer achtköpfigen Schlange gefunden haben, nachdem er sie mit Sake betrunken gemacht und anschließend erschlagen hat. Das Krumjuwel *Yasakani no Magatama* wurde von den Göttern selbst erschaffen. Sie legten es als Lockmittel vor eine Höhle, in der sich die Sonnengöttin *Amaterasu* verborgen hielt. Es funktionierte und die Welt lag nicht länger in Finsternis. Zuletzt gibt es noch den Spiegel *Yata no Kagami*. Der Mondgott Tsukiyomi soll diesen aus Sand und Mineralien geschaffen haben, welche er aus Mondgestein gewonnen hatte. Doch im Gegensatz zu den anderen beiden Insignien berichten die Sagen hier nicht nur von dem Ursprung des Schatzes, sondern auch von seiner Funktion. Angeblich soll der Spiegel seinem Besitzer alles zeigen, was dieser begehrt.«

»Du hast es also auf den Spiegel abgesehen. Wenn er wirklich eine Arkane ist, dann könnte an der Legende, zumindest, was seine Funktion betrifft, etwas Wahres dran sein«, begriff Yoru. »Lass mich raten, du erhoffst dir, dass der Spiegel dir die anderen Erben zeigt, nicht wahr?«

»Deswegen kann ich dich gut leiden, Yoru«, antwortete Dante. Sein Mantel aus Tierfellen wehte im Wind, welcher um die hoch gelegene Magnetbahnschiene blies. Seinen Blick hatte er noch immer auf Neo Bristol gerichtet. Es sah aus wie eine ganz normale Stadt. Doch wenn er sein *El* nutze und mit den Augen eines *Ghost Lights*-hinabsah, konnte er sehen, weshalb die Schwächlinge in Scharen die Stadt verlassen hatten. In den Nachrichten sprach man von einem Unfall mit einem halluzinogenen Gas, doch Dante kannte den wahren Grund. Eine perlmuttschimmernde Halbkugel hatte sich über Neo Bristol gelegt. Onyxschwarz, Karmesinrot, Azurblau und Alabasterweiß tanzten die Farbnuancen der Tennō auf der Membran. Dabei jagten sie einander über die Oberfläche. Verschlangen sich gegenseitig und spuckten sich an anderen Stellen wieder aus, während ein weiterer fast farbloser Farbton mit silbrigem Schimmer friedlich um sie herumschlich. Dante faszinierte dieser Anblick, denn es war ein einzigartiges Schauspiel, das den Starken vorbehalten war. Ein arkaner Hof.

Entstanden aus hüterlosen, außer Kontrolle geratenen Arkanen, waren sie die Ursache für viele unerklärliche Phänomene der Menschheit, wie beispielsweise das Bermuda Dreieck. Unerklärlich waren diese aber nur für jene, die die *Thelema* nicht ergründet hatten.

Ein jüngerer und ein älterer Mann bewegten sich auf die Perlmuttkuppel zu. Beide trugen sie die Uniform des avalonischen Ordens. Auf den Verbänden, in die Dantes untere Gesichtshälfte gehüllt war, zeichnete sich ein Lächeln ab. »Da ist ja meine Beute.«

Mizu - 28

Sie war noch immer auf der Suche nach der Wahrheit.

Dank Akiras Geschichte fühlte Momo sich ihrer Mutter so nah wie seit Jahren nicht mehr. Doch der Antwort auf die Frage, was wirklich mit ihr geschehen war, war Momo kein Stück nähergekommen.

Fest hatte sie sich vorgenommen, Akira an jenem Abend zu fragen. Doch die Aufregung des Tages hatte sie müde gemacht und so war sie bereits auf dem Sofa im Schankraum der Bar eingeschlafen. Eine vage Erinnerung daran, wie sie die Wärme seines Körpers spürte, während er sie die Treppen hinauftrug, knisterte in ihren Gedanken. Dann deckte er sie zu und wuschelte zum Abschied durch ihre Haare. Aber ob es Realität oder nur ein Traum war, konnte Momo nicht sagen. Am nächsten Morgen waren Akira und Yamamoto bereits aufgebrochen.

Seitdem verbrachte sie ihre Tage damit, mit Isaac zu musizieren oder von den Leckereien zu naschen, die Taro zubereitete. Außerdem trainierte sie viel. Immer besser kam sie mit den unsichtbaren Mächten und den Kräften *Mizus* zurecht. Mittlerweile gelang es ihr sogar, die Feuchtigkeit der Luft in feinen Wassertröpfchen zu bündeln. Schnell fand Momo heraus, dass Taro deutlich weniger ihren Fragen auswich als Akira. Und Isaac gab ihr, was sie wollte, solange sie fleißig übte. Nur was ihre Mutter anging, war nichts aus ihnen herauszubekommen. Dennoch mochte sie die beiden friedlichen Hünen sehr.

Vor allem wenn es regnete, bemerkte Momo, wie sich ihre Wahrnehmung veränderte. Die Erwachsenen erzählten immer, wie gefährlich der saure Regen innerhalb der roten Zone wäre. Natürlich schützte auch sie ihre Haut mit einem mehrschichtigen Regenumhang und trug die Filtermaske fest auf ihrem Gesicht. Doch das durch die Abgase der Himmelsbambusindustrie vergiftete Wasser, das von dem kohlefarbenen Rot auf sie heruntertropfte, fühlte sich nicht nach einem Feind an. Eher nach einem Teil von ihr. So als wäre sie selbst eine der Tränen, die von den rötlichgrauen Zuckerwattegesichtern hinabfielen.

Manchmal, wenn sie sie berührten, wurden diese glasklar, so als ob man sie bedenkenlos hätte trinken können. Außerdem spürte sie andere Wesen, die sich weit außerhalb ihres Sichtfeldes befanden, auf die der Himmel ebenfalls hinabweinte. Nicht nur Menschen, sondern auch Pflanzen und sehr kleine Tiere. Wahrscheinlich hätte sie sogar Insekten verorten können, wenn es hier draußen am Rand der schwarzen Zone noch welche gegeben hätte. Und die Träume, die sie in Nächten besuchen kamen, in denen der Regen seine monotone Melodie auf den Dachschindeln des *Velvet Rooms* spielte, fühlten sich ungewöhnlich real an. Deshalb wollte sie neuerdings immer dann hinaus, wenn ihr neuer Freund sie besuchen kam.

Für Isaac war das in Ordnung, denn an jenen Tagen waren kaum Menschen auf der Straße unterwegs. Denn außer dem Mädchen konnte niemand dem sauren Regen etwas abgewinnen. Das erleichterte es ihm, auf Momo aufzupassen.

Gemeinsam spazierten sie an den Wachtürmen des Grenzzaunes entlang. Momo hielt seine Hand und führte ihren blinden Beschützer. Dank dem Regen, breitete sich die Umgebung wie eine Karte vor dem inneren Auge der azurblauen Königin aus. In dieser begann sich etwas zu rühren. Zwei rennende Geschöpfe, herausgerissen aus ihrem natürlichen Rhythmus. Die Emotionen der Wesen sickerten in ihren Geist wie die sauren Tropfen in den Boden Pangeas. Momo ließ sich darauf ein. Die Härchen auf ihren Armen stellten sich auf und ein kalter Schauer zog ihren Nacken entlang. Gleichzeitig durchströmte eine Wildheit ihre Adern. Ein Gefühl des Hungers zerrte an ihren Eingeweiden.

»Irgendetwas wird verfolgt. Können wir nachsehen und helfen?«, fragte Momo ihren Begleiter.

»Wieso nicht«, antwortete Isaac und die beiden beschleunigten ihren Schritt.

Die Emotion, der Momo folgte, führte sie an den Wachtürmen vorbei. Diese waren nur sporadisch besetzt und selbst die Wachhabenden, die Dienst hatten, blieben lieber im trockenen Inneren des Turmes, weswegen niemand sie daran hinderte, sich dem Grenzzaun zu nähern. Dann entdeckte sie die beiden Geschöpfe. Das eine war ein kleines hirschähnliches Tier. Die Stangen des Geweihs hatten jeweils nur ein Ende und an seinem bräunlichen Fell befanden sich mehrere schwarze Wucherungen, die die Formen von durscheinenden schwarzen Pilzen hatten. Es versuchte sich gerade durch ein Loch im unteren Bereich des Grenzzaunes mitten hinein in die schwarze Zone – den sicheren Tod – hindurchzuschieben. Unweit hinter dem kleinen Hirsch befand sich das zweite Wesen. Ein Straßenhund, der diesen jagte. Büschelweise fehlte ihm das Fell. Darunter ein kränklich roter Hautton. Auch seine Zähne, die unter seinen Lefzen hervorlugten, hatten die Farbe des Bambus aufgesogen. Normalerweise hätten sie beide Schutz vor dem Regen gesucht, doch dem ausgehungerten Hund fehlte die Zeit, um auf einen Wetterumschwung zu warten.

»Wir müssen dem kleinen Hirsch helfen«, sagte Momo zu Isaac.

Es war jedoch bereits zu spät. Die Beute des Angreifers hatte den Zaun bereits überwunden und floh in die schwarze Zone. Der Hund folgte ihr dennoch.

»Wenn, dann hätten wir dem Hund helfen müssen«, gab Isaac zu bedenken. Er hatte seine Aura mittels Strahlungsart aufgespannt und konnte alles in seinem Radius schemenhaft wahrnehmen.

»Wieso? Er jagt doch den kleinen Hirsch«, hinterfragte das Mädchen den Einwand, ehe die Natur ihr die Antwort lieferte.

Während der Jäger den tödlichen Bedingungen der schwarzen Zone unterlag und in den ewigen Schlaf fiel, wurde der Gejagte selbst zum Jäger und labte sich an einigen Immertreu Blumen, die vereinzelt aus dem Boden ragten. Dann kehrte der kleine Hirsch in seinem sprungartigen Gang zurück zu dem Loch im Zaun und schlüpfte hindurch. Kurz blickte er zu seinen beiden Beobachtern, ehe er zurück zwischen die knorrigen Bäume rannte, um Schutz vor dem Regen zu suchen.

»Dieser kleine Hirsch ist ein Schwarzfuß Muntjak«, erklärte Isaac. »Man nennt sie so, da sie ihre Füße in die schwarze Zone setzen. Hast du die Gewächse an seinem Körper gesehen?«

»Du meinst die pilzartigen Beulen?«

»Genau. Es handelt sich dabei tatsächlich um Pilze. Sogenannte Klammerfußrüblinge oder auch *Enoki* genannt. Ihre Sporen haften sich an die Muntjaks und nutzen sie als Wirt. Wie Parasiten laben sie sich an ihren Nährstoffen. Allerdings können sie eine große Menge Sauerstoff speichern, den sie an die Kleinsäuger abgeben können. Dadurch sind diese in der Lage, für kurze Zeit in der schwarzen Zone verweilen zu können. Zum Beispiel um vor Fressfeinden wie dem Straßenhund zu fliehen oder um an die Immertreublüten heranzukommen, die sie gerne verspeisen. Sie profitieren voneinander und leben in einer perfekten Symbiose.«

»Danke Isaac. Du weißt echt eine Menge!«

Auf dem Weg nach Hause dachte Momo noch eine Weile über den kleinen Hirsch nach. Und obwohl ihr der Straßenhund leidtat, war sie froh darüber, nicht eingegriffen zu haben, denn sie beschlich das Gefühl, dass das Schauspiel, welches sich vor ihren Augen abgespielt hatte, ein funktionierender Kreislauf war. Vielleicht würde dank der Überreste des Hundes eines Tages sogar neues Immertreu erblühen.

War es das, woran meine Mama geglaubt hat?

水

Zurück im Velvet Room wartete Taro bereits mit dem Essen. Die Vorräte, die er aus der grünen Zone mitbrachte, waren bereits aufgebraucht. Die erlesenen Gewürze jedoch nicht. Mit ihnen schaffte es die Sünde der Völlerei, sogar die Nährstoffbällchen aus Reisteig, die sich Mochi schimpfen durften, und die geschmacklose Miso Brühe nach etwas Besonderem schmecken zu lassen.

»Was hat es eigentlich mit der Fuchsmaske auf sich,

die beim Tresen hängt?«, fragte Momo mit mochivollem Mund.

»Jede der Todsünden besitzt eine davon. Sie symbolisieren die Sünden, für die wir stehen«, erklärte Isaac und deutete auf Taros Ebermaske, die an seinem Kontrabass lehnte.

»Ich kenne sie aus meinen Träumen«, sagte das Mädchen und entdeckte das Gegenstück zur Maske auf Taros Zunge – ein unikursales Hexagramm, in dessen Mitte ein Keiler saß – der diese gerade weit herausstreckte, um dem nächsten Mochi Einlass in seinen Mund zu gewähren. »Welches Tier steht für die Sünde des Hochmuts?«

»Der stolze König der Lüfte ist das Symbol meiner Sünde. Ein Adler.«

Momo versuchte sich an ihren Traum zu erinnern. Da war ein Adler innerhalb des unikursalen Hexagramms, doch die Maske, die die wabernde Gestalt trug, hatte nichts mit dem Vogel gemein. Sie war eine einfache, weiße Maske mit einem umgedrehten schwarzen Grinsen auf Höhe der Augen. »Und wem gehört die Fuchsmaske? Akira nicht, oder? Wenn ich mich richtig erinnere, sah seine Maske in meinen Träumen eher aus wie ein Totenkopf.«

»Sie gehört Scott. Er hat sie an jenem Tag hiergelassen«, sagte Isaac und schnaufte schwer.

Auch Taro, der gerade nach einer weiteren grünlich gefärbten Reisteigkugel griff, stockte betroffen über dem Teller. Sein Blick hing an dem Erinnerungsstück an der Wand.

Momo, die ebenfalls gerade ihre Arme nach einem der Mochis streckte, berührte die Hand ihres wohlgenährten Leibwächters und seine starken Emotionen strömten in sie hinein. Das Wasser in seinem Körper räsonierte mit ihrem Geist. Seine Erinnerungen an jenen Tag hallten in ihr wider. Zuerst waren es nur Fragmente. Wechselnde Dias und ihre Augen waren der Projektor.

Da war Akira oder zumindest ein Wesen, welches seine Gestalt angenommen hatte. Denn nichts an ihm erinnerte Momo an den freundlichen Mann mit den traurigen Augen, der ihr durch die Haare streichelte, mit ihr Klavier spielte oder ihr Gute-Nacht-Lieder sang. Als wäre er in seiner eigenen Sünde ertrunken, wütete er vor dem leblosen Körper des Jungen, den sie aus Akiras Traum kannte. Aiko. Die anderen Sünden versuchten ihn zu beruhigen, ihn aufzuhalten. Doch wie ein Berserker schlug er mit geballten Fäusten auf sie ein. Schmiedete Klingen aus Blut und schwang sie nach ihnen. Hatte ein Dämon seinen Körper übernommen oder war eine Sünde doch mehr als nur ein Titel? Momo erkannte Taro sowie eine hübsche Frau, die Makoto sein musste. Ein Mann, den Akira in seinem Traum Scott genannt hatte, umschlang ihn von hinten und versuchte verzweifelt ihn zu bremsen, während dieser sich seiner gewaltvoll entledigte. Und natürlich Isaac, der Körper in eine Rüstung aus Diamanten gehüllt und auf seinem Gesicht – welches die einzige Stelle ohne Edelsteinschicht war – trug er eine Adlermaske. Der verdichtete Kohlenstoff wehrte Akiras Schläge ab, verletzte ihn sogar. Doch irgendwann prügelte er unter Schreien seiner Kameraden auf die Maske ein. Zuerst zerbrach der Schnabel. Langsam zog er die Hand aus dem hinterlassenen Loch. Dann schlug er weiter auf Isaac ein, bis nichts mehr von der Maske übrig war. Wie ein Tier, das eine Jagdstrategie entwickelt hatte und diese nun erprobte. Erst dann fiel die Sünde von ihm ab. Kleine Wellen liefen über das Dia, das die Maskensplitter zeigte und verwischten die Farben zu einer neuen Szene.

Die Bilder wurden nun flüssiger, so als wäre Momo

selbst dabei gewesen. Sie befand sich wieder im *Velvet Room*. Jedoch waren diesmal nicht nur Isaac und Taro vor Ort, sondern auch Scott, Makoto und Akira. Letzterer saß abgewandt von den anderen an der Bar und starrte in ein halbvolles Glas braunen Alkohols. Er erinnerte Momo an die Version von ihm, der sie an jenem Tag in jener Gasse in die Arme gelaufen war. Ein Schatten seiner selbst.

Es war still und es herrschte eine bedrückende Atmosphäre. Die meisten Blessuren der Sünden waren bereits verheilt. Doch Isaac, den es am schlimmsten getroffen hatte, kämpfte noch immer mit den Folgen der Auseinandersetzung. Er saß an einem der Tische und tastete nach der Flasche, die vor ihm stand. Seine Augen in dicke Verbände gewickelt.

»I … I … Isaac soll ich dir helfen?«, stotterte Taro.

»Schon gut. Ich komme klar«, antwortete dieser und umklammerte mit seinen Fingern die Flasche. »Auch wenn ich nichts sehe …«

Scott erhob sich von der Kante der Bühne. Er ging zum Tresen und packte Akira an der Schulter und drehte ihn grob auf dem Barhocker zu sich. »Für wen hältst du dich?«

»Bitte?«

»Du hast mich schon verstanden. Wie lange willst du dich noch so aufführen?«

»Wie hättest du denn gerne, dass ich mich aufführe?«, blaffte Akira und erhob sich gereizt von seinem Platz.

»Du könntest damit beginnen, mit Isaac zu sprechen! Er hat es im Moment am schwersten«, tadelte Scott ihn, während er ihn packte und zu sich zog.

»Lass mich los.«

»Er hat sein Augenlicht gegeben, um zu verhindern, dass du in deiner Trauer alles, was dir wichtig ist, mit deinen eigenen Händen zerstörst und du sitzt hier und versinkst in Selbstmitleid.«

Akira stieß Scott von sich. Gereizt wandte er sich von ihm ab. »So etwas muss ich mir nicht anhören.«

»Offenbar schon!«, brüllte Scott. »Denn letztlich tust du genau das, was er versucht hat zu verhindern. Soll Isaac umsonst erblindet sein?«

»Hör auf, Scott«, versuchte Isaac ihn zu beruhigen.

»So einen nutzlosen Anführer hat die Welt noch nicht gesehen.«

»Halt dein Maul«, setzte sich Akira zur Wehr und die beiden begannen sich zu prügeln.

Makoto ging dazwischen und trieb sie auseinander. »Was soll das, ihr beiden?«

»Glaubst du, ich weiß das alles nicht?«, ignorierte Akira sie.

»Dann verhalte dich endlich entsprechend, du Niete!«

Akira griff nach seinem Whiskeyglas und setzte sich in eine andere Ecke der Bar. Abgewandt von seinen Kameraden verlor er sich weiter in seinem Kummer über den Verlust seines Schülers, der wie ein Sohn für ihn war, sowie der Angst davor, wieder die Kontrolle zu verlieren und seine Freunde wieder zu verletzen oder ihnen noch etwas Schlimmeres anzutun.

»Akira …«, sagte Makoto leise vor sich hin.

»Lass ihn«, atmete Scott tief aus. Dann ging er zur Tür und wendete das Schild in dieser herum. Von nun an war der *Velvet Room* geschlossen. Anschließend verließ er die Bar.

Isaac und Taro folgten ihm.

»Wo willst du hin Scott?«, fragte die Sünde des Hochmuts.

Zitternd stand dieser am unteren Ende der kurzen Treppe. »Ich halte es einfach nicht länger aus meinen besten Freund so leiden zu sehen und nichts für ihn tun zu können.«

Taro sah die Tränen in Scotts Augen, dass Blut auf seiner Lippe, in die er sich selbst biss, als er sich zu den beiden drehte.

»Du verlässt uns?«, fragte Isaac.

»Ich muss. Aber sollte jemals eine Sünde in Not sein, dann werde ich da sein.«

»W … W … Was sollen wir Akira sagen?«

»Sagt ihm, wenn der Tag kommt, an dem er uns braucht, werden wir da sein. Er soll einfach das Schild in seiner Tür wenden.«

In den nächsten Wochen verließ eine Sünde nach der anderen den *Velvet Room*, bis schließlich auch Taro sich als letzter verabschiedete. Und während der Himmelsbambus weiter über die Welt hinauswuchs, schrumpfte Akira in sich hinein.

Die Sünde der Völlerei löste sich aus ihrer kurzweiligen Starre und griff nach zwei weiteren der runden Nährstoffagglomerate. Es waren nur wenige Sekunden vergangen, doch mit ihnen auch Momos Appetit. Stattdessen hatte sie eine Erkenntnis gewonnen.

Es gab Wahrheiten, ohne deren Wissen es sich leichter lebt.

Fu - 29

Yuta gähnte dem Morgengrauen entgegen. Seine Augenringe bezeugten, dass er sich auch in dieser Nacht gezwungen hatte, wach zu bleiben. Im Orden nutzte er diese Momente, wenn alles schlief, um Zeit mit Ada zu verbringen, denn auch sie trug etwas mit sich, dass sie nachts nicht schlafen ließ. Doch auf seiner Reise mit dem alten Writer, fühlte er sich einsam, wenn der Rest der Welt in Morpheus Armen lag. Er vermisste die Gespräche mit Ada, die sie in Gebärden führten, da die Adjutantin die Angst plagte, jemanden mit ihren Wörtern zu verletzten. Beim Gedanken an sie röteten sich seine Wangen.

»Du hast die Nacht damit verbracht, sämtliche Augenzeugenberichte zu lesen, nicht wahr? Was ist dein Eindruck davon, was uns innerhalb des arkanen Hofs erwarten wird?«, riss der Writer ihn aus seinen Gedanken.

»Der ein oder andere Bericht ähnelte sich im Kern, aber im Grunde waren sie alle unterschiedlich«, antwortete Yuta, während er weiter an der Seite des kleinen, alten Mannes auf die Perlmuttkuppel zuging. Die Sicherheitsabsperrung der Behörden hatten sie bereits hinter sich gelassen. Immer, wenn er in die mit Kajal umrandeten Augen des Writers, die aussahen, als wären sie aus

Glas, blickte, musste er an Yamamoto denken und innerlich schmunzeln, da ihn dieser deswegen immer alten Panda nannte. »Ein Mann, der auf den Feldern arbeitet, um seine Familie zu ernähren, berichtete voller Panik davon, dass er an Pollenlunge erkrankt sei und innerhalb einer Nacht alle Stadien der Krankheit durchlebt hatte. Husten, Atemnot durch die entzündeten Lungenbläschen, schwarzer Auswurf, der seine Lungen geflutet hatte, Organversagen, nachdem das Wurzelgift sich Zugang zum Blutkreislauf verschaffte. Und letztlich holte der qualvolle schwarze Tod den Feldarbeiter. Als wäre er in der Hölle selbst, erlebte er den Krankheitsverlauf immer und immer wieder, bis sie ihn aus dem Hof geborgen hatten.«

»Normalerweise gleichen sich die Berichte der Zeugen eines arkanen Hofes, doch den, den ich gelesen habe, unterscheidet sich komplett von diesem. Es ging um eine traumatisierte Frau, die unter Entomophie leidet. Sie fand sich in einem Raum wieder, in den unzählige Käfer und Insekten hineinkrabbelten. Bis sie in einem Meer der Plage, die sie heimsuchte, erstickte. Die Befragung stellte sich als schwierig heraus, da sie beim Gedanken daran immer wieder die Nerven verlor«, gab der Writer einen der Berichte wieder, die er gelesen hatte.

»Den habe ich auch gelesen. Ein anderer Bericht handelt von einem ehemaligen Soldaten. Er ist mittlerweile Anhänger des avalonischen Ordens und erzählte davon, wie er in einer kargen Wüstenlandschaft an ein Kreuz gefesselt und über Stunden mit Speeren für seine Sünden gefoltert wurde. Wieder ein anderer Fall berichtet von einem Kind, das unter Höhenangst litt und in einen bodenlosen Abgrund fiel. Es gibt unzählige weitere solcher Geschichten der Bewohner Neo Bristols. Lediglich in einem Punkt stimmen die Berichte überein. Während die Personen diese Dinge durchlebten, schrien sie sich in der Realität die Seele aus dem Leib. Und dass, obwohl Außenstehende sie als bewegungslos und apathisch beschrieben haben. Einige kollabierten an dem Schock, aber insgesamt trugen nur wenige körperliche Schäden davon. Das kann man über ihre Psyche jedoch nicht behaupten.«

Der Writer kratzte sich am Kinn und blickte auf die schimmernde Membran, die sich unmittelbar vor ihnen befand. »Der arkane Hof spielt also mit den Ängsten der Menschen. Es könnte sein, dass wir direkt beim Betreten voneinander getrennt werden oder der Trumpf uns in unsere Gedankenwelt versetzt. Mit anderen Worten, wir könnten im schlimmsten Fall auf uns alleine gestellt sein«, mahnte der alte Kauz den jüngsten unter den Kreuzrittern, während er seine Schwerthand auf dem Tintenstahl an seiner Hüfte platzierte.

»Uns bleibt wohl nichts anderes übrig, als selbst herauszufinden, womit wir es zu tun haben«, erwiderte Yuta, während er seine Filtermaske sorgfältig festzog. Sie befanden sich zwar am Rande der grünen Zone, doch wer wusste schon, was für eine Atmosphäre innerhalb des Hofes herrschte. Mit einer Hand berührte er die in Perlmutt schimmernde Kuppel, mit der anderen tastete er nach der Insignie des Heiligen Galahad in der Brusttasche seines Ordensmantels.

Vielleicht ist es gar nicht so schlecht, wenn wir voneinander getrennt werden. Dann ist der Writer zumindest außerhalb seiner Reichweite.

»Bist du wirklich bereit hineinzugehen, nachdem, was bei deiner letzten Bergung eines Trumpfes passiert ist?«, ver gewisserte sich der alte Mann.

»Machen sie sich keine Sorgen um mich«, antwortete Yuta entschieden.

Die beiden Kreuzritter mussten sich eingestehen, dass sie keine Ahnung hatten, was sie erwarten würde. Während sie die Membran des arkanen Hofs durchschritten, keckerte in Yutas Ohr eine ihm vertraute hohe Stimme: »Ghihihihi«.

Sie waren auf vieles gefasst, aber nicht auf den Anblick, der sich vor ihnen eröffnete. Die verdreckten Kanäle, welche sich quer durch Neo Bristol zogen, waren übergelaufen. Lediglich die oberen Teile der Gebäude, Bauten und Kräne ragten wie Bojen aus dem Wasser. Dieses bildete nicht nur den Untergrund des gesamten arkanen Hofes, es hatte sich zu ihrer Verwunderung auch geklärt. Es war nicht länger schwarz mit einem rötlichen Schimmer – entstanden durch das Wurzelgift des Himmelsbambus –, sondern glitzernd blau. Immer wieder war es von Strudeln durchsetzt, die alles verschluckten, dass in ihre Nähe trieb. Wie die Wirbel hier entstehen konnten, wusste keiner der beiden Kreuzritter. Doch für einen arkanen Hof galten keine Naturgesetze. Das bewies auch die Schwerkraftanomalie, welche Trümmer und Boote durch die Luft schweben ließ. Nur leblose Objekte schienen von ihr betroffen zu sein. Vor einem rot-weiß gestreiften Funkturm, der wie ein eiserner Käfig aus dem klaren Wasser ragte, schwebte eine komplette Magnetschwebebahn schwerelos durch die Luft. An den Waggonverbindungen war sie unnatürlich geknickt. Die metergroßen, irisiert schillernden Seifenblasen, welche kreuz und quer durch den Hof schwebten, verwandelten die Szene in eine einzigartige Kulisse.

Doch für Yuta, der die Welt nur in ihren menschengemachten Rotstufen kannte, war etwas anderes viel unglaublicher. In der Außenwelt kleideten sich die Blätter bereits in ihre herbstlichen Festtagsgewänder. Selbst wenn der Sommer gerade erst begonnen hatte, fielen sie in blutrot und verblasstem rosé zu Boden und sahen dabei aus wie Tänzerinnen, die zur viel zu früh ertönenden, langsamen Melodie des Herbstes wiegten. Doch innerhalb des arkanen Hofes verstummte diese. Als hätte die Natur all ihren Putz abgeworfen und nackt in den Armen des Winters geschlafen, bis der Frühling sie mit einem reinigenden Kuss wiedererweckte. In saftigen Grüntönen griffen die Pflanzen nach den Gebäuden und holten sich zurück, was ihnen einst genommen wurde. Als wäre der letzte Schmetterling noch nicht gestorben, blühten Blumen in allen Farben des Regenbogens aus dem Beton heraus wie aus nährstoffreicher Erde. Die weißen Wolken, die über den blauen Himmel wiegten, als wäre er nie vom Rauch der Himmelsbambusfabriken besudelt worden, sahen aus wie Zuckerwatte. Trotz der gefährlichen Anomalien war dies der friedlichste Ort, den Yuta je gesehen hatte. Allzu gerne würde er mit Ada auf einem der Dächer im Schatten eines Baumes liegen und von den Strahlen der Sonne gewärmt werden, jedoch hatte er eine Aufgabe und keine Zeit für die Fantasien eines verliebten Jungen. Mochte sich dieser Ort auch noch so schön in Schale geworfen haben, sein Ursprung war eine hüterlose Arkane, die außer Kontrolle geraten war und vielen Menschen das Zuhause nahm. Auch wenn dieses, verglichen mit der malerischen Szenerie, die der arkane Hof bot, nur noch ein Schatten seiner einstigen Schönheit war.

»Was für ein Anblick«, platzte es aus Yuta heraus.

»So sah die Welt einst aus, nur ohne die Betonbauten«, bemerkte der Writer, während er einer der Seifenblasen auswich, die auf ihn zu schwebte. »Wir sollten vorsichtig sein, nichts davon passt zu den Berichten.«

Die beiden Kreuzritter standen auf dem Dach eines Hauses, welches aus dem Wasser hervorragte. Direkt hinter ihnen befand sich der Kuppelrand. Sie sahen sich auf der Suche nach dem Ursprung des akranen Hofs um.

»Normalerweise befindet sich der Trumpf an dem

Punkt, an dem die Aura am stärksten konzentriert ist, doch von jeder dieser Seifenblasen geht eine äquivalente Menge Aura aus«, stellte Yuta fest. »Wo befindet sich bloß das Zentrum?«

»Ich vermute, dass sich dort der Ausgangspunkt befindet«, sagte der Writer und deutete mit ausgestrecktem Finger auf den eisernen Funkturm, der aus den Fluten ragte. Er bildete den höchsten Punkt von Neo Bristol.

Yuta ließ seinen Blick schweifen. Nun bemerkte auch er, was den Writer zu dieser These veranlasste. Am Rande der Kuppel gab es keine Strudel, die das Wasser in Unruhe versetzten, und auch die Schwerkraftanomalie wurde ausgeprägter, je tiefer man eindrang. Denn am Rand schwammen vereinzelt Trümmer im Wasser. Doch um den Turm herum schwebten halbe Gebäuderuinen in der Luft und um seine Füße zirkulierten besonders große Strudel. Sie zermalmten und verschluckten alles, was auf sie zu trieb. »Die Aura mag gleich verteilt sein, aber die Anomalien, die diesen Ort heimsuchen, sind um den Turm herum am stärksten. Sie könnten recht mit ihrer Vermutung haben.«

»Doch wie kommen wir dorthin?«, warf der Writer in den Raum, während er die Altersflecken in seinem Gesicht innerhalb der verzerrten Spiegelung einer vorbeiziehenden Seifenblase begutachtete. »Sich in die Überflutung zu stürzen, erscheint mir nicht sehr sinnvoll. Und selbst wenn wir die umherschwebenden Trümmer als Plattformen nutzen, wird es schwierig, sich von Haus zu Haus bis zu dem Turm vorzukämpfen.«

Yuta blickte über die überfluteten Gebäudeschluchten und versuchte vor seinem inneren Auge einen Weg zu visualisieren. Selbst wenn man die Mächte der *Thelema* anrief, war die zu überwindende Distanz an vielen Stellen zu groß.

»Mit meinem Trumpf, der Insignie des Heiligen Galahad könnte ich es schaffen.«

»Nach dem Vorfall der letzten Bergung, würde ich dich nur ungern alleine losziehen lassen. Halten wir uns das als Notfallvariante offen.«

Da auch Yuta nur wenig begeistert von der Vorstellung war, dass eine weitere Arkane Einfluss auf seinen Körper nehmen könnte, überlegte er weiter. Er beobachtete die unzähligen, im Schein der Sonne glitzernden Seifenblasen, die friedlich durch die Luft schwebten. Seine Hand griff an seinem Kopf vorbei nach dem Katana auf seinem Rücken. Unter einem metallisch schabenden Geräusch zog er die Klinge aus der mattschwarz lackierten, mit weißen Origamikranichen verzierten Scheide. Er legte beide Hände um den Griff unterhalb des runden Stichblattes, welches links und rechts von der Schneide ebenfalls mittels Papierkranichen veredelt wurde. Ruhig atmete der jüngste der Kreuzritter ein und wieder aus. Umhüllte das altmodische Katana mit seiner Aura. Dann stach er träge nach einer der vorbeiziehenden Blasen. Die irisierte Membran zerplatze nicht, sondern wurde nur nach innen gedrückt. »Sie scheinen nicht zu platzen, wenn man sie mit einer geringen Menge Aura berührt. Wir könnten sie als Sprungkissen benutzen«, berichtete er von seiner Erkenntnis.

»Yuta Asakura, du bist wahrlich nicht auf den Kopf gefallen. Folge mir«, lobte der Writer ihn. Ein Blick hatte ihm genügt, um die schnellste Route zu eruieren. Mit im gegenüberliegenden Ärmel verschränkten Armen und einem Tempo, bei dem man ihm sein Alter kaum anmerkte, hüpfte er von Blase zu Blase.

Der andere Kardinal tat es ihm gleich und in Windeseile hatten sie die erste Häuserschlucht überwunden. Yuta hatte keine Ahnung, wie es war zu fliegen, doch hätte fliegen eine kleine Schwester gehabt, dann war er sich sicher, sie würde sich so anfühlen. Schnell hatte er den Dreh raus und den alten Mann überholt. Anstelle auf dem nächstliegenden Gebäude zu landen, entschied er sich abzukürzen und nahm den direkten Weg über die Trümmer zum Turm. Er griff nach einem aus einem schwebenden Stück Beton ragendem Metallrohr und holte Schwung. Mit einem Salto landete er auf der nächsten Seifenblase, von wo aus er an die Wand eines Gebäudes sprang, an der er einige Schritte senkrecht entlangrannte, bis er sich von dieser abstieß. Sogar die Müdigkeit der schlaflosen Nächte verflog, während er sich seinen Weg durch die versunkene Stadt bahnte. Doch gerade als er eine Seifenblase, die knapp oberhalb einer von der Schwerkraftanomalie herausgerissenen Steinbrücke schwebte, dazu nutzen wollte, seinen Sprung abzudämpfen, betrat eine neue, überwältigende Aura den arkanen Hof. Selbst auf diese Distanz fühlte sie sich an, als würde ein Raubtier seine Fangzähne in Yutas Nacken schlagen und an ihm reißen. Dieser kurze Moment genügte, den Fluss seiner Aura in Unruhe zu versetzen. Als er die Blase berührte, federte sie seine Landung nicht ab, sondern zerplatze.

Die irisierte Auramasse legte sich um ihn. Wie ein kalter Schauer sickerte sie in jede Pore seines Körpers. Zähflüssig umarmte jenes unbehagliche Gefühl sein Herz, während er hart auf der steinernen Brücke aufschlug. Mühsam versuchte Yuta sich aufzurappeln. Auf Knien stütze er sich mit beiden Händen ab und versuchte seine Atmung zu kontrollieren, um sich zu beruhigen.

Sein Blick begann zu verschwimmen und auf seinem Handrücken erschien das Relikt des letzten arkanen Hofes, den er betreten hatte. Aus dem mit spitzen Eckzähnen besetzten Mund, der sich aus dem Fleisch seiner Hand bildete, ertönte ein selbstgefälliges Kichern: »Ghihihihi.«

Verdammt! Ausgerechnet in diesem Moment muss ich die Kontrolle verlieren? Jetzt, wo eine weitere Gefahr aufgetaucht ist, kann ich den Writer auf keinen Fall alleine lassen. Genau, wenn ich die Quelle der Angst finde und sie auslösche, dann kann ich sie überwinden!, dachte Yuta, während er gegen das beklemmende Gefühl, das durch die zerplatzte Blase in ihn eindrang, anzukämpfen versuchte.

Doch wahre Furcht hat keinen Grund und kennt keine Grenze. Denn sie ist kein Gefühl, sondern ein Instinkt, dem niemand entkommen kann.

風

Yuta öffnete die Augen und fand sich in Finsternis wieder. Irgendetwas Warmes klebte auf seiner Haut und ein metallischer Geruch erfüllte die Umgebung. Regen prasselte gegen die Fenster und klang, als würden eintausend winzige Trommeln schlagen. Dann zerriss ein Blitz die Dunkelheit, spendete Licht und gab dem Raum für einen schwindenden Moment seine Konturen zurück. Er erkannte den großen Saal sofort. Inmitten der kreisrunden Tafel auf dem Mosaikboden in Form der zehn gekreuzten Klingen, stand er. Um sie herum die Marmorstühle der Kreuzritter. Das Wappen Galahads, welches einst seinen Stuhl zierte, wurde mit mehreren Schüssen durchlöchert. Dunkelheit. Sein ganzer Körper zitterte vor Angst zum Rhythmus des von Schadenfreude erfüllten Lachens in seinem Kopf.

»Ghihihihi! Ghihihiiihiii!«

Ein weiterer Blitz tauchte den Raum in ein farbloses Licht. Da konnte er sie erkennen. Blake und Chifuyu lagen vor der großen Saaltür in ihrem eigenen Blut. Aus ihren leblosen Augen starrten sie auf ihre zerbrochenen Schwerter. Panisch drehte er sich im Kreis, während die warme Substanz auf seiner Haut sich anfühlte als würde sie immer heißer werden. Im Wechselspiel aus Blitz und Finsternis entdeckte Yuta immer mehr seiner Kameraden. Der kopflose Leib von Arthur Vessalius saß auf seinem Stuhl, während sein Schädel einige Meter weiter zu Füßen der erschossenen Nonne Moa Campell lag. Aleister Walkers Körper lag regungslos auf der Tafelrunde, während seine Brille vor ihm auf den Boden gefallen war und sein Blut darauf tropfte. Mirai, der alabasterfarbene König, hatte sich schützend vor Joan geworfen. In seinem Rücken steckte ein Schwert, das sich trotz seines Versuches dennoch durch das Herz seiner Liebsten bohrte und sie in ihren letzten Momenten vereinte.

Hatte er die Kontrolle verloren? War das das Werk des Teufels des sechsten Himmels, der endlich seinem Körper habhaft geworden war? Furcht kroch ihm unter die Haut. Mit seinen zitternden Händen hielt er die Schuld umklammert. In der Rechten ein Schießeisen. In der Linken sein von sich gestrecktes Katana. Es steckte im Körper der Frau, in die er verliebt war. Ada Levesque sah ihn an, während er in ihrem Blut stand. Ihre Augen waren so schön, als wären sie mit Ölfarben gemalt. Doch das Gemälde ihres Lebens hatte seine Farben verloren.

»AAAAAAARRRGH!«, schrie Yuta dem Donner entgegen, der die Dunkelheit untermalte und sich anhörte, als würden die Götter ihm für das Blutbad applaudieren.

Dann fühlte er eine Hand auf seiner Schulter. Schwert und Schusswaffe glitten ihm aus den schlotternden Händen und fielen zu Boden. Als er sich umdrehte, konnte er den Writer und Yamamoto im Licht der Blitze erkennen.

Durch ihre Gesichter klaffte eine große Schnittwunde quer über ihre Augen. Yuta brach zusammen.

Spielt der Trumpf wirklich mit unseren Ängsten? Oder zeigt er uns unsere Zukunft? Werde ich den Orden verraten?, fragte sich der jüngste der Kreuzritter, während er sich wie ein Embryo zusammenrollte und seine Kleidung das Blut seiner Liebsten in sich aufsog.

Finsternis. Wieder erhellte ein Blitz den Raum in seinem kaltblauen gespenstischen Licht. Innerhalb der kreisrunden Tafel stand Yuta und sein Albtraum begann von vorne.

空

Der Writer hatte gesehen, was passiert war. Auch er spürte, dass es einen neuen Mitspieler im Rennen um den Trumpf gab, dennoch setzte er die Priorität darauf, zuerst nach Yuta zu sehen. Gerade als er auf den schwebenden Überresten der Brücke ankam, erhob sich der junge Kreuzritter.

»Alles in Ordnung bei …«, wollte der Writer sich vergewissern, ob es ihm gut ging, doch da bemerkte er es.

Etwas an ihm hat sich verändert.

Das Wesen, welches vor ihm stand, besaß nicht länger die Körpersprache eines unsicheren Jünglings. Mit stolz geschwellter Brust blickte er auf seine Hände. Immer wieder ballte er sie zur Faust, wie um sich zu versichern, dass er wirklich die Kontrolle über sie besaß. Und dann war da noch der manisch euphorische Ausdruck in seinen Augen.

»Hey Bengel, schläfst du also wirklich?«, sprach er wie zu sich selbst. Als er keine Antwort erhielt, begann er zu kichern: »Ghihihihi. Tja, wie könnte ich mich dafür, dass du mir deinen Körper so lange verwehrt hast am besten revanchieren?«

»Du bist nicht Yuta Asakura, nicht wahr?«

»Wie sagt euer Verein so schön? Avalon. Freue dich! Dein Blut wird das Erste sein, dass ich vergießen werde, auf meinem Weg zum *Shōgun* von Nihon«, verkündete der Heldengeist, der von Yuta Besitz ergriffen hatte, während er das Katana aus seiner Scheide zog.

Der alte Mann hatte genug in seinem Leben gesehen, um die Situation einordnen zu können. Er zog die rechte Hand aus seinem Ärmel. Zwischen den Fingern eine Arkane. In einem Bogen beschrieb er eine ausladende Geste, als ob eine Klinge in seinen Händen ruhen würde. Dabei löste sich *die 2 der Schwerter – der Frieden* in Luft auf. »Dann komm nur, Dämonenkönig Nobunaga Oda. Ich bin nicht so alt geworden, um von einem Relikt der Geschichte ermordet zu werden.«

Die beiden stürzten aufeinander zu. Nobunaga Oda holte aus, doch sein Katana wurde von etwas geblockt. Er hatte bereits unzählige Schwertduelle geführt, daher wusste er, wie es sich anfühlt, wenn geschliffener Stahl aufeinanderprallt. Für ihn und seine Fähigkeiten war es egal, ob er das Schwert sehen konnte, solange er dessen Reichweite kannte. Nur zwei Schwerthiebe des Writers und ein paar verlorene Haare später war der Heldengeist sich sicher, dass er die unsichtbare Klinge nun abschätzen konnte. Er konzentrierte seine Aura und beschwor seine Fähigkeit. Dann schlug er mit einem beidhändigen wuchtigen Hieb zu. Die Arkane des alten Mannes zerbrach und löste sich auf, als wäre sie nicht mehr als ein dürrer Zweig. Von der Wucht des Angriffs wurde er nach hinten geworfen und prallte mit dem Rücken gegen das steinerne Geländer der Brücke. Der Trumpf fiel ihm in den Schoss.

»Ein mit Luft ummanteltes und so getarntes Schwert. Durchaus eine gefährliche Waffe. Doch für einen Schwertmeister wie ich einer bin, nicht mehr als eine unnötige Verzögerung«, erläuterte der vom Volksmund als Dämonenkönig betitelte Krieger die Fähigkeiten der Waffe seines Gegners, während er auf diesen zuschritt. »Irgendwelche letzten Worte?«

Plötzliche bildete sich im Brückengeländer neben dem Writer ein kleiner Krater. Daraus bildete sich ein steinerner Speer, der das Gestein, aus dem die Brücke bestand, aushöhlte und sich einverleibte. Dann schoss er auf Nobunaga zu.

Ohne Mühe zerteilte dieser die aus Stein geformte Waffe in zwei.

»Von mir aus kannst du ihn erlegen, aber erst nachdem er mir verraten hat, wo sich die Throninsignien Nihons befinden«, intervenierte ein Mann, der auf dem Dach des Gebäudes nahe den Brückentrümmern stand. In seine Haare war eine Feder geflochten, seine untere Gesichtshälfte in Verbände gehüllt. Die Hände versteckte er in einem Mantel aus Tierfell.

Der Writer erkannte sofort, wer der Besitzer der raubtierhaften Aura, bei deren Gegenwart ihm ein kalter Schauer über den Rücken lief, wirklich war. Seine Technik hatte er bereits bei anderen gesehen, schließlich verkörperte er als Writer das Gedächtnis der Welt. Der Mann auf dem Dach stand in der Gunst des Engels *Gabriels*. Er war niemand Geringeres als der von *Chi*, dem großen Geist der Erde auserwählte Erbe, der onyxfarbene König.

Chi - 30

Es war an der Zeit, das Recht des Stärkeren einzufordern. Die Fläche der geöffneten Hand wies zum Himmel. In einer schnellen Bewegung streckte Dante sie von sich, während er die andere Hand zu Faust ballte. Umherschwebende Trümmer und Landmassen, die aussahen wie winzige fliegende Inseln, stoben zu ihm und verformten sich. Mit den Mächten, die *Chi* ihm verlieh, bändigte er die Erde und ihre Verwandten. Sie bildeten – ungeachtet der umherschwirrenden Seifenblasen – eine Treppe, die dazu diente, die Kluft zwischen dem Gebäudedach und den Überresten der schwebenden Brücke zu überwinden. Langsam kam er auf die beiden Männer im Gewand des avalonischen Ordens zu. Für sie musste es aussehen, als würde er direkt aus dem Himmel zu ihnen herabsteigen. »Sag mir alter Mann, wo befinden sich die kaiserlichen Insignien Nihons?«

»Wie kommen Sie darauf, dass ich etwas darüber weiß?«, erwiderte der Writer, während er sich aufrichtete und seinen Trumpf in seinem Mantel versteckte.

Dante griff nach den Mächten des äußeren unikursalen Hexagramms. *Er* aktivierte seine Kronfähigkeit. Eine mächtige Welle aus Aura brandete auf.

Ob der alte Mann mit den Kajal umrandeten Augen wollte oder nicht, vor der *Autorität des Königs der Nahrungskette,* senkte er sein Haupt. Es zwang ihn vor dem onyxfarbenen König auf die Knie.

»Verschwende nicht meine Zeit, alter Mann«, befahl Dante ihm.

»Du erwartest doch nicht allen Ernstes, dass ich gemeinem Pöbel das Recht einräume, meine Schätze zu begutachten?«, mischte sich Nobunaga Oda ein.

»Deine?«, bedachte Dante ihn mit einem abfälligen Blick. »Wenn ich den alten Mann richtig verstanden habe, hast du nicht mal einen eigenen Körper, geschweige denn einen Thron.«

»Ich bin ein Herrscher. Der Thron befindet sich dort, wo ich sitze«, antwortete der Dämonenkönig Nobunaga Oda mit erhobenem Haupt und blank gezogener Klinge.

Meine Kronfähigkeit wirkt bei ihm nicht. Das bedeutet, er verspürt mir gegenüber keine Angst. Zumindest das muss ich ihm lassen.

»Selbst wenn, solange du nicht stark genug bist, um es zu verhindern, nehme ich mir, was ich begehre.« Dante sog die Luft ein. Anschließend bewegte er seine Hände erneut, um die Erde zu manipulieren. Dann stieß er seinen Atem aus und stampfte auf. Wenige Sekunden später krachte ein steinernes Trümmerteil auf die Brücke nieder, teilte diese in zwei und riss den kampfbereiten Heldengeist im Körper des jungen Ordensmitglieds in die Tiefe. »Stärke obsiegt immer.«

Dann wandte er sich dem alten Mann zu, der sich noch immer gegen seinen Willen vor ihm verbeugte. »Jetzt zu uns. Ich will ehrlich mit dir sein, es gibt genug von euch Kreuzrittern. Wenn du es mir nicht verraten willst, findet sich jemand, der mehr an seinem Leben hängt.«

»Woher nehme ich die Garantie, dass ihr mich nicht

tötet, nachdem ich euch gesagt habe, was ihr von mir wissen wollt?«

»Trotz deiner Furcht vor mir versuchst du dennoch zu verhandeln? Ich schätze, auch das ist eine Form von Stärke«, sagte Dante amüsiert. »Was hältst du von einem Bindungsschwur, alter Mann?«

»Ich verrate Ihnen den Aufenthaltsort der Thronschätze. Sollte ich den arkanen Hof jedoch nicht lebendig verlassen, verblassen Ihre Erinnerungen an unser Gespräch. Wenn ich Sie, meinem Wissen nach anlügen sollte, soll der erste Atemzug außerhalb der Kuppel mein Letzter sein«, schlug der Writer vor und bot ihnen beiden eine Sicherheit.

»Du bist clever, alter Mann. Der Pakt würde bedeuteten, dass ich, wenn ich die Informationen behalten möchte, dafür sorgen muss, dass auch der Heldengeist dir nichts antut«, durchschaute Dante ihn. »Aber von mir aus. Es erspart mir Zeit. Schließlich gibt es da draußen lohnenswertere Beute als dich.«

Dante deaktivierte seine Kronfähigkeit und reichte dem alten Mann die Hand, wie ein König seinem Untergebenen. Und der Writer ergriff diese. Die Verhandlungen waren abgeschlossen. Jeder der beiden wusste um die Gefahren eines Bindungsschwurs. Ein mittels Aura besiegelter Vertrag. Ein bindendes Gelübde, dessen Missachtung ungeahnte bis tödliche Konsequenzen mit sich trug. Sie ließen die Auren um ihren Handschlag herum zirkulieren. Formten ein Band, das sie miteinander verknüpfte. Die aus Aura der Materialisierungsart bestehenden Schlaufen legten sich um ihre Handgelenke und ketteten sie wie Handschellen an ihren Pakt.

»Die Throninsignien befinden sich auf dem einzigen Flecken Nihons, der außerhalb der grünen Zone liegt. Sie sind auf der Insel Okinawa versteckt. Wegen der Einstufung als Teil der roten Zone ist den Bewohnern Nihons, aufgrund der Gesetzeslage der Zutritt zu der – mittlerweile verlassenen – Insel untersagt. Vermutlich ruhen sie im altertümlichen *Shirumichu* Tempel. Der Legende nach sollen sich an jenem Ort die Schöpfergottheiten Okinawas nach dessen Erschaffung niedergelassen haben, um ihren ältesten Sohn zu zeugen. Dieser wurde später zu einem der ersten Könige des Landes«, erklärte der faltige Mann und erfüllte seinen Teil der Abmachung. »Verborgen vor dem Volk, verwahren sie sie in der Wiege ihrer Dynastie.«

Unter den Verbänden in Dantes Gesicht zeichnete sich ein zufriedenes Lächeln ab.

Dann verneigte der Writer sich vor dem onyxfarbenen König und sprang über das Brückengeländer auf eine Seifenblase. Von dort aus machte er sich auf die Suche nach einem hoch gelegenen Ort, von dem aus er die sich vor seinen Augen abspielende Geschichte der Welt konservieren konnte. Denn selbst wenn er dazu in der Lage gewesen wäre, hätte er in seiner Rolle als Writer nicht sein Schwert gegen einen Erben der *Tennō erhoben.*

Der Heldengeist, der den Körper des anderen Kreuzritters kontrollierte, unterlag jedoch keinem Schwur. Es ertönte ein lautstarker Knall, gefolgt von zwei weiteren.

Dantes Blick suchte den Ursprung und fand Nobunaga Oda, der auf einem durch die Schwerkraftanomalie schwebenden Grachtenbootes stand, dass mit dem Kiel nach oben wies. Außerdem entdeckte er sechs aus Aura geformte Kugeln auf sich zurasen, deren Ursprung eine zweiläufige, abgesägte Schrotflinte war. Nur hielt nicht der Heldengeist diese in der Hand, sondern wurde die gespenstisch glühende Waffe von den Fingern einer rötlich durchscheinenden, in eine dämonische Rüstung gehüllten Entität gehalten, deren Oberkörper, über dem ehemaligen

Kriegsherren schwebte. Die Konturen der Gestalt zeichneten sich deutlich ab und gleichzeitig erschien sie formlos wie Träume.

»Nannten sie dich deswegen Dämonenkönig?«, fragte Dante spöttisch, während er mit den Händen in der Manteltasche den Kugeln auswich.

»Überleg dir gut, was du sagst, Bengel. Es könnten deine letzten Worte sein«, erwiderte Oda den Spott seines Gegners.

Die Kugeln, welche vor Dante in den Boden eingeschlagen waren, vibrierten noch immer. Dann änderten sie ihre Flugbahn und schossen erneut auf ihn zu. Dieser wich jedoch wiederholt mit Leichtigkeit aus. Doch die Geschosse ließen nicht locker. Dante sprang von der Brücke und wirbelte zwischen den Seifenblasen hin und her. Egal wie oft die Patronen ihre Flugbahn wechselten, er war ihnen immer einen Schritt voraus. Dabei verkürzte er stetig den Abstand zu seiner Beute. Schließlich landete er auf den schwebenden Überresten einer Straßenlaterne, neigte den Oberkörper nach hinten und ließ die ersten fünf Aurakugeln erneut an sich vorbeiziehen. Dann richtete er sich auf und stoppte die letzte mit bloßen Händen in der Luft. Er zerquetschte sie, als wäre das tödliche Geschoss nicht mehr als eine leere Getränkedose. Wieder zeichnete sich ein Grinsen unter den Verbänden in seinem Gesicht ab. Dann schnellte er los. Während er Seifenblasen und Trümmer nutzte, um zu dem Heldengeist zu gelangen, kreierte er ein Heer aus Speeren, das sich aus einer Hauswand formte und nur Bruchstücke von dieser übrig ließ. Die Lanzen schossen auf Nobunaga Oda zu, zerstörten die restlichen Kugeln und durchlöcherten das Boot, so das nicht mehr als ein Sieb übrig blieb.

Dante landete auf den Überresten des Bootes und ging auf den Heldengeist zu, der es geschafft hatte, sämtlichen

Angriffen auszuweichen oder diese mit Hilfe der dämonischen Entität zu parieren. Mit der linken Hand riss er einen der Steinspeere aus dem Kiel.

»Komm nur!«, brüllte Oda ihm entgegen und ein weiterer Schuss löste sich aus dem Lauf, den er auf den Kopf seines Gegners gerichtet hatte.

Mit den Zähnen stoppte Dante die Kugeln und zerbiss sie. Dann zog er eilig mit der rechten Hand eine Bahn des Verbandes hinauf, um das durch die Patronen entstandenen Brandloch zu verdecken.

»Verdammt Bengel, kämpfst du noch immer gegen mich an?«, flüsterte Nobunaga Oda zu sich selbst, während die dämonische Seele, die über ihm schwebte, verschwand. Mit gezogenem Katana stürmte er los. Mit einem blitzschnellen Hieb entwaffnete er Dante, öffnete seine Kampfhaltung und machte sich bereit, diesem den Todesstoß zu versetzen.

»Du bist stark«, sagte Dante gelassen. Er erkannte die Fähigkeiten seines Gegenübers an. »Aber zwischen Himmel und Erde gibt es niemand Stärkeren als mich.« Dann griff er nach dem Speer, der wie von selbst zu ihm zurückkam und schwang diesen direkt durch die Blöße Nobunagas. Ein unweigerlich tödlicher Angriff, der darauf abzielte, ihm den Kopf vom Leib zu schlagen.

Vor seinem inneren Auge sah Nobunaga Oda, der Teufel des sechsten Himmels seinen eigenen Tod. Er konnte seine Bewegung nicht mehr stoppen, um auszuweichen. Doch kurz bevor der Speer seinen Hals erreichte, verwandelte sich das Bild vor seinen Augen.

Er war nicht länger innerhalb des arkanen Hofs, sondern wieder am Fuße jenes von rötlich schimmernden Knochen verzierten Schreins, der inmitten eines den Horizont verschlingenden Sees stand und das Zentrum seiner Seele bildete. Sein Spiegelbild zeichnete sich auf der still reflektierenden Wasseroberfläche ab. Es blickte ihn an. Die aus dem Schreindach hervorragenden spitzen Knochen erweckten in der Spiegelung den Eindruck, sie wären Teufelshörner, die aus seinem Kopf ragten. Langsam ließ er sich auf den Stufen nieder, in dem Wissen seine nächste Gelegenheit würde kommen.

Yuta hatte es keine Sekunde zu spät geschafft, die Kontrolle über seinen Körper zurückzuerlangen. Der kurze Augenblick, indem er wieder die Oberhand gewann, führte dazu, dass er zusammensackte und dem Speerstreich um Haaresbreite entging. Er sprang zurück und griff im gleichen Zug nach seinem Katana, dass der Dämon, von dem er besessen war, hatte fallen lassen. Am Bug des Bootes angelangt, rang er um Atem. Die Furcht kroch noch immer wie eine Horde Insekten unter seiner Haut entlang. Dann blickte er zu dem Mann auf, der auf der anderen Seite der schwebenden Barke stand. »Entschuldigen Sie die Unannehmlichkeiten, die Sie meinetwegen hatten. Ich hoffe, es geht Ihnen gut und bitte vielmals um Verzeihung.«

Dante ignorierte ihn. Der starke Krieger war verschwunden, was übrig blieb, war ein Schwächling, der um Verzeihung bat. Für ihn war er nicht mehr als ein Insekt, dass er beiläufig unter seinem Fuß zerquetschen konnte. Er richtete seinen Blick zur Spitze des rot-weiß lackierten Funkturmes, dem Zentrum des arkanen Hofes. Dort oben musste sich der Trumpf befinden, der hierfür verantwortlich war. Wenn er schon einmal hier war, würde er auch nach der Kraft greifen.

»Haben Sie zufällig einen älteren Mann gesehen? Er trug auch so einen Ordensmantel wie ich es …« Yuta wollte sich nach dem Writer erkundigen, sich vergewissern, dass der Nobunga Oda ihm nichts angetan hatte, doch dann entdeckte er etwas am Hals des Mannes, der vor ihm stand. Dort befand sich eine Tätowierung in Form einer schwarzen Feder, welche nun, da Dante ein Stück des Verbandes hochgezogen hatte, unterhalb von diesem hervorlugte. In der Mitte der schwarzen Farbe war eine Null ausgespart. Er kannte die Gerüchte. »Die Federtätowierung an Ihrem Hals … Das kann kein Zufall sein. Es gibt ihn also wirklich? Sind Sie der Anführer der Verbrecherorganisation Greif?«

Für einen kurzen Moment blickte Dante in die Augen des Jungen und aktivierte seine Kronfähigkeit.

Instinktiv, so wie ein Hase beim Anblick eines Wolfes die Flucht ergreift, senkte Yuta den Kopf.

Dann begann Dante seinen Aufstieg. Er sprang vom Kiel des löchrigen Bootes ab, wobei dieses unter der Wucht begann, auseinanderzubrechen. Danach griff er nach einem Stahlträger, von dem aus er sich auf ein ziellos umherschwebendes Verkehrsschild schwang. Weiter führte sein Weg über mehrere Blasen, bis er auf einer gebrochenen Gebäudehälfte landete, die schräg in der Luft hing und über die er mehrere Stockwerke hinweg rannte. Plötzlich sah er im Augenwinkel eine Klinge auf sich zukommen. Er drehte sich um und entdeckte den jungen Kreuzritter am unteren Teil des abgeknickten Hauses. In der einen Hand ein Schmetterlingsschwert, dass der Klinge glich, die gerade an ihm vorbeigeflogen war. Doch dann war der Kreuzritter verschwunden und hinterließ nicht mehr als eine schimmernde Luftspiegelung.

»Kopf des Greifs, Ihr werdet diverser Verbrechen beschuldigt, unter anderem der Entführung mehrerer Menschen. Es wird Zeit, dass Sie dafür Buße leisten«, stellte Yuta ihn zur Rede, während er hinter Dante – an der Stelle, an der sich seine zweite Klinge befand – auftauchte. Sein Gegner war ohne Zweifel stark, doch wieso sollte Yuta sich vor ihm fürchten? Schließlich hatte er gerade seine schlimmsten Ängste durchlebt. Die raubtierhafte Aura eines Verbrechers war nichts dagegen.

»Warum sollten wir irgendwelche schwächlichen Insekten entführen?«, wies Dante die Anschuldigungen zurück, während er die mit Graffiti verzierten Wände des Gebäudes zu einer bunten Faust verformte und mit ihr nach dem Kreuzritter schlug, der nun nicht mehr länger der *Autorität des Königs der Nahrungskette* unterlag.

Yuta warf eine seiner Klingen über die Faust und wich dieser aus, indem er erneut bei dem zuvor geworfenen Schmetterlingsschwert auftauchte. Dann landete er auf dem verformten Stein, der nach ihm schlug und stürmte auf Dante zu. »Woher soll ich das wissen? Ich denke nicht wie ein Krimineller. Vielleicht um ein Lösegeld zu erpressen? Oder eine andere Forderung?«

Mit einem weiteren aus Erde und Stein geformten Speer blockte Dante den Angriff ab und schleuderte ihn das Gebäude hinab. Im Moment des Blockens antwortete er: »Warum sollte ich dafür jemanden entführen? Da kann ich mir doch auch direkt nehmen, was ich begehre?« Dann stürmte er weiter, um den Turm zu erklimmen.

»Stimmt eigentlich«, sagte Yuta im freien Fall wie zu sich selbst und beendete diesen, indem er eines seiner Schwerter in die Hauswand rammte. Dann blickte er auf und begriff. »Das ist also sein Ziel. Ich werde nicht zulassen, dass eine so gefährliche Arkane in die Hände eines Verbrechers fällt. Denn auch wenn Sie keine Menschen entführt haben, stehen genug andere Straftaten auf Ihrem Konto.« Yuta nahm die Verfolgung auf. Er sprintete über die schrägliegende Gebäudewand, die Dante bereits hinter sich gelassen hatte, nutzte eine Seifenblase als Sprungkissen, um an Höhe zu gewinnen und schleuderte eines seiner Schwerter in Richtung eines Stahlträgers, der an einem Kran baumelte. Die Klingenspitze blieb im Metall stecken und Yuta teleportierte sich zu ihr. Mit einer Hand hing er an der Arkane, die im Eisen steckte und mit einem Fuß stütze er sich an diesem ab. »Was ist los? Hast du Angst vor mir oder warum läufst du davon?«, schrie er in die versunkene Stadt hinab. Dabei deutete er mit dem Schmetterlingsschwert in seiner anderen Hand auf Dante herunter, den er mittlerweile überholt hatte.

»Du bist nicht mehr als eine lästige Fliege, die es totzuschlagen gilt«, erwiderte Dante, während er an Tempo zulegte. Er landete im selben Moment auf dem Stahlträger wie Yuta, der sich auf diesen schwang. Mit einem gewaltigen Hieb zertrümmerte Dante die Atemmaske des Jungen. Die umherschwebenden Seifenblasen hinter diesem wurden von der Wucht fortgeschleudert. »Für dich reichen meine bloßen Hände.«

Yuta taumelte und drohte in die Tiefe zu stürzen. Er hatte es gerade noch geschafft, sein gesamtes *OD* auf sein Gesicht zu konzentrieren, ansonsten hätte Dante ihm den Kopf von den Schultern gerissen. Dieser deckte ihn weiter mit Schlägen ein und trieb ihn an den Rand des Stahlträgers. An ausweichen oder gar parieren war nicht zu denken. Er schaffte es immer wieder nur gerade so, seinen Körper an den richtigen Stellen einigermaßen mit Aura zu verstärken.

Dante genoss das Geräusch, das erklang, wenn seine Fäuste das Fleisch des Jungen malträtierten. Den Nachhall seiner Aura, so verderblich wie Sägeblätter auf nackter Haut. Er war wie ein Raubtier, das mit seiner Beute spielte, bis es den Spaß daran verlor.

Die Knie des Jungen gaben nach und er fiel in die Tiefe. Dabei spuckte er roten Speichel, der im freien Fall an ihm vorbeizog. Doch Yuta gab nicht auf.

Sie wirbelten zwischen den Seifenblasen hin und her. Trafen sich in der Luft, lieferten sich einen einseitigen Schlagabtausch auf einer umherschwebenden Werbetafel, auf der die neusten Modelle von Filtermasken mit integrierten Abnutzungsanzeige, in verschiedenen grellen Farben beworben wurden. Dann stürmten sie über die Waggons einer Magnetschwebebahn, die um den rotweißen Turm herumgeschlungen war, glitten durch die Fenster, nutzten Stühle und Haltestangen, um schneller voranzukommen, während der eine von ihnen verzweifelt versuchte, einen Treffer zu landen. Als sie die obere Hälfte des Funkturms erreichten, tanzten sie wie Akrobaten zwischen den Metallstreben und den Seifenblasen.

Immer wieder nahm Yuta den Kampf auf. Immer wieder schleuderte er eine seiner Klingen empor. Immer wieder holte er Dante ein. Und immer wieder steckte er während ihres Wettlaufs zur Spitze des Funkturmes ein, ohne auszuteilen, bis er erneut hinabstürzte. So lange, bis der Greif müde wurde, mit seiner Beute zu spielen.

Dante sprang mit einem federnden Satz von der rotweißen Eisenstrebe direkt in die Mitte des Turminneren ab. Dort wirbelte Akira herum und schlug nach dem jungen Geistlichen.

Im Moment des Aufpralls schleuderte Yuta eine der Klingen an seinem Kopf vorbei. Unter einem lauten Knacken drückte die Wucht des Hiebes ihn in die Tiefe. Seifenblasen und Trümmer stoben aus dem Funkturm heraus.

Yuta Asakura fiel. Kraftlos streckte er die Hand nach seiner Schmetterlingsklinge. Sein Blick auf die lilablauen Fingerknöchel verschwamm und trübte sich wie das Wasser Neo Bristols, wenn der Hof sein Ende nehmen würde. Ein Fiepen in seinen Ohren übertönte das blutige Husten, das aus seiner Kehle floh. Er müsste nur seine

Hand schließen. Dann wäre er direkt vor dem Zentrum des Unglücks, welches die Stadt heimgesucht hat. Auf keinen Fall wollte er zulassen, dass andere Leute die gleiche Furcht durchleben mussten wie er. Deshalb durfte ein Verbrecher wie er ihn nicht bergen. Dann riss der hauchdünne Faden, an dem sein Bewusstsein hing. Dennoch ballte Yuta die Faust.

Nun stand er schwankend an der Kante. Hinter ihm der Abgrund. Vor ihm der Sieg. Dunkle Schwellungen wie pralle Beeren bedeckten Yutas Gesicht und verschmolzen mit dem Blau seiner Augenringe. Seine Zähne blutverschmiert, als wäre er ein Tier, das sich unlängst am Fleisch seiner Beute labte. Die arkanen Waffen in seinen Händen lösten sich auf. Er musste nur noch einmal danach greifen …

»Tut mir leid, aber der onxyfarbene König würde dich umbringen«, sagte eine Stimme, die das Rauschen in Yutas Ohren nicht durchdringen konnte. »Du verstehst kein Wort von dem, was ich sage, oder? Wie auch, du stehst zwar noch aufrecht, hast aber dein Bewusstsein schon längst verloren.«

Der blonde junge Mann lächelte ihn an, die Haare mit einem Schallwandler hinter den Ohren befestigt, bevor er ihn in die Tiefen der versunkenen Stadt stieß. Dann ging er an den Rand der rot-weiß lackierten Gitterplattform und sah ihm nach. »Auch wenn es schade ist, denn in diesen grünen Augen würde ich gerne länger versinken.«

Yuta fiel weiter. Direkt auf die Strudel zu, die sich wie Haie am Fuße des Turmes versammelten und darauf warteten, gierig alles zu verschlingen, was ihnen ins gezahnte Maul flog.

»Und in diesen perfekt zerzausten Locken würde ich gerne meine Hände vergraben«, fügte der Blondschopf hinzu, während er weiter Yutas freien Fall beobachtete.

Die mit weißen Blüten behangenen Äste auf seinem schwarzen Kimono wehten im Wind. »Komm schon, Halvar.«

Nur noch wenige Meter trennten den bewusstlosen Yuta von den Malmstrudeln. Die Wellen griffen bereits nach ihm, so wie er nach dem Zentrum des Hofes gegriffen hatte. Von der Spitze des Funkturmes aus war er nur noch ein kleiner Kiesel neben den Trümmern der Stadt. Doch dann endete sein Sturz. Ein Engel mit riesigen schwarzen Schwingen packte Yuta und rettete ihn vor dem sicheren Tod.

Erleichtert atmete der junge Mann an der Spitze des Turmes aus. Sein Blick glitt zwischen den Gitterstreben hindurch, auf denen er stand. Mit einem sorglosen Lächeln zwinkerte er dem alten Writer zu, der von einer tieferen Ebene aus alles beobachtete.

»Es ist lange her, seit ihr euch in einem Krieg gezeigt habt«, begrüßte ihn der Writer und verneigte sich vor ihm.

Dann erschien Dante knapp unterhalb des höchsten Punktes des Turmes. Er landete auf der Plattform, unter der die Metallstreben zur Turmspitze zusammenliefen. In der Hand ein Dolch, geformt mit den Mächten des großen Geists der Erde, den er während des Aufstiegs geformt hatte, um das Insekt ein für alle Mal zu zerquetschen.

»Hallo, onyxfarbener König«, begrüßte der Blondschopf den Neuankömmling.

Doch Dante würdigte ihn keines Blickes. Wortlos schleuderte er den Dolch nach dem Jungen. Dieser fing ihn galant zwischen Zeige- und Mittelfinger der linken Hand auf. Er hatte Dantes Interesse geweckt. Gerade als er sich zu seiner neuen Beute drehen wollte, packte diese ihn von hinten. Der steinerne Dolch ruhte nun an Dantes Kehle.

Ein Doppelgänger? Nein. Schließlich hat auch die Version, die vor mir steht, das von mir geschaffene Messer in der Hand.

»*Moumantai*. Entspann dich, wir haben doch noch nicht einmal miteinander geredet.«

Dann löste sich die Version des blonden Mannes, der vor Dante stand, auf, wie eine Spiegelung im Wasser, das man in Unruhe versetzte. Durchscheinend, als wäre er nur ein kleiner Wassertropfen auf einem Bild des arkanen Hofs.

Im gleichen Moment entfernte sich die Klinge von Dantes Hals. Der Blondschopf mit den Schallwandlern im Haar setzte sich an die Kante der Gitterplattform und verschränkte die Beine im Schneidersitz.

»Gibt es hier irgendwo ein Nest von euch?«

»Der Trumpf gehört dir, aber sag mir Distelkönig, stammst du wirklich aus der schwarzen Zone?«, wollte der Blondschopf von ihm wissen, während er den Wolken am blauen Kuppelhimmel bei ihrem friedlichen Treiben zusah.

»Nein. Ich komme von einem Ort, der den Menschen noch weniger bedeutet«, antwortete Dante und dachte an die Wiege des Greifs. Jene Müllhalde, auf der sein Vater ihn entsorgte, nachdem er ihm das Gesetz des Stärkeren am eigenen Leib gelehrt hatte.

»Ich liebe gute Geschichten. Wie lautet die deine?«, fragte der junge Mann und drehte sich zu ihm um. Seine Lippen wurden von einem Lächeln regiert.

Mit den gierigen Augen eines ausgehungerten Raubtiers und der Aura eines Königs blickte Dante auf ihn hinab. »Warum sollte ich einem Insekt wie dir davon erzählen?«

Sein Gegenüber ließ sich jedoch nicht so leicht aus dem Gleichgewicht bringen.

»Dann sag mir, was für ein König willst du sein? Welche Pläne hast du mit dieser Welt?«

»Ich mache aus ihr einen fairen Ort, an dem nur die Starken überleben und sich das nehmen, wonach sie sich sehnen. Die Starken verschlingen die Schwachen, und die, die noch stärker sind, verschlingen die Starken.«

»Es passiert häufig, dass Unfähige durch Verwandtschaft oder Beziehungen an eine Position kommen, die sie besser nicht bekleiden sollten, weil sie ungeeignet sind oder diese ausnutzen. Du gehst davon aus, dass in deiner Ordnung dank der dort herrschenden natürlichen Selektion so etwas nicht der Fall wäre?«, zog der Blondschopf seine Schlüsse.

»Ein Taugenichts an der Macht bewirkt nur Unheil.«

»Auch das ist ein Grund, warum die Erde sich rot färbt, der Himmel seine Farbe verliert und man die Sterne kaum noch sehen kann. Sie tun zwar nichts dagegen, obwohl sie vielleicht Größeres bewirken könnten als ein Einzelner, aber dennoch tragen wir alle Schuld daran. Also, was passiert mit den Schwachen? Wirst du sie auslöschen?«

»Bestien können ohne Beute nicht existieren.«

»Doch würde das im Kern dann wirklich etwas verändern?« Dann erhob sich der junge Mann. Sein sorgloses Lächeln wich nachdenklichen Gesichtszügen. »Ich werde über deine Weltanschauung nachdenken. Bis zum nächsten Mal, onyxfarbener König.«

Ohne eine Antwort abzuwarten, sprang der Blondschopf vom Funkturm. Mit der einen Hand fixierte er seine Schallwandler, mit der anderen griff er nach der ausgestreckten Hand des schwarzgefiederten Wesens.

Dante erhaschte einen Blick darauf. Es wirkte wie ein geflügelter Mann. Die Seiten des Kopfes kahl rasiert. Dort, wo eigentlich Haare sprießen sollten, klaffte eine rabenförmige Narbe. Das Haupthaar war zu einem langen Zopf zusammengeflochten und peitschte im Wind hin und her. Dann verschwanden die beiden durch die Kuppelmembran.

Dante blickte nach oben in die Spitze des Turmes. Direkt in das Zentrum des Hofs. Dort hing eine gesichtslose, bewegungsunfähige und kopfüberhängende Gestalt. Ihr Fuß war an einem *Ankh* befestigt, von dem ein grünlich irisiertes Schimmern ausging, ähnlich dem der Seifenblasen. In ihren Augen saß eine tiefsitzende Angst. Sie spiegelten ein Grab voll schwarzer Todesschlangen. Dante streckte die Hand aus und bändigte die Macht der großen Arkane. Die Gestalt zerfiel zusammen mit den umherschwebenden Blasen zu perlmuttschimmernden Lichtpartikeln und setzte sich zu einer Tarotkarte zusammen.

Auch die Kuppel, die die Stadt umgab, begann langsam zu zerfallen, wie Putz, der von der Decke rieselte. Risse durchzogen den hellblauen Himmel, als wäre er ein altes Ölgemälde, welches über ein anderes gemalt worden war. Und nun kamen die roten Farbnuancen des ursprünglichen Werkes nach und nach zum Vorschein. Das Wasser wurde von den Malmstrudeln aufgesaugt. Nach und nach wurden sie dunkler und der ölig schwarze Schimmer gewann wieder die Oberhand. Züge, Boote, Gebäudebruchstücke und Trümmer wurden von der wiederkehrenden Schwerkraft hinabgezogen. Als würde ein Volk über den Wolken wohnen und die Dinge, die keinen Wert mehr für sie hatten, warfen sie einfach hinab. Der Anblick erinnerte Dante an seine Heimat.

Die Realität stellte sich als stärker heraus und verschlang die Illusion, die der Hof vorgaukelte. Neo Bristol oder das, was davon übrig geblieben war, war zurückgekehrt.

KA - 31

Nicht Zweifeln …

Die Worte seines Freundes über die Wünsche seiner Tochter brachten William durcheinander. Sie setzten seinen Geist in Aufruhr, wie vom Wind berührtes Herbstlaub. Und während er unter der Dusche stand, um sich den Dreck vom Körper zu waschen, den die Affen auf seiner Reise an ihm hinterlassen hatten, hoffte er, dass seine Zweifel sich zusammen mit den vielfarbigen Blättern legen würden.

Er war als Minister beim einfachen Volk beliebt. Viele kamen auf seiner Rückreise mit der Magnetschwebebahn nach Neo Metropolis zu ihm und wollten ihm die Hand schütteln oder ihm danken.

»Minister Baskerville … Minister Baskerville …«, riefen sie durcheinander.

»Dank Ihnen und ihren Bemühungen zur Lohnerhöhung der Bambusbauern können mein Mann und ich nun endlich in der gelben Zone leben. Das wird seiner Gesundheit guttun«, erklärte eine Frau mit orangebraunen Locken und griff nach seiner Hand, um sie zu schütteln. Die Berührung hinterließ eine juckende Röte.

»Sie sind einer von uns. So jemanden wie Sie bräuchte

dieses Land als Präsident«, skandierte ein schwarzhaariger Mann und verteilte unbeabsichtigt Speicheltropfen auf Williams Gesicht.

Zahlreiche solcher Begegnungen säumten seine Rückreise nach Pangeas Hauptstadt. Nun war er jedoch zu Hause angekommen. Als würde er unter einem winzigen Wasserfall stehen, brauste das dampfende Nass auf ihn herab. Seinen Geist vermochte es zwar nicht zu reinigen, jedoch seinen Körper. Mit beiden Händen stützte er sich an den weißen Fließen neben dem Duschkopf ab. Sein Blick war nach unten auf den Abfluss gerichtet und sah dabei zu, wie der Ekel, den das Wasser von seinem Körper wusch, darin verschwand. Das lange braune Haar, welches nicht an seinem nassen Körper klebte, hing hinab und rahmte das Bild vor seinen Augen.

»Diese scheiß Affen …«, spuckte er die Worte dem Ekel hinterher. Doch die Zweifel über den Weg, den er einst entschied zu gehen, ließen sich nicht so einfach fortwaschen.

Sein Blick fiel auf die bleiche Stelle seines Armes, die einst vom Mal seiner Sünde geziert wurde. Das unikursale Hexagramm war der Anker des Bindungsschwurs, um den Akira ihn aus Angst erneut die Kontrolle zu verlieren gebeten hatte. Eigentlich bat er ihn zuerst darum, ihm das Leben zu nehmen, sollte er sich erneut in seiner Sünde verlieren. Mit Tränen in den Augen stand sein Freund ihm gegenüber und sagte: »Langsam verstehe ich dich. Ich bitte dich William, du musst es tun, ich möchte niemanden mehr töten.«

Doch damals war William nicht bereit dazu seinem Freund das Leben zu nehmen. Und so schmiedeten sie einen Bindungsschwur. Ein Eid darüber, dass sie keine Gewalt am anderen ausüben durften, solange sie Sünden waren.

Mit der Konsequenz des eigenen Herzstillstandes sollte man ihn brechen.

Doch diese Geißel besitzt keine Macht mehr über uns …

Akira ging allerdings noch einen Schritt weiter, schließlich konnte er sich nicht sicher sein, dass William immer an seiner Seite war, sollte er die Kontrolle verlieren. Also schloss Akira einen weiteren Bindungsschwur. Und zwar mit sich selbst. Sollte er je ein Leben nehmen, ohne selbst einen Sinn darin zu sehen, dann würde sein Herz ebenfalls aufhören zu schlagen.

So wollte sein Freund sich absichern, ihm und auch sonst niemandem Leid zufügen zu können.

William blickte auf. Die vielen dünnen, aber dennoch kräftigen Wasserstrahlen trafen ihn direkt ins Gesicht und er begann an den Tag zurückzudenken, an dem er sich für seinen steinigen Pfad entschieden hatte. An jenen Tag, an dem seine Weltansichten dem Phönix gleich aus seiner eigenen Asche heraus neu geboren wurden.

火

Lediglich eine Chōchin-Blase, welche in einem kunstvoll in die Steinwand eingelassenen Erker lag, der die Form einer kleinen Feuerschale besaß, spendete gedämpftes Licht.

In diesem Dämmerlicht saß William auf der Kante seines Bettes, die Füße auf dem kalten Steinboden, die Hände locker gefaltet, als würde er noch mit dem Zweifel ringen, ob sich ein Gebet wirklich lohnt oder doch nur eine Aneinanderreihung leerer Worte war. Er verließ kaum noch sein Zimmer innerhalb der Kommune der Tennō, verbrachte die Tage kraftlos in den Laken und dennoch zogen sich furchenartig tiefe Augen-ringe durch sein blasses Gesicht.

Seit Delilahs Tod quälte William sich durch unruhige Nächte. Eigentlich begannen diese bereits, nachdem er die Wahrheit über den Himmelsbambus erfahren hatte. Sie waren erfüllt von Träumen. Doch diese waren nicht von der Sorte, die einen sanft durch die Nacht wog, sondern von jener, die einem den Schlaf raubte. Und jeden Abend hoffte er erneut in der geräuschlosen Schwärze ein paar Stunden Frieden zu finden.

Dann öffnete sich die mit Schriftzeichen und Glyphen einer längst vergessenen Zivilisation beschlagene Steintür. Leise und nur einen Spalt breit verschwand der Fels in der Wand. Das Licht griff nach Williams Füßen und er blickte auf. Vor ihm stand eine Frau. In seinen Augen war sie bezaubernder als alle anderen. Das Muttermal an ihrem Kinn. Das silbrig weiße Haar, das glatt über ihre Schultern fiel. Sie war ohne jeden Zweifel von jener Schönheit, für die ein General eine Armee aufstellen würde oder ein Held auszog, um einen Gott zu töten. In einem weißen robenähnlichen Nachtkleid stand die Tennō, die himmlische Herrscherin vor ihm, in der Hand ein Blatt Papier und sagte: »Hast du an Gewicht verloren? Du siehst ausgemergelt aus, William.«

»Wo ist Momo?«, fragte der Gebrochene, ohne ihre Frage zu beantworten.

»Akira singt ihr ein Schlaflied. Sie vermisst dich, William«, antwortete die Tennō und setzte sich neben ihn auf die Kante des Betts. »Ich mache mir Sorgen um dich. Wir alle. Ihr habt die Chance darauf, diesen Planeten vielleicht zu einem besseren Ort zu machen, verloren. Das ist ärgerlich … und traurig … und frustrierend. Aber letztlich hätte Delilahs Gegengift nur ein Symptom bekämpft und nicht die Ursache. Ohne Frage wäre das ein großer

Schritt gewesen, doch hätte es wohl kaum die toxische Wurzel unseres Übels, den Menschen selbst verändert. Egal wie lange wir darüber philosophieren, wie schlimm diese Welt ist, letztlich beginnt das Schlimme immer in uns selbst. Also fühle dich nicht dafür verantwortlich, die Last der gesamten Welt zu schultern.«

»Wie schaffst du es, diese Last zu tragen?«, fragte er nach einer kurzen Pause. Den Blick noch immer auf den Boden gewandt.

»Weil ich euch an meiner Seite habe«, sagte die Herrscherin mit roten Wangen.

William erwiderte nichts darauf. Er ließ die Worte sacken und Stille regierte den Raum zwischen den beiden.

»Menschen sind wie Krebszellen. Diese Zellen stillen ihren Appetit, indem sie die umliegenden Zellen fressen. Sie vertilgen die gesunden Zellen und vermehren sich immer mehr. So ruinieren sie schließlich ihre Umgebung und zerstören sich selbst. Aber es sind nicht alle Menschen so. Letztlich ist es ihre unendliche Individualität, welche die Suche nach einer Lösung erschwert«, brachte die Tennō Klang in die Geräuschlosigkeit zwischen ihnen.

»Wir müssten nur alle Menschen töten, um dieser Welt eine Zukunft zu erhalten«, kamen Williams Schlüsse ungefiltert aus seinem Mund.

»Das wäre eine Möglichkeit. Vielleicht wäre es sogar die einfachste Lösung«, erwiderte sie zu seiner Überraschung. »Aber ich würde es nicht übers Herz bringen, dieses Lied zu singen.«

Kurz hatte William sie direkt angesehen, doch dann senkte sich sein Blick wieder. Hinter seinen Zähnen kämpften die Worte.

»Hasst du die Menschen?«, fragte sie ihn.

»Egal, was sie sagen, sie sind nur auf ihren eigenen

Vorteil bedacht. Sie lieben es, sich gegenseitig leiden zu sehen. Warum sonst gibt es so viel Krieg? Das ist ein echtes Ärgernis für alle anderen Wesen«, antwortete William, ohne länger darüber nachdenken zu müssen.

»Das war nicht meine Frage. Ich habe gefragt, ob du die Menschen hasst?«, bohrte die Tennō weiter nach.

»Da bin ich mir nicht sicher …«, murmelte William. »Ich dachte immer, wir, das Gefolge der Tennō und du als himmlische Herrscherin selbst wären dazu da, um sie zu beschützen. Doch in letzter Zeit habe ich oft das Gefühl, dass sie es gar nicht wert sind … Ich blicke auf sie herab und sofort schäme ich mich für meine Gedanken.«

Aufmerksam lauschte sie seinen Worten, während er sich mit einer Hand die Haare raufte. »Wenn du wirklich so denkst, warum hast du Akira dann bei Toxanol aufgehalten?«

»Ich weiß es nicht. Das Einzige, was ich weiß, ist, dass man nicht grundlos ein Leben nehmen sollte und doch sieht der Weg, den ich gewählt habe, jeden Tag verschwommener aus. Ich weiß einfach nicht mehr, was ich noch denken soll«, fuhr er fort.

»Du stehst an einer Weggabelung. Alle Richtungen stehen dir offen. Einerseits blickst du auf die Menschen herab, anderseits schämst du dich dafür. Welchen Weg du auch einschlägst, ich hoffe, es wird einer sein, bei dem du wieder aus vollem Herzen lachen kannst. Das würde ich mir wünschen«, sagte sie und streichelte sanft über seine Wange. Anschließend legte sie ein Blatt Papier auf seinen Schoss, erhob sich und ging in Richtung Tür. »Das hat Momo für dich gemalt.«

Auf dem Blatt war ein von Kinderhänden gemaltes Bild eines Katers zu sehen. Braune und rote Linien formten seine Gestalt. Nur ein halbes Ohr und ein Auge waren ihm vergönnt, so als hätte die Zeit nicht genügt, um das

Werk zu vollenden. Dafür besaß er ein glückliches Grinsen über beide Wangen und lange Schnurrhaare. William erkannte ihn sofort. Es handelte sich um den kleinen, am Gift des Bambus erkrankten Streuner, welchen er an Sensei Solas Geburtstag in der Stadt gefunden und mit dessen Geschenk gefüttert hatte. Anschließend erzählte er Momo von ihm.

Warum sollten Wesen, wie dieser Kater für unsere Annehmlichkeiten leiden? Sie können genauso wenig dafür wie die Natur selbst. Wir tauschen ihr Leben gegen unsere Bequemlichkeit. Wie sinnlos ihr Tod doch ist …

»Danke, Hina«, sagte er zum Abschied.

»Alles wird gut, William«, sagte sie sanft, bevor sie lächelnd das Zimmer verließ.

空

Die letzten Wassertropfen rannen an ihm herab und tropften auf die weißen Fliesen. An jenem Tag hatte er entschieden, welcher Weg der seine war. Zweifel daran, dass der Zweck seine Methoden heiligte, waren unangebracht. Er musste sich nur jenes Gespräch zurück ins Gedächtnis rufen. Mit dieser Erkenntnis spürte er, wie seine Zweifel zusammen mit dem Ekel, den die Affen auf ihm hinterlassen hatten, den Abfluss hinuntergespült wurden.

Und auch, wenn es für andere durchaus nach einer faden Ausrede zur Rechtfertigung seiner Taten klingen mochte, tat er es auch für Hina, sodass sie diese Last nicht zu tragen brauchte. Damit sie nicht die Sängerin des letzten Liedes der Menschheit werden musste.

DRITTES BUCH

DIALOG

»Haben die Götter, die Menschen erschaffen? Oder die Menschen die Götter?«

Worte des Ersten der Tennō, König von Uruk,
der ersten Zivilisation der Menschheitsgeschichte,
Gilgamesch
aus den Überlieferungen der Writer

Chi - 32

Ein einzelner blasser Stern strahlte vom Nachthimmel herab und sein Licht bahnte sich einen Weg durch den Dunst von Neo Metropolis. In seinem Schein schwamm Mulai durch das Meer von Menschen, die genauso wie sie über die Brücken strömten, welche an den Stadtteilgrenzen begannen und sich hoch über die Hauptstadt Pangeas spannten, um diese miteinander zu verbinden. Die mittels rot verfärbten Steinen gepflasterten Bauwerke trugen die Namen *tiefer Kanal* und *hohes Ufer*. Die Einheimischen nannten sie jedoch einfach nur *Ponte di Rialto*. Ab einer gewissen Höhe, dort, wo der Anstieg nicht mehr allzu steil war, säumten winzige Ladengeschäfte die Verbindungsstraßen, als handelte es sich um einen Markt, der über den Dächern der Stadt floriert. Am höchsten Punkt kreuzten sich die beiden Brücken. Aus der Ferne mussten sie aussehen, wie das Gerüst einer unsichtbaren Kuppel, die über Neo Metropolis lag.

Versunken in jenem geschäftigen Treiben suchte Mulai den Himmel nach *Atair* ab. In ihrer Heimat hatte sie den hellsten Stern des Adlers immer innerhalb weniger Augenblicke geortet, doch hier, wo die Abgase des Himmelsbambus ihren nebligen Schleier aufspannten, durch den kaum ein Stern zu dringen vermochte, fiel es ihr schwer.

Kann ich wirklich darauf vertrauen, dass Mortecai den Mund hält?, fragte sich Mulai. *Andererseits war ich verletzt und sie in der Überzahl. Was bezweckt er also damit? Was will er vom Greif und warum soll ich ausgerechnet San verschonen?*

Einer Sache konnte sie sich jedoch sicher sein. Er trat dem Greif am selben Tag bei wie sie und somit gehörte er nicht zu den Bestien, die den Boden ihrer Heimat mit Blut getränkt und ihr Volk gemeuchelt hatten. Also entschied Mulai, von ihrer Rache, für die feinen Nuancen in Mortecais handeln geblendet, seinen Schutz vorerst zu genießen. Wenn auch nur mit Vorsicht.

Würdest du ihm vertrauen, Vater?, fragte sich das elternlose Mädchen und berührte die Feder in ihrem Haar.

Sie löste sich aus der Menschenmenge und ging zur Brüstung von *hohes Ufer*. Ihr Blick fand jenen einen Stern, dessen Licht stark genug war, um auf sie hinabzuscheinen. Langsam fuhr sie mit den Fingerspitzen am Schaft der Feder entlang. Die Stimme ihres Vaters erklang tief in ihrem Geist. Dort, wo sich das bodenlose Schwarz ihrer Rachegefühle noch nicht ausgebreitet und gewurzelt hatte.

»Hör ihnen nur zu Mulai, dann erzählen die Sterne dir ihre Geschichte«, sagte er an jenem Tag zu ihr und deutete in den Himmel.

»Sie können mit uns sprechen?«, hatte Mulai ihren Vater daraufhin gefragt.

»Natürlich. Genauso wie der Wind und der Fluss mit uns spricht, wenn wir ganz genau hinhören«, antwortete er und fuhr mit dem Handrücken über die Feder in ihrem Haar.

Dann deutete er in den Nachthimmel. »Siehst du diesen Stern? Jenen, der heller strahlt als alle um ihn herum? Man nennt ihn *Atair.*«

»*Atair*«, murmelte Mulai das Wort, als wäre es der Name einer ihrer Naturgottheiten.

»Gemeinsam mit diesen Sternen bildet er *Aquila*«, fuhr ihr Vater das Sternbild des Adlers mit seinem Zeigefinger nach. »In einer wolkenlosen Sommernacht, hat er mir einst seine Geschichte verraten. Möchtest du sie hören?«

»Ja!«, antwortete das Mädchen eilig und mit weit aufgerissenen, staunenden Augen.

»Es ist schon spät. Vielleicht doch besser ein anderes Mal«, neckte ihr Vater sie.

»Ach bitte, Papa«, schmollte sie.

»Wie, könnte ich dir mit diesen Augen einen Wunsch abschlagen«, sagte er lächelnd, während er ihr sanft durchs Haar streichelte. »*Aquila* war einst ein Vasall des Windgottes und seine Aufgabe war es, den Donner, der auf die Erde hinabfiel, wieder einzusammeln und zurück in die Wolken zu bringen. Doch eines Tages stahl ein Mensch einen der Donnerkeile und nutzte ihn, um der Menschheit das Feuer zu schenken.«

Mulai hing an den Lippen ihres Vaters und somit auch an den Lippen der Sterne.

»Allerdings benötigte er Holz, um es zu nähren. Und so schändete er als erster Mensch die Natur. Zur Strafe einigten sich die Götter darauf, ihn mit Ranken an einen Felsen zu ketten. Von nun an sollte *Aquila* jeden Tag zu ihm hinabsteigen und ihm ein Stück Fleisch herausreißen und sich an diesem nähren, so wie der Mensch es mit den Bäumen und der Natur tat. Anschließend beschlossen die Götter dem Adler einen Platz am Himmelszelt zu gewähren. Dort sollte er als gut sichtbares Mahnmal dienen, damit die Menschen nie wieder auf die Idee kommen würden, die Natur zu schänden. Leider können ihn heutzutage nur noch wenige von uns sehen«, schloss der sonnengegerbte Kanohi jene Geschichte, die ihm einst die Sterne zugeflüstert hatten.

Mulais Hand ließ von der Feder in ihrem Haar ab und die Erinnerung an ihren Vater verflüchtigte sich in ihrem Geist. Sie wandte sich um zurück zur Menschenmenge und da sah sie ihn. Eine hochgewachsene Gestalt, die die meisten anderen Teilnehmer des geschäftigen Treibens überragte. Mit dem gepolsterten weißen Anzug und dem Helm, dessen Visier eine verspiegelte Scheibe war, wirkte er wie ein Schausteller, der auf dem Weg zu einem belebten Platz der Stadt war, um dort mit seiner Kunst etwas Geld zu verdienen. Sie erkannte ihn sofort. Die fünfte Feder, S16, wie die anderen Mitglieder des Greifs ihn nannten.

Eilig verschwand Mulai in der Masse. Durch seine Größe war es einfach, ihn auch mit einigem Abstand nicht aus den Augen zu verlieren. Sie folgte ihm, denn nun war es an ihr, es *Aquila* gleich zu tun und jene, die die Natur ihrer Heimat mit dem Blut ihres Stammes geschändet hatten, zu bestrafen.

Immer wieder prüfte sie, ob sie eine der anderen Federn entdecken konnte oder ihre Auren wahrnahm, denn sie wusste, dass mittlerweile einige von ihnen in der Hauptstadt eingetroffen waren. Und da sich nun auch der schweigsame Gigant in Neo Metropolis herumtrieb, konnte das nur eines bedeuten. Auch der Kopf des Greifs wandelte durch ihre dreckigen Gassen.

Sie folgte S16 über die Brücke, vorbei an den kleinen Ladengeschäften, die diese rahmten und kleine Wegzerrungen, Plunder oder Zeitungen verkauften. In einem günstigen Moment verschloss die letzte der Kanohi ihre Aiwaz-Knoten, um auch später, wenn weniger Menschen um sie herum waren, zwischen denen sie sich verstecken konnte, unerkannt zu bleiben.

An dem Punkt, wo sich die beiden Brücken kreuzten, wechselten sie von *hohes Ufer* auf *tiefer Kanal*. Mulai war lange genug in Neo Metropolis, um zu wissen, wo sie dieser Weg hinführen würde, und dies kam ihr durchaus gelegen. Jener Ort, der für diese Stadt dasselbe war wie die rote Zone für den Rest der Welt. Ein Ort, dem die meisten Menschen entfliehen wollten. Doch für sie war er das, was für Motten das Licht war. Für ihr Vorhaben gab es in der Stadt keinen geeigneteren Ort als Al-Qāhirah.

»Ekatharina, mein Liebling. Der hohe Herr ruft uns zu sich, doch er wird noch einen Moment warten müssen. Denn wie könnte ich es nicht genießen, mit dir über diese Brücke zu flanieren und gemeinsam den Ausblick auf die Stadt zu genießen«, sprach ein Mann wie zu sich selbst, am Fuße der Brücke mit weit aufgerissenen Armen. Die Augen blutunterlaufen, verliebte Schamesröte auf den Wangen und sein Rücken stemmte eine mannshohe hölzerne Kiste.

Mulai kam seine Stimme seltsam bekannt vor, auch wenn sie nicht wusste, woher. Für einen Moment hielt sie inne und blickte ihm nach. Erst jetzt realisierte sie, dass es sich bei der Last, die der Mann auf seinen Schultern trug, um einen Sarg handelte. Es fehlte ihr jedoch an der Zeit länger darüber nachzudenken, wo sie seine Stimme schon einmal vernommen hatte, denn S16 führte seinen Weg unbeirrt fort. Außerdem lichtete sich die Menschenmenge immer weiter. Sie musste nun deutlich mehr darauf achten, nicht entdeckt zu werden, als auf der Brücke. Denn nach ihrem letzten Kampf mit Malik wollte sie das Überraschungsmoment auf ihrer Seite wissen.

Sie folgte ihm stetig weiter durch die engen Gassen,

vorbei an ihren menschlichen und unmenschlichen Bewohnern, bis fast an den Stadtrand. Bereits vor geraumer Zeit erklomm sie eine der Außentreppen und stellte ihm von einer höheren Ebene aus nach. Gerade als Mulai sich fragte, was die fünfte Feder so weit draußen wollte, hielt diese inne. Sie lugte von einem Flachdach auf ihn herab, wie er durch ein Fenster blickte.

Sanft legte der Hüne seine Hand auf die Scheibe. Ein leises Wimmern erfüllte die Gasse und wurde vom Wind zu ihr empor getragen. Von hier oben konnte sie nicht erkennen, was sich hinter der Glasscheibe befand. Doch die Umgebung war menschenleer und das war ihre Gelegenheit. Eine Weile stand er einfach nur da und blickte in das Zimmer. So als befände sich hinter dem dünnen Glas eine andere, wärmere Welt. Dann ließ S16 von der Scheibe ab und entfernte sich.

Ein Schritt und ein Zweiter. Dann ein Dritter. Sollte jemand innerhalb des Gebäudes zu ihm gesehen haben, war der weiße Gigant nun aus dem Blickfeld verschwunden. Mulai zog ihren Speer, härtete ihn mit ihrer Aura und schwang sich vom Dach wie *Aquila*, der vom Himmel stob, um den Donner zurückzuholen. Jedoch war nicht alles, was von oben kam, Sternenstaub. Ihr Speer biss nach dem ungedeckten Rücken des Hünen. Mulai spürte wie der Widerstand der gehärteten Aura ihres Feindes sie bremste. Schlimmer noch. Trotz der Verstärkung kam der Speer nicht durch den Auraschild der Feder. Das Ende ihres Schaftes rammte gegen ihren Brustkorb, bevor ihre Waffe zerbrach. Schaft und Spitze brachen entzwei. Sie bremste ihren Sprung ab, sog erneut Luft in ihre Lungen. Wortlos holte S16 aus und ließ seine geballte Faust auf sie niederfahren. Im letzten Moment wich die junge Frau nach hinten aus und brachte Abstand zwischen sich und ihren Gegner, doch sie verlor direkt wieder das Gleichgewicht. Der von flackernder Aura umgebende Faustschlag glich einer Abrissbirne, die auf den gepflasterten Boden traf. Er riss ein klaffendes Loch in diesen und beide stürzten sie hinab in die Eingeweide der Stadt.

Ihr Gegner nutzte keinen Trumpf, da war sich Mulai sicher. Sie hatte die ganze Zeit auf die Nuancen seines Auraflusses geachtet, während sie ihn verfolgte. Doch so eine immense Kraft nur durch die Nutzung des *Magick* in Kombination mit der Vitalitätsart, war für sie völlig unvorstellbar.

Aasratten und Gomi-Quallen stoben auseinander, als die Trümmer in den Abwasserkanal fielen. S16 landete direkt in der stinkenden Flüssigkeit. Sie spritzte in faustgroßen Tropfen und schwemmte über die schmalen Wege, die seitlich am Schmutzwasser entlang verliefen. Mulai, die auf einem dieser gelandet war, spürte, wie ihre Sohlen sich mit dem trüben Nass vollsaugten.

Natürlich könnte sie die *3 der Stäbe* beschwören und seine Sinne trüben, doch würde diese Stichwaffe es schaffen, durch seine panzerartige Aura zu dringen? Sollte sie es probieren? Nein. Ein einziger Schlag dieser Wucht würde genügen, ihr den Kopf von den Schultern zu reißen. Solch einen Fehler wie bei Malik durfte ihr nicht noch einmal passieren. Ihre Götter würden ihr kein zweites Mal solch ein Glück zugestehen, es sei denn, sie nahm es selbst in die Hand. Also griff sie nach dem Erbe ihrer Ahnen, der großen Arkane *Nummer 10.* Sie griff nach dem *Glück.*

Mulai fokussierte ihre Aura um ihre Faust, rannte auf S16 zu und er tat es ihr gleich. Sie kämpfte lieber gegen Gegner, die sich leichtfüßig und elegant bewegten wie Tänzerinnen. S16 zählte hingegen eher zu der Sorte, die sich bewegte wie ein Stier, der nur auf Kraft und Einschüchterung setzte. Beide suchten sie Halt im rutschigen Abwasser und fanden ihn. Sie holten zum Schlag aus. Entschlossen, es mit einem einzigen Treffer zu beenden. Die eisenharte Aura, welche die Faust des weißen Giganten umhüllte, leckte bereits nach Mulais Gesicht und dann war der Moment gekommen. Im Licht des einen Sterns, welches durch das Loch im Asphalt zu ihr hinabdrang und die Finsternis der Kanalisation kaum zu erhellen vermochte, aktivierte sie die Kräfte ihres Trumpfes. Innerhalb eines Augenblinzelns war es entschieden. Denn sie selbst zählte zu jener Sorte Kämpfer, die einem Messer glichen. Schlicht und tödlich wie ein Schnitt bis zum Knochen. Der Schlag der fünften Feder traf sie direkt ins Gesicht. Doch er war nicht kräftiger, als ihr eigener Hieb es gewesen wäre. Im selben Moment traf ihr Haken in den Bauchraum ihres Gegners. Sie konnte fühlen, wie die Rippen des Mannes unter einem übelkeitserregenden Knacken brachen und sich in seine Organe bohrten. Er spuckte Blut gegen die Innenseite der Scheibe seines Helmes, bevor die immense Wucht ihres Schlages ihn aus dem knöcheltiefen Abwasser beförderte und ihn durch die Luft gegen die Kanalwand schleuderte.

Ihre Muskelfasern fühlten sich an, als würden sie unter der Kraft ihres eigenen Schlages zerreißen. Mulais Körper war *seiner* immensen Kraft nicht gewachsen.

Blut gurgelnd und nach Atem röchelnd lag S16 im Sterben. Ein weiteres Mal schien sein Leben an einem Ort zu Ende zu gehen, an dem die Gesellschaft ihren Abfall entsorgte. Er musste sich wohl eingestehen, dass er das Unvermeidliche vielleicht nur herausgezögert hatte. Er sah sein Leben an sich vorbeiziehen. Mit jedem weiteren letzten Atemzug flackerte ein neues Dia seines Lebens vor seinen Augen auf.

Und aus irgendeinem Grund sah auch Mulai sie.

Ein schwerer Atemzug, kaum dass er die Lungen füllte. Da war ein junges Mädchen, das ihn aus den gleichen Augen heraus anblickte, wie auch Mulai einst ihren Vater angesehen hatte.

Ein weiterer Atemzug. Seine schwieligen Hände vom Himmelsbambus rot gefärbt. Er hustete blutigen, schwarzen Auswurf in sie hinein. Ein Mann in einem weißen Kittel griff von hinten nach seiner Schulter und reichte ihm Pillen.

Noch ein Atemzug, zu schwach und verzweifelt, um seine Lungen mit Sauerstoff zu füllen. Eine Flüssigkeit, in der Blasen aufstiegen, umströmte seinen Körper und er sah hinter einer Glasscheibe hervor, auf ein Labor. Schläuche pumpten flüssigen Schmerz in seine Adern.

Und noch ein weiterer Atemzug, kürzer als jemals einer zuvor. Zusammen mit Müll kippten sie seinen vermeintlich leblosen Körper ins Meer. Schwärze. Tief sog er die Luft ein, wie an jenem Tag, als er nackt von Salzwasser und Sonne gepeinigt auf den Müllbergen seiner neuen Heimat erwachte. Unter ihm ein gepolsterter weißer Anzug. Neben ihm sein bis zur Unkenntlichkeit verunstaltetes Gesicht, gespiegelt im Visier eines Helmes.

Und schließlich sein wirklich letzter Atemzug. Dante, wie er mit der Feder im Haar vor ihm stand und ihm, den die Gesellschaft als Abfall erachtet hatte, die Hand reichte.

Liegt es an seiner Aura, die für den kurzen Moment des Schlages durch mich hindurchströmte?, fragte sich Mulai, während sie auf das Leben ihres Opfers zurückblickte.

Er war tot. Sie watete aus dem dreckigen Wasser hervor und nahm ihm den Helm vom Kopf. Sein Blut klebte an seinem verunstalteten Gesicht. Es war völlig vernarbt. Das eine Auge zugeschwollen, das andere unter dem

Narbengewebe verschwunden. Es war ein scheußlicher Anblick. Hinzu kamen noch der Gestank der Kanalisation und die Aasratten, die aus ihren schorfigen Mäulern fiepten und bereits darauf warteten, über ihr Abendmahl herzufallen. Eigentlich wäre das der Moment gewesen, indem die Übelkeit sie hätte übermannen und sie sich hätte übergeben müssen. Doch außer der Finsternis, die an ihrem Herz zog, war Mulai leer.

Sie griff nach den Überresten ihrer Speerspitze, die unweit von S16 entfernt lag. Beim Zupacken spürte sie, wie ihre Muskeln vom Nachhall seiner Kraft krampften und schmerzten. Dann ging sie zu ihm und schnitt ihm ein Grinsen quer über das Gesicht. Von einer Seite zur anderen, genau dort, wo die Stummel seiner Ohrmuscheln saßen. Blut spritze ihr ins Gesicht und lief die halbe Speerspitze hinab in ihre Hand. Anschließend warf sie die Klinge ins Abwasser. Den Rest ihrer zerstörten Waffe, den sie fand, trat sie hinterher.

Ihr früheres Selbst hätte sich beim Anblick der geschändeten Leiche gefragt, was nur aus ihr geworden war. Doch die jetzige Mulai, der das Morden von Mal zu Mal leichter fiel, dachte nur daran, dass ihre Geschichte nun noch glaubwürdiger wirken würde, sollten die anderen Federn seine Leiche entdecken.

Die Hände in Kupferrot getränkt, trat sie aus dem stinkenden Abgrund der Kanalisation hervor. Das Blut ihres Opfers, verteilt in ihrem Gesicht und ihren Haaren, begann bereits damit zu gerinnen. Ihr Blick fiel auf das Fenster, in das die Feder zuvor geblickt hatte. Dahinter lag ein junges Mädchen zitternd in den Armen ihrer Mutter. Es war noch deutlich jünger, als sie selbst an jenem Tag, an dem man ihr ihren Vater nahm.

Ist sie seine Tochter?, fragte sich Mulai und erinnerte sich an die Bilder in ihrem Kopf. Er kam deswegen hierher. Ihr Blick fiel auf das Schild auf der Tür. *Lemoine.* Der Name sagte ihr nichts.

Die Mutter vergrub das Gesicht des Mädchens tiefer in ihren Armen. Aus angsterfüllten Augen blickte sie Mulai entgegen. Ihre Lippen formten still und zitternd die Worte: »Rühr sie nicht an.«

Und da sah sie sich mit einem Mal durch ihre Augen. Das Ungeheuer, das aus ihr geworden war. Das Tod auf Tod häufte. Eines Tages würde dieses Mädchen groß genug sein, um die Mörderin ihres Vaters zu hassen. Und dann würde sie es vielleicht selbst sein, die erschlagen in den Ausscheidungen der Stadt lag. Zumindest wenn das Mädchen den Kreis schloss.

Nein, es war kein Kreis. Es war eine Spirale. Gewalt, die immer wieder neue Gewalt nach sich zog. Ohne dass ein Ende in Sichtweite war. Und wofür?

Mulai konnte spüren, wie ihr Herz tiefer im lichtschluckenden Schwarz ihrer Rache versank. Sie war nicht wie *Aquila*. Nicht einmal wie *Atair*. Denn an ihrer Schönheit dort oben konnte kein Schatten rühren.

Sie dachte an den Tag in ferner Zukunft, an dem das Mädchen sie besuchen kommen würde und flüsterte einsame Worte in die Nacht: »Ich habe es wahrscheinlich nicht besser verdient. So wie dein Vater. Auf jeden Fall könnte ich es verstehen, wenn es so käme.«

地

»Wie war noch mal der Name der Stadt, unter der wir uns befinden?«, fragte die blasse Frau mit dem rabenschwarzen Haar und dem nebligen Blick, während sie ihrem Gefährten auf dem schmalen Weg durch die stickige Kanalistion folgte. Lediglich die Chōchin-Blasen in ihren

Händen spendeten ihnen schwaches Licht und ihre Frage wurde untermalt von den Geräuschen der Kloakenbewohner, die in der Dunkelheit lauerten.

»Zum hundertsten Mal: Neo Metropolis«, antwortete ihr Begleiter, dessen Gesicht zu großen Teilen aus schlecht ausgeheilten Brandwunden und violettem Narbengewebe bestand, genervt. Die Hautlappen waren grob mit chirurgischen Klammern befestigt. »Ich brauche dringend eine andere Partnerin«, fügte er leise murmelnd hinzu.

»Und, weshalb betreten wir sie durch die Kanalisation?«, löcherte die Frau im schwarzen Kimono ihn weiter.

»Weil es jemanden gibt, der nicht wissen muss, dass ich in der Stadt bin.«

»Jemanden …«, murmelte sie langsam, als wäre das Wort ein Geschmack, den sie mit ihrer Zunge abtastete und zu verstehen versuchte. »Wie war noch mal mein Name? Ich glaube, ich habe ihn vergessen.«

»Kurohime. Dein Name ist Kurohime«, antwortete Krabat genervt und rollte mit den Augen. »Manchmal komme ich mir vor wie ein Lexikon. Vielleicht sollte ich dir deinen Namen in den Arm brennen.«

Die kleine, in Schwarz gewandete Frau antwortete nicht. Stattdessen folgte sie Krabat weiter und starrte geistesabwesend aus ihren nebelverhangenen Augen in die Chōchin-Blase.

Krabat führte die beiden durch die stinkenden, feuchten Eingeweide der Stadt, als hätte er eine Karte in seinem Kopf. Er wollte gerade in ein etwas kleineres Zulaufrohr abbiegen, aus dem ein Abwasserrinnsal floss, da ertönte ein dumpfer Knall. Flach sog er die modrige Luft ein und konzentrierte seine Sinne. Er spürte, wie zwei gewaltige Auren aneinander rieben, also entschied er sich, die Route zu ändern. Zuerst in Richtung der Auren, doch als diese verschwanden, brauchte er nur den Aasratten zu folgen, die ihnen in Massen entgegenströmten. Es war offensichtlich, dass sie vom Schauplatz flohen.

Einige Minuten später erreichten die beiden Federn den Ort des Geschehens. Über ihnen klaffte ein Loch in der Kanalisationsdecke, von dem entfernte Sirenen zu ihnen hinabdrangen. Krabat wusste, dass ihnen nicht viel Zeit bleiben würde, als er den leblosen Körper, an dem sich bereits vereinzelt Aasratten labten, entdeckte. Die Wand, an der der Kopf des Toten lehnte, war von Rissen durchzogen. Er musste mit voller Wucht gegen sie geschleudert worden sein. Dank seines einst weißen Anzuges, der nun schwarz und rot verfärbt war, erkannte er ihn bereits von weitem. Jedoch verrieten ihm seine geschärften Sinne als *Ghost Light*, dass sie nichts mehr für ihn tun konnten.

»Verpisst euch«, blaffte Krabat und trat nach dem wuselnden Ungeziefer, um es zu verscheuchen.

Die Aasratten gingen fauchend auf Abstand. Sie beäugten ihn aus ihren glühenden Augen heraus, bereit im Notfall um ihre Beute zu kämpfen.

Erst jetzt fiel der Blick des von Brandnarben geplagten Mannes auf das Gesicht seines einstigen Kameraden. S16 verbarg es stets unter seinem Helm. Noch nie hatte er ihn ohne gesehen. Mit zitternder Hand griff er nach dem Handgelenk des Hünen.

Langsam entfernte er den bereits angenagten Handschuh, als würde eine zentnerschwere Schuld auf ihm lasten.

»Woher stammen nur diese alten Narbengeschwülste? Sie müssen schmerzhaft gewesen sein. Dieses blutige Grinsen ist jedoch frisch«, sagte Kurohime, während sie die Gomi-Qualle streichelte, die auf dem einstigen Helm der toten Feder saß und damit begonnen hatte, diesen zu zersetzten. »Er war einer von uns.«

Krabat, der von der Stimme seiner Partnerin aus seinem Bann gerissen wurde, erschrak, als hätte sie ihn bei etwas ertappt und ließ die Hand fallen. Sie mochte vergesslich sein, doch ihre Kameraden vergaß sie nie. Er nickte ihr zu und stellte fest, wie die Sirenen immer lauter wurden. Sie kamen näher. Erneut griff er nach seinem Handgelenk und drehte es ein. Er selbst war kein Gründungsmitglied des Greifs und er kam nie auf die Idee, sich zu fragen, warum die anderen den Mann S16 nannten. Doch nun war ihm alles klar.

S-16, stand in schwarzer Schrift unter der Haut des Toten.

Du bist also auch eines seiner … Nein, eines unserer Opfer …

»Wir sollten ihm die letzte Ehre erweisen«, sagte Krabat, während er aus leeren Augen wie paralysiert auf die schwarzen Zeichen starrte.

»Ja«, antwortete Kurohime scharf und presste die Zähne aufeinander. »Ich möchte nicht, dass er als Rattenscheiße endet.« Dabei sprach sie klar und nicht wie üblich, wenn sie nach jedem Wort zuerst nach dem nächsten in ihrem Kopf suchen musste.

So hatte Krabat seine Partnerin, die normalerweise mit dem Kopf in den Wolken hing, noch nie erlebt. Und er verstand, woher ihre Veränderung rührte. Sie mochten der stehlende, mordende Abschaum der Gesellschaft sein, doch gerade, weil es auf dieser Welt keinen Platz für sie gab, war der Greif wie eine Familie für sie alle. Vor allem, für sie als Gründungsmitglied. Er kannte ihre Regeln. Die Schwachen wurden gefressen, aber dennoch wollte er sich nicht einmal vorstellen, was sie mit denjenigen taten, die ihnen etwas grundlos nahmen und es anschließend in der Gosse zurückgelassen haben. Ein Schauder zog sich über seinen Rücken und versetzte ihn wieder in Bewegung.

Gemeinsam wateten die beiden Federn durch das dreckige Abwasser hinüber auf die andere Seite, während über ihnen die Sirenen immer näher kamen. Kaum hatten sie das Dreckwasser verlassen, kehrten die Aasratten zurück und setzten ihr Mahl fort.

Krabat streckte die Hand aus. Unter seinem Mantel kamen noch mehr notdürftig geklammerte, violette Brandnarben hervor.

»Möge deine Feder so leicht sein wie die Feder der Maat«, sagten die beiden wie aus einem Mund.

Dann wandelte sich seine Aura zu hellblauen Flammen. Sie umspielten seine Hand, bis er sie losschickte. Innerhalb von Sekunden erhellten sie die Kanalisation, bissen nach ihren Bewohnern und verbrannten die Leiche ihres einstigen Kameraden mit ihrer sengenden Gluthitze zu Asche.

Blut quoll unter den Narbenrändern in seinem Gesicht hervor. Mit der noch immer heißen Hand wischte er es bei Seite. Dann setzten die beiden Federn ihren Weg fort und verschwanden im Schein der hellblau züngelnden Flammen, deren Rauch das Licht des einsamen Sterns verdeckte, in einem mannshohen Rohr.

»Wie hieß noch mal die Stadt, die sich über uns erstreckt?«, hallte Kurohimes Stimme in diesem wider.

KA - 33

Verdient wurde das Geld in anderen Bezirken, doch ausgegeben wurde es hier in Bruxelles. Dieser Stadtteil von Neo Metropolis bot den Politikern, den Unternehmern, jenen, die aus was für Gründen auch immer Geld besaßen, und den einflussreichen Mitgliedern der Gesellschaft eine Heimat. Bruxelles war die grüne Zone in ihrer üppigsten Form. Obwohl die Luft innerhalb dieser reich an Sauerstoff und bedenkenlos atembar war, wurde sie hier dennoch zusätzlich durch Filteranlagen aufgereinigt. Und als gäbe es keinen Ort auf der Welt, an denen die Filter, deren Herstellung die Böden vergiftete, dringender benötigt werden würden, rieben sie es dem *Pöbel,* der Bruxelles nicht sein Zuhause nennen durfte, noch unter die Nase. Fast schon inflationär nutzen sie die weiße Lilie, das Symbol der grünen Zone. Selbst Straßenlaternen waren geformt wie diese. Die Wolkenkratzer und Wohnhäuser, die Platz für Hunderte von Menschen boten, meist aber nur von wenigen bewohnt wurden, erstrahlten im Gegensatz zum Rest der Stadt in ihrem Weiß. Und auf den flachen Dächern jener erhabenen Gebäude wuchs die Blume der Reinheit in ihren himmlischen Gärten. Außerdem gab es in diesem Teil der Metropole Unmengen an privatem Sicherheitspersonal. Dank ihnen konnten die Bewohner des Stadtteils mit gutem Gewissen einschlafen. Zum einen, weil sie die Straßen sauber hielten. Zum anderen, weil sie in ihrer Wahrnehmung die Männer und Frauen, die für sie arbeiteten, vor dem Schicksal auf den Feldern bewahrten. Nur wären es gerade die Reichen und Politiker gewesen, die über nachhaltigere Methoden verfügten, ihnen dieses Schicksal zu ersparen. Doch würden sie dies tun, würden sie vermutlich selbst nicht hier leben.

War Bruxelles deshalb ein exklusives Viertel, weil die Elite hier lebte oder lebte hier die Elite, weil es ein exklusives Viertel war? Vor allem war es die Karotte, die den Menschen vor die Nase gehalten wurde. Die Botschaft: Arbeite hart, dann könnte ein Stück davon eines Tages dir gehören.

In Wahrheit lebte jedoch niemand an diesem Ort, der selbst wirklich hart arbeiten musste.

Doch ohne dass sie es ahnten, war jemand in ihre Mitte getreten, der durchaus dazu bereit war, sich die Hände wortwörtlich schmutzig zu machen. William Baskerville saß alleine an der Stirnseite einer langen Tafel in seiner Wohnung. An den Längsseiten des Tisches waren auf der einen Seite zwei und auf der anderen drei Stühle aufgestellt worden. Eine Wand des Raumes bestand komplett aus Fenstern, von denen aus man über die Stadt gucken konnte. Doch William hatte sich aus einem anderen Grund für diesen Ausblick entschieden. Verschiedenste rotgefärbte geometrische Formen bildeten die ferne Landschaft hinter der Metropole. Himmelsbambusfelder. Wie ein Mahnmal sollten sie ihn immer, wenn er aus der Fensterfront blickte, an sein Ziel erinnern. An der Wand, auf der anderen Seite des Zimmers, hing ein Gemälde, das seine verstorbene Frau zeigte. Eine aus der Zeit herausgeschnittene Momentaufnahme. Mit einem Lächeln, das einem Sonnenaufgang glich und ihren ozeanblauen Augen, sah Hina zu ihm hinab. Wie glücklich sie im gelben Licht der Mittagssonne, die auf sie herab schien, aussah. Hinter ihm führte eine Tür in die Küche und auf der gegenüberliegenden Seite bot eine weiße Flügeltür Zutritt zu der kleinen Galerie.

Den Kopf in die Faust gestützt wartete William. Ungeduldig trommelte er mit dem Mittelfinger der anderen Hand auf dem Tisch. Dadurch wurde die tiefrote Flüssigkeit in seinem Glas und den beiden Krügen, die auf der Tafel standen, sanft in Unruhe versetzt. In einem der Gefäße befand sich derselbe Rotwein wie im Glas des karmesinroten Königs. Im anderen wartete klares Wasser darauf, jemandes Durst zu löschen. Außerdem stand ein großer Teller in der Mitte des Tisches aus dunklem Holz, auf dem verschiedener Käse, Früchte sowie Brot drapiert waren. Seine Boten des Jüngsten Gerichts sollten sich noch einmal stärken, bevor sie aufbrechen würden. Danach würden sie sich für einige Zeit überwiegend von den mit Nährstoffen angereicherten Reisteigkugeln namens Mochi ernähren müssen.

Vor jedem der Stühle stand ein Wein- und ein Wasserglas sowie ein Teller samt Besteck. Daneben lag eine dunkelrote Stoffserviette sowie ein kleiner Stapel Akten. Lediglich William selbst hatte den kleinen Teller von sich geschoben und gab sich mit dem säuerlich süßen Wein zufrieden.

Endlich störte ein Klopfen an der Flügeltür den monotonen Rhythmus seiner Langeweile. Der Finger, mit dem er gerade noch auf den Tisch trommelte, verharrte.

»Eure Majestät, darf ich eintreten?«, folgte dem Klopfen eine Bitte.

»Komm herein, Alexei. Ich erwarte dich bereits. Schön, dass du gekommen bist.«

Ein Ochse von einem Mann betrat den Speisesaal. Sein langes dunkelbraunes Haar war zu mehreren dicken Strähnen verfilzt. Unter seinem ärmellosen beigen Oberteil zeichneten sich seine Muskeln ab. Einer seiner freiliegenden, nicht weniger muskelbepackten Arme war mit Pfoten und Klauen unterschiedlichster Formen und Größen tätowiert. Die Tinte unter seiner Haut versteckten sie ein wenig, doch auf seinem anderen Arm waren sie klar zu erkennen. Narben und Bissspuren scharfer Zähne. Dazu trug er eine dunkelgrüne Hose. Den Saum der Hosenbeine hatte er in die schwarzen Stiefel gesteckt. Um seine Hüfte hing eine Jacke, die denselben Farbton besaß wie sein Shirt.

»Eure Majestät.« Der nach Tier riechende Mann verbeugte sich zur Begrüßung.

»Nimm Platz, Alexei.«

»Sehr gerne. Doch zuerst muss ich mich für meine Taten entschuldigen, Eure Majestät.« Seinen Kopf hielt er weiterhin gesenkt. »Ich hätte diese Wilderer aus Zhōngguō nicht ohne Eure Zustimmung ermorden dürfen. Doch ich konnte einfach nicht mit ansehen, wie sie diese armen, anmutigen Geschöpfe in Käfige sperrten, nur um sie später als Delikatesse zu verkaufen.«

»Schon in Ordnung.« William deutete auf einen der beiden Stühle zu seiner rechten. Er störte sich nicht daran. Die gierigen Affen waren ihm egal. »Du hättest aber ruhig ein Tier wählen können, welches noch über diesen Planeten wandelt. Das hätte nicht nur die *Thelema* gewahrt, sondern auch nicht so einen Trubel in den Nachrichten veranstaltet.«

»Verzeiht«, sagte der bullige Mann und nahm Platz.

Alexei Jäger. Ohne Zweifel ist er der stärkste unter den Reitern, was sein Gespür für den Kampf angeht.

Deshalb verkörpert er auch den Krieg, dachte William, während er ihm das Glas mit Rotwein füllte. *Leider hat er Probleme, seinen Kopf zu benutzen, wenn es um die eine Sache geht, die ihm am Herzen liegt.*

Da klopfte es bereits erneut an der Tür.

»Herein.«

»Guten Tag, Eure Majestät.« Victor Licht verneigte sich vor ihm, während er ihn begrüßte. Er war wie immer einen strahlend weißen Laborkittel gehüllt. »Na, na. Begrüßt man so seinen König?«, sprach er zu der Frau mit dem nebligen Blick, die sich bei ihm unterhakte.

Nun tat sie es dem Wissenschaftler gleich und senkte ihr mit einer Kapuze bedecktes Haupt. Diese gehörte zu einem schwarzen körperlangen Jumpsuit, der ihr bis zu den Knöcheln reichte. Sie trug Riemchensandalen und sowohl ihre Zehen- als auch ihre Fingernägel waren schwarz lackiert. Wie eine Schlange wandte sich ihr silberner Reif um ihren Arm. Das helle Haar, welches links und rechts neben ihrem, mit Sommersprossen gesprenkeltem Gesicht aus der Kapuze hervorfiel, war unterhalb ihres Kinns zu einem Zopf verflochten.

»Elizavetha. Victor. Bitte setzt und bedient euch.«

Der Wissenschaftler setzte sich gegenüber von Alexei, der sie mit einem Nicken begrüßte. Zuvor geleitete er die Frau zu dem Platz neben sich. Verstört blickte sie die ganze Zeit auf das Tablettendöschen in ihren Händen.

Dr. Victor Licht und Elizavetha Hunger. Die Reiter, welche die Krankheit und den Hunger verkörpern. Er ist das uneheliche Kind, das der Wahnsinn mit dem Genie gezeugt hat. Sie das unverhoffte Ass in meinem Ärmel.

»Wird *sie* uns ebenfalls beehren?«, wollte William von Victor wissen.

»Sie wird kommen. Wenn auch mit etwas Verspätung. Wir sollten also nicht auf sie warten.«

»Sie?«, fragte Alexei.

»Alles zu seiner Zeit, mein Lieber.«, antwortete der karmesinrote König und nahm einen Schluck aus seinem Glas.

Dieser nickte und widmete sich wieder den Vögeln, die vor der Fensterfront ihre Kreise zogen.

»Apropos Verspätung, wo bleibt eigentlich unser Reiter, der den Tod verkörpert?«, erkundigte sich der Forscher. »Als täte der Quacksalber es mit Absicht. Scheinbar ist er der Meinung, dass ich mit meiner Zeit nichts Besseres anzufangen wüsste.«

»Ich weiß nicht, ob ich das Quälen von deinen sogenannten Versuchspersonen als etwas Besseres betiteln würde«, verkündete der Mann, der in der Flügeltür stand. Seine Aura und Präsenz hatte er bislang mittels *LA* verborgen. Doch nun war er hier. Ein knochenweißer Trenchcode verbarg die genauen Konturen seiner ausgemergelten Statur. Dennoch genügte ein Blick in sein eingefallenes Gesicht, um zu wissen, dass zwischen seiner Haut und seinen Rippen nicht einmal die flache Klinge eines Skalpells Platz finden würde. Auf seinem Kopf trug er einen Hut mit Krempe, der die gleiche Farbe besaß wie sein Mantel und unter dem sein wasserstoffblondes Haar ungezügelt hervorlugte. Um den Hals trug er einen fliederfarbenen Schal, der farblich zu dem Band um seinen Hut passte. Doch das Auffälligste an ihm war der hölzerne, mannshohe Sarg, den er auf dem Rücken trug, wie einen Rucksack. »Verzeiht, wenn ich Euch habe warten lassen, aber ich musste meiner geliebten Ekatharina einfach den wundervollen Ausblick vom *Ponte di Rialto* zeigen. Dabei haben wir leider in unserer Turtelei die Zeit vergessen«, sprach er zu seinem König.

»Wenn man vom Teufel spricht«, begrüßte William ihn. »Setz dich, Jugram.«

Der dürre Mann, der mit seinem blassen Gesicht und den tiefen Furchen unterhalb der blutunterlaufenen Augen aussah wie der Tod selbst, stellte den Sarg gegenüber von dem leeren Stuhl neben der Reiterin des Hungers ab. Dann griff er nach dem Gedeck sowie dem Weinkelch, welche vor dem leeren Platz standen und richtete es vor dem Sarg an, als wäre dieser eine lebende Person.

»Du solltest einen Schluck von dem Tropfen kosten, den der hohe Herr für uns ausgesucht hat, mein Liebling.«, raspelte er Süßholz und goss Ekatharina ein. Dabei flutete eine verliebte Schamesröte sein Gesicht, dank der man ihn für ein lebendes Wesen halten konnte. Nachdem er auch sein eigenes Glas gefüllt hatte, setzte er sich auf den freien Stuhl zwischen seiner Angebeteten und Alexei.

Jugram Faust. Unter den Reitern ist er vermutlich der Gefährlichste, mutmaßte William, während er ihm dabei zusah, wie er dem Sarg neben sich verliebte Worte zu tuschelte. *Bevor seine Verlobte starb, war er ein begnadeter Arzt, und nun steht er Victor in seinem Wahnsinn in nichts nach.*

»Lange nicht gesehen, Leichenfledderer«, spottete der Wissenschaftler.

»Hallo, Stümper«, erwiderte Faust.

Leider sind die beiden wie Hund und Katz.

»Ich danke euch für euer Kommen.« Der karmesinrote König stand auf und erhob sein Glas. Sein Gefolge, die von ihm erwählten Boten des Jüngsten Gerichtes, tat es ihm gleich.

William blickte jedem einzelnen von ihnen in die Augen, während er einem nach dem anderen von ihnen zuprostete. Lediglich Elizavetha erhob nicht ihr Glas, sondern spielte weiter nervös am Deckel ihrer Medikamentendose herum.

Manchmal fragte William sich, ob sie ihm folgten, weil sie an ihn glaubten oder manipulierte er sie einfach nur geschickt genug, indem er ihnen allen das versprach zu geben, was sie am meisten begehrten, nachdem er *Tennō* geworden war. Doch am Ende war es egal. Denn sie hielten ihm die Treue und das war es, was zählte.

»Nun, ich komme direkt zur Sache. Ich habe euch heute hier versammelt, da es an der Zeit für unseren ersten Zug in diesem Krieg ist«, verkündete William, nachdem er den Rotwein heruntergeschluckt hatte. Anschließend nahm er wieder Platz.

Innerhalb dieses einen Atemzuges veränderte sich die Stimmung in der kleinen Galerie komplett. Kein verliebtes Tuscheln. Kein nervöses Öffnen und Schließen einer Arzneidose. Kein Gedanke mehr, der bei den Vögeln auf der anderen Seite der Fensterscheibe schweifte oder hinter einer Labortür etwas ausklügelte. Als hätten die wenigen Silben gereicht, um ihnen die Rippen zu brechen und ihr Herz zu berühren, hingen sie nun an seinen Lippen.

»Nach unserer Versammlung werdet ihr unverzüglich aufbrechen, also bitte zögert nicht und bedient euch. Doch bevor ich zu unserem ersten Zug komme, möchte ich mit euch über die fünf Personen reden, die unserem Sieg potenziell im Wege stehen könnten. Bei einem Kampf zwischen *Ghost Lights* ist Wissen Macht. Und ich möchte euch diese Macht gewähren, schließlich ist es eure Aufgabe, uns diese nicht kalkulierbaren Übel vom Hals zu schaffen.«

»Ich habe dafür einige Akten vorbereitet«, fügte Victor hinzu.

Während die anderen Reiter nach den Dokumenten griffen, richtete Faust einen Teller voller Köstlichkeiten für seine Angebetete an.

»Dies sind die fünf Kalamitäten«, sagte William und drückte auf einen Knopf unterhalb des Lichtschalters hinter ihm. Die Fensterscheiben verfärbten sich milchig Weiß. Man konnte nicht länger durch sie hindurchsehen und der Raum verdunkelte sich, als hätte jemand einen Rollladen herunterfahren lassen.

Des Weiteren öffneten sich zwei Platten in der Decke, aus denen ein kleiner Projektor heruntergefahren kam und Fotos der besagten Personen gegen die nun weißen Scheiben projizierte.

»Da hätten wir zuerst die beiden, deren Aufenthaltsort wir kennen. Ganz links seht ihr Akira Curtis, auch bekannt als Acedia, Sünde der Trägheit. Er führt die sieben Todsünden an. Der Mann rechts von ihm hört auf den Namen Arthur Vessalius. Kardinal des avalonischen Ordens und aktuell der Vorsteher der Kreuzritter, welche als oberste Instanz jener religiösen Gemeinschaft gelten. Er kämpfte bereits im letzten Thronfolgekrieg unter dem Banner des alabasterweißen Königs und wird es in diesem wieder tun.«

»Ich hatte sterbende Patienten auf dem Tisch, die jünger waren als er. Hoffentlich bleibt sein Herz beim Anblick meiner wunderschönen Ekatharina nicht stehen«, sagte Faust und stellte den mit Trauben und Käse befüllten Teller vor dem verschlossenen Sarg ab. Er selbst aß nichts. »Genieß es, meine Liebste.«

»Na, na, das spricht nicht gerade für dich als Arzt, oder?«

»Seid still und lasst unsere Majestät weiterreden«, wies Alexei die beiden zurecht. Er wollte die Versammlung zügig hinter sich bringen, denn hinter den mit blickdichtem Weiß verfärbten Fenstern fühlte er sich wie ein in einem Käfig eingesperrtes Tier.

»In der Mitte seht ihr Byakuya Crown.« William deutete auf die Aufnahme eines fast noch jugendlichen Mannes. Das kinnlange braune Haar umspielte sein Gesicht, welches von einer Narbe über dem Auge geziert wurde. Er trug den Mantel eines Mitgliedes des avalonischen Ordens. »Auch er kämpfte im letzten Thronfolgekrieg. Und nicht nur das, er schaffte es sogar, einen der Erben in Diesem zu töten.«

»Ist er nicht etwas jung dafür, dass er im letzten Krieg auf diesem Niveau gekämpft haben soll?«, wandte Alexei berechtigterweise ein. Mittlerweile war er aufgestanden. Wie ein nervöses Tier im Käfig tigerte er an der Tafel entlang, auf und ab. Dabei achtete er darauf, seinem König nicht zu nahe zu kommen. Er wusste, dass dieser von körperlicher Nähe Ausschlag bekam. Wie gut sein Herrchen ihn abgerichtet hatte.

»Das Foto ist leider veraltet. Neben Kardinal Vessalius war er der vielversprechendste Kandidat auf die Nachfolge des obersten Kreuzritters. Nachdem er den Posten nicht erhalten hatte, ist er verschwunden. Laut meinen Kontakten innerhalb des Ordens wissen sie selbst nicht, wo er sich gerade aufhält.«

»Also eine Variable innerhalb der Gleichung«, stellte Victor fest.

»Mit den beiden Nächsten verhält es sich nicht anders. Außerdem sind die Aufnahmen von ihnen leider ebenfalls nicht sonderlich zeitgemäß«, fuhr der karmesinrote König fort.

Damit hatte er recht. Das eine der übrigen Bilder war stark verpixelt. Nur mit viel Wohlwollen konnte man einen Mann in seinen besten Jahren erkennen. Auf der anderen Aufnahme war das Porträt eines Kindes zu sehen. Im Hintergrund prangte ein Symbol. Eine kleine Hand, die nach einer größeren griff.

»Sein wahrer Name ist nicht bekannt, doch in gewissen Kreisen nennt man den Pixelhaufen Cheshire, den *Ghost Light* Killer.«

»Auf wessen Seite kämpft er?«, fragte Faust, während er dem Sarg neben sich verliebte Blicke zuwarf.

»Auf der Seite des Geldes«, spuckte William angeekelt die Worte aus, als schmeckten sie wie bittere Galle. »Und zuletzt wäre da noch der Henker der letzten *Tennō*. Mars.«

Der ehemalige Arzt lächelte sanft. »Keine Sorge, Eure Majestät. Wenn mir der Tod dieser Leute Ekatharina zurückbringt, bin ich bereit, einem jedem von ihnen Sterbehilfe zu leisten.«

»Informationen über ihre Kampfstile sowie ihre uns bekannten Trümpfe könnt ihr den Unterlagen entnehmen«, schloss William seinen Vortrag und erhob sich, um erneut den Schalter an der Wand zu betätigen.

Zuerst verschwanden die Projektionen. Anschließend entfärbten sich die Fenster und hinter ihnen kam die Welt wieder zum Vorschein.

Er wusste, dass sie die ganze Zeit dahinter lag. Dennoch verspürte Alexei Erleichterung um die Brust. Noch während die Käfigtür sich weiter öffnete, fragte er: »Ich zähle hier sieben Akten. Was hat es mit den beiden Verbliebenen auf sich?«

»Bei der dünnen Dokumentenmappe handelt es sich um Unterlagen zum Anführer der Verbrecherbande namens Greif. Der Kopf wurde vom großen Geist der Erde auserwählt und ist somit ebenfalls ein Erbe der Thronfolge. Leider haben wir so gut wie keine Informationen über ihn. Deshalb könnte er durchaus die Rolle eines sechsten Übels einnehmen. Unterschätzt ihn also nicht.« Der karmesinrote König ging zur Glasfront, die Hände hinter dem Rücken verschränkt und blickte über das Rot der Himmelsbambusfelder hinweg in die Ferne. Direkt in Richtung der schwarzen Zone, in Richtung von Momo. »Bei der letzten Akte geht es um unseren ersten Zug. Sie beinhaltet Daten über die restlichen Todsünden.«

»Also ist Akira Curtis unser erstes Ziel?«, hakte Alexei nach, der sich wieder auf seinen Platz setzte und nach einer Feige griff. »Hoffentlich führt uns dieser Auftrag hinaus aus der stinkenden Stadt. Hier ist es zu laut und Tiere gibt es außer Aasratten und Gomi-Quallen auch fast keine.« Anschließend verspeiste er die Frucht genüsslich mit einem Bissen.

»Na, na, «, mischte sich Victor Licht ein. »Unser Ziel ist die azurblaue Königin. Sie steht unter dem Schutz der Sünden.«

»Verzeiht, Eure Majestät, aber warum ausgerechnet jetzt?«, fragte Faust und löst sich von seiner Geliebten.

»Weil mein Plan endlich Früchte trägt.« Ein verhaltenes Schmunzeln schlich sich über Williams Lippen. Wissend, dass er die Fäden in der Hand hatte, drehte er sich zu seinen Reitern. »Akira Curtis und der avalonische Orden beschäftigen sich gerade gegenseitig. Mit anderen Worten der Aufpasser meiner Tochter ist gerade ausgeflogen. Die restlichen Sünden sollten keine Gegner für euch sein.«

»Hihahaha«, befreite sich ein Lachen aus Fausts Kehle. »Das also ist des Pudels Kern. Während Curtis und Vessalius sich im besten Falle gegenseitig abschlachten, stehlen wir ihm die azurblaue Königin unter der Nase weg. Oh, meine geliebte Ekatharina, was für ein durchtriebener Plan unseres Herrn, findest du nicht auch?«

Kein Schreien, kein Flüstern, nicht einmal ein Summen ertönte aus der hölzernen Kiste.

»Muss ich ebenfalls mitgehen?«, erhob dafür zum ersten Mal die in Schwarz gekleidete Frau ihre Stimme.

Es war für jeden der im Saal Anwesenden klar zu erkennen, dass die Vorstellung ihr Angst bereitete.

»Na, na, Elizavetha. Du solltest deine Medikamente nehmen. Ich spüre bereits wie dein Hunger an mir nagt.«

William blickte zu Victor, der neben ihr saß. Die Frau spielte weiter nervös am Deckel des Arzneidöschens.

Der Wissenschaftler schüttelte lediglich den Kopf, um seinem Herrn zu signalisieren, dass die Reiterin des Hungers noch nicht so weit war. »Auch ich würde gerne aussetzen«, fügte er mit gesenktem Haupt hinzu. »Es gibt da wirklich wichtige Dinge in meinen Laboren, die meiner Anwesenheit benötigen.«

»Spielst du wieder mit dem Leben, Stümper? Anstatt deine Zeit drauf zu verwenden, dem Tod mit deinen Spielchen Geschenke zu bereiten, solltest du lieber versuchen, ihm ein Schnippchen zu schlagen.«

»Na, na, Quacksalber. Wenn die visionären Köpfe unserer Zeit denken, solltest du sie nicht stören.« Während er sprach, würdigte der Wissenschaftler den liebestrunkenen Narr keines Blickes.

»Aus den Lebenden werde ich einfach nicht schlau, meine liebe Ekatharina.«

»Es betrifft Projekt *Uranus*«, fuhr Victor fort. »Wie Ihr wisst, stellen neuerdings zu viele Leute Fragen. Allerdings hätte ich drei Versuchsobjekte, welche ich gerne zur Verfügung stellen würde. Leider sind sie bereits abhängig von der Droge, die ich ihnen verabreichte, doch das soll nicht Eure, sondern meine Sorge sein. Dafür kennen sie Eure Tochter bereits und eine Feldstudie ist, um ehrlich zu sein, längst überfällig.«

»Gut. Elizavetha und Victor bleiben hier«, befahl der karmesinrote König.

Zitternd öffnete die Reiterin des Hungers das Behältnis zwischen ihren Fingern und nahm erleichtert ihre Medikamente.

Schlagartig spürte Victor Licht, der ihr nach wie vor am nächsten saß, wie der von ihr ausgehende Sog, der nach ihm Griff, sich verringerte. Seine selbsthergestellte Arznei wirkte.

Da klopfte es erneut an der Tür.

»Ach ja, und nehmt die fünfte Reiterin mit euch«, verkündete William erfreut darüber, dass sie es gerade noch rechtzeitig geschafft hatte.

»Fünf? Sollte es eigentlich nicht nur vier Reiter geben?«

»Früher mag das durchaus zugetroffen haben, doch im heutigen Zeitalter, finde ich, sollte es neben Tod, Krieg, Hunger und Krankheit durchaus eine fünfte Verkörperung der Apokalypse geben«, antwortete William, bevor er sich der Person hinter der Flügeltür widmete. »Tritt ein.«

Eine junge Frau betrat den Saal. Sie war fast noch ein Kind. Im Saal war es nicht kalt. Ganz im Gegenteil, es herrschten angenehme, sommerliche Temperaturen. Dennoch dampfte ihr Atem, als wäre sie der Winter selbst. Sie trug einen Parker, der die gleiche eisblaue Farbe hatte wie ihre Augen und ihr schiefer Pony, der unter der Kapuze, die sie auf dem Kopf trug, hervorlugte. Der Saum dieser war genau wie die Enden der Ärmel mit dem kuschligen Fell eines Teddybären versehen. Eigentlich hätte sie in dieser Kleidung zu dieser Jahreszeit zerschmelzen müssen. Doch das Gegenteil war der Fall. Die anderen Reiter überkam eine frostige Kälte. Als wäre plötzlich der Winter über Pangea eingebrochen, wuchsen Frostblumen an den Gläsern und Scheiben.

»Hallo zusammen. Ich bin Zoja Karma, die Reiterin,

die die Umweltverschmutzung verkörpert«, stellte sie sich vor und senkte dabei ihr Knie.

Sie ist das noch nicht kalkulierbare Potenzial, dachte William, während er in die Brandnarben in ihrem Gesicht blickte, mit denen die große Arkane Nummer IV – der Kaiser sie gezeichnet hatte.

Der karmesinrote König trat wieder an die Stirnseite der Tafel, erhob sein Glas und leerte es in einem Zug. Anschließend befahl er: »Geht und bringt Momo nach Hause!«

Fu - 34

Ohne die Liebe würde der Hass nicht existieren.

Nachdem der Nebel in Mirais Kopf sich in Erinnerungen verflüchtigt hatte, verstand er jene Worte besser als je zuvor. Ohne die Liebe zu seinen Eltern würde er keinen Hass den Menschen gegenüber empfinden, die sie ihm genommen hatten. Doch die Liebe war absurd. Denn sie war nicht nur die Krankheit, aus der das Leiden resultierte, sondern auch Heilmittel zugleich. Schließlich war es ausgerechnet die süße Frucht der Liebe, die jenes giftige Gefühl, das in Mirai wurzelte, im Zaum zu halten vermochte.

In honigsüßen Gedanken versunken stand der verliebte Junge an einer Säule am Ende der Kapelle, die sich in einem der Türme des avalonischen Ordens befand. Vor dem Altar aus Marmor, in den der Kreis aus Klingen – das Symbol des Ordens – gemeißelt war, stand Kardinal Noah Kamelot und hielt die Messe. Auf den Sitzbänken, die rundherum um ihn errichtet waren, saßen die Menschen dicht an dicht und hingen an seinen Lippen. Nur Mirai nicht.

Er hing an den dünnen Lippen des Mädchens, das neben dem Geistlichen stand, und malte sich aus, was sein könnte. Obwohl sie in der Mitte des runden Saals direkt im Licht der aus Mosaiken bestehenden Buntglasfenster stand, nahmen die meisten Menschen sie kaum wahr. Joan war keine statureske Schönheit wie Ciel Barma. Sie war niemand, für den ein Held einen Gott oder Dämon erschlagen würde oder ein General eine Armee aufstellte und in den Krieg ziehen würde. Doch für ihn strahlte sie heller als all der makellos weiße Stein, der sie umgab.

»Waren wir nicht zum Training verabredet?«, flüsterte Chifuyu und riss Mirai so aus seinen Gedanken.

»Entschuldige. Ich wollte sie noch einmal sehen, bevor sie wieder wortlos verschwindet«, verhallten Mirais Worte unter dem gemeinsamen Gebet, welches Noah Kamelot gerade mit der Glaubensgemeinschaft begann.

»Stimmt. Die beiden brechen heute Abend schon wieder nach Neo Metropolis auf, um der Sache mit den vermissten Personen weiter nachzugehen. Gibt es eine neue Spur?«

»Ja. Blake hat mir erzählt, dass die Zahndaten der verunstalteten auralosen Leiche, die sie gefunden haben, zu einer der vermissten Personen gehörte«, klärte Mirai seinen neu gewonnen Freund auf.

Die beiden hatten sich nach Chifuyus Rückkehr an Yutas Krankenbett kennengelernt. Seitdem trainierten sie oft zusammen und freundeten sich dabei miteinander an. Als er im Schandfleck lebte, gab es nur ihn und seine Eltern. Danach gab es nur Joan und ihn. Doch hier im Orden hatte er zum ersten Mal viele Freunde gefunden. Neben Chifuyu waren da noch Blake und Yuta. Letzterer lag seit seinem Aufeinandertreffen mit dem onxyfarbenen König noch immer im Komma. Und dann war da noch Ada. Manchmal nahm Mirai Yutas Platz ein und leistete ihr nachts Gesellschaft. Langsam verstand er sogar, was Ada mit bestimmten Farben assoziierte und es kamen fast

Gespräche zustande. Sie lebten und lachten zusammen. Lediglich Joan hielt sich weiter von ihm fern. Doch er hatte eine echte Bindung zu diesen Leuten geknüpft. Also war Mirai sich sicher, selbst das durchtrennte Band zwischen Joan und ihm wieder herstellen zu können. Auch wenn ihm bewusst war, dass es deutlich einfacher war, eine neue Bindung zu knüpfen, als eine gekappte wieder herzustellen. Denn selbst wenn es ihm gelang, die beiden losen Enden erneut miteinander zu verbinden, würde dort für immer ein Knoten bleiben.

»Komm, du hast das Training nötiger als ich«, sagte Chifuyu mit einem frechen Grinsen im Gesicht.

»Hast du nicht gestern erst gesagt, dass ich dich in der kurzen Zeit im Umgang mit den Grundsäulen bereits eingeholt habe? Ich meine mich sogar daran zu erinnern, dass du sagtest, selbst Blake hätte zwei Jahre dafür gebraucht, bis es ihm so in Fleisch und Blut übergegangen war«, stichelte Mirai zurück.

Das Gebet wurde in der Zwischenzeit mit einem ›Avalon‹ versiegelt und während es in der Kapelle verhallte, bedachte der Kardinal die beiden mit einem strengen Blick. Auch ohne dazugehörige Predigt wussten die beiden, dass er nicht begeistert von ihrem Plausch während seiner Messe war.

»Sagte ich.« Chifuyu wandte sich zum Gehen. Kaum hatten die beiden den Saal jedoch verlassen, drehte er sich zu Mirai um, verschränkte die Arme hinter seinem Kopf und setzte nach. »Den Wind hast du seit jenem Tag trotzdem nicht mehr ordentlich kontrollieren können. Zumindest in meinem Beisein blieb der Jungfernflug der Feder bislang aus. Und da haben wir noch nicht einmal über deine Schwertkünste gesprochen.«

»Idiot«, beendete Mirai ihren verbalen Schlagabtausch und ging ihm hinterher, während er sich in Gedanken von der Frau verabschiedete, die ihn gar nicht wahrgenommen hatte.

Keine Liebe ohne Hass.

風

Nachdem die beiden den Turm hinaufgestiegen waren, meditierten sie im Trainingssaal. So fokussierten sie ihre Atmung und ihren Geist. Anschließend wiederholten sie die Grundlagen des inneren unikursalen Hexagramms, bevor Mirai sich seinem Training mit der Feder widmete und Chifuyu an seinen Schwertkünsten feilte.

Doch wenn Chifuyu ein Schwert in die Hand nahm, war er für Mirai ein Fremder. Oft genug hatten sie in den letzten Tagen die Klingen gekreuzt, da auch er den Weg des Schwertes lernen musste, um all die kleinen Veränderungen zu bemerken. Chifuyus Blick wurde kalt, wie der erste Winter alt war. Seine Zähne ein Mahlwerk. Die Fingerknöchel fast weiß, so fest umklammerte er den Griff. Anschließend versetzte er Mirai oder der Übungspuppe einen Streich nach dem anderen, als wäre er im Rausch. Heute war wieder die hölzerne Puppe an der Reihe.

Plötzlich knackte es und das Holzschwert brach entzwei. Chifuyu ließ es aus seinen schwieligen Händen fallen und öffnete eine Kiste, um ein neues hervorzuholen.

»Wie wäre es mit einer Pause?«, fragte Mirai und wischte sich den Schweiß mit einem Handtuch von der Stirn.

»Ich brauch noch keine.«

»Du hast dein Schwert so fest umklammert, dass deine Hände bluten. Verbinde sie wenigstens zuvor«, sagte Mirai und streckte ihm besorgt eine Verbandsrolle entgegen.

Erst jetzt bemerkte Chifuyu die dicken roten Tropfen, die seine Hand herunterliefen. Nun, wo er es bemerkte, begann die Wunden zu schmerzen. Doch in dem Auge, welches nicht von der Augenklappe verdeckt wurde, saß nicht nur der Schmerz, auch eine gewisse Wärme kehrte zurück. »Danke.«

Gemeinsam setzten sie sich auf die Bank, die vor einer der Wände stand. Mirai trank aus einer Wasserflasche, während Chifuyu Bahn um Bahn den weichen Stoff um seine Hand wickelte.

»Weshalb schindest du dich so?«, wollte Mirai von ihm wissen.

»Weil ich nicht möchte, dass noch einmal jemand vor meinen Augen stirbt«, erklärte Chifuyu und hielt einen kurzen Moment mit dem Verband inne. »Das nächste Mal möchte ich es verhindern können.«

»Ist das wirklich alles? Wenn du ein Schwert in die Hand nimmst, wirkst du nicht gerade wie jemand, der etwas beschützen möchte.«

»Wurde dir schon mal jemand viel zu früh genommen?« Chifuyu fixierte das Rot, welches langsam das Weiß des Verbandes tränkte.

»Ja, meine Eltern. Sie wurden …«

Stille beherrschte den Raum. Es bedurfte keiner Erklärung. Beide kannten den Schmerz. Beide wussten sie, dass das hier für immer und ein Leben lang war.

Chifuyu zog mittels seines Mundes und der anderen Hand den Knoten des Verbandes fest. Dann fragte er: »Empfindest du keinen Hass gegenüber dem, der sie dir genommen hat? Willst du sie nicht rächen?«

»Doch …«, antwortete Mirai und begann erneut dem Gift zu lauschen, das darauf wartete, wurzeln zu können. »Aber, was, wenn es eine Wahrheit hinter der Wahrheit gibt? Was, wenn ihre Mörder keine bösen Menschen sind, sondern nur um ihr eigenes Überleben gekämpft haben? Wenn sie etwas beschützen wollten, so wie du?«

»Ich habe es bislang niemandem außer Arthur gesagt, aber auch der Mörder von Sirius hat jemanden beschützt. Trotzdem kann ich nicht anders, als ihn zu hassen. Wahrscheinlich ist diese ganze Beschützen-Sache auch nur eine Ausrede …« Chifuyu blickte ratlos an die Decke. »Manchmal … da habe ich Angst, dass die Liebe zu meinem Meister verblasst, wenn der Hass nachlässt …«

»Also nährst du ihn …« Mirai richtete den Blick auf die kleine Pfütze aus Blut, die sich am Boden vor Chifuyus Füßen ausbreitete.

» … so lange bis ich ihn gerächt habe.« Verständnislos schüttelte der Adjutant den Kopf. »Als könnte ich meine Liebe zu ihm nur beweisen, indem ich seinen Mörder zur Rechenschaft ziehe. Ich weiß, dass das Unsinn ist, aber dennoch kann ich nicht anders. Was tust du gegen dieses irrationale Gefühl? Wie schaffst du es, dass der Hass dich nicht ohnmächtig werden lässt?«

»Da ist noch ein anderes Gefühl in mir. Eines, das noch stärker ist«, antwortete er und dachte dabei mit geröteten Wangen an Joan.

Chifuyu erhob sich und ging ein paar Schritte in Richtung der Mitte des Raumes. Einen Fuß vor den anderen. Dann stoppte er und drehte sich zu Mirai. Sah ihm direkt ins Gesicht. »Was, wenn ihr jemand etwas antun würde? Dir dieses Gefühl nehmen würde?«

Nun war es Mirai, dessen Blick kalt wurde. Kälter als jeder Winter, der noch kommen mochte. Die Zähne fest aufeinandergepresst. Dank Joan war diese Welt für ihn ein Ort, der mehr als Hass verdiente.

Doch er wollte sich nicht einmal vorstellen, was sie für ein Ort wäre, wenn es sie nicht mehr gäbe. Selbst der Schandfleck wäre das reinste Paradis dagegen. »Hass …«

Er kostete das Wort, auf jedem Millimeter seiner Zunge.

Meinte sie das damit, als sie sagte, wir wären einander eine Schwäche?, musste Mirai unwillkürlich lächeln. *Aber das würde ja bedeuten …*

»Hallo, ihr beiden.« Arthur Vessalius betrat den Raum und riss Mirai aus seinem Gedanken. Der Kardinal trug wie immer seinen mit Silber verzierten Ordensmantel. Das Haar fiel ihm wie die Mähne eines Löwen über die Schulter.

»Hey, Mirai«, begrüßte Blake ihn lächelnd. Die Finger zu einem *V* geformt neben seinen Lehrmeister. Chifuyu bedachte er nur mit einem flüchtigen Blick. »Langweiler.«

»Meister, Blake, schön euch zu sehen.«

»Kardinal Vessalius.« Chifuyu nickte zum Gruß und ignorierte Blake.

»Ihr beiden seid wirklich fleißig. Aber bist du nicht mit Aleister verabredet, Chifuyu? Du weißt, wie er zu Unpünktlichkeit steht?«, fragte Arthur.

Eilig blickte der Adjutant zur Uhr, die über der Eingangstür des Trainingsraumes angebracht war. Zügig wischte er sich den Schweiß mit einem Tuch von der Stirn und rannte los. »Verdammt, ich war so in unser Gespräch vertieft, dass ich komplett die Zeit vergessen habe. Danke, Kardinal Vessalius. Wir sehen uns, Mirai«, verabschiedete er sich, als er bereits mit einem Bein das Zimmer verlassen hatte.

Wie konnte ich das nur vergessen?

Chifuyu hetzte durch die Gänge des Turmes aus weißem Stein. Es war zu leicht, sich in den Rundungen des alten Gemäuers zu verlaufen. Unwillkürlich führten Treppen hinauf oder hinab. Die bunten Bleiglasfenster wirkten ganz im Gegensatz zu ihrer Detailverliebtheit, als hätte man sie überall dort eingebaut, wo man gerade etwas mehr Licht brauchte. Deshalb befand sich die Kapelle vermutlich auch im untersten Stockwerk und besaß einen direkten Zugang. Für Außenstehende wäre der Turm nicht mehr als ein Labyrinth aus nahezu identischen weißen Steinquadern. Doch völlig egal, wo man ihn mit verbundenen Augen aussetzte, jenes Zimmer würde Chifuyu immer finden.

Außer Atem kam er am Fuße einer Treppe an, welche einen steinernen Gang hinaufführte. Direkt zum Zimmer seines verstorbenen Meisters Sirius Gallegar. Bereits nachdem er um die Kurve gebogen war, konnte er Aleister sehen, der am Fuße der Treppe wartete und auf die Uhr an seinem Handgelenk blickte.

»Du bist spät«, verkündete Aleister Walker zur Begrüßung, der Unpünktlichkeit genauso sehr mochte wie Überstunden. Unter seinem geöffneten Ordensmantel trug er wie immer einen Anzug. Heute hatte er sich für ein hellgraues Exemplar entschieden, welches er mit einem blauen Hemd kombinierte. Lediglich auf die Krawatte verzichtete er, seit Akira sein Lieblingsstück zwei geteilt hatte.

»Entschuldigung«, keuchte Chifuyu, während er sich auf seinen Oberschenkeln abstützte und nach Atem rang. »Ich habe beim Training die Zeit aus den Augen verloren.«

»Was ist mit deiner Hand passiert?«, fragte der Kreuzritter emotionslos, während er mit dem Zeigefinger seine Brille zurück in ihre eigentliche Position schob.

»Ist halb so wild. Nur eine Trainingsverletzung.«

»Du schindest dich seit seinem Tod zu sehr. Pausen sind ebenfalls wichtig«, ermahnte Aleister ihn. »Nun komm, ich habe keine Lust, wegen deines Mangels an Pünktlichkeit Überstunden schieben zu müssen.«

Gemeinsam erklommen die beiden die Stufen zu Kardinal Gallegars ehemaliger Unterkunft. An der Tür angekommen zog Aleister einen klobigen, bronzefarbenen Schlüssel hervor und entriegelte die Tür. Stickige Luft kam ihnen entgegen, weshalb Aleister direkt zu dem einzigen Fenster ging, um es zu öffnen. Es zeigte in kleinen, unterschiedlich gefärbten Scheiben zehn einen Kreis bildende Klingen. Das Symbol des avalonischen Ordens. Das Zimmer selbst war bescheiden eingerichtet. Ein schmales Bett, ein Schrank sowie ein Regal, in dem unterschiedliche Schnitzwerkzeuge und Lacke deponiert waren, sowie ein kunstvoll mit Schnitzereien verzierter Schreibtisch. Über allem lag eine dicke Staubschicht, welche von den durchs Fenster eindringenden Sonnenstrahlen in Szene gesetzt wurde, wie ein Bühnenkünstler von den ihn umgebenden Scheinwerfern.

Seit seinem Tod war Chifuyu nicht mehr hier gewesen. Die wärmende Erinnerung an seinen Lehrmeister, wie er mit dem Rücken zur Tür an seinem Schreibtisch saß und ein Stück Holz in mühevoller Detailarbeit malträtierte, vermischten sich mit der eisigen Erkenntnis darüber, dass er diesen Anblick niemals wieder erleben wird.

»Wes …«, schluckte Chifuyu. »Weshalb sind wir hier?«

»Sirius hat etwas für dich hinterlassen. Wir sind hier, damit ich es dir übergeben kann«, antwortete Aleister und setzte sich auf das steinerne Fensterbrett. Anschließend deutete er mit einer Hand auf ein Stoffbündel, das auf dem Schreibtisch lag.

Erst jetzt bemerkte Chifuyu das längliche Päckchen aus sonnengelbem Stoff. Darauf lag ein kleines Stück Papier, auf dem in der geschwungenen Handschrift seines verstorbenen Lehrmeisters sein Name geschrieben stand. Langsam ließ er seine Finger über das weiche Tuch gleiten. Spürte die Ecken und Kanten, die darunter verborgen lagen. Ein warmes Prickeln wanderte unter seiner Haut seinen Arm empor. Sorgfältig faltete er den Stoff auseinander. Darunter kamen fünf hölzerne Masken zum Vorschein. Eine detailverliebter als die andere. Und in jede von ihnen war eine Filtermaske integriert. Chifuyu war auf den ersten Blick bewusst, dass es sich hierbei um die Arbeit von Sirius handeln musste. Vielleicht sogar, um eine seiner Besten.

»Ich vermute, er wollte sie dir schenken, nachdem ihr die verschollene Reliquie zurückgeholt habt.«

»Sie sind wunderschön«, sagte Chifuyu wie zu sich selbst, als er mit seinen Fingern über eine der Masken fuhr. Sie sah aus wie der Kopf eines *Kitsune* und war größtenteils im gleichen sonnigen Gelb lackiert worden wie die Farbe des Tuchs, auf dem sie lag. Doch irgendetwas fühlte sich komisch an. Also berührte er die nächste. Sie stellte einen *Komainu* da und jede Welle ihrer Mähne war in einer anderen Farbe des Regenbogens bemalt worden. Auch bei ihr zuckten elektrisierende Funken unter seinen Fingern. Bei der *Hannyamaske* in der Farbe von geronnenem Blut erging es ihm ähnlich, als er ihre schwarz lackierten Hörner berührte. Und auch bei den beiden übrigen Handwerksstücken konnte er es spüren. Als würden zwei Klingen aufeinandertreffen und Funken versprühen. Die eine sah aus wie ein *Tengu* mit langer Nase und die andere wie ein weiß geschminkter, vor Glück grinsender Mann mit einem Schnurrbärtchen und einer goldenen Träne zwischen den Augen. *Fuku no Kami*. Ein Glücksgott aus Nihon.

Als er sie hochhob, bemerkte Chifuyu es. Seine Aura rieb sich an den Residuen der Aura ihres Erschaffers. »Spürst du das auch?«

Aleister ging zu dem Schreibtisch und berührte eine

der Masken. »Ich schätze Sirius hat sie mit Bindungsschwüren versehen, die sich aktivieren, wenn man sie trägt.«

»Mein alter Meister war unglaublich.«

»Das war er«, stimmte Aleister zu und klopfte seinem Adjutanten auf die Schulter, bevor er in Richtung Tür ging. »Geh bloß nicht leichtfertig mit ihnen um. Ein Bindungsschwur birgt auch immer Gefahren.«

»Du mochtest ihn, nicht wahr?«, fragte Chifuyu.

»Weißt du, die meisten Leute hier sehe ich als Kollegen an, doch er war mein Freund und der Grund, weshalb ich zum Orden zurückgekommen bin.«

»Du hast den Orden eine Zeit lang verlassen?«, hakte Chifuyu weiter nach und legte die Maske in seiner Hand zurück auf den weichen Stoff.

»Mein Vater war Kreuzritter und ich war damals sein Adjutant«, begann Aleister zu erzählen und wandte sich wieder Chifuyu zu. »Auch Sirius war damals Adjutant. Doch wie du weißt, sind wir Kreuzritter und unsere Lehrlinge nicht einfach nur höher gestellte Geistliche. Es ist unsere Pflicht, die *Thelema* zu bewahren. Dafür müssen wir uns regelmäßig Gefahren, wie außer Kontrolle geratenen Trümpfen oder anderen Nutzern der unsichtbaren Mächte aussetzen. Zu jener Zeit habe ich den einen oder anderen Freund verloren. Ich konnte das nicht länger ertragen und verließ den Orden. Kannst du dir vorstellen, was Sirius zum Abschied zu mir sagte?«

Chifuyu schüttelte den Kopf.

»Es wird dir fehlen, den Menschen zu helfen.«

»Das klingt ganz nach ihm.« Chifuyu lächelte, während die Erinnerung an seinen verstorbenen Meister sein Herz erwärmte. »Was ist danach passiert?«

»Ich habe als Angestellter in einem Wirtschaftsunternehmen gearbeitet. Haufenweise Überstunden. Rückblickend habe ich es gehasst. Dann verstarb mein Vater und Sirius bat mich, seinen Platz unter den Kreuzrittern einzunehmen. Er hatte Recht behalten. Ich vermisste es, Menschen zu helfen, also kam ich zurück. Begriffen habe ich dies jedoch erst, nachdem ich wieder Teil des Ordens war und eine Gläubige sich bei mir bedankte«, gab Aleister von sich preis und griff nach dem Katana, welches neben der Tür stand. Seine Finger umklammerten den Griff direkt unterhalb des grün lackierten Stichblattes in der Form eines Zahnrades. Langsam zog er den gefalteten Stahl aus der Scheide und betrachtete sein Spiegelbild in der polierten Fläche.

Vermutlich lasse ich aus Selbstschutz die anderen kaum an mich heran und sehe sie nur als Kollegen.

»Denkst du Chifuyu, er hätte ein Problem damit, wenn ich sein altes Adjutantenschwert an mich nehme?«, fragte der Kardinal und schob die Klinge zurück in die Scheide.

»Nein.« Wieder lächelte Chifuyu. »Da fällt mir noch etwas ein.« Er öffnete eine der Schreibtischschubladen und holte eine kleine Schatulle hervor. Dann warf er sie seinem neuen Lehrmeister zu.

»Was ist das?«, fragte Aleister und fing sie gekonnt mit einer Hand aus der Luft.

»Mach es auf.«

Darin befand sich eine senfgelbe Krawatte mit schwarzen Sprenkeln darauf. Ein exaktes Abbild jener, die Akira auf dem Gewissen hatte.

»Sirius hatte sie vor deinem letzten Geburtstag gekauft. Einen Tag zuvor hast du dieselbe erworben, deshalb wollte er sie dir dann nicht mehr schenken.«

Danke, Sirius, dachte Aleister, legte das Schwert ab, stellte seinen Kragen auf und band sich die Krawatte um.

»Sie steht dir.«

»Du solltest zu seiner Gedenkstätte gehen und dich bei

ihm bedanken.« Aleister richtete seinen Kragen und nahm das Schwert wieder an sich. Anschließend blickte er auf die Uhr an seinem Handgelenk und schüttelte den Kopf. »Deinetwegen komme ich nun zu spät zum Wachdienst der gefangenen Sünde.«

Bei dem Wort Sünde sah Chifuyu die Person vor seinem blinden Auge, die es ihm genommen hatte. Den Mörder seines ehemaligen Meisters. Scott Sykes. Blindlings griff er nach der Hannyamaske in der Farbe des Zorns.

Keine Rache ohne Tod.

空

»Wohin gehen wir?«, wollte Mirai von seinen beiden Begleitern wissen, während sie den Turm aus weißem Stein immer weiter hinaufstiegen.

»Wir besuchen heute die alte Schachtel«, erklärte Blake, während er sich mit einem Grinsen im Gesicht zu ihm umdrehte.

»Blake«, ermahnte Arthur ihn.

»Verzeiht«, entschuldigte er sich bei seinem Meister. »Ich meine natürlich, dass wir der ehrwürdigen Schwester Crown einen Besuch abstatten werden.«

Der Hauptturm des Ordens war ein kleines Stück höher als sein Bruder, den man den Turm des Schweigens nannte. Mittlerweile waren die drei hoch genug, um aus dem Fenster heraus auf die flache Ebene, die das Dach des anderen Kolosses bildete, blicken zu können. Mehrere mannshohe Kreuze spickten es und über ihm zogen hungrige Geier ihre Kreise. So hoch oben im Turm war Mirai noch nie gewesen. Alles wurde enger und schmaler, da der Hauptturm kein Flachdach besaß, sondern nach obenhin spitz zulief. Zuerst war das Geräusch kaum zu hören. Unbemerkt mischte es sich unter die Schritte der drei Ordensritter. Doch je näher sie dem obersten Stockwerk, dem Turmzimmer kamen, desto lauter wurde das monotone *Klonk,* das sie begleitete.

»Was ist das?«, fragte Mirai verwirrt.

Klonk … Klonk … Klonk …

»Vielleicht jener Stahl, der dich in Zukunft begleiten wird«, antwortete der Kardinal.

Klonk … Klonk … Klonk …

Als sie endlich die letzte Treppe hinter sich gelassen hatten und vor einer einfachen Holztür, gerahmt von weißem Stein standen, verstummte das Geräusch. Es bot einem gedämpften Knistern und Prasseln seinen Platz an. Dann trat Arthur an die Tür, nahm den metallenen Ring, der daran befestigt war und klopfte zweimal an.

Keine Reaktion.

»Mera? Ich bin es, Arthur. Wir kommen jetzt rein«, kündigte der Kreuzritter sie an, ehe er die Tür öffnete.

Das Erste, das Mirai sah, war aufsteigender Dampf, begleitet von einem lauten Zischen. Es war der erste Raum innerhalb des Turmes, in dem die steinernen Wände nicht weiß erstrahlten. Sie waren an diversen Stellen von einer Rußschicht überzogen. In ihm war es unglaublich heiß, was wohl der Esse am anderen Ende des Zimmers zu verdanken war, in der Kohle weißrot glühte. Vor dieser standen ein Schaukelstuhl sowie ein Amboss. Die Wände waren an beiden Seiten dicht an dicht mit Schwertern behangen. Eines schärfer und glänzender als das andere. Darunter hingen bei den meisten von ihnen, die dazugehörigen Scheiden. Unweit der Esse löste sich der Dampf langsam auf. Dahinter kam eine alte Frau mit grauem Haar zum Vorschein. Sie war klein, doch alles andere als zerbrechlich. Ihre ledrige Haut spannte sich über definierte Muskeln. In ihrer Hand hielt sie eine Eisenzange, an der ein in Form geschlagenes Stück Stahl ausglühte. Sie hatte ihn im kalten Wasser abgeschreckt, um den mehrlagigen Stahl zu härten. Gemächlich legte sie die noch ungeschliffene Klinge auf der Werkbank zu ihrer Rechten ab. Dann wischte sie sich mit dem nackten Unterarm den Schweiß von der Stirn.

»Du bringst mir also endlich den Erben«, begrüßte sie den Kardinal, ohne ihn eines Blickes zu würdigen.

»Hallo Mera, wie geht es dir heute?«

»Nett, dass du fragst, aber sparen wir uns die Floskeln. Wir wissen beide, weshalb du hier bist. Lass mich mit dem Jungen allein«, sprach sie mit dem obersten Kreuzritter, als wäre er ein Kind, während sie nach dem Ordensmantel griff, der an einem Kleiderständer neben der Werkbank hing und legte ihn sich über die Schultern.

»Wie du möchtest. Komm Blake.« Arthur akzeptierte ihre *Bitte* und verließ den Raum. »Wir warten draußen auf dich, Mirai.«

»Ein Glück«, murmelte Blake und wandte sich eilig wieder zur Tür.

»Ein Glück?«, wiederholte Mirai die Worte seines Freundes, während er ihm einen besorgten Blick zuwarf. Doch da schloss sich bereits die Tür.

Langsam ließ sich die Schmiedin in dem Schaukelstuhl nieder. Ihr Blick auf die glühende Kohle der Esse gerichtet, sagte sie: »Du bist also der neue Artus. Hätte nicht gedacht, dass ich dich zu Lebzeiten noch kennenlernen darf.«

»Freut mich, ihre Bekanntschaft zu machen«, erwiderte Mirai irritiert.

»So Jung. Nicht mehr als Lachfältchen im Gesicht. So hatte ich mir den nächsten Erben tatsächlich nicht vorgestellt«, meckerte Mera an ihm herum, ohne ihn eines Blickes zu würdigen. Stattdessen starrte sie noch immer ins Feuer, als ob Mirais Abbild sich darin spiegeln würde wie in einem Teich. »Nachdem mein Sohn Luzifer verfallen ist, hätte ich schwören können, dass sein einst bester Freund, Arthur Vessalius auserwählt werden würde.«

»Sie haben einen Sohn? Ist er ebenfalls ein Kreuzritter?«

»Er war ein Kreuzritter. Heute ist er nur noch ein Schatten, ein Relikt der Vergangenheit. Doch dies ist eine Geschichte für einen anderen Tag, junger Artus«, krächzte sie und erhob sich. Ohne den Kopf zu bewegen, rasten ihre Augen von einem Schwert zum nächsten. Dann setzte sie sich in Bewegung, ging langsamen Schrittes zur Wand und nahm ein Ritterschwert aus der Verankerung. »Du bist deswegen hier.«

Sie reichte Mirai das Schwert. Die königsblaue Scheide war mit Goldfarbe verziert. Das Stichblatt hatte die Form einer Krone. Langsam zog Mirai die doppelseitige Klinge hervor. Kurz sackte sie ab, denn sie war so schwer, dass der Junge sie kaum mit einer Hand halten konnte.

»Ich sehe, dies war ein Fehlschlag.« Sie nahm ihm die Klinge samt Scheide wieder aus der Hand. Als wäre sie leicht wie eine Feder, beschrieb die alte Frau mit ihr einen Bogen und führte sie zurück in ihre Halterung. Wieder durchsuchten ihre Augen den Raum. Dann setzte sie sich in Bewegung.

»Wir benötigen etwas Leichteres für dich. Etwas Geschmeidigeres.«

»Wenn Sie das sagen.«

Mit mehr Sorgfalt, als ein zum Tode Verurteilter sein letztes Mahl, wählte sie das nächste Schwert aus und reichte es Mirai. Diesmal hielt er ein Katana in seiner Hand. Die dünne Klinge war deutlich leichter als die erste. Federnd kam sie aus der schneeweiß lackierten Scheide hervor. Wenn das Licht richtig auf den Wellenschliff fiel, schimmerte sogar der Stahl weiß wie Neuschnee in der Sonne. Der Griff, an dessen Ende eine weiße Kordel befestigt war, lag perfekt in der Hand. Das begriff sogar ein Neuling wie Mirai, bereits nach dem ersten Streich.

»Ist es Ironie oder Schicksal, dass es ausgerechnet seine letzte Arbeit ist, die am besten zu dir passt?«

Erst jetzt bemerkte Mirai die Gravur, die knapp oberhalb des kranichförmigen Tsubas in den gefalteten Stahl geätzt wurde. *B.C. – 100.* »Wer hat dieses Schwert geschmiedet?«

»Es war die letzte Arbeit meines Sohnes. Sein einhunderstes Schwert.« Sie ging wieder zu dem Stück Stahl, an dem sie gearbeitet hatte, als er hereinkam. Ihre linke Hand tauchte sie in die Wassertonne und bestrich anschließend den Schleifstein mit der Feuchtigkeit. Dann begann sie damit, die neugeformte Klinge zu schleifen. »Es ist von solcher Schärfe, es könnte sogar einen Stein bluten lassen.«

Mirai wollte sich gerade bedanken, da spürte er es. Von einer auf die andere Sekunde stand ihm der Schweiß auf der Stirn. Eine Aura von solch gewaltiger Intensität legte sich über den Turm, wie er sie noch nie gespürt hatte. Er hatte das Gefühl, er müsse ersticken, wenn er sich ihrem Ursprung näherte. Wem gehörte sie?

Und wie konnte sie ihm erst jetzt auffallen?

Da riss der Mann, den sie das Licht des Ordens nannten, die Tür auf. »Entschuldige Mera, ich komme bald auf eine Tasse Tee vorbei, doch jetzt ist Eile geboten, jemand ist in den Orden eingedrungen. Komm, Mirai!«

»Jawohl«, erwiderte dieser. Seine Stimme klang fest und entschlossen. Ebenso entschlossen umklammerte er sein neues Schwert, beim Gedanken daran, dass Joan etwas passieren könnte. Er musste sich beeilen.

Nachdem er die Tür hinter Mirai geschlossen hatte, hielt der Kreuzritter inne. Arthur faltete die Hände wie zum Gebet, formte mit ihnen einen Kreis. Dann führte er sie sich an die Stirn, als wären sie ein drittes Auge. Seine Aura pulsierte im Rhythmus seiner Atmung, während er seine Kronfähigkeit aktivierte. Er nutze sie nicht gerne, da sie ihn viel zu viel Energie kostete, doch die Intensität der Aura, die sich über den Turm legte, war von solcher Dichte, dass er ihren Ursprung nicht verorten konnte. Also blickte er in die von dickem Dunst verschleierte Zukunft. Unzählige Verzweigungen, versteckt im Nebel. Doch bei einer der Verästelungen löste sich der Schleier wie Morgennebel nach dem Sonnenaufgang. Der Tafelsaal lag in Trümmern. In dem weißen Stein klaffte ein gewaltiges Loch. Die meisten Anwesenden waren nicht mehr als weißes Rauschen, doch eine von ihnen konnte der Kardinal erkennen. Ihre Zukunft war unausweichlich. Joan Martel, die Adjutantin von Noah Kamelot kniete vor einer rot gefärbten Klinge. Auf ihrer Kleidung erblühten blutige Blumen. Dann verflüchtigte sich die Dunstglocke, die über einem weiteren Ast der Zukunft gelegen hatte. Er sah die Frau, die sie in Gewahrsam genommen hatten, wie sie lächelnd an Aleister vorbeischritt, während dieser mit einer Nicht-Person aus weißem Rauschen beschäftigt war.

»Blake, du gehst zu dem Zimmer, indem wir die Gefangene beherbergen. Sie könnten es auf sie abgesehen haben. Mirai, du kommst mit mir«, befahl Arthur Vessalius und löste seine Kronfähigkeit auf.

Kein Licht ohne Schatten.

Mizu – 35

Akiras Körper zitterte. Es war der leichte Tremor, mit dem dieser ihm signalisierte, dass er den brennenden Tropfen sehnsüchtig vermisste. Doch jedes Mal, wenn sein Herz ins Stolpern geriet, sah er ein kleines Mädchen mit dem Lächeln ihrer Mutter im Gesicht vor seinem inneren Auge, die es auffing.

»Wir sind da«, stellte Yamamoto fest und befreite ihn so von seinem Verlangen.

Die Sonne tauchte die Wolken in blutrotes Licht. In die Farbe des Leidens selbst, die Farbe des Himmelsbambus. Auf ihrem Weg hierher kamen sie an Raffinerien, Fabriken und Feldern vorbei. Sie reichten mittlerweile bis weit in die gelbe Zone herein. Endlose Streifen Bambus wie Flüsse aus Blut. Und obwohl es kaum vorstellbar war, schwollen sie Jahr für Jahr weiter an. Wurden stetig breiter. Reißender.

Mittlerweile befanden sie sich in der grünen Zone, dennoch war der Himmel wie eine offene Wunde. Man konnte kaum hinsehen. Und darunter erhoben sich zwei Türme, geschlagen aus weißem Marmor.

»Das ist also das Hauptquartier des avalonischen Ordens«, sagte Benji verblüfft.

Akira schenkte ihm ein warmes Lächeln. »Eindrucksvoll, was?«

»Hätte nicht gedacht, dass du religiös bist«, bemerkte Yamamoto und setzte sich auf einen Stein. Einen Fuß auf dem Oberschenkel des anderen Beines abgelegt, den Kopf in die Hand gestützt, grinste er Benji an.

»Bin ich nicht. Ich verstehe noch nicht einmal, warum es Leute überhaupt sind.« Die neue Sünde der Gier versuchte seinem Blick auszuweichen. Normalerweise überspielte er Dinge, die er nicht begriff mit seiner schroffen Art. Doch seit er sich den beiden angeschlossen hatte, kamen sie sich näher. Yamamoto erklärte ihm die Welt und Akira zeigte ihm bei jeder Gelegenheit, wie er noch geschickter mit den unsichtbaren Mächten hantieren konnte. Gerade Letzterer reichte ihm während ihrer Reise nicht nur eine Hand beim Trauern über die Kinder des Waisenhauses und natürlich über Zoja, sondern gab ihm ebenfalls das Gefühl, dass es dennoch weiterging. Auch wenn Benji dabei nicht bemerkte, dass dies auf Gegenseitigkeit beruhte. So lernten sie einander kennen, einander respektieren, einander zu schätzen.

»Weißt du, es gibt etwas, dass mächtiger ist als jedes Heer, das du dir vorstellen kannst oder jeder König der Geschichte, den du kennst. Sogar mächtiger als der Bambus, der uns überall umgibt«, erklärte der Nachfolger des Writers. »Man nennt es Glaube.«

»Nur glauben die meisten Menschen heutzutage nur noch an das Geld, welches man mit dem Himmelsbambus verdienen kann«, fügte Akira hinzu und nahm dem Wort *Glauben* seinen Zauber.

»Wollen wir weiter und uns ansehen, woran der avalonische Orden glaubt?«, fragte Benji und blickte dabei zu Akira, wie ein Kind, das seinen Vater um Erlaubnis bat.

Bereits nach diesen wenigen Tagen hatte Akira das Gefühl, das Benji in ihm einen älteren Bruder oder gar eine Vaterfigur sah, die er nie hatte. Deshalb wusste er auch, dass das, was er ihm gleich mitteilte, gar nicht gut bei der jungen Sünde ankommen würde. Aber Akira erging es nicht anders. Auch in ihm weckte der Junge Emotionen, die er dachte, mit Aiko zusammen begraben zu haben. Doch gerade deshalb war seine Entscheidung, mochte sie Benji auch noch so wenig gefallen, die Richtige. »Leider wirst du die Türme weiterhin nur aus der Ferne betrachten.«

»Weshalb?«

»Für die gläubigen Anhänger des Ordens mögen diese Türme eine Zuflucht sein, für uns beide ist es das Schloss eines uns voraussichtlich feindlich gestimmten Königs. Haben wir es infiltriert, kann ich nicht mehr für unser beider Sicherheit garantieren.«

Kurz schluckte der Junge mit den zerzausten Haaren beim Gedanken daran, erneut auf ein Monster wie den karmesinroten König zu treffen. Doch wenn Benji Griffey eines war, dann kein Feigling. »Gegen William habe ich doch auch an deiner Seite gekämpft?«

»Im Kampf gegen ihn warst du in einem besonderen Zustand. Wir haben seitdem fast jeden Tag zusammen trainiert. Es muss dir selbst aufgefallen sein, dass sich deine Kontrolle der unsichtbaren Mächte, so feinfühlig sie auch ist, an jenem Tag komplett anders angefühlt haben muss. Könntest du diesen Zustand bewusst hervorrufen, würde ich dich mitnehmen. Doch leider kannst du das noch nicht.«

Benji ballte die Fäuste, wissend darum, dass Akira recht hatte. An jenem Tag fühlte sich sein Körper so leicht an. Seinen Fähigkeiten waren keine Grenzen gesetzt. Er hatte nicht nur mittels Transmutationsart seine

Aura in Blitze verwandelt, sondern diese auch noch mittels Emissionsart kombiniert und abgeschossen. Seitdem war es ihm lediglich gelungen, einige Blitze über seine Handflächen wandern zu lassen. Wenn er bei dem Kampf im Waisenhaus der Donner selbst war, war er danach nicht mehr als ein einfacher Elektroschocker.

»Von was für einem Zustand sprichst du, Aki?«, mischte sich Yamamoto ein.

»Versinkt eine Person, die ein Sündenmal trägt, vollends in seiner Sünde, geht sie über in einen Zustand, den man *Sindive* nennt«, erklärte Akira. »Von da an ist es egal, ob man das innere oder äußere Hexagramm gemeistert hat.«

»Wie meinst du das?«, hakte der Zögling des Writers nach.

»Mein Sensei hatte es mir damals wie folgt erklärt: Einst gab es ein Insekt namens Hummel auf unserem Planeten. Ihr Körperbau war zu dick für die geringe Fläche ihrer Flügel. Mit anderen Worten, laut den uns noch heute bekannten Gesetzen der Aerodynamik hätte sie eigentlich nicht fliegen können dürfen. Doch sie selbst wusste nichts davon. Sie flog einfach. Das ist der *Sindive.* Ich vermute, es liegt an einem alten Bindungsschwur, den die ersten Sünden getroffen haben.«

»Ein Bindungsschwur, der einem die *Thelema* quasi zu Füßen legt, muss doch aber eigentlich mit massiven Konsequenzen einhergehen«, merkte Yamamoto an.

»Das tut es auch. Um in den *Sindive* überzugehen, muss man gänzlich in der Sünde, die man symbolisiert, versinken. Dabei verliert man nur allzu leicht die Kontrolle über sich selbst«, erklärte Akira weiter, während er finster in den Himmel blickte.

»Dann bring es mir bei!«, forderte Benji.

»Tut mir leid, ich beherrsche diese Technik leider

nicht. Genaugenommen kenne ich sogar nur eine einzige lebende Person, die es nach viel Training geschafft hat, diese Kunst zu meistern.«

»Okay. Da ich also nicht in den nächsten Minuten den *Sindive* meistern werde, was würdest du tun, wenn ich euch trotzdem in die Türme folge?«

»Es spricht für dich, dass du bereits einmal in deiner Sünde versunken bist und dabei nicht den Verstand verloren hast«, lobte Akira ihn. Dabei streichelte er ihm lächelnd durchs Haar. »Auch wenn ich dir diese Technik nicht beibringen kann, gibt es viele andere Sachen, die ich dir gerne zeigen würde. Also vertraue mir dieses eine Mal. In Ordnung? Deine Zeit kommt früh genug.«

»Na, gut«, stammelte Benji und spielte den Enttäuschten. Doch innerlich freute er sich über jenes Gefühl der Fürsorge, dass ungeteilt ihm galt und das er noch nicht richtig zu verorten wusste.

»Außerdem gibt es auch noch einiges, was ich von dir lernen möchte«, verabschiedete sich Akira von dem Jungen. Schließlich war er es, der ihm aufzeigte, dass es nicht nur um die Dinge ging, die man verloren hatte, sondern viel mehr um die, die einem noch blieben. »Komm, Yamamoto.«

In Benjis Brust wurde es wohlig warm. Dank dieses Gefühls begriff er, was Akiras Anerkennung ihm bedeutete.

Also beschloss er, auf ihn zu hören und nicht in die Türme zu gehen.

»Tja, dann heißt es jetzt wohl Abschied nehmen.« Yamamoto erhob sich und winkte Benji zu. »Bleib am Leben, Kleiner. Dann verschaffe ich dir vielleicht einen Platz in den Aufzeichnungen der Writer, dem Gedächtnis der Welt.«

»Wir sehen uns, Buchling«, verabschiedete sich die

neue Sünde der Gier und streckte ihm anschließend die Zunge hinterher.

»Das habe ich gesehen. Und entscheide dich endlich mal, das ist nun schon der achtundvierzigste Spitzname, den du mir verpasst«, verabschiedete sich auch Yamamoto. Er hatte nicht einmal in seine Richtung geblickt.

水

»Verschließe deine Aura«, befahl Akira, als sie sich den weißen Kolossen näherten. Er selbst hatte, um unentdeckt zu bleiben, seine Aiwaz-Knoten bereits weit vor den Türmen geschlossen.

»Lass mich raten, Aki. Du willst unbemerkt eindringen, deine Gefährtin herausholen, ohne dass jemand mitbekommt, dass du überhaupt da warst?«, fragte Yamamoto, während er ins *LA* überging. »Aber, warum hast du mich dann überhaupt als Geisel genommen? Nein …«

»Was, nein?«

»Du wirst mich doch wohl nicht einfach nur als Karte des Ordens missbrauchen?«

»Unsinn. Makoto wird sich ganz von alleine befreien, sobald sie merkt, dass ich hier bin. Deshalb möchte ich, dass du mich zu den Kreuzrittern bringst.«

»Aki, was hast du vor?«

»Hast du dich nicht vor wenigen Sekunden noch selbst als meine Geisel bezeichnet? Schon mal von jemandem gehört, der seiner Geisel seine Pläne verrät?«, fragte Akira und grinste ihn dabei an.

Anschließend führte Yamamoto ihn durch den Hauptturm. Sie bahnten sich ihren Weg die Treppen hinauf, folgten den gewundenen Wegen durch das weiße Labyrinth. Dabei kreuzten sie wenige Priester, die sich vor dem Adjutanten verneigten. Der Mann an seiner Seite war ihnen egal. Vermutlich hielten sie ihn für einen einfachen Gläubigen. Keiner von ihnen wusste um die Mächte der *Thelema*. Niemandem von ihnen wäre aufgefallen, dass keiner der beiden Aura verströmte. Sie sahen nur die silbernen Abzeichen an Yamamotos Ordensgewand, falteten die Finger zum Gruß zu einem Kreis und senkten das Haupt.

Nach einiger Zeit und unendlich vielen Treppen erreichten sie die kunstvoll bearbeitete Tür, die zum Tafelsaal führte. Sechs Lebensfunken befanden sich hinter ihr. Kaum hörbar und unverständlich drangen ihre Worte durch das massive Holz. Yamamoto trat zurück. Im Vorbeigehen nickte er Akira wortlos zu, um ihm zu signalisieren, dass sie ihr Ziel erreicht hatten.

Tief sog Akira die Luft ein, füllte jede einzelne Zelle seines Körpers mit ihr. Dann stieß er die Tür auf und atmete aus. Dabei öffnete er seine Aiwaz-Knoten und ließ seine gewaltige Aura über den Turm hereinbrechen wie ein unerwartetes Gewitter. Gleichzeitig berührte er einen der drei Trümpfe, die über seinen Oberkörper verteilt an seinem Gurt befestigt waren.

Insgesamt waren vier Kreuzritter in dem Saal versammelt. Drei von ihnen reagierten sofort und beschworen die Waffen, die sich hinter ihren Trümpfen verbargen. Eine ältere Nonne streckte ihm ein Rapier entgegen. Die anmutige, in schwarz gewandete Dame – die Lippen dunkelrot, die Augen schwarz umrandet – erhob ein seltsam geformtes Schwert. Die Schneide war abgeknickt, besaß eine rechteckige Form, welche ihr das Aussehen einer Guillotine verlieh. Zuletzt war da noch ein junger blondhaariger Priester mit einer kreisrunden Mütze auf dem Kopf. Sein Trumpf entfaltete sich zu einem riesigen zweiseitigen Schwert. Der Griff in der Mitte der kreissägenartigen Klingen wurde komplett von einem Stichschutz umschlossen. Lediglich der vierte Kreuzritter, ein älterer Mann, blieb gemütlich in seinem Stuhl sitzten. Erleichterung machte sich in seinem Gesicht breit, als er Yamamoto hinter Akira entdeckte. Dann waren da noch zwei ihrer Adjutantinnen. Akira erkannte sie als solche anhand der Abzeichen an ihren Mänteln. Sie reagierten etwas verzögert. Das Mädchen, welches in der Nähe der Frau mit dem guillotinenartigen Schwert stand, legte wortlos ihre Hand auf ihren Schwertgriff. Sie atmete schwer. Der anderen Adjutantin stand der Schweiß auf der Stirn. Ihre Hand zitterte auf ihrem Schwert. Akira bemerkte sofort, dass sie sich alle Mühe geben musste, nicht ohnmächtig zu werden.

Keiner von ihnen ist der Erbe.

Die alte Frau und der junge Kardinal brüllten durcheinander, wollten wissen, wer er war.

Es wäre einfacher, wenn Aleister Walker oder sein Adjutant anwesend wären.

Akira tat einen weiteren Atemzug. Griff nach dem Blut in seinem Körper, manipulierte seinen Fluss. Schneller und schneller pumpte es durch seine Venen. Trieb seinen Metabolismus zu Höchstleistungen an. Ein roter Schimmer legte sich über seine Haut. Nur Yamamoto, der noch immer dicht neben der Sünde stand, bemerkte den feinen Dampf, der von ihr aufstieg.

Innerhalb eines Wimpernschlags war Akira verschwunden und auf der anderen Seite des Raumes wieder aufgetaucht. Er saß im Schneidersitz auf einem der Stühle, die um die kreisrunde Tafel angerichtet waren. Die große Kürbisflasche, die er gerade noch auf dem Rücken trug, lehnte seitlich an dem Stuhl, auf dem er saß. Eine seiner Hände ruhte darauf. Dann drosselte er die unsichtbaren Mächte, die ihn umgaben und mit ihrer Intensität verschwand auch der rötliche Glanz auf seiner Haut.

»Bist du hier, um mir meinen Schüler zurückzubringen, Akira Curtis?«, fragte der alte Mann, bei dem es sich um den Writer handeln musste. Er saß noch immer gelassen in seinem Stuhl und fixierte Akira mit seinem Blick, während die restlichen Ritter noch verdutzt zur Tür sahen. »Oder ist es dir lieber, wenn ich dich Acedia Sünde der Trägheit nenne?«

»Ich bin hier, um den alabasterfarbenen König etwas zu fragen«, verkündete Akira. Ein Lächeln umspielte dabei seine Lippen.

風

Akira und Yamamoto waren noch nicht komplett aus Benjis Blickfeld verschwunden, da begann er bereits, die Arme hinter dem Kopf verschränkt, darüber nachzudenken, was es für Schlupflöcher in seinem Versprechen gab. Er hatte beschlossen, dass er die Türme nicht betreten würde. Davon, dass er hier an Ort und Stelle warten müsse, war nie die Rede. Also hielt er einen Moment inne. Bereits in den letzten Tagen hatte er bemerkt, wie fein Akiras Nase war und wie gut Yamamotos Augen funktionierten. Nachdem die beiden also in sicherer Entfernung waren, schlich auch er sich in Richtung der beiden weißen Hünen, die aus der grünen Zone gen Himmel emporragten.

Er genoss den Schatten, den der Birkenhain, welcher zwischen den Türmen wuchs, ihm bot. Einem brennenden Auge gleich stand die Sonne am Himmel. Deshalb klebte sein ärmelloses Shirt, vom salzigen Schweiß getränkt, an seinem Oberkörper. Zur Hälfte verdeckte es das Sündenmal auf seiner Brust, das einen in einem sechszackigen Stern gefangenen Wolf zeigte. Seine Filtermakse hing ihm locker um den Hals und verbarg die obere Hälfte des Mals. Hier in der grünen Zone benötigte er sie nicht.

Schnell bemerkte die junge Sünde, dass auch andere Gläubige, die nicht für den avalonischen Orden arbeiteten, durch den Birkenhain flanierten. Daher gab es auch keinen Grund, sich vor den Ordensmitgliedern zu verstecken. Der einzige Priester, an dem er vorbeikam, saß auf einer steinernen Bank und nickte ihm freundlich zu, als er an ihm vorüber ging. Am Fuße des Turmes des Schweigens machte er halt. Mit einer Hand berührte er den von der Sonne aufgewärmten Stein, aus dem dieser bestand. Langsam schloss er die Augen und stellte sich die Reaktionen der anderen Waisenkinder vor, wenn sie diese Bauwerke sehen würden. Er musste sie vor William Baskerville beschützen. Doch ihm war schmerzlich bewusst, dass er in seiner momentanen Verfassung genauso wenig für sie tun konnte, wie er etwas für Zoja zu tun vermochte. Langsam löste er die Finger vom Stein und ballte sie zur Faust.

Dann öffnete er die Augen wieder und entdeckte unzählige Schwerter, die hinter dem Turm des Schweigens in die Erde gerammt waren. Eiligen Schrittes ging er zu ihnen und begutachtete sie. Benji zählte zu der Sorte Menschen, die nicht nur mit den Augen, sondern auch mit ihren Händen sahen, also fuhr er mit den Fingerspitzen über die Klingen. Diese waren in jeder erdenklichen Art geformt, in der ein Schmiedemeister Stahl zu einem Schwert hätte schlagen können. Degen, geformt wie schmale Nadeln. Massive Breitschwerter. Alte Samuraischwerter aus Nihon. Stahl, wie die Ritter ihn in den bebilderten Geschichten trugen, die es im Waisenhaus gab. Und so viele mehr. Einige erlagen bereits dem

Verfall, da die Zeit bereits ihre alles zermahlenden Klauen an ihnen gewetzt hatte.

Im Schatten einer Weide entdeckte er ein längliches Schwert, das in moosigem Boden steckte. Im Vergleich zu den anderen Schneiden war diese kaum schartig oder vom Rost befallen. Das Griffband war abgenutzt, aber nicht vom Wetter verwittert. Es war viel zu gut erhalten, um hier vom bambusschwangeren Regen seiner Schönheit beraubt zu werden. Also umklammerte Benji den Griff der Klinge mit einer Hand und zog leicht an ihm.

»Pfoten weg, du Vollidiot!«, blaffte ihn ein blonder Junge mit Augenklappe an. Er trug die gleiche Ordensuniform wie Yamamoto und war nur wenige Jahre älter als Benji. In seiner Hand trug er eine rote Maske, die aussah wie ein Dämon. »Ich weiß, es sind schwere Zeiten. Wenn du willst, haben wir im Orden eine warme Mahlzeit für dich. Aber wage es nie wieder, die Toten zu entweihen.«

»Vollidiot?«, fragte Benji gereizt. Kurz umklammerte er das Schwert fester. Er mochte es nicht, beleidigt zu werden. Dann schluckte er jedoch seinen Ärger für den Moment hinunter und ließ von der Klinge ab. Er wollte Akiras Eindringen nicht gefährden.

»Du bist kein Anhänger des Ordens, was?«

»Natürlich«, erwiderte Benji eilig. »Woher würde ich denn sonst wissen, dass dies der Turm der Schneidenden ist?«

»Man nennt es den Turm der Schweigenden. Und wenn du ein Mitglied des Ordens wärst, dann wüsstest du, dass diese Schwerter als Grabsteine für unsere gefallenen Anhänger dienen. Sie sind Gedenkstätten, die man nicht einfach herausreißt«, berichtigte der Adjutant ihn.

»Entschuldige, ich würde es auch nicht gut finden, wenn jemand die letzte Ruhestätte meiner Freundin demoliert.« Benji bedauerte nun Yamamoto nur mit einem halben Ohr zugehört zu haben. Bei der Vorstellung überkam ihn tatsächlich Reue.

»Ich erkenne deine aufrichtige Entschuldigung an.« Der Junge ging den Kopf schüttelnd, aber grinsend an ihm vorüber. Nachdem er vor dem Grabschwert stehen blieb und die Hände zum stillen Gebet faltete, sagte er: »Ist verziehen.«

Benji blieb ein Stückchen hinter ihm stehen, wartete ab, bis der blonde Junge sein Gebet beendete. Währenddessen dachte er darüber nach, dass es schön wäre, wenn auch Zoja so eine Ruhestätte hätte, zu der er immer wieder zurückkommen und an sie denken könnte.

»Avalon«, schloss das Ordensmitglied sein Gebet. Dann öffnete er sein sichtbares Auge wieder. »Du hast auch jemanden verloren?«

»Eine Freundin.«

»Pollenlunge? Oder doch eine andere Krankheit?«

»Mord.«

»Hier liegt mein ehemaliger Lehrmeister. Auch er wurde ermordet.« Der Junge ballte seine Hände zur Faust. Benji konnte hören, wie er die Zähne aufeinanderpresste. Anschließend atmete er aus, um sich zu beruhigen. »Ich bin Chifuyu.«

»Benji«, ergriff dieser die verbale Hand, die ihm gereicht wurde.

In einem anderen Leben zu einer anderen Zeit, an einem anderen Ort, hätten die beiden vielleicht Freunde werden können. Doch in diesem Leben und in diesem Moment entfesselte Akira Curtis seine Aura über den Turm.

Kampfbereit legte Chifuyu seine Hand ohne zu zögern auf seinen Schwertgriff.

Natürlich erkannte er die Aura, deren Ausläufer sie

selbst hier auf dem abseitsgelegenen Friedhof erreichten, sofort wieder. »Er ist hier.«

»Wer?«, stellte Benji sich dumm.

»Akira Curtis. Jener Bastard, der den Mörder meines Meisters schützt«, knurrte Chifuyu und vergaß in seinem Zorn komplett, wen er eigentlich vor sich hatte. »Ich muss los.«

»Ich habe wirklich kein Problem damit, wenn du mich beleidigst«, sagte Benji entschlossen und stellte sich ihm in den Weg. »Aber wenn du es wagst, Akira durch den Dreck zu ziehen, dann bekommst du es mit mir zu tun.«

Die Luft zwischen den beiden vibrierte unter den unsichtbaren Mächten, die um ihre Körper zirkulierten. Benji war nicht nur jemand, der mit den Händen sah, sondern auch jemand, der seine Konflikte bevorzugt mit ihnen in einer geballten Variante löste. Vor allem dann, wenn er für seine Freunde einstand.

»Du kennst diesen Bastard? Sag nicht, du bist auch eine dieser Sünden?«

»Ich hoffe dir gefällt deine Augenklappe, Klabautermann, denn wie es aussieht, werde ich dir wohl noch ein Holzbein verpassen!«, verkündete die neue Sünde der Gier und entblößte mit einem berauschten Grinsen im Gesicht das unikursale Hexagramm auf seiner Brust.

空

Invidia, die Sünde des Neids lag auf dem schmalen, ungemütlichen Bett und starrte an die Decke aus weißem Stein. Vor ihrem geistigen Auge versuchte sie sein Gesicht in die kleinen Unebenheiten des Gesteins zu zeichnen. Leise, doch laut genug, dass ihre Wachen vor der Tür sie hören konnten, summte sie eine Melodie. Und dann passierte es. Seine Aura legte sich über den Turm wie die Nacht über die Welt. Jeder Einzelne innerhalb der Mauern musste sich fragen, welches mythische Monster die weißen Hallen heimsuchte. Doch ihr bereitete die Aura eine wohlige Gänsehaut auf Armen und Nacken. Sie fühlte sich an wie ein intensiver Kuss, der einem den Atem raubte. Da wusste sie es. Die Regenwolken, welche sein Herz belagert hatten, mussten weitergezogen sein. Akira Curtis war aus dem Abgrund seiner Selbst zurückgekehrt. Sie richtete sich auf und setzte sich an die Bettkante. Anschließend würgte sie die zwei Trümpfe ihre Speiseröhre empor, wie sie es seit ihrer Gefangennahme regelmäßig tat, um diese zu verstecken. Aber dieses Mal würde sie sie nicht erneut hinunterschlucken. Lediglich ihren Bogen hatten sie ihr abgenommen. Wobei Gefangennahme nicht unbedingt der richtige Ausdruck für ihre Situation war. Schließlich leistete sie keinen Widerstand. Es war ihr schlichtweg egal, ob sie hier drinnen oder da draußen war. Die Welt mit all ihren unendlichen Möglichkeiten war ihr ohne jenen Mann einfach zu fade. Doch nun war er wieder da und ihre Zeit hinter dieser Tür somit abgelaufen.

Sie erhob sich und legte sich den Haori über ihren dunkelvioletten ärmellosen Zweiteiler. Das Weiß der Robe war durchzogen von Äderchen, die ein Schmetterlingsflügelmuster bildeten. Ärmel und Saum waren mit einer schwarz-weiß gepunkteten Borte eingefasst und gingen in ein helles Türkis über, das anschließend zu einem sanften Rosa wurde. Sie verstaute die *10 – der Speere* sowie die große Arkane Nummer *5 – den Hohepriester* in ihrem Haori.

Anschließend ging sie zu dem kleinen Spiegel, der über dem hölzernen Tisch hing. Wenn sie sich bewegte, bauschte sich ihre Robe auf und wirkte für einen kurzen

Augenblick wirklich wie die Flügel jener Falter, die es in Pangea nicht mehr gab, seit der Himmelsbambus regierte.

»Ein Haarschnitt wäre nicht schlecht, bevor ich ihn wiedersehe. Sie spielte mit ihren Fingern in ihrem normalerweise schulterlangen kohlschwarzen Haar herum. Doch mittlerweile wuchsen sie ungleichmäßig über sie hinüber. »Außerdem etwas Rouge, um meine Wangen zu betonen und vielleicht ein Lippenstift in der Farbe von Herzblut. Na ja, sei es drum. Er steht sowieso eher auf natürliche Frauen.«

Sie formte mit ihren Händen ein Behältnis, mit welchem sie etwas Wasser aus dem Eimer neben dem Tisch schöpfte, um sich das Gesicht zu reinigen. Dann griff sie nach der Haarklammer, die ebenfalls die Form von Schmetterlingsflügeln besaß sowie farblich zu ihrer Robe passte und steckte sich das Haar nach oben. In ihrem Nacken kamen zwei Tätowierungen zum Vorschein. Direkt unter dem Haaransatz zierte ein Dreieck ihre Haut. Darin stand ein Schriftzeichen in der alten Schrift Zhōngguōs. *Lù*. Hirsch. Darunter lugte unter dem Saum ihrer Robe die obere Hälfte eines sechszackigen Sternes hervor, in dessen Mitte sich eine Schlange um ihre Wirbelsäule wandte.

Sie lächelte sich selbst im Spiegel zu.

»Makoto Lxyzén, es ist an der Zeit aufzubrechen. Du hast heute schließlich noch ein Rendezvous.«

Chi - 36

Der Wind stob durch das brüchige Gebälk des alten Theaters und klang dabei wie ein geisterhafter Chor, der ein trauriges Klagelied sang. Gerade so, als wüsste dieser, was in den Besuchern des leerstehenden Gemäuers vorging. Einst saßen hier Menschen und sogen sorglos die Kunst der Spielenden in sich auf. Doch nun saßen auf den mit dunkelroten Samtpolstern überzogenen, kaputten Klappsesseln, deren Holz man vor schwarzem Staub kaum noch sehen konnte, jene, die sich selbst in gewissen Künsten verstanden. Den Künsten des Stehlens, des Mordens und am wichtigsten, denen des Überlebens. Umgeben von hässlich besprühten Wänden und von der Decke rieselndem Stuck, wartete das Gefieder des Greifs auf ihren Kopf.

Krabat, der Mann mit den schlecht verheilten Brandnarben, lehnte an einer Wand. Neben ihm setzten sich teilweise zerbrochene, teilweise unbeschädigte Quadrate zu einem deckenhohen Fenster zusammen. Durch einen Spalt im Vorhang blickte er nach draußen.

Unweit von ihm saßen Mortecai und Kurohime nebeneinander in der ersten Reihe der im Boden verankerten Theatersitze.

Sie spielten mit Echo, welcher in der Hocke vor ihnen saß, Karten.

»Was konnte diese Karte noch mal? Ich glaube, ich habe es vergessen«, sagte Kurohime und zeigte ihren beiden Mitspielern die Pik Sieben.

»Wenn du die spielst, dann musst du selbst zwei Karten ziehen«, kicherte Echo aus seiner schwarzen Sturmhaube heraus wie ein kleiner Junge. Dann wurde seine Stimme deutlich ernster und eine seiner anderen Persönlichkeiten übernahm. »Du Schummler! Nach ihr bist du an der Reihe, das bedeutet, dass du zwei Karten ziehen musst!«, schimpfte er mit sich selbst.

Sie legte die Pik Sieben, woraufhin Echo zwei Karten zog, während er heftig mit sich selbst diskutierte. Anschließend legte er beiläufig eine weitere Karte auf den Stapel.

»Nachdem du Karten gezogen hast, darfst du keine weitere Karte spielen«, ermahnte Mortecai Echo und steckte sie zurück in sein Blatt.

»Seit wann entscheidest du, ob ich eine Karte legen darf?«, beendeten Echos Persönlichkeiten ihren Disput, um sich gegen die siebte Feder zu verbünden.

»Genau! Seit wann?«

»Das würde ich auch gerne wissen!«

»Ich weiß nicht, ob man ein Spiel mit euch beiden wirklich als Zeitvertreib ansehen kann. Sie überlegt jedes Mal eine Ewigkeit, bevor sie eine Karte ablegt und du versuchst in einer Tour zu bescheißen«, stöhnte Mortecai. Dann legte er seine letzte Karte ab und sagte mit seinem überheblichen Grinsen im Gesicht: »Mau-Mau. Vielleicht spielen wir nächstes Mal um Geld. Das könnte mir mit euch beiden durchaus Freude bereiten.«

»Spielverderber«, motzte Echo und streckte ihm die Zunge entgegen.

»Reiz ihn nicht. Er ist bestimmt ein skrupelloser Mörder«, ermahnte er sich mit einer anderen Stimme selbst.

»Das sind wir doch auch!«, mischte sich eine dritte Stimme ein.

»Stimmt«, stellte Echo fest und schlug sich mit der Faust in die offene Handfläche.

»Wo bin ich hier nur gelandet«, kommentierte Mortecai den Monolog und blickte zu San, welche auf der Bühne die alten Requisiten näher betrachtete.

Vicky saß so weit entfernt wie möglich von den anderen Federn auf der gegenüberliegenden Seite des ehemaligen Theaters. Ohne das Federtattoo auf ihrer Schulter, in dessen Mitte die Sechs ausgespart war, hätte man sie auch für ihre Zwillingsschwester halten können. Denn ihr Haar war nicht länger pink. Es war nun im gleichen Blauton gefärbt, wie es das von Chelsea gewesen war. Ein vergeblicher Versuch, sich ihr weiterhin nah und weniger einsam zu fühlen.

Weiter oben auf einer Empore, die man über zwei Treppen erreichen konnte, die sich links und rechts unweit der Eingangstür befanden, saß Mulai. Von hier aus, wo sie wie ein Adler in seinem Nest alles überblicken konnte, beobachtete sie aus ihren leeren Augen heraus die anderen Federn. Als wäre sie ein Raubtier, welches nur auf seine nächste Gelegenheit wartete.

Es bedurfte keiner Nachfrage darüber, warum Mulai und Vicky alleine ohne ihre Partner zum Treffen erschienen waren. Jede der anderen Federn wusste, was dies zu bedeuten hatte, und dennoch löste sich der Mann mit dem katzenhaften Grinsen aus den Schatten und ging zur sechsten Feder.

»Wo sind Malik und deine Schwester?«

Es war das erste Mal, dass Mulai ihn richtig zu sehen bekam. Er trug ein braunes Hemd mit hochgeschlagenem

Kragen. Darüber eine schwarze Weste mit doppelter Knopfreihe, die zu seiner Anzughose passte. Dunkelbraune Handschuhe und schwarze Stiefel mit Keilabsätzen rundeten sein Auftreten ab. Hätte er noch einen Zylinder besessen, hätte man ihn ohne Probleme für einen Magier halten können, der gleich mit seinen Illusionen der staubigen Theaterbühne Leben einhauchen würde.

»Verpiss dich, Grinser«, blaffte Vicky ihn an, ohne ihn eines Blickes zu würdigen.

»Also … ist es wahr«, sagte er mit betrübtem Unterton. Doch sein Grinsen verschwand nicht. Es saß weiterhin zwischen seinen Wangen, als wäre es hineingemeißelt worden. »Mögen ihre Federn so leicht sein wie die Feder der Maat.«

Fressen oder gefressen werden. Nur elf Wörter zum ewigen Abschied. Vicky kannte die Gepflogenheiten des Greifs so gut wie alle anderen auch. Als Gründungsmitglied sogar noch besser als manch anderer. Aber dennoch schmerzte der Verlust ihrer Schwester und sie konnte diese leidigen Worte einfach nicht mehr hören.

»Grinser, ich warne …«, begann sie. Doch dann brach sie, aufgrund des eiskalten Schauers, der ihr den Rücken hinab lief, ab.

Auch bei Mulai stellten sich die feinen Härchen an den Armen auf. Sie bekam Gänsehaut bei der gewaltigen Intensität der Aura, die sich über das alte Theater legte. Als gehöre sie einem Raubtier, welches das gesamte Gebäude samt ihnen mit einem einzigen Bissen verschlingen könnte. Sie hatte sie an jenem Tag in der Friedhofskirche schon einmal gespürt, aber diesmal war sie noch bedrückender.

Die Tür öffnete sich und Dante trat mit ernster Miene herein. Die Hände in dem Mantel aus Schneeleopardenfell verstaut, ging er den Mittelgang entlang. Blickte nach links und rechts. Mit jeder fehlenden Feder fühlte sich seine Aura noch schwerer an. Dann ließ er sich auf einer der Stufen nieder, die frontal zur Bühne hinaufführten.

Yoru folgte ihm gähnend und in seine Flickendecke gewickelt. Er legte sich links von der Treppe hin und lehnte seinen Rücken seitlich an dieser an. Dann schloss er wortlos die Augen.

Stille. Nur das traurige Lied des geisterhaften Chors.

»Wo ist S16?«, fragte San, nachdem sie eine Münze geworfen hatte.

»Vermutlich tot, wenn er nicht hier ist. Er trennte sich von uns, nachdem wir Neo Metropolis erreicht hatten«, antwortete Dante und rieb sich mit beiden Händen das Gesicht.

»Wir fanden seine Leiche in der Kanalisation«, ergänzte Kurohime traurig.

»Ein blutiges Grinsen wurde quer über sein Gesicht geschnitten«, fügte Krabat hinzu.

Mortecai blickte über die Schulter hinweg, hoch zu Mulai.

Sie ignorierte ihn und ließ sich nicht anmerken, ob sie dafür verantwortlich war oder nicht.

Dante schnaufte schwer. »Was ist mit Chelsea und Malik? Hat es die beiden ebenfalls erwischt?«

Vicky brachte es nicht über sich, den Tod ihrer Schwester zu bestätigen. Mit zitternden, zu Fäusten geballten Händen sah sie zu Boden und hoffte einfach nur nicht noch einmal jene elf Wörter hören zu müssen.

»Beide tot«, beantwortete Mortecai Dantes Frage. »Bei Chelsea weiß ich es nicht, aber Maliks Leiche wurde ebenfalls mit einem blutigen Grinsen verunstaltet.«

»Cheshire«, gähnte Yoru und blickte aus seinen müden Augen verschwörerisch zu Dante hinauf.

Vicky sah ebenfalls zu Dante. Nun würde er die Worte sagen und mit ihnen ihre Schwester endgültig zu Grabe tragen. Prunklos, als wäre Chelsea nicht mehr als wertloser Abfall, der im Meer entsorgt wurde.

Doch die Elf Worte kamen nicht.

Dante blickte zu ihr und ihre Blicke trafen sich. Dann erhob er sich und sagte: »Die Insignien befinden sich auf Okinawa. Wir werden für unsere Reise einen Wolkenwandler benötigen. Yoru hat in Erfahrung gebracht, wo eine Schmugglerbande ihren Hangar hat.«

Unfassbar … nicht einmal diese elf Worte hat er für sie übrig, dachte Vicky.

»Der Greif will einen Wolkenwandler mieten?«, fragte Mortecai ironisch. »Manchmal …«

»Wir nehmen ihn uns«, schnitt Dante ihm das Wort ab. Es bedurfte keiner guten Menschenkenntnis, um zu realisieren, dass Dante nicht für Mortecais Sticheleien oder etwaige Scherze aufgelegt war. »Und dabei werden wir lautstark die Geigen des Todes spielen. Ein Requiem für die, die von uns gegangen sind.«

Ein König musste in der Lage dazu sein, bei seinen Anhängern ein Feuer zu entfachen. Und der onyxfarbene König besaß diese Gabe. Schlagartig wandelte sich die Stimmung. Die kalte Traurigkeit wich einem euphorischen Flimmern.

Und vielleicht, wenn unser Orchester laut genug spielt, locken wir dich damit hervor … Cheshire, fügte Dante im Geiste hinzu.

Vicky grinste. Sie malte sich aus, wie sie die Totenfeier ihrer Schwester mit Blut dekorierte. Untermalt von einem Chor aus Schmerzensschreien. Ein letztes Requiem, laut genug, dass sie es hören würde, wo auch immer sie nun war.

»Kommt«, sagte Dante und schritt den dunkelroten,

von Schatten heimgesuchten Gang des verfallenden Theaters entlang.

Ihre Trauer hatte es überlagert, doch tief in ihr wusste Vicky, dass Chelsea Dante nicht egal war, dass niemand von ihnen, dem er auf dem aus Müll bestehenden Boden die Hand gereicht hatte, ihm egal war. Deshalb folgte sie ihm. Deshalb folgten sie ihm alle.

Mulai ging gerade langsamen Schrittes die Treppe der Empore hinab, um zu den restlichen Federn zu stoßen. Da sah sie sie.

Eine einsame Träne.

»Fressen oder gefressen werden«, hallten Dantes Worte, getragen vom geisterhaften Chor des Windes durch das alte Gemäuer, während sie seine Wange hinab lief.

Mizu - 37

Akira besaß keinerlei Gespür für die unsichtbaren Mächte. Dadurch schärften sich jedoch seine anderen Sinne. Wie bei einer Person, die erblindet war und seitdem hören konnte wie ein Luchs oder fühlen wie ein Seehund, der sogar die kleinsten Veränderungen in der Meeresströmung über die Haut wahrnahm. In dieser Hinsicht war Akira jedoch eher wie ein Spürhund. Jede noch so kleine Nuance witterte er mit seiner Nase. Er roch denn Angstschweiß, der von den beiden Adjutantinnen ausging. Das süßliche Parfüm gewonnen aus Rosenblüten und Veilchen der Schönheit in Schwarz. Den Duft von Tinte und altem Papier, der den Writer umgab. Weihrauch haftete an der Nonne und dem Kreuzritter mit dem blonden Haar. Letzterer besaß einen Hauch von säuerlichem Messwein in seinem Atem.

Doch da war noch ein anderer Geruch, der zu keinem der Anwesenden gehörte, und dennoch haftete er an fast jedem von ihnen. Es war ein schwacher, modriger Duft. Ein dumpfes Gemisch aus salzigem Schweiß, Eisen und Feuer. *Ist hier noch jemand? Jemand, den ich nicht sehen kann?*, ließ die Sünde der Trägheit seinen Blick durch den Tafelsaal schweifen.

»Du wagst es dich ausgerechnet auf den Sitz des Heiligen Yvain zu setzten, dessen Insignie ihr gestohlen habt?«, sagte der blondhaarige Kreuzritter zornig und umklammerte sein doppelseitiges Schwert fester.

»Richtig. Es steht ja noch eine Anklage im Raum. Hiermit weise ich die Anschuldigungen, dass die Todsünden etwas mit dem Verschwinden der vermissten Personen zu tun haben, von uns. Yamamoto war die letzten Tage ununterbrochen in unserer Nähe, die Zahl der Vermissten stieg laut Nachrichten jedoch weiter an. Er kann unsere Unschuld bezeugen. Sein Wort sollte euch genügen. Was euren verschwundenen Trumpf angeht, ich habe keine Ahnung, wo er sich befindet. Aber, was Scott Sykes betrifft, so habt ihr kein Recht, ihn anzuklagen. Ihr habt den ersten Stein geworfen. Scott hat lediglich einen der unseren beschützt. Natürlich rechtfertigt das nicht euren Verlust.«

Akira blickte abwechselnd zwischen den Anwesenden hin und her. Doch als er zwei neue Gerüche wahrnahm, fixierte er die Eingangstür mit seinen Augen. »Ihr habt mein aufrichtiges Beileid. Allerdings denke ich, wir sind uns einig, dass wir keine spielenden Kinder mehr sind. Wir müssen mit den Konsequenzen unserer Taten leben. Und in der Welt der *Thelema* in der unsere Gruppen nun mal wandeln, ist dies ein Preis, den es leider manchmal zu zahlen gilt. Mit anderen Worten lasst Makoto Lyxzén frei und nachdem ich mit dem alabasterfarbenen König gesprochen habe, geht jeder von uns friedlich seiner Wege.«

»Du wagst es, an Gottes Urteil zu zweifeln? Möge seine gerechte Strafe dich zurück auf den richtigen Weg führen«, setzte sich der Kardinal mit der zweiseitigen Klinge langsam in Bewegung. Schritt für Schritt ging er um die runde Tafel herum auf ihn zu, während die Spitze einer der sägeblattartigen Klingen über den weißen Stein schabte.

»Ist das wirklich notwendig?«, fragte die ältere Frau, streckte aber dennoch ihr Rapier, stichbereit wie eine Wespe von sich.

»Ada, halte dich im Hintergrund. Deine Fluchzunge könnte einen von uns treffen«, befahl die Frau mit den herzblutfarbenen Lippen und ging ebenfalls in Position. Mit einigen gezielten Schritten schloss sie die letzte offene Lücke in Richtung Tür. Hinter ihr stand ihre Adjutantin. Die Hand noch immer auf dem Schwertgriff ruhend, deckte sie ihre Kollegin, die sich an der Wand aus weißem Stein nahe der Tür abstützte und langsam wieder zu Atem kam. Akiras gewaltige Aura hatte ihr deutlich zu schaffen gemacht.

Sollte ich meine Krontechnik nutzen? Nein. Das wäre sinnlos, noch habe ich zu wenige Informationen über sie.

Lediglich die beiden Writer machten keine Anstalten, sich einzumischen. Geflissentlich beobachten sie, wie der Kreuzritter mit dem blonden Haar um die Tafel schritt.

»Joan, achte sorgfältig auf das Geschehen und erkenne die Chance, die Gott für dich vorgesehen hat. Wer weiß schon, wie viele er dir noch offerieren wird«, wies dieser seine Adjutantin an.

»Wie ihr wollt«, sagte Akira und erhob sich ebenfalls. Er atmete die Luft ein. Unter die ihm bereits bekannten Gerüche mischte sich der von frischem Frühlingswind.

Der alabasterfarbene König kommt.

Er nahm die Schallwandler von seinem Gurt und setzte sie sich ins Ohr. Währenddessen verfärbte sich seine Haut erneut. Wieder nahm sie den zarten Rotton an. »*Hibiki*, bring mich in Stimmung.«

Gerade als die ersten Töne seinen Gehörgang fluteten, schlug der Kardinal auch schon zu. Sein Trumpf rotierte wie ein Sägeblatt und fuhr verschwommen durch die Luft. Blitzschnell entging Akira dem kalten Kuss des scharfen Stahls, indem er sich zum Takt der Musik, die nur er hörte, um die eigene Achse drehte. So kreierte er eine Lücke in der eigentlich makellosen Deckung seines Gegenübers. Anstelle der Sünde teilte die Klinge den marmornen Sitz des Yvain in zwei Teile. Biss sich kreischend gierig weiter in den harten Steinboden, bis sie abrupt stehen blieb. Denn Akira nutze die offene Deckung. Er schlug dem Kreuzritter mit geöffneter Handfläche auf die Brust, griff nach den Strömen der unsichtbaren Mächte, die ihn umgaben. Dann drehte er seine Hand herum und ließ seine eigene Aura gegen die des Kardinals branden. Solange bis sie die Richtung vorgab und den Aurafluss umkehrte. Dank der reversen Flusskontrolle sackte der Geistliche in sich zusammen und ging der Kontrolle über seinen Körper beraubt auf die Knie.

Mit einem Satz landete Akira in der Hocke auf der runden Tafel. Kaum wahrnehmbar stieg Dampf von seinem Körper auf. Er atmete aus. Sein Blick haftete an der älteren Kreuzritterin, die mit ihrem Rapier in die Luft vor sich stach, als wäre sie Akiras Herz. Anschließend nutzte sie ihre Waffe wie ein Dirigent seinen Taktstock. Da Akira seine eigene Aura ebenfalls nur dumpf wahrnahm, lernte er sie zu nutzen wie ein Instrument. Für Außenstehende sah es aus, als würde er zu einer nicht hörbaren Musik über das Schlachtfeld tanzen. Damit seine Gegner nicht sofort begriffen, was das Geheimnis hinter seiner Technik war, lernte er Lippenlesen. Denn so konnte er seine Gegenüber weiterhin verstehen.

»Weshalb wirkt die Fähigkeit meines Trumpfes nicht?«, fragte die Kreuzritterin verwundert.

»Schallwandler … in … seinen Ohren«, stolperten die Worte aus dem Mund des blonden Kardinals, der noch immer seiner Kräfte beraubt auf dem Boden kauerte. Akira hatte darauf gewartet, dass er den anderen mit seinem groß gewachsenen Körper die Sicht versperrte, bevor er sich die Schallwandler in die Ohren setzte.

»Das bedeutet, meine Fähigkeit dringt nicht in sein Ohr.«

Also eine akustische Technik, dachte Akira, während er bereits vor ihr auftauchte.

Ein Wiegeschritt nach links und dann begab er sich in die Drehung. Trat ihr das Schwert aus der Hand, welches senkrecht im weißen Stein der Decke über ihr stecken blieb. Er roch wie der Duft des blumigen Parfüms intensiver wurde.

Sie kommt von links.

Im Augenwinkel erblickte er die seltsam gekrümmte Klinge, die nach seinem Kopf schlug. Doch da er wusste, dass sie kam, schaffte er es rechtzeitig, sich wegzuducken. Er atmete aus, hörte auf, seinen Blutfluss zu beschleunigen. Jene Technik machte ihn pfeilschnell, doch sie belastete seinen Körper und seine Organe. Er konnte sie überhaupt nur deshalb einsetzen, da er diese mittels *OD* verstärkte. Darunter litt allerdings seine Verteidigung. Somit war er in diesem Zustand gezwungen auszuweichen.

Die *Thelema* gab immer nur so viel, wie sie auch nahm.

Erneut sog er die Luft ein. Diesmal schmiedete er aus dem Blut der kleinen Kürbisflasche an seiner Hüfte ein stichblattloses Katana, mit dem er ihren nächsten Hieb parierte.

Dann begann ihr gemeinsamer Walzer. Schlag, Finte, Stoß sang es in den Strophen. Abwehr und Konter im Refrain. Die Kreuzritterin konnte problemlos mit ihm mithalten. Je länger er seine Klinge mit der ihren kreuzte, desto schneller wurde sie. Stetig gewann sie die Oberhand.

Nein. Sie wird nicht schneller. Ich werde langsamer, realisierte er, als sein Blutschwert zu Boden krachte. Das bloße Gewicht der Klinge genügte, um den Stein zum Bersten zu bringen. Akira senkte sein Haupt, um nach der Klinge zu sehen, denn eine Hand genügte nicht mehr, um es anzuheben. *Es ist schwerer geworden.*

»Da es deutlich leichter ist als ein Schwert aus gewöhnlichem Stahl, hat es einige Berührungen mehr benötigt, um dich in Position zu bringen«, erläuterte sie, als wäre sie eine Lehrerin und Akira ihr Schüler, während sie ihre hakenförmige Klinge wie eine Guillotine von unten um seinen Hals legte. »Die Insignie des Heiligen Gawain verdoppelt das Gewicht von allem, was sie berührt. Gestehe dir deine *Niederlage* ein, Akira Curtis.«

»Was ist hier los?«, rief im gleichen Moment ein Kardinal mit langem, bereits ergrautem Haar, welches der Mähne eines Löwen glich, während er in den Saal eilte. Seine von der sengenden Sonne des Sommers gebräunte Haut besaß die Farbe von Honig. Die majestätische Aura eines Kriegerheiligen umgab ihn, wie er dort stand, in seinem mit Silber beschlagenen Ordensmantel.

Akira genügte ein Blick, um zu wissen, dass er stark war. Bei ihm musste es sich um Arthur Vessalius, den aktuellen Vorsteher des avalonischen Ordens, handeln. Doch seine Nase verriet Akira, dass nicht er der Erbe war, den der große Geist des Windes erwählt hatte, sondern der schmächtige Jüngling mit weißem Haar, der neben ihm stand. Im Gegensatz zu dem Kardinal roch er nicht nach Weihrauch, Myrrhe und anderen Harzen, mit denen der Orden gerne räucherte. Er roch wie der erste Wind des Frühlings, der angereichert mit dem Duft der Frühblüher verkündete, dass der Winter vorüber war. Akira schätzte, dass er keine Handvoll Jahre älter war als Benji.

»Dies ist Akira Curtis«, erklärte die Kreuzritterin, deren Schwertschneide an seinem Hals kratze und blickte dabei zu Arthur Vessalius. »Er weist sämtliche Anschuldigungen, die Scott Sykes oder die Todsünden betreffen, von sich und hat es vermutlich auf Artus abgesehen.«

»Für eure Projektion bin ich kein guter Untergrund«, sagte Akira. Gleichzeitig nutzte er den Moment aus, in dem niemand mehr auf ihn achtete. Zusammen mit der Luft, die seine Lungen füllte, legte sich auch der rote Glanz wieder über seine Haut. »Ich sagte doch, ich wolle nur mit ihm reden.«

Blitzschnell packte er ihr Handgelenk und fixierte es. Gleichzeitig drückte er die Spitze des neu geschmiedeten Schwertes in ihre Seite. Nur leicht, sodass sie sie an ihrer Niere spürte. Bereits während die Kardinäle miteinander sprachen, hatte er das Blut, welches vermeintlich ihre Klinge berührt hatte, ausgesondert. Sein Schwert war nun deutlich kürzer. In den zerborstenen Stein zu seinen Füßen sickerte der übrige rote Lebenssaft. Dann drehte er ihr Handgelenk um, löste ihren Griff und noch bevor ihre Waffe den Boden berührte, war er verschwunden.

Wie eine Klinge, die so schnell auf ihr Ziel zuraste, dass sie nur verschwommen wahrzunehmen war, hielt er auf den alabasterfarbenen König zu, der direkt neben Vessalius stand. Doch der Blondschopf hatte die Kontrolle über seinen Körper zurückerlangt und griff erneut an. Akira musste sich beeilen, sein Körper glühte bereits.

Dieser Geruch? Das ist Blut.

Die ältere Kreuzritterin fing ihren von der Decke herabfallenden Rapier aus der Luft. Allerdings direkt an der dünnen Schneide, die sich durch ihre Handfläche schnitt. Aus einer einzigen fließenden Bewegung heraus schleuderte sie ihn mit der Spitze voran nach der Todsünde.

Der Geruch des Blutes warnte ihn. Es war deutlich schwieriger, fremdes Blut zu manipulieren, doch für solch geringe Mengen reichten seine Künste allemal. Er streckte die Hand und griff nach den Blutstropfen der Nonne, die an der Klinge hafteten. Bremste sie. Hielt sie in der Luft an Ort und Stelle. Sie prallten gegen das Heft und stoppten das Schwert im Flug. Von der anderen Seite kam bereits der andere Kreuzritter mit dem zweischneidigen Sägeschwert auf ihn zu. Mit Zeige- und Mittelfinger der ausgestreckten Hand malte Akira einen Bogen in die Luft. Die Blutstropfen wanderten hinter das Schwertheft und beschleunigten es. Das Rapier schnellte in den Griffschutz, der die beiden Schneiden der Doppelklinge verband und bohrte sich anschließend in den Stein der Tafel. So nagelte er den Blondschopf an Ort und Stelle fest.

Nun stand nur noch der Anführer des Ordens zwischen ihm und dem alabasterfarbenen König.

Vessalius griff an seine Hüfte, als hinge dort ein Schwert, das nur für ihn sichtbar war. Dann rutschte ein Trumpf aus dem Ärmel seines Ordensmantels und er zog das Ritterschwert schneller als ein einzelner Wimpernschlag andauerte aus der kartenförmigen Scheide.

Akira kam direkt vor den beiden zum Stillstand. Der schimmernde Rotton auf seiner Haut verblasste langsam. Feiner Dampf stieg von ihr empor. Eine blutige Träne löste sich aus seinem unnatürlich rot verfärbten Auge und rollte über seine Wange.

Ich habe es wohl übertrieben. Die Adern in meinen Augen sind geplatzt.

Und natürlich war da noch Arthur Vessalius Schwertklinge an seinem Hals.

Langsam und für den Kreuzritter gut sichtbar erhob er die Hände. Die Blutklinge glitt in einem zähflüssigen roten Strom zurück in die Kürbisflasche an seiner Hüfte. Doch der Umstand einer Klinge, die nach seiner Kehle lechzte, schien Akira nur bedingt zu interessieren. Fast in Zeitlupe entfernte er einen der Schallwandler aus seinem Ohr, während er aufmerksam den Erben des Windes musterte. Augen wie der sonnenversengte Himmel. Das schneeweiße Haar. Die mondlichtfarbene Haut. Und obwohl ein vermeintlicher Attentäter direkt vor ihm stand, war sein sorgenvoller Blick nicht auf diesen, sondern auf die mausgraue Adjutantin gerichtet, die sich langsam von dem Schock seiner Aura erholte.

Sie ist seine Hina.

»Sag, alabasterfarbener König, hattest du ebenfalls Besuch von einem seltsamen, geisterhaften Jungen mit blondem Haar?«

水

Benji griff nach dem *Kaiser* und wirkte sein *Magick*. Doch etwas war anders als an jenem Tag, an dem er sich zusammen mit Akira, dem karmesinroten König entgegengestellt hatte. Es war dasselbe elektrisierende Knistern, das er auf seiner Haut spürte, derselbe Duft von Ozon, der ihn umgab. Aber *Raijins* Trommeln blieben still. Es war genauso wie die Sünde der Trägheit es ihm prophezeit hatte. Dennoch wusste Benji, dass dies hier keineswegs eine einfache Rauferei zweier Kinder auf dem Hof des Waisenhauses werden würde. Also konzentrierte er sich, saugte die heiße, stickige Luft, die über dem Schwertfriedhof lag, ein und analysierte die Lage.

Er trägt ein Schwert, das bedeutet, er ist ein Nahkämpfer.

Die Luft verließ seine Lungen wieder und er griff nach

den Mächten des äußeren unikursalen Hexagramms, nach jener Art die Aura zu nutzen, die ihm am besten lag. Transmutation. Unberechenbar in ihrer Bahn zuckten kleine, bläuliche Lichtbögen über seine Finger.

Ohne den Sindive bin ich im Moment allerdings ebenfalls auf den Nahkampf limitiert und sein Schwert verschafft ihm eine größere Reichweite.

»Folgen deinen Worten noch Taten oder bist du einfach nur genauso ein Großmaul wie Scott Sykes?«, blaffte Chifuyu. Seine Stimme triefte vor Verachtung. Dann zog er sein Schwert und führte aus der Bewegung heraus den ersten Streich aus.

Benji verdankte es seinem guten Gespür, für das Akira und Yamamoto ihn die letzten Tage mehrmals gelobt hatten, dass er dem Angriff ausweichen konnte. Er verlagerte sein Gewicht nach hinten und die Schneide glitt nur knapp an seinem Gesicht vorbei. Sie war so schnell, dass er sie nur verschwommen wahrnahm. Der von der Klinge verursachte Windhauch fegte durch sein Haar.

Einen Wimpernschlag später ruhte der scharfe Stahl bereits wieder in der Schneide.

Ein weiterer Wimpernschlag. Ein weiterer Streich. Scharf und schnell genug, um den rostigen Stahl der Gedenkstätten zu zerteilen.

»Sei vorsichtig mit deinen Wünschen, Klabautermann!«

Jedes Mal, wenn sich der Vorhang vor Benjis Augen schloss, folgte entweder ein weiterer Schwertstreich oder die Klinge kehrte zurück in ihre Scheide. Ein Grabmal nach dem anderen wurde zweigeteilt. Dabei zerfielen die besonders alten und rostigen Exemplare zu grobem, braunrötlichem Staub. Langsam gewöhnte er sich an Chifuyus Bewegungen, brachte Abstand zwischen sich und ihn.

Und da fiel es ihm auf. Das feuchte Rot, das durch die Verbände um seine Hände triefte. Der verbissene Ausdruck in seinem Gesicht und das trübe Mosaik, bestehend aus den tausend kleinen Scherben seines Verlustes, zusammengehalten vom Rachedurst in seinen Augen.

Menschen waren fragile Geschöpfe. Ein jeder Einzelne von ihnen zerbrechlicher als ein winziges Insekt. Was sie unterschied, war, was die gebrochenen Teile zusammenhielt. Dies erkannte Benji in diesem Moment. Und er und Chifuyu könnten in dieser Hinsicht nicht unterschiedlicher sein. Das Herz des einäugigen Jungen pumpte nur noch ein Destillat aus Rache durch dessen Adern. Pechschwarz und kalt wie Eis. Seines hingegen schlug für die Lebenden, für jene, für die er noch einstehen konnte. Das Gefühl der Trauer, das Zojas Verlust in ihm zurückließ, stand ihm nicht im Weg, ganz im Gegenteil, wie eine Laterne in der Dunkelheit wies es ihm den Seinen.

Er würde das beschützen, was ihm noch blieb. Und er würde jetzt damit beginnen.

Alles, was seine Tutoren im Waisenhaus und Akira ihm je beigebracht hatten, hallte durch seinen Kopf. Er hielt die Muskeln angespannt, konzentrierte seine Atmung, verzichtete auf jede überflüssige Bewegung. Für Außenstehende möge es mit Sicherheit so ausgesehen haben, als ob er sich in der Defensive befand, so wie er immer wieder dem Schwert des Ordensmitglieds auswich. Doch eigentlich lag er wie ein Wolf auf der Lauer. Brachte seine Beute in Position und wartete auf den Moment, in dem er zuschnappen konnte. Wenige Wimpernschläge, wenige Schwerthiebe später war er gekommen.

Endlich hatte Benji die Sonne im Rücken. Gerade als Chifuyus Stahl summend die ersten Millimeter aus der Scheide glitt, tauchte die Sünde der Gier herab. Die

Schneide des Schwertes spiegelte das glühende Rot des Himmelskörpers, welches ihren Träger für einen kurzen Moment blendete. Doch dieser kurze Augenblick, der keinen Wimpernschlag anhielt, genügte dem gierigen Wolf, um zuzuschnappen. Benji brach durch die Deckung seines Gegenübers. Der Geruch eines herannahenden Gewitters machte sich breit, während sich weißblaue Blitze an seinen Fingerspitzen entluden.

»Was ist das nur für ein trauriger Pfad, für den du dich entschieden hast?«, sagte er zu dem Jungen, der aussah, als würde er sich verzweifelt nach einer Umarmung sehnen, aber innerlich zu zerrissen war, um danach zu bitten.

Und dann donnerte es.

風

Seit der letzten Wachablösung stand nur noch eine Wache vor der Zelle, in der Makoto festgehalten wurde. Sie sagten ihr, das Zimmer besäße die gleiche Ausstattung wie die der Priester. Nachdem sie es von innen gesehen hatte, war sie der Meinung, dass wohl auch die Priester des Ordens in Gefängniszellen lebten. Die Wache, die gerade vor der Tür wartete, war ein Meister der *Thelema*. Sie konnte es spüren. Außerdem näherte sich ein weiteres Ordensmitglied mit ähnlichen Fähigkeiten. Doch ihr war das egal, schließlich musste sie zu ihrem Rendevous.

Mit einem einzigen gezielten Tritt riss die Sünde des Neides die Tür aus der Verankerung im weißen Stein. Krachend fiel sie zu Boden und wirbelte den Staub auf. Die Sonne, die durch das Fenster in ihr Zimmer schien, warf ihren Schatten wie ein schiefes Porträt an die steinerne Wand des Ganges vor ihrer Zelle. Gut sichtbar grenzte er sich auf dem Weiß ab, bevor er immer dunkler wurde und zu schrumpfen begann, während sie aus ihrem Gefängnis heraustrat.

»Weshalb muss das ausgerechnet in meiner Schicht passieren«, begrüßte sie der Wachhabende genervt, der unbeeindruckt neben der zu Boden gefallenen Tür stand und zu ihr hinabsah. Er war mindestens einen Kopf größer als die zierliche Frau. Unter seinem Ordensmantel trug er einen hellgrauen Anzug über einem blauen Hemd. Dazu eine senfgelbe, willkürlich gesprenkelte Krawatte. In der einen Hand hielt er ein Katana. Auf das Handgelenk der anderen, an dem er eine Uhr trug, sah er aus den Gläsern seiner Brille. »Geben sie der Sünde der Trägheit nicht einmal die Chance, ihren Retter zu spielen, Fräulein Lyxzén?«

»Ich bin nicht der Typ Frau, der Wert darauf legt, zu einem Date abgeholt zu werden«, sagte sie charmant, den Kopf leicht zu einer Seite geneigt und mit einem Schmunzeln auf den Lippen. Ihr Schatten tat es ihr gleich. »Wo geht es hier zum Ausgang?«

Den silbernen Abzeichen an seinem Mantel nach zu urteilen, ist er wohl ein Kreuzritter.

»Hier wäre zumindest der Eingang«, erwiderte dieser und verwies sie auf die Öffnung im Stein, für die sie selbst verantwortlich war.

Der silberne Anstecker mit den zehn eingeätzten schwarzen Blüten, die aussehen, als wären sie Kritzeleien, ist irgendwie süß. Auch wenn ich finde, dass das Schwert, das auf ihnen gebettet ist, etwas zu dick aufgetragen ist.

»Hören sie mir überhaupt zu?«

»Sie mögen wie ein Gentleman gekleidet sein, aber scheinbar mangelt es Ihnen wohl an dessen Manieren. Wie wäre es, wenn Sie mir erst mal ihren Namen verraten würden, bevor Sie mit mir auf ein Zimmer gehen wollen?«, flirtete sie mit geröteten Wangen. Dann blickte sie ihn direkt an und klimperte auffällig mit ihren Rehaugen. »Ein wenig Zeit, um uns kennenzulernen, wäre vorher auch nicht verkehrt, vielleicht an der frischen Luft?«

»Sie missverstehen mich. Wenn ich Sie entkommen lasse, bedeutet das einen Berg an Überstunden für mich. Und ich hasse Überstunden.«

Makoto schob die Lippe zu einem Schmollmund geformt nach vorne. Mit den Fingern spielte sie in ihren Haaren. »Ach kommen Sie schon.«

»Ihre Schmeicheleien wirken bei mir nicht«, erwiderte er und behielt weiterhin seine ernste Miene. Dann legte er seine Hand auf den Griff seines Schwertes. »Ich bitte Sie, gehen Sie zurück auf Ihr Zimmer.«

»Wie Sie wollen.« Makoto zuckte mit den Schultern. Gleichzeitig ließ sie die unsichtbaren Mächte in die große Arkane in ihrem schmetterlingsflügelähnlichen Umhang fließen. »In Anbetracht, dass Sie sich in dieser Richtung platziert haben, nehme ich an, dass dort wohl der Ausgang liegt.«

Mit einem einzigen Atemzug wandte der Kreuzritter *OD* und *OB* gleichzeitig an.

Beeindruckend, dachte Makoto.

Dann zog er sein Schwert und im gleichen Moment begann die Iris in ihren Augen gespenstisch rot zu glimmen. Mit einem einzigen Blick löschte sie seine Aura aus. Dann schob sie den heranschnellenden Stahl mit einem einzigen, mit den unsichtbaren Mächten ummantelten Finger der rechten Hand beiseite.

Im gleichen Moment vereinten sich auch ihre Schatten an der Wand. Dann erhob der Schatten der zierlichen Frau die andere Hand. Ein einfaches Schnipsen gegen die Brust ihres schildlosen Gegenübers genügte und er krachte in die Wand, auf der gerade noch ihre schwarzen Abbilder tanzten.

»Sie irren sich, der Ausgang ist in der anderen Richtung«, sagte eine Stimme hinter ihr. »Allerdings kann Ihnen das egal sein, denn Sie gehen jetzt husch, husch zurück in ihr Zimmer, damit ich mich um die anderen Eindringlinge kümmern kann. Im Schallapparat übertragen sie heute schließlich noch … Wow.«

Noch während er sprach, drehte Makoto sich zu dem Neuankömmling um. Kurz musterte sie ihn, wie er mit offenem Mund in dem Gang stand. Er war jünger als der Kardinal. Vermutlich in ihrem Alter. Die Abzeichen auf seinem Mantel verrieten ihr, dass er aller Wahrscheinlichkeit nach ein Adjutant, ein angehender Kreuzritter war. Darunter verbarg sich ein muskulöser Körper. Das braune Haar trug er zu einem lockeren Knoten gebunden.

»Danke«, sagte sie, während sie mit gezielten Hüftbewegungen auf ihn zuging.

»G … g … gerne«, stotterte er, als sie vor ihm stand. »Ich bi … bin Blake.«

Seine Wangen waren gerötet, als wäre er ein Teenager, der zum ersten Mal zaghaft nach der Hand seines Schwarms griff. Doch dann sah sie ihm in die Augen. Er sah sie an, als wäre sie ein vom Himmel gefallener Engel. Wie sehr sie sich wünschte, dass Akira sie einmal so ansehen würde.

»Blake, halte sie auf«, wies ihn der Kreuzritter an, der sich schwerfällig aus dem bröckelnden weißen Mauerwerk erhob.

»Das würdest du nicht wirklich tun oder Blake?«, fragte sie mit unwiderstehlicher Süße in der Stimme, während sie ihm mit ihren Rehaugen zuzwinkerte.

»Nutze die Treppen, die hinunterführen und bewege dich am besten kreisförmig, dann solltest du ohne Probleme zum Ausgang kommen, ich verschaffe dir Zeit«, sprudelten die Worte aus Blake heraus. Er schmolz dahin, wie Schokolade in der Sonne, als sie seinen Namen in ihren Mund nahm.

»Danke, Blake«, flirtete sie weiter.

Sie ging auf die Zehenspitzen und küsste ihn zum Abschied auf die Wange. Seine Haut nahm die Farbe einer reifen Erdbeere an.Dann verschwand sie in dem Labyrinth aus weißem Stein, und das Letzte, was sie hörte, war der Nachhall der Worte des Kreuzritters.

»Blake Bastille, das wird Konsequenzen haben.«

空

»Wovon spricht er, Mirai?«, fragte Arthur Vessalius den alabasterfarbenen König. Behielt Akira jedoch mit einem Auge im Blick.

Das ist also sein Name.

»Weshalb tust du ihnen das an?«, ignorierte dieser den Kreuzritter. Seine Nasenflügel bebten. In seinen Augen zogen Sturmwolken auf.

Die Sünde der Trägheit kannte den Blick, mit dem er ihn ansah. Es war der gleiche von Hass getrübte Ausdruck, der auch Williams Augen innewohnte, wenn er auf die Menschheit blickte.

»Nicht ich bin es, dessen Welt freundlicher mit einer Waffe in der Hand wirkt. Ich bin nur hier, um mit dir zu reden«, versuchte Akira den Jungen zu beschwichtigen.

»Fast dasselbe hat er auch gesagt.« Die dunkeln Wolken in Mirais Blick klärten sich und gaben das Himmelblau seiner Augen wieder frei. »*Mouman* … Irgendwas. Entspann dich, wir haben doch noch nicht einmal miteinander geredet.«

»*Moumantai* … Er war also wirklich hier.«

»Worum geht es hier, Mirai?«, fragte der oberste Kreuzritter erneut. Diesmal fehlte es seiner Stimme nicht an der nötigen Bestimmtheit.

»Am Tag, als ihr mich in die Geheimnisse der *Thelema* eingeweiht habt, habe ich jemanden im Gebetssaal mit den Engelsfenstern getroffen. Zuerst hielt ich ihn für einen Attentäter, doch er wollte sich nur mit mir unterhalten. Er löste sich am Ende einfach in Luft auf. Ich hatte zum ersten Mal seit Ewigkeiten so etwas wie Freunde gefunden und wollte nicht gleich der komische Neue sein, deshalb habe ich nichts gesagt.«

»Worüber habt ihr geredet?«, hakte Arthur Vessalius weiter nach.

»Langsam ziehen wir am gleichen Strang«, witzelte Akira. »Wenn wir jetzt noch dieses Schwert ein paar Zentimeter weiter von meiner Halsschlagader entfernt bekommen würden, könnte ich im Anschluss fast von Gastfreundschaft sprechen, falls mich jemand nach meinem Besuch im Orden fragen würde.«

»Du gottloser Ketzer nimmst uns wohl kein bisschen ernst, was?«, mischte sich der Kardinal mit dem blonden Haar ein. »Ada, bläue diesem Gottesfernen Respekt ein.«

Die Adjutantin mit den tiefen Furchen im Gesicht, die von unzähligen schlaflosen Nächten erzählten, tat wie ihr geheißen.

Sie zog den Kragen, der ihren Mund verbarg, hinab. Darunter kamen keine Fangzähne zum Vorschein, nicht einmal eine Narbe. Nur zwei zierliche, ausdruckslose Lippen.

»Nicht, Ada!«, versuchte die Kreuzritterin mit dem ebenholzschwarzen Haar sie zu stoppen.

Doch es war bereits zu spät. Die Luft in ihren Lungen war bereits in Schwingung versetzt worden. Ihre Stimmbänder hatten ihr bereits Klang verliehen. Und dann öffnete sie ihren Mund. »*Knie nieder …*«

Akira stand noch immer da. Ruhig wie die Morgendämmerung.

Es war die Adjutantin selbst, die in die Knie gezwungen wurde. Ihre Fluchrede war nicht mächtig genug, um gegen Akiras *Magick* zu bestehen. Viel zu schnell hechelte sie vor Panik nach Luft. Die Kehle rau und trocken, keuchte sie.

Einen gefährlichen Trumpf besitzt dieses Mädchen. Allerdings ist er mindestens genauso tückisch wie alle anderen auch. Vermutlich ist es das erste Mal, dass ihre Kräfte auf sie zurückgeworfen wurden, analysierte Akira das Geschehene.

»Hört auf!«, rief Yamamoto, der nun den Raum betrat. Er gab sich sichtlich Mühe, dem Blick des alten Writers auszuweichen, während er zu Arthur Vessalius ging. Er legte eine Hand auf das Ritterschwert an Akiras Hals und drückte es nach unten. »Ich verbürge mich für ihn. Wenn er sagt, er möchte nur reden, dann könnt ihr ihm glauben schenken.«

»Yamamoto«, warnte sein Meister, der Writer ihn. Seine Stimme war nicht länger von der Gleichgültigkeit eines stillen Beobachters beseelt. Nun war sie wie ein Messer. Kalt und hart.

»Bürgst du ebenfalls für seine Unschuld und die seiner Sünden?«, fragte Arthur Vessalius. Sein Blick pendelte zwischen Yamamoto und seiner eigenen Klinge hin und her, während er die freie Hand hob, um dem alten Writer zu bedeuten, dass dieser innehalten soll.

»Ja, weder Aki noch die Sünden sind für die verschwundenen Personen verantwortlich. Und was den Mord an Sirius Gallegar angeht, so trifft uns mindestens ebenso sehr die Schuld wie Scott Sykes, der die Klinge geführt hat. Auch der Orden muss Verantwortung für seine Taten übernehmen«, antwortete er wissend, dass nicht nur der alte Panda, sondern auch einige andere der Ordensmitglieder alles andere als begeistert sein würde von seinem Verhalten.

Doch Arthur Vessalius gehörte nicht zu ihnen. Er senkte sein Schwert. »Missbrauche das Vertrauen nicht, dass dir der junge Yamamoto entgegenbringt, Akira Curtis.«

So tickte also jener Mann, von dem Sensei Sola ihm einst erzählte und der bereits im letzten Thronfolgekrieg das Licht des Ordens genannt wurde. »Danke.« Akira klopfte dem angehenden Writer auf die Schulter. »Also, worüber habt ihr geredet?«

»Er wollte wissen, was für ein König ich sein möchte.«

»Hat er dir verraten, wer er ist oder wie er heißt?«

»Weder noch. Er löste sich auf wie die Spiegelung des Mondes in einem in Unruhe versetzten Teich, als ich ihn danach fragte.«

Ihr Anführer hatte zwar seine Klinge gesenkt, dennoch ließ keiner der Anwesenden Akira aus den Augen. Als wäre er eine geladene Waffe, die jeden Moment losgehen könnte. Lediglich das Mädchen mit dem aschblonden Haar, das gerade im Kontrast zu der anmutigen Schönheit noch deutlicher wie ein Mauerblümchen wirkte, sah nicht zu ihm. Immer wieder blickte sie verstohlen zu dem alabasterfarbenen König, während sie den gesamten Raum musterte. Mit einer Hand nestelte sie zitternd in ihrem Ordensmantel herum.

»Er sagte ebenfalls …«, flüsterte sie.

»Was sagst du, Joan?«, fragte Mirai.

Dann sah sie ihn direkt an und der Junge schmolz wie Schnee an einem warmen Frühlingstag. »Er fragte dich, ob du ebenfalls Besuch von dem Jungen erhalten hast. Und besagter Junge wollte wissen, was für ein König *du* sein möchtest. Bedeutet das nicht, dass auch *er* einer der Erben sein muss?«

Ich hätte mich gewählter ausdrücken müssen. Na ja, sei es drum, vermutlich hätte Yamamoto es ihnen sowieso verraten.

»Ich muss euch leider entäuschen. Ich bin kein Erbe, aber die Sünden und ich haben uns der azurblauen Königin Momo Rainsworth verpflichtet.«

»Rainsworth … irgendwoher kenne ich diesen Namen«, sagte die ältere Kreuzritterin.

»Vermutlich aus dem letzten Thronfolgekrieg, es war der Name jener Frau, die …«

»Auch wenn wir somit auf verschiedenen Seiten stehen, möchte ich mich dennoch für euren Hinweis bezüglich des onyxfarbenen Königs revanchieren«, unterbrach Akira den obersten Kreuzritter.

Sofort dachte er an ihre Augen, die wie das Antlitz des Ozeans glitzerten. Nein. Er hatte keine Lust, Fremden, die sie nicht einmal gekannt hatten, dabei zuzuhören, wie sie emotionslos über ihren Tod sprachen.

»William Baskerville, so lautet der Name des karmesinroten Königs. Macht mit dieser Information, was ihr möchtet.«

»William Baskerville?«, schluckte der oberste Kreuzritter schwer.

»War er nicht der Mann, der Aleister mit den Informationen bezüglich der verschwundenen Personen, der Todsünden und des Greifs versorgte?«, fügte die ältere Kreuzritterin entsetzt hinzu.

Wie Schuppen fiel es den beiden von den Augen. Sie konnten es einander vom Gesicht ablesen. Sowohl Arthur als auch Akira. Beide hatten den Köder geschluckt.

»Wir sind in seine Falle getappt«, sprach Arthur Vessalius aus, was alle Anwesenden dachten.

William nutzte Akiras beste Eigenschaften, wie die Loyalität seinen Freunden gegenüber, gegen ihn. Er wusste, wie wichtig Scott ihm war. Er setzte darauf, dass er seine Schuld begleichen und dem Greif nachjagen würde. Doch Akira vertraute seinem Freund und wurde belohnt. Deshalb sicherte sich der Puppenspieler, der William nun mal war, doppelt ab. Er übergab Mokoto dem Orden, denn in diesem Fall würde Akira gegen diesen und somit gegen Arthur Vessalius ziehen. Vielleicht würden sich so zwei von Williams Problemen gegenseitig aus der Welt schaffen. Und wäre Yamamoto nicht gewesen, hätte es durchaus dazu kommen können.

Doch auch wenn wir nicht gegeneinander kämpfen, so bin ich doch hier und Momo ist … Verdammt, deshalb hat er uns beim Waisenhaus einfach gehen lassen und nicht ernst gemacht …

William hatte bereits genug Fäden gesponnen, dass es für ein gesamtes Puppentheater hätte reichen können. Und wenn man all diese Fäden nun sorgfältig bündelte, so könnte man aus ihnen eine Schlinge knüpfen. Eine Schlinge, die sich in diesem Moment um Akiras Hals zuzog.

»Ich muss euch leider verlassen«, hauchte Akira die Worte fast klanglos. Apathisch sah er durch die Adjutantin namens Joan hindurch, als wäre sie nicht mehr als ein Schemen. Nur unterbewusst nahm er wahr, wie sie noch immer zitternd in ihrem Ordensmantel nach etwas suchte.

Dann sah er es. Sah er ihn. Den Bogen, den der wenige Zentimeter lange, gefaltete Stahl beschreiben würde. Die Kehle, nach der er hungerte. Das Blut, nach dem es ihn dürstete. Und niemand im Raum außer Akira schien es zu bemerken. Die Sinne der anderen waren noch immer getrübt von der Gewalt seiner Aura. Wie von selbst bewegten sich die Beine der Sünde. Dann spürte er den Schmerz. Der Dolch löschte seinen Durst an Akiras Blut. Der Schnitt zog sich über seine Nase hinweg horizontal über sein Gesicht.

Und als der noch immer hungrige Stahl klirrend zu Boden fiel, erblühten sie, die feuchten, blutigen Rosen auf den Gewändern des Mädchens.

KA - 38

Ein Poltern weckte William aus seinem Schlummer. Verschlafen setzte er sich in seinem Bett auf. War es Einbildung? Ein Traum? Nein. Das dumpfe Geräusch ertönte erneut hinter der Wand, an der sein Bett stand. Er atmete ein und mit der anschließenden Ausatmung dehnte er seinen Geist, fühlte, ob er jemandes Aura innerhalb seiner Wohnung spüren konnte.

Da ist jemand in Momos Zimmer.

Eilig griff er nach dem schwarzen Morgenmantel aus Seide, der über dem Stuhl neben seinem Bett hing. Die Enden der Ärmel sowie der Kragen waren karmesinrot gefärbt. Sein offenes Haar fiel in wirren Wogen über seine Schultern. Er lebte in Bruxelles und dank des zahlreichen Wachpersonals auf den Straßen wäre ein einfacher Dieb nicht in der Lage dazu, hier einzudringen. Also aktivierte er seine Kronfähigkeit, während er schnellen Schrittes zur Schlafzimmertür eilte. Doch selbst, als er die Tür zum Zimmer seiner Tochter öffnete, reagierte *Dangersense* noch immer nicht. Ging von dem nächtlichen Besucher keine Gefahr aus? Aber, weshalb war er dann überhaupt hier eingedrungen?

Für die meisten Kinder wäre das, was hinter der Tür wartete, ein wahr gewordener Traum gewesen. In der Dunkelheit der Nacht funkelten kleine Sterne an der Decke. Das Bett war wie eine weiße Kugel geformt, in deren Inneren sich die Matratze befand. Ein Loch ermöglichte den Zugang. Und viele weitere Löcher ließen auf den Sternenhimmel blicken, der über dem Zimmer aufgespannt war. In einer Ecke des Raumes standen ein runder Tisch sowie vier Stühle auf einem flauschigen Teppich. Einer dieser war leer. Auf den anderen saßen drei große Kuscheltiere. Eine hübsch gekleidete Puppe mit wallendem Haar, eine türkisfarbene Schildkröte sowie ein struppig aussehender Kater. Letzteren hatte William seiner Tochter vor Ewigkeiten geschenkt, als ihre Mutter noch gelebt hatte. Momo hatte all die Jahre mit ihm gekuschelt, sodass dieser nun aussah wie ein Streuner mit sprödem Fell. Auf dem Tisch standen Tassen und kleine Teller wie bei einer Teegesellschaft. In den Regalen, die auf einer Seite des Zimmers um ein großes rundes Fenster herum aufgestellt waren, stapelten sich die unterschiedlichsten Spielsachen. Die meisten von ihnen waren unangetastet und eine Staubschicht hatte sich darauf gebildet. Seine Tochter hatte die Bestechungsversuche, die sich mit den körperlichen Torturen abwechselten, um an den großen Geist des Wassers zu kommen, schnell durchschaut.

Für die meisten Kinder Pangeas wäre dieser Raum wahrlich ein Paradies gewesen. Doch für Momo war er ein Gefängnis.

Außerdem gab es noch ein großes, prall gefülltes Bücherregal. Vor diesem stand ein junger Mann. Das blonde Haar reichte ihm bis knapp an die Schultern und er hatte es mittels eines Schallwandlers, den er hinter den Ohren trug, befestigt. Auf seinem Kimono standen die japanischen Kirschen in voller Blüte und in seinen Händen hielt er ein Kinderbuch, welches er aus dem Regal genommen hatte.

»*Momonoke-Hime*«, sagte er und löste seinen Blick von den Seiten. »Ein tolles Buch. Jiji-san hat es mir oft vorgelesen, als ich noch jünger war. Schon damals beeindruckte mich die Geschichte über Umweltzerstörung und die Koexistenz zwischen Mensch und Natur. Beide Seiten haben ihre Beweggründe, und da es keinen klaren Sieger gibt, bleibt die Hoffnung auf ein symbiotisches Zusammenleben bestehen.«

In einer Welt, in der alle immer geschäftig wirkten, war er wie ein stiller Teich. Ein Blick genügte William, um zu wissen, dass dieser Mann anders war als diese Affen. Auch seine Kronfähigkeit reagierte noch immer nicht. Also trat er in das Zimmer. Er wollte mehr über den nächtlichen Besucher erfahren.

»Nur ein einziges Leben ist uns gewährt worden. Doch durch Geschichten und Bücher erleben wir Tausende«, sagte der Blondschopf verzückt und steckte das Buch zurück in das Regal.

»Leider leben wir in dem einen, in dem die Hoffnung, von der du sprichst, mit dem letzten Schmetterling gestorben ist. Niemand interessiert sich noch für die Natur oder wie wir sie dahinraffen. Und jetzt sag mir, wer bist du?«

»Niemand.« Der Fremde lächelte.

William ließ seine Aura aufbranden. Es war mitten in der Nacht und er war nicht zu Spielchen aufgelegt. »Was willst du hier?«

»*Moumantai*«, beschwichtigte ihn der nächtliche Besucher und hob seine Hände, als wolle er sich ergeben. »Ich bin nur hier, um dir eine Frage zu stellen und mich mit dir zu unterhalten.«

»Was bedeutet jenes Wort?«, fragte William, während

er seine konzentrierte Aura langsam abebbte. Er gähnte und setzte sich auf den leeren Stuhl der eingestaubten Teegesellschaft.

»*Moumantai*? Es ist ein Wort aus der alten Sprache meines Vaters, bevor der verbleibende Rest der Welt sich auf dieselben Worte einigte. Es bedeutet: Kein Problem, es wird schon irgendwie werden«, beantwortete er die Frage und spazierte zu dem großen, rundlich geformten Fenster, das den Raum tagsüber mit Licht flutete. Im Gegensatz zu dem Zimmer konnte man am Firmament heute keine Sterne sehen. Der Himmel kleidete sich in Schwarz und Grau. Doch wenn man den Wolken lange genug zusah, lugte der Mond hin und wieder hervor, wie ein schüchternes Kind.

»Du sagtest, du wolltest mich etwas fragen?«

»Deshalb bin ich hier«, antwortete der nächtliche Besucher, ohne sich umzudrehen.

»Gerne. Vorausgesetzt, du gewährst mir ebenfalls eine Frage, nachdem ich die deine beantwortet habe«, feilschte der Hausherr.

»Abgemacht«, willigte der Fremde ein und wandte sich zum karmesinroten König um. Er blickte ihm direkt in die Augen und fragte: »Sag mir, was für ein König möchtest du sein, William Baskerville?«

»Du sagtest, du bist ein Freund von guten Geschichten. Kennst du die Geschichte vom Affen, der nach dem Mond griff?«, fragte William, erhob sich und schritt zu dem jungen Mann ans Fenster.

»Nein. Erzähl sie mir«.

Als hätte William es dem Himmelskörper befohlen, kämpfte der Mond sich hinter den Wolken hervor. Sein Schein fiel stimmungsvoll auf die beiden Männer herab und untermalte die Geschichte des Erben des Feuers.

»Es war einmal ein Affe. Obwohl er nicht einmal im

Ansatz verstand, was der Mond wirklich war, wollte er in seiner Gier die sanft scheinende Perle, die den Himmel schmückte, unbedingt in seinen eigenen Händen halten. Jede Nacht versuchte er nach dem Mond zu greifen, ihn zu fassen zu bekommen. Doch egal wie hoch der Baum war, auf den er kletterte, er war einfach zu weit entfernt. Eines Nachts, als er erschöpft etwas Wasser trinken wollte, entdeckte er den Mond direkt zu seinen Füßen. Sein Ziel war zum Greifen nah. Und ohne darüber nachzudenken, dass es sich dabei nur um eine Spiegelung handelte, sprang er in den See und ertrank.«

Still lauschte der Blondschopf den Worten des karmesinroten Königs.

»Sieh dir nur die Affen an, die unseren Planeten zugrunde richten. Im Kern unterscheiden sie sich kein bisschen von dem Tier in der Geschichte«, sagte William abfällig und deutete dabei auf die wenigen ameisengroßen Geschöpfe hinab, die spätnachts durch die Gassen der Stadt wandelten. Beim Gedanken an sie überkam ihn der Juckreiz. »Im Gegensatz zu allen anderen Wesen, die auf unserer Erde wandeln, passen sich die Menschen ihrer Umgebung nicht an. Sie unterwerfen sie, schlachten sie aus und ziehen dann weiter. Es gibt eine einzige andere Spezies, die dies tut, der Virus.« Er kratzte sich am Hals, bis sich dieser rötete. »Diese Affen sind die Krankheit unseres Planeten.«

»Glaubst du, dass die Menschen sich ändern können?«

Der Mond verschwand nun wieder hinter den Wolken und tauchte Williams Gesicht in dunkle Schatten. »Sieh dir zum Beispiel die Pollenlungenerkrankten in den Gassen von Al-Qāhirah an. Sie sind in die grüne Zone gekommen, um ihr sinnloses Leben etwas in die Länge zu ziehen. Allerdings fehlt ihnen nun die Arbeit auf den Feldern, um ihren Lebensunterhalt zu verdienen. Sie haben ihre Hände für etwas zu Essen verkauft und warten nun darauf, dass sie jemand füttert. Ich bezweifle, dass diese Affen jemals aufwachen werden.«

»Du schätzt die Natur sehr, nicht wahr?«

»Absolut. Weißt du, der Reichtum dieser Welt liegt nicht auf den Feldern. Er ist überall um uns herum.«

»Wie gedenkst du dieses Problem zu beheben?«, fragte der nächtliche Besucher mit ernster Stimme.

»Wenn ich Tennō geworden bin …«, stockte William kurz.

Er realisierte sofort, dass die Leichtigkeit, die den jungen Mann im Kirschblütenkimono gerade noch umgab, verschwunden war. »… werde ich die Kräfte der vier großen Geister nutzen, um mittels Naturkatastrophen das Antlitz des Menschen von diesem Planeten zu tilgen. Die Affen werden glauben, die Welt stößt sie ab wie ein schlecht transplantiertes Organ.« Langsam ließ der Juckreiz, der ihn plagte, nach. »Und anschließend wird ihre Asche als Nährboden für eine Neue Welt dienen.«

»Dies ist also deine Antwort.« Der nächtliche Besucher löste sich von der Scheibe und ging langsam in Richtung der Tür.

»Nun zu meiner Frage.« William blickte ihm nach. »Wer oder was bist du?«

»Wir einigten uns darauf, dass du fragen könntest, aber nie darauf, dass ich dir auch antworten muss«, erklärte der Blondschopf charmant, während er sich sorglos zu ihm umdrehte. Die federnde Leichtigkeit war in seine Stimme zurückgekehrt. Gleichzeitig deutete er auf den künstlichen Nachthimmel an der Decke, als wäre dies die Antwort auf Williams Frage.

»Also bist du nichts weiter als ein Lügner?«

»Nein. Als Lügner würde ich mich nicht bezeichnen. Ich habe schließlich lediglich nicht die ganze Wahrheit gesagt.« Ein verschmitztes Schmunzeln zierte sein Gesicht.

William knirschte mit den Zähnen. Eigentlich mochte er diese Schläue. Es gefiel ihm nur nicht, dass er selbst darauf hineingefallen war.

»Ich werde mir die Zeit nehmen und über deine Ansichten nachdenken«, verabschiedete sich der Fremde. »Auch wenn ich mir nicht vorstellen kann, dass ich deinen Weg mit etwas Grübeln für den Richtigen halten werde.«

»Man sagt, dass es genauso viel Zeit in Anspruch nimmt, etwas zu verändern, wie die Dauer seiner Existenz betragen hat. Ist dir bewusst, was das bedeuten würde?«, setzte William nach.

»Dass zuerst die Sterne verglühen, bevor der Mensch sich ändert.«

»Du begreifst es und dennoch möchtest du lieber auf diese Affen setzen, als den Ausweg zu ergreifen, den ich dir bieten würde?«

»Ja. Denn ich glaube daran, dass es sie gibt«, antwortete der Blondschopf mit einem leichtherzigen Lächeln über beide Wangen, während seine Gestalt langsam verschwomm wie das Spiegelbild des Mondes in einem, in Unruhe versetzten, Teich. »Die Schönheit der Chance.«

Fu - 37

Was wollte der Mann mit den traurigen Augen hier? Weshalb verletzte er die, die Mirai am Herzen lagen? Warum stürmte er auf Joan zu und tat ihr das an? Nur weil sie herausgefunden hatte, dass er zu einem Erben gehört? Diese Fragen hallten durch Mirais Kopf wie ein Sturmwind, als Joans Messer, gefolgt von ihr, zu Boden fiel. Der Anführer der Sünden versperrte ihm die Sicht, daher wusste er nicht genau, was passiert war. Er sah nur Joan. Joan und ihre blutigen Gewänder, die sich immer weiter mit dem nassen, roten Lebenselixier vollsaugten.

Joan …

Die Saat, die die Erinnerungen an seine Eltern in seinem Herzen hinterlassen hatten, schlug langsam Wurzeln. Und jenes Bild vor seinen Augen war das Wasser, mit dem er den dornigen Keimling in seiner Brust goss.

Joan … Joan …

In seinen Ohren regierte nur noch ein hohes Fiepen. Seine Welt verdunkelte sich. Er sah nur noch den Mann mit den blutroten Augen, der sich zu ihm drehte. Quer durch sein Gesicht, über seine Nase hinweg zog sich ein blutender Schnitt. Immer wieder blinzelte er. Mirai wusste sofort, dass dies kein einfaches Blinzeln war, er spürte die auralen Impulse, die mit diesem einhergingen. Der Mann streckte die Hände von sich, als wolle er ihn beruhigen, bewegte seine Lippen, doch seine Worte erreichten Mirai nicht.

Joan … Joan … bitte nicht …

Er saugte die Luft ein, so wie Arthur es ihm gelehrt hatte. Und dann, als er sie, angereichert mit Sorge, Angst und Hass, zitternd aus seinen Lungen herausblies, wurde er zum Auge des Sturmes.

風

In den alten Überlieferungen aus Zhōngguō gab es eine schwarze Kunst namens *Gu*. In späteren Aufzeichnungen des Inselstaates Nihon, gab es Schriftrollen, die ein ähnliches Ritual mit dem Namen *Kodoku* beschrieben. Doch außer ihrem Namen unterschied jene Kunst, die dazu gedacht war, das tödlichste aller Gifte zu kreieren, eigentlich nichts. Hierfür steckten die Praktizierenden Hunderte giftige Wesen wie Insekten, Spinnen, Schlangen, Skorpione oder Tausendfüßler in einen Krug und versiegelten diesen. Dann verschlangen die Insassen sich gegenseitig und ihre Gifte konzentrierten sich angeblich im letzten Überlebenden.

Joan hatte davon in der Bibliothek des Ordens gelesen, und als sie aus ihrer kurzen Ohnmacht erwachte, wurde ihr bewusst, dass jene tödliche Zeremonie noch einen weiteren Namen besaß.

Thronfolgekrieg.

Als Krug diente die Welt. Und wie sie Mirai dort stehen sah, umgeben von einer Art Kranich aus Wind, der seine Flügel um ihn legte, die Federn winzige Tornados, verschwand auch der letzte Zweifel in ihr, dass die Erben die giftigsten Teilnehmer dieser Variante des *Gu* waren.

So wie der Wind in ihr Gesicht peitschte, konnte sie nur wenige Sekunden die Augen verschlossen haben. Der Anführer der Todsünden hatte sie nicht einmal berührt. Seine Aura war von solcher Intensität, dass ihr, als sie direkt vor ihm stand, die Luft zum Atmen fehlte. Ihr wurde einfach schwarz vor Augen. Das nasse Rot, das ihre Kleidung tränkte, musste von ihm stammen.

Doch auch wenn sie nicht lange ohnmächtig war, hieß das nicht, dass sich nichts verändert hatte. Der Tafelsaal lag in Trümmern. Die Tafel selbst und die Stühle zerschellten an den Wänden. Arthur Vessalius musste in den Flur geschleudert worden sein und die anderen Kreuzritter sowie Adjutanten wurden gegen den weißen Stein gepresst, als wären sie nicht mehr als junge Bäumchen, die vom Sturmwind entwurzelt wurden. Sie wollte sich gar nicht vorstellen, wie schmerzhaft es für sie sein musste, denn sie selbst schien von den Winden als einzige verschont zu bleiben und dennoch schlug er ihr ins Gesicht, wie der knorrige Ast einer Weide.

Sie suchte nach ihrem Dolch, doch dieser war verschwunden.

Verdammt, ich habe meine Chance verpasst …

Vermutlich wurde er zusammen mit einigen der Heiligensitze aus dem großen Loch gerissen, welches auf der Fensterseite des Raumes im weißen Stein klaffte. Akira Curtis hing mit einer Hand an der Öffnung. Sein Körper befand sich bereits außerhalb des Turmes und die Winde hielten ihn senkrecht in der Luft. Die Augen noch immer blutrot. Und auch seine untere Gesichtshälfte war durch ihren Schnitt in selbige Farbe getaucht. Er sah aus wie ein Dämon, als seine Lippen sich bewegten und das Weiß seiner Zähne in dem Rot hervorblitze. Der Sturm verschlang den Klang seiner Worte, also folgte Joan seinem

Blick. Sie waren eindeutig an Yamamoto, den Adjutanten des Writes gerichtet.

Was will er ihm sagen?

Aber Joan hatte keine Zeit länger darüber nachzudenken. Sie sah, wie der Sturm den anderen Mitgliedern des Ordens die Luft aus den Lungen presste. Sie war die Einzige, die sich einigermaßen bewegen konnte und sie war Mirai am nächsten. Also erhob sie sich. Der Wind drückte sie fast wieder zu Boden, peitschte ihr das Haar ins Gesicht. Sie konnte kaum die Augen aufhalten. Scheinbar bildete Mirai instinktiv eine Kuppel über ihr, einen Schutzraum, der von dem Sturm verschont blieb. Trotzdem wagte sie sich hervor und tat den ersten Schritt. Ihr war noch immer schwindelig von Akiras Aura, aber sie hielt sich auf den Beinen. Dann tat sie einen zweiten. Der Wind wurde immer unerträglicher. Und einen weiteren. Es fühlte sich an, als würde er ihr die Luft aus den Lungen pressen, ihr den Atem rauben. Doch nicht auf die süße Art und Weise, wie es ein Kuss tat.

Im Augenwinkel sah sie, wie sich die große Kürbisflasche löste, welche sich in den Trümmern der Tafel verkeilt hatte. Sie flog direkt auf Akira Curtis zu. Als sie ihn traf, verlor er den Halt und sein letzter Anker, seine Hand, löste sich vom Turm. Joan hatte keine Ahnung, ob er eine Möglichkeit finden würde, einen Sturz aus dieser Höhe zu überleben, und es fehlte ihr auch an der Zeit, sich darüber Gedanken zu machen.

Mit aller Kraft schob sie ihre Hand durch das aus einem Orkan gewobene Federkleid, das Mirai umgab. Es fühlte sich an, als würde es ihr Schicht um Schicht die Haut von der Hand schälen. Doch dann erreichte sie ihn. Sie berührte seine Hand nur für die Dauer eines halben Atemzuges in einer Welt, in der am falschen Ort ein ganzer einem das Leben kosten konnte.

Und es genügte. Der Sturm verschwand von einer auf die andere Sekunde, als wäre er nie mehr gewesen als ein zaghaftes Flüstern, das durch Winterbäume wogte. Sie sahen sich an, während um sie herum die anderen Mitglieder des avalonischen Ordens nach Atem rangen. Joans dunkle Augen senkten sich in das sonnenversengte, vor Freude strahlende blaue Paar ihres Gegenübers. Es war das erste Mal, dass Joan realisierte, wie schön Mirais Augen waren. Dann zog er sie an sich, schloss sie in seine Arme. Sie spürte, wie sein Körper erzitterte, als ihr Atem sein Ohrläppchen streifte.

Und gerade als sie etwas sagen wollte, erhob er seine Stimme. Sorge legte sich wie Samt über seine Worte.

»Geht es dir gut?«

CHi - 40

Blut. Schreie. Die Stille danach.

Das wären die Worte gewesen, die Mulai gewählt hätte, hätte sie die Geschehnisse der letzten Stunde in wenigen Worten zusammenfassen müssen.

Wie die Nacht selbst, war der Greif über die Lagerhalle der Schmuggler hereingebrochen.

Mit finsteren Mienen saßen sie in den kleinen Holzbooten und ruderten über die dunklen Wellen zu einer der kleinen Inseln, die in der Bucht von Porto lag und auf der sich nur in etwa ein Dutzend Lagerhallen für Frachtgut befanden.

»Was wollt ihr hier? Ihr habt hier nichts verloren«, brüllten die Wachen der zehnköpfig en Gruppe, die auf sie zukam, ihnen entgegen und hoben ihre Gewehre.

Wortlos, ohne ihnen zu antworten, löste sich Vicky aus der Gruppe und ging direkt auf die beiden zu.

Ein Schuss.

Doch die Kugel prallte einfach an der sich um ihren Körper bewegenden Aura ab.

Ein weiterer Schuss. Und noch einer.

Wieder zeigten sie keine Wirkung.

Das war der Unterschied zwischen einem Meister der *Thelema* und einem gewöhnlichen Menschen.

Die Wachen wollten erneut abdrücken, doch ihre Finger rührten sich nicht. Mittels *LA* konnte Mulai die dünnen, von Aura umgebenen Fäden sehen, die zwischen ihnen und den gekreuzten Stäben der sechsten Feder gespannt waren. An zwei Enden der Stäbe saß jeweils eine verzierte Pfeilspitze und an dem jeweils gegenüberliegenden thronte der Kopf eines grimmig dreinblickenden Dämons mit spitzen Ohren. Ungelenk wie Puppen tanzten die Wachen zum Spiel von Vickys glühend rotem Trumpf. Noch ehe ihr Verstand begreifen konnte, dass sie keine Kontrolle über ihren Körper mehr besaßen, ließ sie sie die Tür auftreten. Unter Angstgeschreien stürmten sie hinein. Nun löste sich ein Schuss nach dem nächsten.

Sofort brach in dem Hangar eine Schießerei los und die Ersten gingen zu Boden. Die beiden Wachen waren binnen Sekunden von Kugeln durchsiebt worden, doch Vicky ließ das Lied ihrer Gewehre nicht verstummen.

»Lasst den Kapitän am Leben«, sagte Dante ruhig, während er und die Federn die Halle betraten.

Echo stürmte voran, stärkte seine Beinmuskeln mit den unsichtbaren Mächten und sprang mit einem Satz auf die Reling des Wolkenwandlers. Er stand auf dem Bug, drehte sich zu seinen Kameraden und riss die Arme mit ausgestreckten Zeigefingern weit auf. »Das ist für euch ihr gefallenen Federn.«

Dann begann er seine Arme zu bewegen, als wäre er ein Dirigent und der Greif war sein Orchester.

Vergnügt wie ein Virtuose schwang Grinser seine mittels *OB* verhärteten Spielkarten, als wären sie der Bogen einer Geige und schlitzte den zu Echo stürmenden Schmugglern die Kehlen auf. Blut war sein Applaus.

Mit kurzen, scharfen Bewegungen der linken Hand

forderte Echo das Stampfen der Pauken von San. Ihre Klinge, die schimmerte wie Quecksilber, sickerte durch die Balken des Wolkenwandlers, ehe sie an anderer Stelle verhärtet hervorschoss und einen Rhythmus aus abgetrennten Gliedmaßen und aufgesensten Bäuchen spielte.

Schüsse und Schreie erfüllten die Halle, während Echo die offene rechte Hand vor dem Oberkörper entlangführte, als wolle er ein piano einfordern.

»Tut mir leid. Ich wusste nicht, dass wir Knarren mitbringen sollten«, sagte Mortecai, die Hände in den Taschen, zu zwei der Schwarzmarkthändler, die unablässig auf ihn feuerten. Die Patronen prallten an ihm ab, als wären sie nicht mehr als gefaltetes Papier, mit dem Kinder in den Straßen Al-Qāhirahs Krieg spielten. »Das zwickt.«

Vor Angst schreiend schossen sie einfach weiter.

»Dritte Form. Bergwind.« Blitzschnell verschwand er und tauchte zwischen ihnen auf. Innerhalb eines Atemzugs zerteilte der tätowierte Mann die Läufe der Waffen mit seinem Schwert. Feuchtes Nass traf die beiden Männer im Gesicht. Doch noch bevor diese sich die Frage stellen konnten, woher das Wasser kam, schlug Mortecai ihre Köpfe aneinander. Anschließend warf er sie durch ein Fenster in die schwarze Bucht von Porto. »Seid froh, dass ich euer Gegner war.«

Echo riss die Arme nach oben. Forderte die Bläser dazu auf, ihren Beitrag an der roten Symphonie zu leisten.

»Shirohime«, gähnte Yoru, während sich das Schwarz aus Kurohimes Kleidung löste, die gerade den Kapitän, einen Mann mit sonnengegerbter Haut und bereits von Grau durchzogenem Vollbart mittels des sich drehenden Steuerrads auf die Planken schlug. Anschließend verschwand Yoru mit seiner aus Schwarz geschmiedeten Sense in den dunkelsten Schatten, tauchte hier und da auf und hinterließ nichts als Schmerzensschreie und Tod zu den Schlagfiguren seines Dirigenten.

Mit langsamen und schnellen Handbewegungen forderte Echo die nötige Phrasierung für sein Stück.

Krabat erhörte seinen Wunsch und setzte die Lagerhalle mit seinen weißblauen Flammen in Brand. So schnitt er denjenigen, die fliehen wollten, jeglichen Fluchtweg ab und sorgte dafür, dass es dem Werk nicht an der nötigen Hitze fehlte.

Noch immer steuerte Vicky die leblosen, von Kugeln zersiebten Körper der beiden Wachen und brachte mit ihnen ihre einstigen Kameraden zu Fall. So beschenkte sie Echos Stück auf ihre Weise mit der nötigen Dynamik.

Noch einmal riss der vielgesichtige Dirigent, dessen Werk nicht weniger vom Wahn gespalten war, als er selbst, die Arme auseinander und forderte die Streicher ein letztes Mal auf, zu spielen, als ginge es um ihr Leben.

Dante formte einen Speer aus dem Asphalt, auf dem er stand. Zielgerichtet schleuderte er ihn. Er spießte einen der Schmuggler auf und riss ihn mit sich, ehe er einen Weiteren erwischte und sie passend zu Echos Abschlag wie eine Galionsfigur an die Spitze des Wolkenwandlers pfählte.

So entlockten sie ihren Instrumenten die Töne. Ein blutrotes Requiem aus Schmerzensschreien für ihre gefallenen Kameraden.

Inmitten diese Symphonie aus Schreien und Blut stand Mulai und brachte keinen Ton hervor, während sie einfach nur hoffte, dass ihr Stamm weniger leiden musste als diese Verbrecher.

Wie kann dieses Monster es wagen, eine Träne zu vergießen? Welches Recht hat er nach all diesen Taten noch dazu?, verzweifelte Mulai in Gedanken.

Doch dann hörte sie ein gebrechliches Wimmern aus

einem der Frachtcontainer. Sie atmete ein und öffnete ihren Geist. Spürte die schwindende Aura der Menschen darin. Sie waren gebrechlich und hungrig. Eilig öffnete sie den Container, während die letzten Schreie der Schmugglerbande nach ihren Müttern, Gott oder anderen helfenden Händen, die sie nicht hören konnten, verstummten.

Ein Dutzend abgemagerter Frauen und Kinder kamen zitternd hinter der geöffneten Tür zum Vorschein. Sie waren gezeichnet von Schrammen und Blutergüssen. Das Licht der weißblauen Flammen blendete sie und sie riefen um Hilfe.

Das waren keine einfachen Schmuggler, dämmerte es Mulai. *Diese Typen waren Menschenhändler.*

»Kommt, ihr könnt zurück nach Hause gehen«, sagte sie mit sanfter Stimme und streckte ihnen ihre Hand entgegen.

Die Opfer schrien wild durcheinander, beim Anblick des Blutbades und der Leichen hinter ihr.

Dante kam zu ihr. Direkt neben ihr, vor dem Eingang des Frachtcontainers blieb er stehen.

»B … bitte … bringt … uns nicht um …«, stammelte eine der Frauen, die sich schützend vor zwei Kinder schob.

Langsam streckte auch Dante ihnen seine Hand entgegen.

»D … Danke …«, murmelte die Frau und erhob sich.

Dann spürte Mulai es. Das Pulsieren der Aura in dem Körper des Distelkönigs. Genau wie an jenem Tag auf dem Friedhof, als er dem Wolf gegenüberstand. Die Schrammen weiteten sich zu kleinen Rissen, dann klaffenden Wunden, ehe ihr Blut endgültig den Frachtcontainer kupferrot färbte.

»Chelsea. S16. Konntet ihr uns hören?«, schickte der

Kopf des Greifs seinen Abschiedsgruß gen Himmel.

»Was sollte das? Sie waren Opfer dieser Menschen. Sie haben um Hilfe gefleht!«, platzte es aus Mulai hervor, die nicht glauben konnte, dass Dante die gefangenen Frauen und Kinder, ohne eine Miene zu verziehen, jämmerlich abgeschlachtet hatte.

»Denkst du, sie haben jemals darauf gehört, wenn Schweine oder Rinder um ihr Leben gefleht haben?«, erwiderte er völlig emotionslos. Dabei würdigte er sie keines Blickes und ging zu dem Wolkenwandler, der hinter ihnen, umgeben von blauen Flammen wartete.

Fassungslos stand die letzte der Kanohi im Blut der ermordeten Frauen und Kinder, welches aus dem Container hervorquoll, während irgendwo hinter dem Rauchvorhang Vicky dem Kapitän befahl, das Luftschiff in Bewegung zu versetzen.

地

Niemand von ihnen konnte einen Wolkenwandler fliegen, doch als Besatzung taugten sie alle Mal. Das musste auch der Kapitän, der damit argumentierte, dass seine Mannschaft tot sei, schneller akzeptieren, als ihm vielleicht lieb war. Schließlich hing er an seinem Leben. Also sorgte er dafür, dass die *Arachne* in den Himmel aufstieg, bevor Krabats Flammen nach ihrem Gastank bissen.

Nun stand Mulai auf dem Heck des Luftschiffes und blickte auf die Rauchschwaden hinab, die das Requiem des Greifs hinterlassen hatte. Mechanisch stotternd und zäh ließen sie die Lagerhalle hinter sich. Die Propeller schnitten durch die dicken Rauchschwaden, vermischten sie mit dem Treibstoff, der aus dem Himmelsbambus gewonnen wurde.

Von unten musste es ausgesehen haben, als würde der Rauch sie verfolgen. So wie Mulai an dem Tag ihres ersten Mordes etwas gefolgt war. Ein noch blindes, raupenartiges Bewusstsein, das sich an jenem schwarzen Ort jenseits der Farben in ihr eingenistet hatte und nun von durchscheinenden Flügeln träumte. Mit jeder weiteren Bluttat nährte sie es und so wuchs es in dem lichtschluckenden Kokon heran. Allerdings war es nicht der rote Saft des Lebens, der es stärkte, sondern die Bruchstücke, die aus ihrer Seele splitterten. Die alte Mulai, die mit ihrem Stamm auf der Insel Kiruna lebte, hätte bei den Gräueltaten der letzten Nacht bestimmt nicht tatenlos zugesehen. Doch wie viel von ihr war noch übrig, wenn es ihr so leichtfiel, ihre Tatenlosigkeit damit zu rechtfertigen, dass es sich bei den, um ihr Leben Schreienden nur um eine Gruppe Verbrecher handelte, die es nicht Wert waren, ihre Vergeltung für sie aufs Spiel zu setzen? Denn je größer dieses tiefschwarze Etwas wurde, desto mehr wurde sie zu dem, was sie verabscheute. Nur sie selbst hatte sich dies noch nicht eingestanden. Aber wer konnte es sich auch schon leisten, mitten im Auge des Sturmes seinen Gedanken nachzuhängen?

Als Mulai sich umdrehte, sah sie Vicky aus dem Schatten des Gasballons auf sie zu kommen.

»Hallo, Neue«, begrüßte die junge Frau mit den hellblau gefärbten Haaren, in denen noch immer Blut klebte, sie.

Mulai erwiderte ihre Begrüßung mit einem zaghaften Nicken. Innerlich war sie gespannt, wie eine Bogensehne.

»Warum immer so schüchtern?«, fragte Vicky mit geröteten Wangen, während sie dicht vor ihr zum Stehen kam. Ihr Blut war in Wallung. Berauscht von dem Massaker an den Menschenhändlern, verspürte sie ein wohlig warmes Kribbeln in ihrem Unterleib. Und sie hatte nicht wenig Lust, diesem nachzugehen. Mit der linken Hand streichelte sie über Mulais Wange, fuhr ihren Hals hinab, weiter über ihren Oberarm. Dabei blickte sie ihr tief in die Augen. »Bei der Feder der Maat, du hast wirklich schöne Augen. Und harte Muskeln. Wir sollten ihnen etwas Entspannung gönnen«, hauchte sie den letzten Satz.

Schöne Augen … so schön, dass ihr sie ihnen aus ihren Gesichtern gerissen habt …

Wie gelähmt war sie von den Worten.

Vicky zog Mulai zu sich. So nah, dass diese ihren Atem spüren konnte. Zwischen ihren Lippen befand sich kaum noch Luft. Ihr wurde noch wärmer. Dann ließ sie ihre Hände über den Rücken der neuen Feder gleiten. Spürte mit ihren Fingerspitzen jede Unebenheit.

Auch die Wangen der jungen Kanohi röteten sich nun. Nur war es keineswegs das Rot der Erregung. Es war auch keine Schamesröte, die über ihr Gesicht herfiel. Nein, hierbei handelte es sich um die Farbe des Zorns und der Wut.

»Was soll das?«, blaffte sie Vicky an und stieß sie von sich. »Fass mich nicht an.«

Dann stampfte Mulai davon.

»Prüde Zicke …«, wollte die sechste Feder ihr hinterherbrüllen, doch die Worte verebbten ihn ihrem Mund. Nun war es Vicky, die am Heck der *Arachne* stand und hinabblickte. Ihr folgte jedoch nichts. Sie hatte etwas verloren. Die Lust in ihrem Unterleib war verflogen, aber in ihren Fingerspitzen blieb ein Kribbeln zurück und sie beschlich das Gefühl, jene Unebenheiten, die sie gerade unter ihren Fingern gespürt hatte, zu kennen.

Mizu - 41

Er fiel.

Von den Schultern des weißen Giganten gestoßen, befand sich Akira im freien Fall. Der Sturm des alabasterfarbenen Königs hatte ihm einen seiner beiden Schallwandler aus den Ohren gerissen und für immer verschlungen.

Auch der Schnitt in seinem Gesicht schmerzte, während der Wind ihm sein eigenes Blut in die Augen trieb. Er verlor jegliches Zeitgefühl, während die Welt verschwommen an ihm vorüberzog. Und für einen kurzen Augenblick stand er wieder vor dem Grenzzaun der schwarzen Zone. Nur einige wenige Schritte und es wäre endlich für immer zu Ende. Der Boden rückte bedrohlich schnell näher und die Sünde der Trägheit begriff, dass hier und jetzt nicht einmal ein einziger Schritt nötig wäre …

Er musste es nur zulassen.

Nein … Es gibt noch zu vieles, was ich ihr zeigen möchte.

Da sah er sie vor sich. Ihre stechend grünen Augen.

Doch es waren ebenso die seinen, wie es die ihren waren.

»Sie ist nicht deine Tochter …«, hörte er Williams Stimme in seinem Geist. Sie lockte ihn zu einem noch viel tieferen Abgrund. Wogende Wellen aus Zorn brandeten gegen sein Herz. Drängten es näher an den Rand jener bodenlosen Tiefe.

Doch es waren ebenso die ihren, wie es die seinen waren.

Wie gut, dass Blutbanden für mich nicht von Bedeutung sind.

Mit einer Hand umklammerte er den Gurt der Kürbisflasche, die er normalerweise auf dem Rücken trug. Sein Kopf ratterte, denn ihm war bewusst, dass es bei einem Sturz aus dieser Höhe nicht genügen würde, seinen Körper mittels *OD* zu verstärken. Er löste den Stopfen, doch das herausschwappende Blut war viel leichter als er. Für ihn sah es aus, als würde es nach oben weggerissen werden, aber eigentlich fiel es nur langsamer als er selbst. Die Zeit reichte Akira nicht, um etwas daraus zu schmieden, dass seinen Sturz zu bremsen vermochte. Also verschloss er die Flasche wieder, um nicht unnötig Blut zu verschwenden.

Muss ich wirklich auf diesen Trumpf zurückgreifen?

Der Boden kam immer näher. Er konnte die Baumgrenze der Birken bereits sehen. Es blieb ihm keine Zeit mehr und weder die Blutkontrolle des *Eremiten* noch Alexander konnten ihm aus dieser Situation heraushelfen. Er saugte die stickige Luft ein und seine Hand glitt zu dem Trumpf, der an dem Gurt um seinen Oberkörper auf Höhe seines Herzens befestigt war. Hier draußen war es deutlich schwieriger, die feinen Nuancen zu unterscheiden. Nicht nur, dass der Gestank des Sommers die meisten Gerüche überlagerte, der schnelle Fall erschwerte es Akira zusätzlich von seiner Nase Gebrauch zu machen. Und dennoch roch er sie heraus. Die bitter-süße Schwere des Himmelsbambus, der langsam auch die grüne Zone zu infiltrieren begann. Doch gerade, als er seine unsichtbaren Mächte fließen lassen wollte, war da noch ein anderer Geruch. Der vertraute Duft von Kräutern. Er war bereits fast verblasst, aber Akira roch eindeutig Schafgarbe, Labkraut, Waldmeister und Gierschblüten.

Seine Finger stockten, hingen in der Luft über dem Trumpf. Der unterschwellige Kräutergeruch wurde stärker. Sie musste näherkommen, also sah er sich um. Und kurz bevor er durch die Baumkronen schoss, sah er ihn. Ein nachtschwarzer Pfeil sauste auf ihn zu. Akira grinste, als er knapp an seiner Halsschlagader vorbeiflog. Eilig rotierte er in der Luft herum und erblickte seinen Schatten, den die Sonne auf den weißen Stein des Turmes warf. Aus der gleichen geschmeidigen Bewegung heraus schwang er die Kürbisflasche empor. Und sein Schatten tat es ihm gleich. Dann traf der Pfeil den weißen Stein und nagelte die fallende schwarze Silhouette des Gefäßes im letzten Moment fest.

Er fiel nicht mehr, denn ihre Schatten waren eins. Wie versteinert hing Akira in der Luft zwischen den Ästen der Birken und ihren Blättern, die sich viel zu früh in die Farben des Herbstes verfärbten. Selbst das Blut in seinem Gesicht, das eigentlich hinuntertropfen sollte, war an Ort und Stelle gefangen, als wäre es Teil eines Stilllebens.

Zuerst hörte er ihr Summen. Dann sah er sie. Makoto Lyxzén sah mit ihrem vom Wind aufgeblähten Umhang aus wie ein Schmetterling, während sie sich von Ast zu Ast bewegte.

Ihr geht es gut, dachte Akira erleichtert.

»Endlich sind wir wieder vereint«, sagte sie und drückte ihn an sich. »Ich wusste, dass du kommen würdest, um mich zu retten.«

»Ich habe dich nicht gerettet«, antwortete Akira. Seine Worte klangen luftlos unter ihrer erdrückenden Umarmung. Außerdem hing er noch immer versteinert in der Schwebe und konnte sich nicht bewegen.

»Wie wäre es mit einem innigen Kuss für meinen Retter?«, fragte sie mit verschwörerischer Stimme, während sie ihn mit erröteten Wangen ansah.

Ihre Mimik war die eines schüchternen Mädchens, doch Akira kannte Makoto zu gut, um darauf hereinzufallen. »Mir würde es genügen, wenn du mich losmachen würdest.«

»Du möchtest mit mir ausgehen, nicht wahr? Deshalb soll ich dich losmachen, oder?«, grinste sie und die *10 der Stäbe – die Unterdrückung* erschien in ihrer Hand.

Im gleichen Moment riss die Schwerkraft wieder an Akiras Körper. Der Anführer der Sünden griff nach einem Ast, bremste so seinen Sturz und schwang sich zu Boden. Keine Sekunde später erschien die Sünde des Neides vor ihm.

»Du hättest mich ruhig auffangen können«, schmollte sie und wandte sich von ihm ab, behielt ihn jedoch über die Schulter hinweg im Auge.

»Und, du hättest es nicht so spannend machen müssen.«

»Meinen Bogen konnte ich leider nicht vor dem Orden verbergen, also blieb mir nur, den Pfeil zu werfen. Das ist nun Mal ungenauer als mit einer ordentlichen Sehne«, rechtfertigte Makoto sich schmollend, während sie zur Untermalung ihrer Stimmung die Lippen nach vorne schob.

Während sie auf die Wirkung der Geste wartete, musterte sie sein Gesicht. Jedes kleine Fältchen, den Schwung seiner Lippen, den traurigen Ausdruck in seinen blauen Augen. Als sie ihn das letzte Mal betrunken an der Bar des Velvet Room sah, war dieser tiefer als die Ozeane. Doch diesmal durchdrangen einige Sonnenstrahlen das Meeresblau. Er war nicht mehr nur der Umriss seiner selbst. Die Außenlinien waren endlich wieder mit Farbe gefüllt. Auch wenn diese nicht vollends deckte, sondern eher dem blassen, durchscheinenden Ton von Wasserfarbe glich. »Schön, dass es dir etwas besser geht.«

»Verzeih, dass es so lange gedauert hat«, sagte er sanft und mit einem Lächeln.

Dann atmete er ein, griff nach den Künsten seines Trumpfs und fuhr mit den Fingern durch die Luft vor dem Schnitt in seinem Gesicht. So sammelte er die Thrombozyten in seinem Blut direkt in der Wunde und stillte die Blutung.

»Ich habe innerhalb des Birkenhains bereits eine Hand voll brauchbarer Kräuter entdeckt. Wir sollten sie sammeln, dann könnte ich dir eine Heilsalbe daraus herstellen. Eine Narbe wird zwar unumgänglich sein, aber wir können sie eingrenzen und verhindern, dass sich die Wunde infiziert.«

»Danke, Makoto. Aber zuerst müssen wir Benji finden.« Ohne den Fallwind stieß ihm der Geruch von Ozon unverkennbar in die Nase.

Natürlich hat er nicht einfach gewartet.

»Benji?«

»Wahlweise auch Avaritia.« Wie ein Bluthund nahm er seine Witterung auf.

»Es gibt also eine neue Sünde der Gier? Sieht er gut aus?«

»Er ist fast noch ein Kind«, erklärte Akira und schüttelte den Kopf, wissend darüber, dass Makoto vermutlich sogar einer Waffel schöne Augen machen würde, bevor sie sie aß.

»Also zu jung. Schade. Du hättest aber ruhig trotzdem ein bisschen eifersüchtig werden können«, erwiderte sie und spielte dabei die Genervte. Dann hakte sie sich bei ihm unter und schmiegte sich an seine Seite. Akira versuchte seinen Arm aus ihrem Griff zu winden, doch sie hielt seinen Arm fest umklammert. Mit einem unschuldigen Lächeln im Gesicht fragte sie: »Ich interpretiere dein Schweigen vorhin übrigens als Ja. Also, wohin führst du mich heute aus?«

水

Was würde Zoja jetzt tun?, fragte sich Benji, während er den Jungen musterte, dessen Leib er gerade mit seinen Blitzen geflutet hatte.

Jeder Muskel in Chifuyus Körper verkrampfte unter den elektrischen Impulsen. Sie ließen ihn sein Schwert noch fester umklammern. Es sah fast so aus, als zuckte und zitterte er zu dem Takt, den das von seiner Hand tropfende Blut vorgab. Die Sünde der Gier bemerkte, dass der Junge etwas sagen wollte, doch dieser war paralysiert. Er schaffte es nicht, vollständige Worte zu formen. Lediglich dumpfe Geräusche kamen zusammen mit feinem Dampf aus seinem tremolierenden Mund. Doch der Ausdruck in seinem verbliebenen Auge sprach Bände. Eiskalt. Blutdurstig. Sehnsüchtig.

Und dann wusste Benji, was Zoja tun würde. Sie würde dem innerlich zerrissenen Jungen ersparen, danach zu bitten und ihn in ihre Arme schließen. Er öffnete seine Arme. Doch er war nicht Zoja, er war der Mond. Er konnte nur scheinen, wenn sie strahlt. Und sie war nicht mehr. Also packte er Chifuyu am blonden Schopf und zog ihn zu sich heran.

»Rede nie wieder schlecht über Akira Curtis, kapiert?«

Seine Worte hatten etwas Lehrerhaftes an sich. Dann ließ er ihn los und der Junge fiel steif wie ein Brett vornüber zu Boden. Anschließend machte Benji sich auf den Weg. Fort von dem Friedhof, auf dem er nie sein sollte, weg von den weißen Türmen, denen er sich nicht nähern durfte, zurück zu jenem Ort, an dem er ursprünglich hatte warten sollen.

»Wi … kann … st d … es wag … en«, knurrte Chifuyu ihm unverständlich hinterher. »B … in ich n … ur ei … n Wi … tz für dich?«

Doch Benji ging seinen Weg unbeirrt weiter. Er drehte sich nicht um. Noch nicht.

Dann erblickte Chifuyu die Hannyamaske in der Farbe von geronnenem Blut neben sich. Das Schnitzwerk seines Meisters lag auf dem moosigen Grund und starrte ihn aus leblosen Augen heraus an. Er wollte nach ihr greifen, ihr Leben einhauchen und langsam gewann er die Kontrolle über seinen Körper zurück. Auch wenn seine Bewegungen steif waren und der einer Holzpuppe glichen. Er benötigte drei Versuche, bis er sie endlich zu fassen bekam. Zitternd legte er sie sich auf sein Gesicht. Die integrierte Filtermaske schloss sich von selbst um seinen Nacken. Fest umklammerte er sein Schwert. Diesmal jedoch nicht, weil seine verkrampften Muskeln ihn dazu zwangen. Wacklig hievte er sich zurück auf die Beine. Und dann flutete er die Maske, flutete seine Lungen mit der stickigen, nach Ozon riechenden Luft des Schwertfriedhofes.

Dies war der Moment, indem sich Benji noch einmal zu Chifuyu drehte. Er spürte, dass die Aura des einäugigen Junges wieder floss. Doch etwas war anders als zuvor. Unzählige Male hatte er seine Aura in das Katana gelenkt, bevor er es schwang. Aber dieses Mal war es, als würde der gefaltene Stahl die unsichtbaren Mächte, die sein Träger verströmte, verschlingen. Gierig und durstig nach immer mehr. Lag es an der Maske, die den Atem des einäugigen Jungen klingen ließ, wie das Rascheln toter Blätter?

Der Ordensritter kam auf ihn zu und Benji machte sich bereit. Solang er der Klinge auswich, war es egal, mit wie viel Aura sie sich vollsaugte.

Metallisches Knacken vermischte sich mit dem Geräusch der zerschnittenen Luft. Der Stahl ächzte, als Chifuyu ihn nach Benji schwang. Diesmal war es keine *Iaidō*-Schwertkunst. Nur ein einfacher Aufwärtsstreich. Und die Muskeln seines Gegners waren noch immer steif, seine Bewegungen träge. Es war fast schon zu einfach für Benji dem auszuweichen.

Deshalb wurde er gierig. Er wollte direkt die offensichtliche Lücke in der Deckung seines Gegners ausnutzen, doch da löste sich etwas von dessen Klinge. Chifuyus Aura materialisierte sich in physischer Form an der Schneide.

Der Stahl klagte immer lauter.

Ich kann dem nicht mehr entkommen, begriff er.

Doch noch bevor der fliegende Schnitt sich von der Klinge löste, brach Chifuyus Bewegung abrupt ab. Als wären Benjis Blitze erneut durch ihn hindurchgefahren, verharrte er wie gelähmt innerhalb der Bewegung. Nun stimmte der Winkel nicht mehr und die verdichtete Aura raste knapp an Benji vorbei gen Himmel. Er konnte ihren Sog spüren, das Summen hören, das klang wie eine ganze Insektenplage, und dabei das Ächzen des Stahls übertönte. Der Schnitt selbst sah aus, als wäre er mit Abertausenden einzelnen Strichen mitten in die Welt hinein gezeichnet worden. Ohne zu verstehen, weshalb Chifuyu wie versteinert vor ihm stand, blickte er dem Schnitt nach. Dieser war bereits außer Sichtweite. Doch er hatte die Wolken geteilt. Im leicht rötlichen, wattehaften Gewand des Himmels klaffte nun ein Loch.

Er hat den Himmel geteilt. Hätte es mich erwischt …

Benji wollte nicht einmal darüber nachdenken.

»Was für eine Technik, nur leider hält dein Schwert ihr nicht stand. Vermutlich wird es zerfallen, sobald die *Unterdrückung* ihre Wirkung verliert.«

Als die Worte sein Ohr erreichten, drehte Benji sich schlagartig um. Akira stand neben Chifuyu und beäugte dessen Katana. Der Stahl war von tiefen Rissen und Furchen durchzogen. Die Schneide schartig, als hätte er sie stundenlang gegen den weißen Stein des Turmes geschlagen.

»Ich bezweifle, dass er dir antworten wird. Er hat zu viel seiner Aura verbraucht. Sein Atem ist flach, vermutlich schwindet ihm in diesem Moment sein Bewusstsein«, sagte eine Frauenstimme.

Und die Stimme schien recht zu haben, denn so wie Benji Chifuyu kennengelernt hatte, war es nicht seine Art, das Ganze schweigend über sich ergehen zu lassen.

Aus dem Schatten des Ordensritters erhob sich eine natürliche Schönheit. Sie war in einen kunstvollen Haori gewickelt und in ihrem dunklen Haar saß eine Klammer, die geformt war wie die Flügel eines Schmetterlings. Benji musste schlucken, während er sie musterte. Dann bemerkte er den Pfeil zu ihren Füßen, der in Chifuyus Schatten steckte.

Sie hat mir das Leben gerettet.

Dann zog sie den Pfeil aus dem moosigen Boden und sorgte dafür, dass der Schwertfriedhof seinem Namen wirklich gerecht wurde.

Der bewusstlose Junge sank umgeben vom Regen der stählernen Splitter seines zerbrechenden Schwertes zu Boden, während aus dem Pfeil in ihrer Hand wieder eine Tarotkarte wurde.

»Wolltest du nicht eigentlich dort warten, wo wir uns getrennt hatten?«, riss Akira ihn aus seinen Gedanken. Ein tiefer Schnitt zog sich durch sein Gesicht. Die Wunde war frisch, dennoch umgab sie kein Blut.

»Eigentlich …«, betonte Benji das Wort. »… habe ich nur zugestimmt, die Türme nicht zu betreten. Außerdem hat Klabautermann hier schlecht über dich geredet.«

Ein warmes Lächeln erstreckte sich über Akiras Gesicht, direkt unterhalb der frischen Wunde. »Na dann.«

»Dein Plan hat funktioniert«, grinste Benji zurück. Dann ging er auf die vermeintliche Sünde des Neides zu, um sich zu bedanken. »Danke, das …«

»Mich könntest du ruhig auch mal so anlächeln«, ignorierte sie ihn und ging mit empörtem Gesicht und geröteten Wangen auf Akira zu.

»Benji, das ist Makoto, die Sünde des Neides. Makoto, das ist Benji, die neue Sünde der Gier«, stellte Akira sie einander vor.

»Ist doch egal, wer der Junge ist. Geh lieber mit mir auf das Date, zu welchem du zugesagt hast.«

»Sympathisch«, kommentierte Benji, die Arme hinter dem Kopf verschränkt die Szene.

»Oder?«, fragte Makoto, während sie sich ein Stück zu ihm hinab beugte und ihm die Zunge entgegenstreckte. Dabei lächelte sie mit den Augen, gefolgt von einem Zwinkern.

Benjis Wangen erröteten. Er wusste nicht, was er von der Frau halten sollte. Trotz ihrer patzigen Art war sie hinreißend bis zur Absurdität.

»Ihr könnt euch auf dem Weg weiter necken«, sagte

Akira. »Wir haben keine Zeit zu verlieren. Momo ist in Gefahr.«

»Wieso?«, fragte Benji.

»Das erkläre ich euch unterwegs.«

Die beiden Sünden setzten sich in Bewegung, lediglich Makoto blieb an Ort und Stelle stehen, als hätte ihr Pfeil ihren eigenen Schatten getroffen. Nur das schwache Zittern ihrer geballten Fäuste verriet, dass dem nicht so war.

»Was ist?«, fragte Akira. »Kommst du?«

»Du elender Gigolo«, sagte sie wütend und stürmte auf ihn zu. »Wer ist dieses Miststück namens Momo?«

Mit beiden Händen trommelte sie auf seine Brust ein.

»Hör auf, Makoto. Momo ist ein Kind.«

»Du untreuer Windhund hast ein Kind? Mit wem? Das muss ein außerordentliches Date werden, wenn du das wieder gut machen möchtest!«, schimpfte sie. Ihre Schläge waren nicht kraftvoll, aber der Rhythmus der Eifersucht wurde dennoch schneller.

»Sie ist nicht mein Kind.« Er packte ihre Hände. »Momo ist die azurblaue Königin und wir Sünden werden sie mit unserem Leben beschützen.«

»Na, dann los. Gehen wir«, sagte sie lächelnd, während sie ihre trommelnden Schläge einstellte. Kurz ruhten ihre Hände über Akiras Brust. Unschlüssig darüber, ob sie ihn berühren sollten oder nicht. Schließlich zog Makoto ihre Hände zurück und hakte sich erneut bei ihm unter. Sie glaubte daran, dass die Augen das Tor zur Seele waren. Und für einen kurzen Moment hatte sie ihn gesehen. Für einen Wimpernschlag blitzte er unter dem regenverhangenen Schleier seiner Augen hervor. Der Mann, den sie einst kannte. Der Mann, in den sie sich verliebte. Der wahre Akira.

»Außerdem sind wir nicht zusammen.«

Makoto ignorierte die Worte und schmiegte sich an seine Schulter, während sie ihn voran zog.

Benji blickte ihnen nach und entdeckte dabei die Schlangentätowierung in Makotos Nacken. Dann schloss er zu ihnen auf und trat an Akiras Seite. Die Hände hinter dem Kopf verschränkt, sagte er: »Erzähl schon, was ist innerhalb des Ordens passiert?«

»Vielleicht solltest du ein paar Schritte hinter uns gehen. Uns etwas Privatsphäre gönnen«, wies Makoto Benji an, während sie Akira näher zu sich zog.

Dieser sah ihn mit einem um Hilfe bittenden Blick an.

»Als ob, Medusa«, blaffte der Waisenjunge und blieb an ihrer Seite.

Chi – 42

Chelsea glaubte daran, dass Dingen, die man hegte und pflegte, eine Seele innewohnte. Doch Menschen verwandeln Dinge, die ihnen gerade eben noch wichtig waren, allzu leicht in Müll. Bereits im nächsten Augenblick behandeln sie sie wie etwas Schmutziges und finden nie wieder einen Wert in ihnen. Seit ihre Schwester zum ersten Mal davon gesprochen hatte, fragte Vicky sich, was wohl dem Abfall innewohnt, der arglos weggeworfen wurde.

Das gleiche gilt auch für Menschen, dachte Vicky, während sie auf dem Deck des in den Hafen einfahrenden Wolkenwandlers stand und dabei zusah, wie zwei in blaue Overalls gekleidete Männer tonnenweise Plastikunrat im Meer versenkten.

Der Mann mit dem von Grau durchzogenem Vollbart war bereits einige Meilen vor der Küste Nihons von der Luft aufs Wasser gewechselt. Diese für ein Luftschiff ungewöhnliche Fähigkeit machte die *Arachne* zum perfekten Transportmittel für eine Horde Schmuggler.

Der Wolkenwandler konnte nicht nur durch den Himmel segeln, sondern auch über die wogenden Wellen. Dabei nutzte ihr Kapitän den entleerten Gasballon mittels einiger cleverer Knoten wie ein Segel. Es war die perfekte Tarnung für Windschlürfers illegales Geschäft.

Windschlürfer, dies war sein Kapitänsname. Ein jeder, der einen Wolkenwandler manövrieren konnte, besaß einen solchen.

Vorbei an gespenstisch grün leuchtenden Kreisen im Wasser lenkte er sein Schiff in einen der kleineren Häfen an der Westküste Nihons. Sie mussten einen Zwischenstopp einlegen, da es ihnen durch den ungeplant eiligen Start an Treibstoff und Verpflegung mangelte.

»Was sind das für grüne Lichter unter der Meeresoberfläche?«, fragte Kurohime und sah dabei mit nebligem Blick durch den Kapitän hindurch.

»Nemos Gärten«, beantwortete Windschlürfer die Frage, die sich diesmal nicht nur das blasse Mädchen, sondern auch einige andere Federn gestellt hatten. Er war nicht weniger ein Gesetzloser als die Mitglieder des Greifs und hatte sich schnell mit seiner neuen Situation arrangiert. »Schon mal von ihnen gehört?«

»Nein«, sagte Vicky und wandte ihren Blick von dem am Schiff vorbei schwimmenden Müll ab. Währenddessen fragte sie sich, wie lange dieser wohl brauchen würde, bis er ihre Heimat erreichen würde.

»Die neuste Technik. Sie bauen dort unten mittels Biosphärenblasen Gemüse und Kräuter an, für die es an Land dank unserer Abhängigkeit vom Himmelsbambus kaum noch Fläche gibt. Ich habe unlängst gesehen, wie sie eine von ihnen haben abtauchen lassen. Eine Glaskuppel mit mehreren Kettenarmen, um sie im Meeresboden zu verankern. Im Prinzip sehen sie aus wie Quallen.«

»Qualen?«, fragte Echo lautstark. »Wie soll ich mir darunter etwas vorstellen? Es gibt unzählige Arten von Qualen!«

»Folter zum Beispiel!«, veränderte sich seine Stimme.

»Ja! Oder … oder … verdammt mir fällt nichts mehr ein«, tönte sein vorheriges Selbst lautstark.

»Oder dir zuzuhören«, mischte Mortecai sich ein. »Er sagte Quallen, nicht Qualen. Er spricht von dem Lebewesen.«

»Mach lieber nicht solch einen Krach! Du weckst sonst Yoru!«, brüllte eine dritte Stimme Echos der siebten Feder entgegen.

Wortlos winkte Mortecai ab und schüttelte verständnislos den Kopf.

Anschließend brachte Windschlürfer die *Arachne* sicher in den Hafen. Er selbst ging mit Dante, Echo, Kurohime und Grinser zu einem seiner Kontakte, um sich der Auffüllung des Gastanks zu widmen. San, Krabat und Mortecai wurden damit beauftragt, die Vorräte aufzustocken, während Mulai und Yoru den Wolkenwandler bewachen sollten. Vicky wollte der Kapitän damit betrauen, ihm neuen Pfeifentabak zu kaufen, doch auch der Anblick, der vom Wind davon getragenen letzten Tabakkrümel in seinem Etui, schaffte es nicht, ihr Herz zu erweichen. Sie zeigte ihm den Mittelfinger und ging unter Deck. Dabei hörte sie, wie Mulai anbot, sich darum zu kümmern.

Mit von Tränen verhangenen Augen kam Vicky einige Minuten später wieder an Deck. In der einen Hand hielt sie Mulais Gepäck, die andere hatte sie zur Faust geballt. Auf den in der Faust versteckten Fingerspitzen kribbelte noch immer das Gefühl, dass der Rücken der achten Feder auf ihnen hinterlassen hatte. Dieses Gefühl war das Wasser, mit dem sie den Samen, der in den Gassen von Neo Metropolis gesät wurde, goss. Und dank dem Fund in Mulais Gepäck konnte die dornige Rose nun endlich erblühen.

Sie blickte zu Yoru, der in seine Flickendecke gewickelt schlief. Dann schwang sie sich über die Reling.

Es ist an der Zeit, dass sie herausfindet, was dem Müll innewohnt, der einst weggeworfen wurde.

地

Wenn die Rache eine Mutter besitzt, dann lautet ihr Name Geduld. Seit Tagen lebte Mulai Azandé von ihren Feinden umgeben. Doch egal, wie sehr sie sie alle auf einmal hätte töten wollen, musste sie ihre Trauer und ihre Wut hinunterschlucken, denn ihr war bewusst, dass sie keine Chance hätte, würde sie gegen sämtliche verbliebenen Mitglieder des Greifs gleichzeitig kämpfen. Also wartete die letzte Kanohi, denn sie wusste, dass selbst Berge zu Sand zerfielen, wenn der Regen nur lange genug auf sie niederging.

Dennoch war sie froh um jede Sekunde, die sie nicht inmitten des Gefieders verbringen musste, weshalb sie sich gerne freiwillig meldete, um Windschlürfers Tabakvorräte aufzufüllen. Mit dem frisch befüllten Beutel in der Hand schlenderte sie an der Waldgrenze der kleinen Stadt entlang.

Nihon, mochte sie schon immer lieber als die Stille Pangeas. Hier, wo man nirgends eine Filtermaske benötigte, um sorglos zu atmen, war die heiße Luft des Sommers noch schwer vom Summen winziger Flügel. Mulai liebte die Musik der Zikaden, denn sie erinnerte sie an ihre Heimat. Vermutlich war Nihon der einzige Ort neben ihrer Insel, an dem es noch intakte Flüsse und Wälder gab. Wenn auch nur vereinzelt.

Rote Torii-Bögen rahmten einen in Stein geschlagenen Pfad durch den nebligen Wald uralter Sicheltannen.

Zwischen ihnen stand Vicky mit von Tränen geröteten Augen.

»Komm mit und verbirg deine Aura«, sagte sie mit knirschenden Zähnen und folgte dem Weg in den Wald hinein.

»Du kennst die Wahrheit?«, fragte Mulai sie, während sie ihre Aiwaz-Knoten verschloss und ihr in einigem Abstand folgte. Ein Blick auf ihr eigenes Gepäck in Vickys Händen genügte ihr, um es zu wissen.

»Halts Maul. Wir sind noch zu nah an der Stadt.«

»Du willst nicht, dass der Greif etwas davon mitkriegt? Weshalb?«

»Du sollst dein Maul halten, hab ich gesagt!«

Ich muss es einfach wissen. Ich muss wissen, ob Chelsea noch am Leben wäre, wenn ich an jenem Tag in der Kirche nicht darauf bestanden hätte, dass sie sie mir überlässt, dachte Vicky von Schuldgefühlen zerfressen. Deshalb verschwieg sie es den anderen und wollte es mit ihr alleine aufnehmen. Auch wenn das bedeutete, dass sie gegen die wichtigste Regel des Greifs verstoßen musste.

Stillschweigend folgte Mulai der sechsten Feder tiefer in den Wald hinein. Es fiel ihr nicht schwer, durch Vickys Verhalten darauf zu schließen, dass der restliche Greif noch nichts von ihrer Vendetta wusste. Die steinernen Treppen führten sie nach einigen Biegungen auf einen von Bäumen umringten freien Platz. Nebelschwaden krochen aus dem Gehölz hervor und waberten über die Fläche. Am anderen Ende befand sich eine große, seitlich liegende Buddhastatue aus Kupfer. Er war von einer grünen Patina überzogen und seinen Kopf hatte er gemütlich in einer seiner Hände abgelegt. Seine beiden Augen waren hinter den Lidern versteckt, doch das dritte Auge in der Farbe von Gold, welches mittig auf seiner Stirn thronte, sah direkt zu den beiden Frauen. Über ihm sah

Mulai die blassen Lichtschleier der Neonröhren am Nachthimmel über der Stadt. In dieser Hinsicht unterschied sich Nihon kein bisschen von irgendeinem anderen Ort. Und sie verabscheute den Anblick der Lichter, die sich in kleinen Wellen übers Firmament zogen, denn sie erinnerten sie daran, warum sie als einzige noch am Leben war.

Die Letzte der Kanohi berührte die Feder in ihrem Haar. Rot, Grün und Blau schimmerten die Leuchterscheinungen vor ihrem inneren Auge, bevor sie sich in ihrem ganz eigenen Schauspiel miteinander vermischten. Durch den Kuss der Farben wurden die sich über den Himmel ihrer Erinnerungen schlängelnden Moleküle Violett und Weiß. Sie hörte die Stimme ihres Vaters, während sie über den Schaft der Feder strich. Seit sie ein kleines Kind war, schwärmte er von ihnen. Unzählige Male hatte er ihr die Geschichte erzählt, wie ihre Vorfahren nach Kiruna kamen. Wie sie auf den wogenden Wellen den Kurs verloren hatten. Ehrfürchtig hatten sie ihre Götter um Hilfe in ihrer Notlage gebeten und diese hatten sie erhört. Mit ihrem festlichen Licht verzauberten sie den Himmel. Direkt über ihrer zukünftigen Heimat hatten die Farben den Tanz der Aurora getanzt.

»Solltest du dich also einmal verlaufen, Mulai, dann bitte einfach unsere Götter, sie dir zu schicken. Die wunderschönen Polarlichter«, beendete ihr Vater stets die Geschichte.

Wie sehr er die Lichter geliebt hatte. Und wie unbedingt sie selbst sie endlich hatte sehen wollen. Deshalb gab sie ihrer Ungeduld nach und wartete nicht das Fest der Aurora ab, so wie es der Brauch ihres Stammes verlangte. Heimlich schlich sie sich aus dem Dorf, verabschiedete sich bei niemandem und bestieg den ihnen heiligen Berg Nunivak. Bereits im ersten Augenblick, als sie

sie erblickte, wusste Mulai, dass die Worte ihres Vaters der Schönheit der Nordlichter nicht gerecht wurden, so wie sie an jenem Tag über das Gebälk des Planeten schlängelten, als der blutrote Mond über Kiruna stand.

Deshalb war ich nicht da, als es passierte.

Nun standen sich die beiden Frauen gegenüber und blickten sich an. Die eine wünschte sich ihr Leben lang jene Lichter zu sehen, die ihr Vater so sehr liebte und die andere wollte nichts mehr, als ein Unikat zu sein, ohne eine Zwillingsschwester, die ihr alles nachahmte. Beide hatten sie bekommen, was sie sich wünschten, an dem Tag, an dem sie verloren, was ihnen eigentlich viel wichtiger war. Ohne jeden Zweifel besaßen die Schachteln des Glücks in ihren Herzen seitdem klaffende Risse, aus denen alles Glück herausrieselte. Doch würde Vergeltung genügen, um sie zu Verschließen?

Mit zitternder Hand zog Vicky den Behälter, in dessen Flüssigkeit die schwarzen Perlen, die Augen der Kanohi, schwebten, aus Mulais Gepäck hervor.

»Steck sie zurück.«

Vicky tat wie ihr geheißen und warf anschließend die Habseligkeiten in den Schmutz.

Die Zeit des Geduldens war vorüber. Ihre Auren pulsierten, vertrieben die Nebelschwaden zu ihren Füßen. Doch plötzlich lauerte noch jemand Drittes unter ihnen. In dem aufgetürmten Nebel zeichnete sich ein schwarzer Schatten ab. Die Silhouette besaß Zähne wie Dolche und auf ihrem Kopf saß ein Zylinder. Ein markerschütterndes Kichern kroch aus dem Dunst hervor und lief den beiden Frauen eiskalt den Rücken hinab.

Mit Worten, die waren wie der dünne Rauchfaden einer ausgeblasenen Kerze, sprach die Stimme aus dem Nebel: »Höre mich, oh heilige Mutter Tod und akzeptiere mein Geschenk an dich. Dieses Fleisch dir zum Mahl.

Dieses Blut mir zum Wein.«

Fu - 43

Nicht nur sie.

»Achtundachtzig, neunundachtzig, neunzig …«

Nicht nur sie. Soll ich es den anderen sagen?

»Einundneunzig, zweiundneunzig.«

Nein. Ich bin nur ein Beobachter. Es ist mir verboten einzugreifen.

»Dreiundneunzig, vierund …«, stockte Yamamoto. Wie so oft saß er auf dem Fensterbrett seines karg eingerichteten Zimmers, von dem aus er den Schwertfriedhof in der Ferne sehen konnte. Sorgfältig zählte er die rostigen Klingen, die ihm seinen Namen gaben. Eine nach der anderen. Und er kam nicht umhin zu bemerken, dass es seit Chifuyus Kampf weniger geworden waren.

Aber wenn ich es ihnen nicht sage, sind sie in Gefahr, lehnte er seinen Kopf zurück.

Er spürte den kalten Stein durch seine Haare hindurch auf seiner Haut. »Nicht nur sie«, murmelte er die Worte, die Akiras Lippen im Auge des Sturmes formten, nachdenklich vor sich hin. Yamamoto wusste, dass die Nachricht für ihn bestimmt war. Er wusste, dass sein Freu…, dass der Anführer der Todsünden darauf vertraut hatte, dass er ihm die klanglose Botschaft vom Mund ablesen und verstehen würde. »Der alte Panda würde mich umbringen, wenn ich es ihnen sage«, dachte er laut.

»Ganz Recht.« Mit der Gelassenheit eines alten Mannes schloss der Writer die Tür hinter sich.

Yamamoto war so in Gedanken versunken, er hatte nicht einmal bemerkt, wie der Alte seine Kammer betreten hatte.

»Wir sind der Atem der Geschichte. Es wird Zeit, dass du dies endlich wieder begreifst.« Der Blick seines Meisters aus den Kajal umrandeten Augen heraus war streng. Noch strenger als sonst. »Es obliegt uns die *verborgene Geschichte* aufzuzeichnen.«

Die verborgene Geschichte. Jene Wahrheit hinter der Geschichte, die überliefert wird. Die *Monogatari.*

Du kannst Dinge erfahren, von denen Niemand weiß, erinnerte sich Yamamoto an den Tag, als er den alten Panda kennenlernte. Nur deshalb hatte er akzeptiert ein Writer zu werden.

»Wir beschreiben ihre Auswüchse. Wir bringen die Tinte auf das Papier«, fuhr der alte Mann, der sich die Identität eines Kreuzritters übergestülpt hatte, fort. »Und unsere Tinte sind die Menschen.«

»Wie oft willst du mir diese Predigt noch halten?«

»So oft, bis du endlich begreifst, dass die Tinte nicht mit der schreibenden Hand spricht.«

»Du hast es doch auch gesehen, das, was sie in Wirklichkeit tun wollte, alter Panda!«, entfuhr es Yamamoto, während er sich erhob und mit der Faust auf den Schreibtisch schlug. Das kleine Tintenfässchen darauf sprang in die Höhe und kippte bei der Landung um. Das dicke, lichtschluckende Blau breitete sich zäh über dem beschriebenen Pergament aus, das auf dem Holz lag, und legte einen Schleier über die Geschichte, die darauf geschrieben stand. Währenddessen senkte der Schüler des

Writers seine Stimme. »Und erzähl mir nicht, du wüsstest nicht, was Akis Botschaft bedeutet.«

»Was ich gesehen habe, war die Erleichterung in deinem Gesicht, als man seine Leiche am Fuße des Turmes nicht gefunden hatte und wie sich deine Muskeln entspannten, als der einäugige Adjutant berichtete, dass Akira Curtis lebt. Und was ich weiß, ist, was es bedeutet, dass du ihn Aki nennst.«

Während der Writer ihn schalt, huschten seine Pupillen immer wieder zu der Tinte, die mittlerweile die Kante des Tisches erreicht hatte. In dicken Tropfen fiel sie herab und verfärbte den weißen Stein.

Yamamoto kannte diese flüchtigen Blicke, die für die meisten Menschen kaum wahrnehmbar waren. Sein Meister beobachtete. Er bemaß die Fläche, die die Tinte bedeckte, zählte die Tropfen und brannte sich die Form der Flecke, die sie hinterließen, in sein Gedächtnis. Doch Yamamoto kannte jene Blicke nicht, weil er ihn dabei schon Tausende Male beobachtet hatte, sondern weil er es ihm gleichtat.

»Was ist die Aufgabe unseres Geschlechts, Yamamoto?«

Yamamoto. So lautete der Name seines sechsten *Ichs*. Eines für jedes Leben, das er an der Seite des alten Pandas geführt hatte. Er wusste, weshalb der Writer bei seiner Frage den Namen seiner sechsten Identität bewusst betonte. Dennoch antwortete er nur: »Du weißt, dass ich sie kenne.«

»Ich weiß, dass deine fünf früheren *Ichs* sie kannten. Doch wie steht es um dein aktuelles *Ich?*«

»Wir Writer sind das Gedächtnis der Welt. Es ist unsere Aufgabe, die wahre Geschichte zu beobachten und sie auf ewig zu konservieren. Was immer man auch zurücklassen muss, für diese eine Sache am Rande der Welt weiterzuleben, das ist es, was das Wesen von uns Writern ausmacht.«

Wortlos nickte der alte Mann. Dann verschränkte er seine Hände hinter seinem leicht gekrümmten Rücken und wandte sich zum Gehen.

»Wer war Mortecai?«

Der Writer hielt inne. Sein Blick hing an den dunkelblauen Tropfen, die noch immer zu Boden fielen. »Das letzte *Ich* meines ersten Schülers. Doch genau wie das Tintenfässchen von deiner Faust erschüttert wurde, traf auch er jemanden, der ihn ins Wanken brachte. Und dann sickerte das Writerdasein langsam aus ihm heraus, bis nichts mehr davon übrig war.«

»Was ist aus ihm geworden?«, wollte Yamamoto wissen.

Kurz ließ der alte Mann die Frage unbeantwortet in der Luft stehen. Ein Dirigent vor dem Crescendo. Dann löste er seine Hand von seinem Rücken. Unter dem Ärmel des Ordensmantels kamen seine knorrigen Finger hervor, mit denen er auf die Tintenflecke am Fuße des Schreibtischs deutete. »Ich bin alt. Noch einen Nachfolger auszubilden kann ich mir nicht leisten. Also geh diesem Krieg nicht in die Schlinge. Wir stehen nur zufällig auf der Seite des Ordens, um die Geschichte aufzuzeichnen. Also beende deinen albernen Zwist mit dir selbst. Denn wenn ich bald nicht mehr bin, dann liegt die *Monogatari* einzig und allein in deinen Händen.«

Der Writer zog die Tür hinter sich ins Schloss und Yamamotos Gedanken kreisten. Weshalb begannen die Worte des Alten ihm wehzutun? Warum kannte kein einziges seiner früheren *Ichs* dieses Gefühl, welches an seinem Herzen zog? Und als er in den Spiegel an der Wand blickte, wurde es ihm bewusst. Denn die Gestalt, die ihn aus dem Spiegel heraus anblickte, war nicht Yamamoto.

Es war eine jüngere, eine frühere Version seiner selbst. Die Zeit im avalonischen Orden verging. Ein Jahr und dann ein Weiteres. Die wenigen Tage, die er mit Akira Curtis verbrachte, waren nur ein Wimpernschlag dagegen. Und dennoch wusste Yamamoto nicht mehr, ob sein Lächeln weiterhin nur gespielt oder echt war.

»Bist du ebenfalls hier, um mir eine Predigt zu halten?«, fragte er die leidend aussehende, fast noch kindliche Gestalt seines ersten *Ichs* im Spiegel.

Chi - 44

Summen säuselte aus dem Nebel heraus.

»London brennt, London brennt«, sang die Gestalt, als sie aus dem gräulichen Dunst hervortrat. Das Gesicht verborgen hinter einer weißen Maske mit spitzem Kinn und schwarzem Schnurrbart. Auf dem Kopf saß ein schwarzer Zylinder und am Leib trug sie einen bordeauxroten Herrenanzug im viktorianischen Stil mit passender Weste, aus der die weißen Rüschen des Hemdes darunter hervorragten. »Nun, wie es scheint, hast *du* mich heute beschworen, Fräulein Wolfe. Der *Prinz der Kelche* erhört deinen Ruf, doch wessen Blut offerierst du mir, um ihn zu füllen?«

Auch wenn der Schauer, der sich in Anbetracht der Gesellschaft über Vickys Rücken legte, nicht verschwand, so formte sich ihr Mund doch zu einem Lächeln. Sie blickte zu dem Geist vergangener Kriege und sagte: »Das einer jungen Hure, so wie du es am liebsten magst.«

Mulai verstand nicht, was dort vor sich ging oder wer die Person war, die aus dem Nebel geboren wurde. Noch nie stand sie einem Heldengeist gegenüber. Aber sie begriff, dass es sich dabei um eine Ausgeburt der *Thelema* handeln musste, denn beide teilten die gleiche Aura. Vickys Aura.

»Meine Liebe, du weißt wahrlich, was mein Blut in Wallung versetzt. Wie geht es deiner Schwester?«, erkundigte sich der *Prinz der Kelche*.

»Sie ist tot«, brachen die Worte mühsam aus dem Gefängnis aus Zähnen hervor. Eine Wahrheit, die umso realer wurde, wenn man sie aussprach. »Und vor dir steht ihre Mörderin.«

»Ausgerechnet du willst Vergeltung?«, blaffte Mulai. »Hättet ihr nicht meinen Stamm massakriert, wäre sie heute noch am Leben. Ich hoffe das ist dir bewusst!«

»Hast du jemals einen Einzigen von uns nach unseren Beweggründen gefragt, bevor du sie getötet hast?«

»Mag kommen, was da kommt! Nur Rache will ich. Shakespeare«, unterbrach die maskierte Gestalt sie mit großer Geste. »Nun denn, dann führen wir heute also eine Rachetragödie auf.«

»Ich habe keine Ahnung, wer oder was du bist, aber solange du dich heraushältst, betrachte ich dich nicht als Feind«, sprach Mulai die Worte, ohne ihn eines Blickes zu würdigen. Sie stürmte auf Vicky zu und in ihrer Hand nahm die *Drei der Stäbe – die Tugend* Gestalt an. Kaum war sie in Vickys Reichweite, stach sie nach ihr. Sie zielte genau auf ihr Herz. So wie sie es auch bei ihrer Schwester Chelsea getan hatte. Doch kurz bevor die mit Widerhaken versehene Speerspitze die Brust der jungen Frau erreichte, schleuderte der Heldengeist seine Maske in ihre Richtung. Der Speer fädelte durch das linke Auge dieser wie Garn durch ein Nadelöhr und von der Wucht des Wurfes wurde Mulais Waffe abgelenkt. Die Maske selbst schien scharf wie eine Klinge zu sein, denn sie bohrte sich in einen Stein und hielt Mulais Trumpf gefangen.

»Wer ich bin?«, sprach die Gestalt wie zu sich selbst. Dann verneigte sie sich. Das leicht geneigte Gesicht war verborgen unter der Krempe des Zylinders. »Ich darf mich vorstellen. Einst nannte man mich ›Mörder von Whitechapel‹. Doch besser bekannt bin ich wohl unter dem Namen Jack the Ripper. Wobei das ebenfalls nur der halben Wahrheit entspricht. Aber für die ach so schlauen Detektive und Polizisten meiner Zeit schien es wohl unvorstellbar zu sein, dass eine Frau solch grausame Morde begehen könnte.« Sie richtete sich wieder auf und unter dem Hut kam das von Falten durchzogene, hagere Gesicht einer älteren Frau zum Vorschein. Deutlich konnte man ihre Wangenknochen sehen, gerahmt von ihrem von grau durchzogenem Haar. »Ich bevorzuge daher: Jacky. Jacky the Ripper. So viel Zeit muss sein.«

Mulai ignorierte die Serienmörderin vergangener Tage und zerbrach die Maske mit einem Tritt, löste ihren Speer und setzte erneut zum Angriff an.

Da tauchte auch schon Jacky zwischen den beiden auf, ergriff mit der einen Hand die von Vicky und mit der anderen packte sie Mulais Speer. Kugelförmig pulsierte die Aura um die Frauen herum, wirbelte auf und verzerrte die Welt, welche sie umgab.

»Meine Lieben, dies ist wohl kaum die angemessene Bühne für unser Stück.«

Weißes Rauschen hüllte sie ein, nahm ihnen die Sicht. Etwas wie das Gegenteil eines Geräuschs breitete sich aus. War es Stille?

Das Weiß begann sich zu entkleiden und vor Mulai erstreckte sich eine menschenleere Stadt. Nicht ein einziger Lebensfunke war zu spüren. Auch von ihren beiden Gegnerinnen fehlte jede Spur. Genauso verhielt es sich mit der Statue des Buddhas. Sie waren nicht länger in den Wäldern Nihons, sondern im Herzen einer Metropole aus alten gotischen Gebäuden und breiten Straßen. Im schwachen Schein der Gaslaternen konnte man den Nebel erkennen, der lautlos über den Boden kroch und sich mit den feinen Rauchfäden aus Mulais Trumpf vermischte. Filigrane Ornamente sowie Erker verzierten die Wohnhäuser und schnörkelige Schriftzüge gaben Auskunft darüber, welche Waren man in den Geschäften unter ihnen erstehen konnte. Einige der, mit Spitzdächern gekrönten, Bauwerke waren miteinander durch Bögen verbunden. Und über allem thronte ein Uhrenturm von beachtlicher Größe. Aus Mulais Blickwinkel sah es aus, als stünde er auf Augenhöhe mit der Sichel des Mondes.

Eine Teleportationstechnik? Nein. Wenn man den Gestank außer Acht lässt, kenne ich keine Stadt, die diesem Ort auch nur im Ansatz ähnelt, versuchte Mulai zu begreifen, was geschehen war.

»London brennt, London brennt«, zerbrach Jackys ferner Gesang, die Stille wie dünnes Glas. »Ran an die Maschinen, ran an die Maschinen.«

Der Singsang, welcher klang wie ein Kinderreim, hallte durch die Gassen. Mulai versuchte herauszufinden, von wo Jacky, die ihre Aura verbarg, kommen würde. Plötzlich spürte sie den Puls einer Aura.

Auf einer der Gaslaternen saß eine lumpige Puppe mit Knopfaugen. In ihrer Hand ruhte ein schartiges Messer. Mit einem Satz sprang sie auf Mulai zu. Sie wollte die Marionette mit ihrem Speer aus der Luft holen, doch die aus den unsichtbaren Mächten gewobenen Fäden, die an dem Spielzeug befestigt waren, zogen dieses zurück. Heraus aus ihrer Reichweite. Die Blöße nutzend schwang sich das Stoffwesen auf ihren Speer und rannte auf diesem mit gezücktem Messer direkt auf sie zu. Fäden bewegten sich und die kurze Klinge gierte nach ihrem Auge, als wolle die sechste Feder zu Ende bringen, was der Greif vor vielen Jahren begonnen hatte. Wie in Zeitlupe kam es Mulai vor, als das Messer die Luft wenige Millimeter vor ihrem Auge zerschnitt, begleitet vom Nachhall der Schritte der Serienmörderin, die näher zu kommen schien. Im letzten Moment riss sie den Kopf in den Nacken, packte die Puppe mit der freien Hand und riss sie zu Boden. Eine dünne rote Linie bildete sich knapp unterhalb ihres Auges, während sie dem zweiten Leben der Marionette mit ihrem Speer ein Ende setzte.

»London brennt, London brennt. Ran an die Maschinen, ran an die Maschinen. Feuer, Feuer, Feuer, Feuer!«. Der Gesang begleitete die immer näher kommenden Schritte der einstigen Serienmörderin.

Einen Kampf mit beiden gleichzeitig wollte Mulai vermeiden. Vor allem, da sie im Gegensatz zu mindestens einer ihrer Gegnerinnen noch immer keine Ahnung hatte, was das hier für ein Ort war.

Mit deinem Trumpf kannst du zwar aus der Distanz angreifen, aber er hat auch einen Nachteil.

Ihr Blick folgte den dünnen Fäden hoch zu einem schmalen Balkon. Mit einer geschmeidigen Bewegung schleuderte Mulai ihren Trumpf in Richtung der Puppenspielerin. Er schlug in der Hauswand ein und blieb dort stecken.

»Daneben Miststück«, spuckte Vicky die Worte schadenfreudig hinab. Doch der gleichgültige Ausdruck in Mulais Augen verunsicherte sie.

»Ironisch«, sagte Mulai traurig. »So nannte mich auch deine Schwester, kurz bevor sie es bemerkte.«

Die sechste Feder wollte sich hinabstürzen. Der Mörderin ihrer Schwester eigenhändig die Augen aus dem Gesicht kratzen. Doch ihr Fuß bewegte sich nicht nach vorne, sondern nach hinten. Auch ihre Finger ballten keine Faust, sondern spreizten auseinander. Erst jetzt nahm sie im Augenwinkel den feinen Rauch, der aus dem Ende des Speeres hervorquoll und ihr in die Nase stieg, wahr.

»Warte hier noch einen Wimpernschlag auf mich, dann schicke ich dich deiner Schwester hinterher«, sagte Mulai ohne sie eines Blickes zu würdigen. Sie setzte sich in Bewegung und verschwand hinter der nächsten Straßenecke. Während sie dem Hall der Schritte folgte wie ein Bluthund seiner Beute, aktivierte sie ihren zweiten Trumpf. Sie atmete tief ein und die große Arkane *Nummer X – das Glück*, das Erbe der Kanohi durchströmte ihre Adern.

Sie folgte den Geräuschen auf eine breite Straße, die direkt auf den großen Turm zu lief. Immer wenn sie dachte, sie käme dem arkanen Geist näher, erstickte der Singsang und die Schritte wurden anderen Orts lauter. Doch dann schlug die große Glocke im Uhrenturm zur vollen Stunde. Ihr Klang verschluckte Gesang und Schritte. Der Nebel sammelte sich an Mulais Füßen, als wolle er sich vor den Schatten, die im Schein der Gaslaternen entstanden, verstecken. Und als die eiserne Glocke verstummte, stand sie hinter ihr.

»Hier habe ich einst gelebt, geliebt, gemordet. Dies ist mein heiligster Ort. Mein wunderschönes London«, verkündete Jacky the Ripper mit weit aufgerissenen Armen, den Blick gen Himmel gerichtet, als würde sie mit dem Mond selbst ihre Aufwartung machen.

Die Letzte der Kanohi verstand sofort, dass es sich hierbei um das London handeln musste, aus der Zeit, in der Jacky einst gelebt hatte. Jenes London, dessen Ruinen heute in den Untiefen der schwarzen Zone langsam zerbröckelten und nicht das London, welches sie als Stadtteil von Neo Metropolis kannte.

Die bluthungrige junge Frau senkte den Blick und fixierte Mulai. »Sollen wir mit dem ersten Akt beginnen, meine Liebe?«

»Bringen wir es hinter uns.«

»Im ersten Akt, sollte das Publikum die Darsteller kennenlernen«, sagte die Mörderin von Whitechapel und zog ein kurzes Schwert aus ihrem langen Jackett hervor. »Dies sind die Gassen, in denen ich der Bevölkerung Londons das Fürchten lehrte und dies ist der Trumpf, den ich zu Lebzeiten besaß.«

Mulai erkannte die Klinge. Es handelte sich um jenes in seiner Länge variierbare Wakizashi, welches auch Mortecai besaß.

Es ist ein Vorteil, dass ich die Fähigkeit ihrer Arkane kenne. Ich sollte den Abstand zwischen uns reduzieren. Auf die Distanz ist sie …

Doch noch bevor Mulai ihren Gedanken beenden konnte, stürmte Jacky auf sie zu. Ohne die Fähigkeit ihres Trumpfes zu nutzen, hieb sie nach ihr. Perplex über den Schachzug ihrer Gegnerin war sie zu langsam in ihrer Deckung. Jacky hätte sie dafür bluten lassen, erst einmal, dann ein zweites Mal. Doch im letzten Moment griff Mulai nach der Gunst ihrer eigenen Arkane, atmete ein und das Kurzschwert glitt durch ihren Körper hindurch, als wäre dieser nicht mehr als eine Luftspiegelung, eine durch die Brechung der Lichtstrahlen entstandene optische Täuschung. Sie atmete aus und blockierte Jackys Schwertarm. Aus derselben Bewegung heraus trat sie nach ihr.

Jacky rechnete jedoch damit und sprang nach hinten, brachte Abstand zwischen sie. Mulai setzte ihr, ohne zu zögern, nach. Tief sog sie die Luft ein und sammelte die unsichtbaren Mächte in ihrer Faust, fest entschlossen die Blöße ihrer Gegnerin auszunutzen. Doch diese grinste ihr sorglos ins Gesicht, kein bisschen überrascht darüber, warum sie ihren Körper nicht schneiden konnte.

Und dann spürte Mulai etwas, dass sich in ihr Schienbein schnitt. Leichtfüßig war Jacky um den dünnen Draht, der zwischen den Häusern gespannt war, herumgetänzelt und brachte sie dabei genau an die Stelle, an der sie sie haben wollte. Fließend verlagerte Mulai ihr *OD* von ihrer Faust in ihr Bein und zerteilte den scharfen Draht. Schlagartig regnete es Messer von oben, als würde der Himmel eiserne Tränen weinen.

Eine Falle?

Rasch umhüllte sie ihren gesamten Körper mit dem flüssigen Schild aus Aura und die Klingen prallten an diesem ab, als wären sie nicht mehr als Requisiten eines Theaterstücks.

»Ich bin nicht irgendeine ahnungslose Frau aus den Straßen dieser Stadt. Ohne sie in *OB* zu hüllen, sind deine Messer nutzlos«, sagte Mulai, während ihr Blut vom Kinn tropfte und der Schmerz der Schnittwunde an ihrem Schienbein in ihre Nerven sickerte.

»Sehr gut, meine Liebe. Keine ahnungslose Dame aus den Straßen Londons, doch wer steckt hinter der Fremden? Warum meuchelte sie Chelsea Wolfe? Weshalb dürstet es sie nach Rache an der Zwillingsschwester ihres Opfers?« Dann erhob sie ihre Stimme und krähte die Worte lautstark in die Nacht. »Was für ein vergeudetes Stück wäre dies doch, wenn wir dem Publikum keine Antworten darauf bieten würden.«

Mulai besaß keinerlei Interesse daran, dem wahnsinnigen Geist, der einst durch diese Gassen streifte, ihre Lebensgeschichte zu erzählen, geschweige denn auf ihr Mitleid zu hoffen. Allerdings konnte dies durchaus als eine willkommene Ablenkung dienen.

»Ich bin die letzte Überlebende der Kanohi. Auf unserer Heimatinsel Kiruna gab es einst eine außer Kontrolle geratene Arkane. Meine Vorfahren fanden sie und dienten fortan als ihre Hüter. Doch jener Trumpf hatte sie beeinflusst. Ihre Augen färbten sich schwarz wie Tinte, wenn sie starken Emotionen ausgesetzt waren. Sie sind der Grund dafür, dass sie meine Eltern, meine Familie, meinen gesamten Stamm ermordet haben.« Während sie die Worte, die schwer auf ihr lasteten sprach, hob sie eines der Messer vom Boden auf und fixierte das Kurzschwert in Jackys Hand mit ihrem Blick. »Und, nachdem sie damit fertig waren, rissen sie ihnen die Augen aus dem Kopf. All das Blut und die verbrannte Asche, nur um ihre Habgier zu befriedigen.«

Mulai sog die Luft ein, ihre Aura pulsierte, *das Glück* sollte die beiden Punkte miteinander verknüpfen. Sie stieß das Messer in ihrer Hand nach vorne, davon überzeugt, es würde sich strecken, so wie es *der Kummer* in jener Nacht in der Friedhofskirche getan hatte, doch es passierte nichts.

Wieso funktioniert es nicht?

»Nun denn, wie es scheint wird es Zeit für den zweiten Akt. Befassen wir uns weiter mit dem Ballast vergangener Tage!«, hallte Jackys Stimme durch die Straße. Sie warf Mulai ihr Kurzschwert entgegen. »Du kannst es haben, wenn du möchtest.«

Die letzte Kanohi fing es auf. Aus einer einzigen geschmeidigen Bewegung heraus richtete sie die Klinge aus, flutete sie es mit ihrer eigenen Aura und griff nach den Mächten des Trumpfes. Nichts passierte.

»London brennt. London brennt!«, sang Jacky lautstark in die Nacht hinein, während sie mit beiden Händen überkreuz in ihr Jackett griff. »Ran an die Maschinen. Ran an die Maschinen.« Sie tastete nach ihren kleinen

Lieblingen. Zwischen je zwei Fingerknöchel fixierte sie eines ihrer Messer. »Feuer, Feuer, Feuer, Feuer!«, schrie sie und schleuderte Mulai die Klingen entgegen.

»Das hatten wir doch bereits. Wenn du sie nicht festhältst, kannst du sie nicht umhüllen. Dann sind sie nutzlos …«

Die Messer bohrten sich in ihre Arme, ihre Schenkel, ihre Füße, zwischen ihre Rippen. Am ganzen Körper zitternd presste sie die Zähne zusammen und versuchte den Schmerzensschrei, der ihr in der Kehle saß zu unterdrücken.

Wieso?, brannte sich die Frage in ihren Geist.

»Schütt Wasser aus, vergieße Blut daraaauf«, krakeelte Jacky the Ripper, während sie die Arme auseinanderriss und das letzte Wort endlos in die Länge zog. Anschließend verbeugte sie sich vor einem unsichtbaren Publikum. »Die Falle hat zugeschnappt.«

Mulai versuchte den Schmerz, der von dem kühlen Eisen aus in ihren Körper eindrang, zu ignorieren, dem Drang ihrer weichen Knie nicht nachzugeben. Blut ran ihren Arm, wodurch ihre Hand glitschig wurde und ihr Griff sich lockerte. Klirrend fiel die Klinge zu Boden. Vom surrenden Klang des Eisens klärte sich ihr verschwommener Blick, doch Jacky war von der Straße, die auf den Uhrenturm zuführte, verschwunden. Da spürte sie, wie die Mörderin von Whitechapel ihren Arm um sie legte. Nun konnte sie den Wahnsinn in ihren Augen deutlich sehen.

»Ist der Klang des *Big Ben* nicht wunderschön?« Jacky packte Mulais Kinn und lenkte ihren Blick auf diesen. »Jetzt da die Falle zugeschnappt hat, kann ich es dir verraten. Dich aufschlitzen zu wollen, ohne dass meine Lieblinge nach deinem Fleisch beißen können, bereitet mir wahrhaftig keinen Spaß. Deshalb wollte ich testen, wie häufig du diese Durchlässigkeitsfähigkeit nutzen kannst. Eines war mir sofort bewusst, wenn du selbst angreifst, musst du eine physische Form haben, deshalb würde mein Draht dich schneiden können. Anschließend galt es herauszufinden, ob du die Durchlässigkeitsfähigkeit auch nutzen würdest, wenn nur eine geringe Gefahr bestand. Die Antwort ist: Nein. Das kann also nur bedeuten, dass sie stark an deinen Kräften zerrt. Du warst auf meinen vermeintlichen Trumpf fokussiert, deshalb brauchte ich nur erneut meine Messer nach dir zu werfen. Und siehe da, es hat funktioniert, denn nicht dieses Schwert ist mein Trumpf, im Gegenteil, es ist lediglich das Abbild einer Arkane, die ich zu Lebzeiten gesehen habe. Ich kenne nicht einmal ihre Fähigkeit. Mein wirklicher Trumpf ist mein Jackett.«

Deswegen hat es nicht funktioniert. Ihre Klinge besaß keine Fähigkeiten, beruhigte Mulai ihren Atem. Ihr Blick war noch immer auf den Uhrenturm gerichtet, doch ihre Augen fokussierten das, was sich zwischen ihr und dem Bauwerk befand. Sie saugte die Luft ein und Jackys Arm glitt durch sie hindurch. Anschließend atmete sie aus, griff nach einem Messer, das sich in ihrem Fleisch festgebissen hatte und stach nach ihr.

Aus der Drehung heraus zog Jacky einen Regenschirm aus ihrem Jackett und spannte ihn auf. Mulais Schwall an Blut, der sich aus der Wunde des entfernten Messers ergoss, prasselte auf diesen ein, bevor er die Klinge bremste. Jacky begann ihn zu rotieren und löste damit das Messer aus Mulais vom Blut glitschigen Griff.

Mulais Körper fühlte sich an wie Blei. Das heiße Blut war wie eine langsam erkaltende Glut, als es an ihr herablief. Dennoch legte sie all ihre verbleibende Kraft in den nächsten Schlag. Der Schirm zerbarst und trieb den gesplitterten Griff in Jackys Schulter, um die sich nun

Risse bildeten, als wäre sie aus Porzellan. Aura quoll aus ihnen hervor wie Blut. Dann schleuderte die Wucht des Schlages sie davon.

»Niemals würde ich gegen jemanden wie dich, dem das Morden Freude bereitet, verlieren.«

Die Serienmörderin traf hart auf der vom Nebel glitschigen Straße auf. Links und rechts von ihr befanden sich noch Gebäude, doch direkt hinter ihr erhob sich eine große Brücke, die zum Uhrenturm führte. Sie hatte sich gerade orientiert, da tauchte Mulai bereits vor ihr auf. Die Faust zum Schlag geballt. Jacky sprang davon, stieß sich an der Gaslaterne ab und kam mitten in der Luft über Mulai zum Stehen. Mit einer Hand an ihrem Zylinder stand sie völlig still da, so als würde sie schweben.

»Wieso verurteilst du mich, wo du noch nicht einmal meine Geschichte kennst, meine Liebe? Glaub mir, wir sind uns ähnlicher, als du denkst. Wir sind beide Mörderinnen, beide vom gleichen Schlag.«

»Du und ich haben nichts gemeinsam!«

»Ach wirklich?«, fragte Jacky und zog eine Augenbraue nach oben, bevor sie damit begann, ihre Geschichte zu mimen, als wäre sie wirklich auf einer Bühne, während das Licht des Mondes ihr als Scheinwerfer diente. »Nur zu gern hätte ich eine Tasse Schwarztee zu dieser Geschichte, aber wie dem auch sei. Ich bin die Tochter einer Prostituierten. Meine zwei älteren Geschwister hatte Mutter nicht gewollt. Aber mich hat sie behalten. Der Grund dafür war mein Vater. Sie hoffte darauf, er würde sie aus dem Freudenhaus befreien, ihr ein schönes Leben bieten. Doch eines Tages beobachtete sie ihn, wie er eine der anderen Frauen besuchte und all seine süßen Versprechen lösten sich in Luft auf. Es stellte sich heraus, dass er noch weitere Frauen besuchte und als Mutter begriff, dass er nicht ihr holder Ritter war, nahm sie sich selbst das Leben. Meine liebe Mutter, sie war alles, was ich hatte. Also rächte ich mich an den Dirnen, die meinem Vater den Kopf verdreht hatten. Ich schlitzte sie auf, eine nach der anderen. Und mit jeder Weiteren von ihnen verschwand die Übelkeit, der Ekel, der mir unter die Haut kroch beim Duft ihres Blutes. Schließlich wurde es leichter. Und dann, als mein Durst nach Vergeltung nach und nach gestillt wurde, breitete sich eine wohlige Zufriedenheit in mir aus. Du kennst dieses Gefühl, nicht wahr? Also erzähle mir nicht, dass wir uns nicht ähnlich wären.«

Ob sie es sich eingestehen wollte oder nicht, aber Jacky hatte in gewisser Weise recht. Sie war nicht mehr die Mulai, die auf dem Himmelsbambusfeld stand und Chelsea dabei nicht in die Augen sehen wollte. Da war keine Übelkeit mehr, die sie überkam bei dem Geruch von Blut. Kein Ekel mehr, der sie heimsuchte beim Geräusch knackender Knochen. Da war nichts mehr … nur noch eine schwarze, zähflüssige Leere, die ihr Herz füllte und durch die sie sich für einen kurzen Moment wieder schwerelos fühlte.

Doch im Moment hatte sie keine Zeit, sich darüber Gedanken zu machen. Sie zog eine weitere Klinge aus ihrem Körper. Ihre Hand zitterte dabei, weswegen sie die Wunde dabei noch zusätzlich weitete. Vor Schmerz krampfte sie zusammen. Durch die ruckartige Bewegung blitzte inmitten der Luft eine Reflektion des Mondlichts vor ihren Augen auf. Doch Luft war nicht wie stilles Wasser, sie vermochte nichts zu spiegeln. Genauso wenig war sie wie die Erde. Sie konnte einem keinen festen Boden bieten.

Drähte. Sie steht auf dünnen Drähten, die zwischen den Häusern gespannt sind.

Eilig schnitt sie mit dem Messer durch den klaviersaitenartigen Draht, welcher am nächsten bei ihr war.

Die scharfe Schnur schnalzte los in Jackys Richtung.

»Hast du jemals eine Spinne gesehen, die sich in ihrem eigenen Netz verfing, meine Liebe?«, fragte sie und wich dabei aus, indem sie auf einen noch höher positionierten Draht sprang. Anschließend griff sie in ihren Mantel und warf die daraus hervorgeholten Klingen ziellos in die Luft.

Mulai musste etwas tun. Die Erschöpfung und der Blutverlust arbeiteten gegen sie. Auch ihren Trumpf würde sie nur noch zwei oder drei Mal nutzen können. Für mehr reichte ihre Aura nicht mehr aus.

»In London muss man immer auf Regen vorbereitet sein, meine Liebe«, sagte Jacky, während sie nach den flexiblen Drähten um sich herum griff. Wie eine Puppenspielerin spannte sie ihre umherwirbelnden Klingen in die Drähte und schleuderte sie auf Mulai hinab. »Könnte ich dir doch nur den Schirm leihen, welchen du zuvor zerstört hast.«

Wieder sog sie die Luft ein. Eine Klinge nach der Nächsten glitt durch ihren Körper. Kurz nachdem das letzte Messer sie passiert hatte, stieß sie die Luft aus und rang nach Atem. Sie benötigte dringend eine Eingebung, denn die Lage schien ähnlich aussichtslos wie bei ihrem Kampf gegen Malik.

»Ich vermisste jenes Gefühl der Leichtigkeit, der Zufriedenheit in meinem Brustkorb. Und zu jener Zeit, als nur noch der Tod selbst mich das Leben spüren ließ, lernte ich sie kennen. Die heilige Mutter Tod. Sie segnete mich mit jener Magie, die den Karten innewohnt und in ihrem Auftrag konnte ich nach Lust und Laune meucheln. Einen Tod nach dem anderen weihte ich ihr in jenem Krieg um die Thronfolge und nie mehr musste ich mich um die erdrückende Schwere auf meiner Brust sorgen«, setzte der *Prinz der Kelche* seine Darbietung fort.

»Du fragst dich, was ich damit sagen möchte? Ganz einfach, was kommt danach? Was kommt, wenn du endlich all jene, an denen du Vergeltung forderst, getötet hast? Denn glaub mir, danach ist es noch lange nicht vorüber. Deine Lieben werden nicht zurückkehren und dein Herz wird sich nach jener Genugtuung sehnen, mit der du es all die Zeit gefüttert hast. Es wird nach ihr hungern. Und vielleicht hast du Folgendes bereits erkannt, meine Liebe, denn mit jedem weiteren Tod, der deinem Herzen Ruhe schenkt, schmiedest du gleichzeitig ein neues Glied in der Kette aus Hass und bringst einen neuen Rachegeist zur Welt.«

»Wie oft denn noch? Ich bin nicht wie du!«, schrie Mulai. Sie weigerte sich ihren Worten Glauben zu schenken, obwohl sie sich nur zu gut in ihnen wiedererkannte.

»Du glaubst mir nicht? Dann dreh dich um und sieh dir an, was du aus meiner lieben Vicky gemacht hast. Aber keine Sorge, ich verurteile dich nicht, denn niemand weiß besser als ich, wie es sich anfühlt und dass ein jeder von uns für das, was er tut, seine Gründe besitzt.«

Jede Bewegung schmerzte. Dennoch wandte Mulai sich um. Und da stand Vicky. Über ihr schwebten zwei rötlich glühende, gekreuzte Stäbe, als wären sie ein Heiligenschein. Mehrere aus den unsichtbaren Mächten geknüpfte Fäden verbanden die sechste Feder mit ihrem Trumpf. Die *2 der Stäbe – die Herrschaft* selbst war nun zum Puppenspieler geworden und steuerte Vickys vom giftigen Dunst *der Tugend* beeinträchtigten Körper.

Eigentlich hätte die sechste Feder beim Anblick der von Messern durchbohrten Mörderin ihrer Schwester Genugtuung verspüren müssen, doch in ihren Augen nistete die Traurigkeit. Sie missachtete die Regeln des Greifs und enthielt den anderen vor, was sie über die achte Feder wusste. Denn sie musste es einfach wissen. Sie musste wissen, ob ihre Zwillingsschwester noch am Leben wäre, hätte sie ihr den *Prinz der Kelche* überlassen. Und nun wusste sie, dass auch sie eine Teilschuld an Chelseas Tod traf. Zumindest fühlte es sich in ihrem gebrochenen Herzen so an.

»Was soll dieser traurige Blick? Es müsste dich doch erfreuen, dass du euer Werk von damals nun endgültig vollenden kannst?«, hustete Mulai die Worte zusammen mit ihrem Blut aus. Kleine rote Bläschen bildeten sich dabei an ihren Lippen.

»Du sollst wissen, was Chelsea für ein Mensch war, bevor ich dich töte«, blaffte Vicky schroff. Sie ließ sich provozieren. Dann setzten die Schnüre sie in Bewegung.

»Ich gewähre euch diesen kurzen Moment des Gedenkens, meine Lieben. Doch keine Sorge, wenn der letzte Akt beginnt, bin ich wieder an eurer Seite«, verabschiedete Jacky the Ripper sich. Dabei nutzte sie die flexiblen Drähte, mit denen sie noch immer in der Luft stand, als Schleuder und manövrierte sich in Richtung des Uhrenturms.

Mulai interessierte die Vergangenheit derer, die ihren Stamm ermordetet hatten, nicht. Doch das Blut erstickte ihr die Worte in der Kehle. Alles was blieb, war ein gurgelndes Geräusch. Kurz zuckte ihre Hand in Richtung des Trumpfes, den sie Chelsea entwendet hatte. Dann stoppte sie. Ihr war bewusst, dass sie weder geschickt genug im Umgang mit ihm war, um in dieser Situation ihre Wunden zu flicken, noch hatte sie genügend Aura dafür übrig.

»Auch Chelsea … Auch wir lebten einst auf einer Insel. Ihr Name war Junkyard. Jedoch bestand sie nicht aus klaren Bächen und gesunden Wäldern wie deine Heimat. Nein. Sie bestand noch nicht einmal aus vom Himmelsbambus vergifteter Erde. Junkyard bestand aus dem Müll der Leute, den Dingen, die für sie keinen Wert mehr hatten, weil sie nicht mehr neu waren oder einen kleinen Makel besaßen und die deswegen achtlos ins Meer gekippt wurden«, erklärte Vicky und dachte dabei an die von der Meeresströmung zusammengetragenen Müllberge, auf denen sie und ihre Schwester einst spielten. An jenen Ort, den die Bewohner selbst die vergessene Stadt nannten, denn niemand denkt noch an die Dinge, die man weggeworfen hatte. Dort fand sie ihre Puppe Chuncky, auf welche Chelsea so neidisch war. Die von den Gezeiten und der Sonne geschundene Stoffpuppe war das Erste, was sie sich genommen hatte, einfach weil sie es haben wollte. Dieses Gefühl konservierte sie bis heute. Dort, zwischen dem ungeliebten Unrat einer Wohlstandsgesellschaft, fand Dante sie.

Noch nie hatte Mulai von solch einem Ort gehört. Doch vor ihren Augen setzte sich das Bild der Hafenarbeiter zusammen, die, bei ihrer Ankunft in Nihon, den Müll der kleinen Stadt im Meer entsorgten.

»Das Leben ist hart, wenn man auf die Abfälle anderer angewiesen ist. Die geringen Nahrungsmengen, die unsere Eltern fanden, reichten nicht, um uns alle vier zu ernähren, weshalb sie uns zurückließen. Sie warfen uns weg, als wären Chelsea und ich nicht mehr wert als der Müll, der uns jeden Tag umgab. Glaub mir, an so einem Ort konnte man nicht darauf hoffen, dass jemand oder gar eure Natur selbst etwas für einen übrig hatte. Also mussten wir lernen, uns zu nehmen, was wir brauchten. Und wir mussten es schnell lernen. Trotz dieser Vergangenheit konnte Chelsea lachen … So war sie … So war meine Schwester, die du ermordet hast.«

»Ist dieser Ort, von dem die Welt nichts ahnt, die Wiege des Greifs?«, röchelte Mulai die Worte hervor, nachdem sie es endlich schaffte, ihre Kehle vom Blut zu befreien. Noch immer versessen auf ihre Rache, war sie taub geworden für die wirkliche Geschichte ihres Gegenübers. »Deshalb ist niemand von euch in einer biometrischen Datenbank zu finden, oder? Aus diesem Grund seid ihr wie Phantome … kch … kchhhh …«

»Es wird Zeit für den dritten Akt, meine Lieben. Ich nenne ihn ›den gescheiterten Dialog‹«, unterbrach Jacky ihr Gespräch, bevor Mulai eine Antwort auf ihre Frage erhielt.

»Beende es, Jacky«, sagte die sechste Feder zu dem Heldengeist, mit dem sie ihre Aura teilte.

In der Hand des *Prinzen der Kelche* ruhte der Stundenzeiger des Uhrenturms. »Dies ist das große Finale unseres Stücks. Ich bedaure zutiefst, dass der Applaus des Publikums nicht mehr zu dir dringen wird. Aber es würde mein Herz erfreuen, wenn du diesmal aus voller Kehle schreien würdest. Schließlich macht es so viel mehr Spaß.«

Dies ist der Zeiger der Turmuhr … Er stammt nicht aus ihrem Mantel … Dafür ist er viel zu groß … Ich sollte meine Aura dafür nicht verschwenden, bemerkte Mulai, während sie sich noch immer, ohne einen Plan zu haben, erneut aufraffte.

»London brennt, London brennt«, begann Jacky erneut mit ihrem Singsang. Dabei wirbelte sie den Zeiger umher. »Ran an die Maschinen, ran an die Maschinen. Feuer, Feuer, Feuer, Feuer!«

»Nun mach schon!«, brüllte Vicky über den nach Kinderreimen klingenden Gesang hinweg, während die Fäden ihres Trumpfs ihr dabei halfen, mit dem Daumen über ihre eigene Kehle zu fahren.

»Schütt Wasser aus, vergieße Blut daraaaaaauf!«, zog die Mörderin von Whitechapel das letzte Wort erneut unendlich in die Länge, ehe sie den sich nun um die eigene

Achse rotierenden Zeiger von sich schleuderte.

Ich muss nur einen Schild aus Aura um meinen … Arrrgh …

Wie ein Sägeblatt riss sich der Zeiger von Londons einstigem Wahrzeichen in das Fleisch ihres Oberkörpers und ihrer Schulter. Mit seiner ganzen Wucht traf es eines der Messer und trieb es noch tiefer in ihren Leib. Sie schrie, wie sie es noch nie zuvor in ihrem Leben tat. Nicht einmal an jenem Tag, als sie die toten Körper ihrer Familie entdeckt hatte.

Wie … ist … das … möglich …

»Du bist also auf meinen Bluff hereingefallen.« Wie zum Dank, verbeugte sich Jacky vor ihr. »Weder bei dem falschen Trumpf noch bei diesem hinreißenden Jackett handelt es sich in Wahrheit um meine Arkane. Denn in Wirklichkeit ist diese gesamte Stadt, mein wunderschönes London, das Ass in meinem Ärmel. Dies ist mein *Herzsaal.*«

Mühsam und mit der gesamten Kraft, die ihr noch blieb, stoppte sie die Rotation und verhinderte damit, dass sie in zwei Hälften gerissen wurde. Schwer krachte der Zeiger zu Boden und wirbelte den Nebel auf. Mit seiner formlosen Eleganz wich dieser dem umherspritzenden Rot aus. Das heiße Blut fühlte sich an wie Feuer auf Mulais eiskalten Leib. Ihre Sicht wurde undeutlicher, dunkler, als würde die Nacht über sie alleine hereinbrechen und sie in ihre tiefschwarzen Laken hüllen. Die beiden Frauen konnte sie kaum noch erkennen. Sie spürte nur noch ihre Auren. Doch welche gehörte Vicky? Welche Jacky? Sie waren identisch.

Sterbe ich?

Dabei hatte sie es bereits zu Beginn des Kampfes begriffen. Vicky und Jacky teilten sich die gleiche Aura. Nun wusste Mulai, was zu tun war. Dass der Versuch, die

Fähigkeiten von Jackys Kopie des *Kummers* auf ihr Messer zu übertragen, fehlgeschlagen war, kam ihr nun zugute. Deswegen glaubte diese noch immer, dass ihr Trumpf die Fähigkeit besaß, ihren Körper durchlässig zu machen.

Unter Schmerzen riss sie sich ein Messer nach dem Nächsten aus dem Körper. Sie spürte kaum noch etwas. War kaum noch bei Bewusstsein. Die Nacht bettete sie bereits und trotzdem drehte sie sich in die Richtung, in der sie Vicky vermutete. Für einen kurzen Moment hoffte sie ihn zu sehen, sie alle wiederzusehen oder zumindest jenes wunderschöne, friedliche Licht, von dem die Menschen immerzu sprachen. Doch im letzten Moment, gerade als ihr bewusst wurde, dass im Tod absolut nichts auf sie wartete, flutete sie ihre Lungen mit ihrem letzten Atemzug. Den Blick auf die Mörderin ihres Stamms gerichtet, forderte sie mit ihrer restlichen Aura ein letztes Mal das *Glück* heraus.

Das Erbe der Kanohi war mächtig. Mit einem Mal entschwand Mulai den seidenen Laken der Nacht. Der Schmerz, verschwunden, als hätte der Wind ihn davongetragen. Noch immer fühlte sie sich aufgrund des Blutverlustes, als würde sie auf wogenden Wellen wandeln, doch der Lebensfunke loderte wieder in ihrer Brust. Ihre Wunden waren verschwunden und ihr Blick war klar. Lediglich das London um sie herum begann zu zersplittern und an den Stellen, an der die Fassade der Stadt zerbrach, kam der Wald aus Sicheltannen wieder zum Vorschein.

Unweit von Mulai lag Vicky in ihrem eigenen Blut. So wie es einst Jackys Opfer in jenen Gassen taten. Die Fäden zu ihrem Trumpf durchtrennt. Überall dort, wo Mulai gerade noch von Wunden geplagt wurde, erblühten nun rote Blumen am Körper der sechsten Feder. Der

Blick in ihren Augen trüb, röchelte sie Blut, ohne zu verstehen, was gerade passiert war.

»Welch ein Twist zum Ende des dritten Aktes. Sag schon meine Liebe. Wie?«

»Die wahre Fähigkeit meines Trumpfes ist nicht Durchlässigkeit, sondern der Zustandstausch von zwei klar definierten Punkten. Einer davon muss ich selbst sein oder zumindest etwas, das Kontakt zu meinem Körper hat, den anderen muss ich nur mit meinen Augen erfassen.«

»Der Applaus gebührt dir«, verkündete Jacky the Ripper und klatschte Beifall, bevor ihr Körper zerbrach wie eine Porzellanfigur. Und mit ihr brannte auch ihr geliebtes London nieder.

地

Zurück auf der von der Buddhastatue bewachten Lichtung, griff Mulai nach ihrem arkanen Speer und wankte zu Vicky, um ihr Werk zu verschleiern.

Der Lebensfaden der sechsten Feder war nur noch hauchdünn. Nicht dicker als ein einzelnes hellblaues Haar. Die Gestalt, die auf sie zukam, war kaum mehr als ein verschwommener schwarzer Umriss. Als hätte man das Spiegelbild des Mondes im stillen Teich mit einem Stein in Unruhe versetzt.

Ist das eine Feder im Haar … Dante … bist du es …

Vicky sah wie die Gestalt, die sie für den Anführer des Greifs hielt, die Lippen bewegte. Doch die Worte drangen nicht durch das hohe Fiepen in ihren Ohren.

Stattdessen hörte sie seine Worte, die schwer auf ihrer Seele lasteten: »Der Wohlstand der Gruppe hat die höchste Priorität. Das Überleben des Greifs ist wichtiger als das des Einzelnen, sogar wichtiger als das des Kopfes selbst.«

Dies ist die wichtigste Regel, die wir haben … Es tut mir ehrlich leid Dante, dass ich sie zum Schluss aus egoistischen Motiven gebrochen habe … Es tut mir leid, dass der Greif meinetwegen weiter in Gefahr ist … Dabei warst du es, der zu solchen wie uns, die nicht mal von ihren eigenen Eltern geliebt wurden, sagte: Kommt mit mir, ihr habt es nicht verdient, an solch einem Ort zu verrotten.

Sanft schloss die Gestalt ihre Augen für immer.

Mulai löste die Hände von Vickys Lidern. Dann griff sie ihren Speer nahe an der Spitze und schnitt der gefallenen Feder Cheshires blutiges Grinsen ins Gesicht. Anschließend ging sie zu ihren Habseligkeiten und zog sich frische Kleider an. Die zerstörten würde sie auf dem Weg zurück zur *Arachne* entsorgen. Sie verstaute Windschlürfers Tabak in ihrem Seesack und blickte ein letztes Mal auf das neueste Opfer ihres Rachefeldzuges.

Für einen Moment fühlte sich ihr, von tiefem, zähflüssigem Schwarz umgebenes Herz leichter an. Als würde der Schein des Mondes die Nacht, die es umgab, für einen Augenblick ein kleinwenig erhellen.

Mulai sah zu ihm empor, wie Jacky es getan hatte. Leise flüsterte sie: »Ist es das, was aus mir werden wird? Sind wir uns wirklich ähnlich?«

Fu - 45

Chifuyu stürmte den Turm hinab, als würde der Mörder seines früheren Lehrmeisters am Fuße dessen auf ihn warten. Er trug die sonnengelb lackierte Maske, die das Gesicht eines Fuchsgeistes zeigte. Hinter dem schmalen Schlitz des Kunstwerkes aus Lindenholz, der Filtertechnik und den Geheimnissen der *Thelema,* mischte sich Euphorie in den rachehungrigen Blick des Adjutanten. Er hatte es geschafft, einem weiteren Erbstück seines Meisters das Geheimnis zu entlocken, welches es umgab. Außerdem hatte Schmiedemeisterin Crown endlich ein neues Schwert für ihn angefertigt. Es war ein Meisterstück. Die Scheide war aus geschwärztem Ebenholz. Das Band, welches zur Befestigung diente, besaß die gleiche Nichtfarbe wie die Hülle und war kunstvoll gebunden. Lediglich der Griff unterhalb des sternenförmigen Stichblatts war weiß lackiert worden und lugte kontrastreich unter dem schwarzen Griffband hervor. Die Klinge selbst schimmerte im richtigen Licht bläulich und besaß einen Wellenschliff, der scharf genug war, um ein fallendes Blatt zwei zuteilen.

Der einäugige Junge war sich sicher, dass er mit dieser Waffe die Technik der Hannyamaske meistern konnte.

Sie war nicht vergleichbar mit seinem alten Katana, welches sich kaum noch von den schartigen Übungsschwertern des Trainingssaals unterschieden hatte. Von diesen verwandelte er in den letzten Tagen ein gutes Dutzend in Eisenstaub. Daher taufte er sein neues Katana auf den Namen: *Sündentod.*

Dieser Stahl wird der Belastung standhalten, grinste Chifuyu unter der Kitsunemaske, ehe er bei seinem nächsten Gedanken die Zähne zornig aufeinanderpresste. *Dieser Stahl und dein Geschenk an mich, gemeinsam werden sie der Schlüssel sein, der für Scott Sykes die Tür zum ewigen Fegefeuer öffnet. Gemeinsam werden sie deinen Tod vergelten, Sirius.*

»Pass doch auf, wo du hintrittst, Langweiler«, riss Blake ihn aus seinen Gedanken. »Du hättest fast meinen Putzeimer umgeworfen.«

»Wenn du schon dabei bist, könntest du mir direkt noch die Schuhe polieren, Verräter«, erwiderte Chifuyu, wobei das letzte Wort klang, wie etwas, dass er aus den Tiefen seiner Nasennebenhöhlen hervor rotzte.

Chifuyu konnte Blake noch nie besonders leiden, doch dass er sich auf die Seite jener Leute gestellt hatte, denen auch der Mörder seines früheren Meisters angehörte, war der letzte Sargnagel für ihre nicht vorhandene Beziehung. Er mochte den Kampf gegen Aleister Walker verloren und diesem nur ein paar Blessuren verpasst haben, dennoch hielt der einäugige Adjutant die Strafe, jede einzelne Treppe des Turmes zu schrubben, für deutlich zu mild, angesichts des Verrats, den sein gleichrangiger Kollege begangen hatte.

»Sei still, Langweiler.« Blake erhob sich von seinen Knien und bäumte sich vor Chifuyu auf. »Oder, ich benutze dich noch einmal als Sandsack, so wie am Tag deiner Prüfung.«

Die beiden Adjutanten standen auf derselben Stufe, weshalb Blake ihn nun wieder deutlich an Größe überragte. Chifuyus Blick glitt von dem, mit schmutzigem Wasser, befüllten Eimer zu den feuchten Stufen aus weißem Stein, die unter ihnen lagen. Man hätte die Luft zwischen ihnen schneiden können. Genussvoll atmete er sie ein.

»Schade, dass du mein abfälliges Grinsen hinter der Maske nicht sehen kannst«, stichelte Chifuyu zurück und trat den Eimer mit dem Fuß um.

Das dreckige Wasser ergoss sich über die frisch polierten Treppen.

»Na warte«, blaffte Blake und stoppte den Kübel, indem er einen Fuß auf ihn stellte, bevor dieser die Stufen hinabpurzeln konnte. Dann holte er zu einem Haken aus, der wuchtig genug war, um einen ganzen Sternenhimmel in Chifuyus Kopf aufgehen zu lassen.

Gelassen atmete Chifuyu aus. Das Schwert ruhte weiter still in seiner Scheide. Doch die Kitsunemaske kribbelte warm auf seiner Haut. Er spürte, wie sich der an sie gekoppelte Bindungsschwur entfaltete. Seine Aura wandelte sich, transmutierte und nahm eine neue Gestalt an.

Zwischen Blake und ihm erschien ein weiterer Chifuyu. Ein Zwilling. Mehr als das. Ein perfektes Abbild, bei dem nicht einmal seine eigene Mutter hätte sagen können, wer der Echte war. Das Ebenbild stand einfach nur da, wehrte sich nicht und steckte den Schlag ein. Blake landete einen direkten Treffer am Kinn. Doch das Abbild blieb an Ort und Stelle stehen. Lediglich der Kopf verschwamm in spiralenartigen Zirkeln aus Aura, deren Ursprung der Aufprallort der Faust des Adjutanten war. Verdutzt prügelte dieser weiter auf den materielosen Körper ein, doch er hätte genauso gut versuchen können, Bambusrauch grün und blau zu schlagen.

Währenddessen nutzte Chifuyu die Zeit und Deckung, die die Illusion der Fuchsgeistmaske ihm verschaffte.

»Ich glaube, du hast hier ganz schön viel Schmutz übersehen«, sagte er gehässig, während er in einem Satz über die nassen Stufen hinwegsprang, um seinen Abstieg, in eiligem Tempo, fortzusetzen. Er hörte noch Blakes Fluchen sowie das Poltern des Eimers, welchen dieser ihm nachwarf.

Natürlich hätte er die Blöße gerne genutzt, um dem Verräter eine Lektion zu erteilen, doch wenn er angefangen hätte, mit ihm zu kämpfen, wäre er keinen Deut besser als Blake. Schließlich war dieser immer noch ein Mitglied des avalonischen Ordens und somit einer seiner Kameraden. Außerdem unterstrichen die Masken anschaulich, was Sirius Gallegar immer wieder predigte, als er ihn in den unsichtbaren Mächten unterwies. Die *Thelema* war keine Zauberei. Sie gab einem nur so viel, wie sie auch nimmt. Die Maske des sonnenfarbenen Fuchses verstärkte Chifuyus Umgang mit der Transmutationsart und kreierte substanzlose Doppelgänger seiner selbst, dafür zwang sie ihn aber auch ins *LA* und ließ ihn schutzlos dastehen, solange diese existierten. So verlangte es der an die Maske gekoppelte Bindungsschwur.

Denn aus nichts konnte auch nichts entstehen.

Doch auch wenn er Blake nicht den Schlag in die Magengrube verpassen konnte, den der Verräter verdient hätte, so tröstete ihn zumindest der Gedanke daran, dass dieser nun einige Stockwerke hinabsteigen musste, um den Eimer aufzusammeln.

Über den Türmen des avalonischen Ordens verdunkelte sich der Himmel immer weiter, nachdem Chifuyu diese verlassen hatte. Durch das Dickicht des Birkenwaldes, der die beiden weißen Giganten umgab, konnte er hell aufleuchtende Blitze über sich sehen. Blendende, willkürlich geknickte Linien aus reinem Weiß, die sich von den Schwaden aus beständig dunkler werdendem Schwarz abhoben.

Und mit einem Donnerschlag der *Sündentod* in seiner Hand vibrieren ließ, setzte der Regen ein. Die Tropfen waren bitterkalt. Chifuyu war dankbar für seinen Ordensmantel und zog die Kapuze tiefer in sein Gesicht, denn die niederprasselnden Tropfen fühlten sich an wie Dolche. Die Fuchsgeistmaske hatte er aufgrund der feinen Augenschlitze abgelegt und in seinem Mantel verstaut. Seine Augenklappe, die nicht halb so sehr an seinen Haaren zog wie der Wind, schränkte sein Sichtfeld bereits genug ein. Natürlich hätte er hinter dem weißen Stein abwarten können, bis der Sturm vorüber war, doch er war zu ungeduldig. Chifuyu musste sofort wissen, ob seine neue Klinge hart und scharf genug war. Erneut blickte er in die Schwärze, die sich über ihm zusammenbraute.

Ob Sündentod scharf genug ist, um einen Blitz zu zerteilen?, fragte er sich und dachte dabei an die Sünde der Gier.

Er war sich sicher, dass es keine bessere Gelegenheit gab, um das neue Meisterstück Mera Crowns auszuprobieren.

Die Äste der Bäume um ihn herum knackten unter dem Wind, der die Blätter so selbstverständlich von den Bäumen riss, wie der Regen nass war. Als er fast an dem abgelegenen Ort innerhalb des Birkenwaldes angekommen war, an dem er die letzten Tage immer wieder versuchte, die Künste der Hannyamaske zu meistern, erhellte ein weiterer Blitz den Himmel. Tauchte den Wald in grelles Weiß. Und innerhalb des Kreises, bestehend aus dem Totholz gefällter Bäume, zeichnete sich eine schwarze Silhouette ab. Sie beugte sich hinab, griff nach etwas und begutachtete es.

Kurz hielt Chifuyu inne, doch als er näherkam, realisierte er, dass auch die Gestalt zwischen den am Boden verteilten Baumstämmen einen Ordensmantel trug. Nur konnte er nicht erkennen, um wen es sich handelte. Denn die Person trug ebenfalls eine Kapuze und stand mit dem Rücken zu ihm.

»Was ist das hier?«

Er erkannte die Stimme sofort. Sie gehörte seinem neuen Lehrmeister, dem Kreuzritter Aleister Walker.

»Vermutlich hat der Sturm die Bäume …«

»Versuch nicht, mich für dumm zu verkaufen!«, schalt Aleister ihn. Seine Stimme klang ruhig, aber dennoch bestimmend. Dabei streckte er ihm den Schwertgriff entgegen, welchen er zuvor vom Boden aufgeklaubt hatte. Die Klinge war unsauber abgebrochen und fehlte. »Jeder einzelne der toten Bäume hier besitzt eine saubere Schnittkante.«

»Die Masken wurden tatsächlich mit einem Bindungsschwur belegt«, erklärte Chifuyu enthusiastisch, während er langsam mit der freien Hand über einen der gefällten Stämme fuhr. Kleine Stahlsplitter steckten in diesem.

»Sind ihre Künste mächtig?«

»Ja«, antwortete Chifuyu und ein weiterer Blitz warf dunkle Schatten auf sein Gesicht. »Mächtig genug, um Sirius zu rächen.«

Der Kreuzritter legte den Kopf in den Nacken und blickte in den Himmel. Die Kapuze rutschte dabei hinab und Chifuyu konnte sein, vom Regen überströmtes Gesicht, gut erkennen. Aleisters Gesichtsausdruck verriet ihm, dass er gerade an seinen alten Freund dachte. Sich fragte, ob er von oben zu ihnen hinabblickte. Immerhin, so gut kannte er ihn mittlerweile. Dennoch war Chifuyu sich nicht sicher, ob es nur der Regen war, der über die Wangen des Kardinals lief.

»Wenn nur noch Rache bleibt, ist Rache alles.«

»Ein Gleichnis?«

»Sieh dich um«, sagte Aleister, ohne den Blick vom Himmel abzuwenden. »Deine Trauer … deine Rache beginnt dich blind werden zu lassen.«

Wäre die Erde wirklich eine Mutter, so hätte sie geweint, beim Anblick dessen, was der Adjutant ihren Kindern angetan hatte. Um sie herum lagen über ein gutes Dutzend gefällter und zerborstener Bäume. Ohne tieferen Sinn ihres Lebens beraubt. Aus ihrem Holz sollte nichts Neues entstehen. Es war ihnen nicht einmal vergönnt, Wärme zu spenden. Und zwischen ihnen verteilt lagen die Überreste zerbrochener Schwerter. Griffe achtlos auf den Waldboden geworfen und wie Abfall zurückgelassen. Der Wind blies den Regen stärker in sein Gesicht. Wie winzige Speere trafen die Tropfen seine Haut.

Vielleicht war sie eine Mutter und vielleicht weinte sie gerade wirklich?

»Nur, weil ihre Blätter nicht rot gefärbt sind, sind sie nicht weniger Wert. Wir vom avalonischen Orden sollten den Menschen ein Vorbild sein. Morgen wirst du hier aufräumen. Aus den Bäumen schlägst du Scheite, welche die Bedürftigen im Winter als Feuerholz nutzen können«, wies Aleister in an und verringerte dabei die Kluft zwischen ihnen. Dann legte er ihm eine Hand auf die Schulter und sah ihm direkt ins Gesicht. »Es ist unmöglich, dass zu töten, was man hasst, ohne selbst zu jenem Unheil zu werden.«

Nun, da er direkt vor ihm stand, war Chifuyu sich sicher, dass es nicht nur der Regen war, der Aleisters Wangen hinab lief.

»Spürst du dieses Verlangen etwa gar nicht? Dieses unerträgliche Ziehen in der Brust? Er war doch dein Freund?«

»Doch …«, stockte Aleister. Für einen Moment dachte er daran, wie er in seiner Trauer und Suche nach Vergeltung William Baskerville blindlings vertraut hatte und was dies fast für den Orden bedeutet hätte. »Er würde jedoch nicht wollen, dass wir uns darin verlieren. Man sollte niemals nur eine einzige Sache lieben. Denn wenn diese nicht mehr ist, bleibt einem nichts mehr.«

Chifuyu schluckte. Die Euphorie darüber, sein neues Schwert zu testen, war verflogen. Nun spürte er die Kälte des Regens deutlich auf seiner Haut.

Erneut kostete Aleister den Gedanken an Vergeltung auf seiner Zunge. Dann sah er den Jungen an, den Sirius so geliebt hatte.

Man sollte nie nur eine Sache lieben …

»Wie viele der Masken hast du bereits gemeistert?«, fragte der Kreuzritter, der das Zittern seines Adjutanten unter seiner Hand spürte.

»Nur eine. Die Kitsunemaske ermöglicht mir, meine Aura zu transmutieren und so Abbilder meiner Selbst zu schaffen. Die Bedingungen, die an die Masken geknüpft sind, welche Fuku no Kami, Tengu und Komainu darstellen sollen, habe ich noch nicht herausgefunden.«

»Das sind nur vier«, bemerkte Aleister und spürte, wie Chifuyus Körper schlagartig aufhörte zu zittern.

Der Adjutant löste sich von der Hand seines Meisters und holte die gehörnte Maske in der Farbe von geronnenem Blut hervor. Sorgsam legte er sie auf sein Gesicht und der Gurt der integrierten Filtermaske legte sich um seinen Kopf. Zusammen mit der Kapuze wirkte er wie ein Teufel in den Gewändern eines Gläubigen.

»Die Technik dieser Maske ist gewaltig. Sie verstärkt mein *OB* sowie meinen Umgang mit der Emissionsart und ermöglicht es mir so, einen klingenförmigen Schnitt auszusenden. Allerdings hielt bislang kein Schwert der

Belastung dieser Kunst stand. Allesamt sind sie zerborsten. Aber diesmal wird sich das ändern.«

Aleister entfernte sich einige Schritte von seinem Schüler. Durch die Maske hörte er trotz des starken Regens, wie er die Luft einsog.

Eine Hand am Griff seines Schwertes stand Chifuyu einfach nur da und beobachtete den Himmel. Heute würde er keinen Baum verletzen. Heute würde er den Donner selbst teilen. Er spürte, wie *Sündentod* seine Aura in sich aufnahm, sie genüsslich verzehrte, als sei das Schwert eine gierige Bestie. Er behielt das Dunkel über sich im Blick. Folgte den Funken. Antizipierte, wo sich das nächste Grollen zusammenbrauen würde. Gleich war es so weit. Dann erhellte ein Blitz die Schwärze über ihm. Chifuyu zog das Katana aus der ebenholzschwarzen Scheide und der fliegende Schnitt biss nach dem weißen gekrümmten Pfeil, der vom Himmel herabsauste. Das Timing war nur fast perfekt. Er zog seine Klinge einen halben Wimpernschlag zu spät, dennoch spaltete der fliegende Schnitt die Spitze des konzentrierten Lichtbogens im letzten Augenblick vor seinem Verglühen.

Und dann grollte der Donner.

»Verdammt«, schrie Chifuyu so laut, als wolle er die Einschläge der nun zwei Donnerkeile übertönen. Dann sank er erschöpft in den feuchten Waldboden. Umgeben von den Überresten der Trainingsschwerter. Umgeben von den Splittern von *Sündentod*.

»Die Restriktionen dieses Bedingungsschwurs liegen auf der Hand. Es belastet das Schwert zu stark, weswegen es momentan eher eine Glaskanone ist als eine verlässliche Waffe. Außerdem kannst du für eine kurze Weile keine Aura mehr in die Waffe leiten, nachdem du den Angriff ausgeführt hast«, erklärte Aleister und deutete auf den klingenlosen Griff in Chifuyus zitternder Hand.

Letzteres war dem einäugigen Adjutanten nie aufgefallen. Jedes einzelne Mal war er davon, dass sein Schwert erneut zerbrach, zu frustriert gewesen, als dass er es bemerkt hätte. Doch jetzt realisierte er, dass der Griff seine Aura abstieß.

»Flute ihn weiter mit den unsichtbaren Mächten«, befahl sein Meister.

Chifuyu tat, wie ihm geheißen und plötzlich ließ der Griff sich wieder von Aura ummanteln.

»15 Sekunden. So lange ist es dir nicht möglich, dein *OB* einzusetzen. Mit anderen Worten, selbst wenn du ein Schwert findest, dass dieser Kunst standhält, hat dein Gegner eine Viertelminute Zeit, in der du entweder schutzlos bist oder er das Schwert ziemlich sicher dennoch zerstören würde.«

»Würde eine Arkane dem standhalten?«, fragte Chifuyu verzweifelt.

»Eine Arkane lässt sich nur unter sehr besonderen Umständen mit einem Bindungsschwur koppeln. Ich denke also nicht, dass dies funktionieren würde.«

»Aber Schwester Crown ist die beste Schmiedemeisterin unserer Zeit. Wenn ihre Klinge an der Kunst zerbricht, dann wird es jede tun«, sagte Chifuyu verzweifelt, während er auf den matschigen Boden einschlug.

»Junge …« Aleister ging zu ihm und sah auf seinen Zögling herab, der noch immer aussah wie der Teufel. »Wer bist du, wenn du die Rache nicht mehr hast?«

Die Faust des einäugigen Jungen hielt inne. »Unserer Zeit …«, murmelte er.

Der Kardinal war sich nicht sicher, ob seine Worte ihn wirklich erreicht hatten.

»Unserer Zeit.« Chifuyu sah zu Aleister auf. Dann erhob er sich. »Unserer Zeit«, wiederholte er die Worte, als hänge das Schicksal seiner Welt von ihnen ab. »Unserer

Zeit. Schwester Crown ist die größte Schmiedemeisterin unserer Zeit und ihre Arbeiten sind meisterhaft, keine Frage. Doch ein Großteil des Wissens um das Handwerk der Schmiedekunst ging während der Industrialisierung und der schwarzen Zone verloren. Doch ihren Höhepunkt hatte sie bereits im alten Nihon.«

»Keiner der Schmiedemeister ist heute noch am Leben und wie du selbst sagtest, ist ein Großteil des Wissens verloren gegangen. Worauf willst du also hinaus?«

»Kojiro Sasaki.«

Zwei Worte. Ein Name. Aus dem Mund des einäugigen Jungen klangen sie wie ein Gebet.

Aleister verstand sofort. Er wusste, dass er Chifuyu nicht auf diesen Weg schicken durfte. Aber da war noch immer der omnipräsente Geschmack der Vergeltung, das süße Aroma der Rachsucht, welches sich auch auf seiner Zunge eingenistet hatte. Also antwortete er: »Ich werde mit der Führung des Ordens bezüglich der *Prinzessin der Schwerter* sprechen.«

風

Wird sie kommen?

Das war die Frage, die in Mirais Kopf noch lauter pochte als der nervöse Schlag seines Herzens. Er war alleine in seinem Zimmer innerhalb der weißen Mauern des avalonischen Ordens und wartete.

Vor wenigen Tagen noch wäre er sich sicher gewesen, die Antwort zu kennen. Doch sie hatte ihn vor dem Anführer der sieben Todsünden beschützt. Warum hätte sie das tun sollen, wenn er ihr nicht doch noch etwas bedeuten würde?

Seit dem Vorfall überlegte Mirai, wie er sich bei Joan

dafür bedanken könnte. Unruhig tigerte er zwischen den wenigen Möbelstücken hin und her, während er sich fragte, ob er die richtige Wahl getroffen hatte. Vom Schreibtisch zu seiner kleinen Kommode, weiter zu seinem Bett. Immer im Wechsel mit der Frage, ob sie überhaupt kommen wird. Und von dem Bett weiter zu dem kunstvoll verzierten Bleiglasfenster, das den Gründer des Ordens den wahren Artus zeigte, wie er, von türkisgrünen Lichtstrahlen umgeben, ein Schwert aus einem Stein zog. Unterhalb des Fensters stand Blakes Schallapparat. Dieser konnte nicht nur Radiowellen empfangen, sondern besaß auch einen Plattenteller. Eine von Rillen gezeichnete kreisrunde Scheibe lag auf diesem und wartete darauf, zum Leben zu erwachen.

Ob ein Tanz Joan wirklich gefallen wird?

Blake war es, der ihn auf die Idee brachte, Joan zum Dank einen Tanz zu schenken. Für ihn war sein Freund kein Verräter. Deshalb half er ihm sogar manchmal beim Schrubben der Stufen, wenn niemand sonst in der Nähe war. Mirai konnte ihn sogar verstehen, schließlich sprach der Hüne seit dem Sündenvorfall von nichts anderem mehr als Makoto Lyxzén. Oder wie dieser sie nannte, die Frau seiner Träume. Selbst während er seinen Strafdienst ableistete, grinste er wie ein verliebter Idiot und redete ununterbrochen davon, dass er die ganze Nacht lang mit ihr tanzen wird, wenn er sie wiedersah. Bei jedem anderen hätte Mirai sich gefragt, ob Tanzen in diesem Zusammenhang für etwas anderes steht. Doch bei Blake stellte sich diese Frage nicht wirklich.

»Was, wenn sie keine Tänzerin ist?«, hatte Mirai ihn gefragt, während sie den weißen Stein säuberten.

»Glaub mir mein Freund, wenn du diesen Hüftschwung gesehen hättest, würdest du diese Frage nicht stellen«, hatte Blake mit einem nahezu lächerlich verliebten Grinsen im Gesicht geantwortet, welches darauf schließen ließ, dass er sich in Gedanken schon wieder vorstellte, wie die beiden sich gemeinsam zum Rhytmus seiner Lieblingslieder bewegten.

Doch auch Mirai gefiel die Vorstellung, wie Joan und er zusammen tanzten und hoffte, dass es ihr genauso ergehen würde. Also bat er seinen Freund darum, ihm seinen Schallapparat zu borgen.

Vielleicht hätte ich doch lieber einfach einen Blumenstrauß für sie pflücken sollen.

Natürlich lieh Blake ihm nicht einfach nur den Schallapparat. Selbstverständlich bestand er darauf, Mirai auch einige seiner Tanzschritte beizubringen. Und der mindestens so seltsame wie liebenswerte Adjutant konnte Tanzen wie kein anderer. Fast hätte man denken können, dass Blake Bastille das uneheliche Kind war, welches Rhythmus und Klang in dem Moment zeugten, als sie sich das erste Mal vereinten. Doch der weißhaarige Junge sah ihm dabei zu und hatte nicht das Gefühl, dass Joan und er so tanzen könnten. Glücklicherweise kam Arthur Vessalius zufällig vorbei und beobachtete seine beiden Schüler. Er erklärte sich bereit, ihm einige einfache Paartanzschritte zu zeigen, die Mirai für deutlich passender hielt.

Ich hätte ihr auch einfach nur Danke sagen können.

Sein Herz schlug ihm mittlerweile bis zum Hals. Er musste irgendetwas gegen die Nervosität unternehmen. Langsam fuhr er mit der Hand in die Tasche seines Ordensmantels und holte die weiche Feder hervor. Mit leicht zittrigen Fingern legte er sie auf den weißen Steinboden. Dann ging er einige Schritte zurück und atmete ein. Zärtlich fuhr er mit den Handflächen übereinander, griff nach dem Wind. Nachdem, was er im Tafelsaal getan hatte, sollte es ein Leichtes für ihn sein, die Feder durch die Luft tänzeln zu lassen. Er streckte die Arme von sich, drehte die Handflächeninnenseiten nach oben und bewegte die Hände sanft in die Höhe. Dabei versuchte er jenes Gefühl, dass er an jenem Tag verspürt hatte zu rekonstruieren.

Doch genauso wie Mirai unschlüssig darüber war, welche Emotion ihm die Kontrolle über die Mächte des großen Geistes des Windes gab, war auch die Feder unschlüssig darüber, ob sie in die Lüfte aufsteigen sollte. Sanft wippte sie von links nach rechts.

Was war es gewesen, was in jenem Moment sein Herz erfüllte? Hass oder Liebe?

»Hallo, Mirai«, riss Joans Stimme ihn aus seinem Gedanken.

Eilig bückte er sich nach der Feder und ließ sie in seinem Mantel verschwinden, ohne dass sie es bemerkte. »Hallo, Joan. Schön, dass du gekommen bist.« Sein Grinsen erstreckte sich bis über beide Ohren. »Komm rein.«

»Was kann ich für dich tun?«, fragte sie steif.

»Ich möchte mich bei dir bedanken. Dafür, dass du mich vor dem Anführer der Todsünden beschützt hast.«

»Gern geschehen«, sagte sie verdutzt, während sie ihn dabei beobachtete, wie er die Nadel auf die Rillen der sich drehenden schwarzen Scheibe legte.

Die Klänge diverser Instrumente eroberten den Raum. Während Mirai sich zu Joan drehte, ließen eine kraftvolle Frauenstimme und ein Saxofon ein einzigartiges Duett erklingen.

»Darf ich um diesen Tanz bitten?« Er streckte ihr seine Hand entgegen. Er war froh, dass sich der Spiegel in seinem Rücken befand, denn Mirai wollte nicht wissen, wie dämlich er gerade gucken musste, so aufgeregt und ungleichmäßig, wie sein Herz schlug.

Kurz glitt ihr Blick zu seiner ausgestreckten Hand, dann sah sie ihm in die Augen und ihre Mundwinkel hoben sich. Und diesem Lächeln fehlte es keineswegs an Wärme.

Weshalb fühlt sich ein Lächeln von ihr, wie 50 von allen anderen an?

Dann griff sie nach seiner Hand. Instinktiv zog Mirai sie ein Stück näher zu sich, als es nötig gewesen wäre, und legte seine Hand auf ihre Hüfte. Sie tat es ihm gleich. Er führte und die beiden wippten zum Swing der Musik durch den kleinen Raum. Es war das erste Mal seit Jahren, dass in Pangea wieder Schmetterlinge flogen. Wenn auch nur im Bauch eines verliebten Jungen. Doch er traute sich nicht, ihr zu sagen, wie schön sie war. Stattdessen genoss er es, in ihrer Regenbogenhaut zu versinken und sich zu fragen, wer dieses Mädchen nur gemalt hatte.

Die Musik verstummte. Nur noch das Knarzen der Nadel erfüllte den Raum. Doch die beiden wippten an Ort und Stelle weiter zum Takt, den ihre Herzen vorgaben. Mirai verstand nun, warum Joan die Welt von oben sehen wollte, denn so musste es sich anfühlen zu fliegen. Hätte er doch bloß früher verstanden, was seine Gefühle wirklich bedeuteten und nicht erst, nachdem sie gegangen war. Wie oft hatte er seitdem daran gedacht, sie zu küssen. Doch in diesem Moment, als er ihre Wärme spürte, die Röte auf ihren Wangen sah, den Schimmer, der in ihren Augen glitzerte, war er sich sicher, dass sie auch darüber nachdachte.

»Du leuchtest wunderschön«, purzelten die Worte unbedacht und ehrlich aus seinem Mund.

Ihre Wangen gewannen noch mehr an Röte. Sie schloss die Augen. Und dann endlich bewegten sich ihre Lippen aufeinander zu.

»Joan, hier bist du. Ich habe dich überall gesucht«, unterbrach der Kreuzritter Noah Kamelot die beiden, als gerade noch ein Blatt Papier zwischen sie gepasst hätte. Eilig lösten sie sich voneinander wie zwei Jugendliche, die von ihren Eltern erwischt wurden.

»Junger Artus, leider muss ich meine Adjutantin bitten, dich für eine Weile zu verlassen. Gott hat uns endlich auf den richtigen Pfad geführt. Wir konnten die Spur der vermissten Personen bis zu einem Gebäudekomplex in Neo Metropolis zurückverfolgen. Arthur bat uns, sofort aufzubrechen. Hol deine Sachen, wir treffen uns vor dem Eingang zur Kapelle.«

»Verstanden.«

Und ebenso schnell wie der Kreuzritter aufgetaucht war, war er auch wieder verschwunden.

Sanft fuhr Joan ihm über die Wange, bevor sie dem Kardinal folgte.

»Sammeln wir tausend Tage wie heute. Nur du und ich«, sagte Mirai zu ihr, als sie den ersten Fuß durch die Tür setzte.

Joan drehte sich zu ihm und lächelte erneut. Auch diesmal war es erfüllt von Wärme. »Wir beginnen damit, wenn ich zurück bin.«

CHi - 46

Seine untere Gesichtshälfte war wie immer in weiße Bandagen gewickelt. Nicht einmal die Gründungsmitglieder des Greifs wussten, was er darunter verborgen hielt. Die Feder in seinem Haar tanzte eng umschlungen mit der sanften Meeresbrise und über der *Arachne* kreischten die Möwen. Dante selbst saß oben auf der Treppe des hinteren Teils des Wolkenwandlers, welche zum Steuerrad führte.

Der Kopf thronte über dem Gefieder, das sich an Deck versammelt hatte.

»Ich würde gerne vor Sonnenaufgang wieder über den Wolken sein«, sagte Windschlürfer, der sich als einziger in Dantes Rücken befand und gerade damit fertig wurde, das Steuerrad zu ölen. Nun stopfte er sich mit dem neuen Tabak eine Pfeife.

»Wo bleibt Vicky?«, wollte Dante wissen.

»Keine Ahnung. War sie nicht bockig und wollte an Bord bleiben?«, erwiderte Mortecai ohne den Kopf des Greifs eines Blickes zu würdigen. Er beobachtete mit leicht geröteten Wangen, aus einer geschwärzten Brille mit runden Gläsern heraus, San dabei, wie sie ihre Münze warf.

»Was soll die Sonnenbrille?«, fragte Grinser ihn.

»Habe ich aus der Stadt. Polarisierte Gläser, schick, oder?«

»Es ist Nacht.«

»Wir werden sehen, wer von uns beiden der Sonne entgegenlacht, wenn wir über den Wolken sind. Ich hoffe, du wirst deinem Namen dann noch gerecht!« Mortecai grinste ihm ins Gesicht.

»Yoru?«, ignorierte Dante die beiden.

»Sie muss sich davon gestohlen davongestohlen haben, als ich kurz eingenickt bin.«

»Wir müssen sie suchen!«, entfuhr es Echo. Dabei schlug er, denn Blick nach links gerichtet, seine Faust in die flache Hand. Doch niemand stand neben ihm.

»Oder wir sammeln sie einfach auf dem Rückweg wieder ein«, wechselte Echos Stimme, während sein Kopf sich nach rechts drehte.

»Was, wenn Vicky in Schwierigkeiten steckt?«, rotierte er mit wechselnder Persönlichkeit nach links.

»Was, wenn deine Mutter dir ein bisschen Hirn vererbt hätte?«, ging es weiter hin und her.

»Lass unsere Mutter aus dem Spiel, du willst doch nicht meine Gefühle verletzen«, mischte sich eine dritte Stimme ein, während Echo immer wieder verwirrt nach links und rechts guckte.

»Vielleicht solltest du lieber kurz in Deckung gehen. Da scheiß ich nämlich drauf!«

Mulai stand etwas abseits des ganzen Trubels. Sie fühlte sich aufgrund des Blutverlustes noch immer etwas schwach und ihrem Gesicht fehlte es an Farbe. Doch von den anderen schien das niemand zu bemerken. Ihr Blick sprang von einer Feder zur nächsten. Wer würde ihr nächstes Opfer sein? Schließlich verharrten ihre Augen auf Dante.

»Findet sie«, sprach dieser mit ruhiger Stimme und die Federn stoben schlagartig von Bord, wie ein Schwarm Vögel, den man aufgescheucht hatte.

Mulai tat es den anderen Federn gleich und verschwand in der Schwärze der Nacht.

Nun waren nur noch Windschlürfer und Dante selbst auf dem Wolkenwandler. Letzter erhob sich von der Treppe und ging auf den graubärtigen Kapitän zu. Kurz vor ihm blieb er stehen und aktivierte seine Kronfähigkeit. Am ganzen Körper zitternd verneigte sich der alte Schmuggler im Angesicht der *Autorität des Königs der Nahrungskette.*

»Du wartest hier auf uns. Verstanden?«, befahl der Kopf des Greifs.

Kalter Schweiß tropfte auf das Deck der *Arachne*, als Windschlürfer ihm zur Antwort nickte.

»Gut«, sagte Dante kalt und löste seine Fähigkeit auf. Langsam ging er zur Reling und stieg mit beiden Beinen auf diese, um ebenfalls nach Vicky zu suchen. Da fiel vor ihm eine Feder vom Himmel herab. Fast schwerelos wog sie im Wind hin und her. Wie hypnotisch zog sie seinen Blick in ihren Bann, bis sie von der Brandung verschlungen wurde. Für einen winzigen Augenblick, nicht länger als ein Wimpernschlag, spülten die Gezeiten sie noch einmal für einen letzten Atmezug Atemzug nach oben, bevor sie für immer verschwand.

Solltest es wirklich du sein, der die Jagd auf uns eröffnet hat, ist es an der Zeit, dass du dem begegnest, was du an jenem Tag erschaffen hast.

地

Zuerst hielt Dante auf einem der höheren Gebäude. Von hier oben konnte er die Stadt weiträumig überblicken. Es war nicht mehr als ein undefinierbares Gefühl, so als wollte man Rauch mit bloßen Händen einfangen, doch irgendetwas in ihm ahnte es bereits. Also suchte er nicht nach ihr, sondern nach einem menschenleeren Ort. Ein Kampf in der Stadt hätte auch in der Nacht eine Panik ausgelöst, die sie mitbekommen hätten. Außerdem musste der Schauplatz eines hypothetischen Schlagabtausches weit genug entfernt sein, sonst hätten sie die zum Kampf geschärften Auren wahrgenommen. Schließlich erspähte er im Licht der ersten Strahlen des Morgengrauens den von einer grünen Patina überzogenen Haarknoten einer großen Statue, welche über die Baumkronen des Sicheltannenwaldes herausragte. Ein Ziel, dessen Witterung es sich aufzunehmen lohnte. Dante machte sich sofort auf den Weg.

Da lag sie.

In ihrem eigenen Blut liegend, das Gesicht geschändet, sah sie dennoch friedlich aus. Als wäre sie ein Engel, der in der Hölle geboren wurde.

»Möge deine Feder so leicht sein wie die Feder der Maat«, verabschiedete sich Dante, während eine einsame Träne sein Gesicht hinab ran, bis sie, von den Bandagen, die es umgaben, verschluckt wurde.

Neben dem onyxfarbenen König nahm der große Geist der Erde Gestalt an. Das fuchsähnliche Wesen mit einem Leib aus frischer Erde und Fell aus Herbstlaub ging langsam zu ihr. *Chi* senkte den Kopf, sodass sich seine und Vickys Stirn berührten. Dann schenkte der Elementargeist ihr zum Abschied das Lächeln der Erde. Rosen brachen aus dem blutigen Boden hervor, die Blüten hellblau wie ihr Haar und betteten sie.

Dante nickte zustimmend, denn *Chis* Wahl erschien

ihm passend. Vicky mochte scharfe Dornen gehabt haben, doch genauso wie Dornen besaß sie auch Rosen.

Sanft fuhr Dante mit den Fingern über den Verband in seinem Gesicht. Millimeter für Millimeter zeichnete er das blutige Lächeln, mit dem die sechste Feder ihn ansah, in seinem eigenen Gesicht nach, als wolle er es sich ganz genau einprägen und für immer konservieren.

»Grüß die anderen von mir.«

KA - 47

Mit Ausnahme des Tanzes des herabfallenden roten Laubes und des Windes, welcher die Führung übernahm, war es auch heute still, um das *Velvet Room*.

Bei der Jagdgemeinschaft des karmesinroten Königs machte sich hingegen langsam Ungeduld breit.

»Welch ein Jammer, dass wir sie lebend brauchen. Ich hätte das Mädchen von hier aus schon vor Tagen erschießen können«, verkündete Zeta und senkte das Fernrohr, durch das er die abgelegene, aus der Zeit gefallene Bar beobachtete. Verbände umrankten den gesamten Körper des Mannes. Hätte er nicht einfache, dunkelgrüne Leinenkleidung sowie seine Filtermaske darüber getragen, hätte man ihn vermutlich für eine wandelnde Mumie gehalten. Selbst sein Gesicht war in Bandagen gehüllt, auf denen quer Zeta gekritzelt stand und die er unter einer Kapuze zu verbergen versuchte. Lediglich seine Augen, die aufgrund der unnatürlich geweiteten Pupillen wie schwarze Löcher aussahen, lugten zwischen den Lagen hervor. Präzise schnippte er gegen den Infusionsbeutel, der an einem Ständer hing und mittels einer Kanüle zwischen den Verbänden seiner Armbeuge verschwand.

»Wir warten schon seit über einer Woche auf eine Gelegenheit. Acedia wird nicht ewig weg sein. Dann wird es so gut wie unmöglich, das Balg in die Finger zu bekommen«, lamentierte ein anderer Mann, der von bulligerer Statur war und am gesamten Körper zitterte.

Er trat neben Zeta an den Rand des Flachdaches, das ein Gebäude am Rande von Kaban krönte und von dem aus sie den Velvet Room beobachteten. Auch er war mumiengleich in Bandagen gewickelt. Jedoch trug er keine Kapuze. Einzelne Haarbüschel lugten zwischen den Stoffbahnen hervor, auf die, sein Gesicht hinab, Omikron geschrieben stand.

»Haben die Drogen des Weißkittels euer Hirn zerfressen wie Maden?«, stöhnte Zoja. Sie saß an der Kante des Daches und genoss die wohlige Wärme der letzten Strahlen, der sich langsam auf die schwarze Zone zubewegenden Sonne.

Dennoch war ihre Filtermaske mit einer dünnen Frostschicht überzogen. »Gula, die Sünde der Völlerei, verfügt über einen Trumpf mit einer Raum-Kunst. Und Superbia ist kein einfacher blinder Mann. Er erschafft mittels der Emissionsart eine Aurakuppel, mit der er sieht. Laut den Akten, die ihr eigentlich auch gelesen haben solltet, ist der Radius dieser Technik enorm. Sie würden uns bemerken und wären verschwunden, bevor wir sie überhaupt zu Gesicht bekämen.«

»Deshalb sind wir hier auf dem Dach, da es sich ausreichend außerhalb der Reichweite des Blinden befindet. Das wissen wir. Genauso wie wir wissen, dass sie den Plan unserer Majestät noch nicht durchschaut haben, schließlich sind sie noch hier.«, mischte sich ein dritter, ebenfalls einbandagierter Mann ein.

Zwischen seinen Augen, die ebenfalls schwarzen Abgründen glichen, stand Beta geschrieben. Mit den Fingern war er zwischen die rot verfärbten Stofflagen an seinem Hals gefahren und kratzte sich wund.

»Selbst wenn, hier draußen am Rande der schwarzen Zone gibt es keinen Privatfunk. Und die drei machen nur die nötigsten Besorgungsgänge. Acedia hätte keine Möglichkeit sie zu informieren«, antwortete Zoja.

Beta interessierte sich jedoch nicht für die Erklärungen der Reiterin, sondern nur für die nächste Dosis. Er ging auf Alexei Jäger zu, der auf der Kante der Luftfilteranlage saß. »Dennoch bin ich mir sicher, ein jeder von uns dreien wäre deutlich Geduldiger, wenn ihr uns einfach unseren Stoff geben würdet.«

Der Reiter des Krieges ignorierte ihn. Er hatte nur Augen für den kleinen, kränklich aussehenden Vogel, der auf seinem Zeigefinger saß und tschilpte.

»Behandele mich nicht wie Luft. Ich weiß genau, dass Dr. Licht dir den Stoff gegeben hat.«

Als Betas Schatten sich über Alexei legte, flüchtete der Vogel verschreckt in das Bambusrot der untergehenden Sonne.

»Ihr wart doch ihre Leibwächter. Hättet ihr sie gar nicht erst verloren, müssten wir jetzt nicht wie Raubkatzen auf der Lauer liegen«, brummte Alexei und baute sich erbost vor Victor Lichts Versuchskaninchen auf.

»Benehmt euch, ihr Flegel. Immerhin ist eine Dame anwesend«, mahnte Jugram Faust, der mit seinem hölzernen Sarg im Schatten der Mauer des Treppenhauses lehnte und diesen sanft streichelte, als wäre er der Rücken seiner Geliebten. Es war einer der wenigen Momente, in denen er überhaupt mit ihnen sprach, seit sie aus Neo Metropolis aufgebrochen waren. Das lag nicht daran, dass er jemand von der schweigsamen Sorte war. Im Gegenteil, er redete ohne Unterlass. Aber eben überwiegend einen niemals endenden, einseitigen Dialog bestehend aus honigsüßen Worten, mit der Holzkiste, die er nie aus den Augen ließ.

»Ich kann mich selbst verteidigen«, rief Zoja über das Dach.

»Natürlich spreche ich nicht von dir, sondern von meiner wunderschönen Ekatharina.«

»Erniedrigt sich der feine Herr Arzt endlich dazu, mit uns zu sprechen? Das muss ich mir nicht von einem Idioten sagen lassen, der hier draußen in der Dämmerzone keine Filtermaske trägt«, provozierte Beta, während er die Finger aus den rot verfärbten Bandagen um seinen Hals löste. Frisches Blut klebte an ihnen.

»Weshalb sollte ich meine Zeit damit verschwenden, mich mit den Fehlschlägen dieses Stümpers auseinanderzusetzen, wenn ich sie stattdessen dafür nutzen kann, den lieblichen Worten meiner Ekatharina zu lauschen? Und was die Filtermaske angeht, ich habe den Versuch, den Tod zu schlagen, schon vor langer Zeit aufgegeben.«

»Fehlschläge?«, mischte sich nun auch Omikron ein, der noch immer vor Entzugserscheinungen am ganzen Körper zitterte.

»Seht euch doch an. Über alle Maße abhängig von dem Gift, welches er kreiert hat, seid ihr sogar bereit, für die nächste Dosis den eigenen Namen zu vergessen. Leider kann ich euch keine Substitutionstherapie anbieten, denn ich praktiziere nicht mehr als Arzt.«

Ungeduld, Langeweile und die Sehnsucht danach, die eigenen Süchte zu befriedigen, hatten sich unter dem Gefolge des karmesinroten Königs ausgebreitet, wie ein Geschwür. Und das Wissen darum, was es bedeutete, mit leeren Händen zurückzukehren, erleichterte niemandem von ihnen das Atmen. Im Gegenteil, nach all den Tagen des Wartens war die Luft zwischen ihnen dick genug, um Worte daraus schneiden zu können.

Und dann endlich schnitt Zeta die richtigen Worte heraus: »Das Mädchen und der Dicke haben das Gebäude verlassen. Keine Spur von dem Blinden.«

Alexei ging zu ihm. Wortlos riss er ihm das Fernrohr aus der Hand. Tatsächlich fehlte von der Sünde des Hochmuts jede Spur. Darüber hinaus würden das Mädchen und ihr Begleiter in wenigen Metern Superbias Radius verlassen. Der Reiter des Krieges lächelte wie ein Raubtier, das seine Beute endlich ermüdet hatte. »Es beginnt.«

»Können wir dann jetzt endlich unseren Stoff bekommen?«

Der Streit war in Aussicht auf die nächste Dosis innerhalb eines Atemzugs vergessen. Stattdessen scharrten die drei ehemaligen Leibwächter sich um den Reiter des Krieges, wie Vögel, die sich Brotkrumen erhofften.

»Von mir aus«, sagte Alexei abfällig und zog eine schmale Dose aus seiner Westentasche. Darin befanden sich kleine, rosa Pillen mit der Aufschrift *Venus*.

Sechs schwarze Löcher gierten auf den Inhalt des kleinen Behälters. Hastig schluckte jeder von ihnen eines der Präparate. Als wären sie der erlösende Schluck Wasser nach einem endlosen Marsch durch eine knochentrockene Wüste. Schlagartig verschwand das Zittern. Augenblicklich war der Juckreiz verflogen. Und ihre Pupillen verengten sich zu kleinen Kreisen.

»Endlich wieder dieses Hochgefühl«, atmete Omikron erleichtert aus. Seine Aura war genau wie die der anderen beiden explosionsartig gestiegen.

»Dieser Stümper hat also an auraverstärkenden Drogen gepfuscht. Kein Wunder, dass ihr euch lebendig fühlt«, begriff Faust.

»Zeta und Zoja, ihr gebt uns Rückendeckung und bildet die Nachhut. Behaltet die Umgebung im Auge«, befahl Alexei, der mangels Alternativen die Koordination übernommen hatte. Noch immer blickte er durch das Fernrohr. Die Tochter seiner Majestät im Blick. »Beta, Omikron und Faust. Ihr kommt mit mir. Das Ziel verlässt Superbias Radius in drei … zwei … eins …«

Schon bald meine geliebten Freunde, könnt ihr wieder durch einen blauen Himmel fliegen, durch sauberes Wasser schwimmen und müsst euch nicht länger vor uns verstecken. Schon bald.

»Schnappt sie euch.«

火

»W … wir sollten d … das nicht tun. I … Isaac wird sicher wütend auf uns sein«, stotterte Taro, noch immer nicht begeistert davon, sich ohne Isaac vom Velvet Room zu entfernen.

»Ach, Taro. Wir gehen doch nur schnell ein paar Naschereien in der Stadt holen. Willst du etwa keine mehr?«, drängte Momo ihn weiterzugehen.

»D … doch.«

»Na also. Außerdem ist Isaac seit Tagen wach. Lassen wir ihn schlafen und überraschen ihn, wenn er aufwacht mit etwas Leckerem zu essen. Wir gehen einfach am Grenzzaun entlang. Dann begegnen wir so gut wie keinen Menschen.«

Abrupt blieb Taro an Ort und Stelle stehen, als wäre er nur ein weiterer Baum des dürftigen Waldes, der sie umgab.

»Was hast du, Taro?«, fragte Momo und ging die wenigen Schritte zu ihm zurück.

»H … hier …«, stammelte er. »W … wi … wir …«

»Hallo Momo, hast du uns vermisst?«, zerschnitt eine

Stimme Taros Gestammel. Sie gehörte einem in Bandagen gehüllten, bulligen Mann, der zwischen den Bäumen aufgetaucht war.

»Diesmal entkommst du uns nicht«, sagte ein zweiter, dünnerer Mann, der links von ihnen aus dem Geäst kam.

Dem Mädchen lief es eiskalt den Rücken hinab. Die beiden hatten sich verändert, doch ihre Stimmen erkannte sie sofort. Wie könnte sie sie auch vergessen, nachdem, was sie ihr angetan hatten. »Lasst mich in Ruhe! Ich komme nicht mit euch mit!«

»Das hast du nicht zu entscheiden.«

Die Stimme gehörte zu einem Bären von einem Mann, der ihnen von hinten den Weg abschnitt. Ihn kannte sie nicht. Genauso wenig wie das wandelnde Skelett, das neben ihm hertrottete.

»Was sagst du Ekatharina? Ja, du hast recht. Ich finde sie auch herzallerliebst. So lebhaft.«

»M … Mo … Momo, ich habe Angst«, purzelten die Worte aus dem Mund der Sünde der Völlerei, als diese realisierte, dass die Anhänger des karmesinroten Königs sie so gut wie eingekreist hatten.

»Ich auch, Taro.« Sie nahm seine Hand. »Ich auch.«

Einen Atemzug später kniete der bleiche Mann direkt vor Momo. Sein Kopf lag leicht schief, sodass er sich mit ihr auf Augenhöhe befand. Sein Gesicht war eingefallen und ein Lächeln umspielte seine bläulich verfärbten Lippen. »Hallo, junges Fräulein. Darf ich mich vorstellen? Ich bin Jugram Faust und das ist meine geliebte, wunderschöne Ekatharina.« Er deutete auf den hölzernen Sarg auf seinem Rücken. »Wir sind hier, um dich zu deinem Vater zurückzubringen.«

Chi - 48

Okinawa war noch ein kleiner Fleck am Horizont, als sich das Meer unter ihnen allmählich zu verfärben begann. Zuerst wurde es immer dunkler. Dann wurde es schwarz. Doch die Gewässer konnten eigentlich nicht tiefer werden als auf offener See, schließlich hielten sie auf Land zu. Windschlürfer manövrierte die *Arachne* bereits weit unterhalb der Wolkendecke, doch der giftig schäumenden Gischt wollte er seinen Kiel nicht länger als nötig aussetzen, also verpestete er weiter die Luft mit dem giftigen, aus Bambus gewonnenen Treibstoff, den das Luftschiff ausstieß. Je näher sie der Insel kamen, desto stiller wurde es um sie herum, bis schließlich auch der letzte Vogel verstummte. Und als das ölig schimmernde Rot, das von der Insel ausging, das schwarze Salzwasser durchzog, wie flüssiges Eisen, war nur noch das Rauschen des Windes sowie das Wogen der Wellen zu hören.

»Was bedeutet dieser rote Glanz noch einmal? Ich glaube, ich habe es vergessen«, fragte Kurohime, während sie aus nebligen Augen von dem Wolkenwandler hinabsah und der Fahrtwind an ihren Haaren zog.

»Himmelsbambus. Wenn die Toxine ins Meer gelangen, reagieren sie mit dem Salzwasser und verfärben sich nach und nach schwarz«, beantwortete Windschlürfer ihre Frage. Die Stimmung innerhalb des Greifs war nach Vickys Tod noch immer getrübt. »Ihr setzt jetzt besser eure Filtermasken auf. Es gibt hier zwar keine aktiven Fabriken, aber man kann ja nie wissen.«

Nach und nach zogen Kopf und Federn ihre Masken hervor und taten es dem graubärtigen Kapitän gleich. Es war das erste Mal, dass Mulai Dante mit Filtermaske sah. Mit dem grausilbrig lackierten Metall, das geformt war wie das Maul eines *Onis,* aus dem schwarze Reißzähne gut sichtbar hervorlugten, seinem blaugrauen Mantel aus geflecktem Tierfell, der Feder im Haar und der Heterochromie in seinen Augen sah er aus wie eine chimäre Bestie.

Wie das Raubtier, das er in Wirklichkeit war.

»Ich dachte immer in Nihon gäbe es keinen Himmelsbambusanbau?«, gähnte Yoru unter den Filterlagen hervor.

»Nihon?«, warf Kurohime fragend ein.

»Früher baute auch das Land der aufgehenden Sonne die Pflanze an. Doch nachdem sie bemerkten, was die Regularien der Aojiroi für ihre Umwelt bedeuteten, stellten sie den Anbau ein. Ihre Rolle im unausgesprochenen Friedenspakt der letzten vier Nationen war durch ihren Vorsprung in Filtertechnologie gesichert. Außerdem befindet sich ihr Land weit weg von der schwarzen Zone, deshalb waren sie nicht darauf angewiesen, den Himmelsbambus selbst anzubauen.«, ignorierte Krabat sie.

»Und so schnitt sich Nihon, dass einzige Land, dass bis dato komplett als grüne Zone klassifiziert wurde, die vergiftete Hand ab und erklärte Okinawa nicht einfach nur zur roten Zone, sondern direkt zu einem Sperrgebiet. Du bist ja richtig Politik begeistert«, stichelte Mortecai, während er mimte, wie er sich selbst die Hand abtrennte.

Doch Krabat ging nicht weiter darauf ein. Die Filtermaske drückte auf die verbrannten Wundränder in seinem Gesicht, im Vergleich dazu störten ihn die üblichen Sticheleien der siebten Feder nicht weiter.

»Wo soll ich landen?«

»Dort«, befahl Dante, der direkt neben Windschlürfer stand. Er deutete auf eine, zumindest für den Kapitän unscheinbare Stelle hinab.

»Da unten sieht zwar alles gleich aus, aber wie ihr wollt«, erwiderte dieser und initiierte die Landung.

Für ihn sah Okinawa aus wie eine Insel voller Farben, aber sie alle waren nur Abstufungen von Rot. Doch für die Mitglieder des Greifs war klar, wo die Insignien sich befinden mussten. Denn sie sahen mehr als das vom Himmelsbambus zerfressene rote Land. Azurblau, Onyxschwarz, Karmesinrot und Alabasterweiß tanzten die Farben der *Tennō* über die perlmutschimmernde Halbkugel des arkanen Hofes, der über Teile der Insel gespannt war.

»Du hattest tatsächlich recht mit deiner Vermutung«, gähnte Yoru und trat an Dantes Seite.

»Nun müssen wir nur noch den Shirumichu Tempel finden, von dem der alte Kauz gesprochen hat.«

Sanft wie eine Feder landete Windschlürfer die *Arachne* auf dem brachliegenden Ackerland, welches sich direkt neben der Küste und unweit des arkanen Hofs befand.

Die Aojiroi haben tatsächlich kein einziges Saatkorn zurückgelassen, so wie es hier aussieht. Schade, dachte Windschlürfer, nachdem er seinen Wolkenwandler zum stehen gebracht hatte und seinen Blick über das tote Land schweifen ließ.

Der Kapitän war ein Gauner und Menschenhändler, aber sein Handwerk verstand er. Dies musste selbst Mulai ihm lassen, die wie immer ein Stück entfernt der Gruppe stand und gerade ihren Mantel aufknüpfte. Über den Wolken waren sie zwar näher an der Sonne, doch der Wind brachte eine stechende Kälte mit sich. Hier unten drückte die schwüle Sommerhitze. Sie entledigte sich dem langen, dunklen Stoff und entschied sich, nur in ihrem ärmellosen Kimono von Bord zu gehen. In diesem konnte sie sich auch viel besser bewegen, falls sich eine Gelegenheit bieten sollte.

»Mulai, Krabat und Mortecai. Ihr kommt mit mir. Der Rest wartet auf dem Luftschiff«, befahl der Kopf, während er sich in seinem dicken Pelzmantel über die Reling schwang.

»Wieso sollen wir alle auf dem Wolkenwandler bleiben?«, lamentierte Grinser. »Schließlich sind wir doch die Gründungsmitglieder und nicht diese drei. Sollten wir nicht in dem Moment, in dem du in den Spiegel blickst und erfährst, wer die anderen Erben sind, an deiner Seite stehen?«

Die drei genannten Federn verließen ebenfalls die *Arachne* und folgten Dante, der es nicht für nötig hielt, Grinser zu antworten.

Mortecai hingegen drehte sich zu ihm, senkte seine Sonnenbrille ein Stück, um ihm in die Augen blicken zu können und streckte seine Zunge heraus.

»Du kennst die Regeln des Greifs«, ermahnte ihn Yoru, der sich wieder in seine Flickendecke einwickelte.

»Schon gut.«

»Wie lautet die erste Regel?«, setzte dieser nach.

»Die Worte des Kopfes haben höchste Priorität. Sein Wort ist Gesetz«, sagte Grinser ermüdet, während er der Gruppe nachblickte. »Hab ich schon mal erwähnt, dass ich den Neuen nicht leiden kann?«

地

Die vier schritten durch den perlmuttschimmernden Vorhang aus Aura und Farben, ohne zu wissen, was sie dahinter erwarten würde.

Innerhalb des arkanen Hofs war die Decke der Kuppel in die Farben der Nacht getaucht. Dunkles Blau und lichtschluckendes Schwarz, verziert mit Weiß leuchtenden Flecken, die Sterne mimten. Die Dunkelheit wurde in unregelmäßigen Abständen vertrieben, von in allen Farben des Regenbogens explodierenden Leuchtkörpern, die zuerst am Himmel erblühten wie Blumen, ehe sie verglühten.

Das Feuerwerk stammte aus einem Vergnügungspark, der sich unweit vor der Gruppe erstreckte. Doch bereits das Eingangstor wirkte lädiert. Das Metall war rostig und nur noch wenige vereinsamte Striche der Kanjisymbole waren vom Namen des Parks übriggeblieben. Dahinter rotierten Karusselle sowie Fahrgeschäfte, zwei Riesenräder standen nebeneinander, drehten sich in entgegengesetzte Richtungen und schabten sich gegenseitig den Rost der letzten Jahrzehnte ab.

Über all dem thronte im Zentrum des Parks eine in die Jahre gekommene Burg, wie sie alle großen Städte Nihons besaßen. Weit über ihr bemalten die Feuerwerkskörper den Himmel. Die Attraktionen erhellten den heruntergekommenen Park mit ihrem Neonlicht. Außerdem brachen sie die Stille der Insel mit ihren Orgelmelodien, die jedoch immer wieder von schiefen Tönen und hohem Gekicher heimgesucht wurden.

»Sollte die Insel nicht eigentlich verlassen sein?«, wandte Mortecai ein.

»Eigentlich …«, erwiderte Krabat, während unzählige

kleine bis mittelgroße Geschöpfe in einer Parade an ihnen vorbeizogen.

Der Paradenführer sah aus wie eine Shamisen mit Augen links und rechts der Saiten und kleinen Armen am Klangkörper des Instruments. Mit diesen zupfte es eine schiefe Melodie. Ihm folgten weitere Haushaltsgegenstände mit einem oder mehreren Augen, heraushängenden Zungen und Armen. Manche schwebten, andere besaßen sogar kleine Beinchen, die sie trugen. Laternen, Sandalen, Schirme, Reisschüsseln, Fächer, Teekessel und kleinere Instrumente wie Trommeln oder Kotos.

»*Tsukumogami*«, stellte Mortecai fest.

»Tsuko … was?«, hakte Mulai nach.

»Artefaktgeister. Wesen aus dem Volksglauben Nihons, die aus zum Leben erwachten Alltagsgegenständen bestehen.«

»Gemäß der Überlieferung werden sie nach Ablauf von hundert Jahren aus achtlos weggeworfenen Gegenständen geboren.«, ergänzte Krabat, über dessen Kopf ein dümmlich kichernder Schirm segelte, an dessen Griff ein Fuß gewachsen war.

Mulai schluckte und musste an Vicky und ihre Vergangenheit denken. *Gründe.* Das Wort, welches sich wie ein Siegel, aus glühendem Eisen, in sie eingebrannt hatte, spukte in ihrem Kopf herum.

War der Greif auch nur ein Dämon, entstanden aus Individuen, die von der Gesellschaft weggeworfen wurden? Nein … Ihre Gründe sind mir egal. Mich interessiert nur, was sie getan haben und wie sie dafür büßen werden, nährte sie das zähflüssige Schwarz in ihrer Brust weiter, ohne zu bemerken, dass das, was der Greif tat, nun der Grund für ihre eigenen Taten war.

Erst jetzt realisierte Mortecai, dass die kleinen Poltergeister überall um sie herum waren. Er musste schmunzeln. Den meisten Kindern hätten diese gespenstisch glimmenden Wesen wohl Angst bereitet, doch der kleine, vom Schmutz der Gossen Al-Qāhirahs bedeckte Junge, der noch immer in Mortecais Herzen wohnte, machte Luftsprünge. Unweigerlich musste er an die Geschichten denken, die sein Meister ihm einst erzählte, während sie auf den Dächern des Armenviertels saßen.

Die Tsukumogami spazierten durch den Park oder nutzten die Fahrgeschäfte, als wären sie alltägliche Kundschaft. Eine Gruppe aus einem Sakefläschchen, einer Laterne und zwei Strohsandalen fuhren auf einem Karussell, dessen Sitzplätze aus Yokai bestanden. Da war eine Spinne mit einem Stierkopf, ein Kappa, ein langer, flügelloser, grün geschuppter Drache, der Platz für mehrere Personen und somit für mindestens doppelt so viele Artefaktgeister bot sowie ein marderartiger Tanuki. Während sie auf den mythischen Wesen ritten, kicherten sie und ihre langen Zungen wehten im Fahrtwind.

Ob du bei diesem Anblick dein Lachen wiederfinden würdest?, fragte sich Mortecai, während er an einen alten Freund dachte.

Dante schien das alles nicht weiter zu interessieren. Er bestritt seinen Weg einfach weiter. Dabei zertrat er achtlos einen vorbeiziehenden Artefaktgeist in Form einer mit blauen Kranichen verzierten Reisschale unter seinen Füßen. Er zerbrach unter der Last, als wäre er nicht mehr als ein Insekt.

»Wo willst du hin, Kopf?«, rief Mortecai ihm nach.

»Zu dem Schloss«, erwiderte dieser, ohne sich umzudrehen.

»Denkst du, die Burg ist der Shirumichu Tempel?«, klinkte sich Krabat ein.

»Nicht wirklich, aber die Aura, die von ihr ausgeht, fühlt sich anders an. Kompakter und konzentrierter.«

Also machten sie sich auf den Weg zum großen Burgtor. Dante ignorierte die Tsukumogami. Krabat hingegen verwandelte zwei der verspielten Geister mit seinen hellblauen Flammen zu Asche. Sie hatten an den Metallklammern gezogen, die seine normale Haut und das violettblauen Brandnarbengewebe zusammenhielten. Mortecai beobachtete währenddessen das Treiben der Artefaktgeister aus großen Augen heraus. Wohingegen Mulai nur Augen für ihre Rache hatte.

Das Schloss selbst sah aus wie ein in die Jahre gekommenes Fort. Überall zogen sich Risse durch die Bausubstanz, Farbe blätterte ab und im Dach befanden sich Löcher. Dennoch war es ein Leichtes, sich den früheren Glanz des Gebäudes vorzustellen. Eine purpur und gold lackierte Brücke, der einige Planken fehlten, aber die noch immer kunstvoll verzierte Geländer besaß, führte über einen von Algen und Seepflanzen bewucherten Wassergraben. Die Burg bestand aus einem *Tenshukaku,* einem sogenannten Himmelsschutzkabinett. Dieses fungierte als Hauptturm und war von mehreren kleinen Wehrgängen und -türmen umgeben. Die Dächer waren vom gleichen Farbton wie die Brücke. Es war jedoch nicht jener schmutzige Rotton des Himmelsbambus, sondern ein königliches Purpur. Von den Dachgiebeln des Hauptgebäudes blickten fischartige Fabelwesen mit tigerhaften Köpfen zu ihnen hinab. Die *Shachihoko,* wie man sie nannte, dienten dem Bauwerk als Feuerschutzsymbol. Trotz dessen, dass es nur eine Attraktion in einem Vergnügungspark war, wirkte das alte Schloss, als könnte es gegen eine Armee standhalten. Nur gegen den alles vertilgenden Mahlstrom der Zeit hatte es keine Chance.

Von außen war das Innere des Schlosses dunkel und ein kühler Luftzug kam ihnen entgegen. Doch als sie in die Halle hineintraten, entzündeten sich die Unmengen von Laternen, die unterhalb der Decke angebracht waren wie von selbst und erfüllten den modrig riechenden Ort mit ihrem bläulichen Licht. Hier drinnen gab es keine *Tsukumogami* mehr, dafür unzählige Abbilder ihrer selbst. Als hätten Federn und Kopf sich selbst umzingelt.

»Wo kommen die alle her?«, fragte Krabat nicht weniger verwirrt als der Rest.

»Ich kann mich selbst zwar gut leiden, aber ich bin doch eher ein Freund von Qualität, anstelle von Quantität«, begrüßte Mortecai seine Kopien.

»Da muss ich dir recht geben. Einer von dir ist fast schon zu viel«, grinste Krabat ihm zu, wobei sich seine Brandnarben spannten.

»Krabat, Krabat, versuchst du mich gerade zu fragen, ob ich dein Freund sein möchte?«, stichelte Mortecai zurück.

Währenddessen streckte Mulai ihre Hand aus. Sämtliche ihrer Abbilder taten es ihr gleich. Sanft berührte sie die Fingerspitzen der Kopie, die ihr am nächsten stand. Sie waren kalt und glatt. »Das sind keine Kopien«, flüsterte sie. »Das sind …«

In dem Moment zersplitterte eines von Dantes Abbildern unter der Wucht seines Schlages in tausend Teile. »Das sind nur Spiegel.«

»Also ein Spiegelkabinett. Es wird ewig dauern, bis wir hier durch sind«, stellte Krabat fest, während er mit dem Versuch beschäftigt war, einen Weg zu ertasten, der sie weiter ins Innere des Schlosses führen würde.

»Kommt her und geht in Deckung«, befahl der Kopf. Ohne auf eine Reaktion der Federn zu warten, erschuf er neun fuchsschwanzartige, riesige Peitschen aus dem Boden des Schlosses und ließ sie umherwüten.

Eilig begab sich das Gefieder aus dem Radius der aus

Erde und Stein geformten Schweife, aus denen immer wieder Überbleibsel von Tatamimatten herausragten. Überall um sie herum ertönte eine krachende Symphonie aus zersplitterndem Glas, während Dante ihre im Spiegel lebenden Doppelgänger zu Quarzsand verarbeitete.

»Es waren zwar nur Spiegelungen, aber trotzdem hinterlässt es einen faden Geschmack auf der Zunge, wenn du sie in Milliarden kleiner Teile zerbrichst«, hustete Mortecai seinen üblichen Kommentar in den aufgewirbelten Staub.

Dante ignorierte ihn und man hörte nur das Knirschen des zersplitterten Glases unter seinen Schuhen.

Es dauerte einen Moment, bis der Staub sich legte. Erst jetzt realisierten sie, wie groß die Halle wirklich war. Hier und da standen noch vereinzelt Spiegel. Auch die Federn strömten nun aus und sahen sich die übrigen Exemplare an.

»Sie sind alle …«

»… komplett unversehrt.«

»Hast du bewusst welche übrig gelassen?«

»Nein«, antwortete Dante und schlug auf den Spiegel ein, der direkt vor ihm Stand. Obwohl sein Schlag mit Aura ummantelt war, passierte nichts. »Wir müssen wohl den Richtigen finden.«

»Über den verbliebenen Spiegeln stehen Wörter. *Kummer* steht über diesem«, bemerkte Mortecai. Knirschenden Schrittes ging er darauf zu.

Doch, was er darin sah, war keine Spiegelung seiner selbst, sondern ein anderer Mann. Das Haar war zu einem Knoten gebunden. An seiner Hüfte und auf seinem Rücken hingen schwarz lackierte Kürbisflaschen mit dunkelroten Verzierungen darauf, die aussahen, als würde es Blut regnen. Die eine klein, die andere groß. Unter der Haut auf seinem Unterarm lauerte ein schwarzer Affe, umgeben von einem sechszackigen Stern und in seinen blauen Augen wohnte die Traurigkeit. »Du?«

»Wer soll da sei …«, erstarben Krabats Worte beim Anblick dessen, was in dem Spiegel auf ihn wartete.

»Siehst du ihn ebenfalls?«

»Ihn? Nein. Ich sehe keine Person«, antwortete Krabat, überwältigt von dem, was seiner Seele noch immer Schmerzen bereitete.

Ein steriler Flur, geebnet aus kapselartigen, metallenen Tanks. Kleine Monitore, leuchtende Lämpchen und dicke wie dünne Schläuche gehörten zu jedem der Behälter in deren Inneren sich …

Eilig wandte sich Krabat ab und ging weiter.

»Du hast dich in der Vergangenheit wohl ebenfalls mit Sünden beladen«, sagte Mortecai und blickte ihm nach, bevor auch er weiterzog.

Indes stand Mulai vor einem Spiegel mit der Aufschrift *Vollendung.* Sie erschrak. Auch in diesem Exemplar spiegelte man sich nicht selbst. Was sie darin sah, waren die aufeinandergestapelten Leichen des Greifs.

Am Fuße des Leichenbergs saß Dante mit herausgeschnittenen Augen.

Verdammt. Was, wenn die anderen das sehen?

Da war Mortecai bereits hinter ihr.

»Hast du es gesehen?«, fragte sie verunsichert.

»Nein. Wie es scheint, sieht jeder von uns etwas anderes in ihnen. *Vollendung*? Ich kann mir denken, was du gesehen hast.«

»Was willst du damit sagen?«

»Nichts.« Er beugte sich wie in jener Gasse zu ihr und flüsterte die Worte in ihr Ohr.

»Denn dem Universum ist deine Rache scheißegal. Und bei mir verhält sich das nicht anders.«

»Verpiss dich, Mortecai«, fauchte Mulai ihn an und ging weiter.

Er hat nur anhand des Namens des Spiegels erraten, was ich gesehen haben muss. Zeigen sie uns das, was unser Herz im Zusammenhang mit dem Wort am meisten begehrt?, schlussfolgerte Mulai. *Dann gibt es vielleicht auch einen Spiegel, indem ich sie wiedersehen kann!*

Getrieben von den verblassenden Gesichtern ihrer Familie lief sie rasch von einem Spiegel zum nächsten. Doch egal ob *Sieg, Verderbnis, Erfolg, Untergang* oder sogar *Liebe*. Überall sah sie nur dasselbe, einen Berg aus Leichen, als wäre außer ihrem Rachedurst nichts mehr von ihr übrig.

Indes sah auch Mortecai sich weiter um. In der Ecke des vom schwachen Licht der Lampions in Blautöne getauchten Saals entdeckte er einen Spiegel, auf dem *Reichtum* geschrieben stand.

Reichtum? Das ist doch der Name seiner Arkane, schoss es Mortecai durch den Kopf.

Seine Hand zuckte zu dem Trumpf in seiner Tasche. Sorgfältig beäugte er die Tarotkarte, auf der ein kurzes, grünspanfarbenenes Schwert auf schwarzen Gewitterwolken abgebildet war, welches in das Herz einer narzissengelben Blüte stach. Unterhalb des Abbildes der *3 der Schwerter* stand *Kummer* geschrieben.

Richtig. Mein Trumpf trägt den Titel Kummer, genau wie der Spiegel zuvor.

Er steckte die Scheide des arkanen Schwertes zurück in seine Tasche. Langsam hob und senkte sich seine Brust, während er seinen Atem zusammen mit den unsichtbaren Mächten in seine Beine fließen ließ. Mit einem Satz sprang er auf den mannshohen Spiegel und mit einem weiteren auf eine Balustrade, die auf Höhe des ersten Stockwerks rings um die Eingangshalle verlief. Von dort aus ließ er seinen Blick über den Raum schweifen. Er entdeckte Dante, welcher, ohne eine Miene zu verziehen von Spiegel zu Spiegel ging. Keiner davon löste auch nur eine Mimik oder Ähnliches bei ihm aus.

Anschließend musterte Mortecai die Titel, die oberhalb der reflektierenden Glasscheiben geschrieben standen.

»Was kenne ich noch?«, flüsterte er vor sich hin. »Dort, die *Einmischung*. Und auf diesem steht der Name von Sans Trumpf, *Verderbnis.*«

»Was machst du da oben?«, fragte Krabat und sah zu ihm auf.

Im Kopf begann die siebte Feder damit die Anzahl der verbliebenen Spiegel, die sich aus dem Scherbenmeer erhoben zu zählen. Dann rief er durch die Halle: »Ich habe es nun verstanden.«

Die drei Federn kamen bei Dante zusammen, der keine Anstalten machte, ihnen entgegenzukommen.

»Ich bin ganz Ohr«, sagte Dante und blickte für einen kurzen Moment über seine Schulter hinweg zu ihnen.

»Insgesamt stehen hier noch 36 Spiegel. In jeden von ihnen sind Begriffe des Tarots eingraviert. Mit anderen Worten, sie bilden die kleine Arkane ab. Außerdem spiegelt keiner von ihnen uns und wir sehen alle unterschiedliche Dinge in ihnen.«

»Ich vermute sie zeigen uns das, wonach sich unser Herz in Verbindung mit dem Wort darüber am meisten sehnt«, ergänzte Krabat.

»Gut, dann sagt mir, was ihr in diesem Spiegel seht.«

Dante drehte seinen Kopf wieder nach vorne und blickte in den Spiegel vor sich.

Umsicht stand über der vermeintlich reflektierenden Fläche geschrieben.

»Nichts.«

»Absolut Nichts, nicht einmal mein eigenes Spiegelbild.«

»Nur die Spiegelung der leeren Halle.«

»Was siehst du darin?«, fragte Mulai ihn.

»Ebenfalls nichts. Gab es einen anderen Spiegel, bei dem es euch so erging?«

»Nein«, antworteten Mulai und Krabat wie aus einem Mund, während Mortecai den Kopf schüttelte, obwohl Dante nicht einmal zu ihnen sah.

Der Distelkönig entfernte die Filtermaske aus seinem Gesicht und unterhalb des Verbandes darunter zeichneten sich seine zum Schmunzeln erhobenen Mundwinkel ab. Er streckte die Hand vor sich aus und berührte das kalte Glas. Nur war es im Vergleich zu den anderen Spiegeln nicht kühl. Es war noch nicht einmal fest. Seine Fingerspitzen glitten hindurch und hinterließen auf der Fläche, die eigentlich sein Abbild reflektieren sollte, kleine, immer größer werdende Kreise. Als regte sich die Wasseroberfläche, nachdem man einen Stein in einen stillen Teich geworfen hatte.

»Kommt«, befahl der Kopf und glitt hindurch.

Mortecai tat es ihm gleich, während Mulai zuerst vorsichtig nach dem Spiegel tastete, bevor sie hindurchschlüpfte.

Lediglich Krabat verweilte noch für einen Moment. Denn gerade als er den anderen folgen wollte, erblickte er im Augenwinkel ein bekanntes Gesicht. Er stoppte und wandte sich zu dem Spiegel, über dem *Streben* geschrieben stand, um.

Darin sah er einen von lodernden Flammen umgebenen Mann. Dieser trug einen edlen Nadelstreifenanzug. Darunter eine passende Weste. Das schwarze Haar war zu einem Pferdeschwanz gebunden. Seine Augen waren von stechendem Grün.

»Hallo, William«, begrüßte er die Gestalt im Spiegel, bevor auch er in der *Umsicht* verschwand.

空

Sie fanden sich in einer Tropfsteinhöhle wieder. Von den Stalaktiten tropfte Wasser hinab. Die vier standen auf einer steinernen Insel, welche von einem dünnen Bachlauf umrundet wurde. Die Wände um sie herum waren aus von Felsgebilden durchzogenem Kalkgestein. Lediglich an der Decke über ihnen waren seltsame spiegelartige Flächen, aus denen das bläuliche Licht des Schlosses zu ihnen hinab drang.

In der Mitte der Insel befand sich ein winziger Teich, an dessen Ufer ein in die Jahre gekommenes kleines Schreingebäude errichtet wurde. Vier Stufen führten zu einer schmalen Vorebene, von der aus vier weitere Stufen zu einem hölzernen Fenster führten. Zwischen den vielen Holzkacheln, die es bildeten, hatte man Reispapier eingezogen. Auf den Außenseiten der Treppe waren Wachsreste und die Überbleibsel abgebrannter Kerzen sowie Räucherstäbchen zu finden. Der Stein, aus dem der Schrein erbaut wurde, war in Weiß gehalten worden, wohingegen sämtliches Holz einen roten Anstrich verpasst bekommen hatte. Es war derselbe Rotton der aufgehenden Sonne, der auch Nihons Flagge schmückte. In ihm waren ebenfalls die beiden Laternen lackiert worden, die links und rechts vor dem Treppenaufgang platziert waren. Doch auch dem Schrein setzte der Zahn der Zeit zu. Er war in einem noch schlechteren Zustand als das Schloss über ihm. Dahinter befand sich ein Loch in der Höhlenwand, durch das man das offene Meer sehen konnte. Der kleine Bach schien sich in dieses zu ergießen, nachdem er sämtliche Stalagkmiten umrundet hatte. Dies war die Kehrseite des Spiegels.

Als Krabat erschien, war Mortecai bereits dabei, die Stufen zum Schrein zu erklimmen.

»Wir scheinen den Shirumichu Tempel gefunden zu haben«, sagte dieser und öffnete die Fensterläden. Anschließend trat er einen Schritt zur Seite, sodass die anderen den Inhalt der Holznische ebenfalls sehen konnten.

Darin lag ein altes, von der Meerluft zerfressenes, Schwert. An der Rückwand der Nische war an zwei Stellen die rötliche Lackierung besser erhalten als beim restlichen Holz. Einer der Flecken war geformt wie ein gekrümmtes Füllhorn, der andere war im Grunde oval, doch der Rand war wellig und besaß an wenigen Stellen die Form von Blütenblättern.

»Ist dieser verrostete Klumpen etwa das legendäre *Kusanagi*-Schwert? Ich habe es mir irgendwie … irgendwie …«, suchte Mortecai nach dem richtigen Wort.

»Der Spiegel *Yata no Kagami* verursacht den arkanen Hof, deswegen fehlt er, aber wo ist das Krummjuwel *Yasakani no Magatama*?«, fasste Krabat in Worte, was alle gerade dachten.

Dante starrte währenddessen wie gebannt in den kleinen Teich vor dem Schrein. Das Wasser innerhalb des Lochs war still und kristallklar. Wäre die Pflanze darin nicht gewesen, hätte man auch ihn für einen Spiegel halten können. Er sah sich selbst in der Flüssigkeit. Trotz der mickrigen Größe des Teichs konnte er weder den Ursprung des Gewächses, geschweige denn seine Wurzeln erkennen. So klar war die Spiegelung, die es erzeugte. Die Feder in seinem Haar, die Bandagen, die seine untere Gesichtshälfte verhüllten und die beiden unterschiedlich farbigen Augen, in denen der Hunger eines Raubtieres hauste. All das wurde jedoch immer wieder von acht verschlossenen pinken Knospen, die an der Wasseroberfläche schwebten, unterbrochen.

Dann griff der onyxfarbene König in den Teich, um die Throninsignie an sich zunehmen. Die Blüten öffneten sich und gaben honiggelbe Stempel frei, bevor sie sich verflüssigten. Zäh vermischten sie sich mit dem Wasser, ehe ein blinzeln später nur noch eine Tarotkarte in dem ausgetrockneten Loch am Boden zu finden war. Die *8 der Scheiben – die Umsicht* war gebannt. Bereits bei der ersten Berührung flutete Dante sie mit seiner Aura und aus der Vertiefung im Boden erhob sich eine ovale Scheibe. Das Glas in der Mitte reflektierte nicht, was sich ihm zeigte. Ein trüber Schleier lag darüber und ließ es matt erscheinen. Umrandet war sie mit grünen Ranken, welche acht pinke Blüten freigaben.

»Nun erfahren wir, wer die anderen Erben sind«, schluckte Krabat.

»Glänzender. Glänzender habe ich es mir vorgestellt. Das war das Wort, was ich suchte«, zerbrach Mortecai die Schwere, die sich über der Szene ausbreitete, wie Dante es zuvor mit den Spiegeln tat.

Und dann stellte der Kopf des Greifs endlich die Frage.

»Wer ist der Verräter in unserer Mitte?«

Mizu - 49

Taros Herz schlug so laut, dass es jeden Gedanken, den er zu fassen versuchte, übertönte.

Niemals bin ich schnell genug um meinen Trumpf …

Tha-Bump, Tha-Bump, Tha-Bump.

Hätte ich mich doch bloß nicht überreden lassen, wegen Süßkram …

Tha-Bump, Tha-Bump, Tha-Bump.

Wenn Akira …

Tha-Bump, Tha-Bump, Tha-Bump.

»Ich komme mit euch. Aber ihr müsst mir versprechen, dass ihr Taro nichts tut«, ergriff nun Momo das Wort. Sie waren umzingelt und jeder einzelne von diesen Männern machte ihr Angst. Die Vorstellung, was auf sie warten würde, lähmte sie wie ein langsam tötendes Gift. Doch sie wusste genau, was sie mit ihrem Freund anstellen würden, wenn sie sich weigerte. Also tat Momo das, was sie für das Richtige hielt.

Langsam löste sie ihre Hand aus der ihres Begleiters. »Tut mir leid, Taro. Ich hätte dich nicht dazu überreden dürfen, alleine mit mir rauszugehen.«

»Braves Mädchen«, sagte der bleiche Mann, der vor ihr kniete und sich als Faust vorgestellt hatte. Noch immer umspielte ein undurchschaubares Lächeln seine ungesund bläulich verfärbten Lippen.

Sie sah nicht zu ihm auf. Aber Taro sah sie trotzdem, die Tränen, die über ihre Wangen liefen und in ihrer Filtermaske verschwanden. Sie waren der feuchte Dolch, der sein Herz verstummen ließ. Träne um Träne starb sein ängstliches Herz. Stich um Stich, erinnerte er sich an Akiras Worte.

Ich spreche nicht von der Ersten, sondern von der dritten Regel.

Es war egal, ob er den Trumpf schnell genug ziehen konnte. Es war egal, ob Momo ihn überredet hatte oder nicht. Und es war egal, ob Akira hier war. Er atmete ein und sein Angsthasenherz erstickte. Dann packte er Momo am Kragen und schleuderte sie durch die Luft, während sein Löwenherz brüllte: »Lauf!«

»Die entkommt mir nicht«, sagte der bullige Mann, auf dessen Bandagen Omikron geschrieben stand. Er löste sich aus der Formation und sprintete los.

»Nicht so schnell«, setzte die Sünde der Völlerei ihm nach.

»Das gilt auch für dich, Fettwanst«, sagte die andere Mumie mit der Aufschrift Beta.

Wie aus dem Nichts spürte Taro mehrere mächtige Auraimpulse hinter sich und wandte sich um. Drei milchige Kugeln, gewebt aus hoch konzentrierter Aura, schwebten um den Mann herum, dessen unsichtbare Mächte unnatürlich heftig pulsierten. Als wäre er ein Planet, das Zentrum ihrer Gravitation, umkreisten sie ihn wie Monde.

»Bang.«

Die Monde fielen vom Himmel und schossen auf Taro zu. Eilig versuchte er einen Schild aus Aura aufzubauen, wissend, dass dieser nicht genügen würde, wenn er ihn nicht auf bestimmte Körperregionen beschränkte, um an diesen die Aura zusätzlich zu verdichten. Doch die Orbs flogen zu schnell und in zu krummen Bahnen, als dass er den Ort ihres Aufpralls hätte antizipieren können.

Ich beschränke mich auf meinen Oberkörper. Solange mein Herz noch schlägt, kann ich sie beschützen. Meine Gliedmaßen brauche ich dafür nicht.

Doch kurz vor dem Einschlag schob sich etwas zwischen ihn und die Auraprojektile. Etwas, dass die letzten Strahlen der sich senkenden Sonne reflektierte und ihn blendete, bevor die unsichtbaren Mächte detonierten und ihm die Sicht nahmen.

Taro spürte keinen Schmerz. Sie hatten ihn nicht getroffen. Dennoch hatte er keine Ahnung, was genau passiert war, und der aufgewirbelte Staub erleichterte ihm keineswegs die Einschätzung der Lage.

»Ist das noch eine Technik der Emissionsart? Die Präparate versetzen sie in die Lage, die äußere *Thelema* über ihre Grenze hinaus auszureizen. Und das ganz ohne Bindungsschwur. Kein Wunder, dass sie süchtig nach den Drogen sind. Der Rausch in Kombination mit dem Machtgefühl sorgt für einen festen Anker im Suchtzentrum des Gehirns. Natürlich giert der Nucleus Accumbens stetig nach mehr«, hörte er die Stimme des wandelnden Skeletts.

»Du hättest lieber die Umgebung im Auge behalten sollen, anstatt die Wirkung der Drogen zu analysieren. Wir haben Besuch«, sagte eine Stimme, die vermutlich dem bärenhaften Mann gehörte.

Im gleichen Moment flackerte seine Aura auf. »Wir sollten sie voneinander trennen. Unser Neuankömmling darf Gula keine Zeit verschaffen mit dem Mädchen abzuhauen.«

Er hat einen Trumpf freigesetzt, realisierte Taro. *Von wo kommen sie als Nächstes?*

Und dann sah er es inmitten des Staubes. Ein Wesen von Kopf bis Fuß überzogen mit kristallisiertem Kohlenstoff. Knirschend richtete es sich auf und die glatte Diamantschicht, die sein Gesicht überzogen hatte, verflüchtigte sich wie feiner Nebel. Kurz geschorenes blondes Haar. Die blinden Augen hinter einer Binde verborgen. Er hatte die Treffer für ihn eingesteckt.

»Los, renn ihr endlich hinterher! Ich halte die anderen auf«, brüllte Isaac.

Ohne zu Antworten stürmte die Sünde der Völlerei aus der Staubwolke hervor. Doch von Omikron fehlte jede Spur. Er war bereits zwischen den Bäumen verschwunden, über die er Momo geworfen hatte.

Isaac hingegen wusste, dass Taro ihn noch einholen konnte. Denn er sah nicht mit den Augen. Er sah mit den Künsten der *Thelema*. Innerhalb seines Radius leuchteten die Lebensfunken wie Sterne in seiner lichtlosen Welt. Er spürte die Wellen der unsichtbaren Mächte, die alles Leben umspülten und ihm ihre charakteristische Form gaben. Und der Mann, der Momo verfolgte war noch Teil seiner Welt. Auch wenn seine Form nicht der eines Menschen entsprach, sondern der einer brutal lodernden Flamme, die von innen heraus viel zu schnell herunterbrannte. Bei der Person, die die Orbs abgefeuert hatte, verhielt es sich genauso. Die Form der übrigen beiden entsprach denen von Menschen. Der eine war ein muskulöser Ochse, der andere bestand nur aus Haut und Knochen. Dennoch beunruhigte der Mann namens Faust, der sich nun von den Knien erhob, Isaac deutlich mehr. Es brauchte nicht Akiras feine Nase, um zu realisieren, dass dieser Kerl nach Tod roch. Doch in seiner lichtlosen Welt sah Isaac nicht nur das Leben. Denn seine eigene Aura umbrandete auch das leblose und hinterließ schwarze Flecke. Und was dieser nach Tod stinkende Mann auf seinem Rücken trug, war ein Skelett in dessen Schädel ein Loch klaffte.

»Was sollen diese menschlichen Überreste, die du mit dir rumschleppst?«

»Wie bitte? Sag das noch mal!«, brüllte Faust hysterisch los. »Überreste? Überreste? Wie kannst du es wagen, meine wunderschöne Ekatharina so zu bezeichnen?«

»Beruhig dich«, sagte sein Mitstreiter.

»Beruhigen?«, erwiderte Faust mit einer unheimlichen Ruhe in der Stimme. »Alexei, du wolltest sie doch trennen, oder? Ich übernehme den hier und wenn ich mit meiner Behandlung fertig bin, dann wird dieser traurige Tor dazu in der Lage sein, Ekatharinas Schönheit zu erkennen.«

Gut. Verschwendet nur weiter eure Zeit, dachte die Sünde des Hochmuts. *Taro ist schon fast außerhalb meiner Reichweite.*

Alexei nickte Faust zu.

»Were-Magick, Octopoda.«

Und dann, als wäre es aus dem Nichts heraus geboren, bewohnte etwas Neues, etwas gewaltiges Isaacs lichtlose Welt. Taro spuckte, als es ihn in die Magengrube traf und mit sich riss.

Plötzlich prallte etwas Hartes in seinen Rücken und als er zu Boden ging, realisierte er, dass es sich dabei um Isaac handelte, der ebenfalls davon geschleudert wurde.

»Was war das?«

»Irgendetwas Längliches, mit ungeheurer Kraft«, beschrieb der Blinde das Abbild dessen, was er wahrnahm. »Achtung, es kommt auf uns zu.«

Und dann sah Taro sie, kurz bevor sie ihn und Isaac von den Beinen rissen. Die blinde Sünde wurde in Richtung der Stadt geschleudert, deren Auswüchse bis an den Grenzzaun der schwarzen Zone heranreichten. Ihn selbst katapultierten sie auf direktem Wege in Richtung der Todeszone. Acht durchscheinende und mit Saugnäpfen besetzte Tentakel. Die Fangarme eines Kraken.

水

Momo flog durch die Luft.

Taros Wurf war kräftig. Unter ihr zog der erste Grenzzaun vorüber und vor ihr erstreckte sich das tödliche Ödland der schwarzen Zone. Nimmersatt verschlang sie die letzten Reste der untergehenden Sonne. Und gefräßig würde sie auch Momo mit offenen Armen empfangen, sollte sie ihren Flug nicht irgendwie abbremsen können. Und anders als der Himmelskörper würde sie, wenn der neue Tag anbrach, nicht mehr aus ihrem Schlaf erwachen.

Sie inhalierte die sauerstoffarme Luft der Dämmerzone, an die sie sich mittlerweile gewöhnt hatte, durch ihre Filtermaske. Ihr helles Haar peitschte um sie wie ein Sturm auf hoher See, doch ihre Finger bewegten sich wie sanfte Wellen an einem himmelblauen Tag auf dem Meer. Wellen, wie sie der Druck des deutlich zu großen schwarzen Shirts zeigte, dass sie von Akira an jenem Tag bekam, als sie sich erneut kennenlernten und das sie auch heute trug.

Aus der Rinde der Nadelbäume unter ihr lösten sich dicke Tropfen und vermischten sich mit dem fei-nen Regen, den sie aus der Luftfeuchtigkeit gewann. Sie bildeten einen schäumenden Strudel mitten in der Luft, dessen Öffnung sie verschluckte. In sanften Wirbeln glitt die azurblaue Königin in ihrem Element hinab, bis sie am spitz zulaufenden Ende der Strömung angelangt war und ihre Füße behutsam den Boden berührten.

Sie atmete aus. Ihre Finger fanden Ruhe wie ein stiller Teich und die Wasseransammlung sank hinab und flutete den Boden mit winzigen Tümpeln. Momo war komplett durchnässt. Ihre Kleidung. Ihre Verbände. Auch ihr Haar war nicht länger ein seidiger Sturm, stattdessen klebte es an ihr wie feuchter Tang. Doch sie störte sich nicht daran. Sie fühlte sich lebendiger denn je, wenn die Quelle allen Lebens sie umgab.

Geht es Taro gut?

Da es nicht regnete, streckte sie eilig ihren Geist aus, so wie sie es in den letzten Wochen gelernt hatte, in der Hoffnung, sie könnte die Aura der Sünde der Völlerei erkennen. Gänsehaut legte sich über ihre nasse Haut. Ein kalter Schauer lief über ihren Rücken. Denn die einzige Präsenz, die sie wahrnahm, gehörte nicht ihrem Freund, sondern einer hungrigen Bestie. Und diese kam immer näher.

Rasch blickte Momo sich um. Vor ihr befand sich einer ihrer Verfolger. Hinter ihr versperrte die schwarze Zone ihr den Weg.

Dann erkannte sie es, das Loch im zweiten Grenzzaun. Wie hypnotisiert ging sie zu der Öffnung. Mit einer zitternden Hand griff sie nach der Eisenstange des Zaunes. Ihre Handfläche umschloss die gläserne Distel, die auf das Eisen geprägt wurde. Unweit hinter der Abgrenzung befand sich die Ruine eines Hauses. Zernagt vom Zahn der Zeit und dem gnadenlosen Hunger der schwarzen Zone. Doch im Vorgarten des Zerfalls blühten sie. Trotz des schwindenden Tageslichts konnte man sie noch immer gut erkennen. Weiße sternförmige Blumen. Wunderschön zeichneten sie sich vor der düsteren Kulisse ab, über die langsam die Nacht hereinzubrechen drohte.

Immertreu.

Angst sickerte in das kleine Herz des Mädchens, als sie erkannte, dass sie schon einmal vor genau diesem Loch im Grenzzaun stand. Auch damals wurde sie verfolgt. Deshalb wusste sie, dass es keinen Ausweg gab. Denn hinter dem geflochtenen Eisen wartete nur der Tod mit offenen Armen auf sie. Ihre Knie begannen zu schlottern und auch das Atmen fiel ihr nun zunehmend schwerer. Hätte sie sich nicht an den Maschen des Zaunes festgehalten, wäre sie in sich zusammengesackt.

Taro hat sein Leben umsonst riskiert …

Sie senkte den Kopf und ihr kamen die Tränen. Dick und rund und salzig tropften sie hinab. Durch ihren wässrigen Blick sah sie es. Das gräulichschwarze, schwammige Etwas, das zwischen den Maschen am Rande des Loches hing und langsam vertrocknete. Sofort erkannte sie den Pilz wieder. Ein Klammerfußrübling. Vermutlich wurde er vom Rücken eines Schwarzfußmuntjaks gerissen, als dieses versuchte, sich durch die Öffnung im Zaun zu drängen.

»Hab ich dich«, brüllte ihr ehemaliger Leibwächter, der durch den ersten Grenzzaun hindurch zu ihr sah. Mit einer Hand riss er die Metallstange, um die das geflochtene Eisen gespannt war, aus der Verankerung.

Langsam löste sie ihren Blick von dem sterbenden Pilz. Sie war nicht mehr das kleine Mädchen, das damals an diesem Zaun stand. Wie konnte sie auch? Zuviel war seitdem passiert, als dass sie noch dieses Mädchen sein könnte. Akira hatte ihr ein Zuhause gegeben und ihr gezeigt, wie sie mit ihrer Gabe umgehen konnte. Isaac war im Umgang mit den unsichtbaren Mächten vielleicht ein noch viel besserer Lehrer, als Akira es je sein würde. Taro hatte all seine Furcht hinter sich gelassen, um sie zu retten. Wie könnte sie da einfach ihrer eigenen Angst nachgeben. Nein, sie war nicht länger ein kleines hilfloses Mädchen.

Sie war die Tochter der letzten Tennō.

Sie war die Auserwählte des großen Geistes des Wassers.

Sie war Momo Rainsworth, die …

»… azurblaue Königin«, sagte sie mit fester Stimme und fixierte den in Bandagen gehüllten Mann mit ihrem Blick.

»Willst du es auf die sanfte oder die harte Tour?«, fragte Omikron mit einer beunruhigenden Freude in der Stimme, während er die Eisenstange samt einigen Metern Grenzzaun zur Seite schleuderte.

Sie mochte im direkten Kampf keine Chance haben, doch die Natur, die ihre Mutter so liebte und wiederherstellen wollte, hatte ihr die Lösung gezeigt. Ihr Blick ging zu dem Immertreu in der schwarzen Zone. Dann wieder zu ihrem Verfolger. Sie tat es auf eine Weise, dass Omikron ihr Verhalten unmöglich übersehen konnte. Tief saugte sie die dünne Luft ein und ließ ihre Finger erneut wie Wellen wogen. Das Wasser, welches in Pfützen um sie herum noch immer langsam in den Boden sickerte, die Nässe ihrer Kleidung, die Tränen auf ihrer Haut erhoben sich. Bauschten sich auf wie eine Welle. Doch diesmal formten sie keinen Strudel, sondern viele kleine, in der Luft schwebende Blasen. Noch einmal blickte sie offensichtlich zu dem Immertreu hinter sich.

»Ich hatte gehofft, dass du dich für die harte Tour entscheidest.« Dann hielt sie die Luft an und schwang sich durch das Loch im Grenzzaun. Momo rannte los in Richtung der Blumen und die Wasserblasen, Kleine wie Große folgten ihr wie Tierkinder ihrer Mutter.

Doch diesmal war es nicht Akira, der in einem einzigen gewaltigen Satz über die letzte Grenze der Zivilisation sprang, sondern Omikron. Seine Aura war furchteinflößend. Ganz anders als alles, was Momo bisher gespürt hatte. Und seine Verstärkungsart war mächtig. Mit einem einzigen Sprung aus dem Stand heraus schaffte er es, die Strecke vom ersten Grenzzaun bis zur Ruine zu überbrücken, die unter der Wucht zusammenbrach. Staub brandete auf und versperrte Momo die Sicht auf ihren Jäger.

Langsam wurde ihr schwindelig. Sie spürte, wie ihr Körper nach Sauerstoff lechzte. Doch sie hatte das Immertreu fast erreicht. Nur noch ein bisschen würde sie durchhalten müssen.

Omikron trat aus der Staubwolke hervor. Wie um seine Überlegenheit zu demonstrieren, zertrampelte er eine der sternförmigen Blumen.

»Hier wachsen Blumen, natürlich können wir hier a …«

Momo erwiderte nichts. Sie musste den letzten Rest Sauerstoff in sich behalten, der ihr noch blieb, bis sie ganz sicher war.

»Atm …«

Mit einer fließenden Handbewegung sammelte sie die Wasserblasen um sich.

»A … a …«, rang ihr Verfolger nach Luft, die es an diesem Ort nicht gab. Die Hände verständnislos um die eigene Kehle gelegt.

Denn in Wahrheit war niemand der Todeszone überlegen. Es gab nur einige Wenige, wie die Schwarzfußmuntjaks oder Momo, die schlau genug waren, sie für einen kurzen Moment zu überlisten.

Keuchend sackte Omikron in sich zusammen. Um sie lodern zu lassen, hatte er völlig achtlos geatmet, doch ohne Sauerstoff erlosch die Flamme seiner wildgewordenen Aura, die ihn umgab. Und nun war es zu spät, um Morikuni wieder zu verlassen. Langsam streckte er eine zitternde Hand nach ihr aus. Und Momo sah in seine Augen. Sah, dass er dabei war, das Bewusstsein zu verlieren. Dann fischte sie eine der Wasserblasen aus der Luft. Zärtlich küsste sie die hauchdünne Kugel und saugte den Lebensatem, den diese in sich eingeschlossen hatten, heraus. Ihre Brust hob sich und ihre Sicht wurde klarer. Doch es genügte noch nicht. Eilig griff sie nach einer zweiten und einer dritten Blase.

Als sich ihre Atmung wieder beruhigt hatte, war es für ihren Verfolger längst zu spät. Dennoch kamen ihr Akiras Worte in den Sinn.

Ein wenig Freundlichkeit schadet im Krieg nicht.

Mühsam drehte sie ihn auf den Rücken. Dann schloss sie ihm die Augen und faltete seine Hände auf der Brust, in die sie eine der sternförmigen Blumen legte. Immer wieder unterbrach sie ihr Handeln, um erneut Luft aus einer der Wasserblasen zu sammeln. Diese waren mittlerweile fast aufgebraucht und Momo war schon zu lange in der schwarzen Zone, als ihr lieb war.

Nachdem sie durch das Loch im Grenzzaun gekrochen war, blieb sie stehen. Vorsichtig rang sie nach Luft und genoss das Gefühl, wie ihre Lungen sich bis zum Äußersten blähten. Dann umschloss ihre Hand erneut die gläserne Distel auf dem eisernen Pfosten und sah noch ein letztes Mal zu dem Mann, der ein weiteres Opfer ihres Vaters geworden war.

Dies ist der ewige Kreislauf, an den Mama geglaubt hatte und den sie versuchte wieder herzustellen.

Ruhig lag er in dem winzigen Feld aus Immertreu, dem er schon bald als Nährboden dienen würde. Dies war das Gesetz der Natur. Umgeben von der ewigen Stille der schwarzen Zone. Einer Stille, tiefer als der Tod.

Weshalb musste ihre Mutter sterben? Und wie? Was war damals wirklich passiert? Das Verlangen nach Antworten auf all diese Fragen brannte heißer den je in Momos Brust.

Und dann, als sie sich gerade abwenden wollte, erhob sich der Tod selbst. Eine knochenbleiche Hand nach der nächsten grub sich aus der von *Trinitit* vergifteten Erde der schwarzen Zone. Unzählige blanke Schädel und nackte Rippenkäfige.

Bereit, ihre schwarze Gruft für immer hinter sich zu lassen, kam der Trauerzug des Grabgebeins in ihre Richtung.

CHi - 50

Die Trübung, die auf der glatten Fläche des von pinken Blüten umrankten Spiegels lag, klärte sich auf. Der Nebel in seinem Inneren nahm Gestalt an und präsentierte Dante die Antwort auf seine Frage.

Ich hatte recht. Es gibt einen Verräter in unserer Mitte.

Kraftvoll sog er die Luft ein und aktivierte seine Krontechnik. Seine Aura war von unglaublicher Dichte. Innerhalb eines Wimpernschlags erfüllte sie die Tropfsteinhöhle und fühlte sich an wie ein wildes Tier, das dem Blutrausch verfallen war.

Mortecai sprang auf das Dach des Schreins und aktivierte seinen Trumpf. Kampfbereit deutete er mit der Klingenspitze auf den Kopf des Greifs.

Mulai tat es ihm gleich. Auch sie brachte Abstand zwischen den Kopf und sich, während sie ihren arkanen Speer heraufbeschwor.

Lediglich Krabat würdigte die Fähigkeit des Distelkönigs. Er beugte das Knie. Doch als die Angst tiefer in die Übergänge der gesunden Hautlappen und dem violetten Brandnarbengewebe kroch, begann er sein Haupt zu senken. Noch bevor die vom kalten Schweiß nasse Stirn die

Erde berührte, stoben hellblaue Flammen aus seiner Kleidung hervor. Er kämpfte dagegen an und brüllte: »Verräter? Was soll das heißen, Dante? Was veranstaltest du hier?«

»Ich hatte auch nicht erwartet, dass du Angst vor mir haben würdest«, antwortete Dante Krabat ohne ihn anzusehen, als wäre er ein ausgehungertes Raubtier, das nur noch Augen für seine Beute hatte. Er ballte die Hand zur Faust und griff nach dem steinernen Höhlenboden. Dann schlug er in die Richtung der Person, die er im Spiegel vor sich sah.

Eine sich immer weiter ausdehnende Säule aus Erde und Stein brach sich ihren Weg und schlug wuchtig auf Mulai ein. In letzter Sekunde brachte sie ihren Speer zwischen sich und das Gestein. Doch bremsen konnte sie den Angriff nicht. Die Kalksteinsäule riss sie mit sich empor. Deshalb ließ sie ihren Atem in jeden Winkel ihres Körpers fließen und hüllte diesen in den flüssigen Schild aus Aura. An der Höhlendecke hatte sie noch Glück, denn sie wurde durch das Loch katapultiert, welches durch das bergen der *Umsicht* darin entstanden war. Die Spiegel waren genauso wie das bläuliche Licht verschwunden. Dunkelheit hatte vom Schloss Besitz ergriffen. Orientierung bot ihr einzig der Schmerz, der ihr durch den Körper fuhr, während die Säule mit Mulai voran ein Stockwerk nach dem Nächsten durchschlug. Schließlich durchbrach sie sogar das Dach, bevor sie zum Stillstand kam. Mulai prallte gegen die Flosse einer der Shachihoko Statuen, die auf dem Dach standen. Der Schild aus Aura hatte zwar das Gröbste verhindert, dennoch pulsierte der Schmerz durch ihren gesamten Körper.

Mit zitternder Hand griff sie nach der Feder in ihrem Haar. Der Schmerz verflog nicht, aber dennoch legte sich eine zähflüssige schwarze Ruhe über ihren Geist. Sie riss sich die Filtermaske vom Kopf und ein manisches Lachen befreite sich aus ihrer Kehle, als wäre es dort eingesperrt seit dem Tag, an dem sie zum ersten Mal ein Leben genommen hatte. Blut lief langsam ihre Stirn hinab und sammelte sich um ihr rechtes Auge. Ob sie wollte oder nicht, es war an der Zeit, sich einzugestehen, dass man dem Tod keine Geschenke machte, ohne auch ein Stück seiner selbst zu verlieren. Und ihre nächste Gabe an ihn würde nicht nur eine Feder sein.

Indes verflüchtigte sich der Spiegel vor Dantes Gesicht, der gerade noch die junge Frau mit der Feder im blonden Haar zeigte. Er verstaute die kleine Arkane in seiner Manteltasche und hob die Ferse des linken Fußes. Dann zuckte sie zurück zu Boden und eine weitere Säule aus Gestein bahnte sich ihren Weg kerzengerade nach oben. Dante stand an ihrer Spitze. Wie von selbst öffneten sich Löcher im Gemäuer des alten Schlosses, durch die die Säule hindurch glitt, bis auch er das Dach erreichte.

»Seit wann wusstest du es?«, fragte Mulai ernst, nachdem ihr manisches Gelächter langsam erstarb. Das Blut löste sich unter ihrem Auge und lief ihre Wange hinab. Auf Höhe des Mundes stoppte sie es mit ihrem Daumen und strich es über ihre Lippen. Färbte sie dunkelrot.

»Ab dem Moment, in dem ich Vickys Leiche fand. Die Male in ihrem Gesicht haben dich verraten. Kein glatter Schnitt. Sie waren viel zu unsauber, als hätte die Hand dabei gezittert. Das entspricht nicht Cheshires Handschrift.«

»Hihihihi …«, brach Mulai beim Gedanken daran, wie es sich angefühlt hatte, die Gesichter zu verstümmeln, erneut in wahnsinniges Gelächter aus. »Du wusstest, dass es einen Verräter gab, aber nicht wer von uns es ist. Deshalb hast du uns drei mit auf die Insel genommen, denn die Gründungsmitglieder genießen dein uneingeschränktes Vertrauen, nicht wahr?«

Dante nickte und streckte dabei die Hand zu Seite aus. Auf dem Wächterfisch, der neben ihm stand, bildete sich eine kleine Vertiefung. Aus dieser wuchs ein Speer aus den Metallschuppen des Shachihoko hervor. Er musste nur noch nach der Waffe greifen.

»Aber woher kennst du seine Handschrift so genau?«

Mit der freien Hand griff Dante in sein Gesicht und lockerte die Verbände. Die weißen Bandagen hingen nun um seinen Hals. Direkt über der schwarzen Feder mit der ausgesparten Null in der Mitte. Doch das, was an ihrem ursprünglichen Platz zum Vorschein kam, waren keine Fangzähne, keine gespaltene Zunge, sondern nur eine schlecht verheilte Narbenwulst, die sich über die Mundwinkel von einem Ohr zum anderen zog. Noch immer konnte man den klaren, präzisen Schnitt erkennen, den die Klinge in seinem Fleisch hinterlassen hatte.

»Du trägst seine Signatur und lebst noch?«

Ich bin ihr Ursprung, dachte Dante, ohne den Worten Klang zu verleihen.

»Dann eben nicht. Es ist an der Zeit zu Ende zu bringen, was er begann.«

Dante ergriff den Speer und die beiden stürmten aufeinander zu. Es war, als würden sie tanzen. Doch jeder von ihnen versuchte ständig aus dem Rhythmus auszubrechen. Den Stil des Tanzes zu verändern. Doch die nach Eisen klingende Sängerin, erschaffen aus den aufeinanderprallenden Waffen ermahnte sie immer wieder zur Vorsicht. Beide wirbelten sie ihre Speere herum, als wären es Sägeblätter, holten Schwung, stießen zu. Instinktiv, ohne zu wissen, was der dünne Rauchfaden in seinem Körper anrichten würde, hielt Dante die Luft an, wenn das Ende des Speerschafts ihm zu nahe kam. Und schnell zeichnete sich ab, wer in dem Kampf die Oberhand hatte.

Ein Schnitt am Arm. Ein Zweiter an ihrem Oberschenkel. In ihrem Rausch spürte Mulai den dumpfen Schmerz kaum. Als würde er einfach in dem dickflüssigen Schwarz ersticken. Kaum nahm sie die Wunden in ihrem aktuellen Zustand überhaupt wahr. Sie kämpfte mit vollem Einsatz und schaffte es dennoch nicht, einen einzigen Treffer zu landen. Und dass, obwohl Dante noch nicht einmal einen Trumpf benutzte. Als spielte er nur mit seiner Beute. Das zähe Schwarz in ihrer Brust begann vor Zorn zu brodeln. Sie wurde noch schneller, wirbelte den arkanen Speer umher, parierte Dantes nächsten Stoß und lenkte ihn mit dem Schaft ab. Aus der gleichen Bewegung heraus setzte sie die Speerspitze zum Schnitt quer über seine Brust an. Diesmal würde sie treffen.

Doch Dante stampfte auf den Boden und aus diesem schnellte ein zweiter Speer hervor. Mulais Deckung war offen und er durchbohrte ihre Schulter. Gelangweilt gähnte Dante, dessen Mund dabei mehr dem Maul einer Schlange glich.

Instinktiv brachte Mulai Abstand zwischen sich und Dante. Mit einem Ruck riss sie den Speer aus ihrer Schulter und warf ihn vom Dach, während eine rote Blume auf ihrem ärmellosen Kimono erblühte. Das Blut rauschte in ihren Ohren zum Schlag, den das brodelnde Schwarz in ihrer Brust vorgab. Und irgendwo dazwischen säuselte der Zorn seine liebliche Melodie. Sie spürte, wie ihre Augen sich verfärbten. Langsam wie Tinte, die sich in einer Flüssigkeit ausbreitete.

Er soll sie sehen!

Einen Wimpernschlag später war es kein leeres Kompliment mehr, dass man die Sterne in ihren Augen sehen konnte. Doch irgendetwas war diesmal anders.

»Wie es scheint, bist auch du eine Überlebende.«

»Du erinnerst dich?«

»Einer von ihnen war wirklich stark. So jemanden vergesse ich nicht.«

»Dann weißt du wenigstens, wofür du und dein schmutziges Gefieder sterben werdet.« Die letzte der Kanohi war irritiert. Noch immer fühlten sich ihre Augen anders an als normalerweise, wenn das Schwarz sie okkupierte. Dantes Mund bewegte sich in ihrer Wahrnehmung wie versetzt. Als eilte er den Worten voraus.

»Ich erinnere mich noch daran, wie jener starke Krieger immer wieder davon sprach, wie wichtig es ist, im Einklang mit der Natur zu leben. Wenn das eure Philosophie ist, worin liegt dann dein Problem? Fressen oder gefressen werden, lautet so nicht die oberste Regel der Natur?«

»Dann solltest du ja nichts dagegen haben, wenn ich dich verschlinge«, spuckte Mulai aus.

»Siehst du, wir beide unterscheiden uns gar nicht so sehr voneinander. Wer Menschen tötet, ist ein Bösewicht? Wer jedoch Bösewichte tötet, ist ein Held? Unsinn. Alles nur eine Frage der Perspektive. Doch blanke Stärke kennt keine Perspektive!«, brüllte Dante. Nun zeigte er seine Fangzähne und stürmte auf sie zu. Den Speer auf ihr Herz gerichtet.

Doch die letzte der Kanohi wusste das bereits. Sie hatte gesehen, wie sein Körper sich bewegte, noch bevor er es wirklich tat. Mit Leichtigkeit wich sie dem Stoß aus, da sie wusste, wohin er zielte. Als Nächstes würde Dante mit einem Ellenbogenschlag nachsetzen und anschließend wieder auf den Boden stampfen, um einen weiteren Speer zu erschaffen. Erneut sah Mulai, wie ein Abbild Dantes, geformt aus Licht, all das Tat, bevor es wirklich geschah. Sie warf den Kopf in den Nacken und der Ellenbogen sauste an ihrem Gesicht vorbei. Anschließend duckte sie sich weg und rotierte um die eigene Achse. Dabei senste sie mit ihrem Bein gegen Dantes, genau in dem Moment, als er die Ferse hob und es am leichtesten war, ihn aus dem Gleichgewicht zu bringen. Noch im Fall schlug sie ihm den Schaft ihrer Waffe in die Magengrube und schleuderte ihn übers Dach.

Mulai erhob sich und berührte die Feder in ihrem Haar. Erinnerte sich an ihren Vater, wie er im Herbst mit Augen, in denen eine gesamte Galaxie wohnte, unter den Bäumen ihrer Heimat stand. Er blickte hinauf in das Geäst und beobachtete das bunte Laub, wie es im Wind wog. Und als die Blätter zu Hunderten hinabfielen fing er sie alle auf. Eines nach dem anderen, als wüsste er schon vorher, welches sich als Nächstes aus der Baumkrone lösen würde. Nie berührte auch nur ein einziges den Boden. Wie oft hatte sie versucht, es ihm nachzumachen. Selten kam sie auf mehr als drei Blätter, bevor das erste Laub hinter ihr die Erde küsste.

»Der alte Baum selbst flüstert mir zu, von welchem Blatt er bereit ist, sich als Nächstes zu trennen. Du musst ihm nur zuhören«, sagte er immer zu ihr, wenn sie ihn mit großen Augen anbettelte, ihr zu verraten, wie er das schaffte.

Doch nun verstand sie es.

Wann immer ein Mensch, ein Tier oder selbst eine Pflanze sich für eine Handlung entscheidet, geht der Wille dem Körper voraus. Mit meinen Augen kann ich das Strahlen des Willens sehen. Mein Vater war in vollkommenem Einklang mit der Natur, deshalb konnte er es sehen, das Licht der Bewegungen der Blätter. So wusste er, was als nächstes Geschehen würde.

Vielleicht hatten Jacky the Ripper und Dante recht. Eventuell war sie ihnen ähnlicher, als es ihr lieb war. War sie wirklich zu dem geworden, was sie so sehr hasste? Sie wusste es nicht. Aber Mulai war bewusst, dass sie den Pfad ihres Stammes bereits vor vielen Monden verlassen hatte. Die Natur flüsterte ihr nicht mehr ins Ohr. Doch ihre Augen zeigten ihr dennoch ein Licht. Das Licht des Willens derer, die den Tod beschenkten.

Wieder befreite sich ein manisches Kichern aus ihrer Kehle. Mit einem blutroten Lächeln sah sie über das Dach zu Dante. Auch auf seinem Gesicht war ein Grinsen zu erkennen. Erneut stürzten sich beide in den Nahkampf. Diesmal war Mulai jedoch die Überlegende. Setzte einen ersten Schnitt durch das Leopardenfell seines Mantels. Einen zweiten auf seinem Oberschenkel. Sie wusste, was er als Nächstes tat, denn ein aus Licht gegossenes Abbild Dantes eilte ihm voraus. Und sie war sich sicher, wenn sie es schaffte, dass er den feinen Rauch der Tugend einatmete, hatte sie ihn. Sie blockierte den Arm, mit dem er den Speer führte und zog ihn nahe an sich ran. So dass der feine Rauch direkt unterhalb seines Gesichtes emporstieg. Sie roch Blut sowie den Schweiß, der sich unter dem Tierfell sammelte. Dann schlug sie ihm ins Gesicht. Doch er öffnete den Mund noch immer nicht und wehrte sich heftig, wodurch sie auf die Dachschindeln krachten. Die letzte der Kanohi ließ jedoch nicht von ihm ab, mit tiefroter Faust und gebleckten Zähnen hieb sie, wie im Rausch, weiter auf ihn ein. Sie spreizte ihre Finger und bohrte Zeige- und Mittelfinger in seinen Mund, verdrehte sie wie einen Angelhaken, bevor sie sie mit einem Riss nach außen zog.

Dante schrie, als sich die alte Narbe wieder ein Stück weit öffnete. Er ballte die Faust und das Dach neben ihm setzte sich zu einer Säule zusammen, die Mulai in der Seite traf und von ihm herunteriss.

Die letzte Kanohi sah den Angriff nicht kommen. Sie war ihrer Rache völlig verfallen. Sie würde ihn weiter angreifen. Noch einmal und noch einmal und noch einmal. Sie mochte vielleicht wie Dante geworden sein, aber dennoch verband sie nur Distanz. In ihrem Kopf war ihr Vater, ihre Mutter, ihr Stamm, alles, was er ihr genommen hatte. Sie würde nicht nachgeben, ehe sie nicht auf den Gräbern all ihrer Gegner …

Unweit neben ihr explodierte ein weiterer Feuerwerkskörper. Die aus gelbgrünen Funken erblühende Blume riss sie aus ihrem Wahn. Während sie die Lichtblitze registrierte, wurde ihre Welt wieder klarer. Erst jetzt realisierte sie, dass noch immer der Nachthimmel über ihr stand. Auch das Treiben des Freizeitparks war nicht verebbt. Selbst die Artefaktgeister trieben noch immer ihr Unwesen. Der arkane Hof um sie herum war noch immer intakt.

Wie kann das sein? Die Arkane wurde doch geborgen?

Es waren genau jene wenigen Sekunden, in denen seine Gegnerin verharrte, die Dante eine Möglichkeit boten. Beschmiert mit warmem, klebrigem Rot saugte er die Luft ein und ließ sie in den Trumpf fließen, den er aus seiner Manteltasche zog.

Mulai sah noch, wie der *Gehängte* sich zwischen Dantes Fingern auflöste. Ihre Augen konnten ihr verraten, was er als Nächstes tun würde, doch hiervor konnten sie sie nicht warnen. Ihre Blicke trafen sich. Ein Schauer kalt wie Eiswasser krabbelte ihre Wirbelsäule hinab. In jede Pore ihres Körpers drang das beklemmende Gefühl ein, während ihre Atmung immer unkontrollierter wurde. Und als die Furcht sie in ihre Arme schloss, wie eine Mutter ihr Kind, verschwamm die Welt vor ihren Augen.

KA - 51

Einige Minuten, bevor wenige Meter entfernt ein kleines Mädchen die schwarze Zone überlisten sollte, näherte sich Faust dem Stadtrand von Kaban. Schon aus der Ferne hörte er angsterfüllte Schreie. Alexei hatte die Sünde des Hochmuts mitten durch die Wand eines Wohngebäudes geschleudert, als wäre er eine diamantene Abrissbirne.

Überreste …

Superbia, die Sünde des Hochmuts. Isaac Fallon. Wie konnte er es wagen, so über seine wunderschöne Ekatharina zu sprechen. Fausts Puls raste vor Wut, wodurch seine Haut etwas an Farbe gewann und er nicht länger wie ein Geist aussah.

Ich werde ihm sämtliche Rippen brechen und die Tonleitern darauf spielen.

Energisch trat er an das klaffende Loch in der Klinkerwand des Hauses heran.

»Hilfe! Hilfe!«, schrie eine ältere Frau darin panisch. In ihren Armen ein Greis. Blut floss aus dem Grau seiner Haare dickflüssig über seine Schläfen hinab. »Mein Mann ist verletzt! Hilfe, wir brauchen einen Arzt!«

Der Anblick erinnerte ihn an sich selbst. Wie er auf

dem Boden kniete, seine geliebte Ekatharina im Arm und sich die Seele aus dem Leib schrie, während er versuchte, die Blutung zu stoppen. All das Blut. Genug, um ein kleines Zimmer rot zu streichen.

»Bitte, holen sie Hilfe, mein Mann ist schwer verletzt«, flehte die Frau ihn an, als sie ihn in der Öffnung stehen sah.

Er schenkte ihr ein sanftes Lächeln, während er das Loch in der Decke erblickte.

»Sind sie etwa Arzt? Bitte helfen sie ihm!«, interpretierte sie seine Geste hoffnungsvoll.

Doch sein Lächeln ließ Wärme vermissen.

»Früher war ich einmal Arzt. Doch es tut mir leid, ich bin es nicht mehr. Ich habe gegen den Tod verloren«, sagte er leidend, während er sich abwandte.

Über ihm ertönte das lautstarke Klirren von zerbrechendem Glas. Die Sünde des Hochmuts kam aus dem Fenster des ersten Stocks geschossen. Den Körper in eine Rüstung aus Diamant gehüllt, bremste er seinen Sturz. Anschließend verflüchtigte sie sich und er rannte los Richtung schwarze Zone.

Blutige Läsionen an Schulter und Oberschenkel, diagnostizierte Faust die Verletzungen des Hünen. *Ich verstehe. Vermutlich nutzt er eine Kombination aus Trumpf und Transmutationsart. Doch die Diamanthaut macht ihn unbeweglich. Um Betas Angriffe zu blocken, musste er zu viel Distanz überbrücken, deswegen konnte er sich erst im letzten Augenblick ummanteln, wodurch schlicht und ergreifend die Zeit nicht ausreichte, sich vollumfassend zu schützen.*

»Du bist noch nicht entlassen«, insistierte Faust und holte den schweren Holzsarg von seinem Rücken.

»Für mich gibt es augenblicklich Wichtigeres, als mit dir zu kämpfen.«

»Verweile, doch! Du bist so schön«, rezitierte Faust, während er einen Lederriemen öffnete, der den Sargdeckel geschlossen hielt. Mit der anderen Hand fuhr der Reiter des Todes in seine Manteltasche und zog eine Tarotkarte hervor. Langsam verdeckte er eine Hälfte seines Gesichtes mit ihr. Der Schatten, den sie auf den freien Teil warf, ließ seine bläulichen Lippen und die tiefen Furchen um seine Augen noch gespenstischer wirken. »Dies sagte mein Vorfahre, als er mit dem *Teufel* einen Vertrag abschloss. Ironisch, nicht wahr?«

Nun blieb Isaac doch stehen und wandte sich zu ihm. Innerhalb eines Atemzugs bildete sich die kristalline Schicht, ausgehend von dem Ring an seinem Finger, in den eine münzähnliche Scheibe eingefasst war, erneut um seinen Körper. Selbst sein Kopf verschwand hinter einer glatten Maske aus verdichtetem Kohlenstoff. Isaac wusste, dass er es sich nicht leisten konnte, Faust mit einem unbekannten Trumpf im Rücken zu haben.

»Nun, dann lasst mich euch miteinander bekanntmachen«, sagte Faust, als spiele er eine Rolle in einem Theaterstück. Gleichzeitig drehte er die Karte vor seinem Gesicht. Für einen Wimpernschlag war sie zu erkennen, bevor sie verschwand. Die große Arkane *Nummer XV – der Teufel.*

»Meine geliebte Ekatharina, das ist Superbia, die Sünde des Hochmuts. Superbia, das ist dein Untergang.«

Geräuschlos öffnete sich die Tür des Sargs. Knochige Finger umschlossen sie.

Dann stieg sie heraus. Ekatharina. Ein wandelndes Skelett. Eine Untote aus Grabgebein. In ihrer Hand hielt sie eine Sense, so groß wie sie selbst. Der Griff bestand aus der Wirbelsäule eines Toten. Die Schneide aus einem geschärften Knochen.

Festen Schrittes und erfüllt von Aura stürmte sie auf

ihn zu. Unmöglich konnte sie weiterhin nur ein schwarzer Fleck in Isaacs lichtloser Welt sein. Wie verschwommen sauste ihre Sense durch die Luft. Die Sünde blockte den Angriff mit dem Unterarm. Die Diamantenhaut machte ihn zu träge, um auszuweichen. Doch das musste er auch nicht, denn der Knochen hinterließ nicht einmal einen Kratzer auf dem verdichteten Kohlenstoff. Er holte aus und schlug nach Fausts knochiger Braut. Ekatharina wiederum war zu schnell, wich zurück und beschrieb mit der Sense in ihrer Hand einen weiteren Bogen. Zielgenau nutze sie die Öffnung in Superbias Deckung, die er durch den Schlag offenbarte. Die Knochenwaffe traf ihn direkt am Hals. Die Diamanthaut verhinderte jedoch, dass er seinen Kopf verlor, aber ihr Schwung hatte genug Wucht, um ihn von den Füßen zu heben und erneut durch eine Hauswand zu schleudern.

Die Meute von Schaulustigen, die sich zwischenzeitlich versammelte, hatte sich beim Anblick von Ekatharina panisch schreiend genauso schnell wieder aufgelöst, wie sie zusammengekommen waren. Den Schreien entgegen liefen zwei Wachhabende, die nun die von *Magick* erfüllte Szene erreichten. Ohne zu wissen, was sie dort wirklich vor Augen hatten.

»Was ist hier los?«, brüllte der Jüngere der beiden. Sein Ehrgeiz verflüchtigte sich jedoch schnell, als er die mit einer Sichel bewaffnete Untote sah. »Wa … was ist das?«

»Waffe runter!«, befahl sein älterer Kollege. Der zitternde Gewehrlauf in seiner Hand bewies jedoch, dass auch er die Hosen voll hatte. Mit dem Ellenbogen stieß er seinen Kollegen an, der daraufhin ebenfalls die Waffe erhob.

»Ihr wagt es?«, zürnte Faust und wandte sich zu den beiden Uniformierten. »Hört sofort damit auf, eure Gewehre auf meine geliebte Ekatharina auszurichten! Das werdet ihr mir büßen.«

»Sie da, Blondschopf. Auf den Boden und die Hände nach vorne ausgestreckt, sodass wir sie sehen können.«

Langsam ging Faust auf die Knie. Seine Hände berührten den Boden. Seine Augen glitten in wirren Mustern über diesen. Dann lockerte sich an zwei Stellen vor ihm die Erde. Dreckiges Grabgebein trat hervor.

»Ich sagte, ihr sollt eure Waffen nicht auf meine geliebte, wunderschöne, bezaubernde Ekatharina richten«, fluchte Faust und erhob sich. Er griff nach dem ersten Knochen. »Femur, der Oberschenkelknochen eines Hundes.«

»Bleiben sie sofort stehen oder wir schießen!«

»Und dazu der Oberarmknochen eines ausgewachsenen Mannes, auch Humerus genannt. Das sollte gehen. Er zog den zweiten Knochen aus der lockeren Erde.

»Schieß!«, befahl der ältere Wachhabende seinem jüngeren Kollegen.

Die Patronenhülsen flogen durch die Luft wie Konfetti. Und als wären sie wirklich nur aus buntem Papier, prallten die Kugeln an Fausts Aura ab und fielen zu Boden.

»Seht ihr, es geht doch. Dennoch kann ich euch nicht verzeihen, dass ihr mit diesen widerlichen Dingern auf meine liebreizende Ekatharina gezielt habt.« Er ging weiter auf sie zu. Währenddessen rieb er die mit Aura ummantelten Knochen aneinander und schärfte sie zu spitzen Pflöcken.

Die beiden hielten ihn weiter unter Beschuss, doch es war zwecklos. Faust hatte sie fast erreicht.

»Bei meinem Stolz, das lasse ich auf keinen Fall zu!«, brüllte Superbia und tauchte zwischen ihnen auf. Ohne zu zögern, schlug er nach dem Reiter des Todes. Dieser verlagerte leichtfüßig sein Gewicht und ließ sich zurückfallen. Dann rammte er ihm einen Knochenpflock in die Armbeuge.

»Du könntest dich unmöglich in dieser Rüstung bewegen, wenn sie an deinen Gelenken nicht dünner wäre.«

Faust ließ von dem Bolzen aus Grabgebein ab, der in der Armbeuge der Sünde steckte. Anschließend packte er ihn am Arm und nutzte den Schwung seiner Bewegung, um ihn als Schild gegen die Kugeln zu missbrauchen, während er ihn zu Boden schleuderte. Mit dem Knochen in der anderen Hand stieß er zweimal zu und der erste Wachmann ging blutend zu Boden.

»Todesursache: Zwei gezielte Stiche ins Herz. Der Erste riss ein Loch in den linken Vorhof. Zweiterer durchtrennte die Aorta.

Dem Geräusch nach gab es außerdem mit hoher Wahrscheinlichkeit eine Rippenfraktur beim Eindringen der Klinge.«

Noch bevor sein Kollege schreien konnte, durchtrennte Faust ihm die Kehle. Blut gurgelte schäumend hervor.

»Dieser hier stirbt vermutlich in absehbarer Zeit. Wenn seine Strafe gerecht ausfallen sollte, dann verblutet er nicht, sondern ertrinkt an seinem eigenen Blut, welches seine Lungen füllt. Ursache dafür ist ein etwa sieben Zentimeter langer Schnitt an der Kehle.«

Isaac erhob sich, riss den Pflock aus seiner Ellenbeuge und warf diesen zur Seite. Für einen kleinen Moment rann Blut aus der Wunde, ehe sie hinter einer neuen Schicht aus verdichtetem Kohlenstoff verschwand.

Doch Faust interessierte sich nicht für ihn. Eilig rannten er und seine untote Geliebte aufeinander zu und schlossen sich gegenseitig in die Arme.

»Ach meine wunderschöne Ekatharina. Jetzt ist alles

wieder gut. Du bist nun in Sicherheit«, strich er ihr sanft über den blanken Schädel.

»Faust!«, brüllte die Sünde des Hochmuts, sein Gesicht war befreit von der Diamantenhaut. Die Lebensfunken der beiden Männer waren erloschen. Nun waren sie nicht mehr als schwarze Flecke in seiner lichtlosen Welt. »Sie waren Unbeteiligte!«

»Sie haben lediglich den Preis für ihre Unverschämtheit bezahlt«, erklärte er, während er sich aus den Armen seiner Geliebten löste. »Wer mit Waffen auf andere zielt, sollte stets bereit sein, selbst Opfer eben dieser zu werden.«

»Dafür und weil du meinen Stolz verletzt hast, wirst du büßen.«

»Ziel auf seine Gelenke, Ekatharina.«

Mit wirbelnder Sense ging sie auf ihn los, während Isaac sein Gesicht wieder mit Diamant bedeckte. Ihre Sichel pfiff in beinahe hypnotischem Muster durch die Luft. Außerdem war ihre Reichweite größer. Die Knochenwaffe sauste von unten auf seine Kniekehle zu. Tempo und Kraft waren dank Superbias Diamantenhaut vielleicht nicht ausreichend, um ihm das gesamte Bein abzutrennen, aber dennoch würde der Angriff zumindest ein paar Sehnen spalten sowie Nerven zerfetzten. Laufen würde er jedenfalls nicht mehr können.

Doch der blinde Hüne wusste, worauf sie abzielte und verstärkte seine zweite Haut an der Stelle, an der die Sense ihn treffen würde.

Natürlich bedeutete das auch, dass er immobil wurde und sich für einen kurzen Augenblick nicht mehr von der Stelle bewegen konnte. Das spielte jedoch keine Rolle. Abrupt kam die Sichel zum Stillstand.

Er packte Ekatharina mit einer Hand am Schädel und hob sie vom Boden empor. Ihr Skelett mochte mit *Ma-*

gick verstärkt sein, doch es war immer noch das einer zierlichen Frau.

»Was tust du? Nimm sofort deine dreckigen Hände von ihr!«

Dann holte Superbia aus und zertrümmerte mit einem seitlichen Hieb die Beine der Untoten. Ihre Unterschenkelknochen zersplitterten und alles, was unterhalb von ihnen hing, fiel zu Boden. Anschließend ließ er sie fallen und sie kroch zurück zu ihrem vor Wut brodelndem Geliebten.

»E … Ekatharina …«, stammelte Faust, während er zu ihr hinabblickte. Zum ersten Mal seit ihrem Tod entsprach seine Gesichtsfarbe der eines Lebenden. Die Ärmel seines Mantels rutschten zurück. Er schlug seine Fingernägel wie Klauen in seine eigene Haut. Seine Unterarme waren bereits vernarbt und verschorft, dennoch taten sich nun zehn frische Furchen auf. Doch im Gegensatz zu den Malen zuvor verlor er diesmal nicht die Fassung. Dieses Mal war sein Zorn von einer anderen, von einer besonders glühenden Beschaffenheit. Stattdessen sagte er mit beängstigend ruhiger Stimme und einem Blick, als würde er durch seinen Gegenüber hindurchsehen: »Lerne sie kennen. Die Geister, die du riefst. Trauerzug des Grabgebeins.«

Mizu - 52

Tag und Nacht standen kurz vor ihrer Wachablösung.

Und hinter dem Zaun, der das Reich des Todes von dem der Lebenden abgrenzte, erhoben sich die Wesen aus Grabgebein. Aus leeren Augenhöhlen sahen sie zu Momo. Skelette von Menschen und Tieren wankten in ihre Richtung. Darunter auch einzelne schmutzigweiße Körperteile wie Hände, an denen noch Reste von Armknochen hingen. Mühsam zogen sie sich voran.

Und die schwarze Zone wurde ihrem Ruf gerecht. Nicht umsonst wurde sie auch *Morikuni*, das Land des Todes genannt, denn es waren zu viele, um sie zu zählen.

Auch wenn Momo wusste, dass dies das Werk einer Arkane sein musste, war ihr Gesicht dennoch leichenblass. Es besaß fast dieselbe Farbe wie die blanken Schädel jener von Aura erfüllten Wesen, die dabei waren über den Grenzzaun zu klettern oder durch die Löcher zu steigen, die sie selbst in diesen rissen. Sie stolperte zurück und fiel auf ihren Steiß, als die Erde unter ihren Füßen zu Rumoren begann. Das Gerippe eines Wesens, das sie nicht zuordnen konnte, grub sich seinen Weg aus der vergifteten Erde. Vor ihr quetschten sich die Überreste eines Hundes, dem die meisten Zähne fehlten, durch das Loch im Zaun, durch welches sie selbst gerade erst gekrochen war. Beide Wesen kamen auf sie zu. Gefolgt von ihren knochigen Brüdern und Schwestern, die sich ihren Weg zurück ins Reich der Lebenden bahnten.

Eilig kam Momo wieder auf die Beine und inhalierte die dünne Luft so gut es ihr rasendes Herz zuließ. Sie musste sich verteidigen. Doch da begriff sie, dass kein einziges der untoten Wesen sich für sie interessierte. Sie alle blickten mit ihren Nichtaugen durch sie hindurch. Wankten und krochen an ihr vorbei. Sie drehte sich um und begriff, dass die Parade der Toten auf dem Weg in die Stadt war.

Ob es Taro und Isaac gut geht? Hoffentlich.

Sie sollte ihre Antwort schneller bekommen, als ihr lieb war. Denn das lautstarke Krachen eines einstürzenden Grenzturms riss sie aus ihren Gedanken. Sie streckte ihren Geist aus. Vorbei an den Wesen aus Grabgebein, hin zu der sich aufbauschenden Staubwolke. Da waren zwei Auren. Eine gewaltiger und furchteinflößender als die andere. So stark, dass sie die schwache Flamme, die dritte Aura, die von Taro ausging, fast übersehen hätte.

Nein …

Da trat Alexei Jäger aus der Staubwolke hervor. Um seinen Arm rollten und schlängelten sich durchscheinende Tentakel. Dicht gefolgt von einem weiteren ihrer einstigen Leibwächter. Der Mumie, die sich nun Beta nannte und vermutlich das Werk ihres Peinigers Victor Licht war.

»Da vorne ist sie.«

»Sehe ich«, antwortete der in Verbände gehüllte Mann. Seine Hand schwebte unschlüssig neben seinem Hals, als ob er sich dagegen sträubte, einem inneren Bedürfnis nachzukommen. »Aber, warum spazieren hier Skelette herum?«

»Der Aura nach zu urteilen, gehören sie zu Faust«, stellte Alexei fest, während er ein kleines Tier aus Grabgebein streichelte, das unbeirrt seinen Weg fortsetzte.

Ich muss hier weg, begriff Momo.

Doch gerade als sie loslaufen wollte, erlosch Taros Aura.

Nein … das darf nicht wahr sein.

»Hiergeblieben!«

Die durchscheinenden Fangarme griffen nach ihr.

Der Erste riss ihr die Beine weg. Doch noch bevor sie auf dem Boden aufkam, griff ein weiterer nach ihr und hielt sie knapp über dem Boden. Wie eine Schlange umwickelte er sie und je mehr sie sich versuchte zu wehren, desto fester wurde der Griff. Dann legte sich ein weiterer Tentakel über ihren Mund und erschwerte ihr die konzentrierte Atmung.

»Hmpf … Mhmmmm … Hpft«, protestierte sie.

»Wo ist Omikron, ich spüre seine Aura nicht mehr?«, fragte Beta, während die beiden näher kamen.

»Nnnngggghh!« Sie sträubte sich weiter, während die Fangarme immer fester nach ihr griffen. Selbst die Auren der beiden Personen, die direkt vor ihr standen, wurden auf eine vertraute Weise dumpf. Lag es am Sauerstoffmangel?

»Was ist das für ein merkwürdiges Gefühl?« Beta blickte sich um. »Obwohl du neben mir stehst, spüre ich deine Aura wie durch eine dicke Membran. W …«

Hinter Momo öffnete sich ein Riss in der Luft. Immer weiter und weiter klaffte die Wunde auf, während staubige Wolken aus ihr herausquollen wie Blut. Die Sünde der Völlerei sprang daraus hervor. Sein Gesicht war blau gefleckt und ein Auge zugeschwollen. Seine Lippen und Zähne Rot verfärbt. Das Sündenmal auf seiner Zunge zeigte einen Keiler, gerahmt von einem unikursalen Hexagramm. Auch seine Kleidung war verdreckt und zerrissen sowie an diversen Stellen blutgetränkt. Dennoch hielt er sein sichelmondförmiges Schwert fest in den Händen. Mit einem gezielten Schwung durchtrennte er die Tentakel, die Momo umrankten. Sie lösten sich in feinen Nebel auf und das Mädchen fiel zu Boden.

»Schnell komm hier her!«, rief Taro und setzte an, sein Chepesch erneut zu schwingen, um die Luft selbst zu zerteilen und ein neues Portal zu erschaffen.

»Bang.«

Eine aus Aura geschaffene kanonenkugelgroße Sphäre traf seine Schwerthand. Die Klinge rotierte durch die Luft. Für einen kleinen Moment sah sie aus wie ein voller Mond, bevor sie schief im Boden zwischen ihm und dem Mädchen stecken blieb.

Da schossen auch schon die verbliebenden Fangarme in Momos Richtung. Und auch Taro stürmte los, warf sich zwischen die kleine Schwester, die er nie hatte, und die peitschenden Tentakel. Er umklammerte sie und gemeinsam fielen sie auf den von Rot und Schwarz durchsetzten Erdboden. Die Sünde hielt das Mädchen wie einen Schatz fest in seinen Armen. Schirmte sie ab und begrub sie unter sich. Etwas mehr als eine Armlänge vor ihm steckte sein Trumpf in der Erde.

Ich kann es schaffen!

Er streckte seine Hand nach der Klinge aus, während er Momos Wärme an seiner Brust spürte.

Und dann prasselten die Schläge der Fangarme auf ihn ein wie Peitschen. Schmerz durchfuhr seinen Körper. Doch er reckte sich weiter nach dem Schwert, welches er durch sein zugeschwollenes Auge noch immer erkennen konnte.

»Were-Magick, Equus.«

Der geisterhafte Huf eines Pferdes stampfte seine

Hand nieder. Ein stiller Schrei erstickte erschöpft in seiner Kehle.

»Gib uns schon endlich das Mädchen.«

Doch Taro spuckte nur rotes Blut auf den Huf.

»Wie du willst. Were-Magick, Gorilla.«

Alexei prügelte wie ein Berserker auf die Sünde der Völlerei ein. Es dauerte nicht lange, bis Momos Flehen sie loszulassen, und die Worte der beiden Verfolger von einem hohen Fiepen in seinen Ohren überlagert wurden. Irgendwann ließ auch der Schmerz nach. Es blieb nur das dumpfe Gefühl der Schläge, die auf ihn niederprasselten wie Regen. Sein Blick verschwamm immer mehr. Sein Körper wurde kalt. Doch er konnte die Klinge vor sich noch immer spüren. Aber mit jedem weiteren wuchtigen Schlag wurde es weniger. Bis da nur noch die Wärme des Mädchens an seiner Brust blieb. Komme was wolle, er würde sie nicht loslassen.

»Von mir aus«, schnaufte Alexei. »Dann schneide ich eben ein Loch durch dich hindurch und hole das Mädchen aus deinen Eingeweiden hervor. *Were-Magick, Mantis.*«

Taro sah verschwommen, wie sich eine gespenstische Sichel vor ihm formte. Mit einem schnellen, surrenden Schnitt zerteilte sie die Hoffnung vor seinen Augen. Langsam rutschte die obere Hälfte seines Trumpfes hinab, bevor er verblasste, wie ein Flüstern im Wind. Ein weiteres Surren durchdrang das hohe Fiepen in seinen Ohren. Dann spürte Taro nichts mehr.

Nicht das Gefühl des dumpfen Aufpralls der Waffe auf seinem Körper.

Nicht den Schmerz eines rasiermesserscharfen Schnittes.

Absolut Nichts.

Noch nicht einmal die gewaltige Aura seines Gegners nahm er mehr wahr. Hatte Alexei seine Aurasäulen – *Nut,*

Hadit und *Re-Hoor-Khuit* – durchtrennt?

Aber dann sah er sie vor sich im Staub liegen. Eine blutige, abgetrennte Pranke von einer Hand. Umhüllt mit einer durchscheinenden Sichel aus Aura, die sich langsam verflüchtigte.

Und schließlich verstand Taro.

»D … die dritte Re … Regel«, gurgelte das Blut in seinem Mund. »Ich … ich habe sie beschützt …« Rote Spucke spritze bei jedem Wort von seinen Lippen. »Beschützt, weil du gesagt hast … dass sie dir wichtiger ist als dein eigenes Leben …«

Unscharf nahm die Sünde der Völlerei nur wage Umrisse war. Verschwommener Blick hin oder her. Sein Bauchgefühl sagte ihm, das er recht hatte. Das er hier war.

Und da stand er. Im wirklich letzten Strahl der untergehenden Sonne stand er an jener Stelle, an der gerade noch das sichelmondförmige Schwert gesteckt hatte.

»Taro Vernon, ich habe es schon immer gewusst, dass du der Mutigste von uns allen bist. Ich danke dir.«

Fu - 53

Weiß und hell und sengend heiß stand die Sonne am blauen Himmel. Joan hatte nie verstanden, warum die Leute sagten, Mirais Augen besaßen die Farbe des sonnenverbrannten Himmels, doch hier so weit weg vom Schandfleck und den Bambusfeldern erinnerte dieser sie wirklich an seine Augen. Viel zu lange hatte sie gewartet, aber wenn sie zurück im Hauptquartier des Ordens war, dann würde sie es endlich tun. Ihr Herz explodierte fast beim Gedanken daran.

»Wir zogen hier her, nachdem mein Mann auf den Feldern erkrankt war«, sagte die Mutter des Jungen, der die beiden Geistlichen führte. Über ihren braunen Haaren lag ein feiner weißer Mehlnebel und auch an ihrer Kleidung hafteten noch Teigreste. Vermutlich arbeitete sie in einer der Großbäckereien in Melbourne. »Wir wollten sein Leben verlängern und hofften wie so viele, dass die Luft der grünen Zone ihn am Leben erhalten würde. Das Glück war gütig zu uns und wir fanden beide Arbeit in Neo Metropolis. Doch es war bereits zu spät. Und als er schließlich so schwach wurde, dass er seiner Arbeit nicht mehr nachgehen konnte, reichte uns das Geld vorne und hinten nicht mehr.«

Sie sah zu ihrem Sohn hinab, der sie an der Hand hielt und voran zog. Noah und Joan gingen einen halben Schritt hinter den beiden und hörten aufmerksam zu, während sie ihnen durch die von Bettlern und Pollenlungenerkrankten gespickten Gassen Al-Qāhirahs folgten. Natürlich wäre sie lieber auf den beiden Brücken des Ponte di Rialto, *tiefer Kanal* und *hohes Ufer* flaniert, hätte von oben über die Stadt geblickt, so wie sie es liebte, doch stattdessen ging sie durch die dreckigen Straßen des Armenviertels der Stadt.

Allerdings ging ihr ein Gedanke einfach nicht aus dem Kopf. Egal an wie vielen Pfützen aus schwarzem Auswurf oder Gomi-Quallen sie vorbeikamen, verglichen mit dem Schandfleck, in dem sie aufwuchs und überleben musste, wirkte Al-Qāhirah auf Joan immer noch paradiesisch.

»Als Mutter wollte ich jedoch unter allen Umständen verhindern, dass mein Sohn, mein kleiner Faruk, eines Tages dasselbe Schicksal erleidet wie sein Vater. Also schob ich eine Schicht nach der anderen, damit wir auch weiterhin in der grünen Zone leben konnten«, fuhr die Frau fort.

Joan genügte ein Blick auf die beiden und sie wusste, dass es dem Jungen an nichts fehlte. Außer an einem Vater.

»Zu dieser Zeit freundete er sich mit einigen anderen Pollenlungenerkrankten an. Ich liebe ihn, doch das genügt manchmal nicht, um jemanden zu verstehen. Verstanden fühlt er sich nur von jenen, die in den gleichen Schuhen laufen müssen wie er.«

Sie spricht in der Gegenwart von ihm, dachte Joan. *Noch immer hat sie die Hoffnung nicht aufgegeben, dass ihr vermisster Mann lebend nach Hause zurückkommt.*

»Sie müssen mich für naiv halten, dass ich nach all dem, was in den Nachrichten berichtet wird, noch immer daran glaube, dass er zu uns zurückkommt.«

»Keineswegs«, antwortete Kardinal Noah Kamelot und rückte seine Brille zurecht. »Wir als Jünger Gottes wandeln stets im Glauben und nicht im Sehen. Ich werde Sie zukünftig in meine Gebete einschließen, auf dass mein Herr Ihnen auch weiterhin Kraft spenden mag.«

»Papa ging oft zu seinen Freunden, während Mama arbeitete. Da ich noch zu klein bin, um alleine zu Hause zu bleiben, nahm er mich immer mit«, sagte der schüchterne Junge nun zum ersten Mal etwas, der sich bislang an seine Mutter geklammert hatte. »Seine Freunde erzählten ihm von einer Med … Medi …«

»Medizin ist das Wort, das du suchst, mein Schatz.«

»Medizin. Genau. Von da an gingen wir regelmäßig zu einem Haus. Ich sollte immer draußen warten und mich unter der Treppe verstecken. Außerdem musste ich Papa versprechen, dass ich Mama nichts darüber erzähle.«

»Gut, dass du es nun doch getan hast«, lobte Joan den Jungen. Dabei ging sie vor ihm in die Knie. Sie streichte ihm, mit einem Lächeln auf den Lippen, sanft das Haar aus dem Gesicht.

Faruks Wangen röteten sich. Dann zeigte er an ihr vorbei auf ein zweistöckiges Gebäude. Es war klein, verglichen mit den anderen Gebäuden der Stadt und eine stählerne Treppe führte hinauf zu einer Tür im zweiten Stock. Die wenigen Fenster waren mit Rollläden verschlossen. Ansonsten unterschied es sich kaum von der Szenerie aus aufgetürmten roten Klinkersteinen.

»Vielen Dank. Sie waren uns eine große Hilfe. Nun sollten Sie und Ihr Sohn jedoch besser nach Hause gehen«, bedankte sich der Kreuzritter.

»Finden Sie meinen Mann«, sagte sie flehend. Dabei sah sie Kardinal Kamelot direkt in die Augen.

»Wir werden unser Bestmögliches geben«, antwortete Noah. Dann blickte er zu Faruk und deutete auf sein Ohr.

Behutsam bedeckte die Mutter die Ohren ihres Kindes mit ihren schwieligen Arbeiterinnenhänden.

»Doch Gotteswege sind unergründlich, daher kann ich Ihnen nicht versprechen, dass wir Ihren Mann wohlbehalten zu ihnen zurückbringen werden. Aber, was ich Ihnen versprechen kann, ist, dass egal was auch passieren mag, die Türen des avalonischen Ordens immer für Sie offen stehen und Sie bei Gott Trost finden werden«, fuhr der Kreuzritter fort.

»Danke«, hauchte die Frau.

Dann nahm sie ihren Sohn bei der einen Hand, ihre Hoffnung bei der anderen und ging.

»Komm, Joan. Bleib dicht hinter mir.«

Gemeinsam gingen die beiden die Treppe hinauf und kamen vor der stählernen Tür zum Stillstand. Eine Hand ließ der Kreuzritter in einer der Taschen seines Ordensmantels verschwinden. Joan wusste, dass er in dieser seine Insignie verstaute. Mit der anderen drückte er wie in Zeitlupe die Türklinke hinab. Zu ihrer beider Überraschung öffnete sich die Tür einen kleinen Spalt breit. Warnend blickte er zu seiner Adjutantin.

Joan verstand, öffnete die unteren Knöpfe ihres Mantels, wodurch der Knauf eines Kurzschwertes darunter zum Vorschein kam. Ruhig atmete sie ein und legte die Hand ihres Schwertarms auf den Griff.

Noah nickte und ging voran durch die Tür. Das Tageslicht flutete den Raum. Doch dieser schien bis auf das Mobiliar leer geräumt worden zu sein. Nur noch zwei lange Werkbänke aus Metall, einige Schränke, Glasvitrinen, ein Laborabzug sowie ein Schreibtisch standen ihrem Sinn und Zweck beraubt darin. Über allem lag noch immer der schwere Gestank von Lösungsmitteln in der Luft.

Bereits der erste Atemzug bereitete Joan Kopfschmerzen, als sie dicht hinter dem Kreuzritter den Raum betrat. »War das ein Labor?«

»Was auch immer das hier war, wir sind zu spät«, erwiderte Noah, während er nach dem Lichtschalter tastete. Die Deckenlampe erhellte den Raum in kränklichem Weißlicht. »Sieh dich um. Ich spüre keine Personen, sei dennoch vorsichtig, hier ist alles voll von Residuen der unsichtbaren Mächte.«

Joan nickte und begann mit den leeren Glasvitrinen. Ohne sie zu öffnen, war ihr schnell bewusst, dass sie hier nichts finden würde, also machte sie mit dem Schreibtisch weiter. Sie zog eine geleerte Schublade nach der nächsten hervor. Wem auch immer dieses Labor gehörte, die Person hatte sich nicht einmal die Mühe gemacht, das Fach, welches ein Schloss besaß, erneut zu verriegeln. Die Adjutantin wollte gerade aufgeben, da sah sie den Schatten des Schreibtischs an der Wand. An einer Stelle wölbte sich das blasse Schwarz minimal, also fuhr sie mit der Hand in die schmale Spalte zwischen Wand und Holzplatte.

Tatsächlich, hier steckt etwas fest.

Eilig zog Joan den Schreibtisch ein kleines Stück nach vorne und dahinter fiel etwas zu Boden. Sie kroch unter den Tisch und fand eine Akte.

»Hast du etwas entdeckt?«, fragte Noah, der gerade dabei war, ein einzelnes Regal abzutasten, welches in einer Linie mit der stählernen Eingangstür stand.

»Eine Akte. Der Besitzer muss sie übersehen haben, da sie hinter den Schreibtisch gerutscht ist. Auf ihr steht: ›Subjekt-16; Yoan Lemoine‹.«

»Subjekt-16 …«, balancierte der Kreuzritter die Worte auf der Zunge und dachte nach, während er das Regal hinabtastete und die schmalen Kratzer am Boden untersuchte. »Die verunstaltete Leiche, die wir gefunden haben, hatte doch auch ein kleines S und einen Strich auf das Handgelenk tätowiert. Das kann unmöglich ein Zufall sein.«

Ein dumpfes Klatschen riss Noah Kamelot aus seiner Untersuchung, als er die Akte auf den Boden fallen hörte. Eilig sah er zu seiner Adjutantin. Ihre Hände zitterten.

»Er … er hat uns … noch viel mehr getäuscht als wir bisher dachten.«

»Was ist los, Joan? Was steht darin geschrieben?«

»Ich habe die letzte Seite aufgeschlagen und hier steht: ›Leider war auch Subjekt-16 ein Fehlschlag. Seine Vitalwerte näherten sich dem Ende. Er lag im Sterben, also habe ich ihn auf dem üblichen Wege entsorgt. Es ist nur ein Gefühl, doch ich spüre, dass ich mich dem Durchbruch nähere. Und dann kann ich endlich meiner Majestät, dem karmesinroten König Bericht erstatten, dass Projekt *Uranus* in die nächste Phase übergehen kann‹.«

Fassungslos blickte der Gläubige durch den Raum. »Dieser Sohn einer Viper. Nicht nur hat er uns in eine Falle mit den Todsünden gelockt, indem er uns glauben ließ, sie wären für die verschwundenen Personen verantwortlich, er war es auch noch selbst. William Baskerville, wie willst du der Verurteilung zur ewigen Verdammnis noch entgehen?«

Dann hielt der Kreuzritter inne. Zügig schweifte sein Blick von einer Wand zur nächsten.

»Was habt Ihr, Meister?«

»Das Gebäude, findest du nicht auch, dass es von außen viel größer wirkte? Irgendwie kommt mir dieser Raum zu klein vor.« Da kam ihm die Erkenntnis. Er begutachtete die Kratzspuren, die sich von der einen Wand hin zu dem Regal zogen, erneut. Kraftvoll sog er die Lösungsmittel geschwängerte Luft in die Lungen, ignorierte das Stechen, das sie in seinem Kopf verursachten, verstärkte seinen Körper mit den unsichtbaren Mächten und stieß den Schrank mit einem einzigen wuchtigen Stoß zur Seite. Während das Holz in sich zusammenkrachte, offenbarte sich dahinter eine weitere Tür, in deren Mitte auf Kopfhöhe ein quadratisches Fenster eingearbeitet war. Noah zögerte keine Sekunde und trat die Tür aus den Angeln.

»Ein zweites Zimmer«, sagte Joan.

»Komm.«

Der Kreuzritter ging voran und seine Adjutantin folgte ihm dicht.

Das Licht war noch gedimmter als im Vorraum. Zuerst erkannte Joan nur die großen Tanks, die links und rechts entlang eines Ganges in der Mitte aufgereiht waren. Doch nachdem sich ihre Augen an die Düsternis gewöhnt hatten und sie realisierte, was sich in den gläsernen Behältern, die von Schläuchen und Maschinen umgeben waren, befand, rannte sie zurück in den Vorraum und erbrach sich neben die Tür.

Eine Leiche in jedem Tank. Leblos an die Wände gelehnt. Die Nähstoffflüssigkeit war längst vertrocknet. Jede Einzelne von ihnen wurde nur noch von Narbengeschwülsten zusammengehalten. Ihre Köpfe waren lediglich noch an deren Form zu erkennen und ohne die Positionierung dieser wäre eine Unterscheidung von Armen und Beinen bei den meisten nicht möglich gewesen. Die verschlossenen Behälter verhinderten, dass der Gestank von Verwesung den Raum okkupierte.

Trotzdem hatte Joan ihn in der Nase. Allein die Erinnerung an den Geruch des Toten in der Gasse, der nicht einmal halb so schlimm aussah wie die Menschen innerhalb der Tanks, genügte dafür. Sie versuchte tief durchzuatmen, den sauren Geschmack auf ihrer Zunge und den Duft des Todes aus ihrer Nase zu vertreiben. Doch die Chemikalien machten es ihr alles andere als leicht. Aus dem Hinterzimmer hörte sie Noah Kamelots Stimme. Er ging von Tank zu Tank und sprach für jeden Einzelnen ein letztes Gebet.

Nachdem seine Stimme verstummt war, raffte Joan sich auf und ging erneut in den Raum.

Der Kreuzritter kniete am Ende des Mittelganges, umgeben von Schläuchen, die ins Nichts führten, und fuhr mit den Fingern über den Boden. »An dieser Stelle ist der Boden eingesunken, als ob etwas Schweres darauf stand. Der Abdruck hat ungefähr die gleiche Größe wie die anderen Tanks, außerdem wirkt es auf mich, als ob all die Kabel und Schläuche hier ursprünglich mündeten.«

»Wollen Sie damit sagen, dass sie einen der Behälter mitgenommen haben? Aber wieso?«, schluckte Joan.

»Natürlich, weil ich Erfolg hatte«, ertönte eine bevormundende Stimme aus der Düsternis zwischen den Kapseln.

Beide Geistlichen gingen in Abwehrstellung, folgten mit ihren Blicken der Stimme, versuchten sie zwischen den gläsernen Särgen zu verorten.

»Zeig dich«, befahl der Kreuzritter.

»Ihr wart wirklich schnell. Aber nicht schnell genug. Dennoch will ich mich bei euch bedanken, dafür, dass ihr die Akte gefunden habt, die ich vergaß. Gute Laborführung ist wahrlich schwierig und kostet einfach viel zu viel Zeit.«

Dann hielt die Person, zu der die Stimme gehörte, nicht länger ihre Aura zurück. Intensiv brandete sie auf.

Nun wussten die beiden, wo sich ihr Feind befand.

Doch alles, was sie von ihm sahen, war eine in Verbände gewickelte Hand. Und die Verbände lösten sich in jenem Moment, als es Schwarz wurde. So Schwarz, als hätte ein aus Schatten gewobener Wolf die Sonne verschlungen. Sie hörten einander Husten. Das Atmen fiel ihnen schwer und ihre Lunge brannte. Zumindest musste Joan sich keine Sorgen mehr über den Totengeruch in ihrer Nase machen und auch der saure Geschmack auf ihrer Zunge wich einem schalen, bitteren Pelz.

Die Aura war ebenso schnell wieder verschwunden, wie sie aufgetaucht war.

Langsam versuchte Joan ihre Augen zu öffnen. Sie brannten. Es war nicht länger dunkel. Nur genauso Düster wie zuvor. Feine Partikel schwebten durch den mit schwarz ausgekleideten Raum und erschwerten es ihr noch immer zu atmen. Der Inhalt der Behälter war ebenfalls hinter einer Schicht aus schwarzem Staub verschwunden, als hätte man sie in Vorhänge gehüllt. Jener Anblick erinnerte sie an die brachen, vergifteten Felder ihrer Heimat, dem schwarz gefärbten Ödland, das man Schandfleck nannte.

»Meister?«, hustete sie die Frage in den Raum.

»Ich bin hier«, antwortete er mit fester Stimme, um auf sich aufmerksam zu machen und wischte sich dabei mit dem Ärmel seines Ordenmantels grob die Brillengläser sauber. »Es schmeckt wie Asche.«

Sie blickten sich um. Noch immer auf der Suche nach ihrem Gegner.

Joan fuhr mit einem Finger über den Behälter und betrachtete die Partikel. »Sie haben vermutlich recht.«

»Ich sage es zum letzten Mal kommen Sie raus. Andernfalls muss ich zu drastischeren Methoden greifen«, befahl der Kreuzritter mit Nachdruck. Doch er erhielt keine Antwort.

»Sehen Sie nur«, bat Joan um die Aufmerksamkeit ihres Vorgesetzten und deutete auf eine der Kapseln.

Hier hatte die Aschewolke Löcher gelassen. Lücken, die Worte bildeten. Eine Botschaft.

»Beugt das Knie, ihr frommen Lämmchen.«

Beugt das Knie …, dachte Noah und erinnerte sich an die Worte, die in der Akte geschrieben standen. *Meiner Majestät, dem karmesinroten König …*

»Joan, schnell hol die Akte. Wenn er mit ihr entkommt, haben wir keinerlei Beweise, die in der Welt außerhalb der *Thelema* von Bedeutung sind!«

Sofort rannte seine Adjutantin los in Richtung der Zwischentür. Mit jedem Schritt wirbelte sie die Asche auf. Doch dann stellte sich ihr etwas in den Weg.

Ein kleines pelziges Etwas, das an einem metallischen Geschirr, welches aussah wie ein Außenskelett durch den schwarzen Staub in Richtung der Tür kroch. Das Fell in seinem Gesicht skizzierte einen Totenkopf.

»Was ist das?«

»Ignorier den Affen, hol die Akte!«, brüllte der Kreuzritter, der ihr den Rücken deckte und noch immer versuchte, ihren Gegner ausfindig zu machen.

»Na, na, Goku«, ertönte die Stimme erneut, sprach aber diesmal nicht zu ihnen, sondern zu dem kleinen Äffchen, welches durch das Metallgeschirr bewegt wurde. »Eine geworfenen Granate sollte nicht zu dem zurückkommen, der sie geworfen hat.«

Er ist im Vorraum, erkannte Noah und stürmte los.

»Irgendetwas stimmt mit dem Affen nicht«, murmelte Joan. Sie hatte recht. Das Gesicht und die Gliedmaßen des Tieres schwollen an. Dehnten sich. Sprengten die Halte-rungen des stählernen Außenskeletts, bevor sie zu verglühen begannen. Und dann explodierte er.

Weiß und hell und sengend heiß.

Mizu - 54

Die Sonne verschwand hinter dem Horizont der schwarzen Zone. Sanftes Mondlicht fiel auf die blutige Träne, die sein linkes Auge hinabrann, bis sie auf die Filtermaske traf und an ihrer Kante herunterlief. Hell schien es vom wolkenlosen Himmel, verfärbt vom Dunstschleier des Bambus. Sein Auge glich der Hölle, der man mangels besserer Worte den Namen *Welt* gab. Ein Eiland treibend auf einem Meer aus dunklem Blut. Aufgrund des Sauerstoffmangels war es fast schwarz. Nur war jenes Eiland in seinem Gesicht nicht grün, gelb oder rot, sondern blau. Und aus jenem Auge heraus sah er das Mädchen an, das unter dem liebevollen Hünen hervorkroch, während Erschöpfung und Angst und Zorn in ihm um die Vorherrschaft kämpften. Er ging in die Knie und rang sich angesichts der Umstände zu einem Lächeln durch. Eines, das ihrem Herzen Sicherheit schenken sollte und ihn selbst über seine eigene Angst hinwegtäuschte. Sanft tätschelte er ihr Haar.

Nun brachen bei Momo alle Dämme. Tränen rannen ihr Gesicht in dicken Kullern hinab.

Mit einem Finger fuhr sie über die frische Narbe in seinem Gesicht, bevor sie die dunkle Blutträne hinfort wischte. Dabei kaute sie auf ihrer Lippe und rang nach Worten.

»Diese Narbe … was ist passiert?«

»Mach dir keine Sorgen.«

»Das ist alles meine Schuld. Bitte beschütze Taro und Isaac.«

»Alles wird gut, Tautropfen.«

Dann erhob sich Akira Curtis und drehte sich zu den beiden Männern, die seinen Freund so zugerichtet hatten. Seine Haut besaß einen roten Glanz. Sie war heiß. Er atmete schwer und sein Körper war erschöpft. Seinen Metabolismus mittels *Magick* an seine Grenzen getrieben, war er den Rest des Weges gerannt. Doch von seinem Zustand mussten seine Gegner nichts wissen.

»Kein Schrei? Nicht einmal ein schmerzverzerrtes Gesicht? Ich habe dir schließlich den Arm abgeschlagen?«

Ohne eine Miene zu verziehen, riss der Mann sich mit seinem verbliebenen Arm ein Stück seiner Kleidung ab.

»Alexei, alles in Ordnung?«, fragte ihn die Mumie, die wie eine Laborprobe mit dem Namen Beta beschriftet war. Sie roch wie einer der Leibwächter, die er an jenem Tag vertrieben hatte, als er Momo aufnahm.

Bahn um Bahn umwickelte der Reiter des Krieges den blutigen Stumpf und ignorierte seinen Kameraden.

»Ich entschuldige mich. Eigentlich ist das nicht meine Art, aber für alles andere mangelte es mir an Zeit«, sagte Akira, wartend auf eine Reaktion und doch jederzeit bereit, mit dem aus Blut geschmiedeten Schwert in seiner Hand zuzuschlagen.

Spürt er keinen Schmerz? Da hat William doch tatsächlich ein weiteres Monster gefunden, das er für seine Zwecke ausnutzen kann.

»Hör auf den harten Typen zu mimen«, erwiderte Alexei. Dann stoppte er kurz, biss nach dem anderen Ende des abgetrennten Stoffes und zog den Verband fest. »Ich weiß alles über dich, Acedia.«

»Das bezweifle ich schon jetzt.«

»Wollen wir doch mal sehen, ob ich eine der Kalamitäten zu töten vermag. Beta, auf mein Zeichen. *Were-Magick, Tarantula.*«

Während sein Kamerad nickte, bildeten sich auf dem Rücken des Reiters acht durchscheinende, viel zu große Spinnenbeine. Pfeilschnell schlugen zwei von ihnen nach Akira. Er wusste nicht, wer oder was diese Kalamitäten waren, doch dafür hatte er jetzt keine Zeit. Tief atmete er ein, beschleunigte seinen Blutfluss und wich ihnen mittels einer geschmeidigen Drehung aus. Diese brachte ihn in Angriffsposition, die Klingenspitze auf Alexeis Zentrum ausgerichtet stach er zu.

»Were-Magick, Chelonoidis.«

Um den noch vorhandenen Unterarm des Reiters bildete sich der Panzer einer Schildkröte, mit dem er den Stich mühelos abblockte. Blitzartig schossen die Spinnenglieder hinter dem Schild hervor und kesselten die Sünde ein.

Akira atmete aus, nutze das Eisen in seinem Blut, um seinen Körper selbst zu einer stählernen Rüstung zu schmieden. Wuchtig prasselten sie auf ihn ein, an Schultern, Oberschenkel, Rippen und auf der großen, schwarz und rot lackierten Kürbisflasche auf seinem Rücken. Er musste hier weg, sog die Luft wieder ein. Tauschte Verteidigung gegen Geschwindigkeit.

»Wie gesagt, ich weiß alles über dich und deine Blutkunst. Zum Beispiel wie du das darin enthaltene Eisen härtest oder deinen Blutfluss beschleunigst, wodurch sämtliche Prozesse deines Körpers in erhöhtem Tempo stattfinden. Das ist das Geheimnis hinter deiner Geschwindigkeit. Aber natürlich kenne ich auch all die Nachteile, die damit einhergehen. Were-Magick, Xiphias Gladius.«

Eilig versuchte die Sünde der Trägheit Abstand zwischen sich und seinen Gegner zu bringen, doch die Spinnenglieder bremsten ihn. Wie aus dem Nichts bildete sich um den blutigen Stumpf eine Klinge und stach nach ihm. Im letzten Augenblick lenkte er sie mit seinem eigenen Katana an seiner Schulter vorbei. Doch dann traf ihn eines der Spinnenbeine in den Bauch. Blut spuckend ging er auf die Knie.

»Akira«, rief Momo.

»Beides sind starke Techniken, doch arbeiten sie gegeneinander. Du kannst sie nicht gleichzeitig nutzen. Außerdem belasten sie deinen Körper immens. Deinen blutunterlaufenen Augen zufolge möchte ich wetten, dass du dein Limit bereits erreicht hattest, als du hier eintrafst«, analysierte Alexei nüchtern, während er zwei der mehrgliedrigen Spinnenbeine nutzte, um sich vor Akira aufzubäumen. »Übrigens, über deine Krontechnik weiß ich ebenfalls Bescheid.«

Leider hatte sein Gegner damit recht. Sein Körper war bereits viel zu nah an seiner Belastungsgrenze. Alles, was jetzt folgte, war ein Seiltanz. Doch Akira war bereit zu tanzen. Im Takt des Liedes, welches *Hibiki* ihm direkt ins Ohr hinein sang, wirbelte er am Boden herum und durchschnitt die beiden Spinnenbeine, auf denen Alexei stand. Während die abgetrennten Glieder sich zu feinem Nebel verflüchtigten, sprang Akira empor und schlug erneut nach Alexei, der aus dem Gleichgewicht geraten war. Der Reiter bremste seinen Sturz mit einigen der verbliebenen Extremitäten. Gleichzeitig blockte er den Schwertstreich mit dem Schildkrötenpanzer. Doch Akira nutzte das aus.

Er benutzte den Schild als Sprungbrett, wirbelte umher und hieb erneut nach ihm. Aber der Reiter des Krieges verhinderte den Kuss des kalten Stahls. Er brachte eines der Spinnenbeine dazwischen, in dem die Klinge stecken blieb. Dann schleuderte er Akira von sich direkt auf das kleine Mädchen zu. Dieser ließ von seinem Schwert ab, entschleunigte so den Wurf und kam vor ihr zum Stehen. Dann verflüssigte sich die Klinge, die noch immer in dem Spinnenglied steckte. Tropfen für Tropfen kam sie zu ihm und formte sich neu in seiner Hand.

»Weshalb setzt du dein Leben für das Kind eines anderen aufs Spiel?«

»Vielleicht wird dieses Kind eines Tages die Welt verändern.«

»Vielleicht ist ziemlich wenig, wenn dafür dein und das Leben deiner Freunde auf dem Spiel steht, findest du nicht?«, mischte sich Beta ein.

»Im Gegenteil, denn wenn nicht, dann ist das auch völlig in Ordnung. Schließlich ist sie dann noch immer meine kleine Momo«, sagte Akira voller Stolz.

Das Herz des Mädchens schwoll zu doppelter Größe an. Seit sie denken konnte, hatte sie noch niemals jemand so selbstverständlich geliebt wie er. Jene bedingungslose Liebe, die nur Eltern kannten und für ihre Kinder empfanden. Sie hatte keine Erinnerungen an ihre Mutter, deshalb konnte sie nur hoffen, dass sie sie ebenfalls auf diese Weise geliebt hatte. Doch selbst wenn nicht, Akira tat es. Als wäre sie wirklich seine eigene Tochter.

»Ich gebe euch eine letzte Chance. Sammelt eure Kameraden ein, verschwindet und kommt nie wieder. Dafür vergesse ich vielleicht, was ihr den Meinen angetan habt.«

»Wieso sollten wir?«, fragte Alexei vom Kampf berauscht lachend. »Ich sagte doch bereits, dass ich alles über dich weiß. Unter den Kalamitäten bist du meiner Meinung nach der Schwächste. Vermutlich hätte ich selbst dich nicht einmal zu einer erklärt. Du hast keinerlei Gespür für die unsichtbaren Mächte. Ohne den Schallwandler in deinem Ohr bist du gar nicht zu einem vernünftigen Kampf fähig. Außerdem hat mir unser Schlagabtausch bisher ganz eindeutig gezeigt, dass du noch immer keine Antwort gefunden hast. Keiner deiner Angriffe hatte die Intention zu töten, weil du aufgrund deines lächerlichen Bindungsschwurs selbst ebenfalls sterben würdest. Du bist keine Gefahr für uns, solange du diese Linie nicht überschreitest, also bitte, weshalb sollten wir den Schwanz einziehen und uns wie ein zurechtgewiesener Hund winselnd verkriechen?«

»Hey Arschmade, pass auf, was du da von dir gibst, wenn du nicht willst, dass ich dir eins mit der Leine überziehe!«, schrie Benji, der nun zusammen mit Makoto zwischen den kränklichen Bäumen hervorkamen. Sie konnten mit dem Tempo ihres Anführers nicht mithalten und er hatte keine Zeit gehabt auf sie zu warten.

»Akira, du blutest …«, sagte Makoto besorgt.

»Dafür ist jetzt keine Zeit. Taro ist schwer verletzt, bitte kümmere dich um ihn, Makoto. Benji, pass auf Momo auf. Ich verlasse mich auf euch!«

Eilig wandte die Sünde des Neides sich Taro zu. Sie griff nach seinem Handgelenk und suchte seinen Puls. Erleichtert atmete sie auf, als sie ihn endlich fand.

»Ihr … ihr müsst zu Isaac … er braucht … braucht eure Hilfe«, stammelte die Sünde der Völlerei mit nebelverhangenem Blick. Mehr bewusstlos als wach.

»Keine Sorge, Akiras Heldengeist ist bei ihm. Aber bitte halt still«, versuchte Makoto ihn zu beruhigen.

Währenddessen wandte Akira sich zu Momo um. Er lächelte, zeigte jedoch nichts von seinen blutverschmierten Zähnen. In der Hoffnung, es würde ihrem Herzen tatsächlich Sicherheit schenken, in der Hoffnung, es würde sein eigenes über die Angst hinwegtäuschen.

Benji kam zu ihnen und er streichelte dem Jungen über das silbrige Haar. Dabei nickte er ihm vertrauensvoll zu.

Sie könnten Geschwister sein, dachte Akira.

»Jetzt, Beta.«

»Bang.«

Einen winzigen Augenblick war er unachtsam und Alexei wusste dies auszunutzen. Akira sah den Orb aus Aura nicht kommen, roch ihn aber. Den süßlichen Geruch irgendwelcher Pharmazeutika vermischt mit kaltem Schweiß.

Er wusste, wo der Angriff ihn treffen würde, also verhärtete er seinen Kopf und hüllte ihn zusätzlich in die unsichtbaren Mächte. Dennoch dachte er für einen kurzen Moment, er würde ihm den Schädel von den Schultern reißen.

Stille.

Er schwankte, hielt sich aber auf den Beinen. Langsam tastete er seinen Kopf ab. Da war kein Blut. Da war nur Stille …

Und dann realisierte er es. Die Überreste seines verbliebenen Schallwandlers, die lautlos wie Schnee an ihm hinabrieselten. Den anderen hatte er im tosenden Sturm, der ihn aus dem Turm des avalonischen Ordens geschleudert hatte eingebüßt.

»Wir haben gewonnen. Hol das Mädchen«, befahl Alexei.

Doch zwischen Schweben und Fallen lagen manchmal nur ein paar Takte.

»*Mmmmmh, mmh-mmh-mmmh-mmh-mmmmhoooh*«, war es Akira selbst, der die Stille in seinem Geist mit einer gesummten Melodie zerbrach, wie dünnes Glas.

»Mmmmmh, mmh-mmh-mmmh-mmh-mmmmhoooh, oh-oh-oh-oh-oooh, oh-oh-oh-oh-oooh.«

Dadum. Dadumdadadum. Dadum. Dadumdum-dadum. Da waren sie, die Trommeln in seinem Kopf. Die Hitze des Tages war verschwunden, deshalb sah man den feinen Dampf der von seiner Haut Aufstieg noch deutlicher. Aus der Kürbisflasche auf seinem Rücken erhoben sich dicke Blutblasen, ehe sie über seinem Kopf zerplatzen. Wie Wasser ran der rote Lebenssaft durch sein Haar und ließ keine Spur von sich zurück. Dann, als es sein Gesicht hinablief, formte es sich zu einer Maske. Sie sollte einen Affen darstellen, doch sie glich eher einem Totenschädel, dem der Unterkiefer fehlte und von einer Filtermaske ersetzt wurde. Innerhalb eines Wimpernschlags war Akira verschwunden. Als er wieder auftauchte, drang seine aus Blut geschmiedete Klinge bereits in Betas Brust ein. Direkt ins Zentrum seiner Macht. Wenige Millimeter rechts vom Herzen zerstörte sie den ersten Pfeiler, *Re-Hoor-Khuit*.

Akira ließ von der Klinge ab und aus derselben Bewegung heraus griff er nach der Schulter seines Gegenübers und schwang sich in die Luft. Dort wandte er sich um die eigene Achse, während die Blutklinge, deren Spitze aus dem Rücken des Mannes ragte, sich verflüssigte. Vermischt mit dem Blut seines Feindes schmiedete er sie erneut und stach wieder zu. Der zweite Stich drang in den Rücken ein. Ebenso sauber wie der Erste zerstörte er die verbleibenden Säulen *Nut* und *Hadit*. Beta ging unter Akiras Gewicht zu Boden. Sorgsam zog der Anführer der Sünden sein Schwert aus ihm heraus. Obwohl er ihn gerade zweimal durchstochen hatte, blutete Beta kaum. Doch seine Aura begann zu vertrocknen wie eine Pfütze in der Mittagssonne. Und über allem lag noch immer sein trauriges Summen.

»Mmmmmh, mmh-mmh-mmmh-mmh-mmmmhoooh, oh-oh-oh-oh-oooh, oh-oh-oh-oh-oooh.«

Noch bevor Alexei in Worte fassen konnte, was vor seinen Augen geschah, war Akira bereits wieder verschwunden. Er bewegte sich wie ein Lied. Zuerst zerteilte er seinen Schild. Als Nächstes spaltete er sein Schwert an der Stelle, an der er ihm zuvor den Unterarm abgeschlagen hatte. Anschließend zerhackte er den Urwald aus Spinnengliedern auf dem Rücken des Reiters. Und dann zielte er auf das Zentrum seiner Macht, wie er es zuvor bei Beta getan hatte.

»Mmmmmh, mmh-mmh-mmmh-mmh-mmmmhoooh, oh-oh-oh-oh-oooh, oh-oh-oh-oh-oooh.«

»Were-Magick, Acinonyx jubatus.«

Alexeis Beine nahmen eine durchscheinende, gefleckte katzenhafte Form an. Sie segneten ihn mit der Schnelligkeit, die es ihm erlaubte, der Klinge zu entkommen, die nach seiner Brust biss. Er ging auf Abstand wie ein verängstigtes Tier.

Die blutigen Tränen verschwanden hinter Akiras Maske. Doch seine Augen sprachen Bände. Das Weiß in ihnen war mittlerweile mehr als dunkelrot. Es war fast schwarz. Dampfend atmete er aus. »Wie ich bereits sagte, bezweifle ich, dass du wirklich alles über mich weißt. Ich benötige keine Musik mehr für den Kampf, denn die Musik ist in mir. Und das ich noch keine Antwort auf die Frage gefunden habe, welchen Sinn es hat zu töten, ist vollkommen egal. Ich muss niemanden Töten, es reicht völlig, wenn ich meine Gegner für immer der *Thelema* beraube. Dachte William wirklich, dass ich mich kein Stück verändert habe?«

Alexei Jäger musste die Lage neu einschätzen. Denn mit diesen neuen Informationen hatte sich das Blatt gewendet. Von Omikron fehlte jede Spur. Er hatte keine

Ahnung, was das Mädchen mit ihm angestellt hatte, doch auf ihn brauchte er nicht mehr zählen. Das Gleiche galt für Beta. Er mochte nicht tot sein, doch ohne Zugriff auf die unsichtbaren Mächte war er nutzlos. Ob er es zugeben wollte oder nicht, Akira Cutris Schwertkunst war meisterlich. Mit nur zwei Hieben, die drei fingerkuppengroßen Säulen, das Zentrum der Macht der *Thelema* zu zerstören und dabei keinerlei lebenswichtige Arterien, Venen oder Organe zu verletzen, entsprach chirurgischer Präzision. Er musste Jahre an dieser Technik gearbeitet haben.

»Zoja, Faust, die Mission ist gescheitert. Wir ziehen uns zurück«, sagte er, während er auf den Kurzstreckenfunk in seinem Ohr drückte. »Wie es scheint, muss ich mich bei dir entschuldigen. Du bist zurecht eine der Kalamitäten, Acedia, Anführer der sieben Todsünden.«

Dann stürmte er los Richtung Kaban, so schnell wie seine Gepardenbeine ihn trugen.

Akiras Blick hing an Momos ehemaligem Leibwächter, der vom Schock bewusstlos am Boden lag. Dann glitt er zu Taro hinüber.

Ich habe einmal den Fehler gemacht und sie entkommen lassen. Das passiert mir kein weiteres Mal, entschied er im Geiste und nahm die Verfolgung auf.

»Zoja …«, purzelte ihr Name aus Benjis Mund. Er sah, wie Akira zwischen den Bäumen verschwand. Doch wenn dieser Mann, den er verfolgte, wirklich zum karmesinroten König gehörte, dann konnte es kein Zufall sein. Aber Akira hatte ihn darum gebeten, auf Momo aufzupassen. Er musste hierbleiben und sie beschützen. »Er hat Zoja gesagt.« Wie von selbst trugen ihn seine Beine den beiden hinterher.

»Halt Benji, wo willst du hin?«, rief Makoto ihm hinterher. Doch er lief ohne zu Antworten einfach weiter.

水

Akiras Körper ächzte bereits vor Schmerz. Deshalb entschied er sich dazu, keine Blutmagick für die Verfolgung aufzuwenden. Dadurch hatte er Alexei zwar bereits aus den Augen verloren, aber solange er seinen animalischen Geruch noch wittern konnte, war das kein Problem. Doch auch der Geruch von Moder und Tod wurde immer intensiver, je näher er Kaban kam. Und als er aus dem kränklichen Dickicht hervorkam, sah er sie. Unzählige Skelette, die die Stadt verwüsteten. Menschen schrien, als sie vor ihnen davonliefen.

Selbst Alexander war nicht mehr nach Lachen zumute, während er eines nach dem anderen zu Knochenstaub zermalmte und versuchte, den Menschen Zeit zu verschaffen. Sand umwob ihn, als wäre jedes einzelne Korn ein Mond in seinem Orbit, und sobald er angegriffen wurde, verdichtete er sich wie von selbst und bot ihm Schutz.

Die meisten von ihnen versuchten jedoch, Isaac unter sich zu begraben. In seiner Näher saß ein Mann, der ein Skelett wie seine Liebste in den Armen wog. Der modrige Duft von Leichen, der von ihm ausging, war fast unerträglich.

»Ekatharina, bleib bei mir!«, brüllte er immer wieder, während er aus seinen glasigen Augen Isaac fixierte, der versuchte nicht im Grabgebein zu ertrinken.

Hinter ihm stand Alexei auf allen vieren. Hände und Füße waren katzenhafte Pfoten. »Faust, komm jetzt, wir brechen die Mission ab.«

»Ekatharina, bitte verlass mich nicht«, heulte dieser manisch weiter und schenkte dem anderen Reiter keinerlei Beachtung.

»Isaac, Schild«, rief Akira und legte die Hände aufeinander. Als Erstes musste er ihm helfen, entschied er. Er saugte die Luft ein und löste die Hände, während er die Handflächen übereinander gleiten ließ. Dann hob er die Arme und aus der Kürbisflasche auf seinem Rücken wallte das Blut empor. Die Maske in seinem Gesicht folgte ebenfalls seinem Ruf. Zwischen jedem Atemzug rieben seine Hände weiter aneinander und über ihm formten sich Klingen. Dann endlich löste er die Hände voneinander und drückte sie in der Luft nach unten. Gleichzeitig atmete er aus und die Katana sausten in den Knochenberg. Weißer Staub erhob sich, während die Wesen aus Grabgebein fielen.

Ein diamantener Gigant stieg aus den Teilen der Untoten hervor. Der Helm aus verdichtetem Kohlenstoff verschwand um sein Gesicht. Durch seine Augenbinde hindurch fixierte er ihn und sagte: »Danke, Akira.«

Doch die Skelette waren noch nicht fertig mit der Sünde des Hochmuts. Abgetrennte Gliedmaßen, Arme wie Beine, Rümpfe, an denen nur noch der Kopf hing und jene, die die Blutklingen verfehlt hatten, krochen durch den Staub oder erhoben sich erfüllt von Aura erneut. Eines von ihnen riss sich den eigenen Arm an der Schulter ab, da Akiras Schwert es am Boden fixierte.

»Verdammt, er ist hier«, knirschte Alexei. Die Schlacht mochte verloren sein, doch noch lange nicht der Krieg. Wieder berührte er den Funkwandler in seinem Ohr. »Zoja, Faust benötigt eine Abkühlung. Zeta, gib uns Rückendeckung. Ziele auf Zivilisten, das sollte uns Zeit verschaffen.« Nach einer kurzen Pause fügte er hinzu: »Hör auf zu lamentieren. Schieß und du bekommst so viel von dem Zeug, auf das ihr so scharf seid, wie du willst.«

Da war er wieder in Akiras Nase, dieser süßliche Geruch vermischt mit kaltem Schweiß. Ein Schuss ertönte. Im letzten Moment packte Alexander einen Mann am Kragen und zog ihn aus der Schussbahn. Das Projektil aus Aura hinterließ ein klaffendes Loch im Haus, in welches sie einschlug.

Und dann brach der Kugelhagel los.

»Überlass mir die Skelette«, rief Isaac ihm zu. »Du musst die Menschen hier beschützen. Du bist der Einzige, der das kann.«

Er nickte. Seine linke Hand nutzte er wie ein Dirigent seinen Taktstock. Und als wären seine aus Blut geschmiedeten Klingen sein Orchester, folgten sie dem Rhythmus, den er vorgab. Die stichblattlosen Katana glitten durch die Luft und zerteilten die Kugeln. Akira tat es ihnen gleich. Mit dem Schwert in der rechten Hand bewegte er sich über das Schlachtfeld, wie ein kleiner Junge bei Regen, der von Pfütze zu Pfütze sprang. So zerschnitt er Kugeln und zog Leute aus ihrer Schussbahn. Einige wenige, die ihn aus seiner Zeit als Trinker hier in Kaban kannten, flüsterten seinen Namen, während er ihnen das Leben rettete. Flüsterten den Namen, den sie ihm selbst aufgrund der Verzierungen seiner Kürbisflaschen gegeben hatten, wenn sie hinter seinem Rücken über ihn tuschelten.

Chi no Ame, der Blutregen.

Der Heldengeist, den er rief, tat es ihm gleich. Hin und wieder pfählte er eines der Skelette. Doch ihnen beiden war bewusst, dass sie das nicht ewig durchhalten würden. Außerdem würde ihnen der Feind durch die Finger gleiten.

»Diese Schlacht werden wir verlieren, wenn das so weitergeht. Ich muss den Schützen ausschalten«, verkündete der Heldengeist.

»Alexander«, rief Akira durch die von Laternen schwach erleuchteten Straßen. »Er ist auf dem Dach des Gebäudes zu deiner Linken. Ich kann es riechen.«

»Jihahaha«, lachte dieser lautstark. »Den hol ich mir.«

Doch vorerst ging der Kugelhagel weiter. Akira sprang vor einen Mann, der im Licht einer der Straßenlaternen, umgeben von Skeletten stand. Eingekesselt war er ein leichtes Ziel. Seine Klinge glitt durch die Knochen und brachte sie zu Fall, anschließend lenkte er mit ihr den Schuss ab. Die Aurakugel zerfetzte einem der Wesen aus Grabgebein den Rumpf. Erschöpfung und Schwindel überkamen Akira. Er rang nach Atem.

»Ich wusste immer, dass du einer bist, der auf die Schwachen aufpasst«, sagte die Stimme hinter ihm. Der Mann besaß eine seltsame, aber Akira wohlvertraute Sprechweise, bei der er das *R* etwas zu sehr rollte. »Warum sonst solltest du so traurige Augen haben, wenn du nicht die Last der anderen damit sehen würdest.«

Er blickte über die Schulter zu ihm. Wie könnte er die schwarze Tolle oder die Brusthaare, die aus seinem viel zu weit aufgeknöpften Hemd hervorlugten, je vergessen. »Ryu.«

»Die nächste Flasche geht auf mich.«

»Ich habe aufgehört.«

»Gut für dich«, sagte Ryu und warf ihm ein dankbares Lächeln zu. Seine Augen hingegen spiegelten deutlich die Angst wider, die er empfinden musste.

Verständlicherweise. Wie sollte auch jemand, der keine Ahnung von den unsichtbaren Mächten besaß, begreifen, was hier vor sich ging. Überhaupt stellte sich die Frage, wie William Baskerville hoffte, dies alles vor der Öffentlichkeit verschleiern zu können. Dies war kein arkaner Hof, den man als Naturkatastrophe abstempeln und zum Sperrgebiet ernennen konnte. Eigentlich war es ihre Pflicht, die *Thelema* zu wahren und sie nicht in aller Öffentlichkeit zu präsentieren.

Doch Akira hatte keine Zeit, sich in diesem Moment darüber Gedanken zu machen. Von den Worten des Barmannes beflügelt, kämpfte er weiter.

In der Zwischenzeit hatte Alexander es auf das Dach geschafft. Mit dem Schwert in der Hand ging er auf den Scharfschützen zu. »Nur ein Feigling nutzt die Dunkelheit der Nacht für einen Hinterhalt. Komm und stelle dich dem König der Eroberer. Jihahahaha!«

»Alexei, ich ziehe mich …«

Doch da spürte Zeta, wie jemand Neues in seine Sphäre eindrang. Dank der Drogen konnte er sich der gleichen Fähigkeit wie Isaac bedienen. Er formte mit den Fingern erneut eine Pistole und konzentrierte seine unsichtbaren Mächte an der Spitze. Den Akten zufolge könnte dieser Treffer das Blatt wenden.

»Wage es nicht!« Der Heldengeist erkannte, was er vorhatte. Ohne zu zögern, schleuderte er sein Schwert.

Doch im selben Moment, als der antike Stahl in das Fleisch des einstigen Leibwächters eindrang, löste sich der Schuss.

Stille legte sich über Kaban. Der Kugelhagel war verstummt und auch die Armee der Untoten sackte in sich zusammen. Selbst Fausts Wehklagen verstummte, nachdem ein Mädchen, das in eine Winterjacke gehüllt war und nach Neuschnee roch, ihn berührt hatte. Eine dünne Frostschicht bildete sich auf der Haut des ehemaligen Arztes, während neben ihnen Zeta vom Dach hinabfiel. Es knackte, als er auf dem Boden aufkam. In seinem Rücken steckte noch immer Alexanders Schwert.

Doch das Mädchen interessierte sich nicht für ihn. Langsamen Schrittes ging es zu dem Jungen, der knapp hinter den letzten Bäumen auf die Knie fiel.

Seine Hand lag auf seinem Bauch. Blut ran, seine Lippen hinab. Etwas hatte ihn getroffen. Eine Art Kugel. Benji spürte, wie seine Hand immer feuchter und heißer zugleich wurde, während sich sein Körper kalt wie Eis anfühlte. Undeutlich nahm er einen scharfen Schmerz wahr. Wie ein schnell wachsender Tumor fraß er sich in jede Windung seines Gehirns. Er starb, wie sollte es anders sein? Wieso sonst sollte sie vor ihm stehen?

»Kann ich mit dir gehen? Lachen wir dann wieder zusammen, genauso wie früher?«, presste er die Worte aus zusammengepressten Zähnen hervor.

»Stirb nicht Benji, schließlich gehörst du ganz allein mir.«

Dann ließ sie ihn zurück und ging zu ihren beiden Gefährten.

»Were-Magick, Strigiformes.« Alexei legte Ekatharinas Überreste zurück in den Sarg. Seine Füße wurden zu den Klauen eines Raubvogels und seine Arme wurden zu durchscheinenden Flügeln. Wie zum Test schlug er zweimal mit ihnen. Dann griff er mit der einen Klaue nach Faust, mit der anderen nach den Gurten des Sargs.

»Nicht so hastig. Ihr habt euch für diese Verbrechen vor dem König zu verantworten«, verkündete Alexander der Große, während Isaac, Akira und er sich sammelten.

Das Mädchen, dessen Gesicht hinter der Kapuze verborgen war, setzte sich auf den Sarg und deutete mit dem Daumen wortlos hinter sich. Dann winkte sie und die drei Reiter flogen in den Nachthimmel empor.

Sofort trafen sich ihre Blicke. Akira sah sie. Benjis angsterfüllte Augen. Das Rot, das unter seiner Hand hervorquoll.

Benji …

Es war genau wie damals.

Aiko …

Wieder geschah es.

Ben … ko …

Wieder war er machtlos.

Im Schein der blutroten Mondsichel stand er da, während der Abgrund in ihm sich zu öffnen begann. Seine Sünde brandete daraus gegen ihn, wie das schwarze salzige Wasser der Bucht von Porto. Woge um Woge schlug es gegen seine Brust, brach einen Teil seiner selbst heraus und trug diesen, wenn es sich zurückzog, auf das offene Meer hinaus.

Und das, was sie von ihm übrig ließen, war nicht länger Akira Curtis.

Fu - 55

Langsam öffnete Yuta die Augen. Sie waren so lange geschlossen, dass das schwache Licht, das durch das Buntglasfenster zu ihm ins Zimmer drang, ihn blendete. Sein ganzer Körper schmerzte, als hätte ein Wolkenwandler ihn als Landebahn missbraucht.

Was ist passiert?

Neben sich hörte er das monotone Piepen der Geräte, die seinen Gesundheitszustand überwachten. So hatte er Atmen nicht in Erinnerung. Also nahm er die durchsichtige Maske, die durch einen Schlauch mit einem der Geräte verbunden war und Luft in seine Lungen blies, ab. Kurz dachte er, er würde ersticken. Doch dann atmete er wieder, wie er es schon immer getan hatte.

So muss sich ein Neugeborenes vor seinem ersten Atemzug fühlen.

Langsam hob er seine Hände, bewegte jeden einzelnen Finger, wie um zu überprüfen, ob er auch diese selbstverständlichen Bewegungen verlernt hatte. Dabei sah er die Schläuche und Kanülen, die in seiner Armbeuge befestigt waren und seinen Körper mit Nährstoffen versorgten.

»Schön, dass du wieder unter uns weilst«, begrüßte ihn der Writer.

Schwerfällig richtete sich der jüngste der Kreuzritter auf und lehnte sich gegen sein Kissen. Sein Blick war noch immer etwas verschwommen, dennoch entdeckte er die frischen Blumen, die auf dem kleinen Tisch neben dem alten Mann standen. »Sind die von ihnen?«

»Ein Jammer, dass du ausgerechnet erwachst, wenn ein alter Greis wie ich dich besucht, um deine Verbände zu wechseln. Wo doch sonst Tag und Nacht deine Freunde an deinem Bett über dich wachten.« Der Writer roch an der süßen Blüte. »Diese hier sind sehr frisch. Ich vermute, sie sind entweder von Ada oder dem alabasterfarbenen König.«

Beim Gedanken an Ada kehrte endlich die Farbe zurück in sein Gesicht.

»Was ist passiert?«, fragte er mit trockener Kehle.

»Erinnerst du dich nicht mehr? Du hast gegen den onyxfarbenen König gekämpft. Deinem Platz in der verborgenen Geschichte der Welt kannst du dir damit sicher sein.«

Und dann kamen die Erinnerungen zusammen mit dem diffusen Gefühl der Angst zurück, welches in seinen Körper sickerte, als die Seifenblase zerplatzte. Die Erinnerungen daran, wie er alle seine Freunde im Orden eigenhändig ermordet hatte, wieder und wieder. Daran, wie Nobunaga seinen Körper übernahm, wie er ihn sich zurück erkämpfte und letztlich auch daran, wie er gegen den onyxfarbenen König, den Kopf des Greifs antrat. Nur an den Ausgang erinnerte er sich nicht.

»Du verlierst wieder an Farbe im Gesicht. Fühlst du dich schlechter?«

»Nein, ich habe mich nur erinnert.«

»An was genau?«

»Daran wie Nobunaga … wie ich den gesamten Orden wieder und wieder ermordet habe«, erklärte er und spürte erneut die eisige Umarmung der Furcht, die sich in seine Haut brannte. »Der Trumpf, der für den arkanen Hof verantwortlich war, hat es mir gezeigt. Ansonsten erinnere ich mich nur noch an den Kampf mit dem onyxfarbenen König. Allerdings nicht daran, wie es zu Ende ging.«

»*Der Gehängte* liebt es mit den Abgründen unserer Ängste zu spielen«, ignorierte der Writer den zweiten Teil seiner Erläuterung froh darüber, dass Yuta sich nicht an den Jungen erinnerte, der ihm innerhalb des arkanen Hofes vermutlich das Leben gerettet hatte. Schließlich lag es nicht in den Händen des Writers, ob der blondhaarige Junge Teil dieser Geschichte sein wollte oder nicht. »Wie hast du deinen Kopf aus seiner Schlinge gezogen?«

Er kannte die Antwort bereits aus den Beobachtungen seiner Vorgänger, schließlich war er das Gedächtnis der Welt. Dennoch stellte er die Frage, um die Mächte des Trumpfes selbst zu verifizieren.

»Gar nicht«, antwortete Yuta Asakura. Die tiefen, noch immer übermüdeten Furchen unterhalb seiner Augen rahmten seinen düsteren Blick. »Ich habe die Schlinge eigenhändig zugezogen und mir selbst das Leben genommen.«

CHi - 56

Unter ihrer Umarmung fühlte sich ihr Brustkorb an wie ein Kerker. Ihre Berührung ließ ihr Herz rasen. Eiskalt waren ihre Lippen, die sich auf die ihren legten und ihr die Luft zum Atmen nahmen. Ein Blick in Dantes Augen genügte und die Furcht hatte Mulai verführt.

Die Letzte der Kanohi war nicht länger im Hier und Jetzt. Nicht länger auf der Insel Okinawa. Nicht Länger auf dem Dach. Sie war dort. An jenem Tag, an jenem Ort, den das zähflüssige Schwarz in ihrer Brust so emsig zu verdrängen versuchte.

Hinter ihr tanzten die Farben der Aurora ihren einnehmenden Tanz. Jenes Lichterspiel, dessen Anmut sich niemand entziehen konnte. Ihr ganzes Leben wollte sie es sehen. Keine einzige Nacht länger war sie bereit gewesen, darauf zu warten. Deshalb verließ sie ihr Dorf. Doch nun hatte sie nur Augen für den Rauch, der über dem Wald aufstieg. Direkt dort, wo ihr Stamm lebte.

Bin ich in der Hölle? Ist dies mein ewiges Fegefeuer?

Aber wenn sie wirklich tot war, woher kam dann das beklemmende Gefühl, das sie heimsuchte? Weshalb floss nicht länger Blut, sondern Furcht durch ihre Adern?

Angst …

Nein. Das hier war nicht der Ort, an dem sie ihre Familie wiedersehen würde. Denn auch, wenn sie ihr die Brust zuschnürte, so bewies die Angst, die sie verspürte, zumindest, dass sie noch am Leben war.

Diese Illusion wurde durch Dantes Trumpf geschaffen. Doch obwohl sie um diesen Umstand wusste, konnte sie nichts dagegen tun. Die Furcht hielt sie fest in ihren Armen. Ließ sie fühlen und handeln wie an jenem Tag.

Mulai stürmte durch den Wald. Das gesamte Dickicht war in Aufruhr. Tiere und Vögel verhielten sich unnatürlich, strömten ihr in Scharen entgegen. Sie hatten Angst. So wie sie. Noch nie in ihrem Leben hatte sie sich so sehr gefürchtet wie in jenem Moment, als sie unwissend darüber, was sie unter den Rauschschwaden vorfinden würde, durch das Geäst rannte.

Der Weg war lang, doch sie rannte immer weiter. Das Klagen ihrer erschöpften Muskeln wurde übertönt von der immer lauter werdenden Stimme ihres Herzens in ihrem Kopf, die sie fragte, ob es ihrer Familie, ihren Freunden gut ging. Je näher sie dem Dorf kam, desto heißer wurde es. Feuer stillte seinen Hunger an den alten Bäumen, in denen ihre Götter Zuflucht fanden. Die Hitze, die dabei entstand, sorgte dafür, dass die Schweißperlen auf ihrer Stirn nicht mehr nur von der Anstrengung stammten. Immer wieder musste sie Umwege einschlagen, da die Flammen ihr den Weg versperrten. Das Knacken und Knistern des Feuers klang, als würde es sich über sie lustig machen, wie sie verzweifelt Haken durch das Dickicht schlug. Der Rauch brannte in ihren tränenden Augen.

Und dann der Klang ihres zerbrechenden Herzens.

Es war ein Massaker. Sie kannte diese Menschen ihr ganzes Leben. Kannte ihre Namen. Friedlich koexistierten sie im Einklang mit der Natur. Respektierten und ehrten sie, waren froh um jede Gabe, die sie für sie übrig hatte. Niemand von ihnen hatte das, was ihnen angetan wurde, verdient. Und dennoch lag jeder Mensch, den sie jemals kannte, leblos im Dreck oder verbrannte in den Flammen.

Es roch nach Blut, Rauch und verkohltem Fleisch. Übelkeit übermannte Mulai und sie erbrach sich.

Selbst die Kinder hatten sie abgeschlachtet. Die toten Leiber der Kleinen lagen auf der kohlschwarzen Erde. Nicht ein einziges wurde im letzten Augenblick seines viel zu kurzen Lebens von seinen Eltern in den Armen gehalten, so als hätte der Greif sie genutzt, um die Augen der Erwachsenen tintenschwarz zu färben.

Rawiri, der Sohn des Stammesältesten hatte tapfer gekämpft, um sie zu beschützen. Er musste ihnen Probleme bereitet haben, denn in seiner Augenhöhle steckte die abgebrochene Spitze seines eigenen Speeres. Das andere hatten sie ihm genommen.

Dennoch rannte Mulai weiter, gab die Hoffnung nicht auf. Sie würde es nicht glauben, bis sie es mit eigenen Augen sah.

Als der Himmel zu weinen begann, fand sie sie.

Die Götter ihres Stammes trauerten mit der letzten Kanohi. Ihre Tränen löschten die Brände und übertönten das Flehen und Schluchzen des Mädchens, als sie in die mit geronnenem Blut verkrusteten, leeren Augenhöhlen ihrer toten Eltern blickte.

Nachdem Mulai keine Tränen mehr übrig hatte, begann sie damit, ihren Leuten die letzte Ehre zu erweisen. Sie beerdigte sie nach den Bräuchen ihres Stammes. Gab sie der Erde zurück, sodass neues Leben aus ihren Überresten entstehen konnte. Ein Grab nach dem anderen hob das Mädchen aus. Dank des Regens war der Boden locker. Dennoch schaufelte sie die ganze Nacht und den ganzen nächsten Tag. Anschließend ging sie in den Wald und sammelte Balsam-Pappel-Zweige. Sie befreite diese von den Blättern und steckte einen in jedes der wieder zugeschaufelten Gräber. Wie nackte kleine Baumkronen in der kalten Jahreszeit wuchsen sie aus den letzten Ruhestätten.

Und dann, als die Sonne unterging und der Wald zum Leben erwachte, kamen sie. Tausende kleine Glühwürmchen sammelten sich an den Zweigen, angelockt vom Harz der Pappel, welches die Pheromone der Insekten imitierte und formten ein Bouquet aus Licht. Ein Geschenk der Natur, um den Toten den Weg zu weißen. Für jeden anderen wäre der kleine Hain aus leuchtenden Baumkronen ein wunderschöner Anblick gewesen, doch für Mulai war es das Traurigste, dass sie je gesehen hatte.

Die Raupe aus Angst, die durch ihren Körper kroch, durchlief eine Metamorphose. Sie schlüpfte aus ihrem kalten Kokon und spreizte nun ihre Flügel aus Zorn.

Doch dann begann es von vorne.

Rennen. Zerbrechen. Begraben.

Von Neuem in der Angst ertrinken.

Rennen. Zerbrechen. Begraben.

Erneut an der Furcht ersticken.

Wieder und wieder. Rennen. Zerbrechen. Begraben.

An der diffusen Kälte erfrieren.

Noch einen Winter mehr und Mulai hätte das Feuer zu lieben gelernt.

地

Krabat und Mortecai erreichten nun ebenfalls das Dach des *Tenshukaku.*

Die Verräterin stand da, als wäre sie in Trance. Sie war leichenblass und der Schweiß stand ihr auf der Stirn.

Trüb blickte sie aus ihren tintenschwarzen Augen in die Ferne. Einige Schritte entfernt von ihr stand Dante, der sie musterte. Seine Verbände hingen lose an seinem Hals und Blut lief aus dem viel zu breiten Lächeln in seinem Gesicht.

»Was ist mit deinem Gesicht, Dante?«, fragte Krabat, dem sofort auffiel, dass diese Wunde trotz des frischen Blutes deutlich älter sein musste.

»Viel interessanter ist doch, was mit ihr los ist?«, mischte Mortecai sich ein.

»Sie ist gefangen in meinem Trumpf«, ignorierte Dante die erste Frage, ohne die beiden eines Blickes zu würdigen.

»Wie lange ist sie schon in diesem Zustand?«

»Ein paar wenige Sekunden. Aber für sie muss es sich anfühlen, als ob Tage an ihr vorüberziehen.« Dante hatte keine Ahnung, was Mulai wirklich durchlebte, aber als Hüter des Trumpfes spürte er, wie er funktionierte.

Mortecai ging zu der jungen Frau und stupste sie in die Wange.

Keine Reaktion.

»Weshalb beendest du es nicht? In diesem Zustand ist sie wehrlos.«, fragte er anschließend.

Dante zuckte mit den Schultern.

Er spielt nur mit ihr … Was hat dich zu so einem Monster gemacht, Dante Creek?

»Weshalb ist der arkane Hof noch immer aktiv? Wir haben den Trumpf doch geborgen?«, fragte Krabat und versuchte so erneut Dantes Aufmerksamkeit für sich zu gewinnen. Den Blick auf den von *Tsukomogami* belebten Vergnügungspark gerichtet.

»Was bist du heute wieder aufmerksam. Im Tempel fehlte nicht nur der Spiegel *Yata no Kagami*, sondern noch eine weitere Insigne. Vermutlich beherbergt das

Krumjuwel *Yasakani no Magatama* ebenfalls einen Trumpf und die beiden Höfe haben einander überlagert«, stichelte Mortecai.

»Und du bist heute wieder superschlau wie immer.«

»Mit Schmeicheleien kommst du bei mir nicht weit, mein lieber Krabat.«

»Findet ihn!«, befahl Dante. Seine raubtierhafte Aura biss nach den beiden, doch sein Blick war noch immer auf Mulai gerichtet.

Gänsehaut überkam sie. Die feinen Härchen auf ihrer Haut stellten sich auf. Ohne zu Antworten kamen die beiden Federn dem Befehl des Kopfes nach und entfernten sich vom Dach.

»Du beginnst mich zu langweilen«, sagte Dante mit fast gähnender Stimme. Er streckte seinen Arm zur Seite aus. Mit den Mächten des großen Geistes der Erde schälte er ein Breitschwert aus dem Dach des Schlosses. Der Griff kam direkt in seiner Hand zum Stillstand. Sein Herz tanzte nicht mit Schwächlingen. Dann packte er zu und schwang die schwere Klinge nach dem Hals der letzten Kanohi.

空

Wieder stürmte sie, von ihrer Angst gelenkt durch den Wald. Als wäre Mulai nicht mehr als eine Marionette, die an den Fäden eines Puppenspielers namens Furcht hing.

Doch diesmal war etwas anders als damals. Dieses Mal wusste sie, wer für den Genozid an ihrem Stamm verantwortlich war. Zwei Jahre hatte es gedauert, es herauszufinden. Tag und Nacht verfolgte sie die Spur der schwarzen Perlen, bis sie die Mörder ihres Klans endlich kannte. Drei weitere, bis sie den Greif endlich gefunden und unterwandert hatte. Nein. Sie sollte nicht hier sein, gefangen in ihrer schlimmsten Angst, sondern auf dem Dach des falschen Schlosses, um dem Greif den Kopf abzuschlagen. Danach würde sie die übrigen Federn richten. Anschließend konnte sie noch immer hierher zurückkehren und Tausende Jahre in den heißen Thermalquellen Kirunas baden, um sich das Blut und den Gestank abzuwaschen …

Dieses Bewusstsein war wie eine Böe, die durch den Wald fegte. Ein Blatt fiel aus dem Geäst über ihr herab. Mulai bemerkte es erst, als es zwischen ihren Augen auftauchte. Instinktiv kam sie zum Stillstand und fing es zwischen ihren Fingern, so wie ihr Vater es Hunderte Male getan hatte, wenn er im Herbst mit dem herabfallenden Laub tanzte.

Wie sehr sie ihn vermisste.

Erst jetzt bemerkte sie das Flüstern der Bäume um sie herum. Das Rascheln des Blattwerks. Das filigrane Eichenblatt in ihrer Hand. Versuchten ihre Götter ihr eine Botschaft ihres Vaters zu übermitteln?

Die Furcht riss an ihr, versuchte sie weiter durch den Wald zu treiben. Ging es ihrer Familie gut? Obwohl sie die Antwort darauf kannte, trieb das diffuse Gefühl sie dennoch voran. Wieder und wieder. Doch diesmal stemmte sie sich dagegen und blieb stehen, lauschte dem Flüstern.

»Deine Angst kann nicht stärker sein als du …«, verlieh sie selbst den Worten Klang.

Mulai wusste nicht, ob es ihre Götter, ihr Vater oder doch nur ihr eigenes Unterbewusstsein war, dass zu ihr sprach. Aber sie wusste, dass dies hier nicht die Hölle war. Allenfalls war es ein Albtraum.

Sie blickte in ihre Hand. Doch dort, wo gerade noch ein Eichenblatt lag, ruhte nun ihr Speer.

Was ist, wenn ich falschliege? Wenn das, was ich hier tue, die Realität beeinflusst?

Doch die Letzte der Kanohi zweifelte nicht. Sie festigte ihren Griff und beschrieb mit ihrem Speer einen Bogen. Die Spitze ruhte an ihrer eigenen Kehle.

Stirbt man im Traum, erwacht man in der Realität …

Mulai war stärker als ihre Ängste.

Ihr Blick klärte sich und sie war zurück in der Wirklichkeit. Zurück auf dem Schlachtfeld. Doch das Erste, was ihre tintenschwarzen Augen ihr zeigten, war, wie Dantes Licht des Willens ihr den Kopf vom Leib trennte. Schnell und unsauber sog sie die Luft ein. Aktivierte das *Glück*, das nah an ihrem Körper darauf wartete, gebraucht zu werden. Durch die Eile kostete der Zustandstausch sie mehr Reserven als nötig, aber es gelang ihr gerade noch rechtzeitig. Das massige Schwert kratze bereits ihren Hals, bevor es durch sie hindurch glitt, als würde es versuchen, Nebel zu zerteilen. Mulai versuchte die dadurch entstandene Lücke in Dantes Verteidigung mit ihrem Speer auszunutzen, doch ihr ganzer Körper schmerzte. Dies kostete sie Zeit, in welcher ihr Gegner mühelos ausweichen konnte.

»Noch ein Trumpf? Sehr gut!« Dante brachte Distanz zwischen Mulai und sich, um aus dem Radius der Rauchfähigkeit ihres Speers zu entkommen. Sie hatte es nicht nur geschafft, seiner Arkane zu entfliehen, sondern besaß auch noch ein weiteres Ass im Ärmel. Beim Gedanken daran, umspielte ein schmales Lächeln seine blutigen Lippen. »Zeig mir deine volle Stärke.«

Doch Mulais gesamter Körper fühlte sich schwer an, als würden eiserne Kugeln mittels Ketten an ihr hängen und sie lähmen. Die Zeit, in der sie in ihrer Angst gefangen war, hatte durchaus Spuren hinterlassen. Aber sie war noch am Leben und somit war es noch nicht vorbei.

Außerdem war ihr Geist nun wieder klarer. Sie stand mit dem Rücken zur Wand. Der Kampf gegen den Kopf würde ihr alles abverlangen, doch danach wartete noch ein ganzes Schiff voller jagdbereiter Federn auf sie. Andernfalls wäre sie auf der Insel gefangen. Doch dann kam ihr eine Eingebung.

Wenn ich ihn töte, müsste der Geist der Erde dann nicht mich als neue Königin anerkennen? Mit ihm wäre es ein Leichtes von der Insel zu entkommen und meine Rache zu vollenden.

Mulai musste es darauf ankommen lassen. Etwas anderes blieb ihr sowieso nicht übrig, denn es war, als würde ihr Körper in Tausende Teile zerfallen, wenn sie sich jetzt nicht bewegen würde. Trotz des Schmerzes, der ihr durch die Adern floss, richtete sie sich auf. Das zähflüssige Schwarz in ihrer Brust verschluckte den Schmerz und die Ermüdung. Dank ihres unbändigen Zorns konnte sie noch stehen. Er loderte so heiß, es war, als würde sie, wie ihre Heimat an jenem Tag in Flammen stehen.

»Wie konntet ihr es wagen, meine Familie zu töten!«, spuckte Mulai ihm die Worte entgegen und ging in die Offensive.

Dante teilte das Breitschwert in zwei kleinere, schmalere Klingen, mit denen er agiler war.

Ihre Waffen prallten in kurzen Abständen aufeinander, fanden Lücken in der Haltung des Gegenübers und sangen das Lied von Blut und Stahl. Ihre Augen verschafften Mulai einen Vorteil, denn sie sah die Bewegungen des Kopfes voraus, doch immer wenn ihr Blick den seinen traf, ertrank sie erneut in der Welt aus Angst. Diesmal wusste sie jedoch, was sie tun musste. Die Speerspitze, die sie sich selbst an den Hals legte, brachte Dante jedoch die Zeit ein, die er benötigte, um den Vorteil ihrer

Augen auszugleichen. Doch im Nahkampf musste Dante auf den feinen Rauchfaden der *Tugend* achten, wodurch seine Atmung gestört war. Wählte er den Fernkampf und schleuderte ihr Speere entgegen, die er mittels *Chis* Mächten erschuf, nutzte Mulai wiederum ihre große Arkane und ließ sie durch sich hindurchgleiten.

Sie fügten sich kleinere Wunden und Schnitte zu, doch keiner von beiden schaffte es, die Oberhand zu gewinnen. Doch mit jedem Tropfen Blut, den Dante vergoss, mit jedem Mal, indem Mulai dem Gefängnis aus Angst entkam, weitete sich sein Lächeln. Sie schaffte es, seine Langeweile zu vertreiben. Dante war wie im Rausch und die Kanohi war der edle Tropfen, der lange genug gereift war, um ihn in diesen Zustand zu versetzten. Er genoss es, sich mit den Stärksten zu messen.

Mulai hingegen setzte die Erschöpfung stark zu. Der Brunnen, aus dem sie ihre Aura schöpfte, versiegte allmählich und sie wurde langsamer. Ihre Augen verrieten ihr zwar, wo der Kopf hinblickte, dennoch war es viel zu oft unausweichlich in sie hineinzusehen. Wie oft hatte sie sich bereits selbst das Leben genommen? Dieser Kampf musste ein Ende finden.

Mulai ließ seine Klinge durch sich hindurchgleiten. Dank ihrer Augen wusste sie genau, wo die Lücke entstehen würde. Mit ihrem arkanen Speer stach sie nach ihr. Doch dann trafen sich ihre Blicke und wieder schnitt sie sich selbst die Kehle durch, während ihre Chance an ihr vorüberzog.

Dann kam ihr der arkane Hof zu Hilfe. Im Himmel hinter Dante explodierte ein Feuerwerkskörper. Sie griff mit der großen Arkane *Nummer X – dem Glück* nach dem hellen Strahlen. Atmete die Luft ein und stieß sie wieder aus. Ignorierte die sengende Hitze der Funken. Im Bruchteil einer Sekunde verglühte der helle Glanz. Deutlich schneller als bisher. Doch in Wirklichkeit wechselte er nur den Ort.

Nun war es Mulais Speer der hell erstrahlte. Das Licht blendete Dante und er musste die Augen verschließen. Dies war ihre Gelegenheit. Sie trieb den leuchtenden Speer in die Brust des Kopfes, spürte, wie sie durch das Schneeleopardenfell schnitt, wie sie seine Haut berührte. Mulai erhörte den Druck und trieb die Speerspitze in das Fleisch des Mörders ihrer Familie. Tiefer hinein, dorthin, wo sie Dantes zähflüssiges Schwarz vermutete.

Doch als die Spitze weiter auf sein Herz zu und zwischen zwei seiner Rippen glitt, verglühte das gestohlene Strahlen wirklich. Dante riss die Augen auf und Mulai blickte direkt hinein. Um ein weiteres Mal die Angst selbst zu töten, löste sie den Speer aus dem Fleisch ihres Gegners und führte die Klinge zu ihrem Hals. Instinktiv, wie sie es unzählige Male zuvorgetan hatte. Erst als sie die Klinge mit der anderen Hand an ihren Hals drückte und sich ein Schnitt auf diesem bildete, bemerkte sie es. Hinter ihr waren nicht die Nordlichter. Vor ihr lag kein Wald, kein Rauch, kein Feuer. Sie war noch immer in der Wirklichkeit. Und fast hätte sie sich selbst das Leben genommen.

Er hat die Fähigkeit deaktiviert und mich in eine Falle gelo …

Da spürte sie seine Faust bereits in ihrer Magengrube und sank vor ihm auf die Knie. Ein Gemisch aus ihrem Mageninhalt und Blut entleerte sich unter der Wucht des Hiebes auf das Dach. Wie viele ihrer Rippen hatten gerade nachgegeben?

»Kniest du nun doch vor mir? Ist dir deine Rache so wenig Wert? Dabei müsstest du mir nur noch einmal in die Augen blicken, um es zu sehen!«

Was meint er da …

Der Tritt, den er ihr nun verpasste, besaß eine ungeheure Kraft und schleuderte sie vom Dach. Sie sauste durch die Luft über den Vergnügungspark und krachte schließlich durch die Glasscheibe einer der aufsteigenden Riesenradkabinen. Obwohl sie sich mit ihrer Aura versuchte zu schützen, bissen sich unzählige der kleinen Glasscherben in ihrem Fleisch fest. Der saure Geschmack ihres Mageninhalts hing ihr beißend auf der Zunge, während sie beobachtete, wie Dante sich einen Weg zum Riesenrad ebnete. Er höhlte das Schloss aus, formte Plattformen aus dem alten Gemäuer, die er nutzte, um vorwärtszukommen, während hinter ihm die Burg in sich zusammenbrach.

Das Rad dreht sich … Das bedeutet, hier muss es noch einen Trumpf geben. Er könnte das Blatt wenden. Und selbst wenn nicht, habe ich noch immer ein Ass im Ärmel. Noch kann ich mit ihm das Gleiche tun wie mit Vicky.

Kurz bevor das stählerne Rad, in dem sie sich befand, den höchsten Punkt erreichte, schwang sich Mulai auf die Überreste des Daches ihrer zerstörten Kabine. Parallel dazu stand ein zweites, in Neonfarben getauchtes Riesenrad, welches sich in die entgegengesetzte Richtung drehte. Auch Dante stand auf einer der Gondeln. Und am höchsten Punkt trafen die beiden sich.

Nun verstand Mulai, was seine Worte zu bedeuten hatten. Sie begriff, weshalb eines seiner heterochromen Augen ein Gefühl von Vertrautheit in ihr geweckt hatte.

Mulai presste die Zähne aufeinander, während das Schwarz in ihrer Brust eine neue Form annahm. Dies war kein Zorn mehr, sondern blanker Hass. »Das hast du nicht gewagt!«

»Freue dich, letzte der Kanohi, denn du bist die Erste, die es geschafft hat, dass es sich verfärbt.« Dante grinste ihr mit seinem schlangenhaften Mund entgegen. Die

Narbe, die über seinem Mund von einem Ohr zum anderen verlief, war nicht länger das Auffälligste an seinem Gesicht. In einem Auge lag noch immer der kalte, raubtierhafte Glanz, doch sein anderes Auge hatte sich verändert. Als hätte seine Pupille zuerst die Iris und anschließend das Weiß darin verschlungen, okkupierte nun das Schwarz, welches sich wie Tinte darin ausbreitete, sein gesamtes Auge.

Mizu - 57

Dieses Wesen war nicht länger Akira Curtis. Seine Aura war noch dichter, noch gewaltiger als üblich. Jeder Atemzug in seiner Nähe brannte wie flüssiges Feuer. Fühlte sich an, als wäre es der wahrhaft Letzte. Als wäre diese Kreatur aus Sünde und Blut die fleischgewordene Verkörperung der schwarzen Zone. Die Ausgeburt seiner Trägheit. Unfähig zu handeln, bevor jene starben, die er so verzweifelt zu beschützen versuchte, die er liebte.

Noch immer fing Benji seinen blutigen Blick auf. Schwindel und Schmerz wurden zunehmend heftiger. Der Junge war schweißnass. Dennoch kämpfte er dagegen an, nicht das Bewusstsein zu verlieren, doch der immense Druck, der von Akiras Aura ausging, tat sein Übriges. Die unsichtbaren Mächte, die die Sünde der Trägheit umgaben, waren nun nicht länger unsichtbar. Sie verfärbten sich blutrot und wurden als dickflüssige Tropfen Teil der physischen Welt. Der Lebenssaft transmutiert aus seiner eigenen Aura, floss in dicken Bahnen an ihm hinunter, als wäre er aus einem prall mit Blut gefüllten Bassin gestiegen. Benji verstand nun, was Akira ihm an jenem Tag versucht hatte, über den Zustand des *Sindive* zu erklären. Was es bedeutete, sich vollends in seiner

Sünde zu verlieren. Stehen bei Ebbe, schwimmen bei Flut. Doch die Sünde der Trägheit war dabei zu ertrinken.

»Akira, beruhige dich«, versuchte Alexander der Große ihn zu beschwichtigen, während die wenigen Bewohner Kaban die noch in Reichweite waren, bewusstlos zusammensackten.

Das Wesen aus Sünde und Blut fixierte den Heldengeist mit seinem Blick. Dann machte es den ersten Schritt. So schnell, dass es für einen Augenblick verschwand, bevor es wieder vor Alexander auftauchte, dessen Schwert noch immer in Zetas Körper steckte. Das Blut um Akiras Faust verhärtete sich ebenso wie der feine, kaum sichtbare Sand, der den Heldengeist umgab. Abrupt stoppte das Polster aus feinen Körnern den Schlag in der Luft. Wie ein triebgesteuertes Tier schlug das Wesen, das sich Akiras Hülle übergestülpt hatte, immer und immer wieder darauf ein. Es wirbelte um den arkanen Geist eines vergangenen Krieges herum und versuchte eine Lücke in dem Sandschild zu finden, der diesen umgab.

Isaac stand wie angewurzelt da. Er kannte dieses Wesen, das unter der Schicht aus Blut und Sünde eigentlich sein Freund war. Die Erinnerung an das letzte Mal, als es zum Vorschein kam, ließ die Narbe, die quer über seine blinden Augen verlief, schmerzen.

Aus eben jenen lichtlosen Augen sah er still dabei zu, wie das Blut langsam durch den Sand sickerte, sich zu winzigen, spitzen Speeren verformte und den Heldengeist in ein Nadelkissen verwandelte. Die Aura, die diesen am Leben hielt, quoll in weißen Lichtpartikeln aus ihm heraus wie Blut aus einer Wunde und vermischte sich mit dem feinen Wüstensand. Der *Prinz der Scheiben* wollte etwas sagen, doch noch bevor ein einziges Wort seine von Blutnadeln durchstoßene Kehle verließ, teilte die Sünde der Trägheit ihn mit einer Klinge, die wie ein Fortsatz seines Armes aus ihm herauswuchs, glatt in zwei Hälften und er kehrte zurück in seine Kartengestalt.

»Was ist hier los?«, riss Isaac eine Frauenstimme aus seiner Trance.

»Makoto!« Er drehte sich um und erkannte sie sofort. Sie trug den mindestens dreimal so breiten und deutlich größeren Taro huckepack, als wäre er die kleine Momo, die neben ihr lief. Die Sünde der Völlerei war verletzt und bewusstlos, doch sein Lebensfunke brannte noch und auch dem Mädchen, das er zu beschützen versprochen hatte, ging es gut. Eigentlich hätte ihn bei dieser Erkenntnis Erleichterung überkommen müssen. Doch sein lichtloser Blick ging zurück zu dem Wesen aus Sünde und Blut, das gerade damit beschäftigt war, die Lichtpartikel zu zerschlagen, als wären es kleine Fliegen. »Es ist genau wie damals.«

»Verdammte Scheiße«, fluchte Makoto, während sie Taro von ihrem Rücken hinab gegen einen Baum gleiten ließ. »Was ist passiert?«

Wortlos deutete Isaac auf den Jungen mit den silbernen Haaren, den er nicht kannte.

»Benji, oh nein. Was sollen wir nur tun? Taro ist verletzt und Scott ist nicht einmal hier. Wir haben zu zweit keine Chance gegen Akira!«, entfuhr es Makoto mit zitternder Stimme. Nun versank auch sie in ihrer Verzweiflung.

Und dann bemerkte Isaac es. Momo war verschwunden. Eilig schärfte er seinen Blick in der Welt aus Schwarz und Weiß, den seine Erinnerungen getrübt hatten. Sie stand direkt vor dem Wesen aus Sünde und Blut, welches sich seltsam gekrümmt zu ihr hinabbeugte. Den Kopf schief gelegt beäugte es das Mädchen. Und dann sah Isaac noch etwas in seiner farblosen Welt. Grell brannte das Lebenslicht jenes Jungen, der vermutlich der Auslöser für Akiras Zustand war.

Nein. Es war nicht genau wie damals. Er war nicht mehr derselbe wie damals. Akira hatte es gerade geschafft, wieder aufzustehen. Wie könnte Isaac sich auch nur einen Tag länger als Sünde des Hochmuts bezeichnen, wenn er zulassen würde, dass dieser erneut durch jene Hölle wandeln müsste. Er spürte, wie seine Sünde ihn stärker machte.

»Makoto, der Junge, er lebt noch. Kümmere dich um ihn.«

»Alleine hast du keine Chance gegen ihn. Was ist, wenn der Preis diesmal noch höher ist als beim letzten Mal?«

Diamanten wucherten über seinen gesamten Körper wie eine Hautkrankheit. Doch diesmal bildeten sie keine glatte Schicht über seinem Gesicht. Sie formten eine Maske mit Schnabel, wie jene, die das Wesen aus Sünde und Blut ihm zusammen mit seinem Augenlicht genommen hatte. Aber genau aus diesem Grund würde er ihn dieses Mal stoppen können. Dieses Mal benötigte er keine Öffnung in seiner Rüstung aus verdichtetem Kohlenstoff. Denn der Mann unterhalb des Adlergesichts benötigte seine Augen nicht, um zu sehen. Er sah mit seiner Aura. »*Sindive*.«

Die Hand der Trägheit schwirrte zitternd neben Momos Hals, als würde das Wesen mit sich selbst ringen, ob es dem Mädchen den Kopf von den Schultern schlagen sollte. Blut, geschaffen aus Aura, tropfte von ihr hinab und sprenkelte das Gesicht des Mädchens.

Bewegen sich seine Lippen? Spricht er mit ihr?

Doch der Tremor der Hand wurde immer schlimmer. Isaac stürmte los. Das Wesen aus Sünde und Blut bemerkte ihn. Jedoch zu spät. Er rammte ihn mit voller

Wucht durch eine Hauswand. Gleichzeitig spürte er wie die Diamantschicht an den Stellen, an denen er ihn getroffen hatte, Risse bekam. Das Wesen musste instinktiv den Eisenanteil im Blut verhärtet haben. Isaac wollte ihm keine Pause gewähren. Doch da spürte er Momos Hand auf seiner Diamanthaut.

»Isaac, er ist noch da drin. Akira hat mit mir gesprochen«, sagte sie und schluckte.

Keine Sekunde hatte er daran gezweifelt. Isaac würde verhindern, dass er irgendjemandem Leid zufügt und ihn zurückholen. Das war das Mindeste, was er für seinen Freund tun konnte.

»Was hat er gesagt?« Die Worte klangen dumpf unter der Schicht aus verdichtetem Kohlenstoff.

»Lass es regnen, Tautropfen.«

»Glaubst du an Akira?«

»Ja.«

»Dann lass es regnen«, antwortete Isaac, ohne zu wissen, worauf sein Freund hinauswollte.

Dieser stieg aus den Trümmern des Hauses hervor. Ein unnatürlich hohes Keckern ertönte kehlig aus seinem weit geöffneten Mund. Fäden aus Blut zogen sich über diesen wie dickflüssige Gitterstäbe. Ohne ihn zu beachten, trat er auf den Schädel des toten Leibwächters, der vor ihm lag. Unter einem widerlichen Knackgeräusch gab dieser nach. Dann sprang er mit einem Satz auf Isaac zu, hinterließ eine tiefrote Spur hinter sich und katapultierte ihn in die gegenüberliegende Gebäudewand. Die Sünde des Hochmuts hatte es gerade geschafft, sich aufzuraffen, da packte ihn die Trägheit am Arm, schleuderte ihn in einem Bogen über sich und rammte ihn in den Boden, bevor er ihn mit einem Tritt aus dem Haus beförderte.

Wieder kam er auf ihn zu.

»Lass uns herausfinden, was von beidem den längeren Atem hat! Deine Trägheit oder mein Stolz?«, rief Superbia ihm entgegen und richtete sich auf. Doch er wusste, dass er diesen Kampf nicht im offenen Gefecht gewinnen konnte. Wenn es eine Chance auf den Sieg gab, dann in einem Ermüdungskampf.

Die Frage war, würde zuerst Akiras Aura versiegen oder Isaacs Diamantenhaut bersten?

Das Wesen aus Sünde und Blut bearbeitete den Hünen. Es ließ ihm keine Verschnaufpause. Ein Wirbelsturm aus Schlägen, Tritten und Peitschenhieben aus Blut prasselte auf ihn ein. Es packte ihn, warf ihn durch die Luft, als wäre er nicht mehr als ein etwas zu schwerer Ball, tauchte wie aus dem Nichts über ihm auf und rammte ihn durch mehrere Stockwerke eines Wohnhauses. Alles untermalt vom Knirschen und Knacken seiner Edelsteinrüstung. Isaac hatte gehofft, sie würde länger standhalten. Doch angesichts der gewaltigen Aura, die Akira umgab, war der Vorteil, den ein Diamant gegenüber Eisen hatte, nahezu nichtig. Deshalb nutze er seinen eigenen *Sindive* nicht für mögliche Techniken des äußeren unikursalen Hexagramms, sondern besann sich auf jene Kunst, die er am besten beherrschte. Er transmutierte seine Aura und füllte jede Lücke in seiner brüchigen Haut, bevor das Wesen aus Sünde und Blut auch nur die Gelegenheit hatte hindurchzudringen.

Isaac verlor jegliches Zeitgefühl. Er hatte keine Ahnung, wie lange er schon als Sandsack der Trägheit herhielt. Waren es nur wenige Minuten? Oder bereits Stunden? Er wusste es nicht. Dennoch hielt er sich mit allem, was er hatte, auf den Beinen. Und dann endlich begann es zu regnen.

Es regnete in Strömen aus dem wolkenlosen Nachthimmel. Das war sie, die Macht der azurblauen Königin.

Isaac spürte, wie die Schläge des Wesens aus Sünde und Blut schwächer wurden. Er wusste nicht, wieso, aber aus irgendeinem Grund konnte Akira das Blut nicht mehr verhärten. Dieser schien selbst irritiert darüber und gab Isaac eine Verschnaufpause.

Das Blut wurde vom Regen heruntergewaschen. Verzweifelt versuchte die Trägheit aus der eigenen Aura neues zu transmutieren, doch auch dieses verweigerte ihm den Gehorsam. Wasser schien sein natürlicher Feind zu sein.

»Genial«, flüsterte Makoto beeindruckt vor sich hin. Die Haare klebten ihr vor Schweiß und Regen im Gesicht, während sie vor Benji kniete und mit einer Hand auf die blutende Wunde des Jungen drückte. »Der osmotische Druck sorgt dafür, dass die Blutzellen platzen, wodurch er sie nicht mehr kontrollieren kann. Selbst in diesem Zustand kann nicht einmal er sich über die Naturgesetze erheben. Das kann eben doch nur ein Tennō.«

Ehrfürchtig blickte sie auf das kleine Mädchen mit dem weißen Haar. Dann begann sie mit der freien Hand in einem kleinen Beutel in ihrer Hüfte herumzunesteln. Sie hatten ihn auf dem Weg hierher besorgt und darin befanden sich einige Heilkräuter. Auch wenn sie die meisten bereits für Taro verbraucht hatte und sie keine Ahnung hatte, wie sie mit dem übrigen Rest eine Schusswunde versorgen sollte.

Immerhin war das Projektil aus Aura. Es musste sich verflüchtigt haben, so musste sie es zumindest nicht vorher herausholen.

»Verdammt, Benji. Was mache ich nur mit dir?« Makoto biss sich auf die Lippe.

Benjis Hand schnellte nach oben. Packte die Ihre am Handgelenk. »Du solltest mich jetzt besser nicht anfassen.«

Perplex ließ Makoto zu, wie der Junge ihre Hand beiseiteschob. Sofort begann das Blut wieder aus der Wunde hervorzuquellen.

»Nicht, Benji. Wir müssen die Blutung stoppen.«

Doch gerade als sie ihre Hand wieder auf den Bauch des Jungen legen wollte, begann seine Aura zu pulsieren. Blitze flackerten über seinen Körper. Zuerst wahllos. Aber dann wanderten sie alle zu der Wunde, glitten in die Öffnung hinein und verödeten sie.

Unglaublich, dachte Makoto. *Beherrscht der Junge etwa auch den …*

Dann erhob sich Benji schwerfällig. Die Blitze stimulierten seine Nerven, minderten so den immer noch vorhandenen sengend heißen Schmerz. Fast sackte er wieder in sich zusammen, dennoch hielt er sich auf den Beinen. Auch wenn ihm schwummrig vor Augen war, setzte er einen Fuß vor den anderen. Hier zu sterben war keine Option. Er würde Akira zurückholen.

»Entschuldige, Zoja. Ich kann noch nicht mit dir gehen«, murmelte er benommen in sich hinein.

Er hatte die Hälfte der Strecke bis zu Akira zurückgelegt. Dieser hatte mittlerweile aufgegeben, sein Blut unter Kontrolle zu bringen und schlug jetzt mit nackten, aufgerissenen Fäusten auf Isaac ein. Doch dann verließ Benji die Kraft. Er stolperte.

»Benji, richtig?«, fragte Momo, während sie ihn auffing und seinen Arm um ihren Hals legte. »Ich helfe dir. Lass uns Akira gemeinsam zurückholen.«

Er nickte und sie setzten ihren Weg fort.

»Hör auf, Akira!«, brüllte Benji mit allem, was ihm noch an Energie übrig blieb. »Sieh her, mir geht es gut … ich bin am Leben … so eine mickrige Kugel bringt mich nicht um.«

Das Wesen aus Sünde und Blut hielt inne.

»Erinner dich an uns«, rief Makoto aus der Ferne, die zurück zur noch immer bewusstlosen Sünde der Völlerei gerannt war. »Erinner dich an Taro und Scott und an mich.«

Die Trägheit begann erneut am gesamten Körper zu zucken und zu zittern. Als würde es tief in seinem Inneren einen Krieg mit sich selbst führen.

»Akira«, sagte Momo seinen Namen wie ein Zauberwort.

Er blickte tief in ihre stechend grünen Augen hinein. Die Augen ihres Vaters.

Das ist meine Chance, entschied Isaac.

Isaac packte seinen Freund am Haarknoten und zog ihn zu sich. Der diamantene Adlerschnabel riss eine klaffende Wunde mitten hinein in sein Gesicht. Sie begann unterhalb von Akiras linkem Auge, kreuzte die andere frische Narbe und ging über seine Lippen hinaus. Dann schlug er seine Stirn gegen die seine, während sich die Diamanten, die ihn umhüllten, verflüchtigten. Isaac hielt ihn noch immer am Hinterkopf gepackt. Blut rann ihre beiden Gesichter hinab.

»Akira, wir folgen dir, weil du stark bist. Aber in unseren Augen bist du nicht stark, weil du gut kämpfen kannst, sondern weil du trotz deiner Verluste und deiner Ängste immer wieder aufstehst, immer wieder einen Schritt vor den anderen setzt und weitergehst. Völlig egal, wie oft du dabei fällst. Sag mir, wie tapfer kann man eigentlich sein?«

»Es tut mir leid.« Tränen vermischten sich mit dem Blut auf Akiras Wangen. »So unfassbar leid.«

Sie hatten es geschafft. Sie hatten ihn zurückgeholt. Erleichterung machte sich zwischen ihnen breit wie der Duft eines Frühsommerregens, der auf heißen Asphalt traf.

Akira sackte bewusstlos in sich zusammen. Isaac fing ihn auf, ging dann jedoch selbst vor Erschöpfung in die Knie. Er blickte auf und sah, wie Makoto zu ihnen kam. Mit einer Hand zog sie Taro hinter sich her. In der anderen erwachte eine Arkane zum Leben. Es war das gebogene Schwert der Sünde der Völlerei.

»Was hast du vor?«

»Wir müssen hier so schnell wie möglich weg, falls sie zurückkommen.«

»An welchem Ort sollen wir jetzt noch vor William sicher sein?«

»Keine Sorge. Ich kenne einen Ort, an dem ich eure Verletzungen behandeln kann und wir vorerst sicher sind.«

Mit der einen Hand berührte sie das tätowierte Dreieck mit dem Schriftzeichen für Hirsch in ihrem Nacken, mit der anderen führte sie die *Einmischung* und schnitt einen Weg direkt in die Luft vor ihr.

CHi - 58

Aus der schwarzen Perle heraus blickte Dante sie an.

»Wie kannst du es wagen? Du bist keiner von uns!«, blaffte die letzte der Kanohi ihn an.

»Ich durchbohrte im Kampf eines seiner Augen. Also behielt ich das andere«, erklärte der Kopf, während er daran dachte, wie Chelsea es ihm mittels ihres Trumpfes implantiert hatte. Es kribbelte in seiner Augenhöhle, wenn er sich an das Gefühl erinnerte, wie sie die Nerven miteinander verwoben hatte. »Wer hat schon Interesse an einem unvollständigen Paar?«

Es war endgültig genug. Das zähflüssige Schwarz in ihrer Brust breitete sich aus, floss in ihre Gliedmaßen, füllte jede Zelle in ihrem Körper aus. Ihn dafür nicht zu hassen wäre, als würde man nach einem tiefen Schnitt nicht bluten wollen.

»Ich, Mulai Azandé bin der Dämon, den du selbst erschaffen hast. Wisse, dass du selbst die Schuld für deinen und den Tod deiner Leute trägst.«

Noch immer standen sie auf den beiden Riesenrädern, die sich in entgegengesetzte Richtungen drehten und sie wie von selbst näher zueinander brachten. Gleich war der Mörder ihres Stammes in Reichweite und die Augen ihrer

Ahnen sahen seine nächste Bewegung voraus. Er streckte einfach nur die Klinge, die in seiner Hand lag von sich. Massenhaft Öffnungen befanden sich in seiner Deckung. Es war wie eine Einladung, geschrieben auf aus Licht geschöpftem Papier.

Mulai rotierte ihren Speer. Ließ seine Schärfe unter Pfeifen und Zischen durch die Luft schneiden. Dann, als die Gondeln den höchsten Punkt erreichten, sprang sie zu ihm hinüber, zielte auf eine der Lücken, während Dante einfach nur seine Klinge von sich streckte. Er versuchte nicht einmal ihren Speerstoß zu parieren. Plötzlich stoppte jedoch das stählerne Rad. Es hielt an und die Lichter des Vergnügungsparks erloschen. Das abrupte Abbremsen versetzte die Kabine in eine unnatürliche Bewegung und brachte so Mulais Angriff aus dem Gleichgewicht. Sie stürzte direkt in Dantes Schneide, während über ihnen die ersten Sonnenstrahlen durch das sich auflösende Kuppeldach des arkanen Hofes brachen und die Nacht verdrängten.

Das Schwert bohrte sich durch einen ihrer Lungenflügel. Jeder Atemzug brannte wie Feuer. Während sie vor dem Mörder ihrer Familie erneut auf die Knie fiel, begriff sie, was sie übersehen hatte. Auch Dante konnte nun das Licht des Willens sehen. Sie reagierte auf seine Reaktion. Und auch der Trumpf, der den Kampf vielleicht hätte zu ihren Gunsten wenden können, war nun von jemand anderem geborgen worden. Doch das, was aus ihrer Wunde floss, war kein zähflüssiges Schwarz, sondern Blut.

Noch ist es nicht vorbei …

Sie legte ihre Hand um den Griff der Klinge. Unter stechendem Schmerz zog sie daran, während sie ihr Bestes gab, ihre Atmung trotz der Löcher in ihrer Lunge fokussiert zu halten. Ihr Körper bebte vor Schmerzen, doch noch war es zu früh. Genauso wie der Himmelsbambus das Leben aus ihren Göttern wrang, musste auch sie nun sterben.

Doch noch konnte sie niemanden sehen …

Würden sie diesmal kommen, um sie abzuholen?

Ich muss Zeit schinden, bis der Blutverlust mir die Sicht nimmt … Gründe …

»Verrate mir wenigstens … wenigstens den Grund …«, hustete sie Blut vor seine Füße, während sie die Klinge Millimeter um Millimeter weiter aus ihrem Oberkörper zog.

»Am Ende scheinst du mich nun doch zu langweilen«, sagte der Kopf des Greifs. Er entfernte sich von ihr, trat an den Rand der Gondel und wandte ihr den Rücken zu.

So sicher bist du dir deines Sieges …

»Warum mussten sie sterben?«, fragte sie, bevor sie einen weiteren Schwall Blut erbrach. Der saure Geschmack ihres Mageninhaltes war mittlerweile von ihrer Zunge verschwunden. Nun schmeckte sie Eisen. Schwindel überkam sie und ein dichter Nebel legte sich über ihren Augen.

»Erinnerst du dich daran, was ich dir zum Abschied unserer ersten Begegnung sagte?«

Mulai antwortete nicht. Sie zog weiter an der Klinge. Fast war sie draußen. Mittlerweile war sie froh um den Schmerz. Er hielt sie bei Bewusstsein.

»Die Schwachen können sich nicht aussuchen, wie sie sterben.«

Mulai spannte noch einmal ihre Muskeln an. Ein letzter Ruck, dann war die Klinge vollständig heraus.

»Und erinnerst du dich noch daran, was ich dir in jenem Moment zeigte?«, fragte Dante und blickte über seine Schulter hinweg zu ihr.

Blut ergoss sich aus ihrem Oberkörper auf ihren Schoss, als die Klinge in die Tiefe hinabstürzte. Der Moment war gekommen. Mulai sog die Luft ein, fokussierte den Mörder ihrer Familie mit ihrem verschwommenen Blick.

Dann sah sie ihn, den Trumpf, der sich langsam in seiner Hand auflöste. Die große Arkane *Nummer I – der Magier*.

Der Greif hatte genug mit seiner Beute gespielt. Seine Aura griff nach ihr, riss an ihren Wunden. Die kleinen Kratzer und Schrammen weiteten sich ruckartig, breiteten sich aus wie Risse in einer Glasscheibe.

Doch der letzten der Kanohi war dies egal. Sie musste nur noch ausatmen und ihre Zustände würden vertauscht werden.

»Keine Sorge, im Gegensatz zu dem Wolf wird dein Tod nicht sinnlos sein. Du hast ein schönes Paar Augen. Wir werden es sicher für einen guten Preis verkaufen können.«

Sie spürte, wie die Luft ihren Hals hinauf wanderte. Gleich würde derjenige, der den Befehl zum Tod ihres Stammes gegeben hatte, krepieren.

Letztlich entschied es der schmale Schnitt an ihrem Hals, den sie sich selbst zugefügt hatte.

Weshalb ist auf einmal alles verkehrt herum? Wieso steht Dante auf dem Kopf?

Bevor die Luft aus ihren Lungen entweichen konnte, weitete sich der schmale Schnitt und trennte ihr den Kopf von den Schultern.

Verzeiht mir … Ich habe versagt. Doch wenn es möglich wäre, dann möchte ich gerne dorthin, wo ihr seid …

Und dieses Mal kam tatsächlich jemand, um die letzte der Kanohi abzuholen. Mit seiner bittersüßen Stimme flüsterte der Tod ihr seine Antwort ins Ohr, während er sie in seine ewigen Laken hüllte.

Keine Angst. Ich bin bis zum Ende bei dir.

地

Die Sonne löschte die Lichter des Vergnügungsparks. Artefaktgeister wurden wieder zu leblosen Objekten. Und zwischen den perlmutattartig schimmernden Fetzen des sich auflösenden arkanen Hofs erhob sich der Kopf des Greifs. Hinter sich her zog er eine Spur aus Blutstropfen. Sie stammte aus dem abgetrennten Kopf der Verräterin, den er am blonden Haar gepackt in seiner Hand hielt.

Das Gefieder sah ihn bereits von weitem auf die *Arachne* zukommen. Dank Krabat und Mortecai wussten sie, was sich innerhalb des arkanen Hofs zugetragen hatte, dennoch verstummten sie, als Dante den Wolkenwandler betrat. Wortlos sahen sie ihm zu, wie er sich auf den Treppenaufgang setzte, der zum Steuerrad führte.

»Die Mörderin unserer Familie ist tot«, sagte er und reckte ihren Kopf in die Höhe.

Stille breitete sich aus wie Nebel. Kein Jubel. Kein Beifall. Und vor allem keine Worte des Abschieds. Niemand wagte es ihr die letzte Ehre zu erweisen und sie der Maat zu übergeben.

»Such etwas, in dem wir ihre Augen konservieren können! Das Paar schwarzer Perlen wird uns eine schöne Summe einbringen«, befahl Dante und warf den Kopf zu Echo hinüber.

Echo fing ihn auf und blickte in die leblosen Augen. »Welch ein Anblick. Ich könnte mich in der Schwärze verlieren«, schwärmte er.

»Ekelhaft«, kommentierte sein anderes Selbst sein Verhalten.

»Sein Name ist Windschlürfer«, flüsterte Echo zu seinem Selbst.

»Hey Kapitän, hilf uns mal ein passendes Gefäß für dieses Prachtstück zu finden.«

Währenddessen präsentierte Krabat Dante den Trumpf, den Mortecai und er geborgen hatten. Drei überfließende, mit Granatäpfeln besetzte Kelche, die aus goldenen Lotusblüten heraus mit Flüssigkeit gefüllt wurden. Die *3 der Kelche – die Fülle.* Außerdem hielt er das rostige Kusanagi-Schwert in der anderen Hand.

Der Kopf nickte anerkennend.

»Was kann dieser Trumpf noch mal? Ich glaube, ich habe es vergessen«, fragte Kurohime ihren Partner.

»Keine Ahnung. Finde es selbst heraus«, sagte Krabat und überließ ihr den Trumpf. Danach wickelte er das Schwert in ein dickes Stück Stoff und verschnürte es.

Dante zog eine weitere Tarotkarte aus seinem vom Blut verfärbten Tierfellmantel. Auch aus der aufgerissenen Wunde in seinem Gesicht tropften noch immer dickflüssige rote Tropfen in seinen Schoss. »San, würdest du meine Wunden verschließen?«

Die junge Frau mit dem schönen Teint und den hellen, zu einem Zopf geflochtenen Haaren, der seitlich an ihrem Gesicht hinab hing hinabhing, nahm ihm die Karte aus der Hand. »Das ist …«, verstummte sie, den Blick auf die Münze in ihrer anderen Hand gerichtet, als ob das Geldstück ihr zuerst die Erlaubnis erteilen musste, bevor sie sprach.

»Chelseas Trumpf. Sie hatte ihn ihr wohl abgenommen, nachdem sie ihr das Leben nahm.«

San atmete ein, ließ die unsichtbaren Mächte in die *6 der Scheiben* fließen. An Deck der *Arachne* erschien die Marionette einer jungen Frau. Das ebenholzfarbene Haar kunstvoll hochgesteckt und Haut, als wäre sie aus Porzellan. Kurz übte sie, wie sie die einzelnen Segmente steuern konnte. Jeder der anwesenden Federn, die Chelseas

Puppenspiel einmal gesehen hatte, fiel auf, dass es San an Erfahrung im Umgang mit dem Trumpf mangelte. Die Marionette bewegte sich deutlich ruckartiger und abrupter als bei ihrer früheren Besitzerin.

Lässig lehnte Mortecai an der Reling auf der anderen Seite des Schiffes und beobachtete mit einem schmalen, kaum merklichen Schmunzeln, wie sie sich mit der kleinen Arkane vertraut machte. Sein Blick folgte der an Fäden aus Aura hängenden Puppe, die nun langsam an Dante emporkletterte und ungelenk damit begann, seine Wunden zu vernähen. Das Schmunzeln auf seinen Lippen erfror.

Wo bewahrt ein Monster wie du, von dem die Menschen flüstern, dass die schwarze Zone deine Wiege sei, dieses Herz auf, das eigentlich in deiner Brust schlagen sollte?

Die Antwort auf diese Frage galt es zu finden. Deswegen trug Mortecai zwischen den Bildern unter seiner Haut die schwarze Feder, in deren Mitte die Sieben fehlte.

Die Marionette stillte die Blutung in Dantes Gesicht und während sie dabei war, das offene Fleisch an seinem Oberschenkel zu verweben, beschwor er den Trumpf herauf, wegen dem sie nach Okinawa gekommen waren. Vor ihm schwebte der von grünen Ranken und pinken Blüten gerahmte arkane Spiegel. Wartete auf die Frage, die es zu beantworten galt.

»Du hattest nicht unrecht. Ihr solltet in diesem Moment an meiner Seite sein. Also komm her, Grinser.«

Und so trat das Gefieder an die Seite des onyxfarbenen Königs, als er endlich jene Frage stellte: »Wer sind die anderen Erben?«

KA - 59

William schloss an jenem Abend die Augen mit einem seltsamen Gemisch aus Gefühlen im Bauch. Ob er mit dem Wissen, welche Geheimnisse im Schlummer jener Nacht gelüftet werden würden, besser oder schlechter eingeschlafen wäre, hätte er am nächsten Morgen nicht beantworten können. Doch noch lag er in seinen seidenen Laken, während der Mond sanft auf ihn hinabschien. Wut, Enttäuschung und Verachtung darüber, dass seine Reiter versagt hatten, gärten in ihm. Aber auch Anerkennung, fast schon Freude Akira gegenüber, dass er endlich eine Möglichkeit gefunden hatte, seine Schwächen auszugleichen, ohne seine Prinzipien zu verraten. William betrachtete ihn schließlich noch immer als Freund. Auch wenn ihr Verhältnis für eine Freundschaft mittlerweile recht ungewöhnlich war.

Diese Mixtur aus Emotionen verwehrte ihm noch eine Weile den Schlaf. Vom Prozess des Einschlafens ermüdet, wälzte er sich in den Laken hin und her.

Immerhin hat Victor es geschafft, unsere Spuren bezüglich der vermissten Personen restlos auszuradieren, war sein letzter Gedanke, bevor Morpheus ihn schließlich doch in seine Arme schloss.

William mochte in jener Nacht nur einmal eingeschlafen sein, doch erwachen würde er zweimal. Als er das erste Mal die Augen öffnete, bemerkte er sofort, dass er sich nicht länger in seinem Schlafzimmer befand.

Ist das ein Traum?, fragte er sich beim Anblick des Nachthimmels, der ihn vollumfänglich umgab.

Innerlich wusste er jedoch sofort, dass dies kein Traum sein konnte. Dafür fühlte sich jener aus der Zeit herausgeschnittene Ort viel zu real an. Die in das Gebälk gemalten Tupfer sterbender Sonnen spendeten Licht. Es war, als hätte man einen Raum aus Glas in das Dach der Welt gezimmert.

Er trug einen seiner Lieblingsanzüge. Schwarz mit Nadelstreifen. Darunter die dazugehörige Weste und ein weißes Hemd. So gekleidet saß er an einer langen Steintafel, die groß genug für ein Bankett gewesen wäre und die in der Mitte des Himmelszimmers auf dem durchsichtigen Boden aufgestellt worden war. So erweckte sie den Eindruck, als würde sie schweben. Doch er war keineswegs alleine an diesem merkwürdigen Ort. Neben dem seinen gab es fünf weitere Stühle. Wenn auch nur drei von ihnen besetzt waren.

Er blickte zu seiner Rechten. Neben ihm saß ein Mann, der einen Mantel aus Tierfell trug. Seine untere Gesichtshälfte war in Verbände gehüllt. Aus seinem dunklem Haar hing eine Feder hinab und wippte langsam vor und zurück.

Doch wer er wirklich war, erkannte William nicht an der Feder, sondern an dem raubtierhaften Blick in seinen heterochromatischen Augen. Das Feuer hatte ihm diesen gezeigt. Dieser Mann war jener, den das Volk den Distelkönig nannte. Er war niemand Geringeres als der Kopf des Greifs. Doch für William war er vor allem eins, der onyxfarbene König.

Auch den Jungen, der dem Erben der Erde gegenübersaß, erkannte William anhand der Reflektion, die er im Feuer gesehen hatte, wieder. Irritiert sah sich der Junge aus seinen himmelblauen Augen heraus um. Zwei Strähnen seines glatten weißen Haares rahmten sein Gesicht. Der Rest fiel über den Kragen seines Ordensmantels hinweg seinen Rücken hinab. Silberne Broschen glänzten auf seiner Brust und wiesen ihn nicht nur als Mitglied des avalonischen Ordens, sondern auch als Artus aus. Er war ohne jeden Zweifel der alabasterfarbene König.

Was ist das hier?, fragte sich William. Doch dann entdeckte er sie.

Ihm selbst gegenüber, auf der anderen Seite der Tafel, saß seine Tochter. Sie trug ein grau meliertes Bandshirt, welches ihr einige Nummern zu groß war, wie ein Kleid. Darauf war ein nackter Engel zu sehen, der seinen Kopf in den Nacken gelegt hatte und die Arme gen Himmel reckte. Bahn um Bahn waren noch immer Verbände um ihre Arme gewickelt. Das weiße Haar fiel ihr in Wellen über die Schultern. Es duftete genau wie das ihrer Mutter nach einem Tag am Meer, als hätte Poseidon sie zu Bett gebracht. Aus ihren - aus seinen - stechend grünen Augen heraus sah Momo ihn an.

»Va ...«, setzte sie an. Doch dann stockte sie. Ihr Blick veränderte sich, als würde er spiegeln, was er ihr angetan hatte, welche Augen sie seinetwegen schließen musste. Und dann funkelten sie für einen kleinen Moment wie die Sterne, die sie umgaben. Dann fuhr sie fort. Und als hätte sie in den letzten Wochen verstanden, was einen Vater wirklich ausmachte, nannte sie ihn lediglich: »William.«

Er wollte gerade etwas erwidern, doch da riss ein fünfter Mann, den William nicht kannte, die Aufmerksamkeit an sich. Dieser saß nicht auf einem der verbleibenden freien Stühle. Er stand hinter einem von diesen an der Stirnseite der Tafel, die weiter von William entfernt war. Den Rücken zu ihnen gewandt, blickte er in den endlosen Nachthimmel.

»Ich rieche es im Laub der Erde. Ich höre es im Atem der Luft. Ich sehe es in den Kontrasten des Feuers. Ich schmecke es in den Tränen des Wassers. Ich fühle es in den Worten der Leere. Diese Welt befindet sich wieder im Wandel.« Mit diesen Worten auf den Lippen drehte sich der große, schlanke Mann zu ihnen. Sein Haupthaar war kurz und schwarz. Lediglich die Seiten waren bereits stark von Grau durchzogen. Er war nicht mehr der Jüngste, doch seine Gesichtszüge waren dennoch scharf und in seinen Augen verschwammen die Jahrhunderte. Er trug gehobene Kleidung. Schwarz. Doch das Auffälligste an ihm war der Mantel, unter dem das Schwarz hervorlugte. Er sah aus wie die Kuppel eines arkanen Hofes. Onyxschwarz, Azurblau, Alabasterweiß und natürlich Karmesinrot tanzten die Farbnuancen der Tennō auf ihm, überzogen von einem perlmuttartigen Schimmer. Und genau wie bei einem arkanen Hof waren die Farben in Bewegung, jagten einander über den Stoff, während ein weiterer fast farbloser Farbton mit silbrigem Schimmer friedlich um sie herumschlich. »Herzlich willkommen zum Bankett der Könige.«

Die beiden jüngeren Erben waren völlig perplex und dem Kopf des Greifs schien es egal zu sein, wer dieser Mann war. Er wog lediglich ab, ob es sich lohnen würde, ihn zu fressen.

Also ergriff William die Initiative und machte den ersten Zug.

»Wer sind Sie?«

»Mein Name ist Aleister Crowley«, stellte der Mann sich vor und nahm an der Stirnseite der Tafel Platz. Er schnippte und vor jedem der Erben erschien ein protzig verzierter Kelch. »Und vor einigen Generationen herrschte ich als Tennō über diese Welt.«

»Irgendwoher kenne ich diesen Namen«, stellte der alabasterfarbene König fest.

»Kein Wunder. Ein jeder, der die *Thelema* studiert hat, sollte schon einmal über meinen Namen gestolpert sein. Schließlich bin ich derjenige, der sie in ihre aktuelle Form gebracht hat.«

William sah zu dem mit bordeauxrotem Rebensaft gefüllten Kelch. Dann blickte er hinüber zu Momos Glas, dessen Inhalt eine ähnliche Farbe besaß.

»Pinot Noir. Mein Lieblingsjahrgang. Doch das im Glas der azurblauen Königin ist nur Traubensaft«, sagte Aleister Crowley, als könne er Williams Gedanken lesen.

»Man kennt Ihren Namen auch in der Welt außerhalb der *Thelema.* Ich habe mich schon öfter gefragt, warum dem so ist, doch nun frage ich es mich noch mehr. Ist es nicht die Aufgabe eines Tennō im Hintergrund die Fäden zu ziehen?«, fragte William und setzte zum Trinken an. Am liebsten wäre er aufgestanden und hätte sich ihm gegenüber an die andere Stirnseite der Tafel gesetzt.

»Ihr habt natürlich recht, karmesinroter König. Gilgamesch, Artus Pendragon, Siddhartha Gautama. Viele von uns regierten diese Welt aus den Schatten heraus und dennoch werden unsere Namen nicht nur in der verborgenen Geschichte der Welt erwähnt. Das hat einen einfachen Grund. Wenn wir die Welt verändern, lässt es sich manchmal nicht vermeiden, dass etwas von unserem Bewusstsein in diese überschwappt. Jedoch sind wir für die Menschen, die von der *Thelema* nichts wissen, keine Tennō. Wir sind ungreifbar wie Sagengestalten oder religiöse Figuren.«

»Was soll das Ganze hier?«, mischte sich nun der Distelkönig ein.

Ich hätte einem Raubtier wie ihm mehr Geduld zugetraut, machte sich William eine gedankliche Notiz. Doch vor allem die Aussage darüber, dass der Mann, der behauptete, er sei einst Tennō gewesen und hatte die Thelema in ihre aktuelle Form gebracht, ließ ihm keine Ruhe.

»Wisst Ihr, wenn ich in all den Jahren eine Sache gelernt habe, dann, dass man Probleme nicht löst, indem man andere tötet. Deshalb führte ich am Ende meiner Herrschaft in der Hoffnung, zukünftige Konflikte mit Worten anstelle von Gewalt lösen zu können, das Bankett der Könige ein.« Er nahm einen Schluck Wein. Dann seufzte er erleichtert. »Doch seit ich der himmlische Herrscher über diese Welt war, wurde hier vermutlich noch nicht ein einziges wahrhaft ehrliches Wort gesprochen.«

»An einem Dialog habe ich keinerlei Interesse. Ich nehme mir das, was ich will einfach.« Die Aura des onyxfarbenen Königs schlug um sich. Sie fühlte sich reißend scharf an, als bestünde sie aus Sägeblättern.

»Das würde nichts bringen. Ein Tod auf dieser Astralebene hätte in der Wirklichkeit keinen Bestand. Ihr seid hier nur ein Abdruck Eurer Aura«, klärte Aleister Crowley sie auf und die Aura des Distelkönigs ging etwas zurück.

»Weshalb ausgerechnet jetzt? Warum ausgerechnet in dieser Nacht?«, fragte William unbeeindruckt. Er hatte sich bereits so etwas gedacht.

»Da heute zum ersten Mal die Sonne unterging, seit ein jeder von euch im Bilde darüber ist, wer die anderen Erben sind«, antwortete Aleister Crowley. Aus seinen Augen, die tief wie die Jahrhunderte waren, blickte er zu

Momo, die als Einzige noch nichts zu ihm gesagt hatte. Mit gesenktem Kopf fixierte sie den Tisch, während er die Frage beantwortete, die das Mädchen nie laut gestellt hatte. »Die eigene Mutter so früh verloren, dass sie bloß noch eine verblasste Erinnerung ist. Und seht euch Eure Arme an. Um Euch wie ein Kind zu behandeln, habt ihr bereits viel zu viel erlebt. Mit anderen Worten, Ihr habt jedes Recht, an dieser Tafel Platz zu nehmen, azurblaue Königin.«

Überrascht blickte seine Tochter zu dem einstigen himmlischen Herrscher auf, als wäre sie bei etwas ertappt worden. Doch dann nickte sie entschlossen.

»Übrigens, es freut mich zu sehen, dass meine Todsünden auch über die Generationen hinaus noch immer meine Lehren der *Thelema* bewahren und einem, der Euren als Leibwächter dienen«, sagte er mit einem Lächeln auf den Lippen.

»Ihre Todsünden?«, echote Momo.

»Korrekt. Ich habe sie erschaffen.«

Niemandem sonst war es aufgefallen. Wie auch? Schließlich war nur William selbst als ehemalige Sünde der Gier einmal Teil von ihnen gewesen. Daher wusste er, dass es sich bei den sieben Todsünden nicht einfach um eine Gruppierung handelte. Er hatte sich immer gefragt, weshalb man seine Sünde übertragen konnte.? Warum immer wieder Menschen, die das Mal einer Todsünde trugen, aufgetaucht sind, auch wenn ihre vorherigen Besitzer starben, ohne ihre Sünden zu übertragen? Und natürlich, aus welchem Grund die Male ihnen diese unglaubliche Fähigkeit verliehen, die man *Sindive* nannte. Aleister Crowley hatte ihm soeben einen Teil der Antwort geliefert, als er sagte, er habe sie erschaffen. Schließlich wählte er nicht die Worte ins Leben gerufen oder gegründet. Nein. Er sagte erschaffen.

Wie ist das möglich? Das übersteigt die Kräfte eines Tennō oder etwa nicht? Nein. Hina konnte so etwas nicht. Die vier Geister segnen einen nicht mit solchen Kräften.

»Wie das möglich ist?« Aleister Crowley blickte ihn an und deutete auf den Trumpf, der sich gut verborgen in der Westentasche des karmesinroten Königs verbarg. »Mit den gleichen Kräften, mit denen ich auch die arkanen Schätze aus Gilgameschs Schatzkammer in ihre heutige Form gebracht habe.«

»Das ist keine zufriedenstellende Antwort.«

»Ihr solltet Euch selbst noch etwas in Geduld üben, bevor Ihr einen Euerer Rivalen für dessen Ungeduld verurteilt.«

Nun war William sich so gut wie sicher, dass der Mann ihre Gedanken lesen konnte.

»Also gut«, begann Aleister Crowley. Auf seinem Umhang tanzten die Farben der großen Geister noch immer einen tödlichen Walzer. Sein Blick huschte für einen kleinen Moment an dem noch freien Platz vorüber. Langsam hob er sein Glas zum Toast. »Wie es scheint, sind wir vollzählig und alle offenen Fragen sind vorerst beantwortet. Momo Rainsworth, die azurblaue Königin. Mirai Masheny, der alabasterfarbene König. Dante Creek, der onyxfarbene König. Und William Baskerville, der karmesinrote König. Ich hoffe, Ihr findet im Dialog eine friedliche Lösung, mit der wir dieser Welt einen weiteren Krieg ersparen können. Das Bankett der Könige ist hiermit eröffnet.«

Kaum hatte der einstige Tennō zu Ende gesprochen, erhob sich William und ging zu dem freien Platz ihm gegenüber. Für ihn war es schließlich nur noch eine Formalität, bis er den gleichen Rang wie er innehatte. Warum sollte er sich also nicht direkt hier und jetzt am Taktiktisch, diesen Krieg für sich entscheiden. Dies entsprach sowieso viel mehr seinem Naturell. Er nahm Platz, genoss einen Schluck von dem vorzüglichen Wein und stellte den Kelch vor sich ab. Er schmeckte trocken und fruchtig zugleich mit leichten Noten von Beeren, Cassis und Veilchen. Ein Hauch Vanille schwang in der Kopfnote mit.

»Der Mensch ist zweifellos die dümmste Spezies«, eröffnete William seinen bittersüßen Monolog. Doch schon bei dem Wort Mensch auf seiner Zunge überkam ihn der Juckreiz. »Unsichtbare Götter verehrt er, während er die Natur vergiftet, ihr das Messer mal um mal ins Herz rammt, sie tötet. Ohne zu bemerken, dass eben jene Natur, die er so emsig vernichtet, jener Gott ist, den er so sehr verehrt. Ich möchte eine Welt erschaffen, in der der natürliche Kreislauf wieder Bestand hat. Die Wesen, die ihn bevölkern, sollten in Einklang mit der Natur leben und sie sich nicht unterwerfen.«

Natürlich würde er zu keiner Einigung kommen, wenn er freiheraus sagen würde, dass er die gesamte Menschheit vom Angesicht dieses Planeten tilgen wollen würde. William wusste nicht, wieso, aber er war sich sicher, dass Aleister Crowley seine Spitzfindigkeiten nicht offenlegen würde. Deshalb wählte er seine Worte bewusst, achtete auf die Feinheiten und beobachtete die anderen drei genau, wie sie darauf reagierten. Es galt herauszufinden, wer ihm als Erstes in die Falle ging.

Doch wer hätte gedacht, dass es ausgerechnet seine Tochter sein würde.

»Das war auch Mutters Wunsch«, sagte Momo.

»Ganz recht«, antwortete William. Auch wenn Hinas Weg zu diesem Ziel eher dem von fließendem Wasser glich, welches stetig mit dem Kreislauf floss und sein eigener Weg einem Feuer entsprach, das den bereits zerstörten Kreislauf niederbrennen würde, um aus der Asche heraus einen neuen zu erschaffen. Doch diese Details waren seiner Sache im Moment nicht dienlich. Also verschwieg er sie. »Hat Akira dir davon erzählt? Hat er noch mehr über Hina gesagt?«

»Nein, seine Augen sind immer so trau …«, brach ihre Stimme entzwei.

Er durfte sie jetzt nicht vom Haken lassen. »Möchtest du mehr über deine Mutter erfahren?«

»Wie … Wie ist sie gestorben?«

William schluckte. Er hatte nicht damit gerechnet, dass ausgerechnet dies die erste Frage sein würde, die sie stellte.

»Es war ein Mann namens Mars. Er ermordete sie. Verstehst du Momo? Deshalb ist es mein größter Wunsch, ihre Vision in die Tat umzusetzen. Es tut mir leid, was ich dir angetan habe, doch *Ka* hat mich erwählt. Wie konnte ich diese Chance ungenutzt lassen? Wie könnte ich zulassen, das Hina zur Sängerin des letzten Liedes dieses Planeten wird?« Ein Blick in ihr Gesicht genügte und er wusste, dass sie noch immer an seinem Haken zappelte wie ein hungriger Fisch. »Wenn du ebenfalls der Ansicht deiner Mutter bist und meine Vision teilst, dann komm in der Wirklichkeit zu mir und überlasse mir den großen Geist des Wassers. Im Austausch dafür erzähle ich dir alles über deine Mutter, was du wissen möchtest. Sogar von der Nacht der schwarzen Klinge, in der sie gestorben ist. Wir könnten diesmal eine richtige Familie sein.«

Sie sagte nichts, doch ihre Stille war Antwort genug. Er konnte in ihren – in seinen – stechend grünen Augen sehen, wie sie sich entscheiden würde. Die folgenden Worte waren nur mehr eine Floskel. Denn letztlich war Vater in der Welt eines Kindes nur ein anderer Name für Gott.

»Lass dir Zeit und denk darüber nach.«

Der Kopf des Greifs machte keine Anstalten, sich einzumischen. Er war vermutlich am schwierigsten zu überzeugen, was allerdings nicht bedeutete, dass William ihn sich nicht zunutze machen konnte.

»Was ist mit dir, Kopf des Greifs? Was für eine Welt würdest du erschaffen, wenn du alle großen Naturgeister unter dir vereinst?«, fragte er mit honigsüßer Stimme.

»Spar dir den Versuch, mich um den Finger zu wickeln. Ich kenne dich William Baskerville. Du bist Politiker. Vermutlich lebst du hoch oben in einer schönen Wohnung in irgendeinem Reichenviertel und siehst von da aus auf Leute wie uns hinab. Erzähl mir nicht, dass du nicht die Macht hättest, etwas zu verändern. Aber reich geworden seid ihr alle nur, weil irgendwelche Firmen euch mit ihrem Geld vergiften. Deshalb ist die Welt noch immer wie sie ist. Für euch sind wir nicht mehr als der Müll, den ihr noch immer im Meer entsorgt«, blaffte Dante.

»So einfach ist das nicht«, erwiderte William. Seine Antwort war keine Lüge, schließlich hatte er es wirklich versucht. Und dennoch wusste er, dass auch wenn es nicht auf ihn selbst zutraf, Dante Creek im Großen und Ganzen Recht hatte.

»Ja, wir leben nach dem Gesetz des Stärkeren und nehmen uns einfach, was wir wollen. Doch verglichen mit euch Reichen und Mächtigen, die uns als Abschaum der Gesellschaft bezeichnen, sind wir die reinsten Menschenfreunde.« Dantes Aura biss nach ihm.

William war klar, dass man jemanden wie den Kopf des Greifs nicht mit Worten überzeugen konnte. Doch wenn er die anderen beiden großen Geister an dieser Tafel ohne jeglichen Kampf in seinen Besitz brachte, war der eine Verbleibende kein Problem mehr für ihn. Niemand wäre dann noch ein Problem für ihn. Also nutzte er die Brotkrume als Köder, die Dante ihm hingeworfen hatte.

»Das Gesetz des Stärkeren? Ist das die Philosophie, nach der du die Welt umformen würdest?«

»Die Starken fressen die Schwachen. Auch das ist ein natürlicher Prozess in der Natur.«

»Das klingt nach einer Lösung, die nur zu einer unzivilisierteren Variante unserer derzeitigen Gesellschaft führen würde. Lediglich der Gegenstand der Macht würde sich verändern«, dachte William die Worte des Erbens der Erde laut zu Ende.

»Für mich klingt es nach einem gerechten Ort.«

»Unsinn, die ganze Welt würde zu einem Ort wie dem Schandfleck werden«, mischte sich der Erbe des Windes ein. »Menschen würden sich gegenseitig auf offener Straße ermorden. Das ist grausam.«

William verstand, dass der Junge aus eigener Erfahrung sprechen musste. Dennoch gab es keinen Grund, akut in das Gespräch einzugreifen. Also nahm er noch einen Schluck Wein und ließ das Gespräch einfach weiter plätschern. Er ließ die Leine locker, bevor er wieder an ihr zog.

Dante blickte Mirai ernst aus seinen Raubtieraugen heraus an. »Das gilt nur für die Schwachen.«

»Stark oder schwach ist doch vollkommen egal. Wir sind alle Menschen«, protestierte Mirai weiter.

Im Kern gut gedacht. Allerdings viel zu engstirnig. Es gibt auf diesem Planeten so viel mehr Wesen als nur uns Menschen, dachte William und gab dem Juckreiz, der sich mittlerweile in Form von kleinen roten Pusteln auf seinem Handrücken zeigte, nach.

»Hatten die Menschen je Mitleid mit einem Tier, das zur Schlachtbank geführt wurde?«, ließ Dante den Jungen mit einem Satz, der schärfer als jedes Schwert war, verstummen.

Und William wusste auch, weshalb die aus Worten geschmiedete Klinge eine solche Schärfe besaß. Weil die Worte der Wahrheit entsprachen.

»Mirai, richtig?«, fragte William. Es war wieder an der Zeit, den Haken zu überprüfen. Mit einem Seitenblick sah er zu Aleister Crowley, der still auf der anderen Seite des Tisches saß und ihnen zuhörte, bevor er weitersprach. »Was ist dir wichtig? Was würdest du aus diesem Ort machen?«

»Was für ein König möchte ich sein?«, wiederholte Mirai die Frage mit anderen Worten. »Mir hat schon einmal jemand eine ähnliche Frage gestellt. Leider habe ich immer noch keine Antwort darauf. Aber ich weiß, was mir wichtig ist, was ich um jeden Preis beschützen möchte. Joan … sie ist mir wichtig. Und natürlich auch die anderen Mitglieder des avalonischen Ordens.«

»Joan, liebst du sie?« William lächelte in sich hinein. Nun hatte er auch den passenden Köder gefunden, um diesen Fisch an Land zu zerren.

»Ich glaube schon.« Seine Wangen röteten sich. »Allerdings ist sie im Auftrag des Ordens unterwegs und der Kontakt zu ihr ist abgebrochen.«

»Du sorgst dich um sie, nicht wahr?« Williams Worte waren süß und klebrig wie Honig. Der Junge nickte.

»Dieser Krieg, der auf uns zukommen wird, sollten wir heute keine Einigung finden, ist gefährlich. Und im Krieg stirbt immer irgendjemand. Du solltest zusehen, dass deine Freundin und du nicht dazugehören. Überlass mir den großen Geist des Windes und ich helfe dir, sie zu finden. Anschließend sorge ich dafür, dass ihr ein sorgenfreies Leben in einer besseren Welt leben könnt. Ihr wärt wie Adam und Eva im Paradies.«

Es war an der Zeit, das sorgfältig geknüpfte Netz einzuholen. »Geht diesem unnötigen Krieg nicht in die Schlinge.«

»Ich weiß von deinen Ränken. Ich weiß davon, wie du den Orden für deine Zwecke versucht hast auszunutzen.« Der verliebte Junge sah ihn entschlossen aus seinen himmelblauen, sonnenversengten Augen heraus an. »Doch, was du sagst, ist wahr. Ich möchte ihr ihren Traum erfüllen. Dafür muss sie leben. Wenn ich sie beschützen kann, indem ich sie gar nicht erst Teil dieses Krieges werden lasse, dann trete ich mein Erbe gerne ab. Auch wenn ich wegen deiner Vorgeschichte nicht hundertprozentig von dir überzeugt bin, so bin ich doch aufgrund mangelnder Alternativen bereit, dir eine zweite Chance zu geben. Hilf mir Joan zu finden und mein Erbe gehört dir.«

»So sei es.« William nickte und blickte danach zum Kopf des Greifs.

»Vergiss es«, sagte Dante, bevor William das Wort ergreifen konnte. »Stärke ist das Einzige, was für mich zählt. Wenn du *Chi* willst, finde mich und reiß mir den Schädel vom Leib. Oder, und was wahrscheinlicher ist, ich hole mir deinen.«

»Das dachte ich mir bereits. Also werden wir es unter uns beiden ausmachen.«

Wortlos erhob sich Dante von seinem Stuhl, bereit in den endlosen Nachthimmel, der sie umgab, zu entschwinden.

»Gott hätte sich mehr als sieben Tage Zeit nehmen sollen«, sagte William, der sich nun ebenfalls erhob und ihm nachsah. »Denn auch wenn der Rest dieser Welt wahrlich wunderschön sein mag, so hat er doch zumindest bei den Affen, deren Rasse auch wir angehören, schlampig gearbeitet.«

»Ich habe über deine Ansichten nachgedacht, karmesinroter König und ich will es nicht leugnen. Stattdessen sage ich es, wie es ist, Menschen sind Narren«, ertönte eine neue Stimme in ihrer Mitte. »Gier, Hass, Egoismus, Eifersucht, Verdorbenheit, Verachtung, Rache, Intrigen, Achtlosigkeit. Es gibt keine Grenze, die sie nicht bis aufs Blut verteidigen. Sie scheuen nicht davor zurück, Waffen in die Hände von Kindern zu legen. Man könnte fast meinen, sie wollten dafür sühnen und haben deswegen dem Tod einen Weg aus roten Blättern gestreut, damit dieser sie auch findet. Aber die Hoffnung in sie zu verlieren ist leicht und sie zu hassen, noch viel leichter. Sie aber trotz all ihrer Taten weiterhin zu lieben, ist vielleicht das Schwierigste auf der Welt. Und dennoch kann ich sie nicht einfach aufgeben. Dennoch möchte ich es weiterhin versuchen. Das ist meine Antwort an dich.«

Wie gebannt blickten die vier Erben auf den blonden Jungen, der im Schneidersitz in der Mitte der Tafel saß. Wie aus dem Nichts war er aufgetaucht. Nun war er jedoch ebenso real wie das Himmelszelt, welches sich über ihnen aufspannte, wie die sterbenden Sonnen, die ihnen Licht spendeten, wie ein jeder von ihnen. Sein blondes Haar fiel lose über die Schallwandler, die um seinen Hals hingen, auf seine Schultern. Der Kimono, den er trug, sah aus, als würde man unter den dünnen Ästen einer Blütenkirsche im Frühling liegen und durch die noch wenigen rosa Blüten, die der Baum bislang trug, in den Nachthimmel blicken.

»Du?«, kam das Wort den anderen Erben zeitgleich wie aus einem Mund.

Selbst Dante blieb stehen und wandte sich wieder zu ihnen, während ihnen allen bewusst wurde, dass sie ihn zwar kannten, doch niemand von ihnen seinen Namen wusste.

»Also habt Ihr Euch doch noch dazu entschieden, Euch zu zeigen«, begrüßte Aleister Crowley den Nachzügler.

Dieser nickte und schenkte dem einstigen Tennō ein Lächeln. Seine Mine wurde wieder ernster, als er sich dem nächsten Erben zuwandte.

»Ich habe auch über deine Worte nachgedacht, onyxfarbener König«, gähnte er. »William hat recht, es würde nur den Gegenstand der Macht verändern. Ich bin zu dem Schluss gekommen, dass das, was du gesagt hast, falsch ist. Und die Tatsache, dass du jetzt hier stehst, ist der Beweis dafür. Neugeborene Babys sind schwächer als alle anderen. Sie brauchen jemanden, der ihnen hilft, um zu überleben. Vielleicht erinnerst du dich nicht mehr, aber als du ein Baby warst, hat auch dich jemand beschützt und dir geholfen. Nur deshalb bist du heute noch am Leben.«

Dantes Hände ballten sich zu Fäusten. So fest, dass die Adern gut sichtbar hervortraten.

»Hier ist meine Antwort an dich, die Starken sollten den Schwachen helfen. So werden die Schwachen stark und können wiederum den Schwächeren helfen.«

William hatte noch immer keine Ahnung, wer der junge Mann war, der hier vor ihm saß. Doch etwas an ihm hatte sich verändert seit seinem nächtlichen Besuch. Er fing seinen Blick auf. Die Augen des Jungen waren braun wie dunkle Schokolade. Köstlich, aber mit einem Hauch Bitterkeit darin. Dann begriff William es, die Leichtigkeit, die ihn in jener Nacht umgeben hatte, war verflogen.

»Am ehesten hätte ich wohl noch euch beiden die Aufgabe anvertraut, doch ich habe alles mit angehört und wie es scheint, habt ihr beide noch keine wirkliche Antwort gefunden.« Der Blondschopf blickte zu den zwei jüngeren Erben. »Im Gegenteil sogar. Vermutlich habe ich mich wohl geirrt. Wer das Schicksal dieser Welt so leichtfertig aus den Händen gibt, ist wohl noch nicht so weit und weder unser Planet noch ich können so lange warten.« Diese Worte galten ohne jeden Zweifel Momo. »Und du Mirai, gibst es auf, um die Frau zu schützen, die du liebst. Löblich und in gewisser Hinsicht durchaus Weise. Aber sollte ein König nicht sein gesamtes Volk lieben?«

»Sagten sie nicht, dieses Bankett ist den Erben vorbehalten?«, erhob William das Wort direkt an Aleister Crowley.

»Durchaus.« Der einstige Tennō erhob sich von seinem Stuhl. Das Farbspektakel auf seinem Mantel hatte sich verändert. Der farblose Stoff war nicht länger nur ein stiller Beobachter. Auch er jagte nun die anderen Farben und versuchte sie so gut es ging zu verschlucken. Mit einer weiteren Handbewegung von Aleister Crowley erschien nun auch vor dem Jungen ein Kelch voll Wein. »Darf ich vorstellen, Yozora Korai. Er ist der fünfte, der farblose König.«

Stille regierte den Augenblick. Die trügerische Ruhe vor dem Sturm.

»Hallo zusammen«, sagte er und prostete ihnen zu. Dann nahm er einen großen Schluck aus dem Kelch. Für einen kleinen Moment war sie zurück. Die Aura der Sorglosigkeit, die ihn umgab. »Lecker.«

»Seit wann gibt es fünf Erben?«, platze es aus William heraus.

»Schon immer«, beantwortete Aleister Crowley seine Frage gelassen und nahm wieder Platz. »Der farblose König ist jedoch anders als Ihr. Er ist so etwas wie ein Joker. Es steht ihm frei, ob er an dem Thronfolgekrieg teilnehmen möchte oder nicht. Dass Ihr alle nichts von ihm wisst, liegt daran, dass es bereits lange Zeit her ist, seit sich das letzte Mal ein farbloser König entschloss, aktiv an einem Krieg teilzunehmen.«

Momo und Dante sagten nichts dazu. Sie wussten beide zu wenig über die Thronfolgekriege, als dass sie einen Grund gehabt hätten, es zu bezweifeln. Mirai hingegen erinnerte sich an seine erste Begegnung mit Yozora.

»Es ist wahr«, begriff er. »Im Hauptturm des Ordens gibt es einen Gebetssaal mit Buntglasfenstern. Diese zeigen die vier Engel, sprich die großen Geister. Dort gab es allerdings ein verstecktes fünftes, völlig farbloses Fenster, welches den gefallenen Engel Luzifer zeigt. Das kann kein Zufall sein.«

»Gut, wie es scheint, ist das Bankett der Könige noch nicht vorüber«, verkündete Aleister Crowley.

»Miteinander zu reden und zu versuchen den anderen zu verstehen, wiegt meiner Meinung nach mehr als jede Klinge«, ergriff Yozora wieder das Wort. »Deshalb habe ich euch alle aufgesucht und mit euch gesprochen. Ich hatte gehofft, jemand von euch wäre geeignet, sich dieser Welt anzunehmen.«

»Weshalb wolltest du es einem von uns überlassen?«, fragte Momo.

»Weißt du, ich bin ziemlich bequem und faul bin ich auch. Außerdem sind die Flüsse schon viel zu lange schwarz. Die Erde schon viel zu lange vergiftet. Selbst die Sterne kann man kaum noch sehen. Ich glaube nicht, dass man der Natur noch einen weiteren Krieg zumuten muss. Leider habt ihr beiden eure Wahl getroffen und mit dieser Wahl kann ich mich nicht einverstanden erklären.«

Schon war die Leichtigkeit, die ihn für einen kurzen Augenblick umgab, wieder verflogen, stellte William fest, während er seinen Kelch austrank. Er stellte ihn vor sich ab und war bereit, die Kontrolle über dieses Gespräch zurückzugewinnen. »Nun, wenn du schon so große Töne spuckst, dann verrate uns doch deinen glorreichen Plan für diese Welt?«

»Ich möchte sie zu einem Ort machen, der von Freundlichkeit und Lachen regiert wird. Sie soll ein Ort sein, an dem jeder mit offen Armen willkommen ist.« Er ließ bewusst eine kurze Pause, damit seine Botschaft auch zu jedem durchdrang. »Ich verlange nicht, dass ihr euch sofort entscheidet, allerdings hoffe ich, dass ihr genauso über meine Worte nachdenkt, wie ich über die Euren nachgedacht habe.«

»Du sagtest, du hast alles mitangehört. Dann kennst du meine Antwort«, verabschiedete Dante sich in den endlosen Nachthimmel.

»Ich hoffe, dass zumindest ihr beide eure Entscheidung noch einmal überdenkt«, sagte Yozora und lächelte seine jüngeren Rivalen an. »Es klingt so, als wärst du deiner Angebeteten nähergekommen, Mirai. Das freut mich für dich.«

»Denkst du wirklich, dass du mit solch einer laschen Einstellung diese Welt zum Besseren verändert wirst?«, fragte William verärgert, bevor der verliebte Bengel antworten konnte. Er dachte an Hina. Eine Welt, in der man aus tiefstem Herzen lachen konnte. Im Kern wollte er nichts anderes.

Dennoch fühlte sich die Sorglosigkeit des fünften Königs an, als würde er seine Opferbereitschaft mit Füßen treten. Und beileibe, William hatte auf seinem Weg bereits vieles geopfert. Seine Kameraden unter den Todsünden, seine Frau, die Gunst seines einzigen Freundes, die Liebe seiner Tochter. Und er war bereit, noch so viel mehr zu geben für das Wohl dieses Planeten. Die Antwort auf seine Frage war ihm egal. Er erhob sich und verschwand im endlosen Schwarz.

»Irgendwie wird es schon«, verfolgte ihn Yozoras Reaktion wie ein Flüstern in die Schwärze.

Damit war das Bankett der Könige beendet.

Als er die Augen in dieser Nacht zum zweiten Mal öffnete, ging hinter den Vorhängen bereits die Sonne auf. Langsam setzte er sich auf. Seine Kehle war trocken und in seinem Kopf dröhnte es. Ihm wurde bewusst, dass die Ursache des stechenden Schmerzes eine Botschaft der letzten Nacht war, die ihn aus dem endlosen Schwarz heraus begleitet hatte. Er entrollte den Schmerz wie eine Rolle Pergament und erinnerte sich an die Worte, die Aleister Crowley der Nacht für ihn mit auf den Weg gab.

»*Ka* liebte es schon immer, seinen Hunger zu stillen, doch vergiss nicht karmesinroter König, er genießt es ebenso sehr Wärme zu spenden.«

CHI - 60

Ohne hinzusehen, rupfte Dante der Krähe mit dem verdrehten Kopf in seinem Schoß eine Feder heraus. Mit den Fingern fuhr er den Schaft entlang, während sein Blick weiterhin die vier Megalithgebilde in der Mitte des Kraters fixierte. Erst einmal. Dann ein zweites Mal, bevor er die Feder neben sich auf den Steinquader legte, den er zuvor mittels seiner Fähigkeiten geformt hatte.

Für die meisten war jener Berg im Sredinny-Höhenkamm, dessen oberes Drittel über Nacht verschwunden war, ein unerklärliches Schauspiel der Natur. Für Wissende war der eingedrückte Krater ein Testfeld, welches der Erbe der Erde genutzt hatte, um die Grenzen seiner neugewonnen Kräfte zu ergründen. Doch für Dante selbst war jener namenlose Berg des Höhenkamms ein Friedhof.

Über die Hälfte von uns ist also mittlerweile tot, dachte Dante und riss eine weitere schwarze Daune aus dem leblosen Tier heraus.

Zwischen den Wolken über ihm schwebte die *Arachne* und wartete auf seine Rückkehr. Windschlürfer war alles andere als begeistert über dem Sredinny-Höhenkamm verharren zu müssen, wo man die Wolken kaum vom

Vulkanrauch unterscheiden konnte. Dante ignorierte ihn jedoch einfach und sprang über die Reling, denn dieser Zwischenstopp war nicht länger aufschiebbar. Schließlich gab es vielversprechende neue Beute, die es für den Greif zu jagen galt und seine gesamte Aufmerksamkeit erfordern würde.

Und die Belohnung wäre eine Welt, wie sie sie sich gewünscht hätten.

Er trennte eine weitere Feder aus dem Gefieder.

Dante kannte seine Mutter nicht. Und seinen Vater? Instinktiv griff er beim Gedanken an ihn mit der freien Hand nach dem Verband in sein Gesicht. Daumen und Mittelfinger gespreizt, fuhr er die darunterliegende Narbe entlang, während sich seine Finger immer näher kamen. Als sie sich berührten, rupfte er eine vierte Feder aus dem toten Vogel und legte sie zu den anderen dreien neben sich. Sein Vater mochte ihn zu dem gemacht haben, der er war. Er mochte ihm beigebracht haben, wie man in dieser Welt überlebt. Die Starken fressen die Schwachen. Doch das war auch schon alles. Wie ein Wildtier, das seinem Nachwuchs beibrachte, zu überleben und ihn danach aus dem Bau warf. Nur sein Vater warf ihn nicht einfach nur aus dem Bau, er warf ihn ins wogende Meer. Und auf der anderen Seite des salzigen Ozeans traf er auf sie. Jene zwölf Menschen, die am ehesten so etwas wie eine Familie für ihn waren. Die Gründungsmitglieder des Greifs.

Eine fünfte Feder ruhte bereits zwischen seinen Fingern. Dennoch zögerte Dante damit, sie herauszureißen.

Die meisten von ihnen waren noch Kinder oder Jugendliche, als er sie zwischen den Müllbergen fand. So wie er selbst. Doch jeder Einzelne von ihnen war anders als all die anderen jämmerlichen Bewohner der Müllinsel. Er konnte es in ihren Augen sehen. Ihre Augen sehnten sich nicht nach Mitleid oder flehten um Gnade. Nein.

Jeder von ihnen hätte ihn bis aufs Blut bekämpft, wenn er ihnen das bisschen hätte nehmen wollen, was sie besaßen. Lieber wären sie verblutet, als verhungert. Sie waren wie in die Enge getriebene Tiere. Unberechenbar und gefährlich. Es war egal, ob sie dort geboren wurden oder erst später nach Junkyard gekommen waren, ein Blick in ihre Augen genügte, um zu erkennen, dass sie keinesfalls dort sterben würden. Sie waren wie er selbst. Das war es, was ihm an ihnen gefiel. Deshalb reichte Dante jedem von ihnen seine Hand.

Beim Gedanken an ihre Augen riss er entschlossen die fünfte Feder heraus. Sechs und sieben folgten nahtlos wie ein Pflaster, das eilig abgerissen wurde. Anschließend packte der die Krähe an ihrem verdrehten Hals und schleuderte sie gegen die Kraterwand. Er hatte sich genommen, was er von ihr wollte.

Und dann, als sie endlich eine Möglichkeit gefunden hatten, die Müllberge hinter sich zu lassen, gründeten sie den Greif. Ein Kopf und seine zwölf Federn. Ein Raubtier, stark genug, um sich zu nehmen, was es wollte. Doch die Philosophie seines Vaters, die er ihm in Fleisch und Blut geprügelt hatte, galt auch für den Greif. Die Schwachen unter ihnen wurden gefressen und die Starken nahmen sich ihre Plätze innerhalb des Gefieders. Darin waren sie sich alle einig, denn so würde der Greif immer stärker werden. Und auch er selbst als Kopf, sollte dabei keine Ausnahme sein.

Aber jene, die ihnen nachfolgten, waren ihm egal. Sie mochten stärker gewesen sein, doch keiner von ihnen besaß Augen wie die Gründungsmitglieder.

Keiner, bis auf sie, dachte er an Mulai.

Dante erhob sich und der glatte Stein, auf dem er gerade noch gesessen hatte, versank wieder im Krater, als wäre er nie aus diesem hervorgebrochen. Die Federn hielt er in der Hand wie einen Strauß rabenschwarzer Blumen.

Schwächlinge mochten sich nicht aussuchen können, wie sie sterben, doch keiner von ihnen war schwach. Dante war sich sicher, auch wenn sie eine Zeit ihres Lebens auf Knien gelebt hatten, war ein jeder von ihnen stehend und mit erhobenem Haupt gestorben. Und so formte er ihre letzten Ruhestätten nach diesem Abbild. Zeige-, Mittel und Ringfinger der freien Hand schnellten nacheinander nach oben. Drei weitere gewaltige Steinquader schälten sich aus der niedergedrückten Bergspitze heraus.

Nun standen sieben Megalithe senkrecht der Sonne trotzend inmitten der ausgehöhlten Bergspitze. Und selbst wenn die Erde unter ihnen erbeben sollte, selbst wenn ein nie da gewesener Sturm über sie hinwegfegen sollte, würden sie weiter aufrecht stehen.

Mit einem Kondolenzstrauß aus schwarzen Federn ging er an ihren Gräbern entlang. Platzierte eine von ihnen wie eine Blume vor jedem Megalith.

Sieben Gründungsmitglieder. Sieben Federn.

»Mascha, Kamo, Shenmi, Narake, Chelsea, S16 und Vicky«, zählte er ihre Namen in der Reihenfolge auf, in der sie gestorben waren. »Mögen eure Federn so leicht sein wie die Feder der Maat.«

Fu - 61

Fast wäre sie gestorben. Fast wäre Joan Martels Traum vorbei gewesen, bevor er überhaupt richtig begonnen hatte. Doch ihr Meister, Kardinal Kamelot, hatte ihnen mit seinem Trumpf das Leben gerettet. Es war, als würden die Kräfte der Explosion und er sich gegenseitig abstoßen, als wären sie gleichgepolte Magnete.

Nach dieser Nahtoderfahrung wollte sie nur noch eines. Sie wollte zu ihm.

Über den Türmen des avalonischen Ordens senkte sich bereits die Sonne am Horizont und ließ das Weiß der beiden steinernen Giganten orangerot leuchten. Noah und sie gingen durch den Birkenhain, der am Fuße der Kolosse wuchs. Ihr Weg zum Turmeingang führte sie an dem großen, über Jahrhunderte vom Regen rund geschliffenen Stein vorbei, aus dem Mirai das Schwert gezogen hatte. Der Kreuzritter Arthur Vessalius stand vor dem – ihn selbst an Größe überragenden – Stein. In seinen Händen ruhte einer der Papierkraniche, die in üppiger Zahl an der dicken Kordel, die den Felsen umgab, befestigt waren. Er wirkte in Gedanken versunken, doch als er ihre Anwesenheit wahrnahm, blickte er eilig zu ihnen.

»Ein Glück. Schön, dass es euch gut geht!«

Der Vorsteher des avalonischen Ordens ließ den Kranich fallen und schloss die beiden gleichzeitig in seine Arme. »Wir alle haben uns große Sorgen gemacht, nachdem die Frau, mit der ihr euch getroffen hattet, uns kontaktierte und sagte, das Gebäude sei explodiert, während ihr euch noch darin befandet.«

»Entschuldige, dass wir erst verspätet ein Lebenszeichen von uns geben konnten, doch ich hielt es für sicherer, eine Weile unter Gottes schützender Hand unterzutauchen. Es war nicht auszuschließen, dass der karmesinrote König sein Werk vollenden wollen würde«, bat Noah Kamelot um Verzeihung.

»Nicht doch. Die Hauptsache ist, dass es euch gut geht.«

Ich kann nicht länger warten.

»Wo ist Mirai?«, brach es aus Joan heraus. Ihr Herz pochte vor Aufregung beim Gedanken an ihn.

»Auf der Spitze des Turms des Schweigens«, antwortete Arthur, während sich seine Mine, die gerade noch vor Erleichterung strahlte, verfinsterte. »Wenn du ihn sehen möchtest, solltest du dich beeilen. Wir brechen nämlich bei Einbruch der Nacht auf.«

»Was ist los?«, fragte Kardinal Kamelot.

»In eurer Abwesenheit ist einiges passiert. Wie es scheint, gibt es einen fünften König. In den Überlieferungen des Ordens wird zwar von ihm berichtet, doch da er seit Ewigkeiten in keinem Krieg mehr erschienen ist, haben wir ihn immer nur für einen Mythos gehalten.«

»Der gefallene Engel Luzifer. Es gibt ihn also wirklich und er hat ebenfalls einen Erben erwählt?«

»Ja, Noah. Und Artus hat sich entschieden, jenem Erben den Segen des Engels Michael zu überlassen. Deshalb brechen wir heute im Schutz der Nacht auf. Der Writer und ich werden ihn eskortieren.«

»Soll das wirklich Gottes Plan sein?«, fragte Kardinal Kamelot aufgebracht.

»Wir werden Mirai zu nichts zwingen. Es ist sein Erbe und damit auch seine Entscheidung, wie er damit umgehen möchte. Wenn er jemanden für geeigneter hält, dann haben wir das zu respektieren«, antwortete der Kreuzritter, doch der Ausdruck in seinem Gesicht sagte etwas anderes.

»Aber, weshalb sollte er das tun?«, mischte Joan sich ein. Ihre Wangen waren gerötet und ihre Hände zitterten vor Nervosität.

»Um dich zu beschützen«, erklärte Arthur Vessalius und blickte sie aus seinen väterlichen Augen heraus an. »Schließlich bist du seine Welt.«

»Die Sonne ist schon fast hinter dem Horizont verschwunden«, merkte ihr Meister Noah Kamelot an, der sie mittlerweile ebenfalls durch seine Brillengläser hindurch ansah. »Wie es scheint, ist dies deine letzte Chance.«

Ich muss sofort zu ihm, dachte Joan und nickte.

Das Herz voll fiebriger Aufregung rannte sie los.

Und der Wind trug ihr Arthurs geseufzte Worte hinterher: »Die Liebe. Ist sie nicht wunderschön?«

風

»Pass auf dich auf. Wir sehen uns, wenn wir beide zurück sind«, sagte Chifuyu grinsend und streckte Mirai die Faust entgegen.

»Du auch«, verabschiedete sich Mirai von ihm und stieß seine Faust gegen Chifuyus.

Dann sah er seinem Freund hinterher, wie er über das weitläufige Dach des Turms des Schweigens vorbei an den vielen steinernen Kreuzen lief. Er würde gehen, um gemeinsam mit dem Heldengeist Sasaki Kojiro ein Schwert zu finden, das seiner neuen Kraft standhalten konnte. Und Mirai ging, um sein Erbe an Yozora abzutreten, denn der karmesinrote König kam nach dem, was er Joan fast angetan hätte, nicht mehr infrage. Letztlich gingen sie beide, um jene beschützen zu können, die ihnen am Herzen lagen.

Nachdem Chifuyu begonnen hatte, die Treppe hinabzusteigen, fiel Mirais Blick wieder auf die einsame Feder, die vor einem der Kreuze lag und leicht im Wind hin und her wogte. Ja, für einen Moment in jener Nacht hatte sich sein Herz so leicht angefühlt wie diese Feder. Das Bankett der Könige war vorüber und Arthur hatte ihn geweckt, um ihm mitzuteilen, dass Joan und Noah am Leben waren. Danach kam jedoch der schwere Teil. Der Teil, der mindestens genauso schwer war, wie den Wind zu kontrollieren und diese einfache Feder zum Schweben zu bringen. Mirai musste dem Kreuzritter mitteilen, dass es einen fünften König gab und von dem Krieg zurücktreten würde.

Zumindest das habe ich geschafft, dachte Mirai beim Blick auf die Feder. Denn er schaffte es noch immer nicht, sie fliegen zu lassen. Geschweige denn ein Schwert oder sich selbst.

Vielleicht hätte er die Feder schweben lassen können, wenn er den Hass am Boden seines Herzens weiter genährt hätte. Doch Mirai entschied sich für die Liebe, denn er hatte kein Interesse an Macht, Autorität, Ruhm, Reichtum oder Rache. Nicht einmal an etwas, dass all dies bei Weitem übertraf. Er wollte einfach nur bei Joan sein. Daran hatte sich nichts geändert.

Also wartete er hier oben auf dem Turm des Schweigens auf ihre Rückkehr. Jedoch nicht, weil er hoffte, sie von hier aus als Erster in der Ferne erspähen zu können. Nicht, weil hier oben der Ausblick war, von dem sie träumte. Nein, er war hier oben, weil er einfach nicht damit aufhören konnte, sich vorzustellen, wie ihr lebloser, verkohlter Körper an einem dieser Kreuze hing.

Konnte man sich überhaupt zwischen Liebe und Hass entscheiden?

Ein dumpfes wiederkehrendes Geräusch riss Mirai aus seinen Gedanken. Nun, wo Chifuyu weg war, war es bis auf das Flüstern des Windes still um ihn herum geworden. Vermutlich nahm er es deshalb nun wahr.

Klonk … Klonk … Klonk.

Es klang wie das Geräusch von Eisen auf Eisen.

Klonk … Klonk … Klonk.

Trieb der Wind die Geräusche, der Schmiedearbeit der alten Mera, zu ihm herüber?

Klonk … Klonk … Klonk.

Nein. Das Geräusch ist minimal anders, als ob es durch eine dicke Membran gefiltert werden würde, dachte Mirai und sah sich auf der Suche nach dessen Ursprung um. *Genau wie, wenn diese Stimme …*

»Hallo, Mirai«, begrüßte Joan ihn, völlig außer Atem.

»Joan«, sagte Mirai ihren Namen, als wäre er eine Zauberformel.

Da war sie. Und mit ihr war das Geräusch vergessen.

»Ich habe mir solche Sorgen gemacht. Bin ich froh, dass es dir gut geht«, sagte er, während sie auf ihn zukam und ihn in ihre Arme schloss. Still verharrten sie einen Moment in dieser Haltung. Joans Augen waren geschlossen und Mirai sah über ihre Schulter hinweg in das orangerote Licht der Dämmerung.

Die Sonne senkte sich herab und küsste am Horizont die Erde.

Der verliebte Junge fragte sich, wie es wohl wäre wie

die Sonne zu sein? Und das Mädchen in seinen Armen wäre die Erde.

Dann löste sie sich aus seinen Armen. Hand in Hand standen sie gemeinsam am Rand des Turms des Schweigens und blickten von oben auf die Welt hinab. Sie standen einfach nur da, doch es war genau wie in dem Moment, als sie zusammen durch sein Zimmer tanzten. Es fühlte sich für Mirai erneut an, als wüsste er, was Joan meinte, wenn sie sagte, sie wolle fliegen.

»Ist es so, wie du es dir vorgestellt hast, die Welt von oben zu sehen?«, fragte er sie mit geröteten Wangen. Sie war so nah, er konnte ihren warmen Atem auf seiner Haut spüren.

»Fast«, antwortete sie und löste ihre Hände aus den seinen, um sie sanft auf seine Brust zu legen.

Ihre Lippen bewegten sich aufeinander zu. Mirai schloss die Augen. Er wollte diesen Moment mit seinen anderen Sinnen erleben, er wollte wissen, wie sie duftet, wie sie schmeckt und wie ihre Lippen sich anfühlen würden. Kaum ein Blatt passte noch zwischen die beiden. So nah waren sie sich bereits.

Und dann spürte er den Druck ihrer Hände auf seiner Brust, spürte, wie es ihm den Boden unter den Füßen wegriss, wie er fiel, weil sie ihn vom Turm hinab in die Tiefe gestoßen hatte.

Die Liebe ist wunderschön, jedoch ist sie auch grotesker als jeder Fluch. Und ist Fliegen nicht auch nur Fallen von Flügelschlag zu Flügelschlag?

KA - 62

Es gab Abermillionen von Farben und jede von ihnen war ein ganz eigenes Rot.

William stand auf einem schmalen Hügel und blickte auf die endlosen Weiten aus rotem Bambus hinab, die sich vor ihm erstreckten. In seiner Hand die von Falten durchzogene Zeichnung eines Kindes. Doch er sah sie nicht an. Er beobachtete, wie die Schatten immer länger wurden, die Rottöne stetig dunkler, während die Sonne hinter den Feldern versank. Genau wie in jener Nacht. Der Nacht der schwarzen Klinge.

Es gibt also einen fünften König, dachte er und beobachtete einen der bleichen Männer, der durch das rote Blattwerk lief. In seiner Hand trug er einen eisernen Vogelkäfig.

An und für sich störte sich William nicht an einem weiteren König. Nur ein weiterer Affe, den er auf seinem Weg zum Thron aus dem Weg räumen musste. Und natürlich würde er auch dieses Problem regeln, so wie er es auch mit dem ausschweifenden Konflikt seiner Reiter in Kaban geregelt hatte, so wie er es immer regelte. Dennoch konnte er nicht leugnen, dass dieser Yozora viele Dinge durchaus richtig verstand. Die Natur brauchte wahrlich keinen weiteren Krieg. In diesem Punkt waren sie sich einig. Deshalb hatte William schließlich versucht, die meisten der Erben an jener Tafel zu überzeugen.

Vier weitere Aojiroi bahnten sich ihren Weg durch die schmalen Gassen zwischen den Bambusstämmen. Auch sie trugen jeder einen kleinen, eisernen Käfig mit sich. Das lautstarke Zirpen von Insekten übertönte das hungrige Kreischen der Insassen. Durch die ihr gesamtes Gesicht verhüllenden Filtermasken war es schwer zu erkennen, doch der Blick der Aojiroi hing durch die großen polarisierten Rundgläser hindurch an einer weiteren Person ihrer Zunft, der auf dem kleinen Wachturm stand und das Feld überblickte. Sie warteten auf sein Zeichen.

Dennoch musste William zugeben, dass das Auftauchen des fünften Erben, das Gefüge des Banketts durcheinandergebracht hatte. Seine Tochter würde vermutlich dennoch zu ihm kommen. Yozora konnte ihr nicht geben, was sie wollte. Bei dem verliebten Zögling des avalonischen Ordens sah dies allerdings anders aus. Am Ende war das Bankett jedoch ein unvorhergesehenes Ereignis, welches nie Teil von Williams Plan war. Natürlich hatte ihn das nicht daran gehindert, seinen Nutzen daraus zu schlagen. Vielleicht brachte es ihm einen oder gar zwei kampflose Siege ein, vielleicht auch keinen. Was es ihm auf jeden Fall brachte, war ein weiterer Widersacher. Wut keimte in Williams Brust wie die Sprösslinge des Bambus auf dem Feld vor ihm. Yozora hatte das wahre Wesen der Menschen verstanden, warum konnte er ihn dann nicht verstehen?

Der bleiche Mann auf dem Wachturm hob die Arme. Seine reinweiße Robe flatterte leicht im Wind. Er verhakte die Daumen ineinander. Die Handflächen nach außen gekehrt. Dann schlug er dreimal mit den verbliebenen Fingern, als wären es Flügel. Auf sein Zeichen hin öffneten die knochenbleichen Wächter der Felder die Käfige. Fünf Vögel erhoben sich in die Lüfte. Kurz kreisten sie über dem Feld, dann stürzten sie sich hinab. Von hier oben konnte William kaum sehen, was die Vögel, mit dem orangeroten Gefieder, taten. Aber er konnte es hören. Denn das Brummen der Insekten nahm stetig ab. Nach einer Weile landete einer der Vögel neben ihm. In dem Schwarz seiner Augen lag ein roter Schimmer.

Manche Gefühle ließ man leicht an die Oberfläche schwimmen, andere verzerrt man mit der eigenen Wahrnehmung und bei wieder anderen tat man sein Bestes, damit sie in der Tiefe vergraben blieben. Williams Wut zählte zur ersten Sorte. Und ebenso leicht wie sie an die Oberfläche gekommen war, genügte eine einzige kleine Welle, um sie wieder verschwinden zu lassen.

Ich bin kein Kind mehr, dachte William und blickte zu dem Vogel mit dem gekreuzten Schnabel, der seltsam zuckte, hinab. *Mir ist bewusst, dass mich nicht jeder verstehen wird.*

Der Vogel fiel auf den Rücken. Ein, zwei weitere ruckartige Zuckungen durchliefen seinen Körper. Dann blieb er ruhig liegen und blickte aus seinen verfärbten Augen in den Himmel, durch den er nie wieder fliegen würde.

William wusste, was sich vor seinen Augen abspielte, wusste, dass der Vogel vor seinen Füßen nicht tot war. Wenn der Himmelsbambus ein Sinnbild für ein funktionierendes natürliches Gleichgewicht war, dann war jenes Schauspiel vor seinen Augen ein Sinnbild für die auf lange Sicht wirkungslose Symptombekämpfung der Menschheit.

Und da kam sie auch schon angeflogen, die Men´eki Grille. Langsam krabbelte das in etwa daumengroße, heuschreckenähnliche Insekt über das Gefieder des Vogels. Es sah aus, als würde ein Blatt des Himmelsbambus über diesen wandern. Bei dem Krabbeltier musste es sich um ein Weibchen handeln, denn die Männchen waren bedeutend kleiner. Wie eine Plage breiteten sie sich in den Gebieten aus, in denen der Himmelsbambus regierte. Irgendwie hatte das Insekt es durch Anpassung geschafft, immun gegen das Gift der Pflanze zu werden und diese als Nahrungsquelle zu erschließen. Zusätzlich sorgte eben jenes Gift dafür, dass es in bambusreichen Region an natürlichen Fressfeinden für die Grille fehlte. Deshalb begannen die knochenbleichen Wächter der Felder damit, die Kreuzschnäbel zu züchten. Die Vögel aßen keine Pflanzen und dank ihrer Schnabelform kamen sie auch an die Insekten heran, die sich zwischen den Blattscheiden versteckten. Die Aojiroi hungerten sie aus, damit sie gierig über die Grillen herfielen, sobald sie sie freiließen. So gierig, dass sie einen Großteil der Plage bereits heruntergeschlungen hatten, bevor das in den Insekten eingelagerte Gift, welches sie durch das Anknabbern der Wurzeln in sich aufnahmen, seine Wirkung freisetzte. Vom Gift gelähmt, wartete anschließend ein grausamer Tod auf sie.

Doch die Ernte war in Sicherheit.

Zumindest vorerst, dachte William, während er dabei zusah, wie die Men`eki Grille in den Schnabel des gelähmten Tieres hineinkroch.

Im Magen des Kreuzschnabels würde sie nun ihre Eier legen, bevor sie anschließend dortblieb, um sich selbst als Nahrung anzubieten. So würde sie den Vogel noch etwas länger am Leben erhalten, damit ihre Nachkommen sich durch sein noch immer frisches Fleisch stärken konnten, bevor sie die Felder heimsuchen würden.

Ich habe keine Lust, wie die Tennō vor mir nur die Symptome zu behandeln.

Angeekelt wandte er seinen Blick von dem Kreuzschnabel ab. Ein letztes Mal sah er auf das Bild in seiner Hand, bevor er es sorgsam zusammenfaltete und in seiner Westentasche verstaute. Es zeigte braune und rote Linien, die gemalt von der Hand seiner Tochter eine einohrige Katze formten.

Ich werde die Ursache bekämpfen.

Es war egal, ob seine Tochter oder der Bengel, dem der Geist des Windes sein Vertrauen lieh, zu ihm kommen würden, egal ob der Kopf des Greifs ein Monster war oder nicht, egal ob es einen fünften Erben gab. William Baskerville würde vorbereitet sein. Denn wie ein guter Schachspieler, dachte auch er immer einige Züge voraus. Natürlich war jener Mann ein Spiel mit dem Feuer. Doch wer sonst außer William, dem der große Geist des Feuers seine Gunst erwies, sollte ein Spielchen mit ihm wagen?

Also wandte er seinen Blick vom Bambus ab. Er drehte sich zu dem Mann um, der an dem einzelnen kronenlosen Baum gelehnt saß und döste. Die Linien, die über seinen muskulösen Körper verliefen und bis in sein Gesicht hineinragten, besaßen eine Farbe, als wäre das rötliche Gift des Bambus selbst die Tinte gewesen. Sein Haar war kurz geschoren und schwarz wie die seltsam gewundene Klinge, die neben ihm in der sterbenden Erde steckte.

»Hat sich die Welt seit dem Mord an ihrer letzten Tennō, so gewandelt, wie du es dir erhofft hast, Mars?«

Mizu - 63

Momo sah zwischen den schmalen Spalten der Rollläden hindurch auf die Stadt hinab. Sie war wirklich in der in den Himmel wachsenden Stadt Běijīng. Man nannte die Hauptstadt Zhōngguōs so, denn die Metropole bestand aus vier Ebenen, die wie ein stadtbreiter Turm in den Himmel ragten. Laut Makoto befanden sie sich gerade auf der untersten Ebene. Erkennen konnte man das nicht nur an ihren Bewohnern und der Architektur, denn hier lebte überwiegend die am wenigsten vermögende Gesellschaftsschicht, sondern vor allem an der Erde unter ihren Füßen.

»Doch auch hier gibt es florierende Ecken, in denen das Geld nur so in Strömen fließt. Schließlich interessieren sich die Reichen und Mächtigen nur selten für den Pöbel unter ihren Füßen«, hatte Makoto ihr erklärt. Dabei griff sie nach dem schwarzen Schriftzeichen in ihrem Nacken. Es war dasselbe, das auch in die Tür der Bar eingearbeitet war, die ihnen im Moment als Unterschlupf diente.

Die erste Terrasse, die von gewaltigen Pfeilern, den sogenannten Himmelsträgern getragen wurde, diente der Mittelschicht als zu Hause. Insgesamt konnte Momo vier dieser Pfeiler, welche gleichzeitig als Transportmöglichkeit zwischen den Ebenen fungierten, aus dem kleinen Spalt zwischen den Rollläden sehen. Doch wie viele es insgesamt waren, konnte sie nur erahnen. Die zweite Himmelsscheibe diente den Aojiroi als Sitz. Von hier aus kontrollieren sie den Himmelsbambus. Dort oben stellten sie den Dünger aus den Früchten her und verwahrten das Saatgut. Diese Ebene war für normale Bürger nicht zugänglich. Über ihnen, auf der höchsten Terrasse unter dem wahren Himmel, lebten nur wenige wohlhabende Familien sowie die Staatsoberhäupter, die dort ein privilegiertes Leben genossen. Doch so wie die Himmelsträger mehr als nur einfache Säulen waren, waren die einzelnen Ebenen auch mehr als einfacher Boden. Nach oben hin wurden sie immer kleiner, sodass die einzelnen Schichten seitlich vom Tageslicht durchflutet werden konnten. Gleichzeitig bestanden ihre Unterseiten zusätzlich aus Tausenden von kleinen Farblämpchen, die den Himmel simulierten. Tag- und Nachtwechsel. Wolken und Sterne. Die Zu- und Abnahme des Mondes. Selbst der Lauf der Sonne ging nahtlos von der Wirklichkeit auf die Himmelsscheiben über.

Doch in Momos Kopf war kein Platz, um sich begeistert den neuen Eindrücken hinzugeben. In ihren eigenen Gedanken versunken, blickte sie mit leerem Blick durch die Stadt hindurch, denn sie dachte immer nur an das Angebot ihres Vaters, das er ihr beim Bankett der Könige – und welches sie den Sünden bislang verschwieg – gemacht hatte. Sie würde neu verhandeln müssen, denn nach dem Überfall seiner Reiter auf Kaban, hatte er in der Öffentlichkeit den Todsünden die Schuld dafür in die Schuhe geschoben. All die Absurditäten fanden seiner Auskunft nach ihren Ursprung in einem Giftgasanschlag einer kleinen Terrorzelle. Vermutlich sei es ein Testlauf gewesen, um die Wirkung zu erproben. Da es keine Toten, sondern überwiegend Berichte über halluzinogene Erscheinungen gab, ginge er derzeit davon aus, dass die richtige Zusammensetzung des Giftes noch nicht gefunden wurde. Er hatte die ermordeten Wachhabenden sowie ihre ehemaligen Leibwächter verschwinden lassen. Darüber hinaus hat er auch noch Bilder der Sünden veröffentlicht und diese zu gesuchten Verbrechern erklärt.

Er würde sie für unschuldig erklären müssen und sie in Frieden ihr Leben leben lassen. Dies und die Wahrheit über den Tod ihrer Mutter waren ihre neuen Bedingungen. Sie wusste, wie sehr er *Mizu* brauchte und daher wusste sie auch, dass er darauf eingehen würde.

Ein Blick in die Bar genügte Momo, um zu wissen, dass es richtig war zu gehen.

Außer Makoto waren alle anderen verletzt und in Verbände gehüllt. Doch auch sie sah erschöpft aus, wie sie hinter dem Tresen stand und in einem Mörser Heilkräuter für eine Salbe zerkleinerte. Augenringe zogen sich tief durch ihr Gesicht. Seit sie hier waren, hatte sie kaum geschlafen. Ununterbrochen hatte sie sich um die anderen gekümmert. Momo kannte sie kaum, doch sie wurde den Eindruck nicht los, dass sie nicht nur wegen der Wunden der anderen Sünden angespannt und nervös wirkte.

Ob das etwas mit ihrer Familie zu tun hat?, fragte sich Momo, während sie sich an ihre Ankunft in der Bar erinnerte.

»Ist das deine Bar?«, hatte Isaac sie gefragt.

»Sie gehört …« Dann hatte Makoto kurz gestockt. »Verwandten.« Anschließend schloss sie die Rollläden.

Die Bar, welche den Namen *Silberaprikose* trug, hatte der Staubschicht nach zu urteilen genauso lange keine Gäste mehr empfangen wie der *Velvet Room*. Sie befand sich im ersten Stock, den man ausschließlich über eine

Außentreppe aus Metall erreichte, weshalb Momo durch die schmalen Schlitze zwischen den Rollläden durchaus ein gutes Stück über die größtenteils flach gehaltene unterste Ebene der Stadt blicken konnte. Das innere der *Silberaprikose* war überwiegend aus braunrötlichem Holz. Lediglich die Wände bestanden aus Klinkersteinen. Ein schöner langer Tresen, der mit ginkgoförmigen Schnitzereien verziert war, war das Herzstück des Raumes. Daher stammte vermutlich auch der Name der Bar. Denn in der alten Sprache Zhōngguōs nannte man die Heilpflanze Ginkgo wegen ihrer silbrig schimmernden Samenanlage auch Silber-Aprikose. Zwei Y-förmige Balken reckten sich vom Tresen aus zur Decke. Hinter ihm standen noch einige wenige angerissene Flaschen hochprozentigen Alkohols. Aber die gläsernen Regale waren größtenteils leer. Der Boden bestand aus Dielen, die bereits von den Holztischen darauf sowie den vielen Kisten, die überall in der Bar herumstanden, von Kratzspuren übersät waren. In einer Nische neben dem Tresen stand ein altes Piano und wartete darauf, zum Leben zu erwachen. Die Barhocker sowie drei Sofas, die über die Bar verteilt waren, waren mit schwarzem Samt bezogen. Auf Letzteren hatte Makoto die Schwerverletzten behandelt. Doch außer den Kisten, welche eindeutig erst vor kurzem hierhergebracht wurden, stahl der Staub all diesen Dingen ihren Glanz.

Momo sah zu Taro. Es ging ihm schon besser, doch Teile seines Gesichts waren noch immer bläulich verfärbt und geschwollen. Er durchwühlte gerade eine der Kisten auf der Suche nach etwas Essbaren. Dabei verzog er bei jeder zweiten Bewegung das Gesicht vor Schmerz. Isaac saß am Tresen und nippte an einem kleinen Glas bräunlichen Alkohols. Über seinen Körper verteilt fanden sich immer wieder kleinere und größere Bandagen. Wenn er Schmerzen hatte, dann ließ er sich nichts anmerken.

Doch Momo konnte sich kaum vorstellen, dass er keine hatte. Dann war da noch Benji. Er saß aufrecht auf einem der schwarzen Samtsofas und fixierte die gegenüberliegende Tür mit seinem Blick. Eine Hand auf die Schusswunde gepresst, stampfte er einen ungeduldigen Rhythmus auf die hölzernen Dielen. Als er bemerkte, dass Momo ihn ansah, warf er ihr einen flüchtigen Blick zu, bevor er wieder die Tür fokussierte.

Sie alle waren angespannt, seit sie hier waren und der Grund dafür lag hinter der Tür, die zu einem Lagerraum führte. Dort schlief Akira auf einem der Sofas, das sie, nachdem die anderen erwacht waren, in den Raum trugen, damit er sich in Ruhe erholen konnte. Er war immer noch nicht aufgewacht. Makoto sagte, er habe seinen Körper vollkommen überstrapaziert. Die schlimmsten Verletzungen waren in seinem Inneren und hatte er sich selbst zugefügt.

Und hinter dieser Tür lag auch der Grund, weshalb Momo noch nicht gegangen war. Sie musste wissen, dass es ihm gut ging, bevor sie aufbrach.

Es ist die richtige Entscheidung zu gehen, dachte Momo, während sie jeden Einzelnen ihrer neugewonnen Freunde noch einmal genau ansah. Sie wollte sie in kräftigen Farben in Erinnerung behalten, die ein Leben lang nicht verblassen würden. Dann muss niemand von ihnen mehr an diesem Krieg teilnehmen und sie werden nicht noch mehr verletzt.

Als hätte Benji es mit seinem Stampfen oder sie selbst mit ihren Gedanken beschworen, öffnete sich in diesem Moment die hölzerne Tür unter einem Knarzen.

»Ah …«, erschrak Taro. »Da … da ist wieder eine dieser Mumien. Wie hat sie uns gefunden?«

»Zitterbacke, das ist Akira«, sagte Benji schroff und blickte ihn verständnislos an.

»Wie es scheint, hast du es etwas mit den Verbänden übertrieben«, witzelte Akira verunsichert, während er langsam Bahn um Bahn von seinem Kopf abwickelte. »Es tut mir leid, Leute.«

Schlagartig kippte die Stimmung. Die Anspannung der Sünden war wie weggeblasen.

»Denk daran, du bist mir noch ein Date schuldig«, entfuhr es Makoto. Erleichtert ließ sie den Stößel fallen.

»Willst du etwas essen? Ich habe hier ein paar Instant-Misosuppen gefunden. Das sind sogar die guten mit Seetang und kleinen Tofuwürfeln drin«, fragte Taro ihn sorglos, als wäre nichts passiert.

»Schön, dass es dir wieder gut geht«, sagte Benji und ging auf ihn zu. Verlegen blickte er zur Seite, die Wangen gerötet. »Danke, dass du dir Sorgen um mich gemacht hast.«

»Schön, dass es dir gut geht«, erwiderte Akira und tätschelte dem Jungen das silbrige Haar.

Dann sah er zu Isaac, welcher stumm am Tresen saß und in seine Richtung blickte. Gleichzeitig schenkten sie einander ein Lächeln, das mehr sagte, als es Worte je gekonnt hätten.

Anschließend ging Akira zu Momo.

»Ich hoffe …« Er stockte unsicher. »Ich hoffe, ich habe dir keine Angst gemacht?«

Doch noch bevor Momo antworten konnte, ertönte eine kurze Abfolge von Tönen in der Bar. Geschickt ließ Makoto ihre Finger über die weißen Tasten unter ihrer Hand hüpfen. Sie hatte ihrer aller Aufmerksamkeit, während sie mit der anderen Hand auf den Hocker vor dem Klavier klopfte und Akira ansah.

»Komm Pianomann, spiel uns ein Lied. Ich denke, ich spreche für uns alle, wenn ich sage, dass wir in der Stimmung für eine Melodie sind.«

水

Leise schloss Momo die Eingangstür der leerstehenden Bar, die ihnen vorübergehend als Unterschlupf gedient hatte, und schlich sich in die warme Nacht hinaus. Vermutlich wäre die übertriebene Vorsicht bei Taros lautstarkem Schnarchen gar nicht nötig gewesen, doch sie wollte kein Risiko eingehen. Ein Abschied von jedem Einzelnen? Nein, das hätte sie nicht übers Herz gebracht. Stattdessen wollte sie diesen letzten schönen Abend ungetrübt in Erinnerung behalten.

Am Ende hätten sie mit Sicherheit versucht, sie aufzuhalten. Sie setzte den Fuß auf die oberste Treppenstufe, welche die im ersten Stock liegende Bar mit dem Erdboden verband. Über ihr leuchtete eine künstliche Nacht. Sogar Sterne simulierte die Unterseite der Himmelsscheibe über ihr, die gleichzeitig so etwas wie die Erde für die nächste höhergelegene Ebene war.

Kurz blieb sie stehen und sog den Anblick der falschen sterbenden Sonnen in sich auf, denn in der Wirklichkeit sah man sie so gut wie nie und schon gar nicht derart hell.

»Du gehst?«

Gerade mal drei Stufen hatte sie geschafft, als Momo sich zu ihm umdrehte. Im Schatten neben der Tür stand Akira. Wie hatte sie ihn übersehen können?

»Es tut mir leid«, brachen die Worte aus ihr heraus. Am liebsten wäre sie losgerannt, doch sie war wie versteinert vor Scham.

»Was tut dir leid? Ich bin nicht hier, um dich aufzuhalten. Du bist doch keine Gefangene. Es steht dir jederzeit frei zu gehen«, erwiderte er mit ruhiger Stimme.

»Dass ihr alle meinetwegen verletzt worden seid.«

Sie war froh, dass die Schatten noch immer sein Gesicht verhüllten. So konnte sie zwar seine Mimik nicht erkennen, doch sie musste ihm dabei auch nicht ins Gesicht sehen.

»Es muss dir nicht leidtun. Du hast uns schließlich nie darum gebeten. Wir alle taten es aus freien Stücken, weil du uns wichtig bist.«

Die wenigen Schritte, die zwischen ihnen lagen, fühlten sich für Momo wie ein endloser Abgrund an. Umso mehr überraschte sie seine freundliche Wärme, die er ihr entgegenbrachte. Genau wie an dem Tag, an dem er sie gerettet und an sich gepresst hatte.

»Und mir tut leid, dass ich gehe. Du hast mich an jenem Tag gerettet. Ich weiß, dass ich deine Freundlichkeit gerade mit Füßen trete. Aber er hat mir versprochen, wenn ich ihm *Mizu* überlasse, dann erzählt er mir alles über den Tod meiner Mutter und diesen Mars, der sie getötet hat. Ich muss einfach wissen, was mit ihr passiert ist.« Die Worte sprudelten ungefiltert in der Hoffnung auf sein Verständnis aus ihr heraus. »Ich glaube zwar, dass du es ebenfalls weißt, aber immer, wenn es um Mama geht, siehst du so unglaublich traurig aus. Das möchte ich nicht. Deshalb werde ich gehen, auch wenn das bedeutet, dass ich wieder …«

»Momo, du hast da etwas falsch verstanden«, sagte er und trat aus dem Schatten heraus an die Treppe. In seinen Augen nistete wie immer die Traurigkeit. Doch seine Lippen formten ein Lächeln. »Nicht ich habe dich gerettet, sondern du mich.«

Schließlich ist sie dann noch immer meine kleine Momo, kamen ihr Akiras Worte in den Sinn.

Und diesen Worten wohnte die gleiche Ehrlichkeit inne. Sie waren nicht sorgfältig gewählt. Besaßen kein

Kalkül wie die ihres leiblichen Vaters, wenn er sagte, sie könnten eine richtige Familie sein. Sie waren die Wahrheit. Und Momo verstand in jenem Moment, was er damit sagen wollte. Sie erinnerte sich an den beißenden Alkoholgeruch in seinem Atem, als sie im *Velvet Room* zum ersten Mal erwachte und wie dieser nach und nach verschwand. An all die Dämonen seiner Vergangenheit, die sie in seinen Erinnerungen gesehen hatte. Und an den Anblick, wie er verzweifelt zwischen den Scherben saß.

Sie hatte ihn nie so wahrgenommen, wie er sich selbst wahrnahm. Doch jetzt, als sie es tat, blickte sie in sein Gesicht. Ein Blick genügte ihr, um zu wissen, dass der Mann, der vor ihr stand, diesen Abgrund überwunden hatte. Und wie es scheint, hatte sie ihm, ohne es zu merken, dabei ihre Hand gereicht. Genauso wie die Sünden ihr die Hand gereicht hatten, ohne dass sie gefragt hatte. Da begriff Momo, dass auch sie vermutlich so viel mehr für die Menschen um sie herum war.

»Dir von Hina zu erzählen, ist wohl das Mindeste, was ich dir als Dankeschön entgegenbringen kann.« Während er sprach, nahm er auf der obersten Treppenstufe Platz. Mit der flachen Hand klopfe er neben sich auf das Eisen und lud sie ein, sich zu setzen. »Natürlich nur, wenn du möchtest.«

Wir könnten eine richtige Familie sein, hallten die Worte ihres Vaters noch ein letztes Mal schwach in ihrem Kopf wider. *Unsinn. Ich habe bereits eine Familie. Und diese ist hier.*

»Danke.« Lächelnd setzte sie sich neben ihn.

Wortlos starrten sie einen momentlang gemeinsam in den künstlichen Nachthimmel aus tausenden kleinen Lämpchen.

»Was möchtest du über sie wissen?«, fragte Akira schließlich.

»Willst du gar nicht wissen, wann ich ihn getroffen habe? Woher ich von Mars weiß?«

»Dafür ist morgen auch noch Zeit.«

Sie nickte. Dann sprudelten die Worte erneut aus ihr heraus. »Was ist in der Nacht der schwarzen Klinge passiert? Wie … wie ist sie gestorben? Warum hat dieser Mars das getan?«

Ihre Hände zitterten.

»Mars war nur die Klinge, die deiner Mutter das Leben nahm. Doch geführt hat sie ein anderer.«

Er nahm ihre Hände in die seinen. Das Zittern verschwand mit der Wärme, die von ihm auf sie überging. Und dann tauchte sie ein in seine Erinnerungen, erhaschte einen kurzen Blick.

Da war ein Mann am Fuße eines leeren Throns. Und jener Mann war niemand anderes als ihr Vater, William Baskerville.

Diese Erkenntnis war zu viel für sie. Eilig löste sie ihre Hände aus den Seinen und riss sich so selbst aus seiner Erinnerung hinaus.

Still sah er sie aus seinen traurigen Augen heraus an.

»Warum?«, fragte sie, doch sie kannte die Antwort bereits. Schließlich trug sie sie jeden Tag unter den Bandagen, die ihre Arme und Beine umwickelten, mit sich herum.

Wieder bot Akira ihr seine Hand an. Sie hätte nur danach greifen müssen. Doch für heute ging es genug um den Tod ihrer Mutter. Es war an der Zeit, etwas über ihr Leben zu erfahren, die verblassenden Farben ihrer Erinnerungen aufzufrischen.

»Danke, aber für heute Nacht genügt es mir. Erzähl mir lieber etwas Schönes von ihr.«

»Wie du möchtest«, sagte er und tätschelte ihren Kopf.

Momo rückte zu ihm heran und lehnte sich an seinen

Arm, welchen er daraufhin um sie legte. Sie genoss die Wärme, die von ihm ausging, noch immer genauso wie an jenem Tag, an dem sie sich wiedergetroffen hatten.

Dann begann er von ihr zu erzählen. Stundenlang hing sie aufmerksam an seinen Lippen. Immer wieder blickte er dabei zu ihr herüber. Und irgendwann bemerkte Momo es. Es war das erste Mal, seit sie bei ihm war, dass die Melancholie aus Akiras Augen verschwunden war. Im Gegenteil sogar, wenn er über ihre Mutter sprach, dann strahlten sie nur so vor Glück.

Momo war froh, dass ihre Mutter in seinem Herzen weiterlebte und nun auch wieder in ihrem. Kräftig und voller Kontraste. Nicht verwässert wie zuvor. Und je länger sie ihm dabei zuhörte, wie er von ihrer Mutter erzählte, desto klarer wurde es Momo. Wenn der Rest der Welt von der Liebe sang, dann sang Akira immer nur von ihr.

KU - 64

Der Teich lag so ruhig da wie ein Spiegel des Nachthimmels.

Er sah seine schmalen braunen Augen darin sowie sein blondes Haar, das lose an seinem Gesicht hinabhing. Die Schallwandler, die es normalerweise fixierten, lagen um seinen Hals. Sein Lächeln hatte dieselbe Form wie die wolkenverhangene Mondsichel, die sich neben ihm im Wasser spiegelte. Und obwohl der Teich wunderschön war, wie er umgeben von grünen Büschen, Kiefern und rotbraunem Zierahorn zwischen den in grellem rot und glänzendem schwarz lackierten Schreinen der Tempelanlage lag, bereitete er ihm auf eine gewisse Weise auch Angst. Als könnte das Schwarz etwas sehen, was er selbst nicht sehen konnte. Etwas, das in der Tiefe lag.

Er griff nach einem der kleinen Steine des sorgsam gerechten Kiesbettes, das den Fels umgab, auf dem er selbst saß. Dann ließ er seine Hand mit dem Stein darin über seinem eigenen Spiegelbild schweben. Noch ein letztes Mal sah er den sorglos lächelnden Jungen darin an.

»Jiji-san«, flüsterte er zu sich selbst und erinnerte sich an die Augen des Mannes, der ihn als kleiner Junge aufgenommen hatte. Augen, die über alles Staunen konnten.

Über die Farben der Morgendämmerung. Die Formen der Blätter. Das Leuchten der Sterne. »Ich hoffe, dass ich bei dem, was nun vor mir liegt, auch weiterhin mein Versprechen an dich halten kann.«

Er ließ den Stein fallen und sein Spiegelbild zerbrach. Es war, als würde Yozora Korai in den kleinen Wellen verschwinden, bevor sich das Wasser beruhigte und sein Spiegelbild neu zusammenfügte. Das Spiegelbild des farblosen Königs.

»Es wird Zeit, Yozora«, sagte der hochgewachsene, kräftige Mann, der in einigem Abstand hinter ihm stand. Er war einige Jahre älter als der farblose König. Sein ebenfalls blondes Haar war am Oberkopf zu einem ordentlichen Zopf geflochten, der über seinen Rücken fiel. Einige Haarsträhnen hatten sich daraus gelöst und wehten in der sanften Brise, die in dieser Nacht durch die Tempelanlage wehte. Sie umspielten die kahl rasierten Seiten seines Kopfes sowie die große vogelförmige Narbe, die entlang seiner linken Schläfe verlief. In seiner Hand hielt er einen schwarzen Mantel, den er Yozora entgegenstreckte.

»Danke, Halvar.« Er nahm ihm den Mantel aus der Hand und warf ihn sich locker über die Schultern. Darunter trug er ein weißes Hemd. Hose und Stiefel besaßen denselben Schwarzton des Mantels, auf dessen Rücken ein kopfloser Engel offen seine Arme ausbreitete. Die Flügel trugen keine Federn, sie bestanden aus Hunderten vielfältig kolorierten Blüten der unterschiedlichsten Blumen. Und an der Stelle, an der der Kopf des Engels hätte sitzen müssen, befand sich ein einzelnes Schriftzeichen aus der alten Sprache jenes Landes, aus dem sein Vater stammte.

Halvar trug die gleiche Uniform.

Der farblose König setzte sich in Bewegung. Statt die kleine Brücke zu nutzen, die von der kleinen Insel im Teich führte, sprang er von einem größeren Stein auf den Nächsten und überquerte so das still daliegende Wasser. Die Ärmel seiner Jacke wehten im Wind. Auf einem von ihnen war ein Aufnäher angebracht, der eine aus Origami gefaltene Kirschblüte zeigte. Von dort aus ging er am Hauptgebäude des Tempels entlang in Richtung des Nebenschreins. Laternen und Lampions wiesen ihm den Weg. Er hielt sich links des Hauptpfades. Yozora mochte nicht gläubig sein, doch er hielt sich an die Bräuche, die hier galten. Und die Mitte des Weges war nun Mal den Göttern vorbehalten. Er kam seitlich auf den Schrein zu und ging von dort aus direkt auf das *Torii* zu, das den eigentlichen Hauptweg zum Schrein markierte. Vor ihm lagen nun einige wenige Treppenstufen und am unteren Ende der Treppe standen sie. Sie waren fast alle gekommen.

Er blickte die wenigen Stufen hinab und sie alle sahen zu ihm auf.

In der ersten Reihe stand die Vizekommandantin der ersten Division, Tia Grim. Ihr langes pfirsichfarbenes Haar umspielte das Symbol der grünen Zone, die weiße Lilie, die auf den Ärmel ihrer schwarzen Uniform genäht war. Hinter ihr standen etwas mehr als eine Handvoll Leute, die darauf warteten, dass er etwas sagen würde. Der zuständige Kommandant lag entspannt, die Arme hinter dem Kopf verschränkt, auf dem Ast einer Kiefer am Fuße der Treppe. Die Piercings in seinem Gesicht bildeten wie immer einen wunderbaren Kontrast zu Miguels engelsgleichem Gesicht.

Direkt neben Tia stand die Vizekommandantin der zweiten Division und lachte unkontrolliert, obwohl es ihrem Gesichtsausdruck an Freude fehlte.

Eher im Gegenteil. Sie sah besorgt aus und Yozora kannte den Grund. Auch hinter ihr hatte sich eine kleine Menschentraube gebildet. Jeder von ihnen trug den gelben Lotus auf dem Arm.

Asahi Kudo, der Kommandant der dritten Division, nickte ihm zu, als sich ihre Blicke trafen. Neben ihm stand seine Vizekommandantin, die gerade dabei war, einen losen Faden von dem Aufnäher an ihrem Ärmel zu entfernen. Selbst im schwachen Licht der Laternen war die rote Kamelie der Dämmerzone gut sichtbar. Hinter den beiden hatten sich die meisten Menschen versammelt.

Sogar Shira Asaju hatte den Weiten weg auf sich genommen und war gekommen. Sie war die Kommandantin der vierten Division. Wie immer war ihre Uniform ramponierter als die aller anderen. Yozora war sich nicht sicher, ob es an der Dunkelheit oder dem Dreck auf ihrer Kleidung lag, aber man konnte die gläserne Distel auf ihrem Arm kaum noch erkennen. Neben und hinter ihr stand niemand. Dies war jedoch auch nicht weiter verwunderlich. Schließlich konnte niemand außer ihr an jenem Ort überleben, an dem sie nach Menschen suchte, die eine Zuflucht brauchten. Dennoch zog sie immer wieder los, denn vielleicht gab es ja doch jemanden da draußen.

Sie waren alle gekommen. Alle außer sie. Yozora wusste sofort, dass das nur bedeuten konnte, dass sich ihr Zustand weiter verschlechtert hatte.

Halvar, der ihm mit wenigen Schritten Abstand gefolgt war, trat nun vor ihn. »Schön euch zu sehen«, rief er in die Nacht. »Hiermit ist das heutige Treffen von Hana eröffnet.«

Sein Vize trat zurück und überließ Yozora das Wort.

»Danke, dass ihr alle gekommen seid.«

Kurz verstummte er. Doch ihm fehlten keineswegs die Worte, er lauschte einfach nur noch einmal der Schönheit, die ihn umgab. Dem Plätschern des kleinen Baches und dem Rascheln der Blätter im Wind. Dem Lied der Zikaden und der Leere, die zwischen allen diesen Dingen regierte. Er sah zu *Hana* hinab. Sie alle waren fehlende Teile, die ihr Puzzle suchten.

»Wir sind unser ganzes Leben …«, erhob Yozora seine Stimme. »… weggelaufen. Und das, obwohl wir den Himmelsbambus als das sehen, was er wirklich ist. Er ist der Abgrund. Doch diese Tatsache zu akzeptieren und etwas zu verändern, ist ebenso schwer, wie zu versuchen, einander zu verstehen oder zu begreifen, dass wir alle gleich sind. Irgendwann beginnt man jedoch damit, alles, was man nicht versteht, als anders zu betrachten. Und wir fürchten uns vor allem, dass anders ist. Deswegen erheben wir uns darüber und prompt glauben wir, es könne uns nicht ebenbürtig sein. Und schließlich verdrängen wir das eigentliche Problem, bis es nur noch darum geht, wie rund oder schmal unsere Augen sind, welches Geschlecht wir lieben oder welche Götter wir verehren.« Langsam atmete Yozora ein und wieder aus. »Doch obwohl wir alle, die hier stehen, die Wahrheit kennen, liefen wir vor ihr davon. So lange, bis wir erschöpft die Augen verschlossen haben, davon träumend, dass jemand anderes für uns kämpfen würde.«

»Yozora«, erhob Tia die Stimme. »Ich hab keine Lust mehr wegzulaufen.«

»Ja, Tia. Ich auch nicht. Hana ist keine Gruppe. Hana ist eine Zuflucht. Ich kann niemandem von euch versprechen, wie das hier enden wird. Deshalb kann ich euch nur bitten, mich auf diesem ungewissen Weg zu begleiten. Viel zu lange schon treiben wir verloren auf einem Meer aus roten Blättern. Die Erde hat lang genug unter den giftigen Wurzeln, die uns falschen Wohlstand versprechen, gelitten. Die Ozeane müssen nicht noch mehr Müll sehen, die Buchten unserer Städte müssen nicht herausfinden, ob es eine noch dunklere Farbe als Schwarz gibt, der Regen soll uns wieder erfrischen, anstatt uns zu verbrennen und die Luft sollte für uns alle atembar sein, nicht nur für die, die es sich leisten können. Lasst uns diesen Planeten gemeinsam retten und den Himmel vom Rot des Bambus befreien, denn diese Welt ist kein Feld, auf dem nur der Himmelsbambus wachsen kann, sondern eine vielfältige Blumenwiese. Lasst uns diese Welt zu dem machen, was *Hana* für uns ist. Zu einem Ort, an dem es egal ist, auf welcher Seite der Linie, die irgendwann einmal jemand auf einer Karte gezogen hat, man geboren wurde, zu welcher Gesellschaftsschicht man gehört, welchen Gott man verehrt oder welche Person man liebt. Zu einem Ort, an dem jedes Leben zählt, egal ob Mensch oder Tier. Zu einem Ort, der nicht von roten Feldern, sondern von Freundlichkeit regiert wird. Ja, zu einem Ort, an dem alle mit offenen Armen willkommen sind.« Yozora wurde von Satz zu Satz lauter, doch nun senkte er seine Stimme wieder. Ein Lächeln umspielte seine Lippen. »Und, danach lasst uns alle gemeinsam im Gras liegen, während der Tag an uns vorbeizieht und in diesen wunderschönen, endlos weiten Himmel starren.«

Nichts ist leichter, als mit dem Strom zu schwimmen und nichts schwerer, als der Erste zu sein. Yozora war bereit dafür, der Erste zu sein, der sich erhob und dem, was schieflief, entgegenzutreten. Doch würde jeder Einzelne von Hana bereit sein, der Erste zu sein?

Zuerst war es nur ein Summen, dann ein ganzer Chor und schließlich ein Schreien in zustimmender Harmonie. Mit glühenden Gesichtern standen sie am Fuße der Schreintreppe und schrien ihre Zustimmung in die Nacht.

Alle zusammen. Wieder und wieder und wieder.

Und dann ging der farblose König der Zukunft entgegen, während die Schritte Hanas ihn begleiteten. Ohne anzuhalten, blickte er über seine Schulter zu ihnen. Es war ein Augenblick, konserviert in Formaldehyd.

»Danke, dass ihr bei mir seid, hier, wo es beginnt.«

Kompendium der Liber Al vel Legis

Die Thelema – Wille

Thelema bedeutet Wille.

Magie, Chi, Tao, spiritueller Druck, Geisteskräfte, Lebensenergie oder einfach nur Aura. Es gibt mindestens genauso viele Bezeichnungen für die unerklärlichen Mächte, die auf dieser Welt existieren, wie es Kulturen gibt. Die meisten Menschen sind sich dieser unsichtbaren Kräfte, die aus ihnen selbst hervorquellen, nicht bewusst. Sie benutzen die oben erörterten Begriffe als Erklärungen für Unerklärliches. Doch diese Mächte sind erklärbar. Und nicht nur das, sie sind auch mit dem eigenen Willen nutzbar. Sie dem eigenen Willen zu unterwerfen, bedeutet, die *Thelema* zu meistern.

Die Thelema 2 – Bewusstsein

Egal, ob man die *Thelema* für sich erschlossen hat oder nicht, die unsichtbaren Mächte fließen immer. Verbunden mit dem Fluss der Welt, verlassen sie wie Dampf über den Kopf den Körper. Diesen Prozess nennt man das Abdampfen. Jemand, der sich seiner Aura bewusst geworden ist, kann das Abdampfen verhindern und so die unsichtbaren Mächte im eigenen Körper anstauen. Dies ist die Grundvoraussetzung, um einen Fuß in die Welt der *Thelema* zu setzen.

Doch wie wird man sich der unsichtbaren Mächte, die einem selbst entspringen, bewusst?

Es gibt einige seltene Sonderfälle, in denen Personen, die unter starken Migräneanfällen litten, darüber berichteten, Auren wahrgenommen zu haben. Dann gibt es wiederum jene Leute, die die Kräfte nutzen, ohne sich dessen bewusst zu sein. Natürlich nutzen diese sie alles andere als vollumfänglich, sondern vorrangig in ihrem Spezialgebiet. Vielleicht sind es eben jene Personen, die wir als Genies in etwas bezeichnen. Aber eigentlich gibt es nur zwei Wege die *Aiwaz-Knoten* (nachfolgend unter *Die Thelema 3 – Anatomie* beschrieben) zu öffnen und sich der unsichtbaren Mächte wirklich bewusst zu werden. Der Erste ist der natürliche Weg. Man öffnet die Knoten durch jahrelanges Training und Meditation. Der zweite Weg ist ein zweischneidiges Schwert. Er beinhaltet die gewaltsame Öffnung der Knoten und Poren durch eine Konfrontation mit fremder Aura. Dieser Prozess wird Ritus genannt. Die gewaltsame Bewusstmachung der unsichtbaren Mächte erspart jahrelanges Training und beschleunigt das anschließende Meistern der *Thelema*. Grund dafür ist, dass der Körper durch den Kontakt mit der fremden Aura bereits ein Empfinden für diese entwickelt hat. Jedoch kann man bei dem Vorgang, sollte der eigene Körper der fremden Aura nicht standhalten können, auch sein Leben verlieren.

Generell gilt, dass die *Thelema* immer nur so viel gibt, wie man selbst zu geben bereit ist. Nichts ist umsonst und Macht hat einen Preis.

Die Thelema 3 – Anatomie

Die unsichtbaren Mächte entspringen dem eigenen Körper. Sie entstehen in drei etwa fingerkuppengroßen Knoten in der Brust, die sich rechts vom Herzen befinden. In der modernen Medizin gelten sie als funktionslose, rudimentäre Überbleibsel unserer Evolution. Doch funktionslos sind sie keineswegs. A.C. gab ihnen die Namen: *Nut, Hadit* und *Re-Hoor-Khuit*. Von ihnen aus strömt die Aura über Poren in der Haut aus dem Körper heraus. Diese Poren werden *Aiwaz-Knoten* genannt und sind im Normalfall geschlossen. Um sich der *Thelema* bewusst zu werden, ist ihre Öffnung unabdingbar (siehe *Die Thelema 2 – Bewusstsein*).

Die Zerstörung von *Nut, Hadit* und *Re-Hoor-Khuit* bedeutet jedoch keineswegs den Tod. Allerdings wird einer Person, die nicht länger über die drei intakten Knoten verfügt, für immer der Zugang zur *Thelema* verwehrt bleiben. Und ihre Konstitution verschlechtert sich immens. Sie werden oft als kränkliche und gebrechliche Gestalten wahrgenommen.

Das innere unikursale Hexagramm

Die *Thelema* zu meistern bedeutet, dass unikursale Hexagramm für sich zu erschließen. Dafür muss man zuerst das innere unikursale Hexagramm, die sogenannten fünf Grundsäulen, erlernen.

1 – *OD*

Nennt man die Kunst, den eigenen Körper mit Aura zu umhüllen, wie einen flüssigen Schild. Dadurch wird der Prozess des Abdampfens verhindert. Es ist die Grundlage für Angriff und Verteidigung.

2 – *OB*

Beschreibt das Ausweiten der eigenen unsichtbaren Mächte auf Gegenstände. Durch das Umhüllen dieser werden diese stärker und robuster. Deshalb favorisieren Meister der *Thelema* oft Hieb- oder Stichwaffen, da man für die Kunst des *OB* direkten Kontakt mit dem Gegenstand benötigt. Sprich auf eine herkömmliche Schusswaffe, wäre diese Technik nicht anwendbar.

3 – *LA*

LA bedeutet Nichts. Es ist die Fähigkeit, die *Aiwaz-Knoten* bewusst zu verschließen und somit die eigene Existenz in der Wahrnehmung anderer auszulöschen. Dabei wird die eigene Aura unterdrückt, wodurch sie einem keinen Schutz mehr bietet.

4 – *EL*

Beschreibt den Vorgang, die eigene Aura auf die Augen zu konzentrieren, wodurch man in der Lage ist, die unsichtbaren Mächte visuell wahrzunehmen.

5 – Magick

Das *Magick* ist die Formung der eigenen unsichtbaren Mächte. Diese Kunst verschafft einem Zugriff auf das äußere unikursale Hexagramm und ist darüber hinaus der Schlüssel zu dem Schloss der kleinen und großen Arkanen.

DAS ÄUßERE UNIKURSALE HEXAGRAMM

Hat man die fünf Grundsäulen des inneren unikursalen Hexagramms gemeistert, erhält man durch die Kunst des *Magicks* Zugriff auf das äußere unikursale Hexagramm. Um auf die verschiedenen Künste des äußeren unikursalen Hexagrammes zugreifen zu können, muss man in der Lage sein, die Wellenform der eigenen Aura zu verändern. Dann stehen einem auch ohne große oder kleine Arkane – je nach Grad der Meisterung – diverse Fähigkeiten zur Verfügung. Und auch das Potenzial, das man aus einer Arkane herauszuholen vermag, ist abhängig davon, wie gut man die für diese Arkane nötigen Arten des äußeren unikursalen Hexagramms gemeistert hat. Fünf der sechs Arten kann grundlegend jeder erlernen, doch die sechste Art, die sogenannte Krönungsart, ist nur wenigen Menschen vorbehalten.

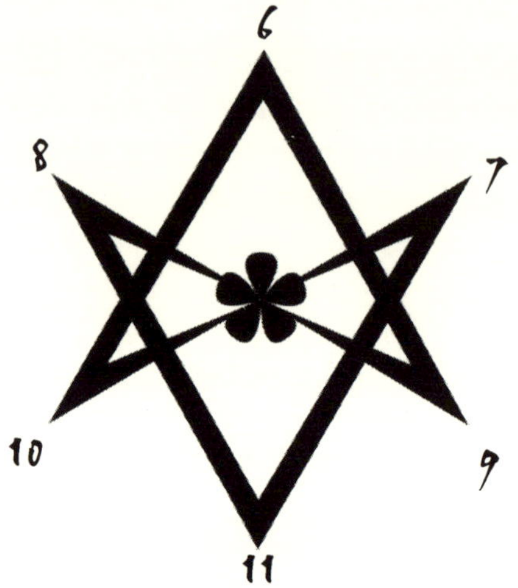

6 – Vitalitätsart

Diese Art ermöglicht die Stärkung und Steigerung der natürlichen körperlichen Fähigkeiten.

7 – Emissionsart

Ist eine Kunst, die im Kern das Aussenden der eigenen unsichtbaren Mächte in Form von Projektilen oder Projektionen ermöglicht. Das Ergebnis unterscheidet sich jedoch enorm von der Art der Ausführung. So kann die eigene Aura zum Beispiel als Geschoss oder aber auch wie eine Kuppel aufgespannt werden. Ersteres dient als Waffe, letzteres kann die Wahrnehmung erweitern.

8 – Manifestationsart

Mittels Nutzung der unsichtbaren Mächte nach der Manifestationsart lassen sich Pakte besiegeln und Utensillien materialisieren. Die gängigste Form der Nutzung dieser Art – ohne eine Arkane – ist der Bindungsschwur. Dies ist ein an Bedingungen geknüpfter Pakt mit klaren Restriktionen, den man mit sich selbst oder anderen schließt. Auch hier gilt, je mehr man bereits ist zu geben, desto mehr erhält man auch. Bricht man den Schwur, so kommen die vorher festgelegten Strafen zum Tragen.

9 – Transmutationsart

Durch Transmutation wird die Beschaffenheit der eigenen Aura verändert. So ist der Erbe des Feuers zum Beispiel in der Lage, seiner eigenen Aura, die charakteristischen Merkmale von Feuer zu verleihen. Ohne eine Arkane lassen sich dadurch kleinere Siegel oder Fallen kreieren, deren transmutierte Eigenschaft durch Berührung zum Tragen kommt.

10 – Manipulationsart

Die Kunst der Manipulation verleiht einem die Fähigkeit, Dingen, denen keine eigene Aura innewohnt, den Willen des Anwenders aufzuzwingen. So lässt sich beispielsweise Wein, der sich in einem Glas auf einem Tisch am anderen Ende des Raumes befindet, wie von Geisterhand aus diesem empor und zum eigenen Mund bewegen, ohne das Glas je physisch zu berühren. Besonders geschickte Meister der Manipulationsart sind darüber hinaus in der Lage, Einfluss auf die unsichtbaren Mächte anderer zu nehmen oder sogar in deren Fluss einzugreifen.

11 – Krönungsart

Diese letzte und höchste Kunst des äußeren unikursalen Hexagramms ist nur wenigen Personen vorbehalten. Weshalb manche Menschen ihren unsichtbaren Mächten diese Form verleihen können und andere nicht, ist unklar. Klar ist aber, dass im Gegensatz zu den anderen fünf Arten des äußeren unikursalen Hexagramms sich jede Kronfähigkeit anders äußert. Es ist somit immer eine Spezialtechnik des jeweiligen Anwenders, die nur er selbst zu nutzen vermag. Weshalb auch nicht, schließlich ergibt die Addition der fünf Grundsäulen und der sechs Arten des äußeren unikursalen Hexagramms die Zahl elf, die für die magische Kraft selbst steht.

Die kleinen & großen Arkanen

Der Mann, der die Arkane in ihre derzeitige Form gebracht hatte, war niemand anderes als der Verfasser der *Liber AL vel Legis,* der ehemalige Tennō A.C.

Dies impliziert natürlich, dass die Arkanen zuvor in einer anderen Form vorlagen. Auf diese geht A.C. jedoch nicht weiter in seinen Schriften ein. Er stellt jedoch Mutmaßungen zu deren Ursprung an. Seiner Theorie nach erschuf der Erste der Tennō, König von Uruk, der ersten Zivilisation der Menschheitsgeschichte, Gilgamesch die Arkane. Zuerst füllte er seine eigene Schatzkammer mit den Waffen der kleinen Arkane, dann mit den Reichtümern der großen. Und letztlich erschuf er auf seiner Suche nach Unsterblichkeit jene Arkanen, die A.C. selbst als Hofkarten bezeichnet. Doch nun, zu der derzeitigen Form der Arkane. A.C. veränderte ihre Gestalt und bannte diese in 78 Tarotkarten. Warum er dies tat, liegt auf der Hand.

Jede Arkane braucht einen Hüter, denn nur in der Gegenwart eines Meisters der Thelema geraten die mächtigen Arkanen nicht außer Kontrolle. Und in der Neuzeit ist es deutlich unauffälliger, mit einer Karte in der Manteltasche durch die Straßen zu spazieren, als mit einem Breitschwert. Die kleine und große Arkane – die in ihrer derzeitigen Form auch Trümpfe genannt werden – setzen sich wie folgt zusammen:

22 große Arkanen
Sie enthalten mächtige Fähigkeiten, die sich im Nutzer selbst manifestieren.

56 kleine Arkanen
Die kleine Arkane schlüsselt sich auf in jeweils 14 Trümpfe der Stäbe, der Kelche, der Schwerter und der Scheiben. Jeder Zweig besitzt ein Ass, neun Waffenkarten und vier Hofkarten.

Asse der Stäbe/Kelche/Schwerter/Scheiben
Sie sind besondere Arkanen, die ein Eigenleben besitzen. Denn ihnen wohnen die vier großen Geister Ka, Mizu, Fū und Chi inne, die die Erben erwählen und dem Tennō ihre Macht leihen.

Waffenkarten der Stäbe/Kelche/Schwerter/Scheiben
Die Trümpfe zwei bis neun jedes arkanen Zweiges manifestieren sich in Form von Waffen mit mächtigen Fähigkeiten.

Hofkarten der Stäbe/Kelche/Schwerter/Scheiben
Jeder arkane Zweig besitzt vier Hofkarten. Diese werden jeweils Prinz, Prinzessin, Königin und Ritter der

Stäbe/Kelche/Schwerter/Scheiben genannt. Ihnen wohnen die mächtigsten Heldengeister vergangener Thronkriege inne. Mittels dieser Trümpfe können die arkanen Geister für kurze Zeit mittels der eigenen Aura beschworen und im Diesseits verankert werden. Es hängt von der Menge der eingesetzten Aura ab, ob sie einem blind gehorchen oder ihren eigenen Willen behalten.

Hüterlose Arkanen

Arkanen, die keinen Hüter mehr besitzen, der diese mit seinen eigenen unsichtbaren Kräften in Form hält, können außer Kontrolle geraten. Dieses Phänomen nennt man arkaner Hof. In diesen Zonen, welche sich in Größe und Inhalt stark unterscheiden, herrschen besondere Bedingungen. Selbst Naturgesetze können in arkanen Höfen außer Kraft gesetzt sein. Sie können Einfluss auf die Menschen nehmen, die mit ihnen in Berührung kommen und ihr Nachhall verebbt oft über Generationen hinaus nicht. Noch heute ranken sich Legenden über solche Orte, wie beispielsweise das Bermudadreieck oder die Nazca-Linien. Wird der Trumpf von einem Meister der *Thelema* aus dem Inneren des Hofes geborgen, so löst sich dieser auf.

Die Thelema 4 - Verantwortung

Einige würden sagen, dass die Atmung der Schlüssel für die Nutzung der unsichtbaren Mächte ist. Andere sind sich sicher, dass Gefühle und Emotionen den Umgang mit diesen ebenfalls beeinflussen. A.C. selbst ist der Meinung, dass die Lernkurven niemals gleich und schon gar nicht linear verlaufen. Veranlagung und Talent können eine ebenso große Rolle spielen wie eine bestimmte Situation, die zu exponentiellem Wachstum führt.

Doch in einer Sache sind sich alle Meister der *Thelema*, die sogenannten Ghost Lights, einig. Mit den unsichtbaren Mächten geht auch eine gewisse Verantwortung einher.

Deshalb ist es die Pflicht eines jeden Ghost Lights, die *Thelema* vor den Augen der allgemeinen Bevölkerung zu bewahren.

Danksagungen

Mein Name ist Soac und das hier sind die einzigartigen Menschen, ohne die Monogatari nicht das wäre, was es ist. Ihnen, der Hoffnung der gebrochenen Herzen, möchte ich meinen unendlichen Dank aussprechen.

Meiner brillanten und wunderschönen Marika dafür, meine Erstleserin und härteste Kritikerin zu sein. Danke, dass du das Tuch spannst, wenn ich falle. Vor allem aber dafür, dass du im Gegensatz zu mir nicht eine Sekunde an diesem absurden kleinen Traum gezweifelt hast.

Dave, Christian und meiner Mutter, weil sie noch mit mir sprechen, obwohl ich ihnen dieses Ungetüm von Manuskript zum Probelesen aufgebürdet habe. Dave, du bist der aller größte. Und sollte jemals jemand etwas anderes behaupten, dann sieht er nicht richtig hin. Christian, du kannst dir gar nicht vorstellen, was es mir bedeutet, dass du für Monogatari sogar das Lied von Eis und Feuer zur Seite gelegt hast. Danke, für dein Auge für unglaubliche Details. Danke Mama, für deine grenzenlose Großzügigkeit, ohne dass du je eine Gegenleistung erwartet hättest.

Meinem jüngeren Bruder Quirin, zu dem ich aufsehe. Sollte es nicht eigentlich andersherum sein? Und meinem Vater, für seine Wahrheit in 17 Worten und für alles andere auch.

Akira Toriyama, wir kannten uns nicht. Und doch bin ich fest davon überzeugt, dass ich ohne Ihre Kunst heute ein anderer und das hier nicht möglich gewesen wäre. Ruhen Sie in Frieden.

All den bemerkenswerten Menschen des Europa Verlags. Mariangela di Grado dafür, dass sie an Monogatari geglaubt und die lange Straße des Schreibens etwas weniger einsam gemacht hat. Meiner Lektorin Anja Reichel dafür, dass sie Wort für Wort, Satz für Satz und Seite für Seite poliert und geschliffen hat bis alles glänzte. Danke für eure warmen und weißen Worte! Sylwia Zbrowska dafür, dass sie bei all meinen Anfragen immer den Durchblick behielt. Aber auch allen anderen Personen des Europa Verlags, die an Monogatari in irgendeiner Weise mitgearbeitet haben und deren Namen ich zum Zeitpunkt, als ich diese Zeilen schreibe noch nicht kannte oder sie nie erfahren habe. Ohne jeden Einzelnen von ihnen würde es Monogatari nicht geben wie es geworden ist. Danke, Leute. Wir sind ein tolles Team!

Meiner Familie für ihre bedingungslose Liebe.

Aber allen voran gilt mein Dank euch, die ihr dieses Buch in den Händen haltet und eure wertvolle Zeit dafür nutzt meine Zeilen zu lesen. Ich hoffe, wir sehen uns in der nächsten Geschichte wieder. Sie ist wundervoll.

Nur Liebe, immer.

Euer Screen On A Chest

Soac oder auch **Screen On A Chest** war schon immer fasziniert von der Tatsache, dass 26 kleine Zeichen genügen, um ganze Universen zu kreieren.

1994 wurde er in Berlin geboren. Danach verbrachte er seine Kindheit und Jugend auf dem bayrischen Dorf vorrangig mit seiner Leidenschaft für die Kunstformen Manga und Musik. Nach seinem Studium in Molekularer Biotechnologie arbeitete der Wahl-Dresdner sieben Jahre im Bereich der kardiochirurgischen Forschung, bevor er entschied, dass es für ihn an der Zeit war, den Ballast seines eigenen Herzens näher zu erforschen. Und mit seinen Büchern stellt er den Leser*innen einen Bildschirm zu diesem zur Verfügung.

Soac liebt vor allem eines: bitter-süße Enden, die einem tagelang nicht aus dem Kopf gehen.

europabuch